茅盾文学奖获奖作品全集

茅盾文学奖
获奖作品全集

无边的游荡

你在高原 第十部

张炜 著

人民文学出版社

目录

卷　一

卷　二

卷　三

卷　四

你在高原　无边的游荡

卷一

第 一 章

大 鸟 志

一

可怜的兄弟！你如此懊丧、悲伤和无助……我除了焦虑和难过，更多的只是袖手旁观，是无济于事的急躁。有时候我甚至不知该怎么安抚和劝慰，像你一样慌促，一筹莫展。不过从头想一想，事情发展到了时下这一步，似乎并不特别令人吃惊。如果早一点着手做点什么呢？如果那时能够当机立断呢？也许这一切在半年以前就露出了端倪，那会儿要阻止大半还来得及——可惜当时谁都没有把事情看得多么严重，无论是他还是家人朋友，凡事只往好处想，心里的那丝不安和疑虑轻轻地就滑过去了——于是就有了今天，有了这个可怕的结局。它真的并不突兀。

庆连是我在平原的这些年里所遇到的最好的伙伴，时至今日，我们俩可以说是情同手足。那还是三年前，当时的我正处于多么困窘的一个时期！我孤独寂寥无助，一个人在平原上游来荡去，像一枚等待落土的飘零之籽……我们就是在那段特殊的日子里结识的。后来我曾不止一次长住在他的家里。那是村子西头的一处青瓦平房，有一个稍稍开阔的院落，一圈泥墙上披着发白的海草——每当西沉的太阳照亮了院内一片茂盛的菊芋花时，这儿显得那么安谧和可爱。庆连的父亲早逝,这儿只有他们母子俩。我和他们相处得那么融洽,他们也很快把我当成了这个家庭中的一员。在长达一年多的时间里,这儿任由我进进出出,它真的成了我平原上的家,有时出一次远门,也总是惦记着很快返回。那些日子我就是这样度过的,有多少时间,我在菊芋花下徘徊、沉思,让心上的伤口得以慢慢愈合……

说起来这算是一个机缘,它让我有机会亲眼目睹了两年前小院里降临的一件大喜事:庆连有了一个叫"荷荷"的未婚妻。我第一眼见到荷荷的时候,一声惊叹差点脱口而出——多美啊,美得出乎预料,美得让人措手不及,她往那儿一站,任何人都无法泰然自若地与之对视和交谈……我作为一个阅历深长的中年人、一位大出她和庆连近二十岁的兄长,竟然在初识的瞬间有些恍然踟蹰、一种在强光下不得不稍稍回避的慌促感。

实在说,这就是第一次见到荷荷的情形。后来我才知道,原来她是方圆几十里都有名的一个漂亮姑娘,幸运的庆连原来摘回了一朵名副其实的平原之花!

"这就是命啊,命里该着他们一起。"庆连母亲一天到晚喜气洋洋,两手合在胸前一遍遍说着。

温厚的庆连长了一对黑亮的眼睛,从此这双眼睛总是溢满了幸福,整个人都陷在了沉醉里。我渐渐从庆连这双眼睛中看到了荷荷的影子——我相信一个民间的说法:夫妻命定的秘密都藏在了对方的瞳仁里。真的,他们俩不知哪儿长得有点相像,越看越像。

不久就是荷荷与村里的一批姑娘被一个大公司招工,走前庆连母亲提出要办喜事,可荷荷家里人说:女儿还小,要等一等。

一年半之后,荷荷由她的本家哥哥陪伴着来到了庆连家。荷荷稍稍胖了一点,神情有些恍惚。本家哥哥说:"她是在外面想庆连哪！这么年轻硬是把他们分开，要命啊！”

后来庆连告诉我：从荷荷一进门他就看出来了，人显然是病了，总是出神、出神，两眼发直……他这样说过也就说过了，好像并未引起更多的重视。之后我因事回城待了两个月，回来后再次见到庆连不禁人吃一惊：两眼血丝，神色凝重，整个人枯瘦了一圈，大大地憔悴了……原来这段时间荷荷的病时好时坏，他已经暗暗将其送了几次林泉——那是东部平原上有名的一家精神病院，一般来说只要不是患了重症是不会往那儿送的。出院后的荷荷变得一会儿沉默一会儿亢奋，要么半天不吱一声，要么话多得不得了，一直说得口泛白沫还不愿停歇。她说得最多的是一只大鸟：“那只大鸟把我抱走了，驮在背上飞啊飞啊。它的窝里全是掉的翎子，它用翅膀夹住我……我给憋得喘不上气来。后来大鸟呼呼飞走了，又驮回来一些姊妹。她们都吓死了，哇哇叫。我有时半夜就给大鸟叼起来了，忽悠忽悠钻进云彩里……”

我当面听到荷荷讲述大鸟的故事，是她第三次从林泉归来的那个秋天。我惊异于一个少女不到两年的时间发生的巨大变化：体重较前至少增加了十公斤，虽然仍然算不上多么臃肿，但先前那样的苗条伶俐却不见了；像水一样清脆的声音也不见了。搽了那么多的化妆品，而以前她几乎是不施脂粉的。不过一张脸还是那么明媚，稍稍不同的是，这双眉目如此舒放，眸子闪闪烁烁，浑身上下吐放着一种逼人的美艳。庆连母亲泪水隐在眼中，时不时地握住她的手拍打着抚摸着：“孩子，你城里大哥在这儿，他走南闯北见过的事儿可多呢，你问问他就知道了，天底下哪有那样的大鸟啊！好孩儿你不过是做了个噩梦，你只要忘掉那个梦就好了……”荷荷有些不高兴地盯住老人：“不嘛，真的就是大鸟，真的嘛。它身上的味儿就像鸡，腋窝里还有鸡粪的臭味儿呢。它驮上我飞的时候，我吓得紧趴在它背上，这就能闻到它腋窝的味儿……一会儿就飞到它的大窝里了。有时它使劲咬住我的后脖颈——就像公鸡那会儿要死死咬住母鸡一模一样,它在上紧着干那事儿……大鸟对付一群抓来的姊妹,她们一开始往旁边闪,吓得吱哇乱叫,后来就像我一样了,像一群小鸡一样围着它跟着它就是了。大鸟在它的大窝里不穿衣服,那个东西成天耷拉着,也不害羞,就像海里的大蛤蜊伸出了长舌头……可它一出了自己的窝,一见了人,就立马闪化成人形儿了,变得和真人一模一样。只有我和几个姊妹知道它是一只大鸟变的。它和人一起喝酒,还会划拳呢,一夜夜拉呱儿也不知道倦……大鸟从海上飞过那会儿,黑咕隆咚的,咱低头一看大浪翻滚着,吓死人了……妈呀,轰轰响哩,大浪拍在崖上,水沫能射起几丈高……"

荷荷说这些的时候,庆连母亲恨不得捂上她的嘴。庆连也难为情地看看我,然后去揪荷荷的衣襟。荷荷大大方方地推开庆连,只顾说下去:"大鸟有好几只呢,它们结成帮儿来来去去。原来咱这海上住了这么多大鸟儿,它们飞到人间来做事儿,有的还做了官呢,管着一大片地方。它们在自己窝里和在岸上的模样可不一样,要不还不吓死活人哪。其实熟了就知道了,大鸟只比人多了一副翅膀,其余哪儿都一样,吃饭睡觉喝酒,只忒愿干那事儿。我说过,它们就像公鸡一样……你们没见过,我也只好拿鸡作比方了。它们常常折腾得掉翎子,一根大翎子有几丈长。大肚子,起飞离地的时候好费劲儿,不过力气可真大啊。它忽闪儿翅子就把咱扇晕了,然后咱只得尽它折腾去了。就像大公鸡一样——这样一说你们该听明白了吧?一只大公鸡得有多少小母鸡侍候它啊,就是这理儿呢。一些大鸟轮换着飞进窝里,掉得翎子哪里都是,一掉了翎子,屁股那儿的毛孔像针眼一样粗。我就是不点灯,黑影里老远也能闻出它们的味儿。我说过了,这就像鸡身上的味儿差不多。大鸟怕我嫌弃,有时就往身上洒些香水……没人知道它们是大鸟,这是秘密啊,妈啊,庆连啊,只有我们姊妹几个知道大鸟闪化成人形在海边来来去去,它们做生意、当官,什么都干……平时谁也辨不出哪个是人哪个是鸟,只有下雨阴天的时候才行——那会儿它们身上就散发出一股鸡窝里才有的怪味儿……"

庆连母亲抹着泪水,一下下拍打荷荷的手,偶尔转脸看看我。老人求救般地看着我,大声问:"他哥,你是经多见广的人,你说说,这孩子是不是做了个噩梦啊?天底下哪有这样的大鸟啊?"我正沉浸在荷荷逼真的描述中,这会儿在庆连母亲的追问中刚刚回过神来,连连说:

"没有,哦——当然是没有的。是啊,荷荷肯定是做了一个噩梦……"

二

从庆连那儿回来我一直忐忑不安,甚至有点恍惚。我当然不会相信有什么大鸟劫持少女的事情,更不信大鸟在海边一带兴风作浪的怪事。但是荷荷在叙说中却没有一丝嬉戏的神情,而且细节如此逼真。我觉得这其中必有缘故。另外,我在想她的幻觉与虚妄,是否与海边一带自古以来广为流传的大鸟精灵有关?不错,这里类似大鸟的神奇故事数不胜数,多到可以连篇累牍讲上几天几夜。但问题是这样一个故事如此逼真和迫近,就发生在我的朋友身边,发生在眼前,却让我不得不吸上几口冷气……我一瞬间想起了许多有关大鸟的记述:这些故事来自民间,也来自书上的记载。即便是正史中,关于这一带海边大鸟的神奇描述也俯拾皆是。有时听多了看多了,会让人觉得有点真假难辨,给人一种如真如幻的梦寐感。有的传说和记述是十分细致真实的,以至于时间地点俱在,让人无法驳辩无法质疑。从民间传说和神话源流的规律上考察,这当然与一个地方的自然环境有关,比如这片海边平原濒临大海和众多的河流水汊,古代沼泽湿地极多,再加上近海分布着一些大大小小的岛屿,各种水鸟飞禽多到了目不暇接的地步。人们自古以来的生活与各种鸟类的关系极为密切,一代代下来,与大鸟有关的传闻也就不胜枚举了。

“北海有条鱼,名字叫鲲,它的身体很大,不知有几千里长,忽然间就变成了一只鸟,名字叫鹏,身体更大,它的背不知有几千里宽,奋力高飞,翅膀就像天边垂下来的一大片云彩……”这段有名的话出自庄周。他的大鸟的故事登峰造极之处不仅在于鸟的大,而且飞得也着实太远了,出发地在寸草不生的北极以北,一飞则凭借着巨大的旋风升向九万里的高空,穿过云层,背负青天,一口气从北极飞向南极……可见这只大鸟何等了得,气魄和力量非我们可以想象。这样的大鸟如果要做点什么坏事,人间肯定是难以管束的。那么比它再小一些的大鸟呢?那一定多得很,它们虽然不会动辄飞向北极南极,但在近海岛屿和沿海城镇村庄来来往往是绝对不成问题的。大鸟比起人来,一个显著的优势是会飞,可以一瞬间升上高空,飘逝到邈邈远方,来去自由。所以,自古以来就存在着人对鸟的崇拜和模仿。

史书上记载的古代近海国家的官员都要以鸟来命名:鱼鹰和鹞鹰分别是管军事和法律的官;掌管春分秋分夏至冬至立春立夏的官,分别要以凤鸟、燕子、杜鹃、鹌鹑和锦鸡来命名。这些国家还以大鸟作为自己的图腾。在许多人看来,一个大的氏族其实就是一个庞大的鸟群,他们与鸟有着不可分割的紧密关系。人即鸟,鸟即人——人和鸟如果互相换形以至于换灵,不但不是一件丢人的事,反而令人艳羡。所以说鸟属于某个人的来世或前世,这一点都不奇怪。海边上的人最熟悉的一种说法就是:有的人将死之时,常常会听到空中有大鸟飞过的扇动翅膀的声音。这个说法从未受到怀疑,它的意思是说,这个人的前世是一只大鸟,他的魂魄即将离去之时,又还原成一只鸟儿飞去了。海边上骂一个品行不端的人,最常用的一个说法就是:“不是一个好鸟!”可见这里也将其界定为鸟。果真如此,在海边平原一带,没有什么比鸟与人的关系再接近的了,以至于在生活中常常将二者互为替代。这是在漫长的人类生存的历史中,由无数的经验形成的一个共识。至于说多少人与鸟发生了联系、有过怎样的交往、生成了什么故事、有益还是有害、是荣耀还是丑闻,这倒也花花縻縻,不一而足。

周围村子里至今还可以看到长了一双鹰眼的人,人们背后就说他是鹰的后代,至少在他的祖辈里有鹰的血液——这不仅不是丑闻,而且还是荣光。因为作为久远的先祖,其父系或母系与一只雄鹰发生了肉体关系,那必定是因为非同一般的能力和意志。那当然不会是一般的鹰,无论是体量或心智,都必定有与人类一较高下的本钱。这样的鹰首先是有幻化成人形的大能,它要以人的姿态与一女子或男子接触,而后才是卿卿我我的爱情,才能孕育出下一代。可想而知,如果它不能幻化为人形,纵然有再大的神力,浑身上下毛疵疵的也无法与人亲热啊!亲热尚且不能,又遑论生出下一代呢?的确,一个村子里真的不乏模样像鸟的人:除了鹰眼,还有老鹰鼻子、鹦鹉嘴、猫头鹰脸、秃鹫脖子……就在前几年,有一户人家还生了这样一个孩子:刚刚两岁,额顶就长出了羽状毛发,于是村里人就判定他祖上一定有大鸟血统,说白了这不过是一种返祖现象。

近年类似的传闻锐减,完全可能是因为人烟越来越密,大鸟的栖息地遭到了破坏,一只大鸟可以落脚的地方越来越少了,所以人与它们过往的条件也就受到了限制,于是关于大鸟的各种故事也就稀少罕见了。但这丝毫也无损于鸟类与人类关系亲密这样的事实。这种情况也许是暂时的。既然它们与人的关系是极为古老的一个传统,那就迟早还会继续下去——它们与人纠缠不清的故事说不定在某个早晨就会呼啦一下冒出来。

最近的一个例子,就是那个看鱼铺的老头所讲述的亲身经历了。那个村子就离我的出生地不远,就在海边。因为冬天渔事暂停,所以鱼铺就要留下一个老人看守,唤作“铺老”。他们一般都是孤身老人或愿意独处的人,反正一定上了年纪。铺老一个人在铺子里吃鱼喝酒,虽然满身自在,但孤独寂寞也在所难免。他们仍然喜欢客人。如果长达一个冬天都没有谁光顾他的铺子,那也够他受的。但这样的情形绝不是没有。因为极恶劣的天气,大雪封滩时茫茫雪野上连个兔子都看不见,又怎么会有人呢?那些远途跋涉的猎人、赶海的人,全都销声匿迹了。这时候老人没有办法,也只能不停地喝酒,半醒半醉地打发日子。他们变着法儿改善生活,用尽心思做出一些奇怪的海边菜肴,把平时闷在瓷坛里的吃物全都搬弄出来。

就是这样的一位老人、在这样的日子里,有一天突然迎来了一个和他一样老的老人。这个老人踏着厚厚的积雪而来,手里携着一条长长的鱼——铺老一看是条深水鱼,而且是刚捕的,欢喜中又有些怪异:这样的天气里海上没有一条船,你怎么就会拿来这样的大鱼呢?不管怎样,大雪天里能吃上这样的深水大鱼,真是一件美事!这样的大鱼已经有多半年没有吃了!来的老人说是赶海的,这让铺老心生敬意:老天爷,天底下还有这样生猛的老头子,好样的!他马上将鱼收拾一下炖在锅里,然后搬出了一坛好酒。两个人于是有了一场好喝,可惜对方是个热情有余酒量不足的人,只喝了两碗就醉倒了。他躺在铺子里呼呼大睡,睡着睡着两只胳膊扇动起来,扇了一会儿铺子里的风就大了——铺老嫌他扇得炉子火星四溅,刚要阻止,一抬眼愣住了:扇动不停的是两只老大的翅膀!再看这个家伙,分明是一只大鸟,身子有鹿那么大,两只长腿细细的有三尺长……铺老吓得一声不吭,手都抖了。人见了鸟就想逮住它,这是一种自然而然的冲动。他镇定之后,揪起了旁边的一块渔网,想用它将这只鸟罩住,这样它就逃不脱了。可是他刚把网扯开心里又活动起来:它能幻化成人形儿,可见不是一般的大鸟,是鸟仙呢,我怎么敢随便捉它?再就是做人得讲信誉,人家大冷天里送我一条这么好的大鱼,我怎么能这样干呢?

铺老目不转睛地看着它酣睡,直到它醒来。那时它又是一个老人的形貌了,打着哈欠坐起来,连连说自己酒量太小。为了给对方醒酒,铺老搬出了自制的桑叶茶,两个人又喝起来。铺老故意忍住了,问他一些海上事情——他料定这只大鸟是从海岛上飞来的,一定知道不少海上奇事。对方捋捋嘴巴说起来,果然全是一些闻所未闻的故事。铺老故意问:大海深处肯定有些岛子吧,那上面有些什么?老人说:有些野猫、狸子;当然了,主要是鸟类。铺老"嗯嗯"着,问:最大的鸟有多大?它们的寿命多长?老人说:多么大的都有——比人大的也有;至于寿命嘛,老人说那也不一样,有的只活几十年,有的就长了,三五百年的也常见哩。铺老不再吭声。这样一会儿,那老人突然擦起了眼睛。铺老惊住了:"你这又是咋了?"老人叹着气,点头说:

"不瞒你老,我来这一片海边转悠了几回,是因为想起了几个村里老友啊!我离开得太久了,也不知这些人过得怎么样哩……"

三

接下去那个老人就不停地擦眼睛,一边对铺老讲着他的思念:"我想啊,年纪越大,越想念这些老友,有时见不着,就在海边上溜达……"铺老忍不住问起这些人的名字,老人咳一声,翻翻一双鸟眼:"乐儿妈妈,小若若,小兰——是她们哩!唉……"铺老一听傻了眼,因为这些人当中除了叫小若若的八十多岁了以外,其余的早就过世了,这些人如果活着,少说也有一百岁了!他一惊,大声问道:"你和她们是朋友?""就是啊,我知道这几个都不在了。要不说想她们嘛。唉,人这一辈子啊,说没就没了,俗话说天底下没有不散的筵席……”铺老低头吭吭几声，说：“老哥，咱说一句不当说的话吧，你年轻时候也不是个老实人哪，来咱村里勾连下这么多娘儿们。”老人咬着嘴唇：“那时候年轻嘛，一时不见她们心里焦苦，有时一夜不睡，越过海来找她们，天亮前再返回海那边；还有时和她们一起越海……咳咳，你看我说多了……”铺老知道眼前这个大鸟精说走了嘴，不过话一出口就收不回去了。老人吞吞吐吐：

“我开头只跟一个好的，后来她嫁了人，我才找了别人。再后来她又嫁了人，我只好再换一个——有时也少不得重温旧情。就这么着，我结交的女人才多起来，咱哪里是胡来呢……”

铺老觉得他说的也有些道理，就问：“你怎么就不和她们结成夫妻呢？这就是你的不是了，心花了？”

“也不能这么说。唉，有些话我没法跟你说啊！她们到了最后知道了实情，一哆嗦，也就不敢和咱在一起了。要讲喜欢嘛，还有不喜欢咱的？身子骨结实，心眼又实，能力又大——不过，”他说着瞥铺老一眼，“不过最后她们还是不敢跟上咱……”

铺老心里想：你就是不说自己是只大鸟精啊，你就是不敢捅破这层窗户纸啊！这就没法儿了，这你就讲不明白了。咱心里可是明明白白的，不过咱可不给你点明。他吸起烟来，对面的老人呛得咯咯咳，不得不捏住鼻子。铺老只好熄了烟，心里想：鸟玩意儿，在人间蹿了这么多年，还没有学会抽烟。

老人擦着泪水，这泪水已经从胸脯上滑下来了，一边哭一边说：“就剩下小若若一个了。她男人死了，儿子又不听话，一个人怪可怜的，我就去找她。她年纪太大了，没有牙了，我想留下睡一宿，干着急也办不成那事儿。两个人心里都有啊，只好搂着亲了亲，哭了哭，也就算完了。她说我身板可真是足壮，那当然啊，俺们俩原本是不一样嘛……想起了年轻时候，那时我把她驮在背上忽悠忽悠越过大海，去岛上过一天一夜，再把她驮回来。那是什么光景啊,尽吃大鱼大虾。这么一来二去就有了身孕,她的肚子鼓起来了。大闺女肚子大了这可怎么好?跟咱成亲又不行——她急得哭啊哭啊,上吊的心思都有了。实在没法儿,最后匆匆找了个歪鼻子斜眼,你想她那花容月貌的哪里瞧得上啊!结果尽是哭啊,哭着和他成了亲,过门没几个月就生了……"

铺老瞪着眼听,不知不觉又抓起了烟锅。老人一见烟锅就给他按住,说下去:"生了,生的是一个老大的蛋。她男人和接生婆都吓坏了,赶紧找阴阳先生来做法事,说不得了,出了蹊跷了。他们给蛋破了壳,里面就是挺好的一个大胖孩儿,可他们心真狠哪,拿块破布包巴包巴就扔到乱葬岗了……它怎么也是小若若身上掉下的一块肉啊,哭着哀求把孩子抱回来,没人听。她哭绝了气,醒来是第二天了,孩子早就断了气!老哥啊老哥,你可明白,那就是我的孩子啊,我的孩子死得可真惨……"

老人哭得上气不接下气,眼瞪得像鸡卵那么大。铺老越发觉得这是一双鸟眼了。他安慰老人:"算了,这都是过去的事了。不过我也得埋怨你一句了:老哥,生孩子可是件大事,你怎么就不能在近处待着呢?"老人一拍大腿:

"啊呀,你不知道,阴阳先生和手持火铳的兵丁站了一排,见了什么就嗵嗵放枪哩!我近不了前——也是人忙无智呀,我怎么就不能扮个郎中进去?结果一耽搁什么都晚了……"

铺老不再吭声。这样停了一会儿忍不住,又问:"你和另一些女人也生过大蛋?"

"生过……不过我可不能说这些孩子的名儿……嗯,不是这村里的人。我那些孩儿个顶个聪明,有的当了兵哩,有的做了官长,还有的是外国人——他们出了国,大眼儿生生的,毛儿蜷蜷着,像本地人。反正这一二百年里咱繁衍了不少后人,他们精神头儿蛮大,做飞行员的不少……"

老人说着说着捂上了嘴巴。铺老明白,这家伙后悔说得太多。于是他就安慰道:“放心吧老哥,咱们铺老平生有一条大优点,就是这张嘴巴紧!这些话咱多会儿也不能乱讲哩,你只管放心就是。”

老人离开后,铺老踏着雪地上几道深深的脚印往前走,发现这脚印总是突兀地中止。显然它是从这里起飞的。他望着大海青苍苍的颜色,一片深深的雾幔,不住地惊叹起来。

冬天过去了。开春的时候,村子里传来一个消息:八十多岁的小若若突然失踪了。她的儿子和村里人急得到处找,一直找到了海边。铺老猜到了八成,就劝他们说:“不用找了,她离开村子,或许过更好的日子去了。”那个儿子质问铺老:“你这是什么意思?莫不是你把我妈藏起来了?”说完真的铺里铺外找了起来。铺老大骂:“你这个小王八崽子平时不孝,这会儿倒急起来了,我一个人还养活不起哩,我藏下你妈干什么?”

直到春天快尽了时,失踪的人还是没有影子,村里人只好作罢。

有一天,是个深秋天儿,大海里浪头翻滚得厉害。因为一连多少天的大风,所以打鱼的人都回去了,铺子里又剩一个铺老了。半夜里突然有人叩门,开了门,进来的不是别人,正是那个冬天常来的长腿老人。他一进来就道歉说:“没有办法,风太大了,路不好走,所以半夜才到,打扰了你老哥睡觉。”铺老说一句“没什么”,就动手煮起茶来。他发现这个长腿老人冷得浑身哆嗦。

两个人喝着茶,老人这才缓过劲儿来。铺老问:“老哥,多日不见了,你可真办了件大事啊!”

“我办了什么大事?”

“你把小若若搬走了。”

老人站起来,踱了几步。他的个子太高,头差点戳着铺顶了。他搓着胸脯说:“我……不是我……”

铺老低下头:"村里人都找疯了。老哥,你告诉我又怕什么?明人不做暗事,你告诉了我,也好让我放心哪!"

老人长叹一声,拍拍膝盖:"唉,我就如实说了吧!她是我搬走的——我想她啊,可能人老了都这样。我也不放心她在村里的苦日子,就趁着一天夜里把她驮上走了。谁知我好心办了坏事——海上风浪太大,她路上就给吹病了。年轻时候俺俩儿回来去,什么事儿也没有,她在我后背上笑得咯咯响。年纪不饶人哪,从上了岛她就病着,春天还没熬过去,她就……死了……"

老人哭起来,"我……把她葬在了岛上。心里难过啊,不想出门,直挨到这个秋天才……老哥,一切都是我的错啊,要不是我,她还能多活几年……"

铺老沉着脸,不再说话。这样喝了一会儿茶,他把瓷碗一推说:"老哥,有句话点明了吧,你是一只大鸟哩。"

老人慌慌站起,又坐下。

"老哥别急。我在这里守了一辈子鱼铺子,见过的各色精灵多了去了。我不过是想实打实地说说话儿,你也不用急毛火躁的。我想知道一下你们那边的一些事儿——因为人间的事儿你正经知道了不少,常来常往嘛。"

"嗯,这个,算你老哥说对了,我真的是……一只大鸟。"

铺老瘪着嘴,点点头:"那我问你,你们鸟有鸟的日子,怎么还要来村里找女人呢?"

"这个,"老人咽一口茶,"依我看,这都是老规矩了——从古到今,海边上的村子都是俺大鸟一伙常来的地方,反正大家都这样儿……"

"老规矩又是怎么成的?我是说,你们大鸟怎么不在自己中间找对儿呢?"

老人磕着牙,皱着眉,颇为难的样子,最后说:"不能说不找。我们中间也有不少成双成对的。不过村里的闺女脸盘儿大,俺大鸟也就偏偏喜欢。还有就是,找个村里人做丈母娘,这在大鸟中间也是一件体面事儿啊!再说自古以来村里人做梦都想上天,一见了俺在天上飞,就恨不得自己也能。有的闺女家里老人明知孩子和我们有一手也不阻拦,就为了能结交个飞上天去的人。我这样一说,你大概也就明白一点了吧?”

铺老“嗯嗯”着:“要都是你这样有情有义的倒还好,你们大鸟里面也有不长进的玩意儿吧?他们来村里掳人、糟蹋良家妇女的事恐怕也不少吧?”

“那倒是。你说的那是鸟霸!他们作恶多了去了,有时一个鸟霸就占了几个岛子,海边上谁家闺女长得好,他们连夜就叼到了自己窝里去……”

铺老连连叹息:“没有法儿,那么村里也就只好备下几杆枪了——它们在天上飞时,咱就‘嗵’一枪打它下来……”

老人摇头:“你这样打下的净是好鸟儿。因为最坏的大鸟早就在岸上安了营,他们早就管起了事儿,衣兜上都插了钢笔呢!你们谁分得清他们啊?他们只在岸上过腻歪了,这才带上女人飞去岛上度个周末什么的……年代变了,如今岸上的人也时兴这个,要不说坏人和坏鸟如今再也分不出来了嘛……”

“那我们可怎么办啊?”

“依我看,咱是一点办法都没有了。”

无边的游荡

一

我与庆连结识时,的确是最为艰难的一段日子。人在生活中会有许多朋友,但这其中又有几个注定了要在生活中留下深深的印痕。

那是我在东部苦苦经营的园子终结之日、同时又在城里举步维艰的特殊时刻。我很少那样的尴尬和困窘,也深深地感受了人与人之间那种背叛的冰冷。梅子带着孩子守在家中,度日如年;岳父与我长时间稍稍遮掩了的那种紧张关系,这会儿悉数显露。他积累了十余年的怒火,这一次得到了集中的爆发。几个剑拔弩张的紧急关头,都是岳母和梅子从中调停。这种生活不啻地狱。我不愿像个困兽一样待在这座城市里,干脆就捎起那个大背囊远远走开——再次回到东部,那里是我的出生地……不同的是这会儿却再也找不到一个落脚的地方。落脚点即人生的支点——有人说给他一个支点,他能撬起一个地球。瞧这口气啊。不过支点总要有的。一个人的出生地就应该是他的支点,而后它还会不断地变换和移动。

我失去了这个支点。因此我不得不四处游荡。

严厉的岳父不仅出于关切,更多的还有其他,是这些让他在那些日子里变得咄咄逼人。他干瘦铁青的脸绷得更紧,像一个冷酷的预言家那样看着我。他不爱说话,因为我们之间已经无话可说。有一次他不在,我从他的写字台上见到了一张纸条,上面有他暴怒时随手画下的几个字,那是几个地方的名称,每个后面都画下了感叹号,并且逐一增加——地质所!杂志社!!葡萄园!!!

老天,除了我们自家人,谁能看懂这张纸条的真正含意?谁能知道这其中隐含了多少绝望和愤怒?是的,这三个地方都是我得而复失的安身立命之地;换句话也可以说,它们一度曾是我人生的支点。我有了它们才可以正常地生活下去。只可惜,它们都先后失去了。那逐渐增加的感叹号,每一个都藏下了一些激动人心或愤慨不已的故事。最初的地质所在别人看来是多么让人艳羡的地方啊，可我最后还是离去了，用岳父的话说就是："你硬是干砸了，闹翻了！"调到杂志社之后，环境宽松，头儿还是全城有名的大美人儿，"你也横竖不如意，辞职走人！"最后的葡萄园呢？"荒了，塌了，废了，完了，卷起铺盖回家了！"

"如果所有的地方都不好，所有共事的人都不好，那么你自己是怎样的，也就清楚了。"这是岳父最后的概括，近乎经典。这与他曾经身居高位的职分、橡树路上的体面居所，都是相协相配的。这样的人就该说这样的话。好在他只对自己的老伴说、对自己的女儿说。她们听了一致沉默。但她们没有反驳。我如果是她们，就会直接回应一句："不用再说了，他是一个坏人。"她们没有这样，因为她们母女与岳父不同，对我还没有那么绝望。

在深夜失眠时分，我不由得也要愤愤地问自己一句：你不能与整个世界和谐相处，那么倒霉的也只能是你了。的的确确，你正在与整个世界闹翻，难道不是这样吗？我不能回答。可是漆黑的夜色逼着这一声回答。最后我只好无力地吐出一句：是的。我这样回答了，紧接着却要忍不住在心里大号一声：可是，可是即便这样，那么到底是这个世界的错，还是我的错？

谁来回答我呢？谁来听一句最后的申诉呢？谁又来给予一个公正的判决呢？

岳父沉沉的目光盯向我时，让我觉得正有一句更为尖利的话逼近过来，它即将脱口而出——"你再到哪里去呢？"

我在心里将这句话转化成另一句："在这个世界上，谁还会收留你呢？"

收留我的，当然不会是橡树路了。这儿是整个城市里名副其实的贵族区，大树蓊郁，一座座别墅有模有样，草坪绿得让人两眼发蓝，一眼看上去还以为是到了哪个欧洲国家呢。事实上它一开始真的不是我们建的：几百年前外国人租去的一处飞地，后来一茬茬住上的都是这座城市的胜者。岳父当然是胜者一族,他旁边这一幢幢楼的主人都是。我能够经常出入这里是因为梅子,我们另外还有自己的小窝——我要回到自己的小窝里去。我们有三口之家。

可是我还要工作——我不能总是待在家里。我如果一直待着,那就等于是一个被打败了的可怜虫,只会一动不动地蜷在洞里。

岳父那张纸条上的话一次次从眼前闪过,让我心上颤栗、恼怒。多少年了,一切都在失去,惟独剩下一颗愤怒的心。生活用一千次的失败来征服我,让我屈服;用一万次的碰壁和挫折来胁迫我,让我退缩。将来我的孩子长大了,他是个男孩,我可一定要留给他一个像样的故事啊。关于父亲的故事总要跟随人的一生,尤其是男人。

梅子骨肉紧实的身体、一双杏眼,都令我阵阵疼怜。让她为我而忧而担心,彻夜不眠,真是罪过啊。刚刚结识、特别是初婚的时候,还有后来,我给她吐出了多少豪言、多少不同凡响的经历。我那会儿似乎急于让她明白:你遇上的是一个多么特别的男人,这家伙勇敢倔犟、不畏艰难,千辛万苦和复杂的经历正化为超常的毅力,势必在未来的日子里成为强大的支撑和依靠。十几年一晃就过去了,实践是检验真理的唯一标准:倔犟是足够了,支撑和依靠嘛,好像一点都谈不上。

我时下甚至失去了一个落脚之地。我已无处可去。“英雄末路”,我并非一个英雄,也从来没有想过要当一个英雄,可是已经走到了末路。关于地质所、杂志社和那片田园,我都有一肚子话要说。现在不是说它们的时候了,一切留待漫漫无边的失眠之夜一点点咀嚼吧——眼下最要紧的是怎么办、接下去还要怎样做、要走向何方?

只要捐起背囊，只要启动双脚，就会不由自主地走向东部。那里使我花去了整个的童年和少年时代，还有大半生。我真的不会从那里一走了之——焦愤无奈地从城里转了一圈，最后仍然还要重新转回——那是一片不能割舍之地，那里还有长长的故事等待结尾。那里的朋友、山石和泥土，一切都期待着相遇和重逢，哪怕是最后道一声别也好啊。

我只能往东走下去，从山地再到平原。我的这一场游荡啊，其实从出生的那一天就开始了，它苍苍茫茫无边无际……

二

入夜了，又一次在野外搭起帐篷，燃一堆篝火。虽然没有多少风，我却闻到了浓烈的山野气息。这气味中有山草的香味。白天我很少看到开放的野花——时间尚早，这个季节只有迎春花能够开放，可也没看到迎春。似乎闻到了越来越浓的花香。就是这气味让我不能安歇。我忍不住从篝火旁走开，在可爱的白沙地上徜徉。

弯月一冒出那个山口就放出了夺目的光彩。我的心不由得一阵感激。这样的夜晚让人想起了很久以前，想起少年时代在南部大山奔波的那些月夜。那时天上有一轮神奇的月亮，地上有一个流浪的少年。谁也不知道这个少年此刻有多么绝望悲凉。走啊走啊，在月亮地里踏着一层银光一口气走上十里二十里。那时候没有帐篷，只想寻一个避风之地。如果遇到一个好人家，或者是一个能够收留孤儿的大草垛子，就是莫大的幸福……一切都在眼前了：月亮、山，还有一阵阵的莽野气息。几条鱼在水中蹦跳，发出叮咚声。一个很大的野物在远处黑漆漆的绦柳棵里活动了一下，似乎还碰下了什么滚石。

哗啦啦的碎石声让我警觉起来。这是一个很不寻常的动物，它起码有狼那么大,反正绝不是一只野兔。它笨拙得像头熊,当然这个地方不可能有熊。我没有吱声,只在离篝火十几米远的地方蹲下,小心地观察。我发现绦柳棵在月光下摇动——那是一只好奇的动物,我不愿去惊扰。它一动不动了。这样一直停了有半个多小时,大概它已经倦怠了,干脆就在柳棵那儿歇息了。

不知为什么,这个夜晚我总也睡不着。后来找出了一本书。闪跳的篝火使我阅读起来很吃力。这个夜晚,山口的月亮像水洗过一样,像我小时候在茅屋旁的大李子树上看到的月亮一模一样。外祖母头上的银发在眼前闪耀。春天刚刚来临,海岸上的风就吹湿了那铺上一层白沙的雪冈。中午的太阳把沙子晒热,上面奔跑着一些喜气洋洋的小蜥蜴……

正这时又有了奇怪的响动——那个潜在柳棵下的动物开始活动了。我手遮眼睛,避开篝火刺眼的光芒。我看到了一个大大的影子!

我不由得紧张了一会儿。那是一个人!还好,他的旁边再没有出现其他影子。他正慢慢腾腾,左顾右盼,向着篝火这边走来。我看得清楚,他背上有个小小的包裹。"流浪汉!"我心里叫了一声。

他在离篝火二十多米远的地方站住了。大概他在盘算过来还是退去。

我迎着他喊了一声,"过来吧伙计,过来烤烤火"。

他马上加快步子向这边走来。近了,我可以看得更清了。这人的个子和我差不多,但还要瘦,总之是一个瘦瘦的高个子。不太好看的是那两撇黄胡须。五十岁左右,满脸皱纹,一双眼睛又细又长,不停地眨动。我不喜欢这双眼睛。他的头发脱去了很多,头顶心还有一撮相当集中的白毛。但不管怎么说这是一个流浪汉,是旅途相遇。

他笑了笑,眨着小眼睛,在火堆旁抄着衣袖坐下。

“冷啊,冷啊!”他叹着。

我问他吃过饭没有,他摇摇头。我重新熬起粥来。水开了,我到旁边的柳棵那儿采了一点柳芽投进去,又撒了一点盐。这是我最喜欢喝的一种野菜咸粥。米饭的气味一飘出来就让人愉悦。流浪汉伸了伸舌头。

我说:“快了,就要熟了。”

他用力抄了抄手。

喝过粥,他开始活跃一些了,站起来伸伸懒腰,跺跺脚,又瞅瞅我的帐篷。我想问他是不是一个人,我只想证明自己的判断:对方是不是一个典型的流浪汉。比如说他怎样具体地解决自己的日常生活问题——讨要,打工,还是……一个丢失了同伴和亲人的男人?不管怎么说,一个五十来岁的孤零零的男人在大地上流浪,总让人有点异样的感觉。说不上是怜悯还是惋惜,反正这种人对我而言,更能触及灵敏的神经。好像我跟这一类人有一种奇怪的血缘似的。

我问得很谨慎,因为我知道他们大多不喜欢被人询问……他的回答证明了我的判断,真的是一个人奔走,有时就打打工,偶尔也免不了要乞讨,比如说现在……他说已经一天一夜没有吃到东西了。

“全怨这座鬼山!”他往后瞥了一眼。他的意思是翻过整整一座山也没有找到人家,耽误了吃东西。我不明白他为什么不到人烟稠密的地方,那里混生活容易多了,为什么要翻这座大山呢?后来我才明白,他大约是迷了路。这个夜晚当他下了山口看到一堆火时,马上吃了一惊。开始他还以为到了村边,后来看清了火光映照下的这片水湾,看清了只我一个人,就大着胆子奔过来了。

我又问:“有没有老婆?”

“从根上就没那东西。”他说没有父母，没有兄弟姐妹，只有一个人。

篝火下他的一双眼睛发出棕红色。我不知该相信他多少才好，也不愿再问。这个夜晚剩下的时间不多了，我该睡觉了。我在帐篷里已经铺好了那个睡袋，可又不忍心让他一个人睡在帐篷外边。小小的帐篷挤上我们俩实在是够仄巴了，而且他身上还有一股奇怪的气味。不过这些我都能忍受。我招呼他一声，他兴奋得一拍手钻进来，接着告诉我：每个夜晚他都是猫在山旮旯里，拱在一些草垛里，“那个恣呀！”

我把一件大衣盖在他身上。

后来不知怎么就睡着了。

醒来时身边空空的。我知道这些流浪汉可没有那么多讲究，他们往往连招呼也不打一声就走的。我伸一下腰走出来。这儿的早晨可真够冷的。篝火全部熄灭了，只剩下一堆灰烬。旁边好像少了点什么，仔细看了看，天哪，我的小锅子没有了。我到帐篷里看看，大衣也没有了。这个家伙偷走了御寒的大衣和炊具，这可怎么办！我又摸了摸身上，发现兜里装的一点钱也没了。这家伙到底是什么时候跑掉的我搞不清——这些年不知遇到了多少流浪汉，但极少遇到这样的家伙。背信弃义，没有一点儿良心。我急火火收好帐篷。我想追上那个家伙，可又没法判断他沿哪个方向走掉。我想了想：他如果想迅速甩开我，那就不可能翻前面的山头，而只能顺着这条河谷的左岸往前跑，只有这条路才能快些跑脱。

我沿着左岸跑起来。我身上的什么东西给撩拨起来，恼得很，只觉得掌根发痒。

我踏上了一个山坡。顺着河岸往前看，前边真的有一个闪闪跳跳的人影，那就是他。原来这个家伙也是黎明时分醒来的。我不愿惊动他，只让树棵掩护着往前，下了山坡才拿出全身的劲儿往前。我是舍不得那件炊具,它是我旅途上最重要的一件器具呢,因为起码要有东西烧水做粥。奇怪的是他并不急跑——而我相信他最后是发现了我。这样直到我离他越来越近了,他才勉强奔跑几步。在山风的吹拂下,他头上仅有的一点毛发给吹乱了。他只不回头。我离他有一百多米的时候,他开始啊啊喊叫起来,一边叫一边往山坡爬去。他以为自己爬山的本领比我强,他错了。他那细长个子匍匐下来,手扶着突出的岩石,很笨拙。他肯定跑不掉了。

我终于揪掉了他身上披着的大衣:一个袖子穿在里面,另一边还奇怪地缠在身上。他那个狼狈样子让人发笑又让人恼恨。我喝了一声,他就回头做个鬼脸。我还没笑出来,他竟然搬起一块石头砸下来——我如果躲闪得慢了,它就不是砸在背囊上,而是砸在我的头上!

多么凶狠的家伙!我扭住了胳膊把他扯翻,他却猝不及防地在我下巴那儿踢了一下。由于他的两手抓着光石使不上劲儿,所以踢得还不重;如果这一下被他踢牢了,我的下巴颏准被踢烂。这是个多凶的主儿。他揪我的头发,似乎想把我的脸抓破。我不得不用拐肘撞他的肋部和胸部。最后他终于让我制伏了,喘息着,开始求饶,一边把身上的包裹摔给我,“在里面,都在里面……”

我解开来寻找那个被烟熏黑了的小钢锅。被偷走的那一点钱也装在锅里。

“老总啊,饶了我吧!我不是故意的,不是故意的……”

他偷了东西还说不是故意的。我觉得这个流浪汉真是邪怪而又残忍。

“我这人哪,见了东西手就发痒——我管不住我的手!它迎着你的小锅伸过去,伸过去,一把抓住,就再也放不开了。”

我的心软了。看着这个瘦成了一把骨头的流浪汉,忍不住还是把那点钱给了他。后来我想了想,把那件大衣也扔给了他。我想如果不是自己把他呼唤到帐篷里，也许就不会有这场遭遇了……

我说："滚吧。这个小锅子可不能给你，我一路上还要用它煮粥。"

因为刚才跑得人急，身上的汗被山风一吹，冻得发抖。我不由得加快了脚步。走了一会儿回头看去，见那个汉子在那儿使劲跺脚，见我回头，就没好声地吆喝。他吆喝了什么？我停住脚步，只想弄清他在喊什么。

我简直不敢相信这是真的。他在那儿骂我。我给了他钱，给了他仅有的一件大衣，他还在骂我！这家伙骂得越来越难听，他在喊：

"你是个白眼狼！不得好死！快回去看看吧，你老婆丢了……"

我不再理睬。可是我的一颗心突然沉下来了，越来越沉，而且发疼。

三

踏入村庄的时候正是一个下午，太阳照得到处暖洋洋的，村头上有一溜麻雀躲在一棵高大的梧桐树上，吵了一会儿又飞开。我就迎着那个人家走去，院门打开，出来一位六十多岁的老婆婆。

我跟她说明了来意，说自己是过路的，这样一边走一边打工：我能帮您做点什么？老婆婆说她可雇不起人。我说自己不要工钱，只是想找个住处，我不会白白宿在这儿的。

老婆婆端量我，两手合在胸前："我有儿子。"

"我空下来可以帮他一块儿做活……"

老婆婆不再言语，再次上下打量我，"前一阵上村里也来过打工的……"我想听到下文，不知为什么她没有说下去。我想那肯定又是一个不好的故事。我不知该怎样才能让她放心,就说:“我走了好远,又累又饿,只想歇一歇……”

老人不再说什么。我随她走进了院子。

“你先在这儿住下吧,歇歇身子,解了乏早些上路吧。”

天很晚的时候她的儿子才回来。这是一个十八九岁的小伙子,中等个头,面庞黝黑,很俊气,叫庆连。他的手上脸上到处都是黑黑的煤屑,问了一下才知道,原来他在附近的一个煤场上搞装卸。这样田里的活儿真的缺少人手:要种春玉米,要整田,还要把渠旁的地堰垒一遍。

庆连不到煤场里去,就留在地里做活。我随他一块儿。地在村子西面,一条河汊的左岸。好多地都荒着,长满了茅草和一片片灌木。看得出这些地已经抛弃了很久。庆连说那些人都到外面去了。

“去干什么?”

“进山里开矿、帮工,随建筑队到城里。还有人下了南方……”

“一家人都走了?”

“都走了,锅碗瓢盆都带上了。”

这使我想起那些在城里背着包裹的老老少少,他们到城里找活干,后来又成了城里的流浪人。在桥洞底下,在城边那些垃圾场和小巷子边上,都能看到这样一些人。他们一家人支起一口小铁锅熬米粥,脖子上扎着毛巾,浑身沾满了城市的尘埃。

庆连说:“光守着这么一点地是养不活人的,因为天旱,粮食又不值钱……”

“那些机井没有水吗?”

“机井早就废了,那是过去集体时打的,如今大都塌了,一家一户又没法重新挖井。有机井也抽不出多少水来了。”

据我所知这一带的地下水是很丰富的。我有点儿吃惊。

“煤矿,那些工厂,他们日夜不停地抽水,水就没了。”

这种情况与海边有点相似。那里的水井也干涸了,整个夏天无雨,只要天上飞过一朵云彩,人们都寄托着莫大的希望。

整整一天,很大的一片地里只有我们俩在做活。我们运肥,把河汊旁边像墓堆似的一个个小土包刨开,里面就露出了冬前积起的肥料。我们用手推车把肥料推到地中央,一锨一锨均匀地撒开。我把厚厚的衣服脱掉,只穿一件衬衣。刚开始有点儿冷,干起活来汗水一流,身上热乎乎的。庆连不怎么说话,也很少露出笑容。他对我还有点陌生和多多少少的警觉,只是后来我下力气干活的样子使他有点儿放心了。他开始用友好的目光打量我了。

“做得惯吗?”

“做得惯。我以前也有地,也常在地里做活。”

庆连笑了。他笑得憨厚。歇息的时候庆连开始向我打听很多事情。他特别想知道我为什么出来打工。我告诉他:因为要吃饭嘛,吃饭就得干活。他告诉我村里剩下的年轻人不多了,自己想做的事情很多——他也想到远处,到城里,或者到别的什么地方去,就因为母亲年纪大了,他一个人离开不放心。“妈妈全靠我了。”他这样说。停了一会儿又告诉我:曾想去当兵,没成,也是因为妈妈的缘故。

交谈中得知,他像许多村里青年一样,因为要急着回来忙生活,只上了几年学。

夜晚庆连见我睡得晚,就进来坐一会儿。他问了许多外面的事情,也谈自己。当我问有没有心上人时,他马上脸红了。他后来讲起了在学校的情形,吞吞吐吐说出了一个女孩的名字:荷荷。“她长得好吗?”他咬着嘴唇不答,再问,连连点头。“你们好上了吗?”他赶紧摇头:“那时多小,怎么会呢。”我笑了:“可你一直想着她吧?”他的脸更红了。

接下去他躲躲闪闪不再提那个姑娘,像怕灼伤一样。他问我家里的情况,我就说到了自己的出生地、前不久失去了一片园子的事情。他不住声地叹息:“人哪,怎么也离不开自己的老家。”我偏要问到荷荷,他的脸就红。

“你不想去看看她长得多大了?”

“我……不想。”

“从离开学校再也没见?”

“没有,”庆连扳着手指,“四年多,不,快五年了……”

我鼓励说:“她已经成了大姑娘,随时都会跟上别人的!”

庆连鼻尖上很快渗出了一层细小的汗珠。看得出,我的一句话让小伙子焦虑起来。显而易见,他深深地暗恋着这个叫荷荷的姑娘。

四

第二天庆连没有到地里做活,也没有去煤场。天快黑了他才出现在家里,好像穿得整齐了许多,但肯定是不好意思让我看到这身打扮,只一闪就回到自己屋里。他再次出现时,身上穿的那件好衣服已经换下来了。我想如果没有猜错的话,那么他一定是鼓起勇气找那个姑娘去了。果然,夜里我们在一起时,他红红的脸上泛起了少见的光彩。

“去了?”他点头。“怎么样?”“就那样。”“那样是怎样?”

庆连抿着嘴唇,不好意思:“嗬,她真的……长那么高了!”

“还是那么漂亮?”

他摇头,盯着我,再一次摇头。

“怎么了?”

庆连咬着牙:“比过去更、更好看了……”

接下来他告诉我,他是去找另一个同学的,他和她在一个村,如今正开一个鱼塘,叫宾子。

“我们就在宾子的鱼塘那儿见的,她正和宾子未婚妻在一块儿……我也想学着养鱼……”

我心里祝愿他能如愿以偿——极想帮他,可惜没有机会。我有过不止一次恋爱,那已经是过时的经验了——而且与这种乡村爱情可能大相径庭。我只想让他一鼓作气,别再耽搁;不过究竟怎样才好,我一点主意都没有。我还鼓励他去学养鱼。

庆连从此就不再安稳了。他好像十分焦虑,常常走神,吃不下睡不着,像害了一场大病。有一天他突然举起手和脚给我看:它们在蜕皮。我问这是怎么回事,病了吗?他低低头:“没。不过我知道是怎么回事……”“怎么回事?”“我……总是想人哩……”

“那就大胆点儿。去找她——直接说出你多么想她!”

“那我……可不敢!”

“你不敢,有人敢的——他会抢在你的前边。”

我想往深里刺激他一下,可最后只让他更加焦虑而已,一会儿叹息一会儿搓手。

夜里他总想引到荷荷的话题上,可当我再次催促时,他还是那句话:“我……我不敢。”“她是老虎吗?”“我不敢看……一看就完了!”“怎么就完了?”他有些烦躁地活动着身子,一会儿皱眉一会儿咬唇,最后说:“我那天一看就浑身发抖,说不出话来……我不去鱼塘了,再也不去了……”

我知道那是怎么回事。极度的爱慕和羞涩。这需要一个长长的克服过程——也许直到最后你也做不到,不过到那时候发生什么变故都有可能,那时候你将会后悔一生。我替他着急,又无法施以援手,只好用反话刺激说:

“那就算了吧,索性再也别想了,干脆打消这个念头得了。”

庆连吭吭哧哧,半天才憋出一句:“那样我就会、我就会……”

“你就会怎样?”

“会死……”

庆连仰起脸看着远处,大概那是荷荷村庄的方向——我惊讶地发现,他的眼里有一汪泪水。

黑煤屑

一

随着天气越来越暖,渠边上的草开始长高,灌木上的枝叶渐渐变大了。各种各样的鸟儿都从远处飞来。田野上可以看到蝴蝶、蜜蜂、奔跑的小兔,空中有了翱翔的鹰。地边水沟的当心开始生出一些蓼科植物,节节草在渠岸上长了几寸高,林下问荆长得特别茂盛。渠里的流水早就断了,只有很少几湾水,里面长着水蓼、长鬃蓼、小香蒲和长苞香蒲等。渠底有一层焦干发黑的东西,原来是一些干腐的浮叶眼子菜。可见以前这儿的水有多旺。酸模和窄叶泽泻一块儿钻出地表,长得非常茁壮。渠岸上有柳棵、长成了灌木丛的健杨和小叶山毛柳等。地头上的一株杨树大约有二十多米高,灰褐的树皮在春天里变得簇新,贴近了似能感到微微的脉动。

庆连说,这儿每到五六月份就开满了各种各样的花儿,比如说金针菜,一口气就可以采上一筐箩。如果有了更好看的花,他就把它移到盆里……他一边讲一边低头在田边寻找,后来指着刚生出不久的草叶给我看。原来那是一株吉祥草。

邻近的土地开始出现了三三两两耕作的人。庆连说:“这还是好一点的村子呢。再往北,离煤矿近一点的,那里的人差不多都不种地了。”

“给煤矿打工吗?”

“去做装卸工,干点零活,总比卷起铺盖往别处去强吧……”

“赚的钱多吗?”

“多不了,因为煤场让一个叫‘老水蛇’的包下了。他是个大户,养了十几辆汽车。当地人没有不怕他的,矿上的头儿是他最好的朋友。光是拉煤挣不了那么多钱,靠的就是这个煤场……”

我听不明白。庆连说:“周围一个大矿和两个小矿的煤炭,有一多半都要经他的手倒一下。他先是在四周买了一大片地,把那些煤拉到自己地里,再让买主从那儿往外运。再后来他干脆把刚出井的煤直接买下来,然后再转手卖出去。”

这事儿听起来有点耸人听闻:“这不等于公开抢劫吗?”

“就算是吧,那又怎样?上面整顿了,可‘老水蛇’的势力越整顿越大……后来不光是煤炭,连煤场的装卸工都要归‘老水蛇’管。现在我们都是给‘老水蛇’干活儿。”

“你认识‘老水蛇’吗?”

“谁不认识他?不过他不认识我们,我们是来打工的。”

“那儿工钱高吧?”

“那要看装卸多少吨了。一天下来,人累得快散架了才能挣上几十块钱。‘老水蛇’刁得厉害,谁也别想从他手里讨到便宜。他现在钱多得用麻袋装了,还是舍不得多扔一分。除了煤场,他又在城边买了大块地皮,盖起一幢幢楼往外卖……”

“那是房地产。”

“村里人都说,用不了几年,‘老水蛇’手里就拄上‘龙头拐’了!”

“拄这样的拐干什么?”

庆连瞧着我,我这才发现,他用力看人时一只眼睛稍微有点斜:“拄了这种拐,打死人就不用偿命了!”

二

几天之后，田里的活儿做完了，庆连要回装卸队去了。

他把我一个人撇在家里，有时好多天才回来一次。我老待在屋里闷得慌，后来就提出和庆连一块儿到装卸队去。

老妈妈脸一沉："那你可受不了！"

"庆连能我就能。"

老人拗不过我，庆连则喜欢拉上我做伴儿。就这样，我跟庆连到十几里之外的那个煤场去了。

装卸队住在煤场旁边一个简易的工棚里，那儿有一溜大通铺。晚上离家近的走了，有的再近也不愿回去，因为已经累得走不动了，一个个扔下锨就躺下，样子很像挖煤的工人，满脸都是乌黑的煤屑。每个人穿的衣服都单薄极了，从煤场下来时要赶紧披上厚厚的棉袄。上煤场时每个人都要扎腿，胳膊袖口那儿也要用麻绳捆住，这样干活才利索，风吹起的煤屑也窜不进衣服里。他们全是黑脸，一笑牙齿雪白，眼白也显得很大。

庆连只让我陪陪他，给他打打下手，但我坚持要自己做。最后庆连只得领我到一个工头那儿登了记，然后领来一把大大的铁锨。

由于车少人多，所以只要有一辆车进了煤场，立刻就有人跑过去抢。场上有一个戴袖章的贼眉鼠眼的人，他不停地呵斥那些奔跑的装卸工——车停的不是地方，装卸工站错了位，都要挨一顿怒斥。

有一次我亲眼看到监工的把一个瘦瘦的、看样子顶多十六七岁的小装卸工猛地扯倒，腮部给碰在了尖煤棱上，嘴角立刻渗出了血……小伙子爬起来，把流血的嘴巴擦一擦，顾不得看打他的人一眼，赶紧去抢另一辆车了。

我觉得这种争抢太危险了。庆连在煤场上小声告诉我："你什么也不要理会,只管抢自己的车。你只要往车斗里扬上几锹,那么这辆车就归你装了!”

我照他的法子做,可是有好几次我抢先把煤扬到了车斗里,旁边的一个人紧接着也扬进去了。他骂骂咧咧,甚至威吓说要揍人,结果只能让给他。这样争抢一天也只能装上两三辆车,那种紧张疲劳简直不可想象……即便这样,我仍然想看一看那个“老水蛇”。

“你看不到的,”庆连告诉,“他轻易不到煤场来,要来都是上急的事儿。”

中午的饭菜简单到了极点:发黑的馒头,一碗菜汤,上面漂了几块白肉。庆连粗粗的手指夹了四个大黑馒头走过来,我一开始以为还有自己的一份,后来才知道那是他一个人吃的。这里所有人饭量都大得惊人,连我也比平常多吃了一倍的馒头。中午歇息一会儿下午接上干,于是又开始了另一场拼争。

几天下来我终于学得刁钻起来:没车时也不到工棚里休息,只在煤岭旁边蹲着——只要有车的轰鸣声,我就变得像猫一样机警,伸长了脖子,两脚用力蹬地。这样只要那辆车刚刚减速,我就能猛地蹿起,抢先扬上一锹煤。我最怕的是一个高颧骨黄脸皮的三角眼,这人大约有五十岁,身上满是筋疙瘩,一看就知道这种活做久了。这天我刚占下一辆车,他硬是来抢。没有办法,我说:“那好,我们俩合装这辆吧!”

“你这个臭狗,还想跟我分一碗饭?”

我忍着,一声不吭。但我没有走开,继续往车斗里铲煤。

高颧骨干脆把手里的锹猛地摔了,走过来,一把抓住我的锹。

我鼓了鼓劲儿,死死攥住那把锹。

他“嗷”地一叫,身子往上一钻,两手铁硬地按住我。这家伙的两条胳膊可真有力,但我的腿紧抵地面,他没有把我推倒。我瞅空儿用膝盖狠撞他的小腹,他叫着咬我的膀子。正这时候旁边“呀呀”喊了几声,是扑过来的庆连。他扯住了这家伙的腿,用力一拽,让其跌在地上。庆连迅速用膝盖顶住他的肋部。这家伙哼几声,算是告饶,一边看着我一边蔫蔫地蹭到一旁的高处——突然猛地搬起一块大大的煤矸石,迎着我的头就砸下来……

谢天谢地,幸亏我躲过去了。煤矸石砸在旁边的锹上破碎了,发出了“轰”的一声。

那家伙扔过了煤矸石又操起了铁锹,庆连也迅速端起了一把铁锹。两人对峙了一会儿,庆连说了一句:“你算了吧。”

那个家伙吐了一口带血的唾沫,走开了。

接下去我再也没有力气干活了。

晚上的大通铺很宽绰,因为总有人赶回家睡觉。一天干下来,躺在那儿一动也不愿动。旁边总有人围在一个大灯泡下打扑克,一开始以为是随便玩玩,后来才发觉他们个个紧张,一声不吭。

庆连小声告诉:“他们在赌钱。有时一个晚上就能输掉一两千,赢家一夜要赢到一万多。”他指着头顶有秃斑的五十多岁的一个胖子:“看见他了吧?”

其实我一直盯着他,因为我发现他并不是装卸队的人。

“这是附近村子里的一个赌王。看他旁边那瘦子,还有那个小孩,都是他带来的。装卸队里没人愿赌,不过一围上他的圈子就得干,要不就别想待在这儿了……这人给‘老水蛇’手下的人上过贡。”

“‘老水蛇’也要从他这儿拿钱吗?”

“‘老水蛇’才看不上他那几个钱。是他手下人,比如装卸队的那些‘监工’。”

庆连是怎么逃过这一关的?我问他,他说:“刚开始他们拉我干,我说不认字儿。赌王打了我一个嘴巴,说‘四五六不识的东西’!我忍了,知道手一沾上纸牌儿就坏了,纸牌儿比烙铁还烫人……赌王不光在这个工棚里开了场子，矿工宿舍那里也开。他两边都要去。”

这边是叭叭的甩牌声，睡觉的人却能发出震耳的鼾声。

庆连把声音压得很低：“这些人是从很远的南山里来的——他们在这儿一个个都胆小怕事，因为不是当地人，别人更要欺负他们。他们和大伙一块儿干活，拿走的钱只有我们的一半。除了输钱，还要交‘保护费’，要有当地人护着才能在这儿干活……”庆连正说着突然煞住了话头。原来门口进来一个戴袖章的人，就像白天在煤场看到的那些监工一样。这人腰上挂了一个高压电棒，还有一个对讲机。我开始还以为他是矿山保卫部门的人，庆连说他们都是“老水蛇”的手下人，身上的各种装备都是公司配的。“现在‘老水蛇’成立了‘煤炭销售总公司’，大家背后都叫他‘掌柜的’‘老板’‘老大’……”

三

在煤场上一天下来，汗一干，全身上下的黑煤屑紧粘在身上，简直没法儿忍受。站着、蹲着、躺着，都有一层东西紧裹在身上，像长了铁鳞。

这些年我已经改掉了每天必须洗澡的毛病，可以带着一身泥汗睡觉，第二天照旧生气勃勃赶路。可是像眼下这样实在受不住，即便夜里能够睡熟，可一旦醒来身上就难受得再也合不上眼。天有点冷，不能用凉水冲洗，而且要洗就得到工棚外面，钻到黑影里找个没人的地方。天太冷了，如果是夏天，一切也就简单得多了。

我打听有没有洗澡的地方，旁边人看着我，笑眯眯不搭茬儿。

后来他们见我问来问去，就说：“你自己找呗，晚上，煤场前边，顺着那条大路往南走再往东一拐，有卖东西的，卖零食的，剃头的耍把戏的，什么没有……自己找去呗！”

“矿上那个大澡堂可不可以洗?”

他们摇头:“那可不行,那是矿工专用,你身上没有挖煤的牌儿,进得去吗?”

晚饭之后我就顺着公路往南走去。夜晚车辆少,反倒比白天热闹。一个个电灯就挂在路旁的榆树上。沿路已经支起了饭摊儿,而且还有书摊,卖什么的都有。油炸果子、烤羊肉串、冰糖葫芦、爆米花、烤猪肉,我还看到了卖“肉盒”的,心里立刻一热:这是我出生地那儿有名的一种美食。我忍不住买了一个,一吃才知道上当了。它有点发酸,好像是用一种陌生的肉做成的。我问这是什么肉做的?

“还能是什么肉?不会是老鼠肉就是了!”他一顿抢白。我赶紧走开了。

前面的一个书摊吸引我蹲下来。卖书的是一个小姑娘,长得瘦瘦的,眼睛很大,穿得很时髦:紧绷绷的牛仔裤,上衣是一件红色的面包服。奇怪的是这些书跟城里的读物几乎一模一样。围在书摊前的还有几个人,他们大半是矿工或装卸工,用粗黑的手指拈着极其粗劣的纸页,嘴里念念有声。多半杂志都画了半裸或全裸的男女,在几个人手里传来传去。一本杂志的封面上画了一个裸女,又从她的肩膀那儿爬下了一条巨大的蟒蛇,蟒蛇的头部又消失在私处……

往前走了一百多米,公路两旁的情景大致相似。拐角的地方有人在开场子,那是一块荒地,踩得平平的,站了几十个人。原来那儿有一个外地来的杂耍艺人,领了一个小小的猴子,小猴子在他的皮鞭下惊慌失措地瞟着,不时做一个动作。小猴子旁边还有个畸形女人,身个不到正常人的一半,看起来像一个大头娃娃。如果只看背影还以为是五六岁的小姑娘,可是等她转过脸来,马上看到的是那双成熟而悲哀的眼睛、眼睛四周密密的鱼尾纹。她最少有三十多岁了。

“请看请看，各位看官，不看不知道，一看吓一跳。天下之大，无奇不有，人猴结婚，当场拜天地亲嘴儿……各位看官，有钱帮个钱场，没钱帮个人场，咱这就开始啦……”

艺人打着锣，喊出一声口令，抽响了鞭子。那个畸形女人发出一声尖叫，用力挺起胸脯，伸长两臂向那个更为瘦小的猴子深情注视，并一点点走过去。那小猴子四下看一看，一头扑进了她的怀里。接着他们就用力地拥抱。小猴子破败不堪的屁股轻轻地颤抖，接着那个女人就吻起猴子来。我想这时的猴子如果不听驯导，很容易就会把她的脸给撕坏……好在什么意外也没有发生，他们亲吻了一会儿就一块儿跪下，向着四周的人不停地磕头。“一拜天地！——二拜高堂！——夫妻对拜！——”艺人打着锣吆喝，不停地把鞭子挥响。

旁边的人笑得乱跳，鼓掌。

“看官看官。”艺人提高了吆喝，接着把头上的礼帽抛到空中，小猴子一跃把它抓住了。他打锣，小猴子绕着圈子，捧着礼帽。我明白这是要钱。

“可怜可怜吧，可怜可怜这个孩子……”老者打着锣喊着，“三岁死了爹妈，五岁嫁了个傻子，傻子冬天把她扔到冰窟窿里冻，用脚踩，用木头橛子捅她。我是她叔伯哥哥，救下她来……可怜可怜吧！还有这只小猴子，花五百块从南山买来……”

有人零零散散地往礼帽里扔硬币……

走开很远，那猴子，那后背显得过分宽大的畸形女人的模样，都在我眼前闪动……在这个初春之夜，我走到了哪里？我怎么又是一个人在孤零零地赶路？噢，我现在出来是为了解决一个非常迫切的问题：洗去一身的肮脏。

“老乡，有洗澡的地方吗？”

一个四十多岁的汉子,从嘴里抽出一尺多长的烟锅,往右摆了一下:“看见那个白灰墙了吗?去吧,洗一洗能舒服死你。”

我不在意他的恶口,一直地走过去。小路顺着公路一侧的下坡滑下去,一直到下陷废弃的庄稼地里才打住;庄稼地原是水洼,蒲苇长得旺盛,这会儿硬是用一些煤矸石给填上了。这样白灰房子就像盖在一个小岛上似的。小小的房子外面有一个很大的铁炉子烧水,冒出的炉烟和小房子缝隙里喷出的蒸汽搅到了一块儿。这儿的确有一个浴室:小房子很窄,但是很长,进去只有一个门,靠门是一个小柜台。一个五十多岁的女人坐在柜台后面,穿金戴银,抹了口红,耳朵上还戴了翡翠绿耳环。旁边是两个二十多岁的小伙子,一律留了小胡子,烫发,揣着手站在那儿。

女人腕上的镯子当啷啷响,叫着:“来客了来客了,”把拴了麻绳、一头红一头蓝的竹牌在手上绕来绕去,端量着我问:

“洗大澡还是洗小澡?”

她见我听不明白,就解释:“洗大澡就是去公用大池子里洗,洗小澡就是在小间里自己洗。你一个人来,我琢磨是……”

“有淋浴吗?”我想还是淋浴卫生一些。

“木(没)有。”

我说:“那就洗大澡吧……”一句出口又有点后悔,因为我担心这样简陋的澡堂里,池水恐怕不会按时更换。于是我赶忙更正:“不,我洗‘小澡’吧!”

“那才好。”她收了三块钱。

我领了竹牌,跨进第二道门里。那儿有一个浓妆艳抹的二十多岁的姑娘,穿的衣服极其单薄。她走路使劲扭动,开口酸溜溜的,京腔里还掺进了外地土语。开始我怎么也听不懂,后来才明白她让我脱下衣服,要把衣服存在这儿;还问我有没有贵重东西,她这里都可以代存。我坚持要到洗澡间脱衣服,她就不无严厉地说:

“你还是把这套脱了吧!”

结果我只穿着一个短裤和汗衫,走到了被指定的小间里去。这儿透风漏气,简陋得不能再简陋,顶多只有五六平方米,除了一个木制的大澡盆之外,旁边硬是塞下了一张窄窄的小床。木盆旁边放着两个大桶,一桶凉一桶热。那桶热水蒸气噗噗涌出,弥漫了整个屋子。如果蹲在那个热水桶旁边,不一会儿就出一身热汗,倒也让人惬意。

我脱了短裤,这才发现那个小门没法从里面插上。小间是用秫秸抹了泥巴隔开的,隔壁却没有声音。看来“洗小澡”的人不多。我开始把凉水和热水掺得正好,然后搓洗起来。只一会儿木盆里的水就像墨汁染过一样。真舒坦哪!洗了头发,一点点让身上的煤屑全部脱落。我嫌这水还有点凉,又加了一瓢热水,最后才恋恋不舍地把那盆黑水倒掉。

我正舒服地坐在木盆里,突然小门被砰一下打开了。

那个姑娘神情木木地走进来,看看那两个水桶:“噢,热水还有。没了你喊。”

她四下端量着,好像很不满意地走出去。我把小门重重地关上。

四

我正想草草地洗一下离开,谁知还没容爬出木盆,门又打开了。又是那个姑娘。这次她把脸从门缝里探进,盯着我问:“不要搓澡的吗?”

我愤愤甩下一句:“不要!”

门关上后,我赶忙揩干了身子,然后穿上了仅有的一点衣服。正要出门,那个姑娘索性推门进来了:“哟,穿好了吗?”

我没有理她,径自往外走去,那姑娘却挡住了门:“这就走了?

还没按摩呢!”

“我不需要,我洗过了就行……”

“那可不行,”她嘻着脸,“我们这儿都是一整套的,要‘洗小澡’就得按摩。我要不给你按舒服,就得给老板辞退了,砸了饭碗。你还是让俺吃碗囫囵饭吧。躺!”

我侧身到小门旁推了一下,竟然打不开了。活见鬼。

我踢了几下门,叫外边的人开门。这样折腾了一刻,门终于砰一声打开。

我在柜台旁看到的那两个年轻人出现了。那个姑娘一见他们就扭动起来,擦鼻子抹眼的,做出一副无比羞涩的样子。两个年轻人抱着肩膀走过去,问她:

“又遇到不地道的家伙了吗?”

“嗯,咱给摸了……”她吞吞吐吐。

两个男人哈哈笑,推搡着把我弄到柜台那儿。后面那个姑娘把我脱下来的衣服紧紧搂在胸前,跟过来。

披金戴银的那个女人问我:“公了还是私了?”

这一套把戏太拙劣了。我冷笑着,没有理她。

女人看看两个男人:“把他扔到水泡子里去吧。”

两个男人应声就把我往外拖去。这时候那个姑娘在后面替我求情:“妈,算了吧,都是吃五谷杂粮的,谁能没有这些毛病?我看叫他赔咱几个得了……”

“要是钱不够呢?”一个男人问。

姑娘大声说:“够了,我数过,有一百二十多块哩!”

她说着把搜到的脏里脏气的几张纸币紧握手中,然后把衣服摔给了我……

外边的风好清好冷,我贪婪地吸了一口。我不愿再从这条窄窄的公路走回工棚,就下了马路,斜穿过那片下陷地。一丛一丛的蒲苇和灌木太难走了,一路磕磕绊绊地往前……天真黑啊,野物们被惊吓起来,嘎嘎叫着蹿跑。一百多米外就是马路拐弯处,那里闪着灯火,一片嘈杂。锣声还在敲打,一个粗嗓门男人正一声声叫喊:"一拜天地!二拜……"

我的平原兄弟

一

我的兄弟!当他面临如此厄运,第一个想到的就是我,向我求援。这让我感动,又使我承受着难言的沉重。我似乎预感到一个不祥的结局,知道它意味着什么。我明白,荷荷被这种病缠上,庆连的下半生就算跌进了深渊。她的家里人显然想甩开一个巨大的包袱,将一个病重的人送到这里,然后即不再过问。荷荷住在小厢房里,庆连母亲夜里要和她睡在一起。

荷荷随时都会发出尖叫,那时庆连就像救火一般跑出门去——一会儿庆连母亲就会退出来,坐在中间屋里唉声叹气。尖叫声终于没了,四处突然变得死一样沉寂……这样的日子让人坐卧不安,心惊肉跳。后来庆连告诉我:荷荷夜里正睡着,不知怎么就一个冷颤跳起来,然后再也不睡了——她睁大两眼盯住屋角,飞快地往后退缩、退缩,一会儿就将所有的衣服都挣下来,赤条条地跳着叫着,直到泪水满颊……这时候庆连只有死死地抱住她,一下下抚摸安慰,直到一个钟头之后她才慢慢安静下来——倒在炕上,半睡半醒。庆连这时候要一直坐在旁边,生怕她再次惊厥……就这样,因为极其缺乏睡眠,庆连两眼熬红了,头发乱蓬蓬的,脸上不知怎么青一块紫一块的,像被谁揍了一顿。

荷荷有时会尖叫躁动几天,胡乱扔东西……他们对她又劝又哄,只为了让她吃药。她却极为狡猾,那双美丽的眼睛盯得人心上发颤。她存心捉弄人,故意做出一些吃药的假动作,却把那些药片巧妙地扔掉或藏起。她一连几天不睡却毫无困意,话语滔滔,扯东道西,一副经多见广的样子。她谈得最多的是公司、外国人、大鸟。关于大鸟的话题让我阵阵惊讶:它在这儿竟成为一个绕不过去的存在,有时具体而清晰,有时又虚无缥缈……

她偶尔衣衫不整头发散乱地走进我的房间,长长的眼角四下瞥着,让人觉得这是一个落魄的仙女。庆连紧跟其后,不断地将她的衣服整好。她乱施脂粉,敞着衣怀,露出一对洁白的乳房。她在庆连撩起衣服遮掩时发出痛快的大笑,一转身又袒露了后背——在左肩下边一点,有一个"鸟儿"的文身。我明白,她在故意显露或夸耀它。

我隐下了阵阵惊讶。我在想她不停地说到的"大鸟",与这个文身的关系——这大概不会是一种巧合。我问庆连:"你什么时候发现她后背有这个文身的?"庆连咬咬嘴唇:"很早了……是,是第一次去林泉的时候……"

他像做过了一件丑事、像检讨犯罪那样,一点点吐露了两人间的一些隐秘。他最终把我当成了一个知心的兄长,不再隐瞒事情了。

原来荷荷的本家兄弟第一次送她来的时候,她的病已经重到了无法收拾的地步,他们这才想起她是有"婆家"的人。其实庆连与她只是口头订婚,两家之间根本没有举行任何仪式,更没有其他实际内容——荷荷刚离开时庆连去探望"岳母",对方爱答不理的。庆连那时发现荷荷家已经明显地变富了:房子重新建了,院墙垒了漂亮的石基,屋子里的家具一色全新。对比之下,他越发觉得自己太穷了。也就是这些日子里,他开始拼命去煤场做活。有几次他到了荷荷的公司,去她工作的地方找人,结果只一次见到了从外地归来的她——她招待他吃了丰盛的一餐,临别的时候出个主意,让他也出来找个差事——可是庆连怎么会扔下母亲呢?还有地——那无论如何是不能荒的。

庆连没有走开,荷荷倒回来了,是被本家兄弟送回来的。

那次荷荷住了一段离开,然后又返回——她有时跑到城里,有时回到娘家——她的家里人就会再次将她送到这里。庆连和母亲眼瞅着她的病一天天重起来,最后实在没有办法,就咬咬牙送她去了林泉——原想找个大夫看一看,谁知一去就回不来了。大夫说她病成这样只有马上住院,起码要住上两个月。"谁陪她?你是她男人吧?"庆连"嗯"一声,点点头。就这样,他把家里仅有的一点积蓄都花在了荷荷身上,一连陪伴她治疗了两个月。荷荷必须让他陪在身边,他一离开她就喊叫。那些夜晚他心疼极了也恐惧极了,更有无法言喻的幸福。他在巨大的惊恐和羞涩之中,与她度过了一个个夜晚——为她擦洗身子,端食物也端排泄物……一个深夜,荷荷出奇地安详——她几乎从来没有这样安详过,看着他,然后拉紧了他的手,拉到自己身上。他已经多次见过了她的身体,这一切对他来说都不陌生,可是只有从这个夜晚开始,他才真正地拥有了她。

他们在林泉度过了一生的蜜月。

而后荷荷再也离不开他了,只要他一走出房门,她就要喊叫。庆连告诉我:荷荷没有一刻是正常的,也没有一刻是不正常的。我问他这是什么意思?他说反正觉得她就是自己老婆,是最亲的自家人了,是他的骨肉,她怎样都是正常的……他这样说着,我听了却很难过。我明白了,他在内心里已将其与自己结为一体。他说,为了不让她在半夜里突然惊叫,有时要一整夜地搂紧——"只要我搂紧她,她就不叫了……""可你不能一天天总是搂紧啊!""我……

就搂紧她……日子久了,人也就好了。”

庆连母亲也有同样的期待,老人觉得荷荷肯定会治愈的,这也是她最大的指望。“金山银山俺都不喜,俺只盼荷荷这孩儿好起来哩。”老人念叨。有一次我见她在一个角落里偷偷烧纸上香,还摆了一些水果和糕点,不停地作揖祷告——这样几次我才明白,心里大吃了一惊:老人祈求的是一只大鸟!她在说:大鸟啊,咱们前世无冤后世无仇,你就饶了我家孩儿吧!我家孩儿是个苦命的娃儿,她还要生孩子过日子呢,庄稼人的日子原本就难,大鸟你千万行行好,饶过俺这苦命的孩儿吧……老人一开始偷着祷告,后来就不再瞒我。桌上,有了一只大鸟的牌位。

我问庆连:“你也信这个吗?”

“我……说不好。妈妈说她肯定是被大鸟附体了……”

“‘附体’是怎么回事?”

“就是被这样的精灵缠住了。过去在村里是常见的事儿,有狐狸精黄狼精,它们专门缠村里的女人。没有办法,那会儿只好找串乡的法师来赶走它们。如今再也没有法师了,村里人也就没有办法了……”

我不知该怎样说。我当然不信——可是很久以前平原一带的女人被精灵纠缠一类事,真的是经常发生的,这只要在平原上生活一段时间,没有一个不知道。问题是对这种现象我们当代科学还是给不出一种合理的、令人信服的解释。尽管如此,我还是存疑。好在随着时间的推移,平原上的大片林子日渐消逝,各种野物没有了存身之所,能够纠缠村民的精灵几近绝迹。眼下的荷荷可能是非常特殊的一例。

庆连日夜和荷荷在一起,应该是最有可能洞悉隐秘的人。我怀疑他出于许多禁忌,或多或少地隐瞒了什么。但我没法问得再多了,因为这其中必然会涉及男人的尊严和禁忌。可最后往往是他自己忍不住,在荷荷难得睡下的时候,断断续续说出一些惊人的细节。

二

般来说,那是一只淫荡的大鸟。关于它的各种事情讲得多了,渐渐让人不再怀疑这一点:它既是真实存在的,又是天真邪恶的,甚至还具有某种神奇。它成为一个当代传奇也并非没有可能。不过这只大鸟总有一天会因为恶贯满盈而遭到严厉惩罚。想想看,当它抓紧了自己的猎获物飞到天上时,可怜的村姑们在地上生活惯了,一离了地就吓得一动不敢动,它们也就恣意玩弄起来。传说中,大鸟即便在天上飞翔时也不停地干那种事,这实在有些耸人听闻。可这又是不能怀疑的事实——它出于当事人绘声绘色的描述,也就不由得你不信。那是受害者不能为外人道的、羞于启齿的事,受害者只有面对至亲才会吐露一点点。

大鸟把她们携到空中,任意飞翔,忽然冲上云霄,忽然钻进深谷,在高空里盘旋一阵,又找个地方落下来。这只大鸟会找来许多大鸟,它们的大窝随处都有,最大的窝当然在岛上,她们被劫到那里就得打谱过上一阵子,就得做好经历各种怪事的准备。大鸟吞食的是人间见都没见的古怪吃物,行为自然也稀奇到了极点。它们让姑娘们像鸟类一样生活,而那是怎样特异的习惯哪!不停地扑打翅膀、叫唤、穿上毛疵疵的小短裤,还得露着屁股走路、一扭一扭地走,像一群小鸟那样排成长串……反正所有丢人现眼的阵仗都摆出来了,这儿是人家鸟的世界,人家的王国,一切也就由不得不听。大鸟一冲到天上就变得更没品行了,花花样儿多到让人吃惊。想想看,村里姑娘上了天连大气都不敢喘一口,这会儿又能怎样?她们吓得身子抖瑟着,它们也就尽情戏耍起来。

从来没听说如此淫荡的家伙,一个个秃头郎唧的,嬉皮笑脸,不停不歇地干那事儿。这就像喝水吃饭,就像端起杯子咕咚咕咚喝上一气似的,噎得直打嗝儿,擦擦嘴巴还是仰脖儿大喝。她们在心里骂:“真、真不是人啊!”骂过了又在心里埋怨自己:人家本来就不是人嘛。

大鸟故意伸出海蛤舌头一样长的东西吓唬她们,伸手捉住她们时就发出“吼、吼”的叫声,就像荒野里貉的叫声。她们后来一听到这种叫声就全身发抖。大鸟玩累了就愿装出老人的样子——准确点说是显出十足的老态,因为它们当中有的真是一大把年纪了——眯着眼跟她们说话,问她们一些家长里短,慈祥地抚摸她们的手、脸和脖子,不再亲嘴巴,只亲额头,然后又是连声咳嗽。那一只只鸡爪子似的大手啊,把她们的头发摸了又摸,摸着摸着就沉入了梦乡。它们打呼噜的声音和老人完全一样,“呼吐——呼吐——咳!”还有一个习惯也和老人一样,就是晚上睡不着,白天尽打瞌睡。晚上喝一些花花绿绿的东西,都是老辈没见过的,她们尝了一口,才知道那是酒!喝上一会儿它们就变得淫荡了,两手也不再老实了,胡乱折腾起她们来,直到把她们折腾得吱哇乱叫。它们这些鸟儿的脾性也不一样,有的就喜欢听她们这样乱叫,有的一听就呵斥说:“别大惊小怪!好生受着!又不是大闺女上轿头一回……”

荷荷进了公司不久就被一只大鸟相中了,它携上她飞啊飞啊,开始一个岛一个岛地逛悠。第一次飞在空中它就用长喙啄紧了她的脖子,然后就像一只大公鸡那样要了她。她说到这里就哭:咱那会儿一动不敢动,只害怕,咱在天上头晕哩,咱躲躲闪闪还不知怎么回事呢,就啊呀一声成了过来人!我的娘哎,你好生生的孩儿这辈子再也没人要了,一眨眼就成了畜生的玩物!我的庆连啊,咱原本打谱做你的黄花大闺女,直做到入洞房的那一天哩……我的娘哎,俺眼泪哭成了串,在半空里呼天天不应,叫地地不灵,晃悠着,迷迷糊糊就成了大鸟的吃食!我头撞大鸟,说我这回得死了,因为我不能活着见俺妈了，更不能活着见俺的庆连了——傻傻的庆连、憨憨的庆连，他多少次和俺在一起，正眼儿都不敢看俺一下，连咱的手都没摸过！有一回他送俺到庄稼地边上，咱想亲他一口，硬是被他一扬脸躲过了……大鸟不听这些，也不让咱死，它说：你死？你活不好都不成！后来它就变着法儿让咱高兴，喂咱最好的吃物，让咱变得又白又胖，生出了双下巴。只要一闲下来，它就把大翅膀一忽闪，将咱抱到炕上，然后就像大公鸡一样，一时不停地干起了那事儿。

我后来认识的大鸟可真多：秃头老鹰、老猫头、大雕、蜷毛隼、长腿灰鹳……多么奇怪的鸟儿都有。它们的习性可不一样，叫声也不一样，"咕咕咕，关关关，哼哼哼"，这样叫着往咱跟前凑，两眼红红的吓死个人。有的大鸟是从天外飞来的，那古怪的叫声咱从来没听过，头上还长了红毛儿，就像红毛儿老鹰。天外飞来的大鸟咬得咱的后脖儿疼，有时一溜牙印儿都流血，半月好不了。疼死人了，庄稼娃儿挣再多的钱也做不了这脏活儿，这真不是人干的工作！可是那些最早招咱来这儿的人说："好好干吧，年轻人哪，就是得干一行爱一行，行行出状元！"说这话的人压根就是畜生，他们家祖祖辈辈的女人都该是这一行的状元。最可怜的是邻村里那些姐妹，有的才十几岁就给大鸟掳了来，她们被折腾得死去活来，不出半月，都被大鸟把后脖儿上的毛儿全啄光了。有的大鸟还逼她们下蛋，让她们学鸡叫："咯哒——咯哒——"还要学鸡那样，脱了裤子蹲在鸡窝里。她们的光身子上沾满了鸟毛，孔雀翎子和公鸡翎子在屁股上粘了一大撮，翘翘着看一眼笑死人！大鸟就为了好玩儿，拿庄稼孩子不当人待，让她们这样子在窝里走来走去。那些天外飞来的大鸟就喜欢她们扮出这模样，然后大把大把往外掏钱，一点都不吝啬。

荷荷给庆连说故事，说得玄天玄地，他也不觉得有什么怪异——他在陪她的日子里，在一个个长长的不眠之夜里，已经全都习惯了。她让他像大鸟一样和她玩，他吓坏了。她说我的好庆连啊，你快离开我吧，我已经不是人了，我跟了一只鸟精，不久就要生出一只老大的鸟蛋，到那时你就会吓得撒开丫子跑没了影儿。庆连只有这时候才觉得她说的是痴话，一个劲儿安慰她：不要紧，你就是变成了母夜叉都是我的人。她告诉他一个故事，说那是邻村的一个姐妹身上发生的真事，说得有名有姓——那姐妹比她还要晚半年来到公司，人长得说不上最好，因为最好看的是自己；不过这姑娘长得有些怪怪的，小脸儿大屁股，眉眼儿俊呢，真像一只水灵灵的小母鸡，走起路来也像母鸡那样，头往前一伸一伸的。公司里的大小头儿都喜欢上这只小母鸡了，一个个不吃不喝也要找她。要知道这些头儿脑儿都是大鸟闪化的，这是一般人不知道的，只有荷荷知道，因为大鸟的总头儿暗地里告诉过她。小母鸡一年不到就下了一只大蛋，她听说就去看了——当时人在医院里待着，是一处乡间医院，里面给隔离开来，没什么病人吵闹。小母鸡一见她就拉住双手哭啊哭啊，说要看自己生下的那只蛋。那是做妈妈的想亲生孩子的滋味啊，我们当女人的都知道这是怎么回事。我问她知不知道孩子的父亲是谁？她说不知道，弄不清楚——不过她还是想看那只蛋！狠心的坏人哪，他们就是不让她看自己生下的骨肉，说反正是一只蛋，不是一个正常孩子，早就给接生的人一抬手扔了。说到这里她就哭成了泪人，拉着荷荷的手说：求求好妹妹了，你去替我看看到底是不是真的。

荷荷对庆连说：她一辈子都忘不掉那一天看到的情景。那真的是在一处大鸟窝一样的地方，记得它是用丝绵什么的做成的一个大碗模样的东西，它搁在一个空荡荡的屋子里。屋内什么都没有，冷飕飕的，只有这只大窝，旁边是一个背了武器的士兵。有人领她进来，条件是不许告诉任何人——这次算是大鸟头儿格外开恩,禁不住她的反复哀求才应允的——她小心地一步步走进来,走到大窝跟前,可惜个子太矮,头顶只达到那只大窝的中部。那个领她来的人搬来一个高凳,再把她扶上去,她这才得以见到窝内的东西——这一看不要紧,她差点惊叫出来……原来那大窝的中央真的是 只蛋,不过这不是一般的鸟蛋或者鸡蛋,而是像最大的南瓜那么大、通体闪着肉红色的一只椭圆形的大蛋;那壳儿好厚啊,正微微颤动——一旁有人说,这是因为眼看就要破壳而生了……她惊讶极了,心想这真的是姐妹的孩子吗?正这样想着,那个人说:“可不能让它生出来,这东西压根儿就不能留,这是老板的指示……”她吓得大叫:“这好歹也是姐妹的亲骨肉啊,你让她看一眼也好啊,求求你手下留情吧!”那个人只是冷笑,不再吱声。

第二天荷荷再求大鸟的头儿,苦苦哀求,总算被应允去观看那只大蛋破壳。她照例被扶上一只高凳。一旁的另一个人手持一只长柄木槌,要敲开那只大蛋。她央求说:“还是让它自己出来吧,这一敲还不是要弄死里面的小崽儿啊?”那人说:“这你就不懂了,这壳儿太厚了,再不敲破它,小崽儿就得憋死!你不信问问他——”旁边有一个穿白大褂、脖子上挂了听诊器的中年人,一直铁青着脸。正说着木槌就举起来,砰一声,蛋壳破了,咣咣的,汁液飞溅,一股腥膻气直刺人的鼻子。一阵浓雾似的东西从眼前飘过,让她不得不眯了一下眼。等她再次睁开眼睛时,只见像瓷碗那么厚的蛋壳已经碎成了无数屑片,所有的汁液都渐渐渗进丝绵窝里,中间只剩下了一只刚长出小白翎子的幼鸟:可怜的小家伙正极力挣脱几绺黏液,用尽力气撑着光秃秃的双翅……一阵若有若无的尖叫声从耳畔掠过——这一瞬间她突然想到,自己未来的结局也是一样,就是为某一只大鸟生下这样的一枚巨蛋……因为一种难过和绝望交织的心情,她紧紧地闭上了眼睛——当她重新睁开眼时,那个一直守候在一旁的医生已经踏着早就准备好的一只木梯走上去,然后伏身探向那只正在剧烈挣扎的小鸟……她看到他从衣兜里抽出了一支针管……一种极大的不祥让她大呼一声:“不要啊……”

她那时在替邻村的姐妹难过。她预感到那个医生要扼杀姐妹的婴孩。这是真的,因为最后的时刻她听到了那只小鸟发出了一声尖叫。一切就这样结束了。

可是这永远都会是一个谜。因为大鸟阴着脸向她下令:看到的一切不得向任何人说起,要让它烂在肚里!可怜的邻村姐妹还在等待一个生命的消息呢,那是她的亲生骨肉啊……

三

庆连瘦得不成样子,整个人都变了。往日是那么英俊的一个小伙子,如今一张脸变得暗淡无光,眼窝深陷,只有一双眼睛时不时地喷吐着焦火。我主张荷荷仍然要住到林泉去,因为在家里待下去不是长久之计——那座著名的精神病院在国内应该是一流的。他十分犹豫,我一开始以为他考虑到了钱的问题,因为长期住下去费用蛮高的——我告诉他千万不要顾虑这些,我会帮他想办法。他摇摇头说担心的是另一些事情——荷荷已经治了这么久,该想的法子全想了,大半是有什么心结没有解开——这样即便住上再久也无济于事。庆连心疼荷荷,她住院时,一声声哀求回家的声音让他泪流满面。他那时总像哄孩子一样对她说:“好的,咱们回家,回家。”他们真的回家了,荷荷高兴得什么似的,长时间偎在他的怀里,说:“我会按时吃药,我会听话,只求你再也不要把我送回林泉……”庆连一一答应了她。他对我说:“如果我再把她送到那里,就是骗了她。我可不能说话不算话啊!你不知道她在那里过的是一种什么日子。她再待在里面会死的,真的……”

我只想让他明白荷荷的病是多么严重——听着她的胡言乱

语,一些天外来客般紊乱荒诞的信息,任何人都会绝望的——可奇怪的是当我试图向其稍稍做出这个提醒时,他竟然连连摇起头来:“不,不是这样……我知道不是……”

“不是?那是怎么回事?你的意思……”

“我后来,就是现在,才一点点全听明白了……荷荷的病没有咱原来想的那么重,她说的这些都是真的啊——她是嫌我们听不懂,所有人都听不懂,才急成了这样!她没法让我们听懂……才急成了这样!”

我大惊失色地看着庆连。我不相信自己的耳朵。我甚至认为他是长期和一个重症精神病人在一起,结果连自己的思维也不正常了。我在想怎样让他明白过来——这时如果连他也糊涂了,那可就糟透了!那真的是糟得不能再糟了!我一时想不好该怎么说,只是长长地叹息。

“那些林泉的大夫们当然听不明白,结果也就把她当成了重病号,一个劲儿加药、加药,最后也就把荷荷给毁了!你不知道,他们还给她用了电击疗法……那对荷荷来说真是生不如死啊!老宁哥,你会明白的,荷荷的病压根儿就没那么重,一开始或许还没病哩,她不过是太累了,太累了,只要好好休养一阵就好……全怨我啊,把她送到了林泉,是我把她害了……”

我一时不再说话。可我的目光让庆连看出了什么,他伸着手,急于让我明白、让我和他取得一致的看法:

“你没和她一起,没听她一夜一夜说些什么;还有,没看到她夜里是多么细声细气地跟我说话、多么体贴我!她,她有时比我还正常还心细哩,怕我累着、冻着……她总是哭着求我回家,说‘咱们回自己的家吧,咱们这辈子哪里也不去了’。我的荷荷啊,没有比她再正常的人啦。只要别让她急,只要听她一点一点说话,只要相信她的话,她就不会那样了……”

我终于忍不住。我不能再这样迁就下去了,因为这样不仅于事无补,还会极大地加剧一家人的苦境。我问:“难道她说那些大鸟的事、所有的经历,会有可能吗?这显然是一个精神错乱的人,是幻觉,是谵语,你到底怎么了?”

庆连的脖子马上红了,青筋暴起来:“让她急的就是你这样的人啊!老宁,你还不明白吗?你啊!你让我怎么说才好啊!我们没有被大鸟捉弄过,当然也就不信了。村里的老年人都知道这样的事,我妈也说过——她半夜里劝我说,认命吧孩子,你得好好和她过日子,这就是咱的命啊,再说她又不是和男人胡来的风骚女人,她是被不长进的精灵给戏了!咱这时候可不能嫌弃人家,千万不能啊……我妈说着说着就哭了,我们娘儿俩抱在了一块儿。我让我妈放心,我说荷荷一生一世都是我的老婆,我疼她还来不及哩,怎么会嫌弃她!我一辈子都会听她讲,讲出这些故事,让她把心里这些苦水全吐出来,那时她的病就好了。我得有耐心,一辈子听她讲、听她吐苦水……”

那就等待吧。我不愿将平原兄弟看成是一个愚不可及的乡村青年,而只能给予更多的同情。我知道他是一个多么聪慧的人,凡事都有自己的主意。我相信他完全是被猝不及防的灾祸击垮了、弄蒙了。等待吧,他终有清晰起来的日子。另外我也相信,关于大鸟的传说在海滨平原一带自古以来真的是太多了,它也许深入了人们的骨髓、化进了血液,一经撩拨就会复活起来。

出于对大鸟精灵的恨,我竟然不由自主地想到了一位好兄长,他就是拐子四哥——他有一杆猎枪,并且有极好的枪法——他对付那些害人的飞翔的精灵应该自有办法。霰弹才是解决这个问题的良方。在巨大的无法面对的人间苦难面前,人们只好一次又一次想到了火药。这是下策吗?可是遇到了无恶不作的大鸟,你又有什么办法?

有一天下午，大约三四点钟的样子，我正在西间屋里读书，突然听到了一阵嗡嗡的引擎声——这声音越来越大，以至于震人耳膜。当我意识到是一架低空飞行的飞机时已经有些晚了——一直安静地待在厢房里的荷荷猛然大喊大叫地跑到了院子里，她的叫声甚至一时压过了飞机的轰鸣。我们全都跑了出去，这会儿马上看到一架直升机在村子上空盘旋——它飞得那么低——也许是我的幻觉，我竟然看到了它机身上涂的一只大鸟标记！再看荷荷，她仰面朝天，准确点说就是向着那架直升机，一声声疯狂呼叫："大鸟！大鸟！大鸟啊……"她跺脚、呼号，头发散乱，全身抽动。当她迎着飞机往前没命地跑去时，庆连一把将她抱在了怀里。她挣扎的力量可真大，庆连无论怎么安抚都无济于事……这样直到那架飞机远去了，荷荷才一点点伏到庆连肩上，像睡着了一样。刚才那一阵剧烈的挣扎让她耗尽了力气。

这种直升机大概是在海滨搞测绘的，我以前也见过。但刚刚飞走的这一架涂有一只鸟的标志，倒让我心上一栗！我一瞬间想起了一个人——我马上问荷荷工作的那家公司的名字，庆连的回答又让我迷茫起来。

不过我还是长时间想着那个人——他的面容印在脑海里，以至于再也驱赶不开。

是啊，那架直升机在低空盘旋时，多么像一只大鸟啊。

也就从这一天开始，荷荷的病一下子加重了。她几乎又像发病最厉害的日子一样，夜夜不睡，头发散乱，时不时地尖叫。庆连双眼快要从眼眶中瞪出来了，那是一双血红的眼睛。他颤着两手在屋里走动，一会儿跑回厢房里一次。他的喊声不断从厢房里传出："荷荷！好荷荷，我的老婆，你不要怕，有我呢，我在这儿……"这声音真是催人泪下。这样的日子使全家人、也包括我这个客人在内，一下子跌入了人间地狱。我不敢看庆连母亲那佝偻的身体，那一头白发。

我还是在想那个人。他是我城里的一位挚友，一位直升机驾驶员，时下正在一个举世闻名的大公司里工作。是的，他驾驶的飞机上就涂有一只大鸟的图案——那是他们公司的标志。

第二章

英俊

一

岳凯平一家就住在著名的橡树路上,因为其父亲岳贞黎与我岳父往来频繁,所以我们从很早以前就熟悉了。但成为好朋友还是后来,是经历了很长一段时间之后。凯平小我七岁。他在整个橡树路上都算是一位惹人注目的青年,我相信无论是谁,只要与他有过一面之识,都会在心中留下深刻的印象。他真的属于让人过目不忘的那种男孩子——难以忽略,时常想起,哪怕是许久未见了,只要一想起来脑海里就会出现一个簇新的形象。

由于他从很小就开始当兵,所以我们以前虽然见面不多,但给我留下的记忆却是奇特而又深刻。我在他十几岁时肯定见过,不过真正难忘的是后来——当我第一眼看到那个穿了少尉军服的年轻人出现在面前时,竟一下子怔住了。我目不转睛地看着,心里发出连连惊叹:多么帅气的一位青年军官,真可谓英气逼人!瞧他双目黑亮,一对浓眉,中等偏上的个头,强健而紧实,浑身透着一股干练敏捷劲儿。瞧瞧吧,这是橡树路上悄藏的又一个奇迹……单是这副容貌英姿,如果投身演艺界也会名声大噪。在通常的经验里,人的形貌与内心总有一种奇特而细密的对应关系,它作为对人的一条判断法则,从来没有出过问题。当然这里绝不是说一个人只要相貌英俊就一定会有完美的内心,而是指其他,是那种难以言说的更为复杂的对应因素——可能是某种气质的渗流和放射,是更多的综合吧——这一切会在悄然不察中注明和昭示着什么,强调和活画出一个生命的内在真实、它的本来质地。总之这在生活中是人人都有的一些体会,是我们谁都不曾否认的一个事实。难的只是怎样具备发现和确认这些的能力。

总之那天我面对岳凯平,马上在心里认定了他是不同凡响的、极为杰出的一个人。我快速回忆了一番这之前的一些事情,回想我们曾经有过的简短过往——我惊异地发现,我和他相识足足有十年的时间了,可惜都忙于各自的事情,再加上年龄差距,几乎连稍稍密切的交往都没有。我的工作单位前后换过几次,后来的几年又在东部平原上来来去去;而对方一直在部队里,只有假期才回家一次,所以我们虽然见过面,却并没有多少机会坐下来交谈。仅有的几次相逢也是匆匆而过,真算是失之交臂。

岳父与他的一家是老相识,两个居所相隔不远,我和他以前毕竟是见过的,所以这次相见并不那么生分。我发现凯平的眼睛不仅是好看,而且有着极为罕见的内容——当它望过来的时候,同时也投射出一种清澈的温情,它能很快弥漫开来,将对方包容在其中;一种洞彻的力量、信任的力量,轻轻地、令人难忘地将人击中……我们同时伸出手来。我的心里有一个声音在说:我们彼此来往得太少了,而两人之间离得多么近啊!

那一次我才知道,凯平已经三十多岁,还没有结婚,没有女朋友。他给人的印象是:橡树路上的一个青年,各方面的条件如此优越,太骄傲太挑剔了。

那次见面不久,他的父亲岳贞黎来岳父这儿,几句话就谈到了儿子。我就在旁边,可岳贞黎并不回避,愤愤地说:“这个不成器的东西！随他去吧，我已经尽了全力。我完全对得起他！我……我是仁至义尽，恨铁不成钢……”他说到这里好像才注意到我在一边，煞住了话头。他由于激动，一只手拍了岳父的肩头一下，脸转到了一边。我心里吃惊的是，岳凯平竟然把父亲惹成了这样——我第一次听到做父亲的这样谈论儿子，并且如此地痛心疾首！而凯平，看上去是多么优秀的一个青年！我凭感觉以为，父亲的愤怒大概多少与婚姻有关——想想看，一个三十多岁的男子，条件极其优越却一直独身，这难免让老一辈不安和焦虑。我对岳贞黎一番怒气冲冲的言词惊讶不解，抬头看看岳父，却发现对方是早就习以为常的样子。

一个谜留在了心底。我没法忽略那么优秀的一个青年——他的一切都让我好奇。我隐隐感到这是一个叛逆者——这条著名的街区从来都不缺少叛逆，并且以此闻名；这里几十年来发生了许多叛逆的故事，儿子和老子之间的激烈对抗时有所闻，其中有的极为有趣，有的惊心动魄。岳凯平与父亲的冲突属于哪一类，目前尚不得而知。

岳贞黎曾经是一位高官，地位比岳父还要高，如今也离职休息了。他们都经历过战争，都受过伤，不同的是他伤得更重，建立的战功也更大一些。岳父对岳母一谈到这个人，挂在嘴边上的一句话就是：“嗬，这人年轻时候脾气大，胆子更大，那可是一员猛将。”他们与他相识几十年了，相互串门，岳贞黎一度还听从岳父的劝导练起了书法，可惜只坚持了几个星期就撂下了，说：“这劳什子，我弄不来！”他的老伴很早就去世了，生活上靠一个炊事员和一个保姆照料。也许正因为这个缘故，他才更希望儿子早日成家。岳母有一次在他走后咕哝说：“凯平啊，最不该伤老人的心！凯平啊，这孩子啊……”我趁机问了几句，岳母还是叹气。

就是那一次，她透露了一个秘密：岳凯平不是岳贞黎的亲生儿子。

岳母断断续续讲起来,还叮嘱我:不要对凯平说起这些。我问:“他自己不知道吗?”岳母说:“知道,不过你还是别当面提这个话头……”

凯平的生身父亲姓于,叫于畔,是岳贞黎生死与共的战友。他们入伍前都在一个村子里,是一对少年伙伴。战争年代于畔和岳贞黎有过一段传奇经历——在一次最为残酷的攻坚战役中,身受重伤的岳贞黎倒在前沿无法救回,这边的战友眼睛都急红了。可是什么办法都没有,因为敌人的火力太猛,压得人抬不起头来,眼看就得放弃了。就在这万分危急的生死关头,突然有人不顾一切地冲了出去,这个人就是于畔。这边尽管全力加强火力掩护,可他背起岳贞黎没有移动多远,还是被击中了。大家明白,这一下两个人全完了。谁知道一阵硝烟过后,他们竟然从弹坑里挣扎出来——于畔硬是驮着这个血淋淋的战友往这边爬、爬……一点点近了,大家这才看到于畔身上全是血污,伤痕无数,一只手按紧了露出的肠子……

正因为那次战伤,于畔虽然捡了一条命,但一直处于半休状态。他成婚很晚,爱人又在小凯平出生几个月就去世了。当时岳贞黎是这个城市里的重要首长,工作任务繁重,一有时间却要守在于畔身边。老战友剩下的时间不多了,已经说不出话的于畔把凯平的小手牵住,塞到了岳贞黎的大手里。岳贞黎哭着说:“你放心,这就是我的亲生儿子!”

“老岳说到做到,他对凯平好极了。他们没有生育,两口子把这个孩子当成了心头肉。他们怎样呵护疼爱这个孩子,在整个橡树路上都有名。大家都记得凯平七八岁了,老岳出门时还要把他扛在肩上……”

“为什么父子俩现在闹这么僵?代沟?”

“也许是吧。不管男孩还是女孩,一到了快结婚的年龄就开始出问题,家长伤心啊……”

我听着,不由得泛起一个疑问:这大概也包括你自己的女儿吧?因为我很容易想起自己与梅子初恋时的那场波澜。在这儿,橡树路,现代权贵的汇集之地,我以初生牛犊不怕虎的那股劲头追着梅子,现在看是多么冒失!由自己再想到凯平,他引起的诸多懊恼倒有可能是逆向的——比如一览众山小的孤傲?门第差异?还有恣意纵情或桀骜不驯?凭感觉他可能不会是个浪荡子,而只是过分的矜持和挑剔……在岳母停息的一段时间里,我赞叹一句:“多么英俊的小伙子啊!不知会有多少姑娘喜欢他呢……”

“是啊,太英俊了——无论男女,只要是长得太出眼了,就会格外招惹是非……”

二

“别的不说,单说橡树路上吧,就有多少水光溜滑的好姑娘啊!凯平入伍以后又遇到多少女兵——干文艺的坐科室的,什么样的没有,真是百里挑一!有一回,那还是老岳老伴去世前的事,她领来一个穿军装的小姑娘到我们家玩,我一下就明白是做母亲的相中了。那女孩啊,脸儿真像桃花似的,大眼一忽闪一忽闪,还会写诗呢。原来是个文艺兵。再问一下家庭,是某军分区司令员的孩子。女孩怎么看怎么像画上走下来的,不要说凯平妈了,就是我看了都挪不开眼。我心里想这年头俊俏姑娘再多,这么好看的也不多见吧,就让他们家遇上了,凯平真是有福!当然他也是万里挑一的男孩子,无论从模样还是其他方面。有一天我在街上遇见了他,乍一看穿了军装的小伙子差点没认出来,真是帅气啊!我就想,那个姑娘和他真是太般配了,怎么看都是一对儿。谁知道长辈人的心思就是这么不靠谱,后来问了串门的老岳,他脸沉着,说哪里啊,这小崽子眼都不瞧人家一下！还有一个机关上的女科员，也是出了名的美女，是千人想万人追的姑娘，人家也在千方百计接近他，他同样和人家疏远……他妈去世前和我拉呱儿，最操心的就是儿子的婚事，说自己最想望的一件事，就是合眼前能看见儿子领回一个媳妇。老岳性格粗一些，说到儿子就没好声气，可笑的是有一次听信了一位刚从国外回来的医生，人家一说又想到别处去了。原来那人知道凯平总是躲着漂亮姑娘，就说‘要从生理上查一查才行’，结果老岳真的让这位医生那么办了——那人找到凯平，没有一会儿两人就吵起来了，凯平最后差点没给那个医生一个耳光……自从出了这事儿以后，父子两人的关系也就恶化了。”

我听着，心里滋生出一种幽默感。我在想那位医生是怎样在凯平面前表述的，越发觉得有趣。

“凯平是一个优秀的飞行员，后来又当了副大队长，这些都该让岳贞黎高兴才是。可就因为婚姻问题处理不好，让老岳很生气。有时候我们觉得老岳为儿子的终身大事想得太多，操心太过，没有这个必要——我和你爸都这样认为。有一次老岳又为这个唉声叹气，我就劝起他来。我的意思是这种事勉强不得，下一代一旦打定主意也就麻烦，我还给他举了例子……嗯，反正想让他放平和一些。可能是人在更年期容易发火，脾气大得吓人。没办法，权高位重了一辈子，说一不二惯了。谁知道我这次把他给惹着了，他拍起了桌子，把我也吓了一跳。他呼呼喘，脸涨得通红，末了才告诉了我一个实情……老天，原来家家都有本难念的经啊！老岳如果不说谁也不会知道，他是一个劲儿忍住了，最后憋在心里受不了，这才说出来——原来凯平一直恋着家里的保姆！你想想，难怪老岳发那么大的火呢！我问他这事有多久了，老岳说准确时间他也不清楚，只是这两年才发现的。我问那个保姆愿意吗？他说她有什么愿不愿意的，好在她懂得这是‘纪律’，也没有走多么远——‘她不敢’,他说。我想了想,当时就给他出了个主意,话一出口又后悔了——我建议他把那个保姆辞掉得了,免得惹出更大麻烦。谁知老岳叹气摇头,说好生生的一个女孩儿家,人家一点错都没有,怎么好就这么辞了呢?他不同意。他说这事说到底一点都不怨这个女孩子,是自己儿子混蛋——‘这是个混蛋家伙!如果是亲生的,我会毙了他!’老岳的火气真是大啊。他走了我想,老一辈为儿女的事真是操碎了心。不过说实话,老岳快气疯了……”

“那个保姆一定不是一般的女孩子,要不凯平不会看上的。您见过?”

“怎么没见呢。是漂亮——那还用说!她叫帆帆,当初下边见老岳老伴去世了,身边需要有人照顾,就专门为他从东部——喏,就是你老家那一围遭,找来挑去领了一个回来。你们那儿自古出美女嘛,谁家的保姆也没她俊。在城里养这几年就更不得了,衣裳打扮也变了,走到街上尽是回头的,最后老岳都不敢让她一个人上街了,买什么东西都让炊事员田连连去——最起码让两个人一起。就这样帆帆做了好几年,老岳待她像亲生孩子一样,后来就认做了干女儿,不知道的还以为老岳生了一儿一女呢!这个家庭谁看了不羡慕啊,哪知道烦心事儿藏在暗处,真是一家不知一家。”岳母摇着头,为岳贞黎一家焦心,“可能就是恋上保姆这一段吧,凯平在部队上也不顺。男人在婚姻大事上一出问题,事业没有不受影响的……这不,眼瞅着是个大队长的料儿,飞行记录一直保持得那么好,上上下下都喜欢,谁知道偏偏和首长闹起了别扭。要知道岳贞黎是带兵的出身,对儿子要求严极了,这种事情根本见不得,只要儿子回来就没好脸色,拍桌子瞪眼的。父子俩关系完全坏掉了,生分了,要不是因为那个帆帆牵着,他大概一年里都不会回家一次。真可惜,一个多好的青年啊,就这样消沉下去了……”

我一直没有吱声。我想到了其他——如果当家长的能换一个角度想问题,如果他们能够体谅一下年轻人的心,转而支持凯平的选择呢?要知道老一辈在这种事情上的干涉,无论如何都是粗暴的,其后果的严重性有时比想象的要大得多。我于是说:“也许,这事应该由凯平自己决定吧。”

岳母马上否定说:“这不成的。”

“为什么就不成?大概是门第观念吧,这也太腐朽了……”

岳母缓缓摇头:“也不是门第——主要不是这个……事情麻烦着呢,你就不想想两个人的经历和环境、接受的教育,各方面差异那么大,以后生活起来麻烦才多呢!两个人要过一辈子,那不是一天两天,要风风雨雨走下来,这不是一件容易事儿啊!年轻人可不管这些,心上一热,冲动起来怎么都行,谁知等热乎劲儿过去了,冷下来了,各种差别和矛盾就都出来了——两口子间所有的问题都是这样造成的,这方面的教训太多了,悲剧太多了……”

“可是,因为长辈干涉造成的悲剧更多!”

“不不,这可不一样……岳贞黎不是那样的人。”

“怎么不一样?”

“你想想看,和自己家的保姆暗中好上了,这是资产阶级大少爷才干的丑事儿,老同志的家庭怎么能容许这样的事情发生!这当然不可能同意的,这让老岳说不出口……”

我简直无言以对。可笑的类比——允许自己有资产阶级大老爷的等级观念,却又要用更堂皇的理由扼杀两个年轻人的爱情。我一阵气愤,一句话脱口而出:

“如果是我,说不定会领上帆帆逃开的,逃得越远越好!”

岳母惊讶地看了我一眼,随之口气变得冷肃了:“我相信。不过好在帆帆听话,别人领不走她——老岳身边的人谁也领不走!”

“如果是铭心刻骨的爱,最后谁也挡不住!”

“岳贞黎是战火里钻进钻出的人,和你爸一样,死都不怕,别说这点家务事儿……”

这场谈话就这样结束了。整个过程中,我内心里一直有个强烈的感受,就是在橡树路上,一些人超乎寻常的顽梗;还有,就是我一直站在岳凯平的立场上,为他深深地鸣不平。我完全能够想象他此刻的处境,他的痛苦与愤怒,还有无法言喻的那些哀伤。我在想他驾驭飞机在高空盘旋的时候,俯瞰大地的那一刻会想些什么。那时他是一只雄鹰,他在展翅高飞啊。是啊,一个在蓝天上翱翔的生命,怎么会忍受这样的羁绊。

三

不久即发生了一件让岳贞黎痛心不已的事情,就是岳凯平的复员退伍。本来是蒸蒸日上的军旅生涯,就这么突兀地终止了,给岳贞黎来了个措手不及。儿子的决定事前并没有与父亲商量过——事后岳贞黎了解一下才知道,部队首长已经百般挽留,但儿子态度极为坚决,简直无法通融。他在儿子身上寄托了多少希望啊,一个优秀的飞行员,马上就要接任大队长的前夕,却自作主张离队!他的未来突然变得不堪设想——很长时间父子两人几乎不再说话,更不讨论这个问题。退一步讲,岳凯平退伍后进一个大机关还差强人意,可奇怪的是他从部队回来就待着,颇为悠闲地和一帮朋友来来往往。岳贞黎终于忍不住,问他将来准备干什么?儿子的回答是:“我还没有想好。我会自己解决的——早晚找一个职业糊口。”

梅子一家几乎无一例外地为岳凯平感到痛心。他们显而易见与岳贞黎持同一观点。“听听,‘找个职业糊口’,这个混蛋!”岳父竟然骂了起来,这出乎我的预料。岳母说:“这个凯平让老一辈太失望了,他这是破罐子破摔。”梅子与他们的认识稍有不同,她并不认为这有什么不可理解的——她认为没有任何东西比爱情更值得珍惜,只不敢在父母面前公开表露这种观点。她暗地里对我说:“他那么爱她,爱不成,其他当然也就无所谓了!”一个如此的爱情至上主义者,真对我的胃口啊。是的,看来我当年苦苦追求的人,就是拥有特别的质地啊,这在一个实用主义盛行的时代,是多么少见的一种美质。

也就是凯平在橡树路上游游荡荡的日子里,我们之间开始了一段密切的接触。他好像主动地接近我,我也到他那儿去。他们家住在一个大院的边缘,属于院中院。那儿有全城为数不多的大橡树,有一块大得令人吃惊的空地,不知是主人故意保持环境的原生状态,还是疏于管理,反正这块很大的空地上杂草灌木丛生,只在中间踏出几条小径。一些城里少见的翠鸟竟然落在石榴树的枝条上,让我一阵阵好奇。院内有一座三层灰色楼房,样式一看就知道出于很早以前的洋人手笔,如今稍稍陈旧的样子不仅没有颓败感,反而更加显示出主人的优越生活。离它五十多米远处是一座小了许多的配楼,它的颜色偏向浅黄。当我站在空地上端量的时候,正好从那座小楼里出来一个女子,她朝这边瞥了一眼就转到楼的另一边去了。那个俏丽的背影马上让我想到了帆帆。

这座独体楼因为体量大而居住的人口太少,再加上四周树木高大,总给人一种阴阴的感觉。整个的一楼除了接待厅之外,主要就属于岳凯平一个人——除了卧室起居室,还有自己的一间不大的书房。岳贞黎的活动空间在二楼以上,那里有他的办公间、书房和不大的个人会客室。二楼光线好一些。那个书房里的书比一楼的少多了,二者品种差异明显:二楼的主要是政治经典,人物传记,历史书籍之类;而一楼的极为丰富斑驳,杂七杂八简直什么都有。我没有上过三楼,据说那里是秘书室——实际上秘书只在一二楼止步,三楼严格来讲只有帆帆可以上去,她在那儿整理一下资料,顺便打扫一下卫生。只要是凯平回家帆帆就很少来主楼了,除非是岳贞黎叫她来。一只又肥又大的狸花猫懒洋洋地从配楼出来，站在空地上看了一会儿两只追逐的蝴蝶，然后就往这边走来了。

岳凯平也许闲得有些寂寞吧，我每次到来他都显得十分高兴，热情地招呼我喝茶，然后又一起到书房去。看得出他有多么喜欢这间书房。这儿有一套精装的地质学家传记，它让我爱不释手——“这是你的专业啊，我记起来了；你如果喜欢，就送你好了。”他真是慷慨。我赶紧谢绝了。我发现凯平的居室和四周的一切仍然充溢着军人气息：被子叠得四四方方，一切物品都极为规整。我喜欢这样的作风。在我以前的那段野外地质生涯中，已经多少养成了一种军人的干练风格，我甚至想：如果我们一起到野外去搞地质考察，两个人一定合得来。我当即邀请他去东部平原，并向他讲了自己出生地的一些情况。谁知他的神情一下变了，转脸望向窗户，两眼在配楼那儿一闪又慌慌地移开。我这才记起，帆帆就来自东部啊。

有一次来这儿，虽然提前约定了，进门时凯平却不在。这让我与岳贞黎不期而遇。说心里话，我对这一辈人总有一种特殊的心结，在他们面前颇不自然。他给我某种强大的压力，这来自心理上或其他方面。在他看来我是儿子的朋友，于是也就自然而然地成为另一边的人。这令他不安，他的不无敌视的目光让我一下就感觉到了。一米八以上的个头，稍稍发胖，威严难以消除的额头和下巴。头发白了一多半，但整个人保养得很好，一种过人的体能和意志掺在一起，让人很容易就感受得到。长期以来权力给予的过分自信，还有令人厌恶的自我中心主义，弥漫在四周的空气中。他抚着胡茬观察我，没有一丝长辈的慈祥。我相信他平时就是以这样的目光看着凯平的。

“你岳父，哦，一个了不起的同志啊！”

他话语不多，一开口却赞扬起了另一个人，一个离我好像十分遥远的人。他分明知道我与岳父的不睦,我们之间的争执——他是我们家的常客,当然什么都了解的。但我不知他是否想听听我对一个棘手问题的意见,而且我那么乐于痛快淋漓地说出来。我不能容忍一切在两性情感方面强加于人的威权。我厌恶这种威权。

“战争年代……根本没有想过还有今天。唉,一转眼的工夫,你们都长大了……”

我等于被再次提醒,进一步注意到与对方之间巨大的、不可消除的鸿沟。这可不仅仅是什么代沟——是什么,我暂时还找不到合适的比喻。只觉得有一种少见的愤懑在心底泛起,这情形与岳父在一起也曾经出现过。我克制着,因为我不便表露什么。

正这会儿,一个苗条的身影出现了,她故意侧着身子,想飞快地从客厅这儿闪过,但岳贞黎却将她叫住了。啊,她回过身来了!我看到的姑娘满脸羞红,两只眼睛像星星,又大又亮。是的,我只得拾起一个最蹩脚的比喻,因为当时真的想到了夜空里明亮的星辰。这是一个让人一眼就可以记住的女子,从身材到面庞再到气韵,一切都非同凡响。无须再说什么了,我一下知道了她就是帆帆,也明白了岳凯平的选择。同时我在这一刻里还预感到,这个院子里发生的一切决不会简单了结的。

“这是凯平的朋友,也住在橡树路。”岳贞黎向她介绍我。

“不,我岳父住在这儿,我自己的家在城东边一点……”

这种解释在我看来并不多余,它非常必要。我总是自觉不自觉地想要强调,我不属于这个地方。我还想说自己来自东部,就像帆帆一样:你也是我们东部的人啊,瞧你多么漂亮!你本来就不是这里的人,你是海边上的、东部平原上的人。

我和岳贞黎、帆帆正在客厅里,门响了一下。凯平回来了。他在门口往里瞥了一眼,“唔”一声就转身走开了。脚步声消失在走廊一端,我知道他进了那间书房。接下来都没有话了。帆帆的脸色更红了。岳贞黎轻轻咳着,离开了。我问她:"老家还有什么人?"她脸上的红晕立刻褪掉了,回答的声音很沉:"只有一个奶奶,去年去世了……"

我不再吱声。一个孤单的女孩,被人从更孤单的老奶奶身边领到了这里——来陪伴一个权高位重的男人。老奶奶在最后的时刻见到了自己的孙女吗?我没有再问……

凯平还在书房里等我。

进门时凯平放下手里的书,一抬头,让我看到了焦灼的眼睛和满脸倦容。这是烤灼的结果。这儿离心火爱火苦思之火太近了。果然,他已经难以承受了,接下去告诉我的一件事就是:他正在找一个住处,昨天终于找到了,可惜房子太小,这么多书摆不下……

"搬走?"

他点头——除了搬离这里,还有工作的问题,凯平说他的一个战友正为自己联系一个公司,也许一切很快就会安顿下来。他的口气里有一块石头落地的放松感。看得出来,这一段时间他都在忙这些事情。

我还是问了一句:"你父亲同意吗?工作的事儿,还有——搬走?"

"他不说什么。起码我搬出这里他是高兴的。"

"他放心?"

"我在这儿他不放心。"

"你准备放弃了?"

凯平犀利的目光掠过我的脸庞,转向窗外配楼的方向。他再次回头看着我,那目光让我一下就读懂了:永不放弃。

闹市孤屋

一

如果不是亲眼所见,我不相信这个锦衣玉食的家伙会住进这样一个地方。太简陋了,地段也差极了。几乎可以说是贫民窟。这是城东棚户区内的一座小小的青瓦平房,只有两间半,院子小得顶多有二十平方米,其实只是一个过道而已。可他对这个环境特别满意,说他就是相中了这个围墙小院的,多么安静啊。是的,我这才注意到这里真的没什么嘈杂,死寂无声。不,仔细些听,会听到远处有收破烂的叫声传过来。但总的看这里还好,像是一个隐居之地。没有人会找到这儿,就是告诉别人一个详细的地址,要找来也相当困难。他把许多书籍拿过来了,这是他最喜欢的东西。他有相当充实的阅读生活,这一点我们一样,无论怎么忙乱都离不开这种日子。简单至极的行李,就那么几床绿军被,脸盆茶缸等洗涮用具,像生活在帐篷里。这种生活气息也让我喜欢。

"你父亲来过吗?"

"怎么会呢。"

"你不准备告诉他住在这里?"

"暂时不想,他也不感兴趣。"

他沉默着,掏出一支烟吸上,还递给我一支。他过去是讨厌这种嗜好的,如今自己却沾上了。我早就戒掉了,这会儿愿意陪他吸上一支。"你可能也察觉了,有一阵我想跟你到平原上去,和你一块儿干——你不是去那儿搞了一片园子嘛;后来知道你遇到了麻烦,这才改了主意。"他大口吸烟,被呛得咳嗽,就揉掉了。是的,我以前还想过,他可能就是为了去东部才与我主动接触的,但后来很快打消了这个想法。现在看这一切都是真的。我倒因为他的这个打算而格外感动,因为他的所有选择都不会是简单的冲动,他愿意和我在同一片土地上劳作,这也算是一种极大的信任。我说:“可惜那里正在结束……不过总还有别的办法。我不会长期闷在城里的。一个人在外边做惯了,就很难在城里待下去。”

凯平一阵感慨:“我早就该走开了。可惜等明白过来已经这么大了。时间给白白地浪费了……真可怕!”

“我们羡慕的是你能在天上飞,那是怎样的一种感觉啊!你现在还想飞吗?”

“有时候想。不过我飞得再高,还是有一根线牵在老爹手里——我最讨厌的就是这个。其实我不是一只鹰,我不过是一只风筝。他在地上控制我,想让我飞多高就飞多高,想让我往哪里飞就往哪里飞——有时候我急得硬是要拽断这根线,恨不能一头栽下来。你能想到我当时的心情有多么恶劣……”

我知道他又在想帆帆。是的,梅子说得对,当一个人无法去爱一个人时,其他的一切也就算完了。破罐子破摔?算是说对了。摔,摔个稀里哗啦。就是这样一个可怕的结局。可是没有办法。摔,摔个粉碎。我心里对凯平无比怜惜。

我一直忍住了没有问的一个问题,就是他与帆帆在多大程度上取得了默契?我们知道,这种爱不可能是单向的,但这里面同样有个对方的回应深度——我百思不解的是,如果帆帆像他一样坚决和孤注一掷,为什么就不能采取更为果决的方式呢?比如说——你们要到哪里去?东部吗?是的,那里是一个广阔的天地,你们在那里是可以大有作为的!我和帆帆都是在那里出生的,那里的粗茶淡饭足以养活你这个橡树路上的小子!问题是你和她的决心有多大……我终于试着问道:

“帆帆愿意你搬出来吗?”

“她?当然!她怎么会眼看着我在老鹰爪子下边挣扎呢……”

“也就是说,她也下了铁定的决心?”

凯平眼里立刻泛起一层若有若无的泪光:“你说呢?”

“我……说不好。我总觉得,只要她的决心足够大,一切也就不成问题了。”我这会儿甚至想从头诉说我与梅子当年经历的那场波折。人世间有什么会比爱的力量更大?它将冲决一切,什么都不在话下。还亏了是一个战士、一个在天上飞翔的人呢。可是我没有把这种疑惑说出来。

“你以为我为什么搬到这儿?就为了等她!我要在这里等她,两个人在这里会合,然后再一起远走高飞。我的一个战友在西部有片农场,我们要去他那里!这是早就安排好了的——自从得知你那儿不行了时,我们就在做这个准备,打另外一个谱。这是我们俩最大的秘密,你千万可不要透露出去——特别不要跟梅子一家说,他们会告诉我父亲的……”

原来是这样!这有点出乎预料,不过也并不特别让我吃惊。也许这与我内心里的那种倔劲儿更为吻合。早该这样干了。我心里为他们高兴,并认为这一天一定不远。“帆帆能和你这样合计,我真高兴。她在老家没有亲人了,正好可以跟上你远走高飞。只要她的决心足够大……她离得开那个大院吗?”

“我们早就说好了。我在这儿等她。一些必要的东西会一点点挪到这儿来,我父亲现在什么都不知道。要做得神不知鬼不觉。我已经准备了很长时间,没什么破绽。如果暴露了也就麻烦了,以我老爹的能量和脾气来看,他会想出各种办法阻止我们,他有这个能力……”

我暗暗想了一下凯平的整个计划,知道它意味着什么:彻底背叛养父。把老人一个人扔下,这稍稍有些残酷了。可又没有任何办法。显而易见的是,父子两人从情感上完全破裂了,破镜已经无法重圆。这肯定是一个缓缓积累的过程,一个一点点完成的家庭悲剧。我可以想象作为一个父亲,一个对儿子倾注了多半生心血的老人,将来会走入怎样的苦境。他没有其他的儿女,他的爱是没有杂质的。

“我在等她。已经等了这么久,再等一年两年,时间再长也不怕。我会等下去……”

“既然要走,为什么不早一点?这样拖下去只会是一种折磨!”

“当然是折磨。可是没有办法!那就折磨吧!老宁……”

凯平望着我,嗓子有些沙哑地喊了几声。我这次分明看到他的眼膜上有一层泪花。我有些惊讶地看着他,这时觉得他所面临的一切,远比我想象的还要复杂得多……

二

从凯平的孤屋离开,我的眼前总是闪动着那张激越的脸庞。“那个小崽子搬走了!”岳贞黎很快对岳父一家说。梅子回来叙述了那个愤愤的场面,然后说:“很怪,好像岳伯伯像掉了一块心病似的,只生气,不难过。”我说:“你说得对,生气和难过并不完全是一回事。”梅子问:“凯平去了哪里?他没有找你告别吗?”我迟疑了一下,还是摇摇头:“没,他也许找了个差事吧,以后会知道的。”

一个偶然的机会,梅子在橡树路的一个超市里看到了帆帆——当时她正和另一个小伙子在一起买东西,那是岳家的炊事员田连连,他介绍了帆帆。梅子回来说:“我还是第一次见她呢。真的可爱,多漂亮的姑娘!怪不得啊,她和凯平倒真的像一对儿,他们一起再合适没有了——岳伯伯怎么那么固执呢?这一来要毁了两个年轻人。我看出帆帆并不愉快……”

她说这些的时候,我心里正想着那个身居孤屋的英俊青年,想着他望眼欲穿的等待、他心中那个大胆的计划。这是一个出逃的计划,同样是一次飞翔的计划。人哪,有的一生都在窝里蜷着,直到终老;有的却要冲天一飞。对任何人来说,这都需要不少的勇气。这种飞翔是极具危险的,但却不能没有……我从那座地质所走开,进而离开那个杂志社,在许多人眼里都是足够冒险的行为,今天看一切正在接近岳父不祥的预言。但我需要为此而愧疚吗?这不可能。

一个中年人必有这样的经历:打扫欲望的灰尘,裸露出冷却的内质。那儿没有热情,无动于衷,最后连自己也变得陌生起来。厌恶自己,厌恶这种狂妄和自傲,厌恶寻寻觅觅和晃来晃去的那么一股劲儿。

我在城里曾有一个无话不谈的朋友,他在做出重大抉择的沉重时刻,竟然未透一点口风:突然离去而且再也没有归来。另一个大学的朋友曾经和一伙人带上背囊结伴远行,历尽艰辛,至少在外面度过了两个徒步行走的冬天。他们经历的那些奇怪故事,绝大多数城里人闻所未闻——这些人的行为除了在自己的亲属和朋友之间引起一阵惊诧之外,其他人连看都不看,而且根本就不想知道。这个城市早已度过了事事好奇的年代,习惯了冷漠。别说走开了几个毛头小子,就是再大的事儿也不理不睬:闹市区的一条马路上轧伤了一个女孩,血流不止,她的同伴捧着受伤的头,长时间跪着恳求过往车辆帮她把伤者送往医院……

那几个朋友跋涉归来的那个下午,我第一眼见到他们的场景至今难忘:几个人扎在地铺上,远看就像一堆又破又脏的布。他们和背囊挤在一块儿酣睡,流出了口水。据说他们要寻觅"苦难",这一回真的是如愿以偿了。一路的疾病、贫困和寒冷加在一块儿,把他们折磨得够惨的,真有九死一生之慨。

这个城市有着各种各样的角落,相互之间简直是天壤之别。

就在我看过旅途上归来的朋友不久，还随当时所在的杂志社朋友光顾了另一个聚会。那个晚上踏入一个门厅时，立刻觉得自己仿佛进入了人间幻境。这儿奢华吓人，狂生美女相携，鲜花美酒堆成了山。我在这座城市里二十多年了，还是第一次见识这样的夜晚。一个恶少结着一条古里古怪的领带，手上的白金戒指闪闪发光，挽住一个红毛姑娘，踉踉跄跄奔过来。如果不是亲眼所见，我怎么也不会相信这个土里巴叽的城市还有这样一群无耻的家伙。他们每个人都想嘲笑世界，却忘记了自己才是地道的小丑。男子手掌翻飞，口若悬河；女子扭扭捏捏，嗲得可怕。他们都想学外国人，一会儿耸肩一会儿摊手，英语单词说得磕磕巴巴。一个弓着身子走路的家伙不无自豪地说："瞧我长了个欧洲小驼背……"这儿是浅薄鬼得势的地方，他们模仿西方人，连举止都要抄袭。一位小个头男子端着香槟一路旋来，那模样就像一个急于性交的公狗。他搽了浓重的发蜡，头发出奇地光顺，像套了一顶又小又圆的黑丝帽——整整一晚上他都想与杂志社的头儿娄萌搭话，不断地瞥着她身边的多毛青年马光——今晚就是马光把我们领到这个鬼地方来的……

在这个疯癫的角落，个个自命不凡，连发育不全的人也在斜眼看人。几个人在一旁讨论"海滨松林别墅""私人游艇""石头音箱"……只听他们谈话，还以为个个拥有亿万家财呢，实际上只是一些寄生虫。锱铢必较的年头已然过去，贫穷的时代却远远没有结束。这就是我们糟糕的、令人尴尬的现实。

对照一下那些因为出走而弄得满身肮脏的朋友吧：他们正幻想以肉身的折磨来抵御精神的痛苦，并长久以来为自己苍白的经历和狭窄的视野而感到焦虑。他们崇尚苦行，无情地磨损自己。我对他们难以苟同，却笑不出来。这个城市已经没人理睬他们，他们自己专注地盯着这个不幸的世界。

就在这帮苦行僧当中,一个倔气的家伙与我发生了激烈的冲撞。

说实话,这个人令我充满诧异又颇为好奇,但绝不想引为同调——我知道自己的辞职、我的东部之行与他们完全不同。我已经没有了他们那一伙的热烈和高蹈,只不过想找一个地方好好劳动。因为我发现自己置身的那一摊子不是劳动,而是死磨,是骇人的浪费。我已经受不了这些,四十岁了,生命不容浪掷。我不过是想让自己活得更充实一些,不再做一些虚无荒谬的事情。比如说我更愿意亲手播种和收割,愿意在院里植起一株木槿,看着它从初夏开到秋末……那个家伙十分刻薄,他对我的辛辣挖苦简直随口就来。他做得太过了,甚至在我与梅子一家闹着别扭时,给予了致命的中伤。他的花言巧语一度说服了梅子——像这样一个读书破万卷的家伙做到这一点并不难!他说:

“就有那么一种人——这种人也许是这个时代的特产,也许已经流行了二百年——他们自视甚高却又一事无成,把自己看得高人一等,一肚子埋怨,整天有说不完的厌恶和痛苦,就是不想和老婆好好过!他们的理由就是世界庸俗,谁都不能理解那份鸿鹄之志,骨子里却自私懒惰,还是胆小鬼!说白了他们也并不比天天谴责的对象好到哪里去,也蛮能做些脏事,乱搞妇女……与一般人不同的是,他们的理由比别人多出一万倍,干了坏事还满嘴是理!说到底这一套都是学来的,是潜移默化中形成的,是另一种概念化的生活对他们的伤害,是一种理念的顺从者和实践者:问题是他们从来不敢承认这一点。所以千万不能听任他们,别看有时候说得很玄,连自己都听不明白……我和你男人,说白了都差不多,都是这样的一群家伙!”

这番谈话造成了严重后果,让梅子深以为然。我事后想象她当时洗耳恭听的样子、瞪着那双可爱的杏眼专注盯视对方的样子,气就不打一处来……而我作为她的丈夫，却对自己东部的事业给不出一个像样的理由，倒是越发难以说服她和她的一家。我的形象被那个家伙进一步歪曲，他却把自己摆在贬损的对象中，非但不能伤害自己，还显示了深刻解剖的勇气！剩下的答案就是：我才是一个伪君子，一个真正的坏蛋！

凭这个人的深度与知性，还有我们这一代共同经历的痛苦、我们的际遇，他不难体味一个男人的选择、这种行为的全部复杂性。可惜他并没有这样做。这种简单和武断伤害了我，也伤害了我们之间的关系。我面对这些辛辣的指控，一直在心里据理力争。我知道他故意混淆视听，是成心要这样干的，只是不明白他的真正目的——为了讨好梅子和她的一家吗？似乎不必；为了进一步增加我的困厄、使我的生活愈加艰难？可这样对他没有任何好处。

时下的凯平就多少面临了类似的困境：被追究被指责，日甚一日，而且还要深陷亲人的围剿之中。

三

我不知道凯平面前还有多少坎坷，他怎样做才能坦然面对那双眸子！我想对他说：时光是这样短促又是这样漫长，只要决定了就快些吧，千万别再耽搁了……我多次想对他讲述与梅子自相识到现在，我与她一家人的冲突、我所忍受的折磨、我们两人所经历的全部故事。未来的一切都没有那么简单，这要等待一种感情慢慢陈旧下来，就像坐等一棵植物从生成到衰老，它的整个过程。你也许会发现，有些东西从一开始就没有生成，所以也不可能长大，它甚至还不是一株忍受摧折的幼芽。彼此怀疑、质询，让两人之间徒生烦恼。我甚至要告诉你，将来会有许多东西使人不堪忍受。我现在只想说，再一次说：我们所热烈期望的什么也许并没有生成，从一开始就没有生成。我们将要面临的，极可能比预想的这一切还要艰难十倍。

凯平,作为一个过来人,我想告诉你,所谓的“爱”包含了多少冷峻而复杂的内容。当岁月将人一层层剥蚀,彼此裸露出内质,巨大的差异就会惊人地显现出来。比如我,也许从一开始就是一个丧失了希望的人——到现在才明白,我这种人是不应该将对方拖入这份生活的,这有时真的像是一种折磨,是敷衍……是无穷的遗憾。

想到这里我会觉得亏欠她很多。我会永远为此而责备自己。我和梅子是完全不同的人,她的热烈和纯真,平实和质朴,反而让我觉得可望而不可即。我在漫长的苦难的生存中已经变成了另一种人,许多时候陷入莫名的焦虑和紧张之中。我只想走出这种恐惧,陌生的恐惧。所以我一次又一次地离开。她属于这座城市,我却丝毫也感受不到这里的温热,最后也没有得到它的收留。我待下去只能忍受无边的煎熬——我实在是挨不下去了。

我从十几岁的时候就想过了死亡这档子事。我差不多没有童年和少年。我至今没有发现一双与我相似的眼睛:没有持久的热情,没有如水的瞳仁。我有过爱,有过引人回忆的一个个时刻;可是我发现它们终结的原因全都一样——从心底泛出一股深长的冷漠,这冷漠销蚀了它。爱是需要热情的。而我是一个过早耗掉了热情的人。我如果早一点明白这个,就不会如此严重地拖累另一个人了。可惜这是慢慢才发现的。我一开始就对她说,我们需要来一次总结了,尽可能心平气和地从头说起,不妨像老年人那样娓娓道来——好像我的全部生活已经过完了似的,身上疤痕累累,稍一触碰即要哗哗流血。我已经走到了最后的时刻——我是指自己那份极有意义的、真实而有情的生命。

我首先想把自己弄明白,同时也把周围弄个明白。我们误解这个世界,首先就是从误解自己开始的。我们应该有勇气回到真实上来,有勇气面对无情的深入的分析。比如说我经历了很多之后,人到中年的身心究竟积累了更多的善还是恶?还有你,在多大程度上继承了自己家族的观念?你愿意承认你的父辈佩戴的是一枚残破的徽章?是的,事到如今,我真正相信的东西已经很少,因为经验里没有它们,尽管我有自己始终坚信不疑的东西。我总想弄明白与身前身后无数生命紧密相连的那一切……就是这些让我烦腻,让朋友们烦腻,让这座城市烦腻。扼杀的时刻就要到来,我要赶在这之前快快逃离,一路背负着你的温柔和怜惜……而所有这一切,最初都是没有想过的。

这不是一个收留孤儿的时代,我又那么自尊。我一旦察觉了危机就要离去,就要走开——它不属于我,既没法儿让我亲近,又没法儿让我跟随。我的心冰冷冰冷。

我走开了,辛苦多年却没有积下多少金钱,没有成为一个富翁。而这个时代是以钱画线的——我没有钱,所以我将被人鄙视,进而还要成为一些人的敌人。对此我已经做好了准备。

我在旅途上、在深夜里,有着无尽的追溯和思虑。我发现那些有恩于我、帮助过我和安慰过我的人,同样有着不能放弃的偏见。我没法儿放弃那么多,放弃我的信守。说到他们,我发现他们也自觉不自觉地充当了毁灭这个世界的力量,是它们的组成部分,一直如此。是的,我要这样说出来,并且不会轻易收回这无情的判断。

我心中一直装了一件爱到极点的宝物,它是我人生最后的一件宝物了,它让我成为自己所从属的那个家族的一员,它是让生命最后一次燃烧的火种。朋友,我一定要告诉你,什么才是我一生的宝物,我为什么要像守护自己的生命一样,不让其丧失和熄灭。世界又一次显示了它的不可救药,它的荒诞、丑恶与无望,还有凶残。有人说一切都有了结局,可是我不相信……

你也许面临着与我相似的选择。你也开始了,你将走进和走出。可是,你真的想过了如山的堆积——横亘在面前的一切?

面对一个即将再次飞翔的朋友,凯平,我的一腔话语究竟从哪里说起呢?

四

当我第二次来到凯平的孤屋时,马上被他一双欢乐的眼睛惊住了。真的,这双眼睛很少如此快乐地燃烧过。他几乎没怎么耽搁就直接告诉:“她来了,她毫不费力就找到了这儿!”

“她在哪里?那你们为什么还不快些离开呢?”

“不,不是马上,还要准备——她要慢慢准备好……”

“慢慢”两个字让我稍稍犹疑了一下,但没有多想。我发现这次暗中聚会已经让他极为幸福和满足了。这使我想到在橡树路上的那个大宅中绝少这样的机会。奇迹一般,他的脸庞放出了光彩,又像一个年轻人那样闪射着青春的光泽了。我心里真是高兴。我不是为了窥探隐私,而是为了有助于一个重大的判断:他们之间走了多远?谁知凯平就像猜透了我的心思,嗓子低下来,显得十分羞涩:“我们这么久了,只是拥抱……她连好好吻一下都不敢。这次她的胆子大了一点,这是从没有过的……”

“让我当一次教唆犯吧,伙计,你们早该在一起了。这儿多么僻静,天底下最甜蜜的新房都是简陋的……”

凯平的脸马上红了。他口吃起来:“不会的,我不会她也不会……你不知道她是多么……我们不会有一点逾越的,彼此虽然没有发誓,可是……我第一次抚摸她的身体时……她哭了,我再也不敢莽撞……”

他咬着嘴唇,长长的睫毛像女孩一样闪动。他的这种羞涩与年龄有点不符。我咕哝了一句:“你们真不像这个时代的人;可是你们真让人羡慕啊……”

他沉浸在自己的世界里,只顾说下去:“我们这次谈得很多。我告诉她朋友在西部的那片农场有多大,她说我们真该有自己的一片农场啊,我说当然,那当然!我们要在农场里劳动、生孩子、过自己的日子!我们除了干活就是读书——她只有一年就高中毕业了,来城里后又一直坚持自学,现在已经有了相当高的鉴赏水平。我们会有一个大书房,里面各种好书应有尽有!我们还要养奶牛、养羊——她多么喜欢羊啊,她说在乡下时,有时会花上很长时间和羊待在一起——还问:你真的好好看过一只羊吗?它真是善良极了也美极了!我对她说,我没有面对面地、离得很近地看过一只羊,但我能想象出来。我相信她的每一句话……”

我被这幸福的语调感染了。我完全沉浸在这种畅想之中。我并不认为这是无法实现的梦幻。但我却没有仅仅与他一起沉醉。自己的一片田园?农场?这谈何容易啊……

“帆帆告诉我,她还记得父亲在世时怎样跟上他去田里劳动、逮蚂蚱——那是多么大的一片玉米地啊,蝈蝈总是在里面唱;还有,玉米地里什么都有,小猫、小兔子、小鹌鹑、小猪和狗……活儿忙完了就去海边打鱼,爸爸和人一起驾船出海,她就在岸上玩沙子,一抬头看见海里的帆,立刻就跳起来喊啊……她说自己这一辈子最大的心愿就是有一大片地——她要把它莳弄得像花园一样!我说会的,我们一定会的!”

凯平由于高兴和激动,眼睛里闪动着若有若无的泪花。

我却在想正在沦陷的东部——那里也有我的田园之梦,可惜它正在破灭……我不愿在这个时刻说到它,只是在心里为他们祝福。

“我就在这里等她,等她……”

惊　变

一

这是一个可怕的初秋，这个季节对于我和凯平一定会格外深刻地被记忆。我又去了一次东部平原，在进入最后挣扎的那片田园旁边待着，就因为听不下阵阵呻吟，最后还是归来。我有点落魄，比失败者还要多一层狼狈。我与凯平相似，都面临着重新选择，都需要再次出发。

橡树路同样是我的竭力回避之地。在那个有着一棵大橡树的院落里，以前我会满心欢欣地和岳母一起，蹲在地上寻找跌落的橡实——它们还没有成熟就被阵风吹落了，连同一个毛茸茸的假种皮一块儿藏在草丛里。内弟小鹿有时也和我们一起找橡实，这个总是欢天喜地的小伙子不太像这个橡树之家走出来的人。他在少年体工队里打排球，偶尔领来几个吵吵嚷嚷的少男少女。可是这个秋天一阵阵北风刮过，我连是否跌落了橡实都不知道。岳父肯定与杂志社的娄萌女士打过招呼，她竟破例应允我重回原单位去。这是一件多么大的美事，梅子知道了首先激动起来，说看吧，还是父亲啊！我却一点都高兴不起来……她似乎没有想过，在东部平原上，在那片即将失去的田园上，我有多少流散的朋友——他们在寒风里没着没落浪迹的日子里，我能够躲到城里这间热烘烘的小窝里吗？别说是一个人，就是一条懂事的狗都会不安，它将一蹿而起，奔向那片旷野……

我真的像一条狗那样在街头蹿着。我无法停息，无法在一个地方稍稍安歇。小鹿有一天真的捧来了一些剥得光溜溜的橡实，却发现我如此地无心无绪。心无皱褶的少年瞪着那双清澈的大眼,顽皮地伸着舌头,转了几圈就走了。我摇摇晃晃一直走上街头,似乎想也没想就登上了某路公交车,一直向着城市边缘驶去。

这座久违的闹市孤屋啊,仍然住着一位满怀热望的青年,隐下了一个急欲展翅的飞行员吗?小屋静静的,一些落叶在院墙处打旋。门没有关,敲几下,没有回应。当我推门进入时才发现:主人正充满警觉地站在院门一侧,双目炯炯盯着来人。当他看出来人是我,嘴角抖了一下,紧紧攥住了我的手臂。我的到来显然出乎他的预料。

这个家伙尝过了孤独的滋味。他这样的年龄完全不适合这样的生活。还有就是,不久前他还是一只翱翔蓝天的雄鹰啊。我发现屋内有一本本夹了纸条的书,到处是散落的烟蒂。一望而知,这儿是沉迷的阅读,是无人光顾的单身生活。他看着我,好像在问:去了哪里?这么久?我想从他疲倦的眉宇间看到一点令人振奋的东西,没有。我一路上还想:如果这个孤屋换了主人,我一点都不会惊讶。但是没有,这儿一切如旧——像已经存在了一百年那样陈旧,毫无生气。

这种等待有点可怕,让任何人都无法消受。我想问:老伙计,我们分开的这段时间到底出了什么问题?你怎么还羁留在这里?

他没有多少话,好像再也不愿抖搂心事,只忙着为我煮茶:他开始尝试一种老茶,用一个军用小铝锅煎了很久,直煎得颜色发黑。我们一人一大杯。初饮有一种旧衣服的味道,慢慢香气出来了,直抵心底。“啊,真浓!”他终于叹出一声,砰一声放下杯子。

我揩了揩额上细小的汗珠,直通通地问了句:“绊住了?”

“不知道。”

很怪的回答。我看着他,发现这眉毛间多了一道深深的竖纹,它成为一个崭新的标记。“你会不知道?到底是怎么回事?”

他又抓起烟来——这时我才看到他的几片指甲是黄的。他吸着,使劲眯着眼,“就快有消息了,我是说,战斗就要打响了……”

他脸上没有一丝笑容,所以不像是一句玩笑。可这让我一点都摸不着头脑。

“我给她打过几个电话,没有见面——不管你信不信,我们从那以后一次都没见……我知道她的处境艰难起来,实在放心不下,就打了电话。她要接我的电话很难,因为她的房间没有电话——我要往三楼打,这得算好她去那儿整资料、他又不在才行。我打了几个,总碰不上。有一次我父亲接到了,喂喂几声,我就把电话挂了。他会想到是我,随他去吧。配楼里只有一个电话,那是在田连连房间里——什么都不能让他知道,他是父亲的忠实仆人,死心塌地的那种。不知费了多少周折,总算让她接了一个。她在那边怕极了,其实我父亲在二楼根本听不到……我问什么她都答不完整,战战兢兢说要到这儿来……结果我差不多等白了头发,还是没见人影。我不知道发生了什么!这段日子真难挨,我得找点事情做才好。战友给我联系的一家公司也回话了,可我已经放弃了。就这样,我除了读书,再就是动手为父亲——我是说亲生父亲——写一份生平记事;当然也写母亲。他们真是不幸啊。可惜我什么都不知道……”

我默默听着。这就是血缘的力量,它会在后一代身上发酵,这几乎是一个规律。长期以来关于他亲生父母的话题都是一个忌讳,而这会儿是他自己提起来的。

“我知道得太少了,以前想都没有想过还要从头了解他们,说起来真是罪过。我现在的父亲倒也没有瞒过什么,他断断续续讲过一些,我却没有记住多少。我与生身父母没有什么感情,你知道我一直和现在的父母在一起。我没有‘养父’这个概念,只觉得只有这一个父亲——事实上正是他给了我一切,我与他的亲儿子根本就没有一点两样！只有现在，挨到了这段日子，我才想起要从头认识亲生父母，可惜已经有些晚了，我再也不能与现在的父亲细细地说和问了！我们生分成这样，真像做梦一样。可是没有办法，我不会再靠近他了……为了知道一些生身父母的事情，我设法找了他们的老战友，这些人活在世上的也不多了。就这样，我一点点记下来，有时半夜里睡不着，起来看刚写下的这些字，泪水就在眼里打旋……”

“我知道，是你父亲冒着生命危险把岳贞黎救回来，他的命是你父亲给的——他大概一辈子都不会忘记这个。所以他那么爱护你，他只有你一个儿子……”

凯平急急地呼吸，像是害怕窒息一样。他的手不自觉地搭在我的肩头，紧握了一下，咕哝一声：

“这种爱护真是可怕啊！”

他很长时间不再吭声，走到一边，将一沓纸和书叠到一起，小心地放起来。

“你为什么不能回家一趟？”我盯着他不断望向窗外的眼睛。

他的目光并不移动，像是自语：“我们说好了，要在这里等她！只要她再次逃出来，就一定不会回去了——我不会再迈进那个院子一步，我说到做到。”

这是怎样的决绝之心。这是爱的力量还是恨的力量？可能二者都有。这种力量似曾相识，但还是让我感到了惊惧。一种深不可测的爱与恨交织在一起，又熟悉又陌生。一个局外人不可能理解它的全部，那个阴森的院落里到底发生了什么，我们也许永远都不会知道。

“你该想到帆帆与我们是完全不同的人，她是真正的孤儿，”他说到这里有些慌乱，瞥瞥我，“嗯，就像我现在的感觉一样。她一个人来到这个城市，从来没看到这样的大院和大楼，还有警卫，没有看到这样的首长。她的畏惧比咱们想象的要深,她需要克服胆怯,自己去克服,谁鼓励都没有用。当我想明白了这一点,我也就忍耐了……”

我非常感动。一个多么善良的男人。不过啊,这时候除了等待,或许还需要做点别的——究竟做什么、怎么做,我一时也没有主意了……

二

但我知道,世上的许多挫折都来自犹豫不决,来自一些莫名的耽搁——我们有时候真的不知道人为什么要延宕,要踌躇,要左右摇摆。眼前的凯平又是一个突出的例子。作为一个可以交心的朋友,所能洞悉的部分也就那么多,对于他的异常执着和深不可测的爱恋,我不仅毫无怀疑,而且那么清晰。可是一个真正勇敢果决的人,有时又会表现出特别的拘谨,甚至是某些禁忌。他的深爱与憎恨竟然可以交织在同一个人身上,我这里是指他对养父的情感。当然还有恐惧——这一代人对伤痕累累的老一辈没有惧怕是不可能的。也许就是这一切才导致了今天的结局,最终或许还有令人措手不及的变故,它足以击碎一副炽热的心肠。

就在我离开城东那座小屋不久,突然接到了凯平的电话,他以令人害怕的沙哑声在电话上呼唤我,让我去一趟。“发生了什么?”我马上感到有点不妙。

“你过来吧,我们得当面说才行——我希望你这会儿就来。”

我匆匆赶过去。凯平那张发紫的脸让我害怕。他从衣兜里掏出一个信封交给我——这是邮寄过来的,上面有邮票和邮戳。抽出一张薄薄的纸,瞥一眼上面寥寥几行字,立刻觉得不对劲儿:这是帆帆写给凯平的!有什么事情不能当面说、哪怕是电话上说?这里面到底发生了什么?我急急地看下去——

“……凯平，西部农场我去不了，因为太晚了。你自己走吧。我一辈子都不能和你一起去、不能一起去了。我不能说为什么，你自己以后会知道。你快些走，自己走吧，别再等我了，这是真的。我不能和你一起，因为我一辈子都不能骗你，谁骗你这样的好人要遭雷轰的！凯平，听我一句，快走吧，你一个人走吧，别待在这个可恶的地方了……”

我前后看了两遍，呆望着他。

“怎么回事？她让你——走？”

凯平咬住的嘴唇有点发青，就像在最冷的天气里一样。“我请你来，就是商量你——你帮我一次吧，她不见我肯定是害怕什么——你当面问问她，就会弄清发生了什么……我在这儿等你！老宁，这里面到底出了什么事，你见了她就会知道的，老宁！”

他的眼神绝望而焦躁，让人无法拒绝。我把信装进衣兜，他又取回。

我说：“好吧，我不管怎么都要见到她。”

回去的路上我一直在想怎么找她，因为这不能引起岳贞黎的注意。最需要提防的一个人当然是他。他像一个老熊那样雄踞在堡垒里，我们得设法绕开才行。我想到了梅子，她找个借口把帆帆约到一个地方——比如一个咖啡店之类，我事先等在那儿？

这种谨慎是十分必要的。因为即便是梅子约她，即便有一个堂皇的借口，帆帆都很难出门。她总要和炊事员田连连一块儿——梅子再三约她，她终于同意出来一次……就这样，我从咖啡店的窗上看着她和梅子慢慢走来时，不知道将接近一个怎样的谜底。

她见到我的时候吃了一惊。还好，她和梅子一块儿坐下来了。待了一小会儿，梅子说看看有没有别的饮料，就走开了。她张望着，不愿说话。梅子半个小时之内是不会转来的。我把杯子推了推,直截了当问:“凯平一直在等,他急死了。你为什么躲着?他现在度日如年……”

她凝神看着对面。这样大约过去了五六分钟,她的眼睛涌出了泪水——她飞快地起身去了卫生间。再次转来时,她的脸显然洗过了,鼻子有些红。“你什么时候见过凯平?刚刚?”“前两天。然后就不停地联系你……他急坏了。”

“我对不起凯平,这辈子都对不起他了。我不能骗他,谁骗他都该遭雷轰的……我害怕才告诉他,让他不要等……你看我,”她说着站起身转动了一下,“你好好看看我吧!”

她怎么了?我什么也看不出。

“你仔细些,能看出我有什么变化……”

我真的看不出什么。我摇摇头。

“我自己在镜子前边就能看出来……已经三个月了!这是真的,我好不容易才活过来,我不知道该不该活着……”

她伏在桌上哭起来,肩膀耸动得厉害。可是我一时还难以醒过神来。我似乎明白了一点,可我无法将内容整合衔接到完全能够理解的程度。我有些口吃:“你刚才说了什么?你是说——有了孩子?凯平的孩子?凯平自己难道不知道?可是,可是这并不可怕啊!你应该告诉他,他未必会害怕,他甚至会高兴的……”

帆帆抬起头,擦干了眼泪:“不是凯平的孩子。”

“啊,那是谁的?”

“是……我和田连连的。”

我觉得就像有谁轻轻地撞了一下心口。我咬住了牙关。这一次我完全听懂了。在冷寂中,我一直在想凯平那双眼睛,同时一次次闪过那个在大院里进进出出的田连连——光头,矮壮,一双沉默的圆眼,走路无声无息……我发出了一声长叹,站起又坐下。“怎么办呢?”我实际上是问自己。我无法回答。在命运面前,人有许多时候是无话可说的。我两手绞拧着,仿佛为自己未能阻止这个事件的发生而深深痛疚。其实它也许是——不,它显然是早就在发生着、发生了。所以从这个意义上说,帆帆已经欺骗了一个挚爱她的人。此刻我无法抑制自己心里泛起的厌恶感,还有愤怒。我不再答理她了。一个多么美丽的姑娘,然而又是如此短视、卑微、恶劣,简直自作自受。

这个事件的发生,当岳贞黎知道的时候,他又做何反应呢?勃然大怒?一定的。我于是想问一句——可是还没等我开口,她就淡淡地宣布:

"我和田连连很快就要结婚了。已经不能、不能再拖了……"

我再次站起来:"岳贞黎呢?他知道吗?"

"知道。他当然想不到,不过他只好支持我们。"

我清清楚楚看到,她在说出这句话的时候,一直在强忍泪水。可是我心里的愤慨已经让我不愿再想其他了,我说:"是的,也许就是这样!也许这样反而更让他称心如意!这个不计后果的、自私自利的父亲啊……"

帆帆惊讶地望着我。她的嘴巴半张着,露出了洁白的牙齿。

"只有这样,才算是彻底断了凯平的念头。可是他就不想想看这有多么残酷!这一来也就毁了凯平一辈子。我这样说一点都不夸大!帆帆,你自己可能不知道做了什么,你就等着看吧,你!"

"凯平会怎样?我怎么办啊?"帆帆喊了一声。

"我不知道!谁也不知道!我们都等着看吧!"

接下去再也没有一点声音。我和她对视着,目光里好像在表达着相互的憎恨和厌恶。不,我相信她更多的是胆怯,是因为不够磊落的偷情而陷入了深深的恐慌。我就不信她会忽略自己巨大的爱情——这简直是一场大爱情!像凯平这样孤注一掷不计得失去爱的人,像凯平这样优秀的男子,我料定她一生都不会遇到。

凯平是不幸的——因为遇到了她。可是更不幸的是面前这个空壳美女。她太美了,因而也就更加可恨。我回头要告诉凯平:你干脆就恨她吧,只有这样才能抵消——除了恨,你还有什么办法?有什么办法解脱?

男人哪,几乎所有的男人都有过的爱,在你这里遭到了最大的一次失败。真可怕。

堂堂一个凯平,一个如此英俊的、在天上飞翔的人,却败给了一个光头厨子。可这是一个事实。

三

凯平在最初的震惊过去之后,似乎一下子平息下来,安安静静地接受了这一切——起码看上去是这样。我想在这儿陪他几天,就在另一间里打了个地铺。他笑笑,让我到那张惟一的床上去,"你就待在这儿吧,陪我说说话,等你放心了,再忙你的去"。这种幽默感让我满意。我坚持睡在地铺上。

一连几天我们就是喝茶聊天。大概因为时间充裕的关系,他比过去更为详尽地问起了我这些年的个人经历,特别问到了我的两次离职。他好像对我在地质所的那段日子颇感兴趣,就像其他朋友一样,对那种在大地上来来去去、夜宿帐篷的生活心向往之。这对于千篇一律的日常生活来说足够浪漫的了,有着城市知识人神往的另一种气息。这多少有点像我们站在地上,一边驻足观望天上的飞行器一边想象里边的人一样。其实任何脚踏实地的工作都足够辛苦,当事人并不觉得有多少浪漫在里边。至于我后来干过一阵的那个杂志社,他并没有问多少,我却主动谈起了我们那位可爱的领导:一个女的,就是那个全城有名的美丽少妇娄萌。"说实话,离开那个杂志社倒也没什么,离开她才是一个不小的损失。"他问:"你是开玩笑吧?"我说:"不,是真的。一个人能够遇到这样的领导真的是一种幸运。女的,宽容大度,和蔼可亲,体贴下级,让你工作中充满愉快——你还要求什么?”“也许你们之间产生了一点感情。”“那倒未必,只是喜欢在一起;就像我的同事,那个多毛小子马光说的,就因为她我总是很早就去上班。”凯平笑了,高兴得拍起腿来。

就这样谈着,东扯西扯每天都到半夜。我们都在小心地绕开一个人的名字,即闭口不提帆帆。最怕的是冷场,在这段沉寂的时间里,我的脑海会飞快闪过一个场面:一个少女被红盖头遮去了羞花闭月之貌,端坐在那里,等着一个剃了光头的小子去掀掉它……当然这是乡间旧俗,不会有这样戏剧性的场面。“妈的,”我骂了一句,“这天说冷就冷了。”一边的军用铝锅噜噜响,茶被煎过了。一阵风从窗外掠过,窗子发出轻微的响声。这个小屋里没有暖气,这使我想到他如果不能赶在这个秋天离去,就要饱受严寒之苦了。这个城市的冬天又干又冷,夜里能冻掉人的下巴。特别对于一个失恋的人而言,这个冬天毫不客气,它甚至颇具杀气。

我可忘不了刚来这座城市的那个冬天。那时我倒霉极了,恰好在凛冽的北风里失恋了。使我遭此大劫的是地质所里的一位姑娘,漂亮,不贞,但是迷人。她差一点把我迷死。不过我最后还是逃开了这一劫,没在那个冬天里给活活冻死。可我终生都会记住那个冬天的残酷。没有办法,寒冬专找那些可怜的失恋者下手,让他们在情感上或直接就是肢体上残废。我曾遇到一个年轻人在绝望中奋力一纵,跳下了十一层的高楼,幸好被半空里的什么拦了一下,算是保住了一条命,最后换了个胯关节才活下来。他一辈子都要一拐一拐走路了。想到这里我多少有些庆幸:眼前的这位朋友住在了一个平房小院里,这起码不用我担心他半夜从高处跳下来了。不过说实在的,爱情这东西真是要命啊,人群里真的活动着一些夺命的鸳鸯——男人或女人的一半,那真是杀人不眨眼的另一半。她或他往往赶在人生最美好的年纪里下手,动作飞快,绝不手软。人到了老迈时,到了两眼僵痴痴的那把年纪,一般来说就没有这种危险了。

而我的朋友啊,你恰恰就处于最可怕的年龄段。你的危难近在咫尺。别看你谈笑风生若无其事,这都是装出来的,这都是男人的一张面子在起作用。你还是一个军人呢,军人的风度有时实在是害人的,军人们结果起自己来会更加不动声色。总之我对一切都有足够的认识,我会于悄无声息中默默观察你,留意你的一举一动。你如果喊出来叫出来,大骂三天,我反倒放心了。最怕的就是这种若无其事的模样,这种举重若轻的风度。怎么办呢?我难道在这样的时刻重提自己那个艰难的冬天,这合乎时宜吗?想了想,还是算了吧。

大概是下半夜吧,我听到对面房间里有走动的声音。我一下爬了起来。是的,他还没有睡,或者醒过来再也不想睡了吧,因为我发现他在轻轻踱步。他尽力不想惊动我。我干脆点亮了灯。于是他走过来,坐在地上,吸烟。黎明前的一段很冷,可见这是一个无情的秋天。他的一只眼睛被烟呛得眯起来,像嘲弄一样看着我,说:“田连连的饭做得蛮好的。”我没有接茬。我想,来了,那股不可招架的悲绝之情、嫉与恨,很快就要山洪暴发般涌出崖口……我静静地等着。“帆帆这辈子在一日三餐方面,不会有什么不满的……”他把烟搓掉,“她做饭是很成问题的,有两次田连连不在,只得她来做,难吃极了。”他笑了。这笑容很难看。接下去再也没有声音了。这样一直半个多小时过去,他似乎不想再说什么了,就蜷在了我的地铺上。我想劝他再睡一会儿,可是他活动着,显然不想回自己的屋里。后来他突然坐了起来,摇动一下我的肩膀:

“哎,你说有没有这种可能——她在骗我们呢?”

“怎么骗我们?”

“就是怀孕！她在用这种办法来让我断掉念头——而这恰恰是我父亲的心计？”

我摇头：“不会的，她用不着绕这么远的圈子。我想怀孕一定是真的，她是没法遮掩了才决定结婚的，肯定是这样……”

黑影里又没了声音。

他在地铺上翻动着身子，就这样迎来了黎明。在第一缕霞光里，我好像几天来第一次注意到凯平是这样的神色：憔悴，干涩，连眼睛都是焦干的；嘴唇上满是皮屑，颧骨比过去高了；整个人好像提前几十年预示了老迈的某种方向——那时会是一种什么样的神情和气质……当然，他仍然是英俊的，仍然那么干练和有力。问题是这种力量因为一时找不到突破口、因为过分的淤积和阻塞而使其变形和颤抖。他蹲起来，然后站起，走到窗前。满天的霞光，不无寒冷的大气把红云吹成了一绺一绺。他长时间这样站着，等转回身来，那副眼神把我吓了一跳。这使人无法忍受的目光只在我脸上停留了一瞬，很快落在了地上。脚下仿佛受到了这副目光的击打，发出了两记钝钝的声音。

“我会赶在这个冬天到来之前走开。老伙计，我们后会有期——”

“你准备去哪儿？你可别一蹶不振，别跌进那种老套路里去。”

他点点头：“嗯。你提醒得真好。我得绕开老套路——找点活儿干干吧，我不能让老爹看我的笑话。你知道，他们打过仗的这一茬人心挺硬的，看起年轻人的笑话来一点都不含糊！不过我嘛，可能稍有不同……”

我看着他，用力攥了攥他的胳膊。行，上臂肌肉十分结实。我问：“你准备干点什么？就去那个公司？”

“还没想好。一开始得找点重活儿，让它压住心里的委屈才行。我担心活儿太轻压不住它——开矿？抡大锤？干什么都行，反正只要能累个半死就好。妈的，等着看吧，我们拼上了，我们……这会儿肯定和谁拼上了……”

他的声音越来越小，最后化为一声声悄语、一阵轻轻的叹息。

我闻到了，他急促的呼吸里有了一股硝味儿、一股焦煳味儿……

两天之后我离开了这座小屋。后来我总是与之保持了电话联系，他总算使我放下心来。可是这样十几天过去，有一天突然电话不通了——那边说是空号！我吃了一惊。他总不至于与我也突兀地割断关系、不辞而别吧？我一急，立刻赶往那座小屋……

一切都是真的。人不见了。那座小屋的院门被原主人贴了一个“此屋出租”的条子。这一天我站在门前，心情恶劣到了极点。一阵尖利利的风打着旋儿，把一些落叶和碎屑卷到我的脚下。

也就是当天，梅子告诉我一个消息：帆帆与那个炊事员田连连刚刚举行了婚礼。因为她是岳贞黎的干女儿，婚礼比想象的要隆重，在一个大饭店里举行，宾客不少，她的父母也参加了。婚礼上的帆帆浓妆艳抹，美貌震惊了所有的人。

深　宅

一

凯平果然失踪了。他甚至不愿让我知道他的下落，这是我始料不及的。我原准备与他共度一段最为煎熬的日子，因为我能理解他、怜惜他。从第一眼见到这个比我年轻的英俊家伙，好像就已经决定了我们一生的友谊似的。这甚至有点像异性的相吸——当然，我们两人谁也没有那样的倾向。不过我在心里承认，他棱角分明的面庞和那双闪闪大眼的确给了我特别的喜欢,还有信任。想不到他并不像我一样看重这种友谊和信赖,一甩手就走开了。这使我多少有点难过和伤心。不过经历了一段日子以后,我冷静下来想了想,又稍稍理解了一点:这对于他是不可承受的泰山压顶般的打击,是孤苦悲绝的一个经历,是一道永远不可能抚平的伤口。他需要躲起来,连最亲近的人也要回避掉,藏在一个小小的角落里舔去血迹。事实上他也没有最亲近的人,在整个世界上都找不到了。他惟一的亲人就是父亲岳贞黎,那个人却成为悲剧的制造者之一。一个不难做出的推理就是:如果岳贞黎稍稍通融一点,让凯平与帆帆哪怕能够有正常的朋友交谊,帆帆也不会做出这种荒唐的事情。对她来说,这种人生的冒险极有可能是另一种形式的反抗——一只手无缚鸡之力的小雏对巨人铁腕的反抗。

她最后都会恨着一个人,恨着那个阴森院落里的主宰者。

时间无声地滑过。大约在一个月之后吧,一个艰涩的声音在我的耳畔响起来——当然是跋涉过上千里的电话线:"老宁,你好吗?嗯,我,凯平。"我跳了起来:"老天,你可出现了!真是急人啊,你到哪里去了?我让梅子向你父亲打听过……"最后一个字眼让我立刻后悔了,赶紧转开话头:"你现在到底怎么样?你如实告诉我……"那边停顿了片刻,终于有了一个让人大喜过望的回答:"你在城里就好。我不久就能回去,见面细说吧。"

他的声音,他预告的归期,简直像做梦一样!我等着,兴奋地怀着一个不小的秘密,甚至连梅子都没有来得及告诉一声。我后悔忘了问他"不久"是指多少天?一个星期还是半个月?大概总不会超过一个月吧?还好,这种焦急不安的盼念并没有太久,只四五天的样子他就回来了。这次他当然没有回到那个大院,而是住在了一个宾馆里。

我们见面时彼此都充满了感慨,却故意隐藏起来。我发现他比离开时恢复了一点,人稍稍精神了些。但还是有点瘦,一张脸也变得有些粗糙,不过那种逼人的英气正在一点点还原。我伸出拳头推了推他的胸部,感觉着结实的胸大肌。我终于注意到了他脚上的皮靴,那是一双飞行员才有的穿着,他匆匆的还没有来得及卸下。

他告诉我,从这里离开后就去找了那位战友,因为他一直等着回话呢。就这样,他去了一个公司,为他们开直升机。那个公司有三架飞机,他开的一架是从陆地来往海岛的,主要是旅游的用途……

“这个公司怎么样?它真像你战友说得那么玄吗?”

“玄得找不到边。主要是海外背景,登陆早。工资吸引人,我的收入抵得上以前的四倍。就这样吧,以后再说。”

我有点为他高兴。不过我想起了什么,问:“西部呢?那片农场的事彻底放下了吗?”

他咬咬牙关:“以后再说嘛。我的设计中,不是一个人去那儿——你知道的……”

是的。我知道那是怎样一个计划,它雄心勃勃。当然,现在看一切都搁浅了。我的朋友就像一条在汪洋里徘徊的巨轮,马力足够大,只是一时还不知道驶向哪里。

沉默了一会儿,凯平突然提出一个出乎预料的要求:让我设法了解一下帆帆的近况——不是通过其他人,而是亲自与之接触和交谈。这使我一下明白了他一直牵挂的是什么人。我有些为难,但完全知道这个任务必须接受下来。我说那就试试吧——说实话一个多月以来我从没注意过那个正度蜜月的女子,因为她似乎不必再关心了。我没有想到的是另一双眼睛,它一直在望向她,这就是悲剧的余音啊。

凯平一直住在宾馆里等待。

我一连两天在橡树路上徘徊。这一次再让梅子约她出来似乎不太得当,可又不愿直接闯进那处院落。然而就在不久前,苦于凯平的杳无音讯,我就像现在一样犹豫着,想着是否再次面对那个严厉的父亲——我担心一提到儿子就会激起他的满腔怒火,然后将我粗暴地赶出来。如果凯平再无消息,我也许会不顾一切地走进这个大院——因为我没有其他办法,这里毕竟是他的家啊。我在通向那个大院的路口不由自主地走动着,或许期待着她从里边出来。后来我沿着这条路往前,一直走到能看到那扇灰色大门的地方。这样待了一会儿,我干脆鼓了鼓勇气,再次往前走去……

与我想象的稍有不同,岳贞黎比以前和蔼得多,人也似乎胖了一些。他对我的到来略有吃惊,先是谈了几句"你岳父",然后就兴致勃勃地领我看起配楼旁边新添置的几个盆景。"你岳父那儿也有一盆这样的,"他指指其中的一棵苍老的松树,"我已经有一阵没去他那里了,就因为忙着莳弄它们。里面学问大了。"我心不在焉,敷衍着,不自觉地多看了几眼配楼。我认为新婚的人就住在那里。他很快注意到了我的目光,"唔"了一声,搓搓手,引我到主楼客厅里去了。

我不知道该怎样开始这场谈话。客厅的门敞着,从这里可以望向宽阔的楼梯,这样无论谁从楼上走过都可以看得见。我正琢磨什么,岳贞黎突然问了一句:"见过我那小子没有?"一句话问得我措手不及,我还以为他已经知道儿子回城了呢——镇定了一下才觉得这不太可能。我摇摇头:

"没有。已经很久没有他的消息了。我还以为他已经搬回来住了呢。"

岳贞黎嘴角凝了一丝笑意,"他回来?他不会。这会儿还不知在哪儿打溜溜呢"。

"打溜溜"就是流浪的意思。我赶忙说:"不会,凯平一身本事,他干什么都会是一把好手,您完全不必为他担心的。”

“这个小子……”他抬头看了看墙上。那儿原来有一帧凯平更年轻时候的照片——那时的小伙子刚二十多岁或者更小一点吧,人更瘦削然而精神头儿十足,穿了飞行服。多棒的家伙,多精彩的生命!我不由得在心里叹息起来。我在想:如果帆帆在这儿看到这幅照片,她会怎样呢?忍住思慕、一阵阵的思慕!我绝不相信她的心底会没有凯平——就此而言,做父亲的没有及时将其从墙上摘除,也算一个不小的疏失吧。

轻微的脚步声。我一抬头正好看见了一个人——是帆帆,她从楼上下来——我不可按捺地一下站起来,喊:“帆帆。”

她转过脸来,目光与我的一对,马上“啊”了一声,很快走过来——她进门后才看到岳贞黎坐在另一侧沙发上,略有惊讶地叫了一声“爸爸”,然后退到门旁站着。我立刻发现了她的异样——比起上次见面,仅仅隔开了一个月,她的身体已经明显的胖了一些。不用说这是因为怀孕的原因。她的脸色也有些变化,好像五官都比过去变大了。

“梅子姐忙些什么?好久没见了,请她过来啊!”帆帆的声音很大,但不像过去那样清亮。这提醒我她是一个即将做母亲的人了。

因为岳贞黎在,我没有多少话可说,只“嗯嗯”应着。可是他并不打算离开,并且一直待到帆帆退出去。我发现她走开之后,他的目光就时不时地往外望着,好像再也无心和我谈了。显然,我这一次不可能再和帆帆单独交谈了,心里有些沮丧。

出门时看到了田连连,他正在稍远一点的地方浇水。这个人还是剃着光头,还是默默的,从侧面看没有一点变化。

回到宾馆后,我将所见所闻一丝不漏地向凯平说了一遍。他没有做声。我说:“看来一切都是真的,帆帆因为意外怀孕了,这才不得不抓紧时间结婚。”

凯平仰脸向着天花板,好像那上面写了什么字似的。

“凯平,听我一句,忘掉她吧,尽快开始自己的生活。”我的手搭在他的肩上。

他转过目光:“已经开始了嘛……唔,我该好好讲讲我的工作——不累,又轻松又体面,薪水更不用说。我驾着这只大鸟,就像在部队一样。不同的是图标换成了一只大鸟,喏。”他说着把桌上的一幅照片挪过来。

这是一帧凯平在飞机前的留影:机身上的大鸟图案十分清晰。

“这是我们公司的标志。‘冲天一飞’的意思,我喜欢。”

他把照片留给了我。当我将它揣到衣兜里时,他才哑着嗓子说:“有机会交给她吧……”

我心里明白,凯平已经无可救药。看来无论是犟横的岳贞黎还是其他人,都无法将这个人治愈。这幅照片当然要交给她的,这是他的嘱托。可这不可能是马上就能做得到的,我需要寻找一个适当的机会。

二

分手后大约一年半的时间,我们再也没有见面。这期间发生了多少事情!我在东部和那座城市之间疲于奔命,一系列棘手的问题需要亲手料理,忧愁加上愤怒,就是这段时间的全部了。也正因为如此吧,围绕岳凯平的那些事听到了惊异一阵,最后还是放到了一边。大约是帆帆的孩子出生不到半年的时间,她和那个炊事员田连连就离婚了。奇怪的是这个消息还是凯平告诉我的——他在电话上大嚷大叫说:“你听到了吗?听到了吗?”我说我听到了。“你想想这意味着什么?”我问意味着什么?他用颤颤的声音回答我:

“这意味着,她还、爱、我——她因为我,还是没法、最终没法和那个人在一起……”

我对他充满同情。我记起那幅照片在半年前让梅子设法转交给帆帆,但一直没有问梅子是否准确无误地送达了。电话那边是剧烈喘息的声音。我随口说了一句:“也许吧,不过这又能怎么样呢?”

电话那端沉默了一会儿。

我的意思是:事已至此,你还会和她再次走到一起吗?不要说岳贞黎会更加死命地阻止,就算除去这个因素,你会让一个牵拉着别人孩子的帆帆重披婚纱?我没有直接说出,只喃喃道:“听说是个男孩,你父亲给他取的名字,叫‘阿贝’……”

“小阿贝。”电话里传来他泣哭般的声音。又待了一小会儿,电话挂断了。

这是我们这段时间里惟一的一次通话。后来又听到关于他的零散消息,有的得到了证实,有的没有。梅子曾告诉我:岳贞黎在我们家玩时透露过,他的那个浑小子还是“贼心不死”,先后几次蹿回来,还想勾引帆帆呢!老岳气得大骂:“这小子是鬼迷了心窍!你们替我想想,这到底是怎么一回事?”梅子说她的父母听了,都一迭声地叹气,他们没有一个能回答他。他走后,她的父亲说:“一个顽固派,一个年轻的顽固派!这样的家伙只有战场上才能遇得到!”她的母亲带着迷惑和钦佩的口气说:“也难为了那个小伙子,痴心不改成这样——这是一种遗传,想想看多像他的生父,救人时肠子都流出来了,还是死死揪住要救的人不放,硬是把人给抢回来了!天哪……”梅子于是接上母亲的话:“岳伯伯的命都是人家凯平父亲给的,他为什么就不能支持一下凯平的婚姻呢?他不是更顽固吗?”母亲脸色一沉:“那是因为他太爱这个孩子了,这才死死地挡住!他做的是对的——帆帆只长了个好看的壳子,她的心呢?看看吧,一边恋着凯平,一边又和家里的炊事员搞出了孩子!老岳真不容易，又要为儿子焦急，又要设法为干女儿遮丑！这事发生在我们家，我和你爸早就完了……”梅子父亲当时就在一旁，说了一句“乱弹琴”，走开了。

凯平与帆帆后来的几次联系以及整个结果我都不得而知，因为当时我不在城里，止以东部平原庆连家的小院为中心，开始我最痛苦的一段挣扎和疗伤……再后来，一个极偶然的机会，因为我的一位海外朋友匆匆来去，见面时说到了凯平服务的那家公司，这才说到了他的近况——“他现在已经从下边的分公司脱身了，被上边的老板召到了身边，为他开专机了。其实主要是当贴身警卫，是能够近身的极少数几个人之一。这小子阔大发了，月薪是一个吓人的数字……‘秃头老鹰’看上一个人可真不容易，凯平这家伙就是幸运……”

我的朋友连声慨叹，话语里流露出无尽的钦羡。他从属的海外公司与凯平的公司有业务往来，所以多少知道一点那个以大鸟做标志的“巨无霸”的一些事情。原来“秃头老鹰”是这个公司的董事长，以前主要待在海外，近几年才渐渐以大陆地区为主要居住地，是一个极为神秘的人物。几乎没人见过这个家伙，就连报刊上流传的照片也是几十年前的。他不参加会议，不抛头露面，不到下边分公司里去，也不与下属打交道，只与几个女人和近身警卫兼专机驾驶员在一起。后者如果被选中，那就会是他一生或半生的陪伴，成为他的死忠分子。

这样一个人会是凯平服务的对象？我表示怀疑。我对朋友说：肯定是你搞错了。“为大资产阶级服务，这可得让他花上几年时间好好准备一下。时间短了不行，他干不来。再高的工资他都不会接手。”朋友笑了：“你算了，他具备这个条件，听说这个人在部队是一个顶尖飞行员，而且还学过一阵散打，擒拿格斗样样精通，人长得又棒，真正是万里挑一。要不‘秃头老鹰’会挑中他吗？你不在我们这个行当里,不知道那个家伙意味着什么!”“意味着什么?”“无冕之王!”我笑了:“你也不明白我们行当里的事情,也不知道有一类人意味着什么,比如凯平……”“他意味着什么?”“各种‘王’的死敌!”朋友愣怔怔地看了我几眼,最后还是笑了:“可是事实上他干了,他为人家服务了,就是这么回事。有钱能使鬼推磨,这句话只要人类社会存在一天,也就会通行一天!”

那个朋友回海外去了。他传来的消息一时无法证实。他说的一切,连同那个“秃头老鹰”和凯平一起,都蒙上了浓浓的神话色彩。于是我更多地将其视为不可信的传言。的确如此,有一部分海外人士由于先一步投入了资产阶级的游戏规则,懂的另一套也就自然多一点,于是他们一半为了炫耀、一半为了强调这个规则,有时候会自觉不自觉地在自己的同胞面前故作惊人之语,凡事都要夸大三分。对此我已经有过一些经历,所以往往对他们的话多少打一些折扣。

但不管怎么说,凯平确是换掉了原来的工作,并且真的变得无比神秘了。因为我有一次曾试着按他留下的地址找过他一次,那里的人都说他不在了。我甚至直接找到他以前服务过的地方,找到一个和他一样的飞行员,在隆隆大声的直升机起降坪旁打听过。对方的回答仍然是“不知道”“实在说不好”,等等。那时我一直盯着飞机上的那个大鸟标志,想着凯平交给我的那张彩色照片。

我在极为焦灼的日子里仍然时不时地要想到凯平,想到这些年来与他交往的全部细节,他的经历和家庭,他的伤痛和屈辱。我在想一个人大幅度的改变——这种改变所需要的全部条件、特别是外部环境。我还是不能相信。一切都需要亲眼所见来加以印证。这段时间我的匆匆奔走、我与岳父一家不断加深的矛盾、没完没了的争执、逐步绷紧以至于随时都会断裂的那根家庭之弦,已经给了我巨大的痛苦。梅子几年前由于某位人士不无杀伤力的挑拨,经过了这段时间的发酵,好像已经产生作用。她第一次怀疑起我几年来呕心沥血的东部平原上的这一切、它的意义——更要命的是我付出的那份真诚,还有其目的,都一起受到了质疑。这让我于午夜不眠之时想起来,我是指想起梅子,常有一种心上撕裂的感觉。

一个男人咬住牙关的时刻来到了。我得挺过去。

所以说,没有比我再能体味凯平的痛疼与屈辱、焦灼与无望的了。也没有谁让我像感激庆连一样,感激这个长夜伴我不眠、与我一起劳动一起慨叹的人了。

可万分不幸的是,就是这个庆连,也同样猝不及防地走到了这一步——他和凯平是多么不同的人,可是他们如今都在为自己心爱的人痛不欲生。

“大鸟大鸟……”荷荷的声声呼唤让我心上一悸。是的,我在这种呼叫里不能不想起一个人。

于是我再也不能耽搁。我必须马上找到这个人——那是另一个让我心焦和牵挂的家伙啊。

三

我一连花了几个星期寻找凯平,没有一点结果。难道他整个人给“秃头老鹰”霸占了不成,成了他的囚徒、一块无言的怪石、一个工具?那可真不像你凯平啊!我心里在想:只要找到了凯平,也就彻底明白了那只“大鸟”,也许荷荷就可以从骇人的鬼魅里挣扎出来了。当然她的那些呓语留给我更多的还是强烈的好奇心,是巨大的震惊。关于海滨一带无穷无尽的人与鸟的传说,也极大地加重了这种好奇心。

正在我流连不去却又一筹莫展的时候,那个人出现了。他一般来说是我躲避的人物,因为他总是引起我最不愉快的联想,使我有一种难言的畏惧和厌烦。这个人就是岳贞黎。原来他在主动找我,几次打听我——梅子告诉我这个消息之后,我有点不太相信。在整个城市里他都是极难接触的一个人,如果不是因为岳父的关系,我是不可能认识他的,当然也不可能认识凯平。他是上一个时代里一块生了锈的铁疙瘩,沉重,硬邦邦的,被一层层包裹起来。而且没有人敢于敲打它,于是它就成为苍黑神秘的一坨。“他人老了,见不着儿子,就想起了你。这会儿他太孤独了,凯平没了影子,去年帆帆也带着孩子离开了。现在他是一个人,不,幸亏还有个炊事员和他在一起。挺可怜人的。你有时间就去看看他吧……”梅子咕哝着,渐渐让我听进了心里,我吃了一惊:“帆帆?她也离开了?带着小阿贝?”梅子点头。

我用电话预约,他很快同意了,还说:“就来吧,有时间就来吧。”语气中甚至有一丝殷勤的意味。我说“谢谢”,放下电话又觉得不妥:为什么要感谢他?就因为他答应要快些接见我?

第二天下午,估计老人午睡过后的时间,我去了那个大院。太阳已经斜向一边,树木光影斑驳,因为光的作用,这幢灰色的三层楼房看上去有一种摇摇欲坠的感觉。一只叫不上名字的大鸟蹲在树丫上,发出咳嗽似的叫声,然后就是感叹:“啊!啊!”比乌鸦的声音还大。因为大门没有关,屋门也没有关——这在过去是很少见的——我直接敲了一下半掩的门扇走进去,听到里面有干咳声。我循着声音走过去,直接走进客厅里:一个身材粗壮的人手持一把剃刀,正在给一个大仰在椅子上的老人刮脸。我很快看出是田连连,他在给岳贞黎修面。如今使用这种老式剃刀的已经不常见了,它明晃晃的有些吓人。我站了几秒钟田连连才发现,转身“哦”了一声,赶紧用毛巾给对方揩了脸,然后一弓腰退下了。田连连的仆人做派十分明显,举止一如旧式,绝不在来客跟前多说一句话。

岳贞黎的脸刚刚刮过,很干净。不过他的一脸倦容还是出乎预料。仅仅一年多的时间人就变成了这样，老态龙钟，步子蹒跚，好像还有点耳背。左眼皮耷拉了一些，这就使整个人看上去怪模怪样的。他的手搭在我的肩上，粗粗的手指勾动了几下以示亲近。他鼻孔里伸出的白色鼻毛还没有剪去，这活儿田连连回头会接着干。岳贞黎按我一下，让我坐了，又抬头看门外——田连连端茶来了，两杯，在我们面前一一放好，然后躬躬身子走开。这个大宅里因为有了这样一个仆人，所以对面的老人更像一个老爷了。我差点就说出一句："老爷，您别来无恙？"他的手指很粗大，这使我想起他在院子里也没少干活，比如弄弄盆景什么的。一种腐朽的不久于人世的感觉，一种迅速老去的气息，从我迈进来的那一刻就萦绕四周。是的，这里自从没有了凯平，那种衰败感就不可遏制地蔓延开来，帆帆的离去，又进一步加重了这种趋势。一个田连连还不足以挽留什么，这个人虽然还不到中年，但已经暮气沉沉的了。

"我叫你来，是知道你们——你和我那小子是好朋友，你的话他也许在乎……我想请你劝他来家里住，常住短住、常回，反正都一样。我老了，我要和这小子和解了。再说事情都过去了……"

我听着。是的，事情过去了，主要是帆帆离开了。当然，人老了会有许多不同——他怎么突然就老了呢？这才是我感到惊异的问题。

"你一定知道，凯平不是我的亲生儿子，他父亲于畔……哦，说起来远了去了，算了。我是说，有时候半夜睡不着，总觉得对不起那位老战友啊！他也许会埋怨我恨我，嫌我没有照料好他的儿子！我盯着夜晚，就像盯着老战友的那双眼——这些年一闭眼就是他！可是我没法解释，说不清，家务事谁能说得清啊。我是太爱惜这个孩子了，反要招来一些恨……我多想凯平啊，我夜里睡不着，都是想他，是为这个难过！我想这个孩子，我们父子俩需要和解了，要不就来不及了——你告诉他，再不就来不及了……"

我心里一软，说："不，岳伯伯您的身体，还好着呢……"

"是啊，就这么说着吧。唉，我有数。糟蹋了一辈子身体，怎么会好呢。凯平——你又见着他了？他怎么样？"

我说我也很久没见他了，自从他换了工作之后就再也没有见过。新工作、那个老板，好像十分神秘。凯平就像蒸发了一样……

岳贞黎的眼睛锥子一样，盯住我看了一会儿，又垂下目光。他在客厅里踱步，咕哝："为了搞清我那小子给什么人服务，我不得不下了点工夫，专门找了相当重要的渠道去了解……哼，那老家伙比我也小不了几岁，外号叫'秃头老鹰'——其实就是秃鹫——他本人可不这么看，他以为自己是真正的鹰呢。年纪一大就懒了，不愿动了，不出门，谁也见不着，又是这么大的财东，怎么会不神秘！其实这个人从年纪不太大那会儿就愿闷在一个地方，阴气忒重。战争年代，这样的对手最难对付，心机大嘛。他现在常住在洋人废弃的一座古堡里——那是东边大山里，遗弃了几十年的一座古堡，他相中了，连四周的一片大山一块儿买下来。听说以前古堡没人时，有一种老鹰曾把小孩叼进去……"

我愣了一下："古堡在东部大山里？"

他点头。

"这不可能啊，因为我常年在那一带大山里活动，怎么会不知道呢？"

"哦，是这样，过去是军事要地，后来部队才一点点撤走了，一般人都不知道这个地方。"

我听着，已经在心里琢磨怎么去那儿了。我还想再问一下，他却不知道更具体的位置。

岳贞黎坐累了，说："咱们走走吧，活动活动。"就先一步站起。我们一起出了客厅。他在中厅的壁炉那儿略一犹豫，就扶住了楼梯说："上去吧，你还没有去我那儿好好看看哩。"说着已经在费力地往上走了。楼梯由水纹大理石铺成,铜压条下是厚厚的紫色地毯。拐角处有西画,小小的。上楼后是印刷的诗词书法作品贴在迎面的墙上,给人极不协调的感觉。我们只在二楼的书房和办公室流连了一小会儿,就坐在了小客厅里。这儿仍然有一个古老的壁炉。“洋人物件,从来没用过。”他见我打量就说了一句。壁炉上方有一帧照片,是几个人的合影——我看清了上面有两个警卫战士,还有他、帆帆。帆帆当年可真是年轻,在照片上格外出眼。我贴近看了一会儿。

要下楼了,我在楼梯处不由得往三楼看了一眼。他停了一瞬,仿佛下了决心似的,自语一句:“那就……看看吧;嗯,我的秘书室,一直是她……”后面的话听不清。我随他往上走去。

这里其实是高敞的阁楼,有好看的大屋顶,整个面积并不小于二层。一个大间足有五六十平方米,中间是一个铺了绿呢的长条桌,上面摆了一些文件之类,迎面墙上则贴了几张军事地图。这让人想起一间战争年代的军事指挥所。我在这儿长时间徘徊,又在旁边的大沙发上坐了一刻。

最后我转开一点,有些唐突地推开了一扇门:二十多平方米的房间里散发着浓浓的脂粉气,干花,化妆品;一张大床,铜架大床,大得出奇……我的脑海里马上闪出一个灿亮的脸庞:帆帆。是的,我曾见过她一直上楼;她兼做岳贞黎的文秘工作。这个屋子肯定是她的,休息室?卧室?

“这孩子也走了。唉,跟连连两人不和;还有,想老家——她这会儿也回东部去了,小小年纪办起了一个大农场……”

我转脸看他:一点玩笑都没有,脸色沉沉的,说话时嘴角在颤抖。“大农场?帆帆的?”我问这话时在想凯平提到的西部农场——那是他心中的梦想,这梦想和帆帆连在一起——如今事情翻了个儿,帆帆自己去平原上搞了个大农场!这可能吗?这怎么可能呢？一个弱女子牵拉着一个一岁多的孩子？

他的眼里有混浊的泪水，这会儿只得揩一揩："这孩子太过逞强了！一定得回去，一定……没有办法，我只好找当地人帮忙，让她经营一片地。她疯了，发了疯了……"

最后岳贞黎像在自言自语，一边说一边往楼梯那儿走去，不再顾得招呼我了。

我在这间屋子多耽搁了一会儿。这儿仍然蓄满了她的气息。

下楼后没了岳贞黎的影子。我站在院里，闻着从一边飘来的浓浓的草药味儿，那是配楼的方向。身后一个佝偻的身影走过来，是岳贞黎，走到我身边时大口喘息。配楼里出来一个人，是田连连，用毛巾裹着一只冒白汽的碗，小心翼翼走过来。

"疯了，这孩子疯了……"

岳贞黎盯着脚下，咕哝着。

第三章

荒芜

一

我不能在城里继续待下去。凯平和那个古堡、帆帆的农场,更有我散在山地和平原上的新朋旧友,都一齐发出了呼唤。

旷野和山岭充满了迷惑,叩问和寻觅像是刚刚开始。在这个特别的时刻,人的心身只能不停地游走……当背囊里的水和食物差不多都用尽了时,我正好走出了山地。河谷下游出现了疏疏落落的村庄——像所有山地村庄一样,这儿一律是矮小的石头房屋,十户或二十几户就组成一个村子,远看就像一群刚刚扑地的山雀。在离这儿不远的那座大山后面,可能还隐藏着另一个村子,它们看上去都大致差不多,所以路人常常会把它们搞混。

越是大山深处的人越是好客,他们愿意接待过路的人,甚至以此为荣——当然这要是真正的大山才行,那儿消息闭塞,没有电视机之类。他们即便从外地人嘴里听到一点新鲜故事,都会非常高兴。大山里的孩子直到十八九二十岁,完全长成了大姑娘或小伙子,还大多没有见过大海,没到大城市里去过。从这儿到东部海滩平原的直线距离只有五六十公里,可他们当中一辈子没有抵达那儿的却不在少数。

傍晚时分走进一个小村。像过去一样,我希望在这儿补充一点水和食物。过去的经验里,山里人不愿让一个过路人花钱买他们的东西,最后我总要设法留下一点礼物以做补偿。可是这一次我发现这一切完全变了——他们对外来人并不欢迎,不愿留人过夜,不愿接近。最后是一个孤老汉把我怏怏地领回家去。

孤老汉没有妻小,家徒四壁,几乎没有任何提防的必要。我想这大概也是他收留我过夜的原因吧。本来我可以在村外搭个帐篷,但这会儿极想找人聊聊天什么的。我想念这些小小的山村,因为关于它们我有太多美好的记忆。

歇下之后,老人只顾在夜里奓着胡子吸烟,不太理我。我一再和他搭话,他才把烟杆从嘴里拉出来,咕哝了几句,大意是:这些年里人心都变坏了,流浪汉也是一样。“在俺眼里你这样的人,哼,十有八九都是靠不住的……”他咂咂嘴,“前一段从外面来了几个人,戴着黑眼镜,打扮洋里八道的,手里还提着戏匣子,拿着望远镜。说是进村打打工,挣了钱再往南走。结果哩,他们在村子里干尽了坏事。狗日的,以听戏匣子为名招去了不少年轻人。归总呢,姑娘给糟蹋了,有一家婆娘也给骗走了……”

我十分惊讶,不吭一声听下去。

“还有一次,这儿来了一个冬天里穿裙子的女人……”

我明白,在寒冷的冬天,如果在城里遇到个把穿裙子的女人并不会大惊小怪,可在这偏僻的山沟里,那简直就是天方夜谭了。

老人瞪着一双浑浊的眼睛,不断地敲打着烟斗:“你刚才听见我的话了?世道变了!冬天里都穿上了裙子!妖怪嘛!”

我不知该说些什么。老人垂下眼睛:“年轻人哪,就得本分,蒙咱山里人能有个什么好?山里人一天天混日子,也不是件松快事儿……”

我们两个一样,这样的夜晚都不想睡得太早。他不停地吸烟,咳,对我也不那么戒备了。其实我心里对他满是感激,因为是他把我领进了自己的屋子……夜晚的下半截他松弛下来,开始讲各种各样的故事——都是这座大山里的传说,其中照例有很多鬼怪故事。如果不是过去听得多了,伴着山风听来可真够吓人的。他说:“村子四周这些荒秃山上,出了什么事儿你都别觉得新奇,里面有骗人的狐狸,吃人的妖精——这一段还有了专门背男娃的野物……”

最后一件事我倒从没听说过,简直吓了一跳。

老光棍坐起来解释:“那都是山里好事儿的野物干的……”

据老人解释,大山里有一些母狼或母狸到了一定年纪还嫁不出去,就渴望找一个伴儿了。它们渐渐也就打上了人的主意。“说起来,咱们这样岁数的,它们觉得个头儿大了些。那些男娃看上去小模小样和和顺顺,再说也背得动……”

我摇摇头,笑了。

老汉把眼一瞪:“这是真的!娃儿们给拖拉到山里,在野物窝里过上一年两年——最多能过四五年!野物折腾起人来也不是闹着玩的,几天下去一个个男娃眼凹脸黄,光剩下一个大脑壳耷拉着,能捡回一条命也就不错了,你当怎么!”

我忍住笑说:“它们还没有咬他们,伤害他们,这已经不错了!”

老头子不知为什么上气不接下气,大喘着说:“那倒不会。可是好家伙,野物出去找东西给他们吃,都是些血淋淋的物件,什么兔子啦,一只鸟啦。娃儿吓得不敢吃,恶心,野物还以为他不知好歹,就抡起巴掌泼揍。”老汉吸着烟,大股烟雾从鼻孔里冒出。他两腿使劲蜷起,上身却挺直了望着窗外:“人和人的账码不一样哩,我倒天天盼着这样的野物来背咱,盼了十年也没盼到。这两年倒是有不少野物来背咱庄里的女娃哩,嘿,风水转了……”

我有点不明白,听了一会儿才知道,那是一些人贩子到村里行骗。

“他们把女人招到平原上做媳妇,说平原上的人啊,一天到晚吃白馍,逢年过节还要杀猪吃肉,晚上就蹲在炕上看一个电影匣子。结果哩,”老汉伸出黑乎乎的巴掌,“像贩猪崽似的,三五个扎成一堆,牵到一个大河套子里,一捏手指头估个价,转手就给卖了!”

这样的事儿我以前也听过。在那些贫穷地方,有些人家的媳妇就是人贩子弄来的。她们在这儿待了好几年,还要一天到晚用绳索捆着。其中有的日子长了生出感情,真想在当地安顿下来过日子,户主儿才会把绳索解开。当然也有不少冒着生命危险出逃的。

我问老汉:“上面不管这些事儿?”

“不管?人贩子还有不管的?可就是逮不干净哩,就像我破棉袄上的虱子。这不,前几天又一个女娃从外面跑回来,身上一道连一道血口子。问她怎么回事儿?她说是男人打的、牙咬的——你当怎么?原来那个男人夜里搂抱着女娃,一高兴低头就是一口!你看看,天底下什么人没有哇!”

夜色乌黑乌黑。窗外刮起了大风,呼隆呼隆的声音像远远的雷鸣,又像巨石从屋顶上缓缓滚过……

天亮了,我离开这个村子继续往前。我灌满了水壶,买了一点玉米粉和地瓜粉。山里人认真得很,与过去稍有不同的是,他们卖东西要按斤按两收钱,而且价钱高得吓人。

二

没人知道那个古堡。就这样走着问着,出了大山。

随着接近平原,视野渐渐开阔起来。春色好像陡然加深了。我身上的衣服显得多起来,后来不得不换下一件装进背囊。路边草木泛出绿色，树叶长大了。丘陵与平原的交界处是以几座孤零零的、东西走向的山岭为界的，一过了山岭就是平展展不见边际的原野了。我的眼睛在急急搜索那两条有名的大河——界河和芦青河。没有，雾霭中一切都模模糊糊。我估计从这儿往东大约要走十几公里才会与它们相遇。两条河发源于东部的鼋山和砧山，这儿所能看到的只是近处的一些水流，它们看上去那么细小。从丘陵跟前经过的几道水汊弯弯曲曲，走了不远又要打一个回折；有的地方突然变得狭窄，拐过几道弯又重新变得开阔。这儿正处于几条水汊的上游，常见的是静止不动的水湾。一些湿地上特有的植物开始长起，一两只蝴蝶在旁边旋转。凤尾草、节节草和草问荆等都长得分外旺盛。这一带所有东北西南走向的水汊大致都要汇入界河。

从我站立的地方往东看去，可以看到大山的余脉继续往北延伸。随着东去，鼋山和砧山的坡度变得和缓下来，它们一直往前，渐渐与平原融为一体。芦青河就是由那里向北注入渤海湾，上游由三条小河汇流而成。我以前曾在它们的交汇处待过一段时间，认真考察过这里的水文情况，给我印象深刻的是一个个小村的变迁——它们四周茂密葱绿的林木变得枯黄，一些山里的淘金者把氰化物倾在小河里，小河又最终要汇入芦青河。

我想下山跨过界河，然后顺着芦青河左岸一直往前。自踏上丘陵地区开始，这条河就让我牵挂起来。我不由得加快脚步走下山坡——可当我慢慢踏上平原，看到那一大片刚刚生出的星星草、碱茅，看到沟边田垄里茂长的散乱的千金子的时候，又变得犹豫起来。我停下来松松身上的背囊，一直向东北方望了好久，这才往前走去。又看到了远处的村落，矮矮的小屋，窄窄的街道，以及在屋顶上方笼罩的那些乔木枝丫。村边劳动的人很少，所有的人好像都对这个春天不抱什么希望，他们只是三三两两地活动着，无心无绪的样子。而过去的春耕时节总是那么忙碌,每到了这个时候田野里都有很多扛锨抡镢的人。我难忘那时田野上小伙子的歌唱,还有姑娘头上飘动的红纱巾;拖拉机嗵嗵奔驰,马车夫甩响了鞭子。而今这一切突然就没了,零零散散的人与满野的荒凉正好相配;偶尔有一只狗在村边上伫立,发出一两声懒懒的吠叫。

天快黑了。这一次我没有走进村庄,只想远远地绕开。我甚至连那些路上的行人也要避开,只想在一个安静的地方搭起帐篷,点一堆火准备晚餐。地瓜粉和玉米粉合在一起,再掺上一点野菜,放上盐,就是丰盛的野地一餐……后来听到噼噼啪啪的雨声,接着头上也淋到了。我抬起头,这才注意到空中没有一颗星星,天阴得正黑。雨渐渐大起来。天有点儿冷,但我宁可在野地里蹲一会儿,让啪啪的雨点打在身上。眼看着篝火一点点变得暗淡,接着冒出一股水汽,发出嗞嗞的声音。头发淋得半湿了,雨水像泪一样顺着鼻子两侧流下来,流进嘴里,又被我不断吐出。我听见有小鸟欢叫,在不远的沟渠那儿发出扑棱棱的声音。它们飞了起来,像为一场春雨欢呼。我此刻的心情和它们何其相似。就这样,我给淋得湿乎乎的回到了帐篷。

天亮了。举目遥望,苍茫一片——此刻蓦然记起,在烟气渺渺处,在一百多公里之外,就是那座小城啊!一想起这座小城就让我心惊,因为林泉精神病院就在它的郊区,那是荷荷的进出之地。还有,我以前的一位挚友当年就是被捆绑了送进去的……我曾多次到林泉去过,对这里一直心存恐惧。

海滨平原已变得千疮百孔。不知是因为地下开采的关系,还是其他原因,这里出现了许多洼地,水洼边上的茅草长得很高,蒲苇和小灌木丛疯长。原来还是肥沃的农田,这会儿沉到了水中一半、被荒草杂树棵子占据了一半。一些拉起的铁丝网和红砖围墙在其间不时出现,里面大多是空空的,不知将来要派什么用场。围墙外的水洼地边、脏脏的沟渠河岸，所有的蕨类植物都在狂长猛蹿，黑乌乌的像要流出油脂。一些水蕨长得肥肥嫩嫩，我忍不住揪了一些。对于旅人来说，这是上好的一种菜肴。粗梗水蕨漂在水面上，再就是槐叶蕨。沉在水里的还有角果藻和菹草。狭叶香蒲长得比人还高，走在露出水面的土埂上，就像走在一片小树林里。各种各样的野鸟在里面扑扑棱棱。水洼与水洼之间是凸出的一片片半岛形荒地，上面存留着上一个季节里干枯的玉米秸、谷秸和麦茬。显然，村里人匆匆收走了一茬庄稼就赶紧离去了。真使人难以置信，这儿几年前还是有名的“东部粮仓”。

走在这样的地方我有忍不住的沮丧。偶尔还能遇到像我一样身背行囊垂头丧气赶路的人——他们好像不是一般的流浪汉，也不是匆匆的过客，更不像那些到外地打工的人。他们佝偻着身子往前，谁也不看。我知道这都是一些离开了家园的人——周围的村子由于土地下陷，他们只好出门游荡。

三

夜晚宿下，仰看星转斗移，常常陷入这样的疑惑：如此辛苦的地球日夜不停地艰难转动，难道就为了载上这么一大群六亲不认、刻薄贪婪、满脸涨满了欲望的家伙？我害怕这种严苛的责问也包括了自己，因为自己在许多时候并不比其他人好到哪里；我只是还愿意寻找，愿意印证，还没能彻底忘记自己的亏欠——对故园和乡邻还有那么一点挂念。也许我一路上什么都做不成，直到最后徒手而返……我已经四十多岁，两鬓斑白，眼睑浮肿，一夜连一夜地失眠。漫长的一夜过去之后，第二天照旧要身负背囊往前，脚步踉跄，平地跌跤，最糟糕时一个不大的坎坷就会让我匍匐在地。可我最后总是忍住了爬起来。我的腿不像过去那样有力了，踝骨被一块石头碰了一个口子，而后就常常发疼。奇怪的是它当时并没有流多少血——过去,特别是童年,记忆中身上稍有磕碰,鲜旺的血流就像水一样涌出。生命的汁液,逼人的颜色。是的,现在它们似乎不多了,快干涸了。

一片水湾明净得就像一面镜子。我不由得蹲下来。水中的这张面孔虽有一点不同寻常的倔犟,可无论如何还是显出了落魄的样子。脸上没有一点光泽,皱纹细密而深刻,似乎还有一点虚肿。没有更多的时间怜悯自己了,抬起头时想到了那些异性朋友——几十年来,一些或多或少落进俗套的故事。嗯,我不知道她们为什么会喜欢上我。姑娘一般而言是比较势利的,她们会喜欢一个倒霉鬼、喜欢一个在内心里藏住了一点希望却又从来不愿示人的流浪汉吗?时至今日,但愿彼此还没有遗忘。至于你,我们还能一起走上多远?你又会在什么时候开始讨厌我?你以后对我的失望会有多深?

如果我从此驻足,和你待在一个温温的小窝里,说不定你就会像个司令官一样指挥得我团团转,让我左冲右突,去负起那可怕的、大山一样的沉重——那十有八九是世俗物质的堆积。但是那样你就会高兴吗?要知道人心不足蛇吞象,古人说得一点都没错。不过我如果照你说的做了,你就会好好饲喂我,让我变得胖乎乎像一只慵懒的饱蚕……脑海里常常光影交错,使我不得不强抑着自己,在扑朔迷离中探求一条清晰的思路,就像脚下的芜草荒地一样,要从中寻一条弯曲的小路。我只是执拗地把脚踏上这块没人走过的地方,一直往前。背囊硌着肩膀,压得人透不过气来,汗水把一层层衣服都湿透,可还是要一直走下去……只有安歇的时候搭起帐篷,烧起热水和汤糊,倚在背囊上长舒一口气,才开始回顾甜美的往昔。童年如在眼前,金黄色的菊花耀耀闪烁,它代表了我在一个女老师身边度过的甜蜜时光。再往前想,想一个人在大山里奔波时结下的那些年轻伙伴,各种友谊,五颜六色的故事。我特别不能忘记的是一个山地老师和他的孩子。最后再想大学时代，丁香树旁……是的，这一沓子难以忘怀的东西时不时地涌上脑海，让我在旅途上慢慢咀嚼。

在这儿采集食物简单得很。小香蒲的根茎富含淀粉，可以当最好的晚餐。这样背囊里的食物会完好地贮备。还有蕨类植物的茎叶，它们是可口的菜蔬。茫夜里看着一地荒芜，看着一个平原的衰败，忍受中又会滋生出一种绝望和决意的清美。对于它的未来，我要在心中小心翼翼做一个预测——这差不多成了最沮丧最痛楚的事情，还是不想为好。我此番往西，或许并不一定能找到凯平，可是他就和那个藏入深山的古堡一样，总像一道谜语那样吸引着我。

两相对照，再也没有比在那个城市里空空等待更荒谬的了。那个城市有一道生机盎然的目光——记得每次出发，内弟小鹿，一个长得像梧桐苗似的可爱的小伙子，都要缠着嚷着跟上走。可爱的孩子还不知道远行是怎么一回事儿，他只是一个初中生，体校里的球类运动员。他已经是彻头彻尾的城市物种，交上的女朋友叫“小阿苔”，一个袖珍型的体操运动员，差不多可以站在大人的手掌上翻跟头。她美丽活泼，可爱得百里挑一，也像小鹿一样缠着嚷着要走，还说：大哥是个旅行家！她错了，她一辈子也弄不明白我是个什么家。想着小鹿和小阿苔，喝下了第一口蕨菜汤。“真鲜……”

两个孩子都喜欢新奇的东西。记得有一次我到外地去，带回来的几件小礼物全被他们抢跑了。小鹿特别喜欢一个半透明的玻璃做成的小鹿，身上带棕色和白色斑点。他一直摆在小书桌上。有一次我发现它不见了，就问哪去了？他说给小阿苔了。

“小鹿给了小阿苔吗？”

“小阿苔给了小鹿。”他不无顽皮。

四

这里的街道也不例外,同样在用一些花花哨哨的东西掩盖自己内在的破败。所有临街的房子都用红粉和其他颜色涂过,或者干脆用瓷瓦重新贴了一遍。花花黧黧,亮晶晶的。好多窗子都被铝合金材料装饰一新,还吊挂了一些不伦不类的彩灯,镶了一些霓虹灯广告。原有的建筑拆掉了,新搞起来的又显得薄气寒酸。这是一座没有重量、没有历史的城市。一座小城从史书上看是一回事,从眼前看又是一回事儿。它有古老的文化,经历过几场有名的战争,在一两百年前就是一座好城市了。可奇怪的是它后来不是变得越来越庄重,因年龄的增加而稍稍地增添一点儿尊严,相反倒是越来越稚嫩、单薄和轻浮。它要慌忙不迭地追赶潮流,要拆毁,要装扮,要拼上老命去模仿,最后把自己弄得不老不少,看一眼都牙碜。我们从两千多年前就开始搞城市了,搞来搞去就搞成了今天这副穷酸模样。几乎所有的名城都毁掉了,废墟上长起的一座座新城可怜兮兮,面目猥琐。眼前的这座小城烟雾腾腾,到处都是垃圾,连棵像样的树都没有。大街上满是粗鄙的眼神,他们直盯盯地看着生人,看着女人。有人即便在傍晚也要戴上墨镜,还有的小小年纪拄上了手杖。到处都是喧嚷,是宣传广播车和高音喇叭的鸣叫。当地方言和普通话掺杂一起的号叫简直能让人发疯。

我不知怎么闯到了一个自由市场。刚看到拥挤不堪的人群后边有一排排蔬菜摊和肉摊,一股恶臭就扑过来。幸亏这座城市不大,顶多有半个多小时就可以横穿过去——究竟是一个什么念头在左右我,使我走进了这样一座小城?没有多想。拐过一个巷子,人流疏了。可是刚出巷口就看到非常熟悉的一个场景:一个穿得破破烂烂的老太太伏在垃圾箱上,想尽力找出一点有用的东西。前边,另一个垃圾箱前又是一个男人在翻找……摩托车飞驰而过,速度快得让人颤栗:如果这时从巷口走出一个人,那就必定遭殃。没人管束飞车,无论哪座城市都有一些无知而得意的狂少:可怜巴巴的摹仿者,戴着闪亮的头盔,穿上特制的铁钉皮衣,剃了光头或束成马尾。摹仿的狂潮淹没了整个第三世界,到处都不缺痞子。摹仿是对尊严的腐蚀。从世界的一角到另一角,处处都留下了摹仿的强酸侵蚀的斑痕。现代传播工具使这一切迅速而有效。时下到处是复制出来的文化标识,如服饰和发型,如露着半个屁股上街的女子。

我记得这个城市的十字路口左侧有一座历史悠久的剧院,至今不少人还记得一些最负盛名的角儿在这个剧院演出的盛况。当时就是这一类场所维持了一种城市的魔力,培植了一大批口味刁钻的人。据说在这个地方,任何一个有名的角儿都必须绷紧神经,不敢露出一副来到小地方的那种松弛劲儿。两年前我在这儿转车,实在闲得无聊,想去看一场戏。还好,里面正上演一场有名的京剧,而且演员都来自外地,其中至少有两个名角。我虽然晚了一点儿,把门的人还是让我进去了。进场后刚刚落座就吃了一惊:偌大一个剧场只在前排那儿坐着五六个人,离开几排座位又坐着三五个人。台上依旧很认真地演着,让人为他们难过……后来有人告诉我:电影院的情况略好一点,但观众仍坐不满场子的十分之一。这一切都是因为有了电视,他们断言:无论是影院还是剧院,往后的日子都很难维持了——谁不愿舒舒服服躺在床上,大仰着身子看电视?电视里什么都有,没有的还可以买一盘带子、一张光碟回去播放。剧场经理是个满脸黑胡茬的家伙,他恶狠狠地盯着我说:“电视上,驴配人的片子都有了,谁还来买票看电影?我日他八辈祖宗!”

事情当然容易理解。记得以前有个朋友面红耳赤地与我讨论,说现代通信传播工具推动历史有不可取代的巨大功用。他一直在使用不容置疑的语气。我那时一声不吭,心里却有一百个否定。我想说,我们太追新趋时了,对现代声像技术对世界的致命危害讨论得少而又少。它作为一种公害倒是不可抗拒的,简直是一场轰炸。我们所置身的这个世界正在经受现代传媒劈头盖脸的轰炸,每个人每寸土地都无法幸免。它如此残酷地改变了这个世界。几乎在每一座城市,电视机都比做饭的煤气灶和淋浴的莲蓬头、卫生间的马桶更多。如今的电视机有几十个频道供人选择。当今的地球几乎没有一个角落能够阻拦卫星的光顾。就因为有了卫星,所以也就有了无边界电视,它们正迅速介入个人生活,改变人们的生活方式、工作方式和娱乐方式。成十几亿台的电视机涌向城市和乡村,并以前所未有的速度增长。据说全世界卫星传送的电视服务项目已经超过了上千种,还在飞速上升。真正的全球性超级频道正在深入数亿个家庭,而且几十颗通信卫星又将在今后几年内发射升空。这就意味着太空电视频道的数量又将大幅度增加。这是一场全球性的电视革命,对于文化、政治和经济的影响将是致命的,它必将引起一系列复杂的问题和争端。再加上正在兴起的互联网,它们将使整个世界变得可怕地浮躁、浅薄,越来越多的人会整天泡在荧屏跟前,走进集体性的精神恍惚。

人们在放弃深入阅读的同时,也将放弃深入的思索。起码的判断力从此丧失,他们将迫不及待地去为三四流和不入流的货色喝彩。与这样的精神世界相匹配的,只能是这样的一个物质世界:人人对不择手段的争夺不再存任何心理障碍,满足自己的消费欲望将是头等大事。这个世界在一天早晨醒来会突然发现,人们花费长达几代几十代的时间建立起来的堤坝已经完全崩溃,伦理准则将不复存在。悠久的文明史从此改写。除了消费至上主义、享乐主义和物质主义,其他都失去了魅力。作为一个民族和国家,面对这么多信息蜂拥越过自己的边界,已经束手无策了。各种奇迹伴随着图像正在势不可挡地扩散。政治家们也许会从政治集权和经济利益方面来谈论这个命题,可是对于具体生命而言,却是一种创造力的戕害,是个性的泯灭和丧失,是过分放纵和浮躁引起的空前危机,最后是——对人性进一步失去信任感,精神进入普遍的荒芜和颓丧……

过去一种文化渗入另一种文化也许需要几十年或几百年的时间,而今却可以在几秒钟内完成。人们或许希望这种迅速传播携带了精美和深度——起码是有这种可能性;但实际上它们提供的总和,也不过是各种污脏,连一顿像样的"快餐"都算不上。冷漠呆板的屏幕除了有效地播撒欲望之外,实在难以承受思想的重负。于是它们就索性加入野蛮的不加掩饰的掠夺——对时间和空间的掠夺。在这种侵占之下,谁还能葆有自己完整的、不带深刻损伤的心与身?

街道越来越宽,人也越来越多。路边的房子太年轻了。这个古老的小城竟然羞于保留百年以上的房子。翻翻书本就知道,这儿还曾是一个宗教圣地,曾经有规模颇大的佛教和基督教建筑。可是现在连一座琉璃瓦顶和尖顶都看不到,它们早在几十年前就被拆毁了。这个小城的历史不过是向后来者简要地说明:它和其他地方一样,同样也曾拥有自己的极度繁荣,只不过早已毁掉罢了——两千年来不断有人试图建立新的繁荣——接着却是另一场毁坏。人类发现自己如此地倒霉:总是劳而无功,总是从零开始,从废墟再到废墟。

至此,劳动者发现了一个永恒的哀伤:我们不能够积累。

巷口上有一棵死去了半边的老槐。我停住脚步。它将我一下吸引,因为它是这样熟悉。我终于想起,这是多么熟悉的一个巷子!我记起进入这条巷子一百多米,有一座残破的小房子,那里面住了一位中年教师。

他是一个十分有意思的人，当年曾是我们事业的积极拥护和参与者，但由于身体不好很少出门，也很少到我们那儿去。我们并没有见面，直到有一次我路过这座城市时在这儿留了一宿，有过一次彻夜长谈。

我突然高兴起来。在旅途上见到一个朋友，这是多么让人愉快的一件事。我的脚步不由得加快了。真的是那条巷子，我又看到了那个青砖小门。门虚掩着，我跨进了小小院落。院子当心还是那棵半死不活的小柏树。我在院里问了一声，屋内竟然没有一点声音。但我料定会有人的，因为门没有锁。

老羚羊

一

这是一个奇怪的人，嗜读而多思，个子很高，脖子很长，戴着一副黑色圆框眼镜。人们从来只喊他的外号，不叫名字，都说“老羚羊”怎么怎么。

“老羚羊！”

我后来不得不站在院子当心大喊了一声。一个面色蜡黄、瘦干干的女人出来了。她四十多岁，包了头巾，先是怔怔地看了我一会儿，然后叫了一声就把头巾抹下来。我这才认出是老羚羊的老婆。

“哎呀，是你呀！”她叫着，又回身喊，“老羚羊，快，你看看谁来了！”

里面是我熟悉的懒洋洋的唉声叹气。

我随着她进屋。原来老羚羊躺在小屋靠北窗的一张床上，床的四周都是书籍。他卧在那儿，这时探起身，想努力坐起。女人赶忙去帮他。他扶扶眼镜，看清了是我，立刻“噢”了一声，算是发出了欢迎。

我发现他更瘦了，颧骨高耸，老得令人难以置信。我还注意到，他眉头之间的那道竖纹已经深达半公分。

女人在旁边对他说：“你看，你看看，你想不到吧！”

老羚羊扶着窗框站起，咳着，伸出一根枯指点了我一下，示意我坐在旁边的一个破沙发上。小屋子太阴了，人住在这样的地方当然不会舒服。我记得过去好像没有这么阴暗。

我们几乎没怎么寒暄就直接询问起来。我告诉他这一段在城里没有别的事情，正好出来走一走；当然了，主要还是想回来看看老朋友，特别是要到过去的地方处理一下善后事宜。老羚羊咳着。他说他一直在做这样一件事：写一本了不起的书，“咱用它，咱……要整整总结一代人的呀！”他张大的嘴巴空荡荡的。

“写了多少？”

老婆在一旁撇着嘴：“你听他讲，他是光说不动手……”

老羚羊缓缓摇头：“我想的问题很大、很远，当然，痛苦……它是一个非常复杂的问题，我必须完全想好再做。”

老婆在旁边抹了一下嘴，然后转身去弄菜了。老羚羊一边谈话一边把旁边的那些书推了推，随手抽了一本翻两下，又放下。这个人擅古诗，还会写一点杂文，文笔非常老到，只是不够流畅。分手这么多年，我发现他仍然处在过去那种生活节奏和状态中。可他的脸色实在太难看了，这似乎不大妙。眼前的这个人不用说很有教养，可惜就是病得太厉害了。我想喘息一下，谈一点轻松的话题，可是他不愿饶我，上来就是一顿感慨，紧接着拉出一副讨论大问题的架势。他弓着腰坐在那儿，硬硬地挺着脖颈。他那么衰老，又那么得意扬扬，望着我，那模样好像已经活过了七八百年，成了一个千年龟。

我又一次把话题引向轻松的地方。我想起了这座城市里曾经活跃着几个写东西的人,他们当中还有一两个在我们杂志发过东西。我打听他们,他却不愿正面回答,一手撑着下巴,说:

“不要以为一个人一旦走入了诗人的角色,就会成为永恒。”

我不太明白,但还是点点头。

他又说:“生与死,都是一个短暂的生理现象。”

我仍旧点点头。

他站起来:“到处都可以见到走向了反面的诗人!你知道诗情很容易退化……”

最后一句我听明白了,在心里承认他说得很对。可是我发现他站起来的模样很让人担心。腰弓得那么厉害,背更弓,只有头是倔犟的,用力挺住。我四下看了看,发现他的屋子里除了一些书、一些乱七八糟的东西之外,竟然没有一件家用电器,也没有电视机。

“你不看电视节目吗?”

“我从不看那些粗俗之物。我只读一些很严谨的东西。”

我点点头。看来每一个角落、每一个时代,都会有一些很有个性的人,这也许才是我们不必悲观的理由。出于真实的感动,我想对这个倒霉的家伙赞扬几句。

他却把手一摆打断了我的话:“你来了我很高兴,从心里高兴!”他摆手的姿势和弓腰的样子,特别是我刚刚注意到他蓄着的两撇胡子,让我想起了一个可爱的、了不起的人。我想起了某位老哲人的形象……无论我怎样把话题往别的地方扯,他还是极力地省略两个老熟人见面时的那些过程,快当而直接地进入了重要的实际性问题——他说目前正在思考“知青方面”的问题,并将对知识青年上山下乡运动来一个全面的总结和评价:

“我读了很多书,我在思考。以我个人的亲身经历为例,想探讨一些别人从来没有达到的一些深度、一些问题。”

我期待着听下去。

“老宁,你知道我的历史。我在上山下乡的那个热潮里,热情是多么高涨,唱着战斗歌曲,第一个报名走到广阔天地。我在那儿和贫下中农同吃同住,交了很多朋友。你知道只差一点我就在那儿真的扎根了……”

他说这话的时候看了看门外的妻子。

我笑了。

他却一点笑意没有:“现在我才发现,我们都被骗了……”

我抬头揶揄一句:“你发现得并不算早。”

“但我一旦发现就很……痛苦。我觉得那一段青春,再也不能返回的青春,被白白浪费了。我要控诉,我将告诉所有人,我的那段坎坷历史!”

我有点儿惊讶:“老羚羊,你不就在下面劳动了几年吗?”

“是啊,劳动!冬天我们改造荒滩,挖十几米深的土,把下面的土层翻上来。还有烧荒、砍柴,睡地铺……”

“当地人不也是这样干吗?”

“是啊,可是我们这些城里人谁见过这些。我们当时都有一颗火红的心,要建设新农村,学习贫下中农的……”

“学到了吗?”

他不再理我的话茬,继续下去:“反正我是太天真了。我们太激动,情绪高昂得很,过节都不回城。那时穿着旧军装,身上背一个搪瓷缸,扎一条白手巾,就这样到田里做活。后来,第一批回城的人有我,我却拒绝了。反正那时我一心想的就是在这个广阔天地大有作为。那时候真想改变整个世界,洒尽一腔热血。我现在痛恨的,就是那个时代的幼稚和狂妄,我为丢失的那段青春而……痛苦。我现在正给这种残酷的生活来一个回顾,一个总结,还有最深刻的抨击……”

可惜关于这一段历史的抨击早已经汗牛充栋了……我问起分手的这段时间他都在干些什么？因为我知道他身体不好，已经脱离工作岗位，大致算是病休，只拿很少一点工资，可见日子不会富裕。

他老婆听到了，这时跨进里屋：“他什么也不能干，病歪歪的，一天到晚就是唉声叹气。他在想事儿，老跟我讲那帮人下乡时干了些什么，怎样唱歌，干活，中午吃窝窝，再不就会餐一顿，村里杀一口猪……他想得又苦又累，天天想。天哪，书还没有写就苦成了这样……”

看着他那因痛苦而变得格外衰老和丑陋的面孔，我真有点心凉。我发现他的所有痛苦都是依照世俗的要求适时而至的。类似的痛苦有人已经在电视和报刊上表达过一千次了。总之在他这儿仍然有吐不尽的委屈。我从他的痛苦当中听不到一点点真正属于个人的东西。我不愿就这个问题与他讨论下去。

他还在叹息：“那时候我多么年轻。我年轻的时候长得比现在好多了，村里的姑娘常送我一点儿什么小东西……”

他的嘴角流露出一丝不易察觉的笑容。

“既然这样，你还有什么可抱怨的？”

他抬起眼睛，像受了惊似的瞪我。

我又问：“一个从小在城里长大的年轻人，到农村去干上几年，他的损失到底在哪儿？要这么撒了泼地控诉、一波接一波地控诉？”

“你难道在——在赞扬那个运动？”他抬起弯弯的食指，点着我的胸口。

我没有回答。我讲不清，只是觉得，我厌恶一切适时而至的痛苦。如果一个人的痛苦也总要合乎时宜，那么这种痛苦就一钱不值。我想在这个“思想者”面前听到一点新鲜的东西，可惜没有。

倒有一股臭皮子的气味，这使我深深厌恶。当然，我不想也不会跑到另一个极端里去。但我现在面对的是一个非常具体的“老知青”。我想问的是：从那时到现在——从农村里回来到现在，你到底又干出了什么了不起的事业？就我了解的而言，你什么也没干，除了回城安窝、找老婆、参加工作，再就是满腹牢骚。你靠骂自己的过去过日子，除此而外就什么都没有了。相反，我觉得面前这个人所经历的最辉煌的时期，倒是他葆有那种纯真和热情、今天又为他所猛烈攻击和控诉的那些日子。他这一套唬别人行，唬我就未免太过分了。在一些人的回忆中，那一段热腾腾的生活突然就变成了地狱般的折磨。果真如此，那些没有任何希望离开土地的人就算是打进了十八层地狱……“知青”撒在土地上的每一个角落，他们的故事说也说不完，悲凄的故事，幸运的故事，惨不忍睹和侥幸的王子，这一切都掺和在了一起。让我感到悲愤的是，我面前的这个人对于那段不能泯灭的回忆，对于那片土地，竟然没有了一点点感激。农村就算他的后妈吧，他也不该这么诅咒吧。

真的，也许上山下乡运动是一个了不起的动议——恰恰由于这个动议太“伟大”了，也就足以把人逼疯。眼前的朋友不知怎么让我想到了小鹿的女友小阿苔——这个小家伙那一段日子竟然帮助自己的爷爷搞起了回忆录，尔后又想根据这些材料搞一点什么“纪实文学”。我一开始不知道小阿苔的爷爷是谁，看了看才知道，他原来就是这个城市里顶有名的一个当权者。

这个人在那些年里可算是臭名远扬了。一个胖子，秃顶，肚子很大，外号“老瓜子”。他在六十年代初曾经借工作之便盖了好几幢别墅，他自己就长期占有一幢，而这与他的身份是远远不相称的。这个人失去了遏制，住宾馆奸污服务员，住疗养院就奸污护士。“文革”起来了，这家伙理所当然地要被揪斗，挂牌子戴高帽……这个过程看起来和其他老干部没什么区别。就是这样一个人,竟然能有小阿苔这么一个小孙女,可真是天大的奇迹。小阿苔在做什么?如今她也在替这个流氓爷爷控诉了,把那些造反派骂得体无完肤,她爷爷俨然变成了一个道貌岸然的人物、一个无辜的受害者。有一次我实在忍不住了,不得不告诉她:

“你爷爷是个流氓。”

“可是,可是……”

她委屈极了,蹙着鼻子,但就是找不出反驳的话。

“你是多么好的一个小姑娘,你如果再长上一副自己的脑子就更好了。”

她看着我。那个时刻她惊讶、美丽。我敢说,她像一个受惊的小猫那样看着我。她这个年龄,对于那一场急风暴雨和那一段历史该是多么陌生……

老羚羊在屋里弓着腰踱来踱去。这个小小的空间根本活动不了这么大的一个动物。我好几次从沙发上站起,因为我坐在那儿,两腿老要碍他的事儿。他瞅瞅窗户外面那棵半死不活的柏树,说:

“好在一场噩梦总算过去啦!”

我苦笑了一下。我在想,人和人多少也可以是不同的,比如对我而言,一场噩梦才刚刚开始呢。我惊奇的是他竟然一句也没有问归来的我、还有我们的过去、小茅屋里的所有朋友。他只沉浸在深深的痛苦之中了。可怜的人。

二

我在老羚羊这儿宿下。

我发现这个人头脑里装满了书籍和思想,惟独缺少人世间的欢乐。他对窗外的事情所知甚少,但有时说起更远处发生的事,却又头头是道。后来我才看到他有一个收音机。那是一个脏腻腻的带皮套子的东西,就放在枕头边上。

“我们终于在大踏步地前进了!”他这样说,伸手拍打那个小半导体收音机。

老婆在一旁做手工,一边忙一边说:“他只听新闻,文艺节目是不听的,只要一唱起歌来,他就把它关了。我老跟他说,你也该出去走走啊,买买菜呀,听听戏呀什么的……老这样会闷坏的,身体怎么会好!”

我很赞成她的话,就极力鼓励他出去散散步,吸吸这个城市里的空气。这个屋子可真憋闷。他多年订阅的那些杂志也从不处理,悉数捆起来,堆在那儿都发了霉。床下,柜子下,所有的空间都给塞满了。他一直坚持订阅的杂志很多,但只有一小部分是文艺类的。他坚持研究所谓的哲学已经很久了。我问他最近这方面的动向,他却答非所问,说道:“贝特兰·罗素,很反动。摩尔与普里查德也是资产阶级的代言人。”

我故意问:“你知道摩尔怎样批驳那些唯心论者吗?”

“摩尔的道德观是有闲阶级的道德观,这并非是对他的致命反驳,”语调板板的,像背书,“我现在更多地在看墨子和孔子。庄子是滑溜溜的鬼芋头,抓不住。萨特唬过我一阵,现在不看了。海德格尔、斯特劳森、维特根斯坦全不看了。”

我逗他:“你怎么看待斯大林呢?”

“极左;总体而言还要三七开吧!”

“赫鲁晓夫?”

他不假思索:“那个人不让人喜欢,不过还总应该有点儿道道吧。思想比较解放。”接下去他又说起另一个领袖人物,说这个人最好只领导打打仗呀,经济建设多听别人的呀,不要搞阶级斗争啊,无比伟大又犯过严重错误呀,等等。

我发现尽管他深奥的表情痛苦不堪,说起话来语重心长,伴着连连叹息,却实在没有一点自己的见解。

“好啦,还是听你老婆的话,我们到外面走一走吧——哎,你能陪我看一场戏吗?我路过了那座有名的大剧院,生出了点怀旧的情绪。你看我现在是一个流浪汉了,好不容易转到你这儿,你也该请个客,陪我看一场戏吧?”

他像一个刚刚被人摇醒的孩子,打个哈欠,眨巴眨巴眼,又搓一搓:“那走就是了。”临出门他又叮嘱老婆:在家好好准备饭菜。

我们俩走出去。一踏上街道,好多人立刻打量起我们。他们的兴趣更多地在老羚羊身上。阳光下我认真看了看,发现他的样子真是怪异极了:面庞蜡黄,皱纹深刻,从脖颈开始是黄中透青的皮肤。那双眼睛不敢见光,太阳一照上去就用力眯着,真像一头老公羊……痛苦衰弱的兄弟/你何时才能走出那个精致的囚笼/我想引你回忆童年/偷到的那枚酸杏/你从此将我判为异己/那么,以后谁是你的兄弟……

街头两旁常能看到一些古里古怪的招贴,其中有的广告画是极其色情的。不仅如此,那些在人行道上走来走去的男女,有的竟然当众做着一些下流的手势。高级轿车很冲,人多的地方也不愿减速,常常是呼啸而过。而那些用草绳编起的大杂物包,被一些捡垃圾的人背着,移动起来像一个缓慢的蜗牛。

我自语:“这个城市比前几年见到时更可怕了……”

老羚羊的目光却越过人头去看在街道旁边正在兴建的一座二十几层大楼,说:

“这个问题,我早就思考过了。原始积累阶段,淌脓流血是无须大惊小怪的。”

“如果脓血汇流成河呢?”

他紧紧盯着盖起的那个像水塔一般的灰楼,重复着刚才的话:“无须大惊小怪。”

戏院到了,买票的人居然很多。我觉得有点儿怪,“今天是怎么了?”

老羚羊去摸衣兜掏钱,我还是先于他挤到了买票口。这时我才发现旁边贴着几张剧照,剧照上居然有一个赤身裸体的女人。我觉得这不可能,因为正上演的是一出非常古老的剧目,怎么会有这样的剧照呢?最后就带着一分疑惑,我和老羚羊走进了剧院。

里面乱哄哄的,通道上的剧场工作人员推着卖零食的车子,上面有瓜子,各种各样的点心,甚至还有电子游戏机。他们吆喝着,在戏剧正式开演前紧张兜售。后来我才发现车子上似乎还有些杂志,看了看,都是些不堪入目的乱七八糟的东西。剧场里嘈杂得很,一角有人在纵声大笑,一个女人带着哭腔笑:

“你的手真狠哪,真狠哪!王八羔子日的!”

又是一阵笑声。各种各样的口哨,谩骂,浪笑。有几个老人愤愤站起斥责什么,但无济于事。再没人听他们的了。他们坐下来,拐杖砰砰捣地。

灯光暗下来,报幕小姐出来。她穿的衣服单薄到了极点,在强烈的灯光下几乎肌肤裸露。立刻,剧场里有人吹响了口哨。报幕小姐似乎在口哨声里才格外满意。她扭动着,哼哼呀呀,先赞扬了几句这座城市有多么可爱和美丽,接着又赞扬这座乱哄哄的剧院,甚至历数起它了不起的历史,昨天的辉煌;接着就谈他们马上就要开演的这一出经过大力改革、推陈出新的古典艺术。经过她的介绍我算是明白了,参加这场戏剧演出的演员都在国内各种“戏曲大奖赛”中拿过奖。

大幕徐徐拉开,演出开始了。由于是古典京剧,所有的扮相仍然还是按照传统模式——但这样不久,下面的人终于不耐烦了,连一些老头子也站起来。许多人到通道一端卖零食的车子跟前索要什么。他们嗑着瓜子,大声讲话。舞台音响开到了最大音量,还是压不住嘈杂。音响震人耳膜,嘈杂却一阵高过一阵。这一场戏可真是难以受用。可是观众闹归闹,还是迟迟不走。

这样直挨到中间一场,皇帝和他的爱妃出现了。饮酒,举案齐眉,彬彬有礼,旁边是一个纱帐——传统剧目中,皇帝和爱妃手扯手走入锦帐之中,大幕也就落下了。可这一次皇帝和爱妃手扯手走进透明的纱帐中,纱帐里更加灯火通明。一国之君动手给爱妃宽衣解带,脱下一层,观众叫一声“好”——最后爱妃脱得只剩下了少得不能再少的一条短裤……皇上把她抱起,在纱帐里旋转。古典音乐伴奏,下面满是口哨、掌声……

好不容易到了中场休息的时间。我刚闭上眼睛,老羚羊就用拐肘推我。原来中场休息只是那一出古典戏的中断,另一种娱乐却刚刚开始——如果不是亲眼见到,无论如何也不能相信:报幕小姐又出来了,她说为了使大家轻松一下,在中场休息时剧团里的小姐们要给大家跳一场现代舞,让大家好好轻松一下……

马上又一阵猛烈的掌声,大幕再次拉开。这个舞蹈的名字叫“快乐的赶海姑娘”。她们背着鱼篓上场,旋转了几圈就把鱼篓放在旁边,接着就要下海。她们怕湿了衣服,理所当然地统统脱掉。本来就单薄的衣服脱下去,再脱下去,最后仅剩下一条小得不能再小的短裤。强烈的灯光照着她们闪亮的肌肤。下面的人又是一阵狂呼。赶海姑娘被水浪推来涌去,一会儿仰着蹬水,一会儿又趴下。最多的一个动作还是朝向观众,大仰身子躺在那儿,伸着两条腿不断地蹬啊,蹬啊……你要想象海水不断抚摸着她们的身体、从肚腹那儿漫去……这时我觉得有一只手紧紧抓住了我的胳膊,用力之大差点让我喊起来。抓我的人正是老羚羊,他这个动作是情不自禁的,因为他的眼睛一直盯在台上。这只手越抓越紧,还不停地颤抖。后来我发现他的脸上满是豆大的汗珠儿。他终于喊了一声,一下子仰在那儿。

我推他晃他,掐他的人中。

他微微睁开眼睛："不要紧，不要紧……"可是他的嘴唇发紫，大口呼吸，汗珠刷刷落下。老羚羊挣扎着坐起，闭上眼睛躲闪什么，但终究还是看下去……谢天谢地，光色暗下来，赶海姑娘们回渔村里去了。

三

晚上，老羚羊把老婆赶到了另一间屋里，让我和他睡在一张床上，说这样"拉呱儿"方便。我们这一夜果然有谈不完的话。该好好谈一谈过去的事情了，因为后来发生的事情有的他知道，有的他一点也不明白。他好像只对我离去的那份杂志有说不尽的痛惜，一口气骂出了许多脏字。说到我失去的那个园子，当时与矿区关于赔偿的争执，他立刻愤愤攥起拳头：

"不能饶他们，不能饶他们！"

老羚羊坐起来，像一个准备争斗的老公猴，头探过来，让我看到了一双凶凶的眼睛。他强调："经济问题，不可忽视……"

他的不依不饶的神色让我也有点茫然了。因为这之前他还是一个仅仅为精神痛心疾首的人，这会儿却突然爆发出另一种欲望……当然，对于这个"经济问题"我也不愿放弃，只是这里面有着难言的苦衷。周围的那些权势人物都瞅上了这笔土地赔偿费，看准了这是一笔大钱。他们千方百计要找出我原来购买土地的契约，指出土地是不能"买卖"的，土地不能私有——这是个基本的法律问题——赔偿费又怎么能私自独吞？好一个冠冕堂皇的理由。他们闭口不提当初是怎样嫌脏似的把一块荒地扔给了我，也不提矿区赔偿村子的土地费与这有什么不同。矿区难道赔偿的不是一片土地使用期内的损失吗？土地的确不是我的，但使用权是我的。我只是如此强调。我想找个律师，后来才发现，在这儿依法办事是最蠢的一种选择。我渐渐明白：解脱的惟一办法，就是把它转给另一个人,而这个人必须是个大胆的主儿,是俗称“滚刀肉”那样的人,由他来跟矿区和村子打交道才行。结果我物色的这个人物跟那个矿区的头儿早已达成了某种默契,这样我就将所剩无几了。这是一种难言的欺骗和屈辱……老羚羊这个夜晚给我出了好多主意,当然全不顶事。最后他又叹起气来。

谈到下半夜,他开始回顾自己的童年和少年。从他的话里判断,他的过去不仅英俊,而且还是一个万里挑一的人才。他说着说着竟放肆地吹嘘起来,说什么他从七八岁的时候起就瞄上了“真理”,一直坚持到现在。他说如果身体好一点儿,早就陪伴我到老家去了——那时节哪会有后来的熊事儿——由他给我出主意,跟那些王八蛋来一番理论。说到这儿他不解地问:为什么还要继续往西走?为什么还不赶紧回老家,回那个地方去?

没法跟他讲得清楚,当然也不必提到凯平。我只说:“我先走一走……到最后,还是要回那儿去的。我想先看看散在这个平原上的一些朋友,比如你……”

老羚羊听到最后一句点着头,非常感动。最后他问我最近写了什么没有。

“很少,几乎没怎么写。随口想起几句,也没有记下来,也就扔在野地里了。”

第二天我与老羚羊告别。他一直把我送到巷口。又是喧闹,是汹涌的人流。上午的阳光照在浓妆艳抹的少女脸上,一个个显得莫名其妙。这时候我的脑海里突然闪过了一个不太正经的人——他的几句歪诗——这真像为这座城市发出的感慨:“那个城市/嘿,如花似玉的少女可真不少/她们个个慷慨大方/婷婷袅袅/把个城市搅得/风雨号晦……”

不知为什么,分手时又有点舍不得老羚羊。但我还是以最快的速度往前走,我想快速穿过这条大街。老羚羊伴我走了一截,气喘吁吁。我让他回去,他不肯。我的心软下来了……我一抬头就能看到老羚羊那双又干又大的眼睛。我这天一直想说的一句话就是,请他到医院去查一下,是否患了甲亢。我觉得他眼睛的位置和形状都有些不对劲儿。他低下头时,让人想到一匹正在咀嚼的马;抬起头,又让人想起一头正在沉思的老狮子。

我们好不容易分手了。一路回想与老羚羊的相处,我们热烈交谈的一些内容。我想记住什么有意义的话,结果发现极少,几乎一点也没有。我惟一记起的,是他谈一个人沉浸在读书生活中的那种"特别的享受"。他说:

"享受也是需要能力的呀……"

诚然。不过我并不认为他在享受,他现在倒更像是一个养病的老知青。

我由他又想起了这个年龄段的另一些朋友,很多杰出的人物、浅薄的人物,他们分别干出了大事业和下作的事情……是的,什么人物都出在他们这一茬,很怪。你不得不佩服他们进入过"广阔天地",他们毕竟磨炼过那么几年,获得了藐视和嘲笑的某种资格,想象力也大大加强了。那个岁月不仅锻炼和开阔了一副发达的胸肌,而且其中的某些人还练就了一双豹子眼,圆圆的像灯笼一样亮。这双眼睛如果盯住了猎物,猎物大半是逃不脱的。

他们正伏在角落里休养生息呢。

痴　唱

一

我离开马路,一直走向了那些被沟渠切割的田间小路。随着往西，下陷的洼地水湾开始减少，令人心醉的绿色又出现在眼前。一片片浓绿的花生棵铺展开去，个别干旱地块夹在中间，就像巨兽身上脱落的一处处毛斑。水肥充足的玉米地油旺旺的，玉米叶在风中发出刷刷的响声。野兔旁若无人地在田垄上蹿跳，一只只蚂蚱飞起，彩色的羽翅在阳光下闪烁。麻雀在路边喧叫，人往前走一段，它们就追赶一段。玉米地深处总有吭吭哧哧的声音，说不清有什么动物在那儿折腾。偶尔闪过长满了荒草的地块，它突兀地出现在眼前，会让人的心沉下来。土地的主人把它扔下，自己到远方去了……我们又面临了一个大迁徙的时代，人们纷纷离开故园，开始了漫无边际的游荡。

我亲眼看到南部一座座城市的车站广场总是聚集了一些扶老携幼、带着大包小裹，甚至还带着简单炊具的人。他们就在城区偏僻一点的角落里生起了炊烟，娃娃光着屁股伏在那儿吹火……这个世界到底怎么办啊？何处才是他们的归宿？如果到了瓢泼大雨或大雪纷飞的日子，他们又往哪里躲藏？无论何时，一个旅人只要在车站广场上一驻足，立刻就有讨要的人从四下围拢过来。他们当中有各种各样的人，老的少的，残废者……一个独腿老人向我伸出了手，无论如何让我不能漠视。可当我从衣兜里掏出一沓钱交给他之后，旁边立刻过来一个小胡子，说你上当了，他是一个伪装的残废！我盯着那个离开的老人——他真的只有一条腿啊，他怎么伪装呢？

小胡子说这只是他们的“一种手段”，是“职业化行为”，“他们这一伙都有自己的头领，他们在以此致富——有不少已经成了大富翁……”是吗？可我们怎样拒绝伸来的手，残疾人的手？你如果找不到他们背后的那个大富翁，不能把他揪来揍一顿，说别的全是白搭。也许你可以冷酷地对待残疾人颤抖的一只手，却对他们身后的大富翁毕恭毕敬。这个世界就是如此：有人以最残忍的方法成为大富翁，却赢得了最大的尊敬。

谁能揪来那个残忍的大富翁？不能了。我们大家正忙着为他们张罗鲜花呢。

就此我又想起凯平，我的这位朋友目前正服务于一位举世闻名的大财东。我对那个人的声誉充满怀疑。

其实人的声誉是一种很时髦的东西，它不过是一个时期的组成部分，是一个鸡蛋的家当。在嗜血的一群中，大刽子手就享有盛名。在拜金时代，老财东就熠熠生辉。究其实，这当中十有八九是恶贯满盈的家伙。

我回想起那个痛苦的朋友，那个正为自己的知青生活而痛心疾首的老羚羊，发现他像很多人一样，只把紧紧跟从时髦当成了深刻，而没有从自己所处的这个时代获取任何灵感。这使我想到了斯宾诺莎说过的一句话："人的被欺骗，是因为他们自以为他们是自由的。人的最大的困难，是不能够自由地思想。"记得那还是我得意的时候，有一次我随一个文化团体到欧洲旅行了一个月，在一个有名的放荡而自由的繁华港口城市，有幸参加了一次"自由思想者协会"入会式。整个场面庄重得很——据说一个人长到了十七八岁，就有资格加入这个协会，但条件是他"不能被当代任何一种哲学思想的隧道所吸入"。也就是说，他必须有自由展开自己思想的能力和条件……整个仪式给我留下了极其独特的、深刻的印象，同时非常沉重的感觉也留了下来，并且难以消除。我在想：自由思想作为一种现实是多么困难，但作为一种取向又是多么美好……记得那天我在门口遇到了这个协会的负责人，他胖胖的，系着斜纹领带，头发很长，说话极愿做手势。有人说"自由思想"的主意就是他出的，我不太相信。因为我面前这个人站立的姿势不太美观，屁股用力地往后撅起，腿也很粗。就是他，能够"自由思想"吗？

我在向着海滩平原的西北方走去——这儿是一片冲积平原，

南、西和东南三面都被山地包围,只有北面临海。那些山地我走过多次,最高的山头在海拔一千米以上。顺着山地往东南走下去,就是更有名的一座大山,它的海拔高度达两千多米。整个的地势是中心下凹,四周渐渐高起。所以这儿在很早以前曾经有一个小小的湖泊,后来由于河流改道和干旱才慢慢消失,变成了大片的壤田,与整个平原融为一体。所有的河流都是北短南长,属于季节河,在旺季水头可以凶猛地一路冲刷到渤海湾,但在整个冬天和春天却只有涓涓细流,在河心留下大片白白的河沙,上面长满了各种各样的植物,成了野物的乐园。从山地辐射出来的河流在脚下这片平原上开始汇流,往北成为几条大河。这片河谷平原是很久以前水流从南部山地携来的沙土淤积起来的,地形极其单调,海拔几乎全都在五十米以下,是很适宜耕种的潮土类型,除了很少的一部分盐化潮土,大部分是褐化潮土和黑潮土。盐化潮土多属靠近海边的洼地,那儿长满了盐角菜和灰绿碱蓬,蒲苇和一些蓼科植物也长得相当旺盛;但那儿有很多珍奇动物——许多大鸟,长腿白鹭,灰鹤,鹳,牛背鹭……

二

我走入了一个熟悉的镇子。这个镇子南北各有一条宽宽的街道,商业相当发达。记得那一年就是在这里,我一踏上街道就被一个算命的女人缠住了。她老远指着身负背囊走过来的我说:“你的机会眼看来了!”当时旁边还有两个人,我在中间。可她惟独指着我。她说个不停,罗列着各种各样奇奇怪怪的事情,让人摸不着头脑。到后来我发现她所指的“机会”,就在与我同行的几个人之间——这是什么古怪的机会?那一次她向我索要了二十元钱。

她伸手接钱的那一幕我到现在还记得:右手生满了鳞状皮屑,完全是一只巫婆的手。

镇子好像比过去更热闹了,街道两旁烧起的沸滚油锅冒着刺鼻的香味。到处都在烹炸,锅边摆满了鸡、生肉和鱼、揉好的面团。他们甚至把绿色的青菜直接丢进油锅——这儿什么东西都往沸滚的油锅里扔。整个镇子都在煎熬和烹炸,那气味让人难以忍受。这样的场景我见得很多,好像在我居住的那个蜂巢般的大城市里,自从上边接二连三号召大搞"第三产业"之后,大街上沸滚的油锅也就陡然增多了。后来一提到"第三产业",我立刻就会想到"下油锅"。而我一看到那些活鲜的动植物被如数推到沸滚的黑油里,就有说不出的恐惧。在我们的传统故事中,所有做了坏事、伤害了别人的恶人,到了阴间都要"下油锅"。

大街上,在油锅旁操作的大师傅穿的衣服已经脏得不能再脏了。奇怪的是每一个这样的大师傅旁边都围着好多顾客,这里的生意全都不错。一个个油锅旁常常站了一些描得花花绿绿、戴了金耳环的少女。她们嗑着瓜子,一双尖利利的眼睛扫着街上的行人。她们身后,不远处的墙上写着"佳丽美容店""欢乐发屋""按摩发屋""快活宫理发店"等等。一团团油烟扑面而来。

踏上生满了茅草的田间小道,心里的那团浊气一下呼出,会有一种说不出的舒畅。由于走得太急,我大口地喘息。太阳再有不久就会落山,我想了想,决定就在野外找一个地方过夜。

沟渠旁有一块空地,那儿的茅草长得浓旺。我在厚厚的草地上搭起了帐篷。天不冷不热,这个时刻野宿是多么惬意。离帐篷不远处就是大片的玉米田,玉米正抽出了红色的缨穗。有的穗子颗粒刚刚形成。玉米地旁还有一块花生田。我想,如果掰下几穗嫩嫩的玉米,再拔一点花生放到小锅里煮一下,该是多美的一顿晚餐。可惜这儿找不到它们的主人,不经他们同意似乎不能这么做。

天就要黑下来了。我掏出一点小米,然后点火煮起粥来。稼禾新鲜的香味一个劲儿涌入鼻孔,我贪婪地盯着那一棵棵长得壮硕的玉米。有几次忍不住想过去掰下一个穗子。当年我在南部山区一个人游荡的时候,绝没有现在这么多讲究。那时我可以随手取走菜园里的黄瓜和西红柿,拔一棵葱,摘一个辣椒。那时活得可真自在。

草丛中有几棵长得油旺旺的地肤菜,我采下嫩嫩的尖叶。这种菜让我想起了出生地:小茅屋旁、果园的空地上,到处都长了这样的野菜,外祖母把它们采下来,直接做成咸饭,或掺在玉米粉里做成甜窝窝。那时即使没有一点粮食我们也能活下来,因为有外祖母和地肤菜,还有各种各样的果子;北面的灌木丛里,一条条赶海人踏出来的歪曲小路旁还有无数的桑葚、蘑菇、松果,有彤红的浆果。那些叫不上名字的花花绿绿的小鸟抢着来啄桑葚,人们必须和它们争抢……

我往锅里放了一点盐,很好的一餐就算成了。

我开始吃饭,刚端起碗,就听见旁边传来了脚步声。从玉米田旁的小路上响起了"扑通扑通"的声音。果然,有个人拐过一片玉米田,我们立刻相互看到了。他发出了"嗯"的一声——这人像我一样背着一个小背囊,只不过年龄比我大得多,像五十多岁的样子。他身上穿得破破烂烂,脚上是一双老式黑布鞋。令人惊讶的是,他怀里还斜抱着一把胡琴——琴筒被一条破旧的围脖捆在腰上,一只手就按紧了琴杆,好像随时都可以取下弓子拉起来。

我还没来得及和他打招呼,他老远就伸出手,笑吟吟地、极其友好地走过来:"我从老远看见冒烟了……"

我不无警觉地看着他,点点头。他在锅旁盘腿坐下,两眼直盯着喷出的白气。

"我们一块儿吃饭吧。你饿不饿?"

他摇摇头,摸摸嘴巴:"吃过一点儿东西啦,这会儿还能饿得着?满坡里都是好吃物哩。"说完倚在小行李卷上:"你吃吧,我看着。"他真的盯着我的嘴巴。这使我很不自在。他看得那么专注,就像在端量一个从未见过的什么怪物似的。我尽快把饭吃完了。

我发现面前的这个人瘦瘦的,腰像女人一样细。他坐在那儿,胡琴还仍然撑在腰上,笑容可掬。看上去他十分和善,不像一个品行不端的人。

三

接下去的交谈令人愉快,这人非常有趣。

他问:"你也是一个人'赶场子'吗?"

"赶场子"这个说法颇为新奇。但我很快明白这可能是指赶路、到处走动的意思。我点点头。

"怀里没揣上点什么吗?"

他这样说的时候就看着我的胸部。这使我有点不安。我以为那是指钱。在路上,那些谋财害命的事时有发生。我不由得四下里瞥一瞥。天色灰暗,这儿一个人也没有。不过我想,我对付这么一个瘦干干的人还是绰绰有余的,要知道我背囊里就有一把刀,这会儿伸手可及。可是看看他包在皱纹里的那对细长眼,又觉得他不会是那一类恶人。

谈下去我才明白,他的意思是:一个男人在路上走"怪闷得慌",应该有一点消遣的东西,比如说像他一样,带一把胡琴——"俺高兴了就随拉随唱",说着伸手摘下了胡琴上的弓子,吱吱呀呀地拉起来。那调子说不上好听,但却流畅连贯。

拉了一会儿他就唱起来,润湿的嘴唇口水丰富,边唱边流,让人想起一个老太太。不过他的牙齿非常整齐,不知为什么吐字却极其含混。他一唱歌的时候就把身子转向了东方,看着那儿,笑吟吟的。他这副表情总是不变。

不过那调子却在不停地变化。那是一种怀念的调子——有时简直不是唱,而是念。

我不得不怀疑这个家伙的脑子多少有点毛病。不过后来我想:流浪汉当中什么人都有,他们一个人走惯了,放浪形骸,已经不能用常人的眼光去打量他们了。我对他们的判断标准应该换一下才是。

他这样唱了一会儿,又把身子转过来:现在他的歌才是唱给我的。但他唱了些什么,我还是听不明白。不过我总能从中感受到一点暖融融的情谊。他越唱越来劲儿,慢慢虚汗从额头那儿流下来,鼻尖上也沁出了米粒大的汗珠。

唱了约有半个钟头,他把弓子往上一甩,右手把琴杆一揽,这才算告一段落。

他揉揉鼻子,收收嘴巴,说:"怎么样? 我一个人到了晚间就这样拉拉唱唱。也有人听我的歌,唱到心里去了呢,就扔下几个铜板;唱不到心里去呢,就一转身走开——就算是唱给自己听的吧。"

这句话的意思很明白,他是一个流浪艺人。我于是去掏衣兜,掏出了几块钱。他却连连摆手:"哎哎,你想到哪儿去了! 我是指走街串巷的时候。咱伙计两个怎么能闹这一手?"

我不好意思地把钱收起。接着谈了一会儿我才知道,他几乎从来不从事田里劳动,谋生的手段就靠这一把胡琴。有时候在人多的地方他可以唱上半天,一口气可以收好几十块钱呢。进村过市,他都是一边走一边拉胡琴,身后总是跟着一群孩子。我问他唱些什么词儿? 他说他从来不唱词儿。我吃了一惊:还有这样的歌手吗? 他说只是随便唱,唱的都是自己的心事……我说:"那也总得有词儿啊,没有词儿怎么能唱出心事来呢?"

他听了,长长的眼角瞥着我,有点不以为然:"我不识字哩! 我哪有词儿?"

原来他都是把看到的一些东西,比如把一些名儿串在一块儿,随着曲子调门哼呀出来。看到什么唱什么,“唱的时候想着自己的心事——心事也就唱出来了……”

这是多么奇特的一种表达。我觉得有点好笑,但笑不出,因为我感到这其中有什么更深奥的东西。他又问:“你知道我是怎么弄了这把胡琴?”

我看着他。

“俺那个伴儿‘羞羞’走了的时候,忒难受,就琢磨出这么件家伙什……”

我想“羞羞”大概是他老婆,问了问,才知道那是一个镇子上数一数二的美女。他开始絮叨:他十七八岁的时候在镇子上打工,猛地看见了“羞羞”,两眼顿时一亮。“我那时真想伸手把她抢走。那时候我年轻,身上的肉一棱一棱的,刀都砍不动!你想一想,打工的人,哪个不是野性子?这女孩家像个皮球一样,一戳乱蹦,摸一摸软软的也像皮球。那头发呀,油亮亮从肩上披下来,然后又拖到屁股。你想拍她的屁股,一伸手是乌油油的头发,你就攥住用力一拉,‘吭哧’一声,顺劲儿把她拉倒在怀里……”

年过半百的汉子笑起来,像个小孩儿。

“‘羞羞’这闺女见了谁都敢骂,皮打皮闹,和她这名儿可全不一样。她哪里知道害羞!后来问了问才知道,她是镇上头儿的闺女。我一听害了怕,头儿咱敢招惹?然后我就想躲着‘羞羞’了。可是越想躲越躲不开,晚上睡不着哇。那时候我给镇上的窑场脱坯,咱力气大干活麻利,一人抵他仨俩。我把想念‘羞羞’的劲儿全掺在了土坯里,呼啦啦脱下一大片。嘿,我听见‘呱哒呱哒’有人走路哩,回身一看,‘羞羞’头上绑着个花手绢,一跳一跳和蝴蝶一样过来了。我心里说一声:‘糟!磨难当头!’吓得直吸冷气儿,天哩,你想想头儿知道了,一场磨难你还逃得过?正琢磨着,那祸害走过来,手抄在胸口上……哎呀妈呀,我一点也不敢看她。她端量着我，胡乱骂起来，说昨儿个晚上你哪去了？我知道她到我住过的草棚子里去找了。那是我躲了，躲到房东二大娘家去歇着了。我不告诉她。我知道这孩子被我三拍两拍拍出了火星，离不开我了。说心里话，我这辈子也不打谱娶老婆了。咱娶不上女人，身上有躁气。干脆就拼着劲干活，脱土坯！这是一个好办法。吭吭哧哧干一气，蹲在那儿像头憋气的牛。到了夜间全身骨节一疼，哼哼呀呀一叫，仰着一躺就睡过去了。谁知道后来有那么几个贱种，把'羞羞'到窑场里找我的事儿报告了镇头儿。镇头儿长得，哼，说起来你不信，像我一样细细高高，小腰只一拃粗——怪不得能生出这么好的女妖来。他眉眼怪好，活像女人，说起话来还比比画画，一点也没有火气味儿哩。可是你要从面相端量人，你也就大错特错了。待一会儿你就知道我这个'岳父'下手有多么重、心有多么辣！"

我听到这儿笑起来。"岳父"两个字用得多好。

"镇头儿说起话来三分笑，指点着我说：'身上发痒，早早告诉连部。'他的话我听不明白。琢磨了一下才知道，'连部'就是镇上的'民兵连'。所有绑人打人、最后往局子里送的事，一开始都是'连部'接手。我一听吓得脸变了色，连连哆嗦，说：'头儿饶我，凭力气吃饭的穷汉，胆剜出来才有高粱粒子大……'镇头说：'空口说话不算，等有一天给你剜出来看看。'我吓得一身冷汗。他背着手走了。我老长时间不吱一声。后来打听了一下，才知道这个镇头儿是演员出身，早年在剧团里唱旦角。你看看，他走路就像个女人……'羞羞'后来又找我，我求她说：'饶了大叔吧，大叔腰细，禁不得你爹一锤哩。'说是这样说，我搂住'羞羞'不愿松手。有一天半夜里正这么搂着，'连部'的人不知怎么嗅到了味儿，一根绳子捆住了我俩。只半天工夫，放走了她，勒住了我。他们把我绑在一个破家庙里，一连打了三天。我昏过去两遭。我大声喊叫说，'天哪，天下乌鸦一般黑'，喊过了他们又打。后来我挺过来了，他们也折腾够了。有个人吓唬我,把我用绳牵着,牵到镇子东头的一个水湾那儿,说:‘我这回把你掀进去,你死了谁也不知道。’我吓得大哭大叫,说:‘天地良心,可怜可怜俺这打工的汉子,再也不敢了。’那个人嘿嘿一笑说:‘谅你也不敢,要不这么着,我把你‘废’了吧?’我不知道‘废’了是什么意思,只吓得哆嗦。回头看他,他摸出一把刀子,照着我的下身就捅。我躲得飞快,大腿根还是挨了一刀——眼下这儿还有个疤哩——半路上的老哥,伸手摸摸不?”

我谢绝了。

“我疼得撒丫子就跑,扯断了绳子。就那样,我一头钻进了高粱棵子里,趴了三天三夜才敢爬出去找零食吃。我腿上的伤口好不容易养好了,一天到晚看天上的星星。也就这么个季节吧,吃的倒不愁,可是心里馋得慌。我知道这一辈子如果不能扯上‘羞羞’的手,我就得给活活馋死。这么琢磨着,豁上了一条命,又把头一低,趁着黑夜拱进了镇子里。找啊找啊,专找高房大屋。后来我算是摸到了‘羞羞’的小厢房里。那闺女正在床上两手盖脸哭哩,头拱在花被上,哭的时候直踢腿,像在河里游泳。我急了,把外面的门闩给别开,走进去。她刚要喊叫,我捂住她的嘴。我把她扛在肩膀上,像扛一口袋地瓜,扭头就跑。天哩还没亮,露水汽儿把脚背和一截裤腿都打湿了。一口气跑了十里,放下来一看,‘羞羞’正哭呢。‘羞羞’说:‘还不赶紧……’我知道她是急着让我亲她。半路上的老哥你知道,亲嘴是个老法儿啦,咱庄稼人、咱赶场子的人也会哩。俺俩就站在那儿,一亲亲了一个时辰。后来亲累了,就扯着手开走。走了一会儿,在沟沟坎坎里划拉点草,烧了一点野味儿吃,然后又是一顿急走。走啊走啊,逢山过山,逢河过河……就这,一走走了十几年。‘羞羞’和俺真是一对恩爱夫妻,从那会儿到现在,俺们没吵一句嘴,没打一场架。夜里她的小手都伸在俺怀里,俺逮个知了猴儿也烧了给她吃。她抓个大油蚂蚱也烧了给俺吃。

后来她怀上了俺的娃,肚子一天比一天大。俺琢磨着在野地里跑来跑去也不是个办法,就把她领到一个大娘家。大娘是个接生婆,六十多了,满村里的小孩都是她捣鼓出来的。她说生孩子的事俺包了,你只管出去捉鱼打食儿,等你转回来的时候听着'哇呀'一声,就是你的后代落土了。我那个高兴啊,'羞羞'也让我快走,她大概是怕到了那时候喊疼什么的我听不下去。我走了,我去逮大鱼、找野物,想赶紧回来给'羞羞'补身子。我那天高兴得差不多疯了,日头通红通红,眼看烤煳了地我才往回走……一进门就知道出事了:那个接生的老婆子满衣襟子是血,大张着两手,见了我吐了两口气说:'啊,啊……'她身子一仰想装死。我一把把她揪住,问到底怎么啦,她往里撇撇嘴。我一看,天哪,'羞羞'死了……"

汉子说到这儿竟然仰天大哭。他把搂在怀里的胡琴摇动着,吱嘎吱嘎拉起来。拉着拉着又把头转向了东方,唱着刚才的那种调子。

他这样拉拉唱唱一会儿,一点点站起来。那个小背囊卷儿也背在了肩上。

我说:"伙计,天黑了,你往哪里走?"

他听也不听,就那么拉着唱着,往前挪动着。我喊他,他不应,只叫着"羞羞",朝着太阳落下的方向走去了。

直过去了很长时间,他的胡琴声还隐隐约约透过庄稼地传来。我心里真难过……我好像刚刚明白过来:这个人的精神已经有点不正常了。

这个夜晚我一直在想他。原来一个真正的流浪汉都心怀了一个想念。这想念或遥远,或切近,但它必定是放不下的。是的,放不下,就是它让我们流浪,让我们不停地走下去……

淡水鱼的名声

一

走进了青纱帐，就是走进了最好的季节。在记忆中，小时候的那片丛林就是这样的一片碧绿。它养活和藏匿了无数的野物，它们顽皮的性情和欢快的生活、不停的奔波，给了我多少幻想和依恋。后来它再也没有了——也就从那时起，我真正的不幸来临了。它本是我生命的摇篮，离开了它，我就变成了另一种人，一切从头开始，一切独自迎送。后来我遭逢的所有春天和秋天，都被肢解得支离破碎。如果说我的童年寄托于一片碧绿的世界，那么我的少年则依附于那一片重叠的大山……再后来青年滑走了，中年降临了，我却一直没有找到另一片可以信托之地。生命失去了基底，没有了赖以生存的背景，也就失去了所有的希望。我不知该把自己交给谁。中年啊，原来是寻找和徘徊的时刻。

我的平原和山地是一片纯朴自然的土地，我相信美好的天堂也应该如此。对于我，这里是剩下的惟一一块陆地。狂浪四面拍击，这儿该有我驻足的一片泥土。我最恐惧的，是脚底的板块在漂移、抽走……

这种险境可想而知。我一直记得小时候冬天的大海、记得那个残酷的日子：所有的打鱼人都藏起来了，连那些冬天看鱼铺的老人也躺在他们的窝里烤火。海滩上静静的，没有一个人。海岸上是冰雪垒成的一个个岭子。我好奇地从洁白的岭子上爬过，一眼看到了海边漂着的一片片冰块：它们就像一条船那么大。我爬上了一个巨大的冰块，感受着它在水中轻轻摇动的那种快乐。我被上下翻飞的海鸥给吸引了,远处的海水中,是一闪一闪的五颜六色的海草。多么奇妙啊,海中没有一只帆,只有海鸟,太阳把一切照得灿亮。这是一个又安静又喧闹的、洁白和瓦蓝的世界……正看着,突然听到了“嘎吱”一声,天哪,脚踏的这个巨大的冰块碎裂了!而且不知什么时候,浪涌已经把它拖到了离海岸很远的地方……我惊呼起来,心噗噗跳。很明显,这一块巨大的冰块不一定什么时候还会在浪涌里继续碎裂,最后我就得落到冰冷的深海里,一切也就完了。恐惧攫住了我,我一声不吭地蹲下。一时吓蒙了。冰块还在吱吱嘎嘎响着,吓得我毛发直立……后来我灵机一动,伏在冰块的边缘,用掌划水。我划,划,就像摇动了小小的橹桨。冰块开始往海岸移动了,一丝一丝移动。

最后终于抵达了海岸。我获救了。

啊,那一刻,那种奇特的感觉永远留在了心里。

眼下这个正在漂移的、随时都能够断裂的“冰块”就是这片原野。

随着往西,土地变得越来越干旱了。这儿竟有好多地块因为上一个季节墒情不好而没有播种。荒芜的土地,沉默的村庄,一眼望过去让人揪心。来年的春天怎么办?偶尔看到一片庄稼,是那些蔓子又黄又短的红薯,秋末的收获一定非常可怜。长得比较旺盛的是沟边路旁的粟米草、假稻、雀麦之类。如今这儿连一朵小野菊都开不好,地黄花早早枯萎了。那些菊芋,往常在渠畔路边长成了茂密的林子,美丽的金色花瓣总是在阳光下闪着灼人的光彩,可眼下它们的秸秆只长成小拇指粗,顶多有二三尺高。干渴折磨着每一种生命,无论是人还是植物。

一进村子,遇到的全是一些淡漠的眼神,这表明了他们已经不再企盼。他们瞅着一个外来人,就像瞅着一株草那样无动于衷。如果上前与他们搭讪,拉几句家常,他们也待搭不理。街道上大半是一些上了年纪的男人和女人,青壮年大都到外边找事情做了——到很远的南方,千里之外;或者到东部,到年景好一些的平原,给人种地或下矿打工。男的到南山去开矿、闺女被招进各种公司。老婆婆们双手拍打膝盖喊着:“天哪,这是怎么了?水都哪去了?俺打记事起也没遇上这样的大旱天……”

水都到那些暴雨成灾的地方去了。南边,更远的地方,那儿的乡村和城市正在经受历史上最大的水难,大水漫过了河堤江堤,涨满了沟渠,城市和村落都被水淹没了,成千上万的人流离失所……

说到了南边发大水,老婆婆们就叹息:“天哪,作孽呀,把南边的水匀点给咱多好,哪怕一个缸里匀上一瓢也好。”

她们盛水的缸都干了,只有到了半夜才能到村边的那口深井前排队,弄来一点点水。“我家里呀,提水的瓦罐砸破了三个……”老婆婆伸出了三根枯长的手指。原来井太深了,拴瓦罐的绳子要很长很长,还得有个好体力、打水手不抖才成。“作孽呀,作孽呀。”她们用衣袖擦着眼睛……

从村庄里出来,心情恶劣到了极点。老婆婆的呼叫不断回响在耳边。我心里一直在问:老天到底是怎么了?不是干旱就是铺天盖地的大雨,忽冷忽热,寒冷的冬天飘起了温暖的细雨,再不就是秋天里一场连一场的霜冻。我亲眼见到有一个秋天的早晨,东部平原上那些发着咸味的污水沟突然结成了黑色的冰块,有一条鱼冻在其中:鱼长期生活在这儿,竟然适应了浓黑的污水。有一个流浪汉不听劝阻,在水沟捉了一条鱼烧了吃,结果肚子疼得打滚。不仅沟渠里的鱼不能吃,就连大河里的鱼吃了也要出事。不知多少人因为吃了有毛病的鱼给拉到医院里抢救,几乎每年都有人死于受污染的鱼。“咱这里的鱼过去多么有名啊,如今完了,咱淡水鱼的名声坏了!”村里的人说。

在金矿和化工厂附近的那些村庄,一连几年都生出一些怪模怪样的孩子,他们一出世就把人给吓个半死——满村里的人都传开了,说“生了个妖怪……妖怪!”一个俊模俊样的小媳妇临盆了,结果在两个接生婆惊惧的目光下生出了一个青蛙似的东西,而且一落地就像青蛙一样“哇哇”大叫,还不停地蹿跳。接生婆用木盆把它扣住,这才算完结——因为这个故事在平原上流传很广,我后来走进那个村庄还特意印证了一下:令我惊讶的是,那真的是一个谁都不能否认的事实。我还见到了两个接生婆中的一个,她也频频点头,言之凿凿。老太太张着缺少牙齿的嘴巴,一口接一口吸烟,像说一句谶语似的:

“丢下个良心,换来个青蛙。”

我一路上不断地打听:“你们听说过一个新开的、叫‘顺风’的大农场吗?老板娘是女的……”

“农场?这工夫还有人顾得上干那事儿?种地是一件害人的麻烦,要水没水要人没人,哪有像样的地连成了一大片儿?也许你该去别的县份?”

“县份”就是以县为单位的不同区划。连它的位置都搞不清,这怎么会呢。我相信岳贞黎告诉的不会错——它就在这个平原上,在界河边。而且农场的名字十分响亮:“顺风农场”。

“界河?那河长了不是?它的上游还是下游?再说河边也大了去了,往东下去也是河边!”村里人对我的解释仍旧不以为然。他们固执地认为,如今这一带是不可能有农场的,也不会有人干这样的傻事。

我后悔当时在城里没有问得更细——一方面我并没有确定马上要来这个农场,另一方面也从不担心偌大一个农场还会漏掉。

继续往前吧,一路找下去吧。

二

我面向了东方,所以不由自主地加快了脚步。身上的背囊似乎也变得轻飘了。许多天来我没有吃上一口像样的食物。我一直处在焦渴之中。有一天我甚至伏在一道渠汊的死水湾里饱饮一顿,当摸摸嘴巴站起的时候,才发觉喝的是一团污水。谢天谢地,好在没有中毒腹泻:我认识一些中草药,在不祥的时刻就采来一把咀嚼,或者煎一些汤汁喝下。我知道匆匆的脚步完全是因为那个巨大磁力的作用——是它在吸引。我将一直走下去,穿过一片又一片荒原……

偶尔的一刻,我会茫然四顾,大声询问自己:你站在了哪里?当我为此而恍惚的时候,就会有什么从头发梢凉到脚后跟。可是啊,我现在要说的是,我仍然踏在一片实实在在的泥土上,我仍然要回来,要赴约,要使自己有一个落定。思前想后,全是没有尽头的回忆。我的思绪从南到北,从北到南,从东到西,从过去到未来。我只能再一次认定:徘徊的最后还是归来,跋涉的极处仍是起点——在这个世界上,还没有一片泥土比得上这里。我因此要再一次说出:我的出生地真的处在了大地的中央。

这是我埋在心底的爱恋。爱有时真是神秘无解,当然不在乎任何挑剔。人人都可以寻找自己的铃兰和玫瑰,而在我这儿,只愿长久守护一朵小小的地黄花。

路边上那一丛紫色的马兰花正殷殷迎候。大约就为了这个期待,烧荒的火蔓延过来,却在你的脚下熄灭。当地人指点着灰烬,叹为神奇。谁也不知道远方有一个身负背囊的人,怀揣着你的隐秘。在这无边的游荡之中,我无论如何不能不去想那些早行者,那些熟悉的面孔。一个又一个朋友不辞而别。而你,还有他,是必会赴约的,你们正是我的榜样。你们匆匆赶路时,引得乡村老大娘驻足观望,她们两手抄在袖口里发出由衷赞许:“嚯咦,真是好样的!”

我也听过这样的赞许。也许就为了赢得这样的一声,我才上路。

一只沙锥鸟在旁边的灌木棵上跳动了一下,然后贴着地皮一阵机警小跑。它跑一会儿立住,回头看我一眼,然后又是一阵小跑。我心里不由得问:你是我的向导吗?你是故地派来的一个使者吗?我将顺着你可爱的足迹走下去。无论徘徊多久,绕上多远,最终我还是要去你的地方。

半下午时分,我抵达了这个村子。荷荷她们几个女孩就是从这儿离开的。在一个人的指点下,我终于亲眼看到了庆连给我描述的那个堂皇簇新的院落:青砖大瓦房一溜五间,还有两幢厢房,都很高大,被青石做基的白灰院墙围住。这个院落在整个村里都是极出眼的。有人话里有话地说着那个院落:"人家生了个有本事的闺女嘛!"我问:"和荷荷一样去公司里做的还有多少?"对方吸口烟,扳着手指:"三个,不,五个;还有几个是去了别的公司。""她们都经常回来吗?""她们?发了大财了,胖了!回是回的,不过都比不上荷荷赚钱多……"

在村边鱼塘那儿,我找到了庆连的同学宾子。庆连以前每次来这儿都要找他,他们是无话不谈的好友。这个鱼塘是借助一片下陷地筑起的,水面阔若十亩,水边有几间简单的小屋,既是他的住处又是放工具和饲料的地方。谈到庆连,宾子马上沮丧起来:"得了,他别学养鱼了……"

"为什么?"

"唉,咱淡水鱼的名声完了,"他指指这片水塘,"以前从来不愁销售,现在……做鸡饲料都没人要。我收过这一茬鱼也要吹灯拔蜡,走人了。"

"你准备干什么?去煤场还是进公司?"

想不到"公司"两个字立刻让其双目圆睁。他愤愤地骂道:"别说它不要我这样的,就是要,我也不去!我,我……他妈的!"他抖着手,鼻孔因为气愤而翕动,绝望地看着我。

我好像记起了庆连以前告诉的事情:他的未婚妻叫小华,就是与荷荷她们前后脚走开的。我刚要问什么,他已经开口:

"这个村的代代、细细和北北,都是和荷荷她们一块儿走的。多好的闺女啊!你没见她们在村里的时候,一个个水灵灵的,本本分分,都是老叔老婶看着长起来的。如今可好,脸上的粉有二指厚,穿金戴银的,进了村子没人敢看……"

我注意到他闭口不提小华,就说:"小华现在好吗?我想向她打听一下荷荷……"

他的脸涨得通红,不吭一声。一只甲鱼从一旁走了过来,他提起它的后腿扔进了水里。"她们都差不多,"他盯着水溅,气冲冲的,"小华也快了,她也快了。"

我听不明白,又怕问得孟浪冒犯他。我只是看着远处的水。正在偏斜的太阳映出一片银亮,有些刺眼。偶尔有鱼跳一下。斑驳的光点跃动不已,像一串巨型珍珠,看去真是美极了。我突然觉得庆连长时间向往这片鱼塘有着足够的理由——一个人从事这样的工作该是多么好啊,在岸上,或泛舟水上——我看到水畔那儿有一只小巧的船。我不由得想,眼前的宾子曾经多么着迷于这种生活啊,现在却面临着弃水而去的结局。那等于毁掉了自己的希望和安逸,从此需要重新安顿和寻找了。

"荷荷痴了——村里人都知道。小华也差不多了,村里人不知道——可我知道。我和她打小在一块儿嘛,她变一点点我都知道。她是我老婆,尽管还没办喜事儿,那也是我老婆!告诉你吧老兄,我现在后悔都晚了,当初真不该让她随上荷荷走啊,只想挣钱了,没想搭上了老婆——我和庆连一样,算了反账,这个买卖赔大发了!我俩都成了穷光蛋,比叫花子还不如……"

"小华?她也病了?"

"她没像荷荷那么大吵大叫,可也差不多了——老出神儿,老发怔。她拿回家里一大把钱,村里人说,‘这样的钱也能花吗?’你听听这是什么话!这样的老婆谁还敢要?庆连是个憨子,人家荷荷家里把女儿挣的那笔钱留下了,把个痴闺女送给他了!你想想这是什么年头啊!不过换了我是庆连又能怎么?把她扔到街上?看着她痴跑野拉?前村里有个闺女也痴了,光着身子满坡跑,谁都抓不住,家里人干着急……”

宾子突然噎住了,把头转到一边。我发现他咬紧了牙关,眼里闪着一层泪花。

我心里痛惜起来。我能体味他此刻的心情。

“要是半路认识的闺女也倒罢了,同村里的,打小一块儿的,亲兄妹一样,老兄!人到了这般田地还养什么鱼!咱就是赚上金山银山,也活得没劲啊……”

这声音里有一种绝望的嘶哑,越来越低,就像一只疲倦的鸟从空中划过,留下一缕淡弱的尾音:“……再说咱淡水鱼的名声坏了,没人敢要了,只要是咱这儿出来的鱼,人家就说有毒……”

“真的有毒?这水里的鱼?”

“一时还毒不死。他们的鱼就好?好鱼身上就有记号吗?”

这真是复杂棘手的问题。

宾子站起来,锁上门:“找小华去吧,你亲眼看看她,看看她是不是一条好鱼!”

三

宾子将我领到小华那儿就离开了。他傍黑时分再来领我,我要在鱼塘那儿过夜。

小华家的房子也是新盖的,虽然院落没有荷荷家的大,但房子一点都不比那儿差。眼前的小华完全不像个农村姑娘,打扮和举止都似曾相识——在一些宾馆里有许多这样的姑娘。我甚至觉得她的长相也是如此,是这个时代里成批生产出来的,眉眼脸庞以及化妆——连指甲上涂的油都一样。她身上散发出的劣质香水味儿一下就能让人想起那些场所。与宾子说的不同,我一点都没觉得她有什么病,一切正常。宾子为什么会得出那样的结论?因为她的这种打扮,包括音容笑貌,在他看来已经完全变得陌生甚至离奇。以前她可能是愿说愿笑的,而现在含蓄多了;以前是紧绷的面庞,现在因为没完没了的熬夜,已经变得松弛,而且不像过去那么红润;脂粉的确多了,因为浓妆艳抹已成习惯。像过去那样没完没了的田野欢闹——扯着嗓门说话、哈哈大笑、皮打皮闹的模样,已经是一去不再复返。对宾子来说,这真的是换了一个人。村里人对她敬而远之,议论纷纷。“那么大的房子,庄稼人盖不起。”“可荷荷小华家就盖得起。”“人家挣钱就容易了,看,就这么着,钱就哗的一声来了。”他们说着做一个动作:双手放在腰际那儿,迅速往下滑动一下……所有人都笑。

小华是回来度假的,她对拥有这样一个假期颇为自豪,说老板好,“他对我们够体谅的,人家很文明。”“老板,就是那个叫‘秃头老鹰’的家伙?”她惊得瞪大了眼睛:“啊?不是的,不是的!”我解释:“那是外号——听说这个人年纪很大了,住在一座什么老古堡里。”小华想了又想,还是摇头:“那可能是最大的老板。我们是下边的公司,有自己的老板。最大的老板谁也见不着……”我说:“这就对了,我说的那个人就住在古堡里,外号叫‘秃头老鹰’,可能是光头吧。”小华笑了:“我们老板头上也没有多少毛,他们有钱的人一般都这样——听说这叫‘钱多发不旺’。”我也笑了。

终于说到了荷荷,她的表情严肃起来:“她可不得了,她跟我们不一样啊,一开始就不一样。因为上边的人喜欢,就当了领班,四处都去。她在两个海岛上都有办公室,常坐飞机去那儿。下边的人都怕她——现在不行了……”

我听着,尽量不打断她的话。可她有时要长长地停顿,说得吞吞吐吐。我不得不问:“两个什么海岛?”

“粟米岛和毛锛岛,都是总部买下来的,建得啊,像外国!我们第一次看见都惊呆了,没想到海里还有这么好的地方。荷荷常去,她要管许多事儿。”

“像外国——哪个国?”

“就这样说嘛,不知道。荷荷坐飞机来来去去,人长得天仙一样,是公司的宝贝。岛上忙不过来的时候,我们才去一次,办完了事就回……”

“岛上是旅游胜地吧?”

“嗯哪。接待任务蛮重的。累。海外来的人啊。我知道荷荷就是给累坏的——谁那样也受不了的——忙起来简直没工夫睡觉,有工夫也睡不着啊,只好喝酒抽烟往肚里猛灌……可着劲儿来,时间一长人还不垮下来!我们不像她那么累,再说也用不着那样卖命,她啊,就不行了,她得好好干,老老实实干……”

说到这儿小华又不吱声了。我问:“为什么?”

“因为知恩图报啊!老板待她太好了,重用她,她就得为人家卖命。就是这么个理儿吧?你想想,她一个村里孩子什么也不懂,人家老板手把手教她,她才成了这样,除了拼命还能怎么?就这样累坏了……说到底那也不是人遭的罪,没白没黑地干、干。老板也忙啊,她和他最后各忙各的,结果就成了眼下这样儿……”

“那个‘大鸟’——我是说飞机,是去海岛才用的吧?”

“去别的地方也用。主要是去那两个岛。毛锛岛远些,去那儿要一个钟头呢。如果时间来得及俺就坐船,正好要在船上服务——有一次我们进了一个豪华包间,才知道这是荷荷在船上使用的。你能明白她和我们不一样了吧!”

“她享有这样高的待遇?”

“长得好呗！你不是见了吗？俺老板送她个外名，叫她‘华东一号’。记得小时候有一种地瓜就叫‘华东一号’……”

小华说到这里哈哈笑了，有点幸灾乐祸的样子。

回到宾子的鱼塘边已经有些晚了。他为我们的晚餐做好了准备：一桌的鱼！我惊了：“你不是说这鱼有毒吗？”

“哪里！主要是名声坏了。没有他们外地人说得那么玄乎，我就常吃，没事儿！再说，咱们这些人天生就皮实，哪有那么多穷讲究……”

我只好坐下来和他一起用餐。鱼有几种做法，大鱼小鱼，加辣的不加辣的，做汤和煎——丰盛极了也好吃极了。我们喝了酒，白酒，真是痛快！他说得对，不过是这鱼的名声坏了，吃起来好极了。

夜晚我们有一场好聊。我们谈到了将来——是否要娶小华？他因为酒的缘故，坐起来摇动着我的肩膀，泪水哗哗流下来：“我怎么能不要啊！其实我什么都知道，知道她们几个人的钱都不是好来的，可我怎么能不要啊！好歹都是咱的人，咱的姊妹啊！谁让咱穷呢——就像这一塘的鱼，毒倒是有一点，可吃了还不至于死人，咱怎么就舍得扔了它？我舍不得，全村里哪一个又舍得呢？”

我的眼窝一阵发热，很长时间不再吱声。

屋外一片虫鸣。还有鱼的跳水声。透过窗子一看，好大的月亮啊。宾子说：“就是这样，月亮一大鱼就跳腾……”

“扑通、扑通……”我看到一条条鱼跳起很高，一个个漂亮的跃动，然后入水……

你在高原 无边的游荡

卷 二

第四章

好大玉米地

一

它的入口处有一块棕色的桐油牌子,上面写了“舜风农场”几个字。我站在这儿端量了一会儿,越看越觉得新巧。改得好,巧借同音,不露斧痕,而且更加敦厚了。只有站在这儿才会明白它存在的理由:处于东部丘岭与平原的接合部稍北一点,正是界河进入平原地区的最初一段,河道在这里变得开阔起来;它的东岸不到五公里处是一眼望不到边的河潮土,这是最适宜耕作的土壤……我感到奇怪的是,在东部已经极少未受分割和侵占的地方,能够找到这样一大片并如愿以偿地经营起来,这该是多么困难的事情!当然,我知道这不是帆帆的力量,也不是一般人的力量所能奏效。岳贞黎为了自己的干女儿可以将最后的一点力气使出去,想一想倒也令人感动。

初秋天气,东北风不紧不慢地吹着,好像在向我诉说另一个不为人知的故事,一个感人的故事。我承认千里跋涉而来,有一多半就是被这些故事所吸引。我的怜悯心有时候未能抵御一颗好奇心,它即便到了中年也还是这么强盛。一片威势正旺的玉米地,一眼望不到边,大刀似的叶片和吐出的红缨让人眼热。这就是我们平时说的田园啊,这就是凯平梦中的那片大农场啊,只是它没有出现在西部高原,而是在东部,在帆帆的老家……我心里一阵发酸。

从灰色的大门入口望过去是一条白沙铺就的道路,打眼一看很像一般的乡间泥路,但仔细些看就知道是经过了严格修筑——硬实的路基极有可能是石子做成的,再上面才是一层黏土,是白沙。这种白沙会勾起沿海一带出生的人的一段回忆,让其心头发热,好像踏在这条路上,就等于一脚踏上了故乡。此刻沿着这条路一直走下去,会找到一个故乡的女儿吗?当然,许多人会这样想啊想啊,想到那个淳朴的村姑。很可惜,她已经不是了。因为凯平的缘故,我一想到帆帆,想到与她仅有的几次见面,心里就有一种痛楚。这会儿令我吃惊的只是这片梦幻一样的大玉米地,它好像撩起了我心底的一丝嫉妒——谁能想到连一片不大的田园都无力保护的男人,在这片无边的农场跟前会有怎样的感慨?一个老朽的家伙轻轻动几下手指,就能帮她圈住这么大一片土地。这又一次让我明白帆帆为什么会那么畏惧——为了服从,她甚至抛弃了千载难逢的心爱——我相信她仍然深深地爱着凯平。多么可怕,这就是问题的症结,它像一个坚硬的疙瘩硌着我的心。

几排红砖瓦房差点没让玉米的海洋淹没。好在有几棵大树,它们是老槐,黑乌乌的树冠那么醒目,忠实地庇护着这儿的主人。狗叫起来了,接着人出来了,是个令人瞩目的小人儿——不到一米高,脖子细细的黑黑的,头颅特大。小人儿两只大眼睛雪亮亮的,手里抓紧一个大苹果跑过来,一边啃一边使劲盯住我。我注意到这个小家伙脸色发灰,衣衫偏大,好像营养不良似的,出奇地瘦削,嘴唇紫乌乌的。他看了我几眼,还没等我打招呼就反身往回跑了。停了三五分钟,一个头上包着碎花布巾的女人牵着大头娃娃的手出来了——我觉得眼熟,对方开口一喊,立刻让我认了出来!“啊,帆帆,帆帆!”

“真的是你?”她的手松开了大头娃娃,几步跨到了我的跟前,一手把头巾抹下来。一头乌发垂落,一个美丽少妇满脸阳光站在我的面前——她红润的嘴唇半张着,蹙起的眉头舒展开来,“喜鹊一直叫啊叫啊,你看看原来是这样!阿贝,小阿贝——快过来叫伯伯,你宁伯伯来了!”

“宁伯伯来了!来了!”那个大头娃娃只重复着母亲的话。原来这就是小阿贝,我还是第一次见他。他咕咕哝哝往前凑着,大眼盯住我,一丝友好都没有。这个孩子除了一双眼睛像母亲,其余都显得极陌生。他好像有明显的发育方面的毛病,脸上一点水灵气都没有。

帆帆把他抱起来,又走近了一点,眉头像刚才那样一蹙一展。这个动作让人觉得真美——我发现帆帆因为长时间田野生活的缘故,整个人已经完全有别于我在那个大院所看到的人了,脸庞、手和一截露在外面的胳膊都是微黑发红的颜色,形体也更加紧实。这是一个更加健康的帆帆。城里的她白生生的,结婚以后则变得更加白胖……小阿贝哼一声挣下来,自己到一边玩去了。她独自站在我面前,好像让人第一次发现长得这么高——她的两条腿可真长啊,这长长的两腿如果在田野上跑起来,头发让风一吹,会像一匹火红的小马——她真的是火红的,因为她身上总是驮了朝霞和晚霞。

“啊,真让我开眼……多大的一片农场!这就是他的理想啊,让你给实现了……”

一句话出口,又觉得突兀了。远处有几个人在忙着什么,那是农场的工人。一群鸽子在玉米地上方旋动、起落。更远的地方传来作业的机器声。

帆帆的眼睫缓缓地垂下来。又浓又长的睫毛就像蜀葵花瓣轻轻闭合了。我从她的神情上看到了一种不安。我这时想到了凯平说过的一句话——那是他听到帆帆跑回老家以后说的:“她仍然爱我,而不是别人……”是的,我从来没有怀疑过这个结论。

只可惜,对于凯平来说一切好像都太晚了,无法挽回了。

她的年龄不算大,一番新的事业正在开始,她还是一个青年。可是因为胆怯或其他,她已经失去了人生当中最重要的机会,并且深深地伤害了对方——我不会忘记那个飞行员独守孤屋时忍受的那场煎熬,更有她的背叛所给予的致命打击。

“你从哪儿来? 城里?”她问。

“嗯,不过我已经出来很长一段时间了。我一直在找——”

“找你过去那些朋友?”

我没说找古堡和凯平,只说:“是的。也找你……我在这儿朋友很多,我们分手很久了。这一段没什么要紧事情,我就游荡起来。”

帆帆听了十分高兴,马上笑了:“这多好啊,你就在我们农场好好待一阵吧! 你看我们这里多宽敞,房子也多,什么都方便。你能来我真高兴啊!”

她的话一丝夸张都没有,我明显感到她的愉快。同时我也意识到,她见了我立刻会想起一个人——那个人可能仍旧缠绕在她的心头吧……可是这一次我会让她失望的,因为我压根儿就没有那个人的消息,他现在也成了一个失踪者。

她好像刚刚发现我一直身负背囊站着,上前揪了一下我的背带说:“它太重了,快放下放下……”

我们开始参观场舍:牲口棚、农机库、工人宿舍、食堂,还有一间澡堂、一间娱乐室。让我最喜欢的是那个饲养棚,里面有驴和马、牛,几只奶羊——这么多牲畜一齐仰脸儿看我,停止了咀嚼,让我有一种久违的幸福。这种情景即便在乡间也很少看到了。它们身上凝聚了大地的气息。我朝它们摆摆手,走开了。在一间很洁净的房间跟前,她伸手指着说:“你就住这里吧,这一间有浴室。”

我随她边走边看。鼻孔里是青草的气味,耳朵里是秋虫的声音。这里简直就像一个活着的童话。

一位胖胖的老太太擎着两只沾了面粉的手从一间屋里走出,见我和帆帆正说话就退回了屋里。帆帆说她是厨房里的,“会烧鱼头豆腐,鱼和豆腐都是我们自己产的,你信不信?”

我问了一句:“是淡水鱼?”

“当然,这里离海还有一段距离嘛……”

二

鱼头豆腐果然好极了。这是回到平原以来最好的一餐。帆帆端来了一个大玻璃杯,里面是自酿的葡萄酒。新酒的香气里很容易品出葡萄的味道,有一种涩涩的苦和微微的酸。这就是自酿酒。这在今天已经十分奢侈了,是一种久违的享受。入夜后秋虫叫得更响了,纷乱错杂,像讲述一个没有结局的故事。农场工人有男有女,一共十来个人,他们友善地看着我这个身背大囊的远道客人。为防蚊虫,房舍空地上到处点燃了艾草火绳,它冒出的气味让人神往。

自酿酒似乎没什么劲道,但往往会不知不觉地喝多。帆帆无声地陪我,添酒的时候不说一句话。她自己只饮很少一点。我好像无力拒绝她的酒,一次次端起杯子。小阿贝时而进来,骑到母亲的肩上,偎在她的耳边咕哝几句又走开。

这是个回忆和忧伤的时刻。无论是酒还是艾草火绳的气味,都让我从头想起——这些年,这些事;特别是我在东部平原上的溃退,那些同甘共苦、如今也像我一样因找不到立足点而四处游荡的朋友们……我多么想念他们,满心愧疚无处诉说。我一遍遍想到了庆连,荷荷,我的老友拐子四哥,还有那个为坏了名声的淡水鱼而痛心疾首的宾子。平原上有那么多深夜难眠的人,他们与我一一相逢。

“我有一句话,它不说出来就会、就会鲠在心里……”

我觉得自己真的喝多了,因为我终于管不住自己的舌头,竟把一直隐在心头的那个尖利的问号吐了出来。尽管心底深处有个声音在阻止自己,可是舌头硬是将它喊了出来。我发现对面的帆帆脸色变了,她端杯子的手也抖动了。好,应该这样。

“我想问问你,你、你既然约定了凯平在那里,那个城边的孤屋等你,要一起逃开,为什么、为什么最后你要骗他?你是怎么想的?你难道真的爱上了那个田连连?我怎么就是不信?今夜没有第二个人,我想听你一句真话……”

好像纷乱的秋虫一下安静了。它们也要听一个隐秘。

帆帆的目光越过我的头顶,望向更遥远的夜空。我往那个方向瞥了一眼,发现今夜的星星变成了一团团火,在天空跳跃和燃烧。那些星星排成了队列,纵队,横队,然后又向更远处飘逝。我的眼睛有些模糊,揉了揉,再次望向帆帆。

她抿抿嘴,微微张开。这个半张的嘴巴真是要命,湿漉漉的,露出整齐洁白的牙齿,引人惶惑——当年也许就是这副神情把凯平死死迷住且永不忘怀。妈的,有的女人让人什么办法也没有,直到死了也没有办法。她盯向我,就这么半张着嘴巴,我只好把目光移开。

我一瞬间想起了来到东部的这些年里,我曾经遭遇的女性。她的面庞从脑海里闪过。老天,我在那片田园里以自酿的美酒毫不含糊地招待过她,在醉眼蒙眬中有过多少推心置腹的交谈。我不知从哪儿来的抑制力,汹涌奔腾的血流并没有冲决那道堤坝。她的不可抵御的活生生的美,具体而切近地罗列眼前。我会永远感激她的援助,感谢她与我同饮一壶煎茶一杯浊酒……过去了?

那段青春,那段日子?

我想,今夜她如果固执地坚守自己的秘密,我将不再询问。这种询问只能有一次。我静静地期待着。秋虫们比我更少耐心,它们终于再次乱纷纷地鸣叫起来。与此同时,她开口说话了:

“嗯,我听见了。不过你能告诉我,这次又是他让你来这儿的吗?”

“不,这次可不是——我已经许久没见他了。这是我自己压在心里的一个问题。”

她点点头。她可真沉得住气啊。这样的女人尽管长得美丽,心眼是一般人的十倍,所以,因此,于是——稚气可爱的凯平就被她结结实实地耍了一把。这种致命的把戏只一次就足够了。她的脸转向我,声音淡淡的,好像回答的是一个再平常不过的小问题:

“好吧,我告诉你吧。因为我不小心犯了一个错误,就只能和田连连在一起了。我不能干干净净像原来一样,也就不配和凯平结婚了。”

这个问题回答得太过简单,乍一听甚至也没什么明显的破绽。可是我凭直觉就觉得这是欺骗,起码是扯淡和蒙人。我说:“是吗?你以为是我喝醉了吗?我清醒着呢,你别骗我了——我这么大年纪从老远跑来了,你连一句实话都不肯说!我又不会伤害你,只是一个谜压在心里难受……”

我觉得这一会儿酒醒了大半,嘴巴再也不绊了。

她目不转睛地盯住我:“你是说,我在凯平这样的人面前,已经不配再犯错?”

“我,我可没那样说!”

“或者你的意思是说,我在凯平这样的人面前,已经不敢犯错?”

我挠着头:“你说到了哪里!我可不是那个意思,我是说,就你们当时那样的情况、那种劲头，是不可能、也不太可能再爱上别的什么人的……”

“为什么就一定得是爱呢？世上的事情有多复杂，男女的事情就更复杂了，你怎么就只想到爱呢？只要爱就什么都不怕了吗？可是有时候钱更有力量、权更有力量，暴力就更不用说了——它简直压根儿用不着和你商量什么……”

我大声问：“难道你那会儿遇到了它们？田连连只是个炊事员，你说的这些东西他一样都没有！而且凭我的印象，他还是一个忠厚青年，他不会对你构成任何威胁。所以说帆帆，你不用和老大哥兜圈子了，我是一个过来人，我能听明白。你如果不想说，我就不会再问了。我会改掉这种可恶的好奇心！我不过是一直牵挂你和凯平的事，当时为你们奔走了那么长时间，到现在也放心不下来……”

帆帆不再吱声了。她沉默了一会儿叹口气：“是啊，连连是个多么忠厚的年轻人哪，至今一句城里话都不会说。他在那儿一个亲人都没有，是农民的孩子从部队转业到首长家工作的。这样的青年在城里谁都可以欺负他——我那时觉得俺俩差不多一样可怜，我欺负谁都不能欺负他啊……”

她又一次止住了话头。

我应一句：“不能欺负他，并不意味着要满足他的所有要求。”

“我同情他，可是并不爱他，所以我还是离开了。他也知道这个，他现在并不恨我……”

我想说的是：一切的问题就在这里，你不爱他，可是却和他结婚生子，并且在最最关键的时刻一下背弃了真爱，践踏了人生最宝贵的一次约定！你可知道对方就为了这个约定，什么都放弃了什么都丢掉了！你啊，帆帆，你可真是忍心啊——你应该拍拍自己胸口问一句，你真的像他爱你一样，深深地死死地爱着？还有，你们一起做出那个约定时,你心里一点都没有掺杂其他吗?

就是你,帆帆,毁了我的朋友岳凯平一生。

我犹豫着,不知该怎么说出如上这些话。

“你不会怀疑这个的:我爱凯平,一辈子也没寻思过别人,现在和以后也不会有了……你不信我这些话吗?”

我摇摇头。

“怎么,真不信?”

“不。我是说,你这个闺女的心可真够狠的……”

“是啊,我的心真够狠的,这是真的啊……”她哭了。

“你这么爱一个人,说丢就能丢开——那一天在咖啡屋,你怀了孕才去见我,我知道事情已经不可收拾了。你走到了这一步,多么不可思议……”

帆帆的哭泣低低的,显然是害怕那些工人们听见。我心里怜惜她,可又深深地为她遗憾,甚至是——不能原谅。

三

酒力还没有过去,可是它的力量沉入了身体的深处,让我浑身热辣辣的。我难以在这张桌前一直坐下去,就提议出去走走。玉米田间的小路啊,这样的夜晚,这是我梦中反复出现的情与境。我没待她回答就站了起来。她跟在了我的身后。

月亮已经升到了玉米的梢头之上。灿亮的玉米叶儿一齐向上仰着,像在张大手臂迎接那轮皎洁。多么静又多么嘈杂的田野,无数的声音交织一起,都是一些小小生灵的私语。它们把人间和自然界的所有隐秘都编织起来,就像用马兰草编织一条无尽的长索一样。土埂已经洒上了露水,潮湿的干草、甩着晶莹的绿草,都不时碰到腿上。偶尔有一只秋虫弹起来,劲道十足地射向半空,或落到我们身上。一只小鸟一荡一荡地从前边飞过,嘴里像是吐出一串串细小晶莹的珠子。“哎哟,哎哟。”另一只大鸟不无夸张地吆喝起来,很难不让人想到是对我们的调侃。它们也许从来没有见过她在这个时候不着头巾、飘着一头乌发走上这儿。她身上的香味是蓄足了田野之息、瓜儿和甜果、野花与种子而成的。对此没有比它们再熟悉的了,它们当中最顽皮的某个一边看,一边学人咳嗽,笑,拍手,还发出噗噗的不雅的声音。它们不认识她身旁的人,小声议论:哟,他也许有个四十啷当岁?她的什么人?兄长还是那个方面——哒哒哒哒?最调皮的说到这儿就做出射击的手势。嗯,不管是什么人,只要她喜欢就行,咱就不能心烦。她是这片土地上的大老板,老板管得住这里的一切,从人到土块儿到小鸟小虫小兔子,还有刺猬什么的……它们用一阵阵议论将两人越送越远,直到连脚步声都听不见了,这才打个哈欠,学那些工人一样说句粗话:“妈的,时候不早了,咱也睡吧……”

好大玉米地!玉米缨儿吐放着西瓜那样的甜息,让人沉醉。一眼望不到边的月下碧绿,英气逼人的一片玉米林,就这样向人敞开胸怀。我们在一处泛着白光的水泥管道上坐下来。我问她一共只有这几个工人吗?她说是的,因为农场里已经完全机械化了——从灌溉到收割——连最后的秸秆都要用机器压制烘干成饲料颗粒,装成袋子,成为农场里的产品。这的确是一处现代化农场,从产量到品质都是第一流的。它的规模目前也是周围这一带最大的,而且发展顺利,派生扩展出新的产业,如蛋禽饲养场、奶场和淡水养殖场……我听到这里插话说:“可是淡水鱼,它的名声现在已经不那么好了。”她“嗯”一声,“这需要专门的预防和检测措施——哎,你倒是内行啊,这真的是一个销售方面的大问题呢!”她雪亮的眼睛看我一下。我想到的是荷荷,是林泉,是关于“大鸟”的一声声呼喊。我长叹了一声。

“怎么了?”

“哦,我在想,办这么一个农场需要多少钱啊!这简直是……一个奇迹。我知道实现它需要很多条件,除了你,也许再没有谁可以办得到了。我真是嫉妒你啊,帆帆!”

她不吱声了。

“帆帆,告诉我吧,就是现在,你有没有和凯平走到一起的愿望?告诉我吧,这个太重要了……”

“这对你重要?为什么?”

“因为……我知道凯平直到前不久还苦苦地找你——他得知你离婚的消息就一次次跑回城里,为这个他父亲又跳又骂的。你该明白告诉一声,我会让他明白,让他做个决断,别再折磨自己……”

她低下头,一会儿抬起头看着星星,带着很重的鼻音说:“不用了,他现在知道我的农场在这儿,他可以直接找到我。”

“他来过这儿?”

她点点头。

我站起来:“啊,这太好了!你们终于可以在这样安静的地方好好谈谈了……好好谈吧,一切也许都不算太晚!这太好了……”

她也站了起来:“不用谈了。该谈的早就谈完了。我和他不能走到一起——他太孩子气了,你其实最了解他啊。”

怎么说呢?经她这一提醒,我突然也觉得有那么一点!是啊,凯平,你真的像个孩子一样不可救药……可我的心底又有另一个声音在剧烈地反驳:这就是爱情,这就是!

“他太迷恋你了,所以不能改变——如果轻易就可以改变的,也谈不上什么了。”我想看到她神态的每一点变化。她索性把脸转向一边。

我提高了声音:“你如果不想骗自己,就该明明白白说出来:你是因为凯平才走开的,是这样吧?”

她转过脸来,这让我看到了脸颊上的泪花:“不,因为我不能和他们、不能和他在一块儿。我得走开,死也要走开——他一天天老了,就要走不动了,我知道他最需要照顾的日子来到了,可我还是要狠狠心走开。他跟前有一个田连连就够了,平时也是他照顾主人,不是我;该我做的全做完了,我就得走了,我求他:行行好放开我吧,我在这里这么多年了,让我回老家吧……他舍不得我,可我宁死也要走……他是我的干爹,不能不牵挂我和孩子,最后还是满足了我最后的一个梦,也算为我和孩子留下了一条后路。他给了我们娘儿俩一大笔钱,然后又找了当地领导,这才让我有了这个大农场……可是我不会白要他一分钱的,再有几年我就会还他的,我一定!我做得到……”

她几乎是呼喊着说完这番话的,这让我有点吃惊。我屏住了呼吸,生怕打扰了她。我想再听她说下去、说出一切。可是她突然就煞住了话头,咬着牙,仿佛后悔刚才说多了一样。

我这才想起一个重要的事情,问:“你告诉我怎么才能找到凯平?我怎么去找他?”

她沉思着,像在犹豫,最后说:“他不会让你去的。他现在给一个神神道道的老人做了保镖,还兼专机驾驶员,不离那个人左右。他以前到这里来都是急匆匆的,只说是探家——他对那个人真是忠诚啊,嘴巴忒严,从来也不提那边的事情,不说他们住在什么地方——他只给了一个电话号码,叮嘱千万不能告诉任何人……”

“那是一座古堡。秃头老鹰……”

“你说什么?”

“他不会瞒我的。他现在还来不及告诉我,是我自己等不及了。这段时间对他来说可能是个特殊的日子……”

她低下头:“也可能吧。我知道你们的关系。不管他愿意不愿意,我把他的电话告诉你吧……”

“我明天就去——明天!”

“别太急了,这会吓着他……”

四

当我小心翼翼地拨通那个隐秘的号码时,那边半天没有声音,像在发愣。我大声说:“凯平!你怎么了?你该听出来啊!”还是没有声音。又过了一分多钟,那边大大喘息了一口:“啊,当然……这么说你在帆帆的农场里?”“对!老伙计,你到底在哪里?你一步都不要动,我这就过去!我找你找得好苦,我有最要紧的事情问你……”那边急急打断我的话:

“不,你就待那儿。”

“为什么?我不能去吗?”

“是的。见面以后你就知道了,你先待那儿——”

电话挂断了。那边可能正忙。既没有商量的余地,我也不可能离开。这个凯平真的变了,口气急促而生硬,像个将军。

我等下去。帆帆变着法儿让炊事员做好吃的给我吃。奇怪的是她一点都没问我和凯平通话的事。就这样三天过去了,对我来说却很漫长。第四天下午,不,傍黑的时候,那个家伙总算风尘仆仆地来了。

我注意到,他一进大门帆帆就冷冷地躲到一边去了。可他好像并不在意,直接到我的客房里来了。

凯平睡在同一间客房的另一张床上,一歪身子躺倒,一看就知道不是第一次来这里了。他大仰着身子剧烈喘息,一只大手按在胸部,并不看我,只望着天花板。我说:“你这个背叛友谊的家伙。你居然这么久晾着我……”我站在他床边,终于看见他脸上泛出了笑容。

“我刚刚在新窝里安顿下来——你可能不信,那儿每天都像历险一样!完全陌生的环境,我得适应一段……我还得把极小的一点空隙用来找帆帆,你大概会原谅我……好了,现在轻松点了,谢天谢地！老伙计,我们可以聊上一天一夜了,然后再赶回去……”

我拧着眉毛看他,想看看这个天不怕地不怕的家伙现在到底是怎么回事。我咕哝一句:“不就是个‘秃头老鹰’吗？被他吓成那样?”

他呼一下坐起:“嗯？你怎么知道?”

我故意不告诉他。他急了:“知道这名儿的可不多——可以说你压根儿就不可能知道他！怎么回事老兄？你知道但没有找上门去,这就好。老板对我好得没法说,我一开始还不适应呢！他对我的要求其实很简单,两个字就可以概括:忠诚。他不允许对外边讲身边的任何事情——只要有一次,立刻解职。”

“你现在服务于一个大资产阶级了,而且这么周到,这是我做梦都想不到的。你从一极跳到了另一极,这么迅速——不愧是一个飞行员啊,一瞬间完成了这样的高难度动作……”

凯平眯着眼,做出一副死猪不怕开水烫的模样,听而不答。

“听说你还是他的贴身保镖！好啊,值得祝贺,在部队上学的那点本事总算有了最好的着落——保护一个大资产阶级,一个大财东,不让他磕着碰着。高薪,万里挑一的机会,开开专机——上边有只大鸟的标志——是这样吗?”

我说到最后差一点喊道:你知道吗小子？平原上有个最美的姑娘被你们的大鸟吓疯了,她就是我兄弟的未婚妻……

他一声不应。屋里静了一会儿。这段时间让我觉得有些过分,因为自己其实什么都没有搞明白呢。好在对方沉着过人,他一声反驳都没有,只等我说过一通,这才坐了起来咕咚喝了半杯水,抹抹嘴巴,然后看看窗外——这让我想起他最关心的其实只有一个人,这就是帆帆。他压根儿就不在乎我高兴与否。他看着,目光显然在追逐一个人……这样看了一会儿转过脸,声音低低地问:

“多么奇怪！老宁,我最想问你的就是,她多么奇怪……”

“你在说什么?”

“我是说,她为什么老要躲开我？为什么这么固执?”

我不得不将心中那个冷酷的结论告诉对方:“也许,也许你不该相信她那些表白……”

“就是说她不爱我？不,她爱我。我知道——我真的知道！老宁,你怎么能怀疑这个呢?”

“她离开了田连连,又回了老家——你老爸现在已经管不住她了,可她还像原来一样躲着你,这你怎么解释?”

凯平站起又坐下,看着窗外,像个讨吃的孩子一样趴在窗前……

“老弟,就此打住吧！还是让我们说点别的——我这次找你可有一肚子话要说,先好好谈谈你们的公司吧,说说那个狗娘养的地方。让我告诉你一些事情——我有一个平原兄弟,他给折磨得要死要活,这与你们的公司有关……”

接上我就扼要说了一遍庆连和荷荷,还有宾子谈到的那些事情。“知道了一切,不见得就能帮他们,可我不想蒙在鼓里。还有,我最惊讶的是你——你能待在那样一个罪恶的地方……”

凯平一直趴在窗上。我以为他没有听,就使劲摇了他一下。他转过身来,垂下眼睛:

“当然,我会从头谈谈那里的……”

古 堡 王

一

大山里有些吓人的传说,因为越传越盛,一般人再也不敢去山的深处,特别是不敢让孩子往里走。因为近四五十年这儿一直是军事封锁区,所以除了部队也就没人见过里面是什么样子。老年人心里只有记忆,他们一旦不在了,余下星星点点的记忆反而更增加了神秘感。比如说都知道那片大山深处有一座古堡,黑苍苍的不知矗立了多少年,是很早以前洋人修建的——为什么要修这样一座古堡谁也不知道,只说是炼丹。其实洋人哪会炼丹,全是后人附会之说。不管怎么说这古堡存在的年头够长了,见过它的人都说黑魆魆的吓死人了,到了半夜,几十里外都能听见它发出的一些怪声,据说那是徘徊在里面的鬼魂之声。谁也不敢进入古堡,都说里面近年又有了新的妖怪:这家伙长了翅膀,黑不溜秋半夜来去,专门从四周叼一些小孩进去,养起来一点点享用。

军队撤走了几年,但古堡恶名远扬,始终没人敢于接近。冬天大风刮起来,呼啸声传出很远,那声音难以言喻,呜呜嗷嗷,都说是那个妖怪——秃头老鹰在号叫。据说附近村里出了个胆大后生,身背钢枪狂妄无比,某一天领人去了大山深处,到了近处跟从的人即畏惧不前,他也就独身一人进入了古堡。这样半天过去,伏在远处的那些人于是失望,知道后生肯定是不在了,只得抹着眼泪转身走开——刚走了一会儿听见后边大声呼叫,原来那个后生慌慌逃出来,肩上的枪没了,衣服破了,鞋子也掉了一只。他又喘又吐,说:“妈呀妈呀,里面真是有妖怪哩,到处都是啃光的骨头架子!阴风刮起来,咱的头发都竖起哩,跑啊跑啊也找不到出口,迷了路……古堡大得啊,没有半月二十天谁也摸不着四至,我要再不出来,也得剩下骨头架子啦!妈呀妈呀……”

从那以后再也没人进入古堡。这样直到迎来某一天:无数车辆堵在山外,警察一群群不停地奔跑,显然是出了大事。一个四十多岁的人从一群簇拥者当中走出,看看群山,又钻进车里,一直转到盘山路上。他在路上远远看着古堡,每问一个问题,旁边的人就慌慌解答。“洋人”“妖怪”,尽这些字眼儿。四十多岁的人笑了。

那天过去不久,传出有人要买走这片大山——这个人就是那个四十多岁的人的上司,听说是个举世闻名的老财东。这话一直传了几个月,老财东总算来了。这家伙看年纪在七十或一百岁之间,一顶灰色纱凉帽扣在头上,沉默寡言。他自来到去不超过三四个人见过,而且都是上方人士,是高级陪同。有人说那家伙是一个罕见的伟人,空里来空里去,就像鸟儿一样。

真实情况是:那个戴了灰纱凉帽的家伙由他的总管陪同,也就是以前来过的那个四十多岁的人;另外一个是紧随左右的干练的黑衣人,总共只有三人,他们要进古堡。进去之前老财东又回身招呼省城和当地一位官员同行——这可难坏了两个人,他们连连摆手,拉出一副要哭的架势。官员一辈子都没遇到这样的难事:要进去不敢,害怕妖怪吃人,最起码是阴风邪气侵身;如果不去又怕得罪了老财东。在他们眼里这个戴灰纱凉帽的家伙可是一方神圣。两个人哼唧了一会儿,最后心上一横豁了出去,决心伴老财东走上一遭。两个人在心里这样说服了自己:人家老财东份儿多大,他不怕死我们又怕什么?再说人家还带着一个黑衣人呢,这人必定身手不凡,百儿八十人还能近身吗?这样一想胆子也就壮了一些,于是紧紧跟上去。不多不少一行五人进了古堡,这是真的。后来有人不信,好在有随行的官员作证——山里人都知道,这些官员虽然常撒一些大谎,可总不至于在进没进古堡这种惊人大事上撒谎吧!两个官员起誓说:“进去了!”

那肯定是进去了。具体情形如何没人细说。后来的所有消息都是零零星星传出来的——人间的所有大消息都是这样走漏的,它们需要时间,需要一丝一丝、费时费力地一点点渗透出来。比如那些千古奇闻、秘史,莫不如此。有的事情发生了一两千年,直到现在还众说纷纭没有定论,就因为作为消息来说,它们实在是太大了,还需要更充裕的时间消散透露。那天进入古堡的详情也属于大消息之列,所以今天也只能知道个大概。传说是戴灰纱凉帽的家伙——注意,这个人才是故事的中心——一路默默的,别人当然也就不敢随便说话了。这就叫“一鸟入林压得百鸟不语”。他一直走着,一脚迈进了苍苍古堡就蓬蓬吸起了鼻子。别人也学他的样子吸响了鼻子,可就是吸不出什么名堂。他吸着,说:“嗯。”四十多岁的人赶忙凑近一步,他就咕噜了几句。四十多岁的人小声对一旁官员说:“老板说了,他可能就要在这儿住下了。”官员大惊失色:“你是搞错了吧?住这儿?寒疵疵的?”“不,老板不是指现在。”“什么时候也不行啊!这里能要人的命啊!”“还要修一修,修葺一番,然后……嗯!”官员的脸黄了:“修一修也不行啊,这会要人的命啊!”四十多岁的人见当地官员极力反对,不得不在灰纱凉帽旁边小声讲了。灰纱凉帽又咕噜了一番。四十多岁的人回头解释:“是这样,老板说本来要新修一幢建筑的,但这儿有了古堡也就不需要了。新盖的,没气息。”接下去不再说话。至此大家才明白,那家伙一进来就蓬蓬吸鼻子,原来是寻找“气息”来了。他们在心里认为这家伙是个怪人,大约和古堡里的妖怪差不多。

从那以后,人们就在背地里叫那个戴灰纱凉帽的家伙为“秃头老鹰”。有人从他的后颈看去,发现那里的头发稀稀拉拉的,很像秃鹫。

又过了几个月,大山四周皆围上围栏,一些穿了粗布制服者鱼贯而入,还开来各种车辆。施工设备复杂至极,机器日夜轰隆。先是修路,而后又修古堡。这样半年之后,又响起飞机的轰鸣——这种飞机很像大鸟,上面还绘了大鸟的标志。“大鸟”一遍遍往古堡那儿飞,人们以为里面肯定就是那个戴了灰纱凉帽的老财东。

人们议论:就因为戴灰纱凉帽的家伙法力超群,所以才压得住古堡里的妖怪,叼走小孩的事就再也没有发生。再加上一只大铁鸟轰轰隆隆来去,什么妖怪都会害怕,都得乖乖让路。总之都认为原先古堡里居住的那个妖怪要挪挪窝儿了,从今以后要换上一位新的帝王。接近过古堡的人渐渐传出话来,说它看上去与过去没有任何变化,只是内里可就大为不同了——活活气死王宫!它外部仍旧是黑苍苍的,里面呢?既阴森森又亮堂堂,芬芳扑鼻,墙上地上,到处都是大花毯子。

这片大山从此就属于新的主人了,他就住在古堡里。这么大的一片地方,有多少石头树木小河,还有百种走兽和飞鸟,也都一块儿归了那个人。这让山里人烦闷,他们瞧着围起的栅栏就像长城,看也看不到边,就说:“这大概是造了一个国吧?这国叫什么名儿?”他们想不出,后来就根据飞机上的标志,叫它“大鸟国”。这个大鸟国里一定有国王和妃子、大臣之类,一定有趣极了。可惜天大的热闹什么都看不见,山里人有点心急火燎的。

因为山里人吵闹的声音越来越大,上边就传出话来:大山自然归了古堡里的人,不过老百姓还可以进山采药和游玩,只是不能乱掘乱刨,更不能接近古堡。他们重新得以进山了,发现这儿修得路是路,渠是渠,还有一些亭台楼阁。再走近那个古堡就不成了:离它几十里远就有了密密的栅栏。偶尔听到头上有隆隆声响起,一仰脸就能看到一只大铁鸟飞向古堡。

二

这个住进古堡的帝王叫吴大淼,年龄在一百岁左右,是其他人的估计。是中国人,但中国语说不利索。最常用的有三国语言。这一生主要在海外生活,因为老来思乡及生意方面的需要等,才选中了这个凶险之地。有人告诉他古堡里的妖怪杀人不眨眼,他却毫不在意。资产据说有上千亿,太太有八个——她们入乡随俗,如今大多都不叫太太了,只叫秘书、资料员、打字员、助手等等。她们当中除了年纪最大的一个五十多岁了,其余都在三四十岁左右。五十多岁的是大太太,吴大淼为其取名“老豆蔻”。如今八个太太全都随他住在古堡里,照顾他的饮食起居。另外的几个男子负责安全保卫之类,住在古堡旁那个单独的石楼里,二者有一条地道相通。但平时石楼里的人不准踏入古堡一步。除了八个女人之外,只有黑衣人可以住在近前,这人既是他的贴身保镖,又是专机驾驶员,其实是他最亲密的人。

人们平时只唤他老板,将这个称呼留给了他一个人。自从老板入住古堡以来就没有外人见过他,无论谁都不曾见过。有一次一个高官从极远的地方专门赶来,还是没成。一般情况下古堡里传出的讯息是:老板不在,有任何事情都可以找代理总管——这个人就是那个最初来此地勘察的人,四十多岁,叫吴灵,是老板的本家孙子,平时也住在那个单独的石楼里。那一次高官只会见了吴灵。老板一年里出不了几次门,大多数时间待在古堡的某一个房间里看书,是个嗜书成癖的人。古堡里最多的东西就是书,各类书籍堆满了许多空间。据说那些大铁鸟轰隆隆来去不息,主要就是往这里运书的。八个太太除了伺候他吃睡,再就是为其管理图书。这些书都被他视为宝物,不准受潮,更不得污浊受损,要永远保持洁静完美才行。他在古堡里四处走动时,最厌恶遇到人。所以只要听到他的脚步声,其他人就得赶紧躲起来。他要找谁倒是极其方便的,因为每个人身上都有一个设备,那是专门用来听候老板召唤的。

老板读书的时候是最为专注的,任何人不得打扰。他有时读到痴迷处可以一连几天不睡,吃的东西也简单到极点,无非是一大杯水、一点咸肉和几片面包之类,外加一大把生菜。他咀嚼菜叶的样子很像兔子,吃东西时眼睛也不离书,进茅厕更是如此。八个太太除了老豆蔻偶尔敢于主动找他,其余任何人都没有这个胆量。

古堡里一年四季温度都差不多,因为这里拥有最先进的空气调节设备。通信设备当然更是一流,他可以在任何时候与任何地方的人通话,高兴了会聊上多半天。一架直升机待在停机坪上,如果他起意要走,几分钟内就可以离开这里。可能是年龄的关系,他走出古堡的次数越来越少了——八个太太都认为是这样。他作为一个人真的是太老了,人老了就格外懒惰,不愿出门。她们是多么渴望跟上他到外边风光一番啊,去海外,去自己的所有领地;如果在近处转转也蛮好的——比如那两个海岛。她们常常偷偷叹息,互相之间却要装出欢欣满意的样子。如果有哪一个女人唉声叹气,总急着往外面跑,老板知道了就会极其失望,说一声"躁性",长时间不再搭理。

太太们总要稍稍议论一点他衰老的话题,但也是适可而止。比如她们总是点到而已,不太往深里说:"瞧鼻毛全白了。""耳垂上都是深皱。""嘴角耷拉了。"但只要说起他的长处,比如记忆力、身上的力气,一个个就全打开了话匣子:"嘿,不服不行啊,他哪像这么大年纪的人啊,一口气能要咱半天,像小孩儿一样闹腾!""一点不错,咱都被他缠磨烦了,也担心他第二天累得爬不起来,谁知道人家一大早就起来瞎串悠了,大脚丫子踩得石头地叭哒叭哒响!""这么大年纪了,连袜子也不穿就出来了,有一回还忘了穿裤子——我琢磨着是看书看走了神,忘了这档子事了。""那一准是,那准成是……"老豆蔻在一旁只听不说,因为她心里鄙视这几个小东西,暗中说:"你们才吃过几碗干饭啊!我跟上他的时候你们还不知在哪里打转哩!那时候,哼,老板身上的腱子肉,一攥拳头吓不死你们!他那会儿还能洗冬澡儿,抱着俺就往冰窟窿里跳,咱千央万求'行行好吧,咱可比不上你呀',人家压根儿就不听,搂着咱扑通一声跳进去了。老天爷!活受罪啊,伴君如伴虎啊……"老豆蔻回忆起更早时候的这些事,感动得抹泪:那时候老板突然喜好起无线电了,摆弄起自家电台,让我接收一个专门的频道,他在那边老说没完没了的情话:“爱、爱,爱死了。”还小猫小狗地叫着,那是什么成色! 如今,哼,你们是老猫儿头遇上半只死老鼠,捡个梢头而已,别人吃剩的而已!

老板在古堡里是不戴那顶灰纱凉帽的,于是她们都能看到他的头顶:毛发稀稀拉拉着实不多,但也不是全秃;问题是这毛发有的白有的黄,有的红有的黑,像是代表了五大洲的不同人种。后头即脖子上方,那儿秃得厉害,所以从后边看很容易让人想起秃鹫。他喜欢让她们没事了搔搔这头顶,说这才是恢复体力的最好方法。“如果头顶荒了,那么一切皆荒。”这是他独特的理论。她们当中有个把会按摩的,这让他格外喜欢。于是她们也就竞相学起了这门技术,只为了胜出一筹。有的还自己发明出一些新的健身法,让老板在将信将疑中一阵惊喜。不过老板身体的颓相并不多,除了不再洗冬澡、不愿出门,其他一切仍旧照常。老豆蔻坚持说老板从年轻时候就是如此,愿意独处——有一次记得他一连四十二天没有出门,屙屎撒尿都在屋里。“看一个人老还是不老,最主要的是看他对女人殷勤不殷勤,见了女人待理不理的,眼皮都抬不起来的,那就是快了。”老豆蔻跷着一根手指,像讲经一样说给她们听。有的不识时务,问一句:“什么快了?”老豆蔻立刻迎着她大喝一声:“快要伸腿瞪眼玩完儿了!”

如果仅仅从对待女人的态度上来论,大家都觉得老板是青春常在的。理由就是他身上许多时候是充满了力量的。也有恹恹的时候,但那大多是正在思考问题的缘故。要知道老板与一般人最大的不同就是思考:一刻不停地思考,吃饭和读书都要思考,就连睡觉的时候也要思考——据说他将最重要的生意方面的问题、最关键的决断都留给了睡觉的时候。白天想不明白的事情就一定要留给晚上,晚上都想不明白的问题,那就得放进梦里了。梦中解决的问题多得数不胜数,常常就在睡梦中将一个个大问题解决了,那会儿一个惊喜反而使他睡不着了,于是还要赶紧翻身坐起在纸上记下来——到了大白天一看,真真妙计也! 海内海外偌大一盘生意,有人会以为他全部的精力都投在了上边,其实呢,只有最亲近的人,如八个太太和总管吴灵、贴身保镖,只有他们几个才知道完全不是这么回事。正好相反,老板基本上什么事都不问,平时只是看书,所有日常事务都交给总管和其他几个分公司的老板,他自己只在每月十五月圆之夜看一次报表,咕哝几句——这几句可是要命的,听的人必须一字不差地记住,记在纸上,然后照着去落实。

老板干什么事都特别专心,喜欢集中起时间好好做,不愿零打碎敲——从读书到洗澡,甚至是夫妻生活,莫不如此。他可以一连几天泡在热水池子里,手捧一本书,有人来给他搓洗都不会放下。还有时想起她们来,就召集到一起睡上十天半月,这段时间里她们一个个必须老老实实,不准依仗年轻围簇在四周胡乱调笑。届时老豆蔻就在一边监视,动辄拧住谁呵斥一顿。她们当中有的抱怨说:"这样长了一点意思都没有啊!"这话被老豆蔻汇报上去,结果老板大恼,嚷着:"改遗嘱! 改遗嘱!"所有人一听到这句话立刻吓得脸都变色——通常老板一年里只订改一次遗嘱,改完后即锁起来。大家于是忐忑不安,不知道遗嘱又经过了怎样致命的修改。

让老板不高兴的事情还有许多,如果不是十分恼怒,他是不会嚷叫"改遗嘱"的。偶尔遇到大节令要一起吃饭,如果有人喝汤发出了吱吱声,或不小心弄出其他不雅的响动,他都要皱眉。大家知道,这些不快积累到一起,也很难说不影响到每年里的"改遗嘱"。所以大家都小心到了十二分的地步,平时总是想方设法让他高兴。比如他最喜欢的是安静,也就没有一个人敢于在古堡里弄出一点声音。这古堡实在太大了,一边弄出再大的声音,另一边也不会听到。但即便这样,也还是没人敢于大声说话。这是一种习惯。所以整座古堡里平时没有一点生气,就像是一座死屋,以至于有许多野物还以为这里荒着,便自动跑了来。就连那些因为当年施工而飞走的老鹰,这会儿也转了回来。古堡的这一端住了狐狸,那一端说不定就有貉和獾之类。古堡上空一直有一两只大鹰在盘旋,以至于有人以为它们也负有看护古堡的重责。

三

也许真的是因为年龄的关系,大家注意到老板不再戴灰纱凉帽了,而是改戴一顶黑色的线绠圆帽。这种帽子让人想起一位乡间老太,不过那副度数很大的眼镜又使其看上去高深莫测。中等偏上的身材,不,也许是高大的身材——要知道所有的观测在他这儿都变了形,因为对这样一个特殊的人物几乎找不到相应的参照物,所以大家常常弄不清他到底是高大还是不太高大,也弄不清他的真实年龄。给他做衣服的裁缝一会儿说他是偏矮的个子,一会儿又说他太粗太高格外费布匹。有人说他饭量过人,一顿下来可以吞进一个猪头外加两大海碗米饭;有人说他是个入定参禅之人,基本上“辟谷”了,也就是说不太吃粮食了,连瓜果梨桃和水都极其节制。从背影上看,偶尔会觉得他是个不久于人世的风烛残年之人;但如果相处一会儿,就近了看一下,又会感到这是一个活力四射的人,有着难以遮掩的顽皮。他甚至由于精力过剩和其他难以言喻的欲望,身上散发出十八九岁的青年才有的小公马气味。这种气味即便天天洗澡也无济于事,因为那来自分泌物,是从无所不在的毛孔等处渗流出来的。对这些气味,最熟悉的还是老豆蔻,她蓬蓬一吸鼻子就能知道人在哪里,即便黑灯瞎火也从不出错。

有人问过老豆蔻,认为只有她才是他年龄方面的权威人士。谁知她一开口就把人吓了一跳:“我刚遇见他的时候,人还年轻,也就刚过七十岁生日吧。俺原想给他生个把孩子,后来一问已经有十几个了，都散在海外各处，也就懒得再添那些麻烦。孩子和他不亲——凡是大家大世的孩子个个一样，全都生不拉叽的。”按她的话一推算，老板的年纪也快一百一十岁了，因为老豆蔻特别强调：“俺那时可是十八岁的黄花大闺女!”身边的人对年龄问题总是特别敏感，因为这涉及大家的切身利益，比如还能伴他多久、他离开人世以后又怎么办，这些是绝对重要、绝对不能明着说的。老豆蔻对她们这些弯窍心知肚明，哼哼笑着，一脸的睥睨。随着一年年过去，老板的年龄反而逐渐模糊起来，老豆蔻倒是变化极大：她的额头变得出奇地开阔，越往上坡度越大，锃亮逼人；眼窝深深，眼珠一天比一天发蓝；鹰钩鼻子，鼻中沟又深又长；一张小嘴儿进一步萎缩了，不仅是樱桃小口，简直小得只能塞进一个手指——也可能就是这个缘故，大家发现老板亲吻她的时间格外漫长，不知是因为格外费力还是格外不舍，一粘到一块儿就不愿挪开，长得让人心焦。

“老板这人真是有情有义的人哪！照理说都成了这么大的富翁了，天底下有操不完的心，哪里还会顾得上男男女女这点事儿！可人家就不，凡事都讲究个认真，亲嘴儿、摸咱身上、说热闹话儿、逗人儿，样样都不含糊！遇上逢年过节他还会给咱讲些故事——不说不知道，老板可是个故事大王啊，什么故事只要经他一讲，一准会把人笑得上气不接下气。那些刚刚来听故事的小死妮子，咱就不点她的名儿了，笑得脸色惨白趴在地上——因为老要笑，只有出气没有进气，人就给憋坏了！老板一看不好，赶紧给她捏人中穴，她这才醒转过来。老板的好处多得三天三夜说不完，除了讲故事还要送礼物，节日里把些小东西红包绿包裹成一团，让你接到手里好奇——解开了才知道，有的是一块牛皮糖，有的是个金戒指，有的是块羊脂玉，有的不过是个花盖子虫。看看吧，贵的能值二十万，便宜的，像那小虫子，喜欢几天就该扔了……”老豆蔻也因为年纪的关系，许多时间都用来回忆和叙说了，她平时实在也没有什么事情可做，不读书不看报，什么嗜好都没有。她最大的喜好、一生的喜好，就是好好服侍老板。而其他的太太爱好极为广泛：有的围在一起打麻将，有的下五子棋，有的绣鸳鸯，有的看黄色小说，有的钻研房中术。最后来到古堡里的两个太太戴了眼镜，其中的一个当过电视主持人，她俩在一起最拉得来。她们都认为与老板一起阅读是最有意义的，要读好书，读励志的书、经济学著作、伟人传记——最可靠的办法是去看看老板在读什么。她们瞅了一个机会去看了，发现老板正读一本星象学著作。从那以后她们就研究起天象来了，常跑到古堡顶部去看星星，结果被北风吹透了胸部，大病一场。

老板有一段时间迷上了绘画，自己钻研了半月，无师自通地就要给她们画人体素描。她们争先恐后赤裸着身子往他那儿跑，做出各种姿势。老板这会儿格外认真，戴着眼镜，满脸肃穆的模样让她们忍俊不禁。她们对他的画稿实在不敢恭维，觉得幼稚且有些淫秽。最让她们想不通的是，这样的画稿只能是自家人传阅，可老板竟作为成熟的作品与他人探讨起来——给保镖和总管吴灵看，让人家指指点点说这个是画了哪个、那个又是画了哪个、像不像等等。她们当中有的因为害羞哭了，老豆蔻就说："老板的心大啊！老板哪会想到这些花花草草的事儿！"

可是最令人担心的事情还是发生了。那个保镖即黑衣人身轻如燕，差不多能够飞檐走壁，还能驾驶飞机，是老板最倚重的人物之一。想不到他一天天病了，茶饭不思，人瘦得皮包骨头。总管吴灵为这点小事当然不会通报给老板，只差人送去医院治疗。几天后人从医院出来，总算振作了一些，但神气仍旧大不如从前——仅有的一丝精神头儿专用来看女人，特别是盯住最小的太太看个不停。这事被老豆蔻发现了，她于是里里外外手持一根柞木棍。有一天她似乎听见远处的长廊上有憋气的声音，跑过去一看大吃一惊：那个保镖已经将最小太太的内衣拽下来了，另一只手正堵着她的嘴。老豆蔻说一声"找死啊",一棍敲在他的左肘上。他倏地跳起,竟然能在半空里跨开几步,落地时已经在十米之外了。

出了这事,古堡里愈加静谧,简直像荒了十年一样,连各种客居的野物都不敢发出一点响动。几天过去,老板正在睡觉,一觉醒来发现跟前正跪着一个人,揉揉眼一看是黑衣保镖。保镖哭着说:"我犯了死罪啊!"老板不慌不忙穿上衣服,听了前后缘由说:"什么死罪。那不过是性子太急了而已。这是一种病。你愿治好这病就留在我身边,不愿,就去下边公司里。"保镖磕头:"我当然是愿治好这病啊!"

吴灵让一个医生给保镖打了一针,打在胯部那儿。吴灵问他怎样了?他答:"不太痛,就是痒。"吴灵说:"痒过一阵就好了。"结果保镖从此之后再也不爱女人了,只一心做好分内的工作。古堡里所有人都夸:"瞧人家小伙子多么老实肯干!人有了病就得抓紧时间治啊!"不过很快大家都发现这个保镖老实得过了,平时不问则不说一句话,温和而不笑,目光呆滞。有一次他驾驶飞机,一离开古堡,螺旋桨竟扫在了一棵小树上。当时吴灵坐在舱里,吓得面如白纸。他回来禀报说:

"这人实在得换了。"

"我舍不得呢。"老板头也不抬,眼睛还在书上。

"换了吧。我要将他换了啊。"

"真舍不得呢……"

"我会找更好的来,您就等着吧。"

人间城郭

一

凯平的声音渐渐将我引向了夜色深处。我的思绪随着他游走不停,一直奔驰到千山万壑之中,在那些沟谷里磕磕绊绊地穿行。后来又化为一只大鸟,在高空里遨游,俯视山峦大地。我一直在努力搜寻那个古堡,最后连自己也消失在它巨大的阴影里。我说:“我听到了秃头老鹰飞动的声音,它在扑动翅膀……”

凯平屏息静气。回应我们的是田野上的一片秋虫,它们声音纷乱。如果仔细辨析,可以听出千百种鸣叫——午夜的声息是如此地繁复冗杂,各种生命都在夜色的遮掩下欢歌或呻吟。一种小兽悄悄奔走的蹄声停留在窗下,我屏住了呼吸。那是一只四蹄动物,如同幼猫般大,它在谛听,然后走开。这时大约是凌晨两点左右,一只刺猬咳着,沿着那只小兽走过的痕迹爬去了。更远处的野地里有一只不眠鸟在长吟,稍稍凄厉的嗓子让所有的植物梢头一动不动。

“如果老爹得知我在古堡里干,他会气炸了肺。”凯平小声说。

我没有回应。因为我知道岳贞黎对他的行踪了如指掌。我们这一代比起老一代还是单纯多了,按人体解剖学和生物进化学家的话来说,就是我们脑子里的“沟回”不如他们曲折。那是在某些方面神经紧绷的一茬老人,即便衰老到行动不便的时候,也还是葆有这种特殊的敏感。后一代人往往觉得他们僵死刻板,其实呢,他们当中的一部分极可能比我们还要活络。是我们自己束缚在一些可笑的概念中,而他们在许多方面反倒是自由的,一个个蛮想得开。

“我不想与他讨论,也不想辩解。我有我的计划,有自己对这个世界的判断。我现在不想说,也不想见他。是的,他老了,按理说需要我待在身边。可我对这个问题还没有想好,没有想过怎么面对一个老人,这个人是我的养父,他有恩于我。那是养育之恩。他先是把我拉扯大,然后就动手把我毁掉,功过两抵了。你明白,我自己有多么矛盾,不知道该回去伺候他的晚年,还是继续待在古堡里……”

“说得直接一点就是：到底是服侍一位老革命，还是服侍一位大资产阶级。”

凯平坐起来，黑影里一双眼睛闪闪发亮。可能是自小生活太优越了吧，营养充足，这家伙的眼睛就是比一般人要亮——如果大白天，还会看到这双眼睛黑白分明，清澈如水。这家伙之所以能让许多美女着迷，十之八九是因为这样的一双眼睛。他看了我一会儿，叹息：

“你是调侃吧。”

“也有点认真。可能五十年代生人都这样吧，在有些事情上还是放不下，心有不甘。”

凯平点头：“我也一样，老兄，请相信我。”

“我当然相信。简单点判断吧，咱给他们——古堡里这号人卖命地干，还是有点亏。”

“我看也是。而且我对他非常忠诚。”

我也坐起来，这会儿想抽支烟。可我发现凯平这家伙把烟戒了——“你不吸了？”

“老板不喜欢吸烟的人。”

“老天，瞧瞧，都忠诚到这一步了，连最难戒的习惯都改了……”

凯平望着黑漆漆的夜色咕哝：“可是，如果回去服侍我的养父，心里觉得更亏！”

“那是因为他对你和帆帆发了狠阻止过——除开这一条，你就没什么了，你会心甘情愿地回到他身边了。”

“也许吧。不过有时半夜睡不着，想了许许多多，觉得也不全是——想不出为什么，反正也不全是你认为的那样。”

我笑了：“也许你想报复他，就是说，你偏偏要为另一种人服务！你在跟老一代赌气，就是要做给他们看。如果是这样，你会发现自己还是弄错了……”

凯平拍打起床来，他有些急了：“我可没有想过这些！我在古堡干不是使性子，不是为了报复父亲，真的……”

“那潜意识里也许会有！因为你刚刚还说过，‘老爹知道了会气炸了肺’——这是多么大的误区啊！你就没有想过，他愿意与否那是另一回事，但你走上这一条路对他来说倒有可能是——我这里只好借用一个词儿了，叫‘正中下怀’！我这样说大概一点都不夸张。”

凯平咬着嘴唇，像努力解一道数学难题一样，想着，摇着头。他还是想不明白。

我启发他：“你就不想一想，如果你父亲他们这些人真的厌恶老板，那家伙怎么会占下那么大一片山峦，又怎么会住到古堡里呢？”

“这不同。引他们进来，这是战略战术问题……”

我笑了。我的飞行员哪，多么单纯可爱地引用了部队的行话或术语。可惜一切真的没有那么简单。我觉得起码他的父亲在物质利益方面比他还要敏感，还要富有远见。这从他们一入城就住进了橡树路即可以看出端倪。这方面的心智，对不起，他们不必用一些堂皇的话来遮掩，也不必客气。当然这是相当复杂的问题，我一时难以给予完整的表述，只是思绪给引入了夜的更深处、只是想到了罢了。

秋虫声中，我在想东部平原和山地。这儿有了古堡里的秃头老鹰，这就有了真家伙了。不然有人就得苦苦地模仿，费尽心思，花上九牛二虎之力……从这个意义上来说，古堡之王来得正好，正是时候。

二

实际上我们人类原本就有模仿的本能,所以有一些最基本的东西一直在重复。比如苦难和奴役的方式,爱情的方式,还有悲哀和欢乐的表达等等。有人说这种模仿的本能来自猴子,因为人是猴子进化来的,而猴子的模仿能力人们早已熟知……

我发现这个秋天自己的心情正在逐渐变好。我知道这是因为我大步走向了东部。不知为什么,一到东部,一看到这片平原,我就有一种莫名的踏实感……这里的庄稼和草地使人心旷神怡,到处都可以引起美好的回忆。可惜只一会儿,绿色闪过之后就是那些无法回避的黑河汊,是干涸的河床沟渠、龟裂的土地。随着往东,一些谁也叫不出名堂来的新兴厂区出现了,它们仿佛一夜之间拱出了地表。其实这里像别处一样,正在挖空心思吸引外国人。那些人模狗样、系着领带的人陪同大鼻子到处溜达,像在努力寻找一块好的祖坟地,一路推敲、琢磨、观察,用仪器测量,结果最后选中了风景最优美的海湾或河边,建起了一些严重的污染项目。东部平原那一片片的丛林,五颜六色的野花和浆果,从此将消失殆尽……大片大片租卖土地,日夜不息地在良田上搭起脚手架,祖祖辈辈没有盖过的几十层高楼,梦中未曾见过的豪华轿车,都仿佛在一夜之间涌出来。操办者几乎忘记了自己的小名,穿着进口服装,系着大花领带,手拿便携机,恨不能让父兄对自己也以"首长"相称。他们忙着用电脑打出一路攀升的所谓"工业产值",大肆宣传十倍百倍的经济增长奇迹,却从来不敢把目光转向另一种奇迹:彻底沦丧的人性,拥挤的医院和臭烘烘的河湖江海,大片开膛破肚的土地。

我当年曾怀着朝圣者的心情踏入的东部城市,而今却让我难以辨认。

每次走近它都小心翼翼,一如当年。我不由得整整衣衫,紧紧背囊,想体面一点进入它的街区。我仍然深爱这座离出生地最近的繁华之都,尽管它像我看到的其他城市一个模样:同样的建筑,同样的街道,同样的颜色,甚至是——同样的气味。那些在记忆里的别致的楼房,绿茵茵的公园,一切都哪去了?它们像是突然消失了藏匿了。大街上的垃圾箱同样盈满,脏物四处流淌,各种轿车急速驶过。整个城市笼罩在暗红色的午后雾霭里,透过它望去,远处又耸起几座塔楼——那是刚刚兴建的四星级宾馆。东边靠海的三角地带正在修建一个更高级的宾馆,到时候屋顶上可以停留直升机。

邮局和银行门口格外热闹,那儿挤了一些戴着黑眼镜的家伙,他们两手抄在裤兜里游来荡去,形迹可疑。这是一些兑换邮票和其他票证的老手,据说还夹杂了一些同性恋者。有一个小家伙向我示意什么,凑近来小声咕哝了一句,还没容我反应过来,就变戏法般从胸口那儿摸出一把扑克牌似的东西展开——原来是一些黄色图片:"这是很实用的东西啊,不贵……"

我沿着环海路往前,要穿过一片新兴的建筑群。而这儿不久前还是一片民居,是一些浅灰色的三四层楼房,楼房空隙里有一些颜色发黑的老旧砖房。如今这一切都不见了,新立起的一幢幢楼房差不多清一色铝合金门窗,墙上贴了马赛克,还使用了另一些闪光的装饰材料,如玻璃幕墙。楼旁和花坛旁,一些不知出自何人之手的拙劣雕塑下边,正活动着一个个面目猥琐的女人和男人。

三

这是一场令人不安的追逐和模仿。我想起——在东京,日本人把我们当成台湾人;在欧洲,西方人又把我们当成日本人。当时同行的娄萌惋惜而痛苦地搓手:"你看你看,就是这样!"在札幌,娄萌合手站在一个橱窗前久久不愿离去,喊她也听不见,我过去叫她,这才发现那儿摆满了各种杂志,其中有几本是大幅男女裸影。娄萌恋恋不舍:"哎呀,物质真是极大地丰富啊!"

当时一个欧洲人正巧从我们旁边走过,他大概认出我们来自大陆,突然从怀中掏出一个红色语录本向我们摇晃,用极其糟糕的汉语说:"我是红卫兵!"

娄萌恐惧地闪到一边。可我分明看出,这个欧洲小伙子只有十八九岁,友善而纯洁,目光热烈。娄萌急匆匆闪开,埋怨说:"这是些法西斯分子!"我纠正说:"他明明告诉自己是'红卫兵'嘛。"

"这些外国人真是莫名其妙,我真想给他们好好上一课。他们懂得什么是'红卫兵'吗?真是咄咄怪事!世界上什么乌七八糟的事儿都有……"

走开了一段路,我问娄萌:"你就知道'红卫兵'是怎么回事吗?"

她以为我在开玩笑,沉着脸往前,一声没吭。

娄萌对大阪的评价是:我们任何的一个大陆城市都比不过,"物质极大地丰富","你看到了吧?人们在这里的每一分钟、每一天都不白过。我是说这儿有足够吸引人的东西。看绿化得多么好。那房子的样式,嘿,真棒"。实际上她没有说出口的东西还包括,这里的性自由和性刺激比我们那儿强。在国外的一些国家和地区,一部分人可以像享受快餐一样享受性抚慰。一个大陆人最初会好奇,震惊,不可思议,结果眩晕症候就出现了。可是眩晕之后,很快就会发现一些似曾相识的东西。比如说会发现肮脏和贫困,麻木与不义……这些与大陆城市全都一样,也有流浪汉背着杂七杂八的东西茫然地走着。垃圾箱旁边也有人光顾。还有,也会看到孤苦伶仃的女人站在那儿等待:她们无望的眼神、伪装出来的热情,掺杂着让人揪心的痛苦。充斥图书橱窗的同样是一些描述色情和暴力的读物,稍微“雅”一点的印刷品则待在一个角落,少得不能再少。

娄萌一路上都在炫耀她东京的一个朋友,后来我们终于到了东京。她很快跟朋友联系上了。那是她丈夫的一位亲属,几年前到了日本,据说现在已经发了大财,阔得不能再阔,居然有了自己的店铺和一所不错的房子。我们后来才知道,他们一开始不过是两个出来打工的学生,一直在这儿同居,到现在还没办结婚手续——他们住的不过是一座公寓楼,十分逼仄,是天花板矮矮的那种日本建筑。

娄萌的朋友见了我们,脸上流露出一种未加掩饰的尴尬和紧张。一开始我们都不在意,后来倒是娄萌使一切发生了逆转。她在他们身旁表露出的过分谦卑,使两人的脸色渐渐改变——到最后这两人脸上开始显露出某种骄傲,甚至连说话也变得居高临下了。他们仍然在上学,业余时间一块儿在餐馆打工。据这位先生介绍,他最近已经不让太太到餐馆里去了,可她就是喜欢做,“我想让她在家里搞点资料,用不着嘛,再说她的学业也不能耽搁了……”娄萌从一见他们的面就像换了一个人似的,极力奉承。她大概忘了,按辈分这两人还要喊她一声“姑姑”呢。

两个大学生为我们准备的食物很简单,主食是面条,每人一份方便面。我们很高兴。娄萌说:“我早就渴望吃一顿面条了。奇怪的是在日本的所有餐馆——札幌也是一样,这里的面条全变了味儿了。”她历数了几个餐馆的名字,两个留学生解释:“那都是你们吃到的最好的中国餐馆了,没办法,因为要设法满足当地人的口味。那些欧洲人以为这里的中国菜地道得不得了,实际上不是那么回事。只有在我们家里才能感觉到真正的……是吧!是吧!”娄萌说:“不是感觉到一点儿,简直像回到了家里!不过最好不要让我看厨房……”

我明白娄萌的意思。她的厨房炊具漂亮极了,到处都闪闪发亮。那种进口的高档炊具在大陆家庭是少见的……我发现面前的这两个孩子在举止做派和生活习惯上已经彻头彻尾东洋化了。或许是他们故意装出来的,或许已经这样了,反正让人觉得又别扭又好玩。两个人不时地用日语交谈。我只会几个日语单词,娄萌出国前突击了几个星期,这会儿也无济于事。她听不懂,可怜巴巴地望着我。这时候她那一口洁白的牙齿真是可爱极了,像假的一样。

她喜欢与在外国生活久了的中国人聊天,天南海北事无巨细,什么都问,一旦涉及性的方面,就尽量显得有点分寸,比如她这会儿问:消遣场所与其他场所里的不同特点;这方面、这里的人到底能走多远?她在小心地、慢慢靠近着一些关键词。这对年轻的留学生彼此交换了一下眼色,后来还是女的大大咧咧戳一下眼镜:“怎么讲呢?干脆这样说吧,人们已经不觉得那事儿怎样了,总之彼此需要,很简单的事情……”

娄萌脸部的皮肤有点发紧,有些突兀地说了一句:“不管他们怎么样,你们可要严肃哟!”

男的看一眼女的,笑得很诡秘:“你放心吧。不过从我们那儿出来的有些女孩子,个别的还真干上了色情行当。她们出来得早,都是有关系的人,所以才第一批出来。你如果看到突然阔气起来的中国女孩子,最好不要问她这方面的问题……”

娄萌愤愤不平地敲打桌子,说简直是民族的耻辱!

我插话:“这只是她们个人的事情,是她们自己的事情。”

娄萌把话题扯开,说自己最受不了的就是色拉、色拉,还是色拉;再不就是生鱼片。两个留学生立刻惊讶了:“那是很贵的呀!”

娄萌说受不了。

夜晚,走在繁华的街道上,那跳动的灯火、蜂拥的人群车辆,总让我觉得又回到了自己常年居住的那座城市。没有太大的区别,嘈杂,拥挤,一切遥远而又切近,就在眼前;有时候却又恍若置身僻地,一脚不慎就踏上了荒无人烟的大漠,干渴,喉咙焦干。在这匆忙紊乱的街道上,我有时会突然失忆般的,忘记了自己为什么要到这儿来、接下去又要到哪儿去?匆匆的面孔,急急的脚步,一个又一个闪过——这些人都是与我们差不多的东方人,他们手提皮箱,步子大得可笑。同样拥挤的公交车,一个人夹着皮包走下来,落地后的第一个动作就是碰一下眼镜……一切都是极其熟悉的。

我把这儿想象成很久以前的一片荒原:不知哪个家伙来到这儿,挥起了第一镐,垒起了第一座茅屋。于是一切就这样开始了。人流、炊烟,越聚越多,一个热闹的居地也就形成了——直至出现了车辆,高大的烟囱,滚滚排放的浓烟,蜂巢似的巨大公寓,成了一个非人力所能控制的、极其陌生极其庞大的繁殖之地。

四

我到现在还后悔去了另一个留学生家里。如果不是遇到那个四十多岁的老留学生,如果不是谈起了娄萌的那两位亲戚朋友,一切该是多好。他无意中道出了一个无情的事实:我们前几天去过的那一对留学生家,的确是一拨同时出来的人中最富有的了。“可是你们不知道他们靠什么挣来这笔钱——实际上一连多少年,没有人比他们更辛苦,也没有人比他们更屈辱。他们专门从高层公寓楼上往下背人——背过世者……”

娄萌这天很痛苦。当我们从四十多岁的这个人身旁走开时,她马上吐出几个字:“恶心。真不该去他们那里吃饭。”

在一个小巷子里,在昏暗的灯光下,我看到了脚下坑坑洼洼的地面。前面不远处站了一个可怜巴巴的姑娘,她旁边十几米外好像还站着另一个姑娘。我觉得这个姑娘有点面熟,走近了,看到了一张东方的、南部的脸。她如果不是南部省份的人,那么就是一个越南姑娘,顶多有十七八岁,额头很高,眼睛很大。她看见我们,刚要张嘴说什么,又紧紧合上了嘴巴。她点了一下头,勉强笑了笑。

我记得在欧洲的心脏地带,在汉堡,那些肩挎精致皮包、叼着香烟的女人何等大方。她们跟走过来的男客主动搭讪,大声讲话,咯咯的笑声直传向很远。都是一些大致美丽的女孩子,并不觉得这份“工作”有什么难为情。一座飞速旋转日夜燃烧的城市,它只要燃烧就会有热量,就会烘干人的汁水,先是流淌,然后倒毙。在欧洲,流浪讨要的艺术家,招摇过市的朋克,身穿黑色长衫的牧师,讲起话来吭吭哧哧的政府人士,都一同站在立交通道的扶手电梯上。一座又一座摩天大楼,金属玻璃结构的庞大躯体在发光。那大得不能再大的辉煌的灯具店,还有色彩斑斓、几乎罗列了全世界所有的古典和流行音乐的录音带、胶木唱片激光唱片……翻滚的音乐和嘶叫的服装,一切都让人想起大海里一排排高耸扑动的浪涌,它们在涌过来,在淹没和吞噬。图书杂志,黄色书刊,性想象,全部裸露着推向眼前,又从耳畔呼啸而过。那吸引了几十万人的一场摇滚演唱,筑起了如痴如狂的森林,大到像一面墙壁的巨型音箱耸立广场,头顶是巡逻的直升机,警察车辆布满了森林四周的每一个出口……巨响的节奏快要震出心脏,这是要让声音的利刃把它剜出来,就让它在湿地上活蹦乱跳,跟上音响的轰鸣。泥泞里是随着音乐节奏滚动拥抱的男女,是脸上抹了油彩、额头捆绑的布头写了歌星名字的长发男人;是数不清的人摇晃手中的啤酒,是趁机狂饮的黄发蓝眼男女……一切都在呼啸,新生和死亡堆积在一起才有的呼啸。除了车辆还是车辆,这个世纪末的气味,一阵阵呛满鼻孔使人睁不开眼睛的尾气;一队铁骑人马,超大型黑色摩托,骑手剃着光头,穿缀满铁钉的黑色皮衣,陌生,恐怖。呼啸,还是呼啸。

在这片喧嚣中,我不仅觉得自己是一个外来人,而且眼前的这个世界也是外来的。我并不觉得这个世界就是异族人的,在我眼里人都是一样的,只有世界是陌生的、怪异的:有一个惯于恶作剧的“上帝”,是他把这样一个世界砰的一声抛下来……

而眼前的城市就像我常居的那座城市一样,尽管色彩不同,呼啸不同,有一点却是共同的,就是它们绝不适合收留我们人类。

这喧闹而奢华的街道真如一片广袤荒原,到处都在涌流和旋转,却没有人的立足之地。我往哪里走啊?我将走向何方?我被一只什么样的手牵到了这里?我为什么又要与这座异域他城互通讯息?这儿不是一个正常人的巢穴,而是一座末世之城。是它发出了绝望的呼啸……

我还记得当年的柏林,记得起那是一座有墙的城。那里,大教堂在第二次世界大战中被毁过一半,他们就一直让它毁着,留在大街上。古怪而幼稚的抱怨方式,藏下了深意却又多少失于执拗。那时候令人难忘的只是一道绝妙的墙,上面写满了残酷的游戏。我在墙的两边都徘徊过,注意了左右两面极为不同的情调。哪是墙里哪是墙外?墙两面都是一些笨拙的彩绘。

我是一个外来人,一个流浪者,一个无家可归者,一个踏上了荒原的人。我惊愕于这道大墙,看到一边比另一边清冷多了,可是一边比起另一边,大街上的脸庞更有光泽。他们没有另一边的喧闹,没有自己燃烧的夜生活,这些都折磨不着他们。他们过得单纯而单调,所以尚可以葆住脸上的光泽。而另一处人间城郭,曼哈顿,山峦的海岛,远在北美,却是墙那边的代表作。那儿是更加肆无忌惮的燃烧——燃烧,日夜不停,火焰旁仍然有那么多瑟瑟发抖的贫儿,像眼前的欧洲一样,那也是一些无家可归者。

在伦敦,在加拿大魁北克,还有美丽的佛罗伦萨……到处都有卖艺者和流浪汉。他们也有背囊,还领着自己心爱的狗。一个流浪汉竟然可以在乞讨中养活两条可爱的狗。在魁北克,一个领狗的人流着眼泪向我叙说。我一句也听不懂。我知道那是一种全世界通用的声音,那是苦难的长叹。科隆大教堂,一座又一座的教堂,在这片拥挤的绿色土地上拔地而起。走到哪里都会感到宗教的巨大身影投下来,阴森森的。它们都散发着地下的气息,潮湿,黑洞洞,旧衣服放了一千年的味道。地上需要宽容和怜悯的东西太多了,而这些高耸巍峨离真正的泥地又太远。它们都指向遥远的虚空……

喧闹的欧洲,繁荣的欧洲,绿色的欧洲。只可惜走到哪里都会感到阴森森的。夏秋无头无尾的绵绵细雨又加重了那种阴森感。阴冷的欧洲啊,你让一个东方的流浪者无法消受。

整个柏林,最高的建筑物就是大墙另一边的那个电视塔。电视塔上有一个金属圆球,从墙的这一边望去,可以看见金属球上闪闪的“十字”。是太阳的反光,还是建筑师的误笔或上帝的玩笑?对无神论者开的一个玩笑?大墙这边的人一讲起那个奇妙金属圆球上的“十字”,立刻就神采飞扬手舞足蹈。“在这儿你不是又一次看到了上帝的力量?”是的。可是我更多的却是感到了宗教的专横,还有其他。

从汉堡往南,一直走出柏林,走到斯图加特,再到纽伦堡,慕尼黑……大街拐角的一个巷口,我一连看到好多蜷在那儿抵挡可怕阴冷的流浪者、乞丐。他们差不多全都是破衣烂衫,衣不遮体。丰腴的欧洲,早已“筑起广厦千万间”,只可惜,正义在这儿也同样找不到自己的居所。在标志着欧洲经济起飞的鲁尔区,可以看到工业污染造成的一片又一片高大的欧洲云杉正在死去,它们在一片墨绿中显出赤红的颜色,默默挺立,像披挂了一身血渍。

莱茵河默默流淌。波恩大学一位教授阴着脸说,这河水可以用来冲洗电影胶片了。他说没有人敢于吃莱茵河里钓上的鱼。这是一条多么美丽的河。

在莱茵河坐“贝多芬号”游艇一路下去。多么醉人的两岸景色，站在船上眺望，看远耸的古堡，会觉得身处神话之中。船上有慷慨的老太太，黑眼睛黑头发、像女孩一样美丽的土耳其男孩。这一切都让人愉快。午餐是如此丰盛，黑鱼子酱，利口酒。托起这一场奢华的竟是肮脏不堪的河水。

从游艇上下来，有人嚷着到卖便宜货的“跳蚤市场”上去。引路的东方小伙子在这儿已经生活了两年多，他说差不多所有东方来客都要到“跳蚤市场”上去。那儿专卖一些旧东西，像家具，衣服……我拒绝了。

一个人从跳蚤市场上归来，竟然马上穿了刚刚买来的一套旧西服，自豪地炫耀：虽然被穿过，但肯定没有穿过几次，你们看不是像新的一样吗？嘿，便宜极了。

一个使馆人员伸手抚摸我的领带：“我猜一下好吗？”

他还没容我反应过来，就说：“跳蚤市场上的，顶多五马克——怎么样？猜准了吧？”

对方是一张没有血色的脸，尖尖的下巴。我只看了他一眼，没有说话。

连绵细雨。一阵阴冷。刚刚是九月，就有一种刺骨的冷。这是欧洲的阴冷啊……

五

在一个细雨绵绵同样阴冷的慕尼黑之夜，我，还有另一位扎着毛刷刷辫的小姑娘一块儿，被一个蓝眼睛的会说中国话的欧洲人请走了。他说要跟我们聊聊天，找一家小酒馆。这儿灯火通明的酒吧一家挨一家。这位满脸胡茬的外国人脸色不佳，显然正在过早地衰老。他有五十岁左右，人高马大，笨重的两脚踩得湿漉漉的地皮咚咚响。他上车下车都用手夹着一个中国姑娘，那姑娘顶多有二十岁，长得胖乎乎的，中等偏下的个子，一双眼睛漆黑漆黑，像是有点害冷的样子。她来这儿几年了，时下正与这个外国人同居。这个人高马大的家伙很像一个拐卖妇女的人贩子。

就这样，他夹着她，摇摇晃晃找到了一个英国女人开的小酒吧。英国女人懒洋洋地为我们唱歌。她长得别致，细小的鼻梁高高翘着。她是英国伦敦人。慕尼黑的大块头凑过去，叽里咕噜说了几句英语。我们听明白了，他讲自己请来了两位东方客人。同行小姑娘一片天真的样子，实际上已经饱经沧桑。她的鼻子和上唇连得很紧，看上去像一只兔子。不过我知道她是一个好人，心慈面软，平时愿吃甜食，人很精明。

大块头一落座就傲慢地讲起东西方差异，讲他这些年来因为通晓中文而立下的汗马功劳。他不断示意我们：如果说东方文明在这儿还能占有一席之地的话，那么我们第一个感谢的就该是他这样的人。"这儿是欧洲。无论如何，它还是世界文明的中心！"他粗壮多毛的手指比画着。可是听上去，总觉得他像一个初中生，稚嫩，浮浅，但惟独没有那份天真。

我一边呷着干红葡萄酒，一边忍不住要提醒他几句。你是搞东方文化研究的，大概不会忘记盛唐。那时的中国统治者也自以为自己是处在了世界统治的中心，所谓的"中央之国"。当时的统治者由于太富有，连大街上的树木都包裹了华丽的绸缎……我没有说出的是，作为一个傲慢的异族人，你像我一样，同样是"神秘循环"之中的一粒小小尘埃。我们都一样，在这种循环面前，都不过是无能为力的尘埃而已……当然，我提请他注意的事实有上千年了。这在我们这些角色看来，那是漫长到不可思议的一段时光，或许仍有被遗忘的理由。可是在上帝眼里，它只是一眨眼的工夫，就像今日与昨日离得那么切近。我笑了，因为我一下又想起了鲁迅先生笔下的那个著名人物，想起他的一句名言："过去我们比你阔多了”……他实际上只不过在讲世事沧桑,讲捉摸不定的“大循环”。他的可悲不过是像眼前这个大块头一样:过于自大傲慢。

从酒吧里出来,同行的少女在辉煌的路灯下,毛刷刷辫不停地颤抖。当我表示对那个大块头的厌恶时,她就一声连一声劝说我,说:“他们往往都是这样。”她的意思是,时间久了,人也就疲沓了。“会吗?”我很怀疑。

我曾长时间地注视着莱茵河岸的野栗子树。绿毯似的草地,洁白到一尘不染的金属或木制椅子。并不怕人的野鸭子,一群一群。灰的,白的,红嘴巴红脚丫的鸽子……这一切使人想到了另一种生活,唤起了心中久久压抑的某种温情。这使我想到了“善”这个奇怪但却是至关重要的概念。但我没法把心里的这一切与朋友讨论,尤其是走在这眼花缭乱的异国土地上,我知道更是没法讨论“善的积累”。它也许是一个极其独特的、难以分析的概念。但它显然居于伦理学的中心。我只承认这绿色的土地给予我的那种温柔和美好的想象。我想这并不能用“得天独厚”几个字一笔带过,因为它的形成一定会有着精神的渊源。不然,再多的财富都不会避免贫穷的下场,也不会避免恶的大面积滋生。任何一个时代和国度,精神的堕落从来都是毁灭的根源。

扔一点面包屑,鸽子和野鸭子就会凑到旁边。看它们可爱的眼睛,顺光溜滑的羽毛,还会想到什么别的……这时有一个人急匆匆赶到身边,流着口水。他走起路来有点歪膀子,两条腿好像有点毛病。这个人如果在大地上奔走起来一定是个不中用的角色。可是他这会儿摆出一副见多识广的样子,大谈北美刚刚开过不久的“世界妓女大会”,会上的一些章程。他说大会上提出:要讲究“职业道德”,要……他讲得不厌其精,极力想吸引我的注意。好像他也是一个大会的参加者。

一个眼界狭窄、没有想象力的人往往更容易过分专注性的问题。这样的人也容易闭上眼睛诅咒和挑剔。但无论如何还得承认,一个人走在这儿,无论他愿意与否,都要忍受性的狂轰滥炸。我身边的一个同行老者在性商店里长久滞留,到后来非要几次催促、伸手去拉才能把他拽出来。他可以站在那儿长达十几分钟端量一个黑塑阳具:它简直像一枚迫击炮弹,而且通体布满硬刺。老者指着那个黑家伙问:"这能用吗?"

得不到回答他就自言自语,连连摇头,咕哝着:"怪矣!"

橱窗上书摊上的黄色杂志,各种稀奇古怪的画面不停地磨损人的想象力。充满了极度夸张的性内容的影片日夜不停地播放。整个城市似乎能量单一:燃烧的都是性,炸响的都是性。在东方,在我们居住的那个城市里,人们更多的是在公共厕所里画淫荡图画。那儿也出现了性商店,先是一处,后来则数不胜数。但最有创造力的仍然是公厕,是求助于彩色粉笔和猥亵的话语,让人目瞪口呆——有一次我猝不及防地在墙上发现了一个熟人的名字,那上面极为夸张地叙说此人的坚毅凶猛……这样直到前不久刚刚破获的一起案件,一个十恶不赦的小子一连强奸了十几个少女,而且最后都把她们扼个半死……在那些绿化得很好的健身公园,常常看到有人在洁白的大理石雕塑上添个性器官。一排排刚刚镶起的装饰性灯具往往用不了一个星期就给砸得粉碎……在东方,在那一边,总是让人感到穷凶极恶;而在西方,在眼下,这座燃烧的城市让人感到的却是最后的疯狂。

绿色的草地,高大的野栗子树,可爱的鸽子和野鸭,它们在这最后的疯狂里还能保持多久?

每个路口的自动电梯都在旋转。霓虹灯在旋转。橱窗内的彩色模特儿在旋转。渲染性交镜头的胶片在旋转。超级市场里的人群在旋转。就在这旋转之地,一种失去和剥夺感,会在一瞬间把人强烈地攫住……这种感觉强烈到了极点。越来越觉得自己是个外来人。此地真是一片荒芜和陌生。在这一片光和色组成的花花绿绿的世界上,你感到的不是存在和富有,而是虚幻和贫瘠,是突然把人搁置在异地星球上、永无归期的那种恐怖。

从今以后,我必得躲开吃了几顿外国菜就吹上半天的贱坯子。我是一个不入群的东方流浪汉。我头发蓬乱,满面灰尘。我走上了荒原。荒原、荒原……耳边回响的尽是传遍荒原的绝望的呼叫:“烧啊烧啊烧啊烧啊……”

“烧啊”——这声声呼喊到底出自哪里?

是的,我曾翻过佛陀的《火戒》全文。面对着这座燃烧的城市,我不由得要像它那样问答不休:

“僧众啊,究竟是何物竟自在燃烧?”

我听到的是亘古未变的回答:“耳在燃烧;声音在燃烧……鼻在燃烧;香味在燃烧……舌在燃烧;百味在燃烧……肉体在燃烧;有触觉之一切在燃烧;思想在燃烧;意见在燃烧……思想的知觉在燃烧;思想所得之印象在燃烧;所有一切感官,无论快感或并非快感或寻常,其起源皆赖思想所得之印象,亦皆燃烧。”

又问:“究由何而燃烧?”

“为情欲之火,为愤恨之火,为色情之火;为投生,暮年,死亡,忧愁,哀伤,痛苦,懊闷,绝望而燃烧。”

“烧啊,烧啊,烧啊,烧啊……”

粟米岛

一

它在大海深处,只有空气极为透明清新的日子里,从岸上才能看到影子。打鱼的人乐于讲述它的故事,因为他们当中真的有人在避风的时候上去过——那要是驾船技术极佳的老把式才行,一般的渔人想靠近是万万不成的。环绕岛子的是纵横激流,船只要被扯住也就凶多吉少了。在海中远远看一眼真是诱人:一早一晚金光闪闪,平时则是雪亮的银子色。所以也有人将其叫为"金银岛"。这个岛不大,但吸引人们做多方想象,上百年或更长一段时间有不少人尝试着迁移到上面,总也没成。它一直荒着。近几十年人们改天换地的劲头大出许多,可惟独对这个岛子无可奈何。

原因就是它虽然看上去美丽,实则非常凶险。传说中有相当强悍的后生依仗年轻气盛,好奇心又重,就上了岛子。他们见这儿没有人烟,连稍大的野物也少见,于是就无所畏惧,四处游荡起来,结果没有一个能活着回来。还有人说曾有几户人家一块儿搬到岛上,想在春夏捕鱼旺期短期居住,一到了秋风刮起就拔营走人。他们都带了防身武器,船网等日常用具也算得上精良,人手个个强健。尽管如此,这些人家最后也没有全员归来,他们最棒的小伙子还是走失了——活不见人,死不见尸,以至于成了永久的谜团。

近年来登岛的渔人当中,倒也不乏有去有回者。这在岸上的人看来倒成了一件怪事。人们发现去过的人都有了一把年纪,相貌平平甚至可以说丑陋。就没有一个四十岁以内且又相当英俊的年轻人登过岛。人们据此推断:一方面可能因为时间久远历经变迁,岛上原有的凶悍精灵已经不在或改了脾性;另一方面则是去的渔人令其厌弃,人家压根儿就不愿搭理他们,所以这才得以平安回返。但无论怎样,人们还是认为岛上被一个特异灵物把持,这种看法几十年来从未改变。依据少数去过的人描绘,这个岛没有太高的礁石,是洁白沙岸围绕的一个椭圆形,长了茂盛的粟米草,一眼望去亮闪闪的。没有人迹。它给人突出的感觉就是干净,到处都是清水白沙碧草。

那个精灵怪气让人惧怕,让人叹气,越是知道根由越是这样。它(她)是女的,一开始不是精灵而是人,是实实在在的渔家姑娘。这孩子有名有姓,叫娟子,家住另一个大些的海岛,母亲过世早,只与父亲相依为命。她从小长得活像画出来的人,所以稍稍大了一点就让父亲放心不下了。那些本岛或外岛的年轻人找个借口就来搭讪。父亲没有办法,出海时就将她带在船上。有一天娟子和父亲的船行远了,天阴得乌黑,一下就不辨南北。大风突然刮起来,让人一点防备都没有。为了防止船在浪涌里翻沉,父亲让船与一排排浪头尽可能交成十字:这是所有渔家在大浪中保命的方法。就这样好不容易熬过半夜,船还是翻了。

娟子沉入了海底,什么都不知道了。她醒来时发现自己仰躺着,四周全是明晃晃的粟米草——身子下边是硬硬的龟甲,还在活动。原来她被一只大龟给驮上来了。她哭了一会儿父亲,又昏倒在大龟身上。这只大龟把她缓缓地驮到一个背风向阳的地方,铺了一个大草团子,又围上软软的粟米草,这才把她放上去。她饿了,它就嚼一些鱼虾和草籽喂她。她趴在那儿睡睡醒醒,一连过了三天,那只龟才离去。

她一个人在孤岛上看着日出日落,哭得死去活来,不知这是哪里。她想家里的海草房子,想父亲,觉得不如死了好。有一天那只大龟又来了,它从海底带来了透明的石头给她玩,还驮上她转遍了整个岛子。娟子终于明白这只大龟救了自己。她再也离不开它,可它还是要离去。

娟子在岛上搭了柴寮,接了雨水,采了草籽野菜,捡一些鱼虾和花贝,总算活了下来。她盼有一只船来到这里,那时候就可以离开了。盼啊盼啊,天底下的苦日子全让她一个人过了,她见了一只小鸟、一尾小蜥蜴、一只举着大螯的蟹子,都千方百计亲近它们。

三年过去了,她裤子换成了草裙,上身围了马兰编成的背心,连辫子也用红筋草梗系了。水洼就是镜子,它照出的一张脸又圆又亮,泛着油黑色。她咕哝:“爸呀,你在海底,我在岛上。大龟呀,你把船领到这里来吧,我想见到人啊!”

有一天她趴在草寮里睡到半上午,一睁眼看到的是远处的几支桅杆。她一下跳起来,大喊大叫往那儿跑去。原来有好几只船,上面下来的都是男人。他们一见娟子就愣住了,指手画脚呼喊不停,把她围起来。她有些害怕,可还是一口气把自己的经历讲了一遍,求他们将她带回岸上。这些人根本不听她的话,口音怪异,盯住她嘻嘻笑,还硬是解了她的草裙。他们说:“一准是海里爬上来的精灵,再不就是岛主——听说海里每个野岛上都有一个岛主。”他们把她脱得光光的,拨弄着,说:“想不到这野物和岸上的大闺女一模一样,一揪吱吱叫,你听,你听!”娟子羞得抱住胸部,叫个不停,他们越发高兴了。

这些人吃饭喝酒,大口吃肉,脸色越来越红,胡子都翘起来了,看过来的眼神实在吓人。娟子终于明白这是一群歹人。她装着上茅厕离开了他们,然后就摸上了停泊的一条船。她从来没有见过这么大的船,不知道怎么才能让它驶出去。她费了九牛二虎之力才把船划开一点点,然后想到了升帆——就在她刚刚拉动绳索的时候,一个红胡子从后面扑过来把她按住了。这个家伙用一块破网把她缚住,不管她怎样哀求都没用,大呼小叫地把她给糟蹋了。接着那伙喝酒的人也上了船,他们为争夺她吵闹起来,最后还拼起了鱼叉。

船队驶离了小岛。行至大海深处,风暴袭来,大浪呼啸如雷。船上人踉跄着,忙着解索降帆,再也顾不上娟子了。她终于寻个空儿,一下跳入了波涛汹涌之中……

她很快就被浪打昏了,蒙蒙眬眬又伏上了那只大龟的后背。大龟问她:“你要去哪里?是人烟稠密的地方,还是没人的荒岛?”

她哭着答:“还是去没人的荒岛吧。”大龟说:“那你就做个岛主吧,要不那些人还是要欺负你。”娟子点点头。“你可得想好了啊。”娟子再次点点头。大龟喊一声“闭眼”,一头扎入了碧波深处。娟子接下去什么都不记得了。这样不知多久,她觉得太阳晒得身上发痛,睁眼一看沙子粘在一层鱼一样的肌肤上——下体就像一条大鱼,有鳍……大龟不见了,她原来躺在了粟米岛的沙岸上。

从此她就成了这里的岛主,有了超人的本事:可以像大鱼那样在海里出没,也可以待在岛上,像人一样走路;一连几天不吃东西也不饿,食欲来了能一口气吞下几十条鱼。她喜食任何活物,包括人,都视为“鱼”。她叫海中游动的为“水鱼”,地上奔走的为“旱鱼”。

她第一次品尝“旱鱼”的味道是成为岛主的第二年春天。记得粟米草刚生出一层嫩芽时,一只大船又被一场大风打到了这个孤岛上。几个彪形大汉一见她就涎水长流,大声吆喝。她仰脸笑眯了眼说:“几条‘旱鱼’恣成这样?本岛主今晚就会会你们。”

她让蜥蜴王摆下酒席,又让大肚狼做了酒保。她陪他们喝酒喝到深夜,大肚狼添酒殷勤。几个大汉喝醉了就解衣服,还扯她的衣衫,她就在华丽的岛主府邸和他们游戏起来,直到黎明时分才算尽兴——这会儿她觉得口渴非常,醉眼蒙眬中将几个壮汉当成了青叶萝卜,一手握住一个,咔嚓咔嚓咬着吃起来。

哀号惊天动地。岛主对一边侍候的大肚狼和蜥蜴王说:“这几颗萝卜可真叫脆生啊……”

二

粟米岛连同另一个岛都被一个公司买走了。这个消息一经证实,四周村子的人就说:“到底年头不一样了,多么胆大的人都有。”“他们买那东西做甚?”“做甚?还不是盖上房子玩乐,没事吃饱喝足了躺在大炕上打挺儿。”“他们就不怕龟娟?”“大概不怕。”

现在村里人只叫那个岛上的精灵为“龟娟”,因为她成了害人性命的东西,这样称谓才能区别于原来那个不幸的姑娘。在人们看来,每个海岛既是一个四面不着边际的地方,那么无论大小都是一个国。既然连村子都要有村长,岛上自然要有岛主。龟娟作为一个岛主,已经是让人闻风丧胆:她面容姣美,心肠却格外狠毒,常常要笑嘻嘻地吞食生人,是个真正的食人番。当有人将这般凶险告诉公司时,人家不仅毫无惧色,而且更加兴奋了,拍着大腿说:“咱买的就是这个凶险啊,想想看,一个地方连点刺激都没有,那还值什么鸟钱!”

这一下都知道了,人家花上的那笔大钱,起码有一半是为了玩命的。人们估计到时候入住海岛的人大概自有一套新玩法,比如戴了铁帽子穿了金钟罩,让龟娟没法下口——这样一来就白白得了她身子的欢喜,而她却丝毫不能加害于人。这真是绝妙的方法啊。这个方法让他们想起了海边的人怎样吃剧毒河豚:以特别精细的办法去除内脏毒腺及血液,然后就可以炖出格外鲜美的鱼汤——这会儿吃的就是凶险哪!他们这样一想,也就承认了买岛的人真是世上高人,心智何等了得。

粟米岛开始了建设。大船日夜运载物品,还有轰轰的飞机响起。“这一下闹大发了,咱就等着看热闹吧!”只要天上飞过一只大肚儿铁鸟,海边的大人小孩儿都会伸手指点说:“快看快看,大铁鸟儿又来了!”他们从这只大鸟儿的频繁往来之中,不断展开了那个岛子的幻想,认为天大的怪异和神奇就要发生了。它被一片大水包裹起来,荒无一人,只藏了一个狠与美都达到了极处的女妖,这会是何等情形。可惜那儿离岸太远,不然半夜里一定会听到惊天动地的嘶叫声。

大铁鸟儿令人害怕,因为这让他们想起许多往事。自古以来就有一些“鸟人”隐入海边人群,那对鸟眼看人时挤弄着,算计起老百姓来格外狡猾。那是非人的智窍啊。有一只大鸟在海边见了一只晒太阳的大蛤儿,以为得了便宜,扑下来就啄,结果人家大蛤一合嘴就把它夹住了——一个村里人过来一看就乐了,索性连蛤带鸟一起捡了来家。这个故事讲到这里就算完了,哪知道后面还远远不止呢!事实上鸟和蛤儿一进那人家门就后悔了,觉得不该这么闹腾,不过它们还是紧紧夹住连住。那个人挽着袖子烧水,只等水开了把蛤和鸟一块儿投进去,拔毛做一顿好汤。那人见锅子噗噗冒汽就去摆弄蛤和大鸟,哪知道刚一伸手就被蛤夹住了。他啊啊一喊,那只大鸟就从后面一下按住了他的头,按到了开水里。结果他给烫成了一个秃子。他啊啊大叫时,蛤重新夹住了大鸟,它们就悠悠悠地飞走了。飞到海边,蛤哈哈一笑,就落回了水里。这原来是它们合计好了的一出闹剧,最后被捉弄的还是人,他除了变成秃子,连一点便宜都没占上。

那些买岛的人玩起了这样一只大铁鸟,想必是最有办法的人:那个龟娟最终被其驯服,也不是没有可能。

只过了多半年的时间,粟米岛的生意就开张了。这儿成了一处最有名的海中旅游胜地,其中最吸引人者,当然是有个吃人不吐骨头的女妖龟娟——关于她的介绍材料印得花花绿绿,上面言之凿凿,说这个女妖至今还活得很好,这全仗了开发者注意原汤原汁保护环境的缘故,所以她不仅活着,而且仍旧妖冶逼人,对来往岛上的各色人等,接待起来童叟无欺——当然了,玩到了酒酣耳热之时,将尊贵的客人几口吞下去,那也实属难免,是照例要发生的——你等只要不是现代熊包,不是个软蛋酥骨头,只要有点血性,算个男子汉的,那就照样可以登岛一试,这儿保证让你肉包子打狗,有来无回。

所有看了说明材料的人都长叹一声,说这些搞开发的人啊,也太实在了，这种要命的事儿怎么能说穿呢？这种凶险一般而言掩都掩不住，怎么能大张旗鼓地喊出来呢？难道这些人真的疯了吗？他们仔细看着一个个旅游项目，什么“潜水”“与海豚零距离接触”“迷你弹子房”“鸟瞰之旅”“龟娟之夜”——最后一项被黑体大字印出，显然是要人命的重头戏。

这个岛上的各种美食也被重点描述了一番，什么活吃海参、生吞鹌鹑蛋、活剥蜥蜴皮、活鱼芥末……一色的生吞活剥，仿佛一直要听着吱哇惨叫才能进食。除了吃就是洗浴，海水浴自然不在话下，另有什么正午沙浴、悬崖风浴、半夜火浴——每一种都配有实景照片，看上去同样令人心惊肉跳。在骄阳似火的白色沙滩上，一个男人赤身裸体给埋进了沙子里，一个个如花似玉的少女手捧沙子往他们脊背上轻扬；大风呼啸之时，迎向北海的悬崖上吊起一个同样赤裸的男人，一阵阵狂浪拍向悬崖；赤红的炭火摆成一朵莲花，中间有一个大木盆，木盆里是一个汗淋淋的男人，几个少女各持一把长嘴铜壶给盆中男子浇水。

“看来这个岛上主要是玩命，只有活得不耐烦的人才会往那里去。”这是大家的统一看法。他们料定这个岛上的生意一定不会好，或许这正是开发者的本意：挣钱不是一个问题，只不过为了好玩。还有人甚至疑惑：这个岛子是不是用来自杀的呢？要知道现代人有的真是活腻了，他们生不如死，但就是找不到死的地方，再说服药上吊不仅格外痛苦，而且都是古老的方法了，真正的现代人是不屑于使用的——于是，然而，粟米岛也就应运而生了。

大家特别注意到说明材料上有这样一句话：“保叫你有来无回。”一切于是恍然大悟。瞧明明白白写着，真话直说，气魄啊。

人们预料这个岛要吃大官司。

人们还估计，这个岛上不久就会埋满了死人。

可是许久过去，天上的大鸟还是自由飞翔，海中的船儿还是来来去去,并未见异常悲恸或其他紧张情形,更没有警察警车一路号啕,也没有军队压阵。游客的多与寡也无法判断,因为大部分人都是密封在船舱里的,或者干脆就天上来天上去——那是天人,就更加琢磨不透了。不过人们也私下里揣测过:说不准那些抱定了死之决心的人,都是远道而来,是从世界上各个角落汇集到这里的,因为这样垂死挣扎着跑来的人、特别想在临死之前好好破费一下的人,也不是随处可见的。总之这都是百里或千里挑一的怪人和有钱人。“活腻了,不想活了,就是这样。”这些人在死前要尽情地乐上一把,然后,躺下,或乖乖地蜷进那个死亡之女——龟娟的怀里,以了却最后的心愿。整个的过程既是这样轰轰烈烈悲悲惨惨,那么也只能做得极其严密了,绝不会被外人打扰的。想想看,人到了最后嘛,钱也花了这么多了,粟米岛一定会让他们满意的。

在人们能够想象的各种快乐的死法当中,要数“龟娟之夜”最好也最恐怖。想想看,那女子不会是一般的美妙人儿,丰腴销魂自不待言,被她搂过才会知道什么才叫“酥胸”。那种幸福与陶醉是花钱也买不来的,所以才以命相抵。问题是到了最后的一刻——据说她是在最快乐的时刻,因为无法忍受的饥渴才突然下口的——这一咬如果咬得准倒也好,一口把头咬下,痛苦想必不会太大;如果咬得稍稍偏了一点,或者她一时吃得甜美,细细品尝起来呢?那就糟透了!那还不如上刀山下火海、不如油锅里煎炸呢!

“反正这都是一些推测和琢磨,人家在岛上到底怎么个死法,咱也听不明白。咱是穷人,花不起那笔大钱,也就不用站在岛外瞎操这份闲心了!”村里人最后归结到这样一句话上。

三

粟米岛上的建筑并不多,但每一幢都极其精美,并且建得毫不张扬。这儿最大的长处就是静谧。由于特殊的海域位置,岛上的风并不大，除了悬崖那儿，一般来说都是懒洋洋的风。大鸟不少，它们除了一些海鸟之外，还有别处难得一见的长腿鸟，有大红冠子鸟，有出入成双成对的恩爱鸟，还有领着一家老少来闲逛的、头上长了一溜长毛的相公鸟。这些鸟白天晚上飞着旋着，发出呼啦啦的声音。晚霞和朝霞中，它们的双翅被映成了红色，就像一朵朵大花儿在风中怒放。

来岛上的客人有一个共同的特点，就是喜夜而厌昼，通常是白天大睡或关在屋子某个角落，到了夜里掌灯时分就快乐起来。男人们一个个梳洗打扮所费的工夫超过了女人，同样是搽些粉脂之类，洒些香水，穿得实在讲究，有的纯一色白的西装，有的是大花礼服。个别忒用心的人还在上衣口袋那儿别一朵小小的康乃馨，或别的带颜色的东西，胳膊上还搭一根文明棍。金丝眼镜是少不了的，金链怀表之类的也是少不了的。这些人一般都有了一把年纪，属于老派人物。所以说老派人物一旦遇上了新时代，也就难免想不开，表面上文文静静，内里却要寻死觅活。他们都有一颗热烈逼人的心，常常要把自己逼到绝地而后生，在一个个密不见光的角落里与年轻人较着劲儿，誓与青春为伴，与死神赛跑，与王母娘娘一争高下。

他们几乎全都是乘坐大铁鸟而来。这些人无论住在多么遥远之地，一个个也还是消息灵通，这个世界上出了什么好乐的事，有什么刺激胃口的吃物，有什么好观好瞧的，都瞒不过他们的耳朵和眼睛。他们总会及时赶到现场，在第一时间报到。“我们老了吗？谁这么说呢？年龄？那也该不是问题吧！”他们这样自语或对答，一副大惑不解的模样。如果有谁敢在体力方面和他们过不去，他们就会拉出一副跟人拼命的架势。当有人将东部海上某某大人物买了个粟米岛、岛上的不无凶险之旅告诉他们时，他们就做个鬼脸说：“那就让我死在岛上吧！”对于那个岛的主人他们是心向往之的，这辈子的心愿之一，就是能在临死前亲眼看一下那个人。瞧这辈子过的吧，各种热闹着实看了不少，可就是没能面对面地看过同一时代里的杰出人物——比如这个老财东吧，只闻其名未见其人，就连一幅近照都没有见过。老杂志上能找到的是他二十岁左右的照片，那时候他严格讲还没有真正发达起来，可以说是小荷才露尖尖角吧，虽也引人注目，但与后来的他真的不可同日而语。如今他是世纪明星、时代英杰，是太白金星，是财神的化身，更是一个活生生的神话。与这个人生活在同一时代，就是一种真正的人生机遇。就这样，他们抱着去他的领地一试的微渺希望，登上了大铁鸟，随它翱翔而去。

粟米岛上的阳光可真强烈啊！这儿名不虚传，瞧阳光下无边无际的粟米草吧，就像西洋小伙子的头发，金闪闪亮铿铿，忍不住就要弯腰抚摸一下。躺在这样的草地上打个滚儿，长命百岁。月夜里约上三两好友，有男有女，仰在这片滑溜溜的草地上看星星，谈一些男女之大防，旁边再摆一杯法国美酒，那该是何等快乐！如果兴致再高起来，还可以脱巴脱巴跳进海里，打打水仗，因戏水而戏人，获得一些虽粗鲁却也不失高雅的享受。

最吸引人的还是从住处到游乐场所的一条青石小路。这是一条人字路，就像吊带裤子后背的带子形状——走到它分岔的地方学问也就来了。站在这儿任何人都会犹豫一下：下一步再往哪里走呢？往左还是往右？往左通往“静修馆”；往右通往“龟娟之夜”。那个用来静修的馆舍简朴沉穆，超级安静是不用说了，还飘着一种若有若无的焚香味儿。人在这种气味中很快就想盘腿而坐，想双目垂帘。再看馆里的长老吧——这老不死的看样子足有一百来岁，长了白须白发，连眼眉也是白的，鼻中沟长长的，嘴唇红红的，穿了宽肩大袖的青色道服，长长的手指一动一动。传说这家伙的来历颇为奇特，是分管这个岛子的小老板从一个村庄花重金买下来的——当时他一眼就看上了这个坐在马扎上吸烟的老头儿，觉得很长出了个样子来，一问年纪并不大，也就起了买意。小老板将人带到岛子上，又稍稍培训一番，就让他在这个馆里坐堂了，取名“长老”。长老话语不多，以目代言，以手代话，比比画画地让客人坐好，然后以身试法，先自打坐起来。客人学他的样了坐上一会儿，只觉得四大皆空，气息从丹田那儿进出自如，浑身都是虚空。他们只要闭上眼睛，就能看到一只大鸟在遥远的夜空里飞翔不已，自东到西，又自西到东。灿烂河汉被那只大鸟划开、切开，又好似一片厚厚的流沙净土，被一只飞翔的大鸟从中抽出一个圆圆的管道——时间的沙子就像沙漏里的细小颗粒，一丝丝在管道里蠕动。这种内视法有趣极了。长老说，这就是人的神遇力、透视力、遥感力，总而言之是神仙之法。

要做神仙，就要去静修馆。据说只要好好坚持，功力长到了那一天，人就可以凭空离地，然后随意念在半空里滑动——遇山翻山遇水过水，千里万里倏忽可至。至于死的问题，那就不须讨论了，因为一切尚为遥远，六七十岁就好像一个人刚刚出了娘胎似的，严格讲还是一个新人呢。

如果往右岔开一步，踏上的就是“龟娟之夜”了。人在那里就要经受热怀之炙，快活得死去活来，翻着白眼大呼小叫，最后走上一条不归路，即被那个疯了上百年的女妖精咯吱咯吱嚼了算完。

看来一个人站在这条分岔的青石路上，往左往右，只一念之差，结局也就迥然不同了，真如书上所说：佛魔一念间。

在“龟娟之夜”，鲜花蓬蓬，香气逼人，一群少女一个赛似一个娇艳，初一入还以为个个都是龟娟呢。她们小手如葱，翘翘然指东道西，既温柔又幽默，大眼闪闪如墨。少女穿不惯肥厚的衣装，一个个只不过使一条布绺将高胸一遮，胯部一缠，打着赤脚光着膀子，好比到了混沌初开那会儿，又大方又逼真，直率得很。她们说起话来启动樱桃小口,吐出的内容却是羞煞人了。一个大老爷们初来乍到,有时还真不是她们说荤话的对手。她们先将大老爷们的衣裳扒了,然后就又搓又洗的。他们实在不愿费这工夫,就说:“早洗过了呀。”人家却答:“那不行,那不算,到这儿还得再洗。”他们于是明白:一级有一级的水平,一层有一层的要求,这里是什么地方? 这里有个龟娟在等着呢,她是容不得一丝丝秽气的。这样一想也就只好任其摆弄了,憋着气让一盆盆热水从头顶浇下来。哗哗的水声里他们想起了许多往事,忍不住悲从心来,泪水也就流了出来。好在这泪水是和水流掺在一起的,她们一时发现不了。如果水停了还要哭的,她们就要问上一句:“是什么事儿让老总泪水涟涟啊?”他们只好如实回答:“享受一场就要死了,想一想真是划不来啊!”姑娘们听了也就陪上哭,哭过了一会儿,就对在他们耳朵上小声传授一点内部机密。真有效,一经她们在耳边咕哝几句,他们立刻就不哭了。

大约从进入“龟娟之夜”的大门开始,一路要经过五六个不同的房间。这些房间里摆设不同,功能不同,服务的少女也不同。她们有的为他们搓脚,有的为他们剪趾甲,还有的为他们掏耳朵。她们的小手又轻又软,挠上一会儿人就痒得受不了,只好嚷着:“痒死了痒死了!”为了止痒,有的就翻身压住一个少女,大喘粗气问:“还敢不敢欺负大叔了?”少女吓得吱吱乱叫,蹬着腿说:“这可使不得啊! 这到了龟娟那里,俺得受大罚哩!”他只好蔫蔫地下来。

跨过最后的一道门槛了,仙乐齐鸣,华灯同绽。一微胖少妇半卧榻上,手持羽扇,半裸半遮,神色坦然。他双腿抖着走向前来,低头问安,竟有些口吃。这阵势从没见过,他一瞬间真的有点后悔了,抬头看看进来的那道门,早已经关闭。他屏气,握拳,在心里给自己鼓劲儿。可是当他一抬眼看到榻上那个光艳的少妇,又瘪了。

“何方人士,姓甚名谁? 一一报将上来!”少妇使用的是上几辈人操弄的话语。这使他更慌了。他赶紧答:“在下姓李,小名五儿,富家子弟,早年颓唐,后经叔父……”还没等答完榻上的人就笑起来了,原来她是逗他玩儿!这一明白不要紧,他的胆子立马大了许多,只一蹿就跳上了高榻……

体香如此逼人!原来这就是龟娟啊!真是百闻不如一见,一见就是醉眼,醉眼就要蒙眬,蒙眬就要摔跤。他一下没有站稳,一个趔趄跌在地上。少妇把他扶起来说:“我看也实在差不多了,你销魂了不是!我这会儿真是口渴难耐,真是一丝儿也等不得了,你还是闭上眼,委屈一下吧……”少妇说着伸手就去抓他,一把将其攥个铁定。这时候他只觉得头皮发麻,一股电流从头顶灌下来,两腿一下软了,整个身子像一摊泥一样萎在地上。他跪都跪不住,好不容易才想起那个洗浴少女耳边传授之方,赶忙结结巴巴说:“我交、我交一大笔钱买命——这还不行吗?我用一大笔钱赎回一条小命来,这还不、不行吗?”

高榻上的少妇一时无语。

他又哀求起来:“可怜可怜我吧,我家里还有高堂老母……”说着泪水成串,从胸脯上哗哗流下。

少妇大病一场似的,从榻上勉强爬起来,蚊子似的声音哼道:“那就饶你不死吧——不是看上了你那几个臭钱,是看在你的孝心,这会儿还记得高堂老母。快滚起来吧,从小门溜出去……”

一窥真容

一

凯平的声音被浓浓的夜气洇湿,透出一股山野气息。我实在躺不下了,这会儿就开了灯,起来泡茶。可是他看看窗外,回身时只取过自己的茶,又把灯熄了。他重新躺在那儿。我知道他长途奔走,已经很累了。我喝着热茶,身上觉得暖和多了。我问:

“你准备什么时候离开古堡那个老家伙?”

黑影里是他沉沉的发问:“你怎么知道我要离开?”

“反正你不会在那儿干得太久的,如果我估计得不错,你想在那儿挣足了一笔钱就走——你需要这笔钱……”

“是吗?为什么?”

“因为,因为你太要强了。你不想接受父亲的帮助,你要自立。”

他笑了:“那也不需要许多钱。你猜得还是不对。”

我猜不对,索性也就不说了。这样待了一会儿,他自己缓缓说道:“我是想挣一大笔钱,这个没错。当时想那家伙反正有的是钱,不挣白不挣,他越大方越好,这是两厢情愿的事儿。一开始他给我这么多钱还让我纳闷儿,后来就习惯了。告诉你老兄,我想用这些钱给帆帆抵债!她办这个大农场的钱全是我父亲给的,这得多大一笔钱啊!尽管他没说是借给她的,可是她如果不把这笔钱还上,就永远不得自由!她还得依赖他,因为离了他寸步难行……帆帆也知道这一点,所以她说,将来有一天要还上这一大笔钱。她有这个志气……”

“嗯,她也对我说过——她说再有几年农场赚的钱就差不多了。”

“她最让我感动的就是这一点。她内心刚强,让我钦佩。可是我不愿让她为了还债受苦,我替她算了一下,除去工人的工资和生产投入,农场里一年剩下的钱并不多,再说她还准备启动新项目……我需要帮她一下,无论她愿意还是不愿意。实话告诉你吧,这就是我原来的打算——我只想她能快些还上这笔钱,早一天彻底离开我父亲,我知道他不在她身边了,可是对她的事情仍然还有否决权!就因为这个,她还是不敢和我在一起,不敢接近我……"

我在琢磨凯平的话。似乎有道理,但也不尽然。因为如果帆帆不是下了铁定的决心,不是真的在回避他,那么在这片无边的玉米地里,他们其实已经拥有多么开阔的一片大地!在这里谁又能管得住他们、能够真正阻止他们?我不相信,我深深地怀疑——看来一切并不那样简单。但我此刻既不敢肯定,也不愿再次伤害这位敏感的兄弟。我只是压住了微微的叹息。

可凯平还是听到了。他坐起来,说得不急不缓:"现在我不像过去那样急着离开古堡了,因为我开始重视这份工作了——我现在将这看成一份工作,过去是没有的,我只把它看成赚一把的机会。我对老板的服从、遵守这里的一切规矩,都以赚到钱为目的。我甚至连两年以上的长谱都没打过。我也不愿过多地去探究那个人。在我眼里一切大资产阶级都差不多,就是说我和你的看法没什么区别。当时我只想着这片农场,想着帆帆——现在还是想着,不过知道太急了反而不行,这需要时间——那么多年都过去了,她已经离开了那个大院,跟我近了一大步,为什么不能耐住性子呢?再有一两年,还上那笔钱就不成问题;还有,就是我已经被古堡里的那个人,我的老板,给吸引住了……"

我听得清晰,他这个孤傲无比的人竟说出了那样一句话。我屏住呼吸听着。

"关于那个人,有人送他外号'秃头老鹰',远远近近的人也讲了那么多——我跟你说过,这些即便从近处看也蛮像真的。可是你如果再待下去,如果和他长期共事相处,又会觉得那一切传说都离题万里!他根本就不是人们眼里的那种人,不是与传说有距离,而是南辕北辙!当然他比任何人想象的都要复杂十倍,但这复杂并不能成为我们歪曲一个人的理由……老兄,我们毕竟年轻,可是很少有人像我们一样相信自己的阅历、自己的判断力。因为我们经历的真的太多了,我们有理由怀疑也有理由指责,世上的事情被我们看透的太多了!但是怎么说呢?我一肚子话一时不知从哪儿说起了。我想说的就是,这个人,老板,我花一生可能都琢磨不透……”

我想说:“再怎么,也是一个靠剥削和商场斗智发起来的大资产阶级,属于被你父亲他们打倒之列。”但我没有说出来。我心里还泛着一个愤愤不平的声音:你一口一个“我们”——我和你能这么简单地“们”在一起吗?我是五十年代中期生人,而你是六十年代初!代沟这东西有时的确是分得很细的,尽管二者相差只有七八岁,可我们许多时候还真的谈不来……比如对这个“秃头老鹰”,我们可能要有一番大争执。我不说话,后发制人,先听下去。

“老板不是一个不见太阳的阴谋家。他喜欢静,是因为他需要阅读和思考……”

“阴谋家哪个不需要思考?”我还是忍不住揶揄。

他没有理我,继续说下去:“他也绝不是看上去的那种好色之徒,虽然有三个太太——当年时兴这个,是家族遗留问题,说起来太复杂。另外跟他在一起的四五个女人并不是他的太太,真的就是身边的工作人员,只是由于太亲近了,人们都那样去想。她们真的比他真正的太太还关心他,生活上也照料得好,不过这并不是真的太太。实话说,我并不能肯定他与她们在性的方面是完全清白的——这个很难说;但他们之间真的是、主要是、百分之九十五以上是——工作关系!她们都没有结婚,好像这辈子也不准备结了,一心一意追随在他的身边,这倒是真的。可这也并不说明他一定做了什么,要负什么责任,他甚至有些无辜!因为都知道他真心真意地劝她们,催她们快些建立自己的家庭,甚至为她们准备了很大一笔婚嫁费,就像父辈对女儿一样。可惜在他跟前工作过一些年头的女人,很难再看得上别的男人。她们努力过,失败了。因为这个戴了线绠小帽的人太有魅力了……"

我听着,只相信那么一点点。在我的经验里,钱与势是有巨大辐射力的,人在超出想象的势与利面前会发蒙,会陷在一种自我制造的奇怪氛围和幻觉中难以自拔。这其实不过是一种虚拟的场景,说到底是可笑和不可靠的。这种情况,与所谓的"魅力"还不是一回事。人们对某些大艺术家也是如此。"魅力"这东西当然是有的,不过它不像想象的那么多,有时候只是感受者自己在发蒙,它需要好好打打折扣才行。我眯着眼睛听下去,抱着姑且听之的心情。

"他是一位生活和经营的天才,这些已经被证明过了。但是更内里的东西没人知道,因为他们没法离得太近,没法和他一起生活。我和他身边的人有这样的机会,这就让我们看到了他的真面目——一般的人最怕别人揭出真面目来,他却正好相反。因为他是这么质朴真实,一点都不想掩盖自己。这种真实是一步一步走出来、活出来的,不是表演出来的。他太忙太累,哪有时间表演……比如读书,从马克思的《资本论》到凯恩斯那本《就业、利息和货币通论》,都是读了原著;列宁的六十多卷文集就因为不能看俄文原版,才读了汉译本。重要的古典文学名著几乎通读了。如果有人问老板每天在干什么?简单点说就是——读书。"

"你亲眼看到的吗?你敢肯定是这样?你说的这些是不是来自他人的介绍?"

"不,这是真的。我整理图书时亲眼看过那些批语和卡片。比如他摘过列宁谈国家资本主义的一段:'就像一辆不听使唤的汽车,似乎有人坐在里面驾驶,可是汽车不是开往它要去的地方,而是开往别人要它去的地方,这个别人不知是非法活动分子,不法之徒,投机倒把分子,天知道哪里来的人,还是私人经济资本家,或者两者都是。'他每个月开出的书单大得吓人。读书成癖这句话,用在他身上一点夸张都没有。除此而外就没有多少别的爱好了。他几乎不看电视电影,偶尔要看也是陪她们,是出于礼貌——他对女人的尊重让人难以想象,她们说了什么,只要不是原则问题,他总是要听的。随着年龄的增长,他的精力不够用了,对生意的打理也就越来越少,这就留下了一些疏失,让坏人钻了空子。不过这并没有伤了元气,因为他的生意太大了,东部这一摊子连九牛一毛都算不上。主要的部分还是在海外。他发现什么总能很快纠正过来,但这得让他发现才行……"

"是啊,有的事情他永远都不会发现——因为他不愿意发现。"

凯平痛苦的声音在夜色里显得有些沙哑:"不是这样,真的不是……"

二

今夜我不得不谈到那些受害者,比如荷荷她们,比如鱼塘旁难眠之夜那个农村青年的呻吟——"粟米岛,让我想起一句话,'每一个毛孔里都滴着血',他也该知道这是谁的话吗?"

"知道。不过这些要说明白需要很长时间。有些事他有责任,因为说到底他是一个多情的人,有点儿女情长。我从其他人那里也看到了同样的特征……但不同之处是干净,不龌龊不肮脏。老板对一些娱乐项目是十分入迷的,有时像个年轻人一样爱玩,很投入。不过他极力反对用另一些方法去赚钱……"

"停、停,老弟,我怎么听不明白你的话? 你好不好说得通俗一点?"

凯平提高了声音:"就是说,不能用女性——男性也一样——的身体来赚钱! 不准开办黄色场所,不准开妓院——这样说你明白了吗?"

“我明白了！可是粟米岛上那算什么？神话传说？或者真的女妖吃人？”

“当然不是。这就是我要说的，我这就要一点点说到了……”凯平大口喘息着，又喝水，看得出他有点急了。我突然觉得他有一种强烈维护老板的愿望，这真的出乎我的预料。我躺下了，我想让他也像我一样放松点，从头慢慢说起。

“我原来在下边的公司里，主要工作就是飞行，往那两个岛上去，粟米岛和毛锛岛。机上乘载的全是游客，也有我们的服务员搭乘。我那时对岛上的经营很熟悉，我敢说还是相当正规的旅游项目。那个‘龟娟之夜’是有的，但完全是关于这个传说的诠释，绝对没有什么色情。一切都是后来，是下边分公司老板的胆大妄为——他们受时代风气的影响，越来越放肆，最后终于弄得不可收拾。这是后来的事情了……有一天老板身边的总管吴灵叫住了我，他问了我一些个人情况和经历。想不到就是这一次改变了我的命运。半个多月之后，他来和我商量，问是不是愿意去老板身边工作？他具体讲了相当严格的要求，但条件优越到让我不敢相信。我当然愿意。那次谈话中我才知道，这前前后后一段时间他们可没少了解我，就像过去的政审差不多。要达到他们的要求可真不容易，要有做保镖的身手，还要会驾机。吴灵引用老板的话，就是要找的这个人‘要见过大阵仗’。这样的人在公司的范围里并不好找，从社会上找，就要有更长的试用期。就这样，阴差阳错，我来到了老板身边。一开始很不习惯，不是寂寞，不是一直窝在古堡里，是其他。这种环境怎么说呢，让我觉得不商不官、不是前方也不是后方——这样一种气氛和环境，有点说不出来的别扭。像研究所，又像没人来上课的老教授办公室，像停战后的一间间空房子……”

我笑了：“不像一只大公鸡带了一群小母鸡吗？”

“不像。别开玩笑，老兄。我好不容易适应下来，渐渐倒也安心了。老板很喜欢我,他愿意没事了和我聊聊天。他发现我不希望谈自己的父亲,后来就一次也没有提起,这是他和所有人都不一样的地方。而以前我见过的人,只要知道了我的父亲,就没完没了地谈、谈,直到我不得不远远地躲开他。老板看样子很老,这可能是这一身装束的原因,他的那顶线绠帽使他很显老相。其实他身上蛮有活力,也很注意养生,十分注重保护前列腺——有一次一起洗浴,冲澡时他和孩子一样,一时兴起要跟我比赛小便的距离……真是有趣……”

“那他一定失败,是不是?”

“我是说他有趣、一颗心并不老。他与所有人不一样的地方,就是那股超人的定力。他能一连十几天钻研同一个问题,用一个月的时间看同一本著作。没有一个生意人像他一样,关心天下大事超过了关心自己那点钱。他与我讨论东西方政府职能、古代中国考试取仕、西方文官制度的由来,也谈时下的东西弊端,一些纠缠到死的不可解决的矛盾……我惊讶于他思考的深度。他的视野比我们所能想象的要宽阔得多,他绝不是一个商业主义者,更不是一般的物质主义者。他一生都在尝试让物质屈服于精神的途径和方法——他在很大一个范围里试验过,一次次都失败了。他思考怎样使用新的办法,所以现在又深入东方,住进了这个古堡里。他并不是一个完人,他在有些方面也是自私的,比如一涉及刚才说的那些试验,他不仅极其固执,而且不容许任何人打扰他。有人觉得他在做一种类似于幼稚的物理学尝试,有点可笑,可他绝不那样认为……‘关于社会的试验要比一般的科学试验艰难一千倍’,这是他常说的一句话。所以他并不认为自己的挫折全是白费工夫和没有意义的。他现在仍然兴致勃勃!我想这也是他保持年轻的秘诀……”

我听着,试图在心里描述和想象这个陌生的老人。我开始不那么调侃了。我问了一句:“他的真实年龄到底是多少?真有那么大了?”

凯平惟独在这个问题上不能肯定,嗫嚅着:“七十?肯定七十以上了……”

年龄当然是一个不可省略的大问题。这儿牵涉到许多其他问题。比如他在东部的大业的继承和延续——许多赫赫有名的大家族,族长一闭眼一切也就宣告结束。还有,我这儿还在考虑这位老人活跃的思维中,有多少那个年代的痕迹。不简单,无论如何,古堡里的人是一位奇特的长者,一位复合型的人物或人才。我也像所有那些较多低级趣味的人一样,仍然关心他的性能力。尽管这种关心也包括了对另一些问题的判断,但不健康的因素也有许多。我认为他如果不能在这群女人的簇拥中超然物外,还像凯平描述的那么顽皮,终究也是很危险的。我忍不住,就委婉地表达了这个看法。

凯平费劲地听明白了我的意思,连连摇头说:“不不,不是这样。老板一直与原来的太太相处融洽,你不要想得太多……”

我的意思也许表达得不十分明白,事实上也不容易表述得更清晰了;我的意思包括——如果他是一个在两性关系上不按牌理出牌的家伙,那么无论这个人拥有多么开阔的视野,也还是容易在生活中冒险。而我们的东部平原是绝对经不住这样一位大财东折腾的。有钱和有权的人没有权力过于顽皮,这也是我的偏见。最后这一点我忍住了没说,因为我不想表现得那样褊狭或偏激。

凯平身边的老板不是一个单薄的、更不是一个才质平平阅历短浅的人物,这就使凯平处在一种眩晕之中。如果换上了我呢?我会做得更好吗?为了求得对人的公正理解,我同样不会莽撞从事。但我会力求自己不那么眩晕。他目前还在一种眩晕当中,所以,这也可以看做他一时离不开那个人的重要原因。

“我得接着被你打断的话头往下说——你岔得太远了！我刚才说,我好不容易才在老板身边一点点习惯下来。我适应了他的生活方式和生活节奏以后,对古堡里的日子倒喜欢起来。我的工作让我时刻保持一种警醒状态,因为我要保卫他的安全。那些女人见我时刻留神的样子,有时就要取笑一两句。可是我从来不为所动。她们当中有的喜欢开我的玩笑,有的还想刮一下我的鼻子,我总是躲开。我知道有的动作比语言危险十倍。就这样,老板闲下来与我谈话的时间,比和她们在一起多得多了。他甚至在一些重要的问题上要听听我的意见……”

“于是,你就大言不惭或当仁不让了?”

“是啊。是这样,我真的这样做了……”

三

我相信即便是一个真正的大人物,在一些微不足道的小事情上,甚至是在作出一个很重要的决定之前,有时也要听听小人物的意见,受他一点启发,这都是正常的。这对于他们是不无益处的,对于身边的人来说却是终生难忘的。我不希望凯平也变得那样沾沾自喜或受宠若惊。

凯平说着,声音却一点点变得低下来:“我以后只要想起来就会难过的一件事,就是为老板介绍了一个人……”

他说完这句就不吱声了。这样停了一会儿又开始叹气:“老板并没有责备我一次,可越是这样我越觉得对不起他,越是不能一走了之……”

“你到底做了什么?”

“是这样,我为老板介绍了海外回来的一个人,这个人是难得的经营人才,后来就接手了两个海岛的管理。这家伙胆子真大,去年带了一笔巨款逃到海外去了。”

“想不到你还能办这样的大事，真不简单！”

他摇着头：“别这样说了。这个人老板让吴灵考察过，当时他正缺人手。吴灵在这事上是拍板的人。可是那个人毕竟是我引见给他的——出了事以后老板有理由第一个怀疑上我，可是令人感动的是，他一点都没有……”

“你怎么会认识那个逃走的家伙？”

“这是几年前，就是我住在城东那座孤屋里的事。你还记得我一直在写亲生父亲的生平纪事吗？那时候我最大的心愿就是了解父亲母亲的一生——我觉得自己真是一个不孝的家伙，跟上了一位大人物，做了这个人的儿子，就把给了我生命的亲生父母忘到了脑后。我一点都不记得他们的模样了，一遍遍看他们年轻时候的照片，对着照片说话。我以前就没有好好询问他们一生的事迹，对他们的出身、参战和进城前后几乎一无所知。我的养父养母对他们讲得很少，因为他们把我当成了亲生儿子，没有说出的一句话就是，我把亲生父母忘了才好呢！当然，这也许不是有意的……我从家里搬出以后最大的心事有两个，一是想着帆帆，二是要弄清关于生父生母的一切！我觉得自己最大的责任，就是不让他们的一生埋在土里——他们刚刚进城不久就去世了，一切都还没有开始呢！父亲就是为了救岳贞黎才负了重伤，他的身体再没好过，就这么完了。我一想到这里就哭，因为那时我恨着养父，在心里一声声问着：父亲啊，你用生命驮回来的，到底是一个什么人哪？我想找到父亲的老战友，想听他们讲我的亲生父母……就在那些日子里，我遇到了一位老人。离开城里那座孤屋时，有时我就住在老人那里。他对我就像对待亲生儿子一样……”

我回忆着那些日子：凯平常常很长时间不回城里，偶尔见到也脸色悒郁，一支接一支吸烟。那时他心里原来装了沉沉的心事，还不仅是对帆帆的渴念。这个人作为一个朋友之所以重要，就在于他是一个拥有心力的人。心的力量为“心力”,心力所指,也就有所成就。就此而言,我不认为他的多愁善感会耽误他长远的人生旅程,也不认为他对古堡老人的执著与好奇就一定会使他迷失。

“我那时深夜里常常告诉自己,默念着一句话,就是‘你姓于,父亲叫于畔’。我甚至想父亲的这个名字也沾上了隐秘似的——‘于新生活新天地之畔倒下来了’!是的,他的血流光了,他驮回了一个人,这个人接上把我抚养起来——他要把我抚养成另外一个人,我就这样成了别人的儿子……这样想得头疼,失眠是常有的事。我想听关于亲生父亲和母亲的一切,小时候的事,他们怎样走到了一起,怎样战斗——直到牺牲……”

凯平说到这里,声音有些异样。他停顿的那一会儿显然在努力平静自己。天空已经露出了淡淡的光亮,黎明即将来临。他踱到窗前,看着外面的光色——也许正遥望无边的玉米地……“那个老人住在东部城市的南郊,我费了好大劲儿才打听到。他曾经和父亲在同一个连,我的两个父亲他都熟悉。他不是父亲的同乡,可是和父亲非常要好。那天父亲为救岳贞黎,从受伤到最后回到阵地,肠子从肚子里流出来,他都是目击者。他去搀父亲时两手沾满了血。他说:‘老岳的命就是你父亲的命换来的,他当年不挣着命把人驮回来,老岳就完了……’老人讲到父亲的一些往事流泪了,他说我长得活像父亲年轻的时候,说看到我就想起了他。他不舍得我离开,就让我住在他的家里。就这样,我认识了他的儿子——当时刚从海外归来,能说流畅的外语,人十分精明,给我留下了很深的印象。就这样,我到老板身边工作以后就没有多少时间了,所以很难见到老人。但我还记得他的儿子,当有一次吴灵谈到急于找一个人,我就向老板说起了这个年轻人。老板的心根本不会纠缠在这类事情上,只给吴灵说一声,一切也就由他操办了。我做梦也想不到会给公司惹下这么大的乱子,这家伙后来跑了……”

“老板就没有办法吗?”

“人在国外也就麻烦。只好通过海外刑警组织,设法引渡等等,一切可没那么容易。这事是吴灵开头的,善后也只得他来做。他这个人性子急,下手也重,有时候什么方法都用,许多事情害怕老板阻止,就瞒着他干。那个家伙跑了,吴灵就折磨他身边的人,想找出一些线索。一些副手,还有领班,都没有放过。像荷荷,这期间受了太多的磨难……”

我马上打断他的话:“你是说荷荷也受了牵连?”

“她是那家伙逃跑以前最重用的人。他重用她,两人形影不离。有人原以为他会带上她一起逃的,他撇下了她,也可能是走得太慌,来不及了。这是一种猜测。其实呢,他只是利用她,用过了也就扔掉了。总之这是一个阴险的家伙……”

我吸了一口凉气。我相信这一切情况不仅是庆连,就是公司里的许多人也不可能知道的。我问:“老板知道荷荷的事情吗?”

“他只知道一点点,知道涉及一两个女人。他让下边的人不要太难为她们,把心收到下一步的公司发展上——至于那个逃跑的家伙,老板也没有十足的把握揪住。这段时间吴灵的眼睛常瞄着我看,那目光挺复杂的。老板从来都没有这样,因为他的洞察力是第一流的,他根本不相信我会行骗,知道这不可能有我什么事。但我却没有半点轻松,自责常压得我抬不起头来……”

黎明来到了。橘红色的光线下,我看到凯平仰躺着,双目微合,脸上没有一点倦容。他平静地呼吸着,好像一下就进入了梦乡。

窗外传来蹑手蹑脚走路的声音——那是帆帆。

随着更遥远的一声长吁,大天四亮了。

第五章

老人

一

走出舜风农场正是太阳初升的早晨，开阔的原野被照得一片橘红。我知道这是一次短暂的告别。我愿凯平在这儿滞留的时间更长一些，愿他和女主人也像我们那样彻夜长谈——可惜他也要随我一块儿离去，因为必须即刻返回那个古堡。

我一直往东，继续这无边的游荡……穿过田野上纵横交织的小路，往东南方向斜插过去，翻过山的慢坡就可以直接抵达城市的南郊。那儿吸引我的是一位老人，他的居所坐落在一所中专学校里——“如果路过那儿，你可一定要去看望老人家啊！”凯平叮嘱着，电话未通，就特意写了一封信让我带上。

想象着即将见面的那个老人，脚步不由得在加快。我相信他能够强烈地吸引凯平，当有一种特殊的魅力。况且我一直想着荷荷的事情，忘不掉她就是被那个叛逃的不肖之子给害惨的，而这个家伙又是老人的儿子……我觉得奇怪的是，一所中专学校怎么会建得远离城区？大概当年那个设计者多少有点修行的情怀吧，硬是把一个学府搁置在荒凉中。如果沿一条缓缓的坡路转过那个山嘴，会花上很长时间，我于是决定径直翻过山岭。

和缓的山坡上长满了侧柏和黑松，还有在别处极为罕见的樟子松。辽东桤木足有二十多米，它们一连多株站成了一排。除此而外还有房山栎和箭杆杨。灌木中有罗布麻和爬蔓的杠柳。篱打碗花开得何等清丽。一只四声杜鹃好像在端量我。活跃在林子里的还有小星头啄木鸟，灰色山椒鸟，红点颏——它故意在我走近时才飞开一点，像是要存心挑逗一个进山的人。老野鸡在山的另一面嘎嘎大叫，像是在那儿发出了预警呼告。

山坡渐渐陡起来，从裸露的地方可以看到花岗岩和石灰斑岩。这是一座孤零零的小山，呈东南西北走向，实际上属于更远的砧山山脉，是离大海最近的一段。翻过山脚，那些稀稀疏疏的建筑就尽收眼底了。原来这儿临近一个郊区的村庄，它北边几华里远就是那所学校了：建筑比较整齐，大都是一些红砖平房。校区套了高高的院墙，一些箭杆杨从墙内挺起，从外部看很像林泉精神病院——我这样端量时心里一阵惆怅，脑海里飞快闪过了庆连和荷荷……从这儿到那片校舍只有几公里远了，它的上方弥漫着一层淡淡的雾，透出一片神秘的宁静。

那个老人原来藏在这样一个地方。望着那一排笔直的钻天杨、红瓦绿树，竟然使我踌躇起来。看看前方，突然觉得他从不希望被人打扰，只想一个人在这儿独居……人哪，要在大地上逗留几万个白天和黑夜，这期间要经历多少坎坷曲折，还有怪诞和奇异、一些不可思议的事情。许多场景在人生之旅上只是一闪而过，只是一瞬。可是它如果在命运之轨上爆亮了一个炽热的光点，就让人永生难忘。人与人是何等不同。

从山的慢坡到那道小溪之间是绿茵茵的一片——远远的看不清是什么，走近了才发现是一大片苔菜。这种菜绿得发黑，叶片厚厚的，可以从秋天绿到冬天，一直到满身墨绿挂满冰凌。春天开始它就要长出长长的苔，然后开花结籽。这么大的一片苔菜真是美极了。

这片平展展的沃土是一片开阔的河谷:砧山山脉丰富的山落水一直冲刷下去,开拓了滨海平原。整个的东部城市就坐落在一片淤积土上,而很久以前脚踏之地就溅着海浪……淤积物渐渐铺开,浩浩河流挤到一边,而后又成为一条溪流。历史上记载的那场毁灭人类的大水渐渐落下,只留下一片沃土。这是一个逐渐干结和安静的过程,或许它还远未结束——由此联想到一片片旱荒,让人不寒而栗……

一个老人戴着斗笠,穿了一身土布衣服蹲在苔菜地里。我走了过去。他手里有一个小铁锄,我还以为他在锄草呢,走到跟前才发现他正用这把小锄子将苔菜挖出来:隔一棵挖一棵,放到旁边的柳条篮子里。他挖得很深,只为了把苔菜的肉质根茎也全部挖出。我知道苔菜根很好吃。他可能就是学校南边村子的人,高瘦,面容肃穆。我在旁边端量着,看他用心地挖出一棵又一棵苔菜。

在这个春天一样的秋天,不知为什么有怎么也赶不开的忧郁。这个时刻真该有一个同伴。一排排钻天杨下的红色房舍,我正悄悄地走近你……一个终生奋斗和漂泊的长者,你会给我什么灵感什么勇气?你会是这个时代的活化石吗?

当我跨入朴素到极点的一个小院里,弄明白了这就是那个老红军之家,两眼竟有点迷蒙:我揉了揉眼睛。这是三大间红砖瓦房,耳房长长的,可能是厨房和卫生间,顶部有一个太阳能热水器。在强烈的光线下,我首先看到了西面一间窗户下那丛浓烈开放的美人蕉。它水汪汪的,红色花朵像傍晚的太阳那么红,火红火红。

一个女人给我开了门。她站在院子当心。我马上看清了她——三十岁左右,一个真正的大块头,又粗又高,大脸庞,洁白的皮肤有点红;头发乌黑浓旺到令人难以置信。我刚问了几句,她进一步向我肯定:这就是老人的家。我那一刻倒想知道她是谁,她与那个老人又是什么关系？忍不住问了一句，原来她就是老人的儿媳！好嘛，那个胆大妄为的家伙逃开了，把她一个人抛在了这里……我问老人在不在，她说他去东边挖苔菜去了。

我马上想起了刚才遇到的那个老人。我“哦”了一声，转身就往外走去。

苔菜地就在不远，那个老人还蹲在那儿。离得老远我就看到了他头顶的一团白发，雪白雪白，在阳光下闪亮。旁边是一个竹篓和一顶斗笠，他穿了软软的灰白色上衣，一条旧军裤，是的，他正是我要找的那个人。我们竟相见在一片苔菜地里。

我转到了他的正面。他一抬头，我心中闪过的第一个念头就是：面前的这个人实在是太老了，皱纹纵横，头发雪白；惟有一双眼睛跟所有人的神情都不同——我想很久以后还会琢磨不停的，就是这奇怪的眼神——犀利而沉默，透着说不清的警觉和怀疑……我想向他说明来意，可怎么开口呢？我算是什么人呢？崇拜者？探险者？一个前来请教的学生？一个好奇的城里人？我想尽力把一种意思表达清楚：我是他朋友的挚友，我代他来看望他；我同样是一个很早之前就怀着崇敬之心的“后来者”，而且我有一封信件……他看了信，又仔仔细细放到兜里，嘴里“哦”了一声，自语一般：“凯平。”我说我们两个人刚刚在一起，有过一夜畅谈呢。他瞥瞥我背上的背囊、蓬乱的头发和旅途上沾满了泥巴的一双鞋子，蹲在那儿吸了几口烟，然后继续伸出小铲去挖苔菜。

我也蹲下来。后来我很快说起了一个叫荷荷的姑娘，说起了林泉……他的铲子停下了，把烟斗收起：“你从她那儿来吗？”

“我是她男人的朋友，和他们住在一起……”

“她怎么样了？”

“时好时坏，见了飞机就喊‘大鸟’。现在……”

老人没有吭声，又开始一下下挖着苔菜。肥肥的根茎被挖出来，他抛到了篮子里。篮子已经快满了，他搓搓手站起，把斗笠戴到头上。

“走吧，跟我回家，去吃猪肉炖苔菜吧。”

二

我们回到了那个小院里。进了老人的西间屋，一眼看到的是黑乎乎的大书架上插了一排排书。在这个光怪陆离，满世界号嗬的时代，竟然还有一个老人在这儿默默读书。我在书架前流连，老人去外屋择苔菜了。一会儿一只手伸过来取茶杯，我一眼看到了粗粗的指头和鼓胀的筋脉。我也到了外间。那个高大的脸色红红的女人垂着一头浓发，正与老人一块儿择苔菜。

老人已经鳏居多年，他的全部生活就是到田里忙一阵，种点他喜欢的蔬菜，然后闷在自己的世界里。那个大块头儿媳叫莫芳，令人多少有点惊奇的是，她的父亲竟是城里我所熟悉的一个文化老人。莫芳是这所中专学校图书馆馆员，大约因为是老红军的儿媳，校方并不强调她每天按时上下班。莫芳当然喜欢这样。她如今是一个真正的留守者，正像一首歌里唱的：“时刻准备着，准备好了吗？准备好了吗？时刻准备着……”她面容冷淡，很少看别人，只做自己的事情，也不与公爹说话。这是一个在期待中消耗了全部热情，正在默默寻找机会的人。她住在东间屋里，中间一间除了前厅的会客室之外，靠北一点还隔开了一小间，那里有一张小床，可能是留客用的。

老人就让我睡在隔间的那张小床上。

老人亲自动手做饭，一双茧手切着乌黑的苔菜叶，切肉块。这双手总是让人有一种奇怪的感觉。我在旁边看着，插不上手，多少有点尴尬。那个莫芳不来帮忙，择完菜之后就回到了自己屋里。我要帮老人洗菜，老人把我挡开了。好像做饭正是他日常生活中一件有滋有味的事。他把一种宽粉条放在了肉块和苔菜中,然后就点火。这是一种极其简单的做法,多少有点像我们在野外旅行的人做的那种汤水宽绰的野餐。

老人看着火苗燎着铝锅,神色多少和缓了一些。他点点头:"苔菜喜欢肥一点的肉。"

这餐饭,我们三人围在一个洗白了的小木桌旁,每人盛了一碗苔菜炖宽粉肉块。香极了。主食是玉米饼,也是老人做成的,有薄薄的一层硬壳,不焦不嫩正好。

饭后,莫芳又回到她的房间去了。一会儿,从那儿传来了一阵低低的西乐。老人把门关了,和我一块儿回到书房。两张木扶手简易沙发已经很旧了,上面连个套子也没有,沙发布已经开始破损。他给我沏了一杯茶。我很快谈到了那个人——于畔。

他淡淡地应着,好像不愿更多地回忆往事。

我们正说着话,有什么在轻轻挠动那扇门。老人立刻站起,把门打开。原来是一只胖胖的白猫。我还是第一次看到它在这个屋里出现。显然是一个被宠坏了的家伙,一进门就不假思索地跳到了老人膝上。老人抚摸着,端详着它的脸,说:"这显然是个资产阶级阔小姐,不过也拿它没有办法。"白猫妩媚,温柔,尽可能地撒娇。它舒服得脖子伸起,下巴抬得很高,肥肥的前爪按在老人脸颊上……老人拍拍它的屁股:"还是找她去吧,走吧,我们要谈话。"

肥猫一扭一扭离开,头也不回。他起身把门关上,"它每天到我屋里问候一次。它比莫芳好。"

我笑了。老人一点笑容都没有。这样一会儿,他沉沉地吐出一句:"他们是我家的一个耻辱。"

我一声不吭。

"那个混账小子,也许有一天该把他一枪毙了……一个叛国者!"

我看到,老人下巴抖动,一双手也抖起来,“他留下这么个女人,还得让我侍候,她现在朝思暮想的就是滚蛋。她滚蛋好了,不过也没有那么便宜……那个混蛋是随市里经贸代表团出去的,代表团要回国时,他溜掉了。就这样携走了一笔巨款……她要走恐怕就没那么简单了。那小子在外边也不会好受。不过我这个儿媳也待不久了,再走不掉,就会到别的地方。走吧,我倒希望她早些从这儿离开。”

我有点担心,说:“可那样一来,您的生活……”

“我不需要别人照料,我会一个人打发到底的。”

门又掀开了一道缝,传进来一阵轻音乐。老人赶紧把门关严,“她现在听外国音乐,喝咖啡,吃饭都换上了叉子。正做准备”。

老人呷了一口茶,突然问一句:“凯平没受牵连吗?”

“没有。那个老人总算喜欢他,信任他。听说总管吴灵就不同了,好在……”

老人站起,在屋里踱了两步:“这个孽子!莫芳还说他骗走的是大资产阶级的钱,活该——这两个混蛋……”他狠狠捶了一下书架,几本书跌落下来。我帮他收拾着。

老人的书架上没有杂七杂八的东西。一套用旧了的《马克思恩格斯选集》,一套很久以前莫斯科出版的灰色布面的《列宁文集》,还有一些我过去见过或没见过的战争回忆录、传记;除此而外还有一两本相当纯正的文学书籍……我小心翼翼问一句:“您不准备搬家,回那座城市吗?”

他没有吭声,停了一会儿又说起儿子:“那时候我的这个小子刚刚分到这所学校,还没露出狐狸尾巴;他两口子邀请我和他们一块儿住。其实我来了也就知道了,他们是想利用我来争得一套更大的房子。学校北边就是那个干休所,那儿有很多小楼,其中有一座要分给我,我拒绝了。我喜欢这幢平房,这个小院好!这使他们很失望……我到这里来住的另一个原因,就是我与这个城市有好多事儿哩。”

我听不明白。他沉吟着:“就在东边和南边的这些高高矮矮的山里,我们打过不少仗。我为了这座城市流过血,我的战友也死在这儿。我知道来日无多,到了那一天我也想埋在这里。”

三

这天晚上我没有睡好。我发现无论是西间和东间,两个屋里的人都睡得很晚。天快亮的时候我才勉强睡了一会儿,睁开眼睛已经八点多了。中间屋里有人活动,发出乒乒乓乓的声音。我穿了衣服走出来一看,原来是那只肥肥的白猫在撩动一个乒乓球,它的旁边是笑吟吟的莫芳,脸上那种温和的笑从来没有见过。霞光正透过门上的玻璃照在她的身上。我又一次注意到她长得竟然如此高大丰腴。显然,她是那种具有巨大生命活力的女人。

她见了我,脸色立刻有点冷淡,点点头,算是打了招呼。我敲西间屋的门,她咕哝一句:“不用敲了,人早出去了。”

“到哪去了?”

“他每天很早就起来散步,老习惯了。”

我走到了院子里。我想伴老人一块儿散散步。我问老人都到哪些地方走动?东边苔菜地那儿吗?她摇摇头:“他走得很远,有时候一口气走到东边山脚下。”

那可真够远的了,我想。

我在院子里活动着。最能吸引我的就是那一丛浓密的美人蕉。我站了一会儿,觉得身后有异样的感觉,一转脸见莫芳在那儿专注地看我。那只肥大的猫在她腿边环绕。我发现我与她之间几乎没有任何东西可以交流。这时候她的嘴角那儿出现了一丝冷笑:

“我知道你是怎么闯到这儿来的,为什么来。”

“为什么?”

“你想调查我丈夫的事儿,想找出一点蛛丝马迹。你肯定是吴灵的人,那个资产阶级鹰犬!好多人都这么做过了,我总是警告他们:别找我和老头子的麻烦,让我们安安静静过几年吧。我的意思是:你来这儿住几天我们欢迎,可是不会欢迎暗探;其实你什么也弄不到,这个你该明白。”

她误解了。我想向她说明点什么,琢磨着怎么解释。但我发现那是讲不明白的。后来我只用这样一句话让她安下神来,我说:“你放心吧,我压根儿就没想过你说的事情,我只是尊敬老人,受朋友之托来看望他。当然也想听一听他的教诲,就是这样。”

她笑了,这次尽管仍然有点嘲笑的意味,但比刚才好多了。她的鼻子可真高,像混血儿。

“那就好,我们可不希望你是一个麻烦人。早晨吃什么?喝咖啡吗?”

口气比刚才柔和多了。

“谢谢,我还是喝茶吧。”

她的大鼻子动了动,那双描了蓝影的大眼睛跳动了一下,说:“可你无论如何还得承认,外国比我们搞得好,他们比我们有理性,生活方式也科学得多。”

“外国人像我们一样,有的贫穷,有的富有。”

她收敛了最后的一丝笑容:“我跟你说的是‘第一世界’。”

我也笑了,“我跟你说的也是‘第一世界’。他们是比我们富有,可是他们也有自己的一些臭毛病。”

她像受了惊的小孩子那样缩着身子,向后退一步,“你可真不像个年轻人。”

我告诉她已经不年轻了,四十多岁了,不再天真了。我好像在故意刺激她,又骂了几句外国人的“臭毛病”:“外国人到底有什么好?吃起生菜来像兔子,吃起带血的肉又像狼;外国人到底有什么可尊敬的?”

听了最后一句话莫芳差一点跳起来:“你真的这样想?”

“差不多。”

“你是开玩笑吧?”

“怎么了?”

“我看你这人够俗的了……”

“嗯,可我觉得还俗得不够呢,”说到这儿,不知为什么一股莫名的火气在我的心头冲荡了一下,一句话脱口而出,“不过我多少想劝告你一句,也别太过分了,如果把老人气病了,那就会有人好好揍你一顿。”

我对自己都有点惊讶,我相信从来没有一个生人敢在这个大块头跟前讲这样的话。她这会儿真的傻了眼,直愣愣地望着我,那只肥肥的白猫也在看我,眯着眼睛,圆圆的小鼻子在空中嗅着什么……

老人在很多时间里都是沉默的,我极想引他讲一点过去的事情,可总是失败。到后来我一遍遍问他于畔——我相信只有那个人能够使他激动,因为这个人是他的战友。再就是谈岳贞黎,谈那场激烈的战斗。

老人终于不安起来,话也多了。

“从年龄上看,于畔该是我的大哥。我现在最后悔的一件事,就是在他生前没有机会促膝长谈一次。你知道,那时候这样的机会很多,在野外,在打仗间隙,我们拢上一堆火摆上一壶酒,就有一场好谈。据说他的酒量大得惊人,那个家伙呀,是一个心里干净的人……”

老人把手按在我的肩膀上:“干净人在这个年头不多了,我一辈子都喜欢干净人，脑子干净，心里干净，做事干净。”

我屏住呼吸听下去。

“到了最后，他的那个同村兄弟——就是那个岳贞黎，让他放心地闭上了眼，他把小凯平当成了自己的儿子。老岳是我们几个当中地位最高的了，命是于畔给的，他会好好疼怜这个孩子。再说他又没生孩子！从哪方面讲老岳都会是一个好父亲——可人哪，一旦权高位重，对自己的孩子都会变！有一次他来看我，离我住的地方只有一条街，还是坐了轿车，带了警卫……他与孩子相处的时间太少了，就是在一起，说起话来也像做报告……”

我说：“他不该那样干涉儿子的婚姻，他在这方面太固执太过分……”

老人若有所思地看着前边，“我们活下来的人哪，有时候觉得像做梦——因为我们看到的死亡太多了。现在的人玩昏了头，觉得死去才像做梦……其实战争也不过结束了几十年，当年拼命的那一茬人还在——人们叫他们‘老红军’，其实不一定爬过雪山走过草地，不过是从那个年代过来的人。我们知道死了多少人——不是记个数字，是亲眼看见的，这和看报表可不一样啊！我天天想的就是这个……”

我凝视着老人。

“什么事情都有个来龙去脉……”他转脸端详我，突然看着门口说，“你猜我那个宝贝儿媳怎样讲？她说‘人哪，要简单也简单，只不过分成两种：一种是捉弄人的，另一种是被捉弄的’。她是说，我和于畔这一类都是被捉弄的。这句话够让人心寒的了。不过我可不承认自己是这样的人。我知道她是指我打仗流血，身上白添了这么多伤疤。我只想告诉她，我做了自己最想做的事情。这些伤疤算什么？我活下来了，我身边有多少比我好上千万倍的人物，比如说于畔，早就不在了；还有一些人死的时候甚至来不及喊上一句话。这能后悔吗？我只不过是他们当中留下来的一个。我现在老了,如果再给我那样一个机会,我还是要抓起枪来。”

他的头昂着,看着窗外。

窗外就是那一大丛开得旺旺的美人蕉。是啊,抓起枪来——为了什么？为了开放起来像燃烧一样的美人焦,为了大边上那彤红彤红的一片流云。我知道眼前这个老人的一番话全都来自肺腑——相反另一些人的夸张话语我倒是听了不少,他们大多在显示自己的刚直不阿,或借助于一点特别的经历。但我还是能够轻而易举地辨别出哪一些是虚张声势,而哪一些又是质朴之言。眼前的这个老人可不是吝啬鲜血的人。

夜越来越深了,我们俩的谈话也开始深入。这令我时不时地沉浸在激动之中。月亮升起来,旁边是稀稀疏疏的星斗。我透过窗户望着它们,在想一个人——我的父亲……比起于畔和眼前的老人,他或许更加不幸:心怀了同样的热望出生入死,却没有倒在前方,而是死于“同一营垒”的折磨之下,含冤而逝……

老人的声音极其低沉,渐渐把我的思绪拉回来:“当年,我刚刚十几岁,家里人就把我送到那个地方,让我住在叔父那里,他是个大资本家;后来一切顺当,他把我送到外国人的学校里。不客气地讲,我比那个宝贝儿媳更早地懂得外国音乐和咖啡是怎么一回事,可我还是回来了。我回来一看,我们家的大宅正吃紧哪,他们说外边有人闹反,我知道这是什么意思。我在学校里已经加入了一个组织,回来是身怀使命。我叔父怎么也不知道他的侄子成了他们这一茬的掘墓人,就这样把我放走了。我从这儿到了南山,然后又回到这个城市。我待在政委身边,后来他调走了,我就成了政委。我们的队伍越来越大,那时我还不到二十岁。大概是五支队把我们家的宅子给解决了。我父亲跑了,我和他再没见面。他死在海外……夜深人静的时候,我还想看看我们那个大宅院,还想了不少在学校那时的事情;我想得最多的是我们政委脸上那个大疤瘌。那是有一次一颗子弹射进口腔,又从腮部钻出,他的舌头被削掉了三分之一,从此说话也含混不清了……他离开部队,被派到了另一个地方,我就接替了他的活儿。我知道,父亲直到临死那天都会恨我,会骂我是一个'叛儿'。我心里明白,我不叛他,就得叛更多的人。我二十岁以前已经到过中国最大的城市。我在整个的北部平原和山区已经往复奔走了多次,了解各种各样的人,亲眼见过那么多的人一辈一辈都在泥里打滚,一年里吃不上一口白面。他们活活被饿死累死。我也亲眼看过许多父亲这一类的人,他们过的是什么生活!我们家有四十多个仆人,光女仆就有二十多。我父亲有六个姨太太,大姨太和最小的姨太太之间相差三十多岁。不必说那些往事了,那些事情你已经知道得不少了。我是说,日子过到了这个份儿上,有点血气的男人就该想想办法,就该干点什么了……就在那个时候我找到了自己的信仰,找到了自己的组织。剩下的也就简单多了。剩下的就是跟定、忠诚,就是为它献上一生。我从心里认定,这是很光荣、很了不起、很值得的一件事。我的伙计,你还年轻,你也许很难理解一个过来人的想法……"

我在黑影里看着他那一对闪亮的、像儿童一样明亮的双目。我心里说:"是的。不过,我想我今夜能明白您的话吧。"

他把沉甸甸像石块一样的大手压在我的肩上,轻轻一晃,又取下:"那时候,我们经常喊的一个口号就是'让人民当家做主',把权力从那些有钱有势有武装的王八蛋手里夺回来,交给'人民'。'人民'这个字眼可得好好琢磨呀,谁都可以这么讲,不过什么才是'人民'?'人民'真的有吗?换一个说法,大多数人真的能'当家做主'吗?我从那个时候问到现在,问了快一辈子,最后还是相信:'人民'是有的,'人民'是可以当家做主的。那是一种伟大的事业,值得你为它花上一生。我们果然死了很多人,受的苦难没有数。

这期间我们也动过别的心眼，打过一些算盘。因为要实现那个伟大目标不动心智是不行的。事情到后来你也知道了，这就是我们千千万万人都熟悉的历史了。它一次次被扭曲，坎坎坷坷，不过大致上你还能明白是怎么一回事儿……”

他又把脸转向了窗外。我知道他在看那漆黑的夜色中转向西边的星月。他像是默念：“……我看到这样的一份历史材料，那上面讲，当年有一个知识分子到了根据地，找到了我们的领导人，提出了一个很尖锐的问题。他说：‘历史上一茬一茬都不过是改朝换代，旧的王朝渐渐腐败，新的王朝又开始兴起。每个王朝在诞生之初都会带来一些新气象，都会发生一些革命。可是随着时间的延续，官僚作风、官僚机构又会开始形成，也就再一次走到腐败……再接下去，又会有生气勃勃的革命、有新王朝接替它。这样循环往复，成了周期率……你们能打破这种循环吗？能打破这种周期率吗？’那个领导人回答：‘你说得好。不过我们找到了打破这个周期率的办法，那就是：真正让人民群众参与政治，让他们监督我们……’”

我在夜色里盯着他，屏住呼吸——父亲在最后的日子里，也纠缠过类似的问题吗？

老人垂下头来：“一个人要立志一辈子做穷人的头儿可真难哪。不过我相信，我们当年真的有过这条思路。”

我忍不住大胆说：“可是……”

我还没有把下边的话讲出，老人就紧紧抓住我的肩头：“‘可是’什么？你讲小伙子，讲错了不要紧！你是一个诚实的青年，我愿和你讨论。”

他的语气那么柔和。他的这种柔和真正鼓励了我。我说：“可是，接下去人们的生存环境多冷酷，多少人妻离子散……”

我说这些话的时候又想到了一些朋友的父母，想到了千万个催人泪下的故事。还有我父亲的故事——我一想到他心里就有难忍的痛楚。我一点也说不上爱他,可是关于他,我真正想说的又是什么? 一股热辣辣的东西在我心口那儿泛起,我用力将其压住。面前这个老人一声不吭地低头,后来发出喃喃自语:

“任何伟大的思想,要实现它就得经过无数双手。我们没有这么多手啊。他们把这些思想——哪怕是最好的思想,也会一点点弄光了。还有,一个人或两个人的思路毕竟狭窄,这些思路不该由一两个人定夺,这要让更多的人去思想,人人都有这个权利。不是说让‘人民当家做主’吗? 那就意味着要给‘人民’思想的权利吧!这才是好样的! 可是,没有,没有他们思想的机会,没有这个可能。‘伟大’的思想铺天盖地,把天底下所有的边边角角都填满了。你知道伙计,再伟大的思想也能把人逼得发疯,一直到把你逼进角落,你退,再往后退,退到最后,剩下的也只有反抗了。我不知道这样讲对不对。我现在天天想的,就是类似的问题。我在想,也许应该允许人们四下里看看——看看‘伟大思想’旁边还有什么别的思想? 那样也许会好一些。还有,也是最重要的,就是那颗偏向穷人的好心肠,它到底是真还是假? 我们要有勇气谈历史,那就先拿出勇气问这样一句话吧!”

我忍不住说:“是的,我也赞美这种‘好心肠’,我甚至从来都没有怀疑! 可是如果这期间有一个人为此蒙受了不白之冤,如果他死得很惨,我就要为他鸣屈喊冤。我觉得我们没有权利让一个生命蒙受不白之冤,无论是谁,都没有这个权利!”我攥紧了拳头,浑身颤抖。我想到了父亲革命一生,最后时刻却害了心口痛,蜷在沙地上死去,直到最后还蒙受着不白之冤……

老人霍一下站起,在小小的空间里踱两步,又立定了。他说:“我同意……就是在这一个个具体的磨难里,埋下了全部失败的原因。你挖掘下去就会发现到底是什么原因。不过这个难题无论怎么缠我，还是没让我陷入困惑，就是说，我的头脑还没有浑起来。我在想，我们以前死了那么多人，流了那么多血，可是比起后来的斗争，无论是残酷性还是复杂性，还是其他，都显得简单多了。我们要做好任何事情，归根到底还是要交给‘人民’，也就是说，要让‘人民’接手干下去。可是我们的‘人民’当中包括各种各样的人，他们有各种各样的要求和嗜好。但他们又是‘人民’！一个再了不起的头脑也代替不了‘人民’啊，代替不了他们的作用，因为天下事情总得由大家去做，谁想越过大家一手包办，谁就必然失败。这是一条不变的规律。一个集团、一个阶级、一个人，不在于他的称号是什么，不在于它把自己叫成什么，都有一个怎样对待‘人民’的问题。对掌权者来说，也许背叛每时每刻都在发生。怎么提防这种背叛？也就是当年那个老知识分子所提出来的，怎么打破这种‘周期率’？大概也只有一个办法，就是把事情真正地、不折不扣地交给‘人民’！那时也许会引起混乱，这混乱是必然的——但要看这种混乱是否动摇了我们的根……”

“根是什么？”

“根就是理想！就是信仰！”

“……可是这种说法太古旧，太容易引起混淆。我是否可以换一个更古旧的说法——这反而容易被大家接受……”

“你讲吧。”

“‘根’是否就是向上、向真、向善的那么一颗心？它属于伦理学的范畴……”

老人点点头：“且由你这样说吧，也许它没什么大错。总而言之一句话，我到现在还看不出来，不创造一个直接让我们的‘人民’投入的那么一个机会，我们会有什么别的办法来阻止这种背叛！”

四

老人的话刺激了我，让我很少这样剧烈地思考。我在想，一些人付出的代价是多么昂贵,他们毁坏的东西简直数不胜数。他们打碎的东西太多,我敢肯定地说,那种破坏永远也不会被原谅。有人一方面表现出了惊人的纯洁,可是另一方面又表现出了可怕的幼稚,甚至是污浊和丑陋。我们失去了几十年的时光,贫穷、衰弱、无力,这几十年中的含冤惨死者与饥馑中的死去者已达到了无法统计的地步。事到如今我们已经没有能力维护最起码的东西了。前途不堪设想。我敬重面前这位老人,更多的是因为他的纯洁,而不是他的思想。我与之不同的是,我还弄不懂“人民”这个概念该如何使用。但无可置疑的是,今天我们绝对不能丢掉那份纯洁,那是燃烧的热情,是生命的激情。当我们失去这些的时候,即使人人都变成了富翁,换回的也仍然是粗鄙和贫寒。粗鄙的财富从来都未能挽救一个民族的沮丧。一个唯利是图的世界不会有真正的人的生活,一个只知道拼命搞钱的民族只会堕入最不干净的地方。

老人一直闭着眼睛。后来他叹息一声抬起头:“‘资本主义’是简简单单的一种‘主义’,大概人人都可以去搞。让‘人民’做主,这就不同了,它有说不出的麻烦劲儿,可不是随随便便什么人都能搞得来的……”

我笑不出来,因为这丝毫不含有什么幽默。我问:“可是我们从哪里找那些‘杰出’的人呢?我是说我们要有‘杰出’的‘人民’?”

老人在我这句致命的质询里,痛苦地闭上了眼睛……他轻轻回答,像是说给自己:

“是的,找不到‘杰出’的人也就算了,但千万不要自吹,说自己已经找到了惟一的什么……”

真是意味深长的一句话。它让我久久咀嚼。老人不愿忘掉过去,不愿一下子把目光投向未来,因为他知道问题远没有那么简单。所有只让人盯住所谓光辉灿烂的未来的人,不是幼稚的孩童就是可恶的骗子……我还记得从这座海滨城市走过时亲眼看到的一座又一座拔地而起的高楼。这些高楼大概在海滨平原上压根儿就没有过,它们是崭新的。但仅仅让它们代表一个“未来”,不是太过苍白无力了吗?可是喧嚣与繁荣混杂一起,鲜花和毒菇并生一处,去掉毒菇鲜花也会枯萎。喜欢鲜花吗?那么就容忍毒菇——可是弄到最后,我们还能否找到一小块干干净净下脚的地方?

老人像说梦话似的咕哝:“报上不断登出这样的消息,说是在世界的哪个角落挖出了一台彩电,它竟然是几千年前的!还有,从哪座古城废墟下边发现了更早时候原子弹爆炸的痕迹。前不久报上又登,说发现了一座几千年前的核电遗址——这些消息让我分外注意,因为它们只要有一丁点儿是真的,那就需要我们大家先把一切活儿停下来,要从头好好想一想了!”

我点点头。

老人又问:“你想到了什么?”

“我想到的是不可思议,这些消息如果是真的,那么就把我们过去的一切思维、一切推理,都给搅乱了。”

“我说过,这很多消息中哪怕有一丁点是真的,那么结论也只能有这么两条:一是真的有什么神灵之手做下了这一切;再不就是我们干的这些,‘史前’人类也曾达到了和今天差不多的文明水平。这起码在悄悄告诉我们一个原理:我们人类曾经自己动手把自己毁灭过一次或两次了,一切的智慧成果,文明,一点不剩,全毁灭了一遍!你看,人的聪明总是不如恶行走得快,到后来就让恶行把所有的好东西全数毁掉了,毁个一干二净!”

这个结论当然惊心动魄。但我挑不出破绽。这些话只能勾起长久的痛苦……当代人就是命该如此地面对应接不暇的信息轰炸,还有无可匹敌的金钱诱惑,光怪陆离的花花世界;现代科技进步所带来的一切成果,很可能只是一枚甘甜的毒饵。疲惫和狂喜积累成疾的现代人,已经难以顾及考古发掘中爆出的雷鸣电闪了,他们既不会产生面前这个老人的惊惧,也不会拥有自己的结论。现代人在自以为是的聪明中断送了最后反省的机会,他们的一部分肌体已经在纵欲中死亡。仅以卫星电视而言,它巨大到不可思议的传播能力,差不多成为人们日常了解外部世界的最重要窗口;它几乎吸引了所有人的注意力,也夺走了人们对一些朴素然而却是至为基本的思考。人一天到晚把两眼盯在冰凉冷漠、无情无义的小小荧屏上,慌忙不迭地接受一些鸡零狗碎。我们失去了直接面对荒野、面对高山大河和海洋的机会,然而它们才是真实的世界。我们的生命智力所依赖的“精神”,既不能专注集中,也不能受命于心灵。每个人都在面对一个陌生的“我”:浮躁、虚无、惆怅和无聊,而且还出奇地冷淡。人和人一样,都在不知不觉中吞下了大剂量的麻醉药,幻觉已经产生,行动已经迟钝。我们不再关心那些紧迫巨大的、似乎与我们切身利益相去甚远但实际上真正重要的问题了。不想明天,也不忧虑昨天,宁可关心一个俗不可耐的演员令人作呕的表演,而不再追究变幻无常的环境对人命的催逼。记忆里从未有过的反常的冬天,史前文明奇迹的可怕昭示,一切都无声无迹地从眼前流过……

今天,我们无论如何需要承认一个可怕的事实:至少五千年来,我们的善不仅没有得到有效的积累,而且还呈现出负增长。

明天等待我们的到底会是什么?

这是一个无法安眠的夜晚,我和老人一样。夜越来越深,到后来我们都不说什么了。灯光被老人弄得暗暗的。后来我们一前一后走出门去——几乎是没有约定。老人在前。夜里,秋风有点凉,老人连风衣也没有穿。我们走出屋门的那一刻,突然闻到了一股青草的香气。院子里一片明亮,他儿媳那个宽大窗户射出了强烈的灯光。窗前有个影子一闪,是莫芳在观察我们两人。她一定会感到疑惑:夜这么深了,为何还要外出?

就在我们迈出院门的那一刻,她故意把屋里的音响拨到了最大音量。我们于是听到了一个狂热的欧洲歌手在嘶哑大叫:“妈妈!妈妈……”这个屋子里生活着两个躁动不安的人,一老一少——他们在为不同的东西而激动。我不由自主地瞥了一眼,看到了在窗前站立的那个高大的女人,此刻她正瞪着一双黑洞洞的、说不上是忧伤还是欢乐的眼睛,目送两个深夜外出的人。

外面的空气多么清新,远处,月亮已经偏得很厉害了。它勾勒着西南方那些山岭的轮廓。黑黢黢的四周,是我白天看到的那片苔菜地。我们在微弱的月光下走了一会儿,后来就站在了一片田垄上。老人拃着腰立在那儿。我发现他的眼睛一直望着西南方那片低山。他大概在回忆早年的战争吧?那一溜低山显然是这座城市的屏障,那儿一定发生过激烈的战斗。

老人就那么一直看着。这样站了一会儿,他突然转过脸看我,好像在星光下可以看得更为清晰似的。看了一会儿他说:“嗯,你比我的儿子大,也比他有出息得多。”

我不知这种褒扬里到底蕴含着什么。

“你想听一听我那个混账小子的故事吗?”

我没有回答。他把脸转过去,从衣兜里摸索着,摸出了那只大烟斗。他点上吸一口:“他今年三十五岁了,比你小一点点。嗯,他当年在学校里还是一个好孩子。学习好,思想品德好,遵守纪律,最愿听革命故事。因为那个时候就是这样的一种风气。有的人就是这样:在每种风气里都会是一个顶尖人物。后来,你知道乱起来了,到处都乱。那时候我还在另一个城市工作。这小子有一天还嫌他爸爸倒霉得不够——我在那儿喂猪,正劳改呢——他领着一帮人冲到猪场里,把我从猪群里边给提着耳朵揪出。你看,他到猪场这儿造老子的反了。我两手沾满猪食和脏东西,还没等把手擦干,他就命令我站好。他那帮小伙子都不到二十岁,精神头儿足,戴着袖章拿着红书。我心里喜欢他们又可怜他们,一个一个小眉毛小嘴巴都挺秀气的。不过我像他们这么大时,身上已经挨了一枪了。我说好,好小子,有胆量,跟你爸当年差不多,造老子的反。不过呀,你要造反先要好好琢磨琢磨,琢磨出个道道再来动手。你光呼口号不行啊,'打倒''反动',这些谁都会说,这都是书上学来的,街上听来的,这不作数。你觉得你的老子哪里有了毛病?揭得越疼越好,但要说到点子上。好孩子,这可不是简单的事情哩……我这样跟他讲,他听得蛮认真,眨巴眨巴眼。他旁边的同学哧哧一笑,他的脸立刻红了,大概是不好意思吧,就呼起了口号,伸手指着我的鼻子。你看就是这么一个愣小子。其实呢,他不过是个忠诚的孩子,只想做一个最好的孩子,就是那样。好了,后来我有机会出来工作了,社会上也渐渐平静下来,先是复课闹革命,后来又是上山下乡。照理说他可以不去,他是独子。可他照例跑在前边,我说过,任何风气里边他都是顶尖人物嘛。他在下边干了好久,最后恢复高考,尽管好几册书都没学过,硬是自己啃,第一批就考中了。再后来就是分配到这儿教学。他还是干得不错,成了他们那个教研组里最好的一个老师。那个莫芳,就是到东部城市实习看上了他。后来经商风盛了,有不少人开始辞职,我的儿子又是他们学校里最早留职停薪出来办公司的人。公司可不那么容易办,因为他一点思想准备、一点经验都没有,很快赔掉了,赔个精光,赔掉以后他过去的老师给他做了思想工作,我也参与了一点意见,希望他不要把自己最擅长的东西给扔掉,最好还是回到原来的岗位,这对他对工作都是一件好事。就这样他又回了学校。可是他的心没有回到那儿去。前些年出国风越来越盛,他就出去了,再后来,你知道,竟利用一次机会来了那么一手!我说过,我的孩子在什么风气里都是一个领先一步的人!出国风里他跑得又是好快……我对你说自己的孩子,是要与你讨论一个问题啊,伙计……”

他把烟斗从嘴里拔出,火头暗淡下来。他把烟磕了:“我的孩子不笨,我试过。这小子还算聪明,各方面条件也不错。比他差的、和他差不多的年轻人又有多少?我想会有好多好多的。那么整整这么大的一伙子人都跟着风气转,它会带来多么严重的后果啊!我们的孩子,他们为什么就不能在一种风气里稍稍挺住一点?我回答不出,回答不出……”

老人痛苦地闭了闭眼,“我在想我这一代人身上的责任。我觉得责任在于我们这一茬人。比如说我,没少对孩子费口舌,可是我没能教会他最根本的一条,就是独立思考的精神!我记得从来没有鼓励他坚持什么。一个人可以听别人讲,也可以信任别人,但总得有自己的思想。别人的思想再伟大,那还是别人的思想。我今天说过,要让‘人民’有自己的思想,当然也该包括自己的孩子!要鼓励他有自己的思想!不然的话,他就会随着一种风气走,一代人都这样,涌来涌去像在大河套里赶大集一样,把个世界给踏毁了,一点绿苗都不会有了!到那时候什么都晚了……”

好冷的秋夜。这个晚上我们一直在苔菜地里转着,身上都被凉风吹透了。

儿　媳

一

在这个美人蕉盛开的小院里,那个老人时常神秘地消失,只把我一个人留在小院里徘徊。我走出去,常常是不经意地一瞥,发现他就站在远处那片墨绿色的苔菜地里。他竟用那么多的时间遥望远方。当我独自一人的时候,常常涌出一些奇奇怪怪的想法,总要忍不住地思念,沉浸在一些激动和默想之中。一次又一次想起小时候,想那棵巨大的李子树,想它芬芳的气息——和眼前这丛灿烂的美人蕉的气味儿混在一起,吸进肺腑。

莫芳的屋里不时发出现代音乐的嘶叫。有时我的思绪竟能顺着这乐声飘向很远,直飘到极远处的那个逃避之地,那个胆大包天的坏小子的栖身之地。我相信这个女人正在用这种办法与她的那块心病取得联系——起码是一种自我安慰。这个留守者究竟是铁了心爱她的男人,还只是一心想走,想离开这块她厌恶的地方,大概还要两说着。在她与男人及荷荷之间,显然有一种紧张复杂的关系,这从她的只言片语中已经感到了。这里面当然有许多故事,不过她轻易是不会为外人道的。

"……又见你,美人蕉/在伤心平原的村庄/在无辜的寒舍/你尽情开放/留守者空洞的大眼/向我诉说一个心寒的故事/美人蕉,美人蕉/由一位老军人亲手播下……"

莫芳有时候也给自己放放风。她出来时身后总跟着那只肥墩墩的大猫,它环绕着主人和我,对我一点儿也不感到陌生。莫芳有时放下冷漠,笑吟吟的。我必须承认,她身上洋溢着极其特别的气息,安静下来时脸上甚至有一种异常高贵的气质;无论她的心是否邪恶,有着怎样奇异的思维,或深邃或浅薄或不值一提,但她外在的美是确凿无疑的,它与其他一切方面相对独立地存在着。她以嘲讽的口气称我为"伟大的行者",一点也谈不到什么客气和尊重。她多少有点目空一切。我想,她大概是因为自己长得高大俊美,把这些当作了骄傲的资本吧。由此可想她在那个图书馆或其他地方,四周一定尽是一些唯唯诺诺的马屁精,是他们响成一片的喝彩声。

我们三个人一块儿吃饭。我发现莫芳的饭量不仅不大,而且还特别小。这就不由得让人猜想:她究竟从哪儿摄取了充足而广泛的营养?要知道需要多少营养才能饲喂和培育出这么丰腴水灵的一个大家伙啊!她身上没有一点泥汗,总是干净到令人吃惊。我得承认,我还从没见过如此高大又如此洁净的女人,简直是完美无缺,芬芳四溢。而且从谈吐上可以发现,她的智力较一般人发达得多,如果顶起嘴来,可能很少有人是她的对手。从她红色的肥嘟嘟的嘴角就能看出,那儿隐藏了多少刻薄话!我警告自己:可千万不要弄翻了她,不要招惹她。她具有一切美丽而特异的女人吸引别人的那种魅力和神秘。她有一个巨大的优点或缺点,即不常出门,一天天趴在家里,像是在实行自我囚禁。她沉浸在疯狂的现代音乐里,成了一个标准的"发烧友"。我想平时如果这个高大的身影在街头摇晃一下,说不定会产生一些可怕的后果——在短时间内让人群感受大面积的惶惶不安。这显然是一个富丽堂皇的美女,如果她愿意,她就有能力摧毁……

她笑着问:"哎,'伟大的行者',这几天欣赏我们家老头儿,肯定很有趣,很满足是吧?"

"请不要亵渎我们的友谊。"

"亵渎?你真的以为是亵渎吗?你不觉得这样的老头儿很可爱吗?你知道,这样的老头儿现在已经是稀世珍宝了,你哪里找去?我相信你找遍半个中国也找不到第二个。这是我们家独有的特产。"

她的话刻薄而恶毒。我想在老人面前她绝对不敢这样讲。这难道是这个大块头美女特有的幽默感吗?看她两条结实的长腿那么坚实有力地踏在泥土上,突然让人觉得十分惋惜。

"你跟他讨论得够多了。如果有时间,我们俩也可以讨论一下嘛,你知道我对你们这些到处走的人有一种好奇。比如说你们四处游荡,放着工作不干,这股疯狂劲儿是从哪里来的?这样的人以前也见过，他们都像你一样背个大背囊，还有的还发誓要走黄河、走长江……我甚至在想，这一类人很可能都是一些好色之徒……”

一句话呛得我满脸通红，或气得脸色发青。她见我这副窘态，竟然哈哈大笑，转过身去逗那只肥猫。我醒过神来，反诘一句：“就算你说对了吧，不过你所说的那种‘色’，不是人，而是祖国的大好山河。”

我为自己的比喻、那种反应敏捷多少有些得意。其实我当时更想说的是，我并不是什么闲来无事游游荡荡的“行者”——尽管我内心里渴望充当那样的角色——我这会儿恰好相反，是实打实地做事，是有备而来……

她仍然笑着，高大的鼻梁耸了耸，盯着我看了看：“你莫激动，我一看见你这个愁眉苦脸的样子就觉得好笑。我不管你从哪里来，是什么货色，我只是说说真实的感受。你是我们家老头子的客人，不是我的客人。我只是一个旁观者。我很超脱，我要说的就是：你这个人痛苦有余，蔫不拉叽的，头发乱得差不多招了虱子，怪可怜的——不过现在人人忙得不得了，谁还有工夫去搭理你们呢？就是再伟大的行者，就算孙悟空又能怎么样……”

我想讽刺她几句，不让她太得意了：“我看你也很可怜。”

她毫不为难地一笑，那对秀美的眉头往一块儿蹙了蹙：“照你这么说，我们是‘一对可怜的人儿’了？”

“一对”“人儿”，这两个词亏她使得上！这里有明显的挑逗和嘲讽。古怪的女人，留守者，像那个叛逃的男人一样胆大妄为。这是两个冒险家，一对邪恶的雌雄宝剑，具有可怕的杀伤力……她进了一次屋子又出来，掏出一把花花绿绿的糖果，全是外国糖果，递给我一颗：

“吃吧，刚才是跟你开个玩笑，请不要生气。你既然是我公爹的客人，也多少算是我的客人。生气了吗？”

最后一句细声慢语，像呵气似的，声音完全变了。接着她就用这种鼻音很重的、柔和的声音跟我说话了："不过我第一眼见你背上驮那么个大包，像蜗牛一样挪蹭到我们家，真是觉得又可笑又可怜呢。多么让人同情啊，衣服那么脏那么旧——不过你的眼神让我一眼就能看出，这可不是一般的流浪汉。所以我就让你进来了。今后你可得注意一下了，这样会把身体搞坏的。这种事儿我们女人明白，我们靠直觉就知道……我那个男人现在也是一个人了……"

说到这儿她的眼圈红了。一个好演员。

我想眼前这个人许多年来都是孤独的，她的男人即便在出逃以前也独自闯荡。这会儿她倒由我想起了远在天涯的丈夫……我想到院子外面透口气，可她总是缠住我说话，把那只肥猫抱在怀里，不停地抚摸，还去吻它洁净的小鼻子，"你看它已经被我惯坏了，就像我的孩子一样。"

她拍打着抚摸着。那只白猫就用力往她的怀中拱着，像个吃奶的孩子。她不停地亲它，肥猫就把两只圆圆的前爪搭在她的肩上。

二

"你们俩谈得多热乎，老头子这一下遇到知音了——他这个人就是这样，有时候好几天不说一句话，不过遇到让他高兴的人，又会谈个不停，把什么猫猫狗狗的事儿都倒出来了——哎，他跟你讲过老伴的事儿啦？"

我摇摇头。

她撇撇嘴，嘲笑的意味又挂上了嘴角："他一准又在跟你谈什么穷人啊，理想啊，信仰啊，就是不谈自己的老伴——我知道他懒得提她。"

“你的婆母?”

“我没见过她,她死得早。不过我听人讲,她长得可算漂亮。她那时候在部队里还是一个出色的女兵呢,两手都会打枪,是人人喜欢的一个姑娘。她家里穷才出来革命,当战士。女战士无一例外,都是出身特别贫苦的。像我婆母,就是为了躲那个当丫环的命才跑出来的。如果不跑出来,就得给她们家老爷当小老婆。听说她们家老爷快七十岁了,还要她当小老婆,长得好嘛。我公爹那时候还是一个英俊小生,是见过世面读过洋书的人,尽管才读了一小半就跑回来了。那时候革命的女人少,他俩就搞上了。到底年轻,不到半年工夫就搞上了一个小孩。小孩生下来,战争环境怎么办?就不得不扔在老乡家里……这一类的故事你大概听多了吧?后来条件很差,孩子就死了……”

眼前这个女人讲起自己的长辈那么轻松,一路说下去:“可是,到后来战争结束了,我那个没见面的婆婆先是在区政府干,后来又在妇联干。无论怎么她身上的那股‘味道’都不行,我是说她‘修养’不行。她怎么能比得上他呢?他可以为穷人流血,可就是不能有始有终地爱一个穷人家的姑娘。我是说他一点也不爱她。我的婆婆是个聪明人,她怎么会不知道男人的心思呢?就这样,那几年混乱,她一上火就得了病。她要忍受没有爱的生活啊,所以很快就得了病,死了。”

我不知道莫芳为什么要对我讲这些。

她叹息:“一个女人只要没有爱,早早死去是必然的。我就不能没有爱,我可不能遭那份活罪。”她看看我,用力抚弄猫脸。我觉得她用的力量太大了,那只猫开始感到痛苦了,小声哼唧,极力想从她怀中挣脱。她却使劲把它按住了,说:“我们好久没见面了,不过我天天想他。从他走了以后我就很少睡觉了。我听音乐、读书,用这个压迫想他的那股劲儿。反正躺在床上也睡不着。我那一位像你一样,也是个呆子,也愿意皱眉头;不过他呀,长得比你白,胖胖的是个白面书生。你们俩都怪可怜的……"

我可怜与否姑且不论,那个小子肯定不是的。那个家伙需要在全世界通缉。

"老头子也可怜,他的战友于畔也可怜。我公爹没跟你讲他走麦城的一段吧?"

我摇摇头。

她笑了:"其实他差一点比于畔还惨。本来他的职位比于畔和岳贞黎高多了,就因为内部肃反时牵连进去了,险些掉了脑袋……"

"那是什么时候?"

"那会儿还打仗呢,他那一帮有点文化的没剩几个,半夜里拉出去,一顿砍刀就完了……他是让一位老首长救下的。人是活了,好位子没了。接下去他一辈子也没干个像样的官。你说他不可怜吗?"

我没有吱声。类似的历史场景父亲就是一个直接经历者,血与火,冤案,洗冤与平反,大致就是这样……老人离开的时间太长了,到后来我忍不住去问莫芳:"他常常到哪里去?"

"找他的一位老战友,就在山那边的一个村子里。"

"也是老红军吗?"

莫芳说差不多吧:"那个人本来在干休所里,老伴去世以后他就找上了原来的老伴。"我越听越不明白,莫芳就解释:

"进城以后,那个家伙就把从小在一块儿长大的老伴休了——你看看,他们都这样。后来他城里的这个老伴又不在了,村里的那个老伴又没有嫁人,过年过节还要进城去看他,送些红枣柿子饼什么的。他年纪大了,反正得有个人照顾,就搬回村里去住了。"

"重新结婚了吗?"

“也不是重新结婚。人老了,搬到一块儿就是了。这一段他可能身体不大好,我公爹就跑去看他,有时候还住在他那里。”

她告诉我,那个老人因为现在觉得自己不久于人世了,所以忏悔的心情很重,以为几十年前抛弃这个同生同长的女人是该罚的,就为了还上心债,他才搬回那个村子里的。为她,他宁可舍弃城里的那座小楼。

“他们有没有孩子?”

“当然有,好多好多孩子。他新娶的那个女人年轻,精力旺盛,生起孩子很来劲儿,一次两个,而且是一男一女!”莫芳笑起来,“你问得多细啊……”她又发出了那种鼻音很重的、温柔的声音。

我再没话。我想怎样开始另一场询问,它才是鲠在心里的一些谜团。我想问一下荷荷和她男人的事情,谁知我刚开了个头,她就骂了起来:

“我男人说到底是被那个小婊子给害了的!不是遇到她,他永远不会这样,我调理了他十几年了,没有谁比我更了解他。他的胆子并不大,可是让狐狸精搞昏了头,再干出什么就难说了。她仗着一副臭壳子把他迷住了,他还让她当了什么‘助理’。那些日子她把他折腾得小脸焦黄,我一看他那副模样心里就明白:我男人完了。我估计得一点都没错,他们大概一天到晚捣鼓那事儿,累个半死也不停——男人色心上来胆子也就大了,他开始打钱的主意,要找一笔大钱供两人玩儿。我敢说,要是那小子不慌,他一定会把她领走——这叫兔子蹿逃一溜烟儿……”

“可是,从另一方面说,荷荷也是一个受害者。”

“你得了吧!你见她那时候了?那会儿她神气着呢,小腚翘翘着多恣,一人之下万人之上,在两个岛上都是女王!我家男人倒成了她的跟包,跟在后边颠着碎步,我恨不得给她两个耳光!他们坐了直升机从毛锛岛到粟米岛,那个得意。有人说他们最恣的时候在飞机上都捣鼓那事儿,难说这不是一对色痨……我等着看他们落难的一天,我那会儿就知道,两人早晚会有这么一天——不瞒你说,咱在岛上有自己的耳目,我什么都清楚。我是说毛锛岛,那上面有咱的人……我估计得一点不错,他们很快遭殃了,一个跑了,剩下的一个成了万人恨!你想公司里怎么能饶了这个小姘头小骚货,还不要变着法儿折腾她?她肚里装那点秘密都得如数吐出来,不吐干净就用脚踩着肚子让她吐、吐,就这么着,她完了,疯了……"

我对这番话又惊又疑。荷荷会是那个狂徒的密切合作者、合谋者?她会不会是给他一手捉弄了欺骗了?我一想到林泉,想到痛不欲生的庆连,心上就有一种剧痛。我不敢相信这是真的……我说:

"请给我讲讲岛上发生了什么吧,我必须如实告诉你,荷荷是我乡下兄弟的未婚妻……"

"啊?亲兄弟?真的?"

"真的……"

晚上,老人回来得很晚,他没有打扰我,只回自己屋里安息了。我睡在中间屋,东边是莫芳,西边是老红军。夜很深了,莫芳屋里还亮着灯。她的音乐一会儿开大一会儿关小,像海浪一样有节奏地拍击着身侧这面墙壁。我想她简直是故意折磨人,折磨自己也折磨别人。有好几次我听到她开了屋门走出,在小小的会客室里穿着拖鞋走来走去,像个幽灵。她在黑漆漆的夜里发出深长的叹息。有好几次我听到她那拖拖拉拉的脚步声走近了,真害怕她伸手敲响我的门。我从第一眼见到她的时候就面临着某种恐惧。我一直屏住呼吸听着叹息声和脚步声。谢天谢地,她终于回到自己的屋里去了……

我静静等待即将来临的黎明。

毛锛岛

一

毛锛岛过去几乎没有外来人等,一色的海中土著。岛外的人发现他们还是这个世纪的事,当时算是一个奇迹。本来这个海岛并非离陆地遥不可及,而是因为极特殊的海域地理环境:它每年里有一多半时间隐在浓雾之中,平时相隔十里即不见踪影。所以有时候人们将它视为一个仙岛,总说海里有一个闪闪烁烁的绿岛,它难得一见,是神仙居地。后来航海技术高明起来,机帆船出现之后,大马力高速度的航船可以冲破湍急的水流了,这才得以接近那个岛屿。

岛上的人当然全是打鱼为生,他们从哪儿来、祖先是怎么回事,谁也说不清。岛子方圆不到二三十公里,东窄西宽,是一个大致的鸭蛋形。东一边是岩石,海拔最高处只有十几米;北西南三面都是沙滩,只散落着一些礁岩。岛上树木葱茏,鸟儿很多,有不少蛇。蛇与鸟可能构成了食物链,而其他什么动物可能又要吃蛇。这儿有相当高明的蛇医,他们还兼治某种剧毒海鱼的蜇伤——这种鱼有的叫它们土鱼,有的干脆说也是一种剧毒蛇,不过以海洋为生存环境罢了。直到三四十年代,这个岛上的居民还是一色的土著,这些人个子稍矮,眼大,凸额,厚唇,嗓子尖亮。他们叫唤起来,尖尖的声音可以穿破浓浓的海雾和浪涌,让远海里打鱼的人听见。就依仗这个先天的特长,后来岛上出了不止三两位高音歌手,他们在大都市的剧院里发出震耳欲聋的高歌,声名远扬。

岛上土著除了这些明显的生理特征之外,还有稍稍隐蔽的一些不同,这要就近细细端量才能发现。比如说他们后背上都有人字形的浓密汗毛,沿椎骨两侧长出一撇一捺,在太阳下闪烁着金黄的色泽,煞是好看。脑瓜边缘有一些稍稍发红的绒毛,这使他们看上去就像布娃娃似的。岛上人世世代代只在内部通婚,这在客观上起到了保持纯洁血缘的作用。他们最早极有可能是在水里生活的,因为一个个肺活量太大了,几乎用不着特别训练,每人都能在水底待上三两分钟。他们水性之好,可以和鱼类相比。多少年来,死于溺水的人几乎没有。死因除了一般的衰老或其他病因,主要是被蛇咬死和毒鱼蜇死。因为岛上最毒的蛇和最毒的鱼都是真正的美味,所以人们常常要冒死去捉。

至于土著们的一些其他异处,那需要进一步亲近才能知道。因为他们世代都是岛内婚配,对彼此体态以及特征早就习以为常,所以并不觉得有什么奇怪,也从不议论。但是随着后来交通便利,航船时而把岛外的人载进来,意外情形也就随之发生了。人们渐渐明白这些事情的性质相当严重,传开来就有些惊心动魄的效果。比如说有一个进岛勘测水文的大学生吧,他和他的一家人就在这里栽了一个大跟头。起因就是他和一个岛上姑娘恋爱了,尽管两边家长都不赞同,但由于二人坚定不移,最后也只得让他们走到了一起。婚后的男子在离岛最近的陆上水文站工作,以方便进出岛子。问题就出在两三个月之后:男子变得面黄肌瘦,以至于父母见面后大吃一惊,以为他害了大病。去医院检查一通未见其他异常,只是身体实在虚弱至极。医生百般询问才得到实情:原来岛女与他的身体大不相宜,两人相处实在有大问题。

一开始家里人还以为是新婚夫妇感情不和,后来才知道一切恰恰相反:两人是太过炽烈了。小伙子感叹:哪知道他们岛上女子这样啊,大白天工作起来神色专注,只用心于手头的事情,连说话都绷直溜快干脆利落;谁知一到夜间麻烦就大了——缠绵起来没头没尾，无始无终，热情烤人并且从不减少一丝一毫，还以为对方像她一样，都是铁打的呢……这样日复一日，他变得形销骨立，她却喜生生的，那双大眼越来越亮。

母亲心疼儿子，就和丈夫一起去了岛上。他们在机关上工作日久，本来就与岛民的共同语言不多，这会儿要表述那样复杂的、羞于启齿的问题也就更加困难了。他们只是反复强调：人的一生还有许多更重要的事业要做，所以一定要正确处理工作和情感方面的关系；再说时间还多着呢，总不能寅食卯粮。他们尤其指出：年轻人要趁着大好年华多多学习——学习业务和革命理论，总之要适当转移一下兴趣才好……两位岛上家长四目相顾，压根儿就听不明白。没有办法，最后四位家长特意将小两口叫在了一起，像开一个严肃的家庭会议。男方父母又细细地说了一会儿，两位亲家一直插不上话，他们忍了半天，终于再也忍不住了，站起来说："人哪，总得说些人话，学问再大也不能不说家长里短是吧……"

就这样，如此重要的一次亲家聚会，不但没有达到起码的预期的效果，最后反而悻悻而散，以至于后来再也没有相会。这就是文化的冲突，还有生理的差异，尖锐到了不可调和的地步。好在这对年轻夫妇懂得向现代医学求助，跑了许多医院，结果依靠服药维持，最终得以稍稍缓解。

这种矛盾无论缘起于男方还是女方，其剧烈程度都完全一样。岛上的一个男子和外面的一个女子结了婚，而后产生的问题一如前述，最后同样是不可调和——两人不得不经历离婚、复婚这样的复杂过程，一连折腾了好几年。他们最终不能分开的原因是两个人实在是太相爱了，只是有碍于生理或类似于物理方面的屏障罢了，他们有志于战胜它。还有一个更重要的原因是，岛上人无论男女，只要爱上了一个人就再也难以改变，必定会从一而终。如果其中的一个提前离开了人世，那么另一个绝不会另觅新欢。通奸的事在这里更是闻所未闻。总之这是一个缠绵的岛、忠贞的岛，也是一个怪异的岛。

多少年来，无论是岛上的人还是外面的人，随着渐渐得知了各自的不同特质，在通婚方面也就慎重多了。但爱情有时候是不讲理智的，所以仍然有极少数胆大的男女愿意一试，他们的做法多少有点像冒死吃河豚的那种人，凭着一时热情不管不顾地走到了一起——结果可想而知，那就是产生出一些大大小小的悲剧。有人想依赖越来越发达的现代科技，即用药物从根本上解决问题，结果并不理想。再说长期服药的副作用也很大，会对肝脏和心血管系统造成一定损害。

毛锛岛土著一些独有的特性，随着时代的发展和认识的提高，人们渐渐将其当成可供开发的宝贵资源：先是许多演艺界的人来这儿淘金，寻找男女高音；其他方面的人也跃跃欲试——有些大城市娱乐场所专门来这里招服务员，他们认为这些人既有缠绵过人的个性，那正好适合大都市里繁忙的陪客工作，于是就愿意出极高的薪水雇用。但是后者几乎没有一个成功，原因就是岛上的人热情而专注，工作和情感总是分得很开，想让他们做出额外的服务连门都没有。他们个个贞洁过人，并且不可改变，如果不小心上当受骗失去了贞节，无论男女都会以死相抵。

当那个大公司花费吓人的重金租下这个岛子时，二十世纪也快要结束了。时代不可遏制地发生了巨大的变化，一切都大大地往前发展了。公司的人以前瞻的眼光看待问题，坚信时代无坚不摧的力量，认为时间可以改变一切。他们期待自己的巨大投入会得到双倍的回报。“这里才是最好的旅游胜地啊，这里有取之不尽的资源！”前来考察的人听过了关于岛民土著的一些特征之后，一声连一声地感叹起来。他们在岛上建了各种建筑物，修了停机坪，架起卫星天线，并免费给一些人多的地方——如代销店和停船码头等场所赠送了大型彩屏电视。这些地方于是日夜都有人围拢观看,男女老少拥挤起来。电视上的花花绿绿先是吓了他们一跳,有的跑开又转回来——日子久了也就渐渐习惯一些,最后能够站在那儿从头至尾地看下来了。

"那是一台亲嘴机。"拄着拐往前挪蹭的老婆婆指着不远处的电视说。有人愤愤然摇头:"被窝里的事怎么能搬到大街上?这合适吗?"他们最后取得了较为一致的看法:电视这东西原本是不错的,不过只可惜放错了地方,它最应该放的地方是被窝。于是岛上的头儿正式找到了公司,清晰而强烈地表达了这样的看法。公司回答他们:道理也许是对的,不过这有个机器性能问题,它需要散热通风,老裹在被窝里会爆炸的——那可是人命关天的大事。这样一说,岛上人再也不敢提这档子险事了。

仅仅是半年过去,人们就看到了岛上的青年在大街上亲嘴了——在大街的拐角,在一棵大合欢树下。他们像那台电视一样,把被窝里的事情搬出来了。

二

岛上人供奉一个共同的老祖:毛锛。他们将这个人的形象画下来,还烧在了陶器上。无论是否逢年过节,家家都要给他上香、摆供品。这个人是个男子,大眼睛,窄额,有三绺胡须。宗谱上这样记载:有一个青年自小习武,艺精胆大,常有路见不平拔刀相助的豪举。因此,他得罪了当地的一个官宦望族。这个豪门一心要剪除他,先是让豢养的家丁兵勇、后又雇用了专门杀手追诛。好青年不畏强暴,一路相搏,一拨拨强人都死在了他的剑下。有一次他宿在一个庙里,一位老和尚对他说:"你杀人太多了,身上命债太沉,这一生怎么了得。"年轻人带着哭腔说:"我也不愿这样,是那个望族逼我太甚,他们要赶尽杀绝。"老和尚又问:"报仇也需要恒力恒心,如果没有大恨,他们是不会这样一心追杀的。”他不再吭声,半晌才吐露真情:原来那个豪门里的小姐和他暗中欢会过,从此两人难分难离。谁知小姐早就许给了一个皇族,两人的事一旦败露给皇族,豪门也就完了。所以他们就要在暗中将人除掉,从根上阻绝。老和尚听了连连叹息,不再言语。天快亮的时候,年轻人向老和尚求一个保全之方,老人思忖说,方法是有的,可惜你做不到。他问什么方法?老人说:“四个字,‘断念遁世’。”年轻人说我日夜挂念的人就是她了,我终有一天还要回那个豪门把她抢出——我们俩随便走到哪里都是一辈子,不在一起不如死了好。老和尚说:“我说你做不到嘛。你扔不下手里的剑,就像你放不下小姐一样。”年轻人反问一句:“谁能放下小姐?”

老和尚再不劝他。因为老和尚也有那么一段情缘,他就是为这个才出了家。他自己知道这一辈子受了怎样的煎熬。这是比死亡还要可怕的生存。老和尚不忍心让眼前的小伙子也走进同样的岁月。老人的慈悲让其左右为难。黎明时分,年轻人要离开了,老人终于对他说:“你回去领自己的小姐吧,不过起程之前先把武艺练好。”“我的武艺没说的啊。”老和尚摇头:“我看不然,如果再好一些,就用不着流那么多血了。”年轻人不明白,老和尚解释说:如果你的剑舞起来,能够削发而不伤头、去须而不伤颈,那么对手就会魂飞胆丧,再也用不着要他们的性命了。年轻人低头称是,连问哪里才能学来这样的功法?老和尚就为他指了一个去处,那是一座蓊郁的大山。

青年进山苦学两年,出山后直返故里。那家豪门正雇用高手四处追踪,想不到他自己送上门来。年轻人对豪门说:我再也不想伤害谁,只是回来见一眼小姐,她愿意跟我走,我们就再也不回了;她如果不见我,我就自己离开,同样也不回了。豪门一听立刻大骂:“痴狂小儿死到临头还做妄想,快快,快为我取下这颗人头。”一声吆喝,武艺高强的兵勇和杀手蜂拥而出,将年轻人围个铁定。年轻人声声哀诉:“就让我见她一面吧,如果她让我放下这剑,我就双手捧剑给她,你们砍死我都不悔。”四周的杀手哪里肯听,上前一顿猛刺。年轻人边躲边退,最后被堵在了墙角,四周再无退路。直到这时,他的宝剑还像来时那样斜背在肩上。

一丛刀光在他眼前闪烁,他躲闪不及,只好转脸面壁,同时宝剑出鞘——它飞花绞链一般,一阵银蛇舞动,发出巨蟒吐信似的呋呋声。只有四五分钟,四周的人全都哎哎倒地,一个个扔了刀枪,紧紧抱着一颗光头:地上全是削下的一片胡须毛发……

年轻人踏着一地毛发,如入无人之境般直奔大院,终于在府邸深处找到了心上人儿。原来小姐一直被囚在楼上,已经愁哭得不成人形,这时见了他如同梦境。他一手将小姐扶上后背,一手持剑出门,只见那些捂头的壮士这会儿似迎似送,只没一个敢于靠前。豪门老爷大喊大叫,手击石墙溅出血来,还是没人听从号令。

就这样,年轻人驮着小姐一路飞走,第一件事就是寻到那个野庙。老和尚为他们合掌祝福,然后备下婚房。两人跪谢了老人,度过了终生难忘的一夜。

第二天他们起程上路,遵照老人的嘱咐,远遁瀛洲。谁也不知那是一个什么地方,只知它在大海缥缈处,于是就找一个大胆船家,掷给许多银两。

船行一天又一天,找到一个又一个孤岛,都不像老人所说的仙境。两个人正在新婚之日,却一直蜷于一叶孤舟,牵手依偎,热心期盼。船行到第十天,突然起了一场风暴,结果昏天黑地波涌连天,呼叫了三天三夜,后来不知怎么就没了知觉——待他们醒来时大吃一惊:船和人都搁了浅,三个人都趴在一道沙岸上。抬头看,身后是无边无际的茫海,前边是绿色葱茏的陆地。原来他们来到了一个荒无人烟的海岛。

这个岛有山有水,花香扑鼻,一群群鸟儿扑棱着翅膀欢迎他们。两个人当即决定就在这里定居下来,搭窝做棚。那个船家只想着回家,直等风平浪静的一天驾船入海——他的银子全给掀到大海里去了,两个人只剩下赤手空拳。最后,如花似玉的小姐拥上去,给了船家两个结结实实的亲吻……

日后,那个送他们入海的人几次凭记忆来寻这个岛,结果都没能如愿。

一年过去,岛上多了一个胖娃娃。他们没法取火,只吃生鲜牡蛎,身上力气变得奇大,日夜恩爱。第三个孩子生下不久,一群躲避风暴的海盗突然登上了岛子——他们一见这个美艳少妇,立马睁圆了眼睛,红胡子全都翘起,摩拳擦掌冲了过来。年轻人正给小儿喂食,这会儿一手抱雏一手舞剑——只三五分钟,那几个海盗的头发和红胡子全部落在地上。他们抱头鼠窜,抢来的几个男女渔人和东西都撇在了岛上。

海盗们到处宣扬,说大海深处有个岛子,那上面有个家伙身怀绝技,剑法出神入化,只削毛发不取人头,一转眼就能把人的头发胡子全给锛个干净——"这人叫'毛锛'……"

那几个被救下的男女渔人就留在了岛上,搭棚做窝,过起日子来。这会儿他们垒起一个个锅灶,因为海盗们带来了火种,还有其他生活用品。

毛锛岛的人烟一天旺似一天。这里空气清新,食物丰饶,稍稍动手就有吃不完的东西。几个年轻人除了一天到晚恩爱,几乎没有别的事情好做。岛上很快生出了一批健壮的孩子,他们在白沙上赤脚奔跑,眉开眼笑。

许多年后,后代人说起自己的祖宗,都异口同声叫他"毛锛"。

岛上的人从生活习俗到生理诸种,无不继承了老一辈的特征,即一个个特别恩爱。两性之间一旦婚配就生死相依,不再分离,直到七八十岁了还像青年人一样缠绵。一些外地人初见这样情状无不惊骇,还有的大呼小叫,说这岛子上必定有些蹊跷。

岛外不断有人来到岛上,寻找欢爱的诀窍。有的医学专家甚至长期住下来,从岛民的生活习俗诸方面加以考察:吃什么喝什么、何时就寝、具体到怎样亲近、怎样同房等等。有一个医学女博士准备就此写一部专著,在岛上住了大约一个多月,前后找四十多人交谈并做了笔记。

她最感兴趣的都是炕上的事情,而且问起来不厌其细,以至于被问者脸红到脖子,她只满脸坦然地一笔笔记下,并随手画出图形。

人们送给女博士一个外号:“日得轻了。”

“日得轻了”走后,这里被进一步渲染,直到引来了那个大公司。

三

电视机在岛上得到了迅速普及,结果出人意料。几年来岛上出现了一些闻所未闻的怪事:女人穿露膀子的衣服,男女当众拉手,婚前钻树林子……本来这都是电视上演过的,有人又在岛上重演。大家盯着电视议论:“这物件呀,难说是个吉祥物哩。”有人指证:“‘日得轻了’夏天露出半个奶头。”大家记起关于她的许多场景:有人见她与一个老太太交谈时,曾以手势比画过那事儿;还有人见她一边往本子上记着什么,一边解了男子短裤观察……“妖怪出世了”,大家叹息。

大铁鸟飞来的日子,是全岛的盛事。老老少少全跑出来了,老婆婆持拐跑得慌急,摔伤了股骨。这只大鸟没有羽毛,却比平时的鹭和鸥飞得更快,个头也大上百倍。它呼哧呼哧落在了那片红房子跟前,从上面下来一些怪人:他们手挽手肩连肩,女的脖子上挂了珠子,男的脖子上挂了条大鲅鱼——仔细些看是锃亮的布条做成的假鱼——仅从这一点上看,他们喜欢这海岛也是情有可原的。黑眼镜白眼镜,黑皮箱白皮箱,大包小包,一切都大大不同于岛上物件,真是让人大开眼界。“等着看吧,稀奇事儿就像海蜇钻裆,够你老兄喝一壶的!”岛上人都知道被海蜇沾上裆部,会痛得死去活来,于是吓得一声不吭。

宾馆里招服务员了,男女都要,而且先要相面:长得越俊越好。

被招走的男男女女都运出岛子,在外面的大地方培训一两个月,然后再回到岛上工作。岛上先后换了两个头儿,最后来的一个手上戴了两个金戒指,是个三四十岁的男子,人们就跟他叫“戒子”。这人油头粉面,耳朵大于常人,身边有一个美丽超群的女人。这个女人的名字发音怪异,就像老年人的两声奸笑:“荷荷”。不久人们就发现,这里的一切都是那“两声奸笑”说了算,那个“戒子”什么都听她的,两个人简直比新婚小两口还要亲密。人们预计他们二人被“日得轻了”点拨过,反正在恩爱亲昵方面比起岛上人有过之而无不及。个别岛上青年看电视日久,想入非非,说去公司里应招,挣钱多少并不重要,要紧是能天天看到那个小娘们。

岛上老人有一个经验要告诉青年人:凡物都分为上火去火两种,做事也是一样:看女人多了会上火,女人越是风骚上火就越厉害。年轻人因为一阵急火攻心,最后得了暴病死在这上面的,真的不在少数。岛上有一种败毒草生在崖畔,要用来去火最有功效,所以岛上自从来了“两声奸笑”之后,这种草也就要断根了。

不过岛上人对“两声奸笑”的容貌还是承认的。他们认为开天辟地以来,像这样的美貌也不会太多。“这种物件既能上火,又能去火。有谁上了大火没法收拾,到头来就得找她了。”

一批批男人从那只大铁鸟肚子里钻出,然后就不愿离开。岛上人开始猜测:他们都是来去火的。这些人大概上了大火。她去火的能力如何,只要看看不离左右的“戒子”也就知道:年纪不大眼儿凹了,嘴唇发紫且贼眉鼠目,站在风里打抖。别看他这副不久于人世的模样,管教起下人却是声色俱厉。在宾馆里做服务生的男女一说到“戒子”,脸色马上变了。他们出了门就不敢提宾馆的事情,说这是公司秘密,谁透露了就要吃官司——“戒子”训话说:“告诉你们,咱公司有世界上最大的律师,谁要敢犯事,大律师就把他送上法庭!咱公司一切都依国际通则,你可以试试!”

女子白天要陪客人在角子机旁、海滩上玩,晚上要陪他们喝酒喝咖啡。“听说你们个个都有一手啊,”客人伸手在她们赤裸的身上度量着,弹击几下,揪揪皮肤,“胶皮一样。”当他们提出过分的要求时,她们就会说:“咱是‘卖艺不卖身’的。”客人笑了:“一个岛上姑娘有什么艺?”姑娘不答,只是重复一遍说过的话。客人砰砰砸墙,然后就拨电话,一会儿荷荷就来了。她看看姑娘,说:“就这么点事儿把你难成那样?我还没你那么多穷讲究哩!”姑娘说:“那你做做看!”荷荷摸过旁边一柄拂尘,举起就打。姑娘一边躲闪一边说:“主任我不敢了,我依着他就是。”说着就伏到床上呜呜大哭起来。荷荷像哄小孩儿一样对客人说:“老总您多担待就是,她们开始总要哭一会儿的。”

男生有时也要遇上一两个胖胖的女客,她们仔细问过他是不是岛上的后生,答过“是的”之后,她们就不怀好意地笑起来,说:“听说你们都是有特长的,能给咱露上一手?”男生迷惑不解,问:“哪一手?”“哪一手厉害就露哪一手吧。”“我,”男生搓搓手,“来宾馆前,学过宰猪……”女客一愣,大笑:“真调皮,真狠!好吧,你就宰我吧!”她脱得一丝不挂,站在男生面前。男生觉得她真像一头猪啊。他不敢看她的下体,羞得转脸,她就一次次把他拨正过来。当她一次次拧他的头、揪他的衣服时,他恼了。女宾客火了,拨通了电话,荷荷来了。男生慌得赶紧用床单遮住了身体。荷荷看着他,目光里充满了厌恶。男生说:“我是‘卖艺不卖身的’……”荷荷呵斥:“你前几天还直勾勾盯住我看呢,这会儿装什么蒜?”男生泪花满面:“这是,这是两码事啊……让她饶了我吧!”荷荷对女宾客说:“孩子是好孩子,就是太挑食了。您别见怪,他也有个熟悉的过程……”说完厉声对男生说:“打起精神,工作不能挑肥拣瘦!”

岛上人知道,“戒子”和“两声奸笑”就是这里的雌雄二王,是岛上的皇帝和皇后。他们后来又听说,这两人还是另一个海岛——粟米岛的主人呢!瞧他们坐着那只大铁鸟空里来空里去,出入不分对儿,原以为是夫妻呢,到后来出了一件事情,才让大家知道了一点端的。

那天一个大块头女人突然出现在毛锛岛,是坐船来的。她一露面就惹得人不转眼地看:一头浓发黑里透红,大眼灼灼,双腿颀长。她先是拤着腰在岛上踱了一会儿,远远看了看那片宾舍,然后径直走了进去。据说她在宾馆里大闹了一场,先把“戒子”的办公室砸了,又从什么地方找到了一些乳罩内衣之类的东西,用树枝挑着扔到了食堂的火炉里。胖女人闹了一场就走了。不过公司上下的人都对她留下了深刻的印象:高大俊美,威风凛凛,气度不凡——她的双乳就像小孩头颅那么大,屁股让人想起扭动的大象!这样一个超凡出众的女人竟然管不住那个气息奄奄的“戒子”?也许她是“首长”?后来每当“戒子”对他们发火时,他们就在私下里咒一句:“凶吧,让你出门遇见‘首长’!”

毛锛岛就这样过着日子。不知什么时候,人们一愣神儿,突然发现岛上少了两个人的身影。“老天,咱多久没见那只大铁鸟了?”街上的人猛然记起来。再等下去就是另一拨人的进驻:一个叫吴灵的男子带领一帮人,满脸怒容,气势汹汹,从头到尾盘查起来。大家知道公司出事了,不久又听说:那个“戒子”携带一笔巨款叛逃了!“跑得真是慌急啊,连姘头都没来得及带上!”“带上大块头老婆了吗?”“哪里,更没带。这小子一个人闯荡世界去了!”“他一准找上一个外国娘儿们,他也会说她们的话,‘咕噜咕噜,我操!’”“瞧你说了些什么啊,这哪是外国话!”“反正也差不多吧,狗日的整天就是这一套……”

四

“听说荷荷这小娘儿们遭了洋罪!要吃大官司了!日夜上着火刑哩!”毛锛岛上的人议论着。他们所有消息都来自宾舍里的人。这些岛上孩子,如今不论男女都变了个样儿,一个个穿着怪异,害怕阳光,小脸煞白,屁股撅着,好像随时都等人从后面踹上一脚。“这些娃儿啊,不中用了!”岛上人这样说,是指他们下海也打不成鱼了。

“戒子”跑了,可是“两声奸笑”还在。剩下的人就得忍受大苦楚了。总公司里带头的那个男人可不是白吃饭的,他先是把那个女人下了地牢,然后从头审起。“地牢”就是地下室,平时用来装一些杂乱东西。主审官就是吴灵,他穿了中式黑衣,像民国时期的帮会人物一样阴险,沉着脸问话,说:“细细讲来,不然你就惨了。这回公司损失了几个亿,这么大的阴谋——你们怎样计划、分成几个步骤、怎样具体实施,要从头说来。我会替你负责,我交了差,才能保你,我交不了差,你就得落到别人手里,到那时,你想死都不成……”

荷荷蒙了,半张着嘴说不出话,模样更加迷人。吴灵对女色从不动心,厉声质问,思维严整。荷荷流泪不停:“他只和我说管理的事,往外国跑,这哪里提过啊!”“那你们是怎么分赃的?还有,他没有许愿娶你、接你出去?”荷荷哭出了声音:“首长说到了哪里啊!咱是在这儿打工的,咱身子早就不干净了,咱挣再多的钱也知道是什么人哪,还糊涂不到想做大小奶奶那样的地步……我总有一天还得找俺庆连,俺是他的人……”“庆连?这人是谁?”“就是俺的男人,还没来得及圆房就招来公司不是……”吴灵磕着牙:“那小子算有艳福——你也不用打岔,老老实实回话。”

荷荷百般辩解。吴灵无奈,上火牙痛,就说:“小贱人吃不了兜着走吧!我哪有工夫和你搭咯?再不说,我就把你扔给小组了,他们什么法儿都有,到时候想让我救你都找不到人!我平时日理万机!”荷荷听得明白,苦苦哀求他开恩:“庄稼孩儿要多可怜有多可怜,实在不行给叔做点什么?只要叔不嫌弃,我怎样都行啊!”吴灵哼一声:“你想得美!老实交待,没别的门窍!”荷荷跪下:“我知道犯了大罪,可我真的什么都不知道啊……”

吴灵说一句“不管了”,就离开了。

从此荷荷就落入了那个小组。这些人当中什么奸邪都有,他们使用各种方法折磨她。她在地下室,长达一个多月的时间一丝不挂,审问再加上污辱,有时还要动用特别刑罚:他们有一套手段,格外阴狠蹊跷,让人生不如死。荷荷嚷着:“我死了我死了,我肯定不活了……”但还是活下来。他们给她脏东西吃,吐出来再吃。什么都做过了,仍旧一无所获。小组的人终于明白:那个“戒子”真是一个狠毒的阴人,单打独干。

荷荷被放出后就重新安排了工作。先是把她打发到粟米岛,让她扮了一段时间的“龟娟”。这段时间是粟米岛上生意最好的时候,那些人在“龟娟之夜”没有不丧魂丢魄的,口耳相传,都说岛上出了仙女。可惜这个“仙女”美则美矣,就是有些疯癫,时不时乱喊乱叫,光着屁股往沙滩上跑……尽管如此,粟米岛还是舍不得放她,并且认为有这样一个疯物在沙滩上奔跑,也是罕见一景。果然,旅游者增加了数倍,人们比那个疯女人更加疯迷,一个个眼都红了。

这样一直到某一天:大铁鸟降落在粟米岛上,从里面出来一个衰老不堪的人，他刚刚立定就看到了在沙滩上疯跑的女人，脸上立刻变色。

从那以后疯女人就不见了。

战　友

一

老人和他的儿媳常常在半夜把我惊醒。老人尽管极其小心，但还是弄出各种各样的响动。我本来就有失眠的毛病，这一下可真找了个好人家。老人在夜里常常不停地咳嗽，听来让人怜悯。我反正睡不着，坐起来披衣读书，等待着这阵剧烈的咳嗽平息下来。后来咳嗽声更响了。

我下了床。

老人的门半掩着，我敲一敲走进去。原来他也披衣下床，正在一个旧木箱里翻找什么。他可能被一些陈年灰土给呛着了。

“把你惊醒了？”他抱着一摞旧报刊，“我的嗓子不好啊，一到了秋天就这么咳嗽，其实没大病。”我看到旁边的一个小柜子上有一沓纸，上面写满了什么，不便去翻看。旁边有一杯黑色的茶水，正冒着淡淡白汽。我劝他休息，他说人老了觉少，一天如果能睡上四个多小时就已经很好了。我忍不住又瞥一眼那叠纸，问他是不是在写回忆录？他说：“就算是吧。”他说他们这一茬人个个都在写回忆录——那不过是安慰自己的一种方式，并不是为了给旁人看的。我明白他的意思。

“我记到本子上的东西，只是白天晚上想过的几十分之一。我还忘了问，你的父亲多大年纪了？”

我没有吭声,咽了一口。

他大概看出了什么,垂了垂眼睛。

我告诉他,我的父亲早就去世了。

“噢,这样……”

我告诉他,爱人和孩子,还有岳父一家,就是我在这个世界上的全部亲人了——岳父也是一个从战争年代过来的人,打过仗,不过他现在没写回忆录,而是每天练书法,并且在那个城市竞选了“老年书法家协会主席”。他还作诗,五言诗七言诗作了很多。

老人听着,半天没有吭气。后来他问起了岳父的名字,摇着头,说不认识,问属于哪一支队伍?参没参加“砧山口起义”?这些我知道得不多,但还是能够简单地回答几句。谈到那片平原上的事情,我们都不由得有些冲动。我说:“我怎么也想不到您对那一带那么熟悉,原来也在那些地方活动过!您现在真应该回去看看……后来您回去过吗?”

“回去过。不过我不愿做那种指手画脚的人,说后来人把什么都搞糟了。不过有些人,我一看就知道是个败家子。这样说还抬举了他们,实际上他们是毁坏我们事业的人,是我们的敌人!”

听着老人的话,一种说不出的感觉在心头蔓延开来。像眼前这样的人已经没有了。他所说的那种“毁坏者”“敌人”,我并不陌生,这一类人好像都是自然而然生长出来的,既不属于过去,也不属于未来。他们只属于眼前,一切都从眼前利益出发,是极端的实用主义者——理所当然也就是这个世界的毁坏者。

“我提了几条建议他们睬都不睬,他们当然不会睬。他们就那么眼睁睁看着流沙把平原淤成那样,竟然敢伐掉我们几代人辛辛苦苦搞起来的、几公里宽的防风林!这一来那些沙丘还不要逐年南移吗?没有防风林,起了海风,到了秋天怎么办?有个正在任职的狗东西,看起来唯唯诺诺的,有几次还冲着我合掌作揖,他把我当成了泥菩萨吗？这个狗杂种显然不是我们的同志。我找到有关部门，让组织上好好考察了一下这个人。我说这种人物必须撤换。我是在对组织讲话，对我的同志讲话。可是后来他们却把我的话一字不差地传给了那个皮笑肉不笑的家伙，结果后来我再到那里去，他就故意安排我住在一个又脏又冷的小屋子里，随处难为我，想把我赶走；他还在我面前说些不冷不热的话——说如今有些老东西啊，拿着他当盘菜，他是一盘菜；不拿他当盘菜，他就什么也不是！我腰里没有枪，要有，我真能把这个家伙毙掉。我这人火气大，拍着桌子说：‘你是什么意思，你给我立正站好！’他嘻嘻笑，说没什么意思，反过来还问我接待得怎么样？然后又是双手合十作揖，说：‘以前战斗过的老领导来了，俺忙不迭欢迎，安排食堂做最好的伙食，安排最好的房间，隔三差五还过来问安，有什么意见哪、看法呀、指教呀……’我说你先别扯这个，这是我自己的事，我在问你，你是怎么糟蹋这个地方的？他的脸一下子沉了，气得直跺脚。他骂我搞小动作，不识抬举，到上面讲他的坏话。我一听就明白是怎么回事，告诉他：这是我对组织上的一个建议。这家伙哈哈一笑，恶狠狠地盯住我：‘你说了不算，这个地方没你的事！这儿你做不了主，也不欢迎你来！’你听，这就是那个恶棍讲的话。我到现在仍然弄不明白的是，他自以为那个地方欢迎他吗？还有，我是冲着那片土地去的，我的老战友在那里流过血。我要他来欢迎，那我岂不是完了？那样我就连一条狗都不如！他能代表那个地方吗？我越来越强烈地感觉到，有些人就想把我挡在昨天，不让我回来，就像不让我跨出一个门槛似的。可是我这人越老越犟，偏要转回来，偏要一手扯上昨天一手扯上今天，把它们拧到一块儿去。有些人很快把什么都忘了，可那是鲜血和人命啊，那些事也能忘吗？小伙子，像你这样年纪的人，还有心思听听这些，没忘了那个叫于畔的人，我就觉得你了不起！我们这一茬人有个毛病，就是老待在昨天。我不知道你的岳父是不是这样的人？老在那儿回忆、回忆，大门不出，这正好是一些人从心里盼望的！一个人不能忘记昨天，可是这还不够，他还要有胆子跨到今天，跨进今天的门槛。昨天和今天中间只有一茬人能把它们接通，就是我们这把年纪的人……”

尽管两个人睡得晚，奇怪的是他和莫芳都能起得比我早。他们都有过人的精力。老人像过去一样，一早就到外边去了；而莫芳在她的屋里逗一会儿猫再去院里玩，小心地化一个淡妆。第一抹霞光照在她的脸上，整个人显得生气勃勃，没有一点熬夜带来的倦容。她邀请我到她的屋里见识一下，我谢绝了。但有一次我站在中间客厅，从门口瞥了一眼，立刻看到里边摆了很多书，这终于对我产生了吸引力。我接受她的邀请，到近前一看，这里杂七杂八的书籍可真多。她显然是一个读过很多书的人，不过读的坏书太多了，这都是她在三五年里搞来的。我一直有个感觉，就是我们只用了三五年的时间，印出的坏东西，在数量上已经超过了历史上的总和。多了不起！这真是一个了不起的“成就”，真邪门！而眼前这个高大的女人就是这一“成果”的最好享用者。她记忆力好，能够滔滔不绝地复述那些千奇百怪的知识和见闻。她屋里有一台激光唱机，许多激光唱片和胶木唱片堆积在一个架子上，简直比书架还大。不知为什么，那只高贵的猫大清早却精力不佳，它正闭着眼睛在“床上”打盹。原来它也有一个专门的“私房”，一块绒布小垫就是安歇的床。这“床”显然是出自莫芳之手——看看这只穷奢极欲的猫，就知道这个屋子的主人是怎样一个人了。这个女人洁净、高傲，发疯地享用，以显示自己超人一等的高贵和不同凡俗。

我仔细端量了那只猫。说起来没人信，它甚至用了进口的荧光指甲油，缩在里面的爪子都给染过了。我还搞不明白的是，这屋里竟然没有一点猫的粪便气味，而且也没有浓重的香水遮掩……我最后看了一眼她的猫和那堆诱人的唱片，走出了屋子。

我想到田野上走一走，想和那个老人一块儿，在这可爱的清晨散散步。

莫芳两手插在裤兜里，多少有点遗憾地伴我走到院子，在门口那儿站住了，一直目送着我。

二

我踏着苔菜地往前。前边是霞光勾勒出的那个高高瘦瘦的身影。他头顶的白发也被霞光染上了一层金色。他可能看到了我，一直站在那儿。我加快步子走过去。我们俩一声不吭地向前走去。太阳已冒出山口，光线变得非常强烈。不能迎着山口走，那样阳光就太刺眼了。地上，一夜的寒气凝在苔菜叶上，墨绿色的厚叶片上结了一层细小的水珠。如果天再冷一点它们就会变成银霜。走了一会儿，我们踏上了一条可爱的泥路，它顺着田垄弯弯地向前，两旁是开始脱落叶片的毛白杨。淡灰色的树皮上一个个黑色的疤瘌点缀着，很像人的眼睛，正遥遥注视着这片田野。我们哈出的气发白，天有点冷。

他回过头："想不想一直往前，走到山根那儿？"

我点点头。跟着这样一位老人往前走有一种非常奇特的感觉。他一点也不像一个七八十岁的人，两腿非常有力，每一步都迈得很大。那的确是毫不夸张的"巨人的步伐"。他没有穿军装，如果扎上腰带打上裹腿，再戴一顶军帽，就会把人唤回昨天。

弯弯土路在山的慢坡前向北拐去，这样绕过小山，通向了市区；在它的拐弯处却岔出了一条一尺多宽的小路，一直顺着山坡向上……我明白了，这是老人每天散步踏出来的。我们就沿着这条小路往上攀。路旁有好多还魂草，就是平常所说的卷柏，它长得像一个个莲座。由于好久没有下雨了，它已经干卷了。往上仍然可以看到一些卷柏属植物，像蔓出卷柏，主茎伏地蔓生，叶子比还魂草绿得多,嫩油油的。有些发黄的朝鲜碱茅中间长了很多阴地蕨;岩石的缝隙间,野鸡尾长得非常茁壮。这儿的灰喜鹊起得特别早,它们从山的阳坡飞过,一群一群落到黑松上,然后又飞到更高的光叶榛上。它们轻轻地啄食,我们走近了,它们一点都不害怕,吵闹着,在树上顽皮地翻上翻下。

一只漂亮的黄腹山雀落在前面不远的野椿树上。野椿树叶子的背面、叶梗,都红得像胭脂,黄腹山雀就像树上开放的一朵奇花。它歪着小小的头颅,显然是看到了我们。老人停住了脚步。我们一块儿看野椿树上的那只鸟。就这样整整停了四五分钟,它才鸣叫一声飞走。

整个小山上植被很好。树木至今绿油油的。各种各样的灌木和绿草覆盖了泥土和岩石。只是到达山顶的时候才有凸露出来的花岗岩和石英斑岩。在接近山顶的泥土稀薄处,挺立着一棵近三十米高的槲树。它的球果已经快要成熟了,有的开始脱落。我从地上捡着可爱的球果,久久端量。这棵树大概至少有上百年的历史了。

老人一手撑在树干上,眼睛却在望着南方。南边是依次增高的山岭,雾气笼在它们半腰,又给太阳染得一片橘红,非常壮观。看了一会儿,我们又启步向南。这儿要沿山脊走上一会儿才能找到一条去山阳坡的小路。路很陡,尽管被人踏出了一些脚窝,但仍然得小心翼翼地往下走。老人显然是走熟了,他一直走在前边,走得很快。

我们在山的半腰停住了。

我很快明白他为什么要领我到这儿来——前边是几个地堡,它们的枪眼黑洞洞地向着东南方。地上还有一圈毁了半截的地基。当年它们曾被用心地垒起来。这儿显然有过一场战斗。老人在这些工事前久久沉默,一句话也不讲。他面向黑洞洞的射击口。

我发现他的两只手端到了面前,握到了一块儿。霞光照在他的手上,让我这一会儿好好地看了看这双手。衰老,锃亮,多少带点紫红色;上面没有多少疤,脉管鼓得很高。那些脉管让人想起粗粗的生锈的铁丝。手的正面被厚茧壳包裹,有的地方已经破损,裂了口子。像一双农民的手。不知怎么,我觉得它不像是军人的手。

"你还记得我跟你讲过砧山口起义吗?"

"记得。"

"你以为参加起义的有多少人?"

"几百人吧?"

"没有那么多,只有二三十人。"

我有点吃惊。

"但是起义到了第八天上,我们就有了一百五十多人!那时候我们觉得兵强马壮,是赶紧打一仗的时候了。只可惜走漏了风声,敌人有了准备……不过如果我们动手再晚点也就全完了。我们先解决了他们一个连,夺来一些武器。再后来他们的援兵到了。我们就往南山跑。就在这里,就这个地方,他们赶上来,围了半圈,另半圈是个陷阱——可不能往那边走……这一场仗打得好惨。就在你的脚底这儿,死的人像摞起的秫秸。我长这么大还是第一遭看见这些活生生的、前一个时辰还有说有笑的人扑通扑通倒在这儿,血像春天的山水那样,顺着石坡往下流,染到哪儿哪儿红……"

他闭了闭眼睛。

"一百五十多个人,你知道后来活了几个?"

我听着。

老人艰涩地吐出了几个字:"只活了三个,我,妇救会主任,还有一个挑饭的小伙夫。"

我们沿着小路绕过工事往回走。后来我们在路边发现了一蓬闪着金光的金盏草。它们在草丛中那么亮,简直像一堆金子。

老人站下好好看了一会儿。他拍拍我的肩膀:“走吧,年轻人。”

我问他另外的两个人现在在哪儿?

“那个妇救会主任年纪大了,去世好多年了。她是个很有名的人。我不愿跟你讲她的名字,不过她的晚年过得并不好。她是活下来的三个人当中级别最高的一个,曾经分担过很重要的工作。总之这个人后来很可惜。另一个人没有文化,是真正的大老粗,一个庄稼孩子。他现在还活着,就是山南村子里我那个战友……”

我听了心里一热:“是吗?我真想去看看他!他很老了吧?”

“不,他比我还要小两三岁。当时是他爸让他挑着一担吃的喝的赶上队伍,才让我们吃上午饭。没想到这就挨上了战斗。战斗完了他活下来,想回也回不去了。我们还得赶紧逃命。我跟你说过的那个政委你还记得吧?”

我点点头。

“那个政委就在那场战斗中死了。我说调走的政委是后来的。我这儿到现在还留了一份那个牺牲的政委写下的起义手令。”

我站在那儿看着他。

回身望着山脚下的一片苔菜地,每一个叶片都像闪闪发光的金属,反射着太阳的光芒……“我们走吧!”老人加快了步子。

莫芳已经做好了饭,她咕咕哝哝,大概是埋怨我们走得太久了。可老人什么也没讲,一直走进了自己那间屋子,然后掩上屋门。他继续在昨天晚上翻找过的箱子里边扒拉。我明白他昨夜在干什么了,明白了他为什么不能安眠。

找了好久,搬开一摞杂志又是一堆衣服,最后才拿出一个小木盒子。盒子里是一本油印的宣传小册子。看着封面上那个朱砂红的小五角星,心里热乎乎的。他像捧一件易碎品一样轻轻捧出。他打开小册子,中间掉出了一个皱巴巴的纸片:黑黑的黄黄的,上面是褪了色的墨水,毛笔写成。

短短的一张起义"手令",末尾是那个人的签名,是朱砂红的手纹印和另一枚方方正正的印章。

三

从我们住的地方到他那个战友所在的小村只有十五华里,但走起来却非常艰难,因为要穿过五六华里的庄稼地,然后再翻过一溜小山。我不记得到过这一带,虽然它属于砧山余脉。这儿显得有点偏僻,像是一个被遗忘的角落。这儿的山都不太高,但几乎所有的村庄都在山的褶缝里。土地瘠薄,一眼看上去就知道是个贫寒之地。老人告诉:这一带的村子里出了很多英雄,他们那时都是因为太穷,没有指望活下去,就跟上拉队伍的走了。当然有不少人是跟上了坏队伍,可最后还是跟上好队伍的人多。要在村里待下去就得饿死,遇上春天闹饥荒,这儿的野菜树皮全都啃个精光,剩下的日子就是吃滑石粉,吃土,"有人听了可能觉得这是笑话,我就亲眼看见好几个吃土的人。拉队伍的人只要说一声:到队伍上可以吃上玉米饼,他们就一跺脚走了,一辈子也不回村子里来……我这个老战友家算是全村最好的一家了,春天还能吃上树叶掺稀粥——那一天他爹就让他挑着那么一担稀粥送给队伍,结果摊上了打仗……"

山地没有一条像样的河流,它们早已在初秋的时候干涸了。山上植被很差,很少能看到一棵粗一点的树木。我问老人:"过去也是这样吗?"老人想了想说:"差不多吧!"那个战友所在的村子是这片山区里最大的一个,有二百多户。不过村上人住得很分散。老人告诉,前些年本来有一个重整村落的规划,就是把一些房子尽可能地盖在一块儿,可是那个计划还没来得及实行,公社就解散了。因为要一家一户过日子、种地忙生活,所以重新规划村落也就不那么要紧了。“你看看，”他伸手指着山坡、山半腰上一个个黑乎乎的小房子，“他们这二百多户像撒枣似的撒在这么大一片山地上，一旦有个急事儿，要招呼个人都难。”

这是晌午时分，村里开始走出了人。他们挑着东西到自己的地上去，身边大半都有一只瘦干干的狗。这些狗的耳朵耷拉着，尾巴像细绳一样绕来绕去。它们比主人更早地看到了远远来到的两个人，踞在那儿，伸长了脖子注视我们。奇怪的是它们的主人对远来的生人没有一点兴趣，甚至看都不看一眼，只是低着头，担着东西往前。他们的狗跟上跑一会儿就要站住，远远地望着来人。

老人一直走得很快。看来他对这儿的每一座小山每一条小路都熟得很。他说：“时间如果来得及，我还会领你到山顶上，去东边的山看一看。看到了吧，那几个山形成一个漏斗，真是做高山水库的好地形！前些年，就是有公社的时候，几个村联合筑了一道大坝，那大坝说起来你不信，比北京的工人体育馆还要高上十米呢！要多少石料？所有的石料都是村里人一锤一锤砸出来的。妇女老人小孩，一块儿往上扛，唱着歌。冬天里飘着雪花他们也干，一直干到春天桃花开了。那些天我和我的战友实在忍不住，也参加了工地上的劳动。你不知道，他们天天唱歌，中午就在山上起火兴炊。修那个大坝的过程中，至少有十几对青年男女在谈亲事，到后来大都成了家……”

他眼望着东南方向那个小山，激动不已。几句话描绘出一个场面，如在眼前。我问：“现在那个高山水库有水吧？”“肯定有！不要说现在，就是最旱的时候里边还有好多水呢。整个这里几百亩地、上千亩地，都靠它浇灌，不过最旱的时候，它的水就得好好节约着用了。有时候眼看只剩下了一点点水，其实还能浇很多地呢。你觉得它少，那是因为你的眼睛不知不觉要以旁边的大山做比照——实际上这水摆在平地上，会是多大的一湾呀！”

村口,一堆麦草旁边站了一个四十岁左右的女人。她穿着老式棉袄,外边套了一个花布罩褂,头上扎着羊毛头绳,黑乎乎的脸庞被风吹得很糙,一双眼睛又圆又黑。她的眼睛很好使,老远就看到了我们,扬着右手。她喊着“伯伯”。这时候老红军揉揉眼睛应了一声,扯扯我的手,快步走过去,一边走一边告诉:这就是花儿,是老大!我想,这可能是他那个老战友的大女儿。看她的一身打扮,完全是一个山村妇女。

花儿冲着老人说:“俺爹让我在这儿等你,他盘算着今儿个你能来。”

老人笑了,指指我做了介绍。

她喊了一声“大哥”,然后转身前边走了,一边走一边不停地告诉什么。她说的是当地土话,我至多能听懂一半。她说爹从昨儿个起来觉得精神了些,“还要书看哪!”

老人笑了:“还要书看,他不想指挥队伍打一仗吗?没跟你要作战地图吗?”

花儿捂着肚子咯咯笑,笑过之后说:“你别说,他还真要了一张地图呢。”

“你那些兄弟这几天没来吗?”

女人不笑了,摇摇头。

我们在一个很破旧的瓦房跟前停住了。瓦房很小,石头围成的院墙也矮得很。推开院门,一群鸡见了我们赶紧闪开。满地都是鸡粪。还有一头水淋淋的小猪,像一条狗一样跑来跑去,见了走进来的生人,竟然贴上腿边绕来绕去,还试图在女人腿上蹭痒痒。女人说:“去去,小花,一边去。”

那头小猪长着黑白花。她叫“花儿”,小猪叫“小花”,我觉得真有意思。

四

三间窄窄的小瓦房，中间像当地所有的人家一样，是餐室兼灶间。这儿正涌出一团团水蒸气，我们走进去，差不多面对面看不见人。屋里全是水汽，但里面的人眼睛好使，一见来人马上站了起来。这时候我们才看清，对面是一个六七十岁的老太婆，小脚，满脸皱纹，头上包着一块黑头巾。她原来在那儿煮什么东西，见我们进去了，高兴得拍打衣襟，露出了一口短短的牙齿。这是一个多么和善的老奶奶，她叫老人“大兄弟”，说男人在炕上已经念叨了好久。老人笑着，笑得何等畅快。

老奶奶扯着我的衣襟，女儿花儿就对在她的耳边讲了几声。她“噢哟哟”叫着，拍着手：“多好的娃儿，也来咱家里！快屋里去，屋里去，喝茶，花儿端‘果木’！”我注意到这儿民间还保留着许多书面语，统称水果为“果木”……花儿“哎哎”应答，脆生生的。这声音在母亲面前立刻变得像小姑娘一样。她依照吩咐去端茶和“果木”——至少两种水果，一些炒花生。

我和老人进了里屋，一眼看到那个异常宽大的土炕上躺着一个瘦小的老人。他看上去比老红军还要老得多，身体显然有大毛病，因为他笑着，努力想撑起身子，可最后还是没有起来。原来他中风了。老红军小声告诉我：“他害这病五六年了，全是老伴伺候，真亏了有这么一个老伴啊！”

炕上的老人去抓老红军的手，两双手握在一起不停地抖。老红军说：“伙计，伙计，安生躺着，嗯，安生躺着。”炕上老人呜里哇啦说什么，由于地方口音浓重，再加上发音不清，我一个字也弄不明白。我这时候看到他的右耳下边有一个很大的伤疤，那伤疤闪着亮，显然是战争中受的伤。老人穿了宽松的上衣，说话时胳膊常常要露出一截，于是我又看到他左臂上有一块刀疤。老红军见我在打量他的战友,就说:“这可称得上是身经百战的人了。人要说老可真快,前不多年,就是有‘公社’那时候,我们还一块儿到水利工地上去帮忙吆喝……”

他说这句话的时候,老战友大概听明白了,直眼瞪着他,然后呜呜噜噜喊了几句,大笑起来。只有从这爽朗的笑声中我才依稀看见了当年那个战士的风采。眼下的他简直太瘦小了,大概体重不足四十公斤,真是骨瘦如柴。老红军大着声音在他耳旁嚷:“听说你要看书还要看地图?”

老战友呜呜噜噜笑着,点头。

我看得出,他们在一块儿才是最幸福最高兴的时光。老人的手颤抖着,在枕边摸摸索索,这时候花儿走过来,只一下就从枕边摸出了一张皱巴巴的、叠成了好几层的地图。那张地图很旧了,展开来,原来是一张带等高线的地形图。老红军帮战友展开,摊在前边,指点着一条条河、一道道山脉的走向。他的手指在上边移动,口中喃喃有声。这样看了好久,老红军才把图重新折起,放到了枕头边。他伸手在老战友肩膀那儿按了按,算是安慰和鼓劲儿:“好好养着,明年开春,你得硬朗起来啊。”

花儿这时咕哝:“他们又来催了几次,爹不同意。”

老红军说:“他们该关心到正经地方去。他不愿意,那就不能动。”说完又回身向我解释:“是干休所和组织部门让我的老友搬回去住。他如果同意的话就到疗养院。老伴和孩子也可以带上,一块儿住。”

“那里的医疗条件也许更好一些。”

他摇着头:“这把年纪了,现在他最住得惯的还是山里这个小房子。这里的烟火味儿让他受用,”说着又低头问他的老战友:“换个地方,中不中?”

对方好像一句句都听得明白,瞪着一双大眼,慌慌摆手:“不中！不中！”

这个词算是让我听准了。一个老人成天躺在山村土炕上该有多么寂寞。我不知道一些广播和电视节目他能不能看？问了问，花儿小声说：“他看不清电视上的影儿，戴上眼镜也不行。广播员念得也太快，他也听不懂。好多事都是我们告诉他，不过有些事俺也不敢跟他说……”

“为什么？”

“他会生气。像村西的那眼机井塌了，街道上那些大树被人偷着伐了，都不能让他知道。他要知道了，就让我们去喊村里负责人。去年他还能拄着拐下地，看见有人砍树就用拐杖砸人家的腿，结果人没打着，他自己先跌倒了……”

她这些话都一再压低了声音讲给我听，可是患病的老人在炕上看看我，看看女儿，再看看老战友，好像在认真猜度我们的交谈。也许是刚才他太激动了，这会儿疲倦了，慢慢地闭上了眼睛，头颅垂在了一边。他的呼吸非常急促。花儿把枕头给他垫高一点，这才好了一些。但只是一会儿工夫，他又要活动身子，花儿又给他翻身。在灶间烧水的老奶奶一会儿端来了热水给他擦脚，擦身体。

我知道，面前的这个老奶奶是任何人也不能取代的，如果没有她，这位老人恐怕早就不在人世了吧。

我们在这儿待了很久。中午，老奶奶非要我们在这儿吃一顿饭不可。可是在病人面前耽搁的时间已经是太长了。

离开的路上，我对老红军建议：是否要把病人立刻转移到大一点的医院里去？老人摇摇头：组织上曾建议过，病人自己执意不肯。没办法，我们只得请最好的医生按时给他看。他坚决不到大医院，不到疗养院，从前些年就坚持这样。

“为什么？”

“为什么？”老人重复着我的话，看看天边，若有所思，“只有我一个人知道他的心思,他没说,可是我能明白。你不知道,我的这位老战友有一年住院时,看上了一个年轻的护士。后来,用他的话说,就是昧了良心,把那个一块儿吃糠、吃土长大的女娃给一脚蹬了。这就是进城的毛病。那个年轻护士小他很多岁,长得实在不错,会说一口城里话,还会照料他。可那只是刚开始,日子久了她就烦腻了,嫌他这也不好那也不好。还不错,勉勉强强给他生了两个孩子。在男人遭磨难那几年里,我看这个城里娘儿们至少跟三五个男人有勾搭。这事我装在心里,一次也没跟老伙计讲。这个老伙计可真是太倒霉了,他比我还要时运不济,摊上了这种事。照理说那个娘儿们不该对乡下老太太动心思了吧?她不。老太太在他得病的时候送来一点花生啊,瓜果梨桃啊,几次都被那个娘儿们骂出去了。她骂得真难听。花儿当年还小,站在妈妈一边。我亲眼看见她们对骂。这样的事让我的老战友难过,他找到我哭。我狠了狠心,真想把听来的那些话告诉他。可后来我还是忍住了。我只是骂了那个娘儿们几句。后来他喝了酒,喝醉了,倒是自己讲了出来——原来他什么都清楚!他说这辈子犯了一个大罪过,不会有好下场,'你等着看吧,我对不起花儿她妈,也对不起那个村子,我现在不敢回村里去,村里都知道出了个白眼狼。他们说原先还对他指望着哩,想不到是这么个东西,吃饱了就跑,当了大官,丢下结发妻哩!人哪,没有一个不喜欢花花绿绿的东西。还说等我回山里那天,要用镢头砸断我的腿……'他一边说一边哭。他说现在不管在城里还是在山村,他都没法做人了。他是个没有好下场的人。后来他的话真的应验了,中了风,摔得不轻,一天到晚卧在床上……你不知道那个城里娘儿们活着时是怎么对待他的,她动不动就踹他,骂就更不用讲了。当着我的面对他还算好一点,都说'我们家这个老同志'如何如何。可是我心里明白,不吃她这一套。我见了她,把大巴掌在她脸前晃动几下,说:'你要想当个弟妹,就好好照应他;你要想当个狗娘儿们,我就用这巴掌揍你!'她听了吓得呜呜哭,去找组织,到部里去告,还找了最高领导。她哪里知道,所有人都觉得我这一手做得解气。到后来她害急病死了,死在男人前边。这也算个报应。我的老战友其实也没别的路可走,只有寻原来那个老伴去了。苦只苦了这个小脚女人哪,她为他守了半辈子寡,改嫁的事想都没想,只拉扯着花儿过。当年我这个老战友捎一点钱给她还要瞒着城里这一窝……唉,这些事真不该在他身上发生。他全身都是伤疤,立过多少大功,是个有名的勇将。你别看他个子小,可真是一个不怕死的角色。"

我一直听着。我说:"类似的故事好像很多,好多老同志进城之后,都在抛弃结发妻。老同志也是人,他们也要经受诱惑。有些诱惑,人是很难抵挡的……"

老人有些激动,胡茬都在颤抖:"是啊,人这一辈子诱惑太多了,钱的诱惑,女人的诱惑,它们都不是坏东西——可就是这些'好东西',我还是要把它扔到垃圾堆里去。人哪,对这些要有狠心,狠到什么程度呢?就狠到像用刀子杀反革命那时候一样!诱惑啊,它毁掉的东西太多了,你想一想,想想在那些工事前边的石头上,像水一样流的血,就会拿出狠心来对付这些诱惑。这根弦不能松,一松,人就过得像狗一样了……"

雨,沙沙沙

一

我们从那个老人身边回来不久,听说他的病越来越重了。这期间老人又跑去看了几次,每次回来都很沮丧,脸色铁青。我长时间不敢问他话,一些情况都是他自己讲出来的。他讲得断断续续,什么组织上来人拉他到医院里去,他用一只手揪住被子和炕席,硬是不走。直到他昏迷过去了,人们才把他抬到医院里。他醒来一看是在医院,又嚷着踢着要回去,不吃不喝。没有办法,只得把他抬回了。再后来又是出事,没法只得在炕上看护,那儿的条件当然很差了。“他最初是因为得病,才坚持住到山村里,理由和所有人都不一样。我的这个老战友比所有人都倔,战争年代的那股拗劲又上来了。他的理由你想不到。他这样说:从他记事起,村子里的人都是死在自己炕上的。那么多人能,他为什么就不能死在自家炕上?他为什么就要到锃明瓦亮的大医院里去死?有人告诉他,现在不比过去,现在条件好了,村里的人到病危时刻也要抬到医院里。他说那好吧,就把我抬到乡医院吧!”

老人讲这些的时候,我流下了眼泪。我想起了东部平原,还有后来去过的南部大山——那里的人只要到了五十多岁,得了病就很少往医院送了。他们都是躺在自己的炕上挨,顶多请几个乡间郎中来看一看。有时候数遍一个村子也找不到一个人在医院里合上眼睛。他们从出生到死亡都是躺在自己家的大土炕上……想象着那个倔犟的老人,他的行为——他大概是以这种方式,替所有山里人表达一种悲凄的心情,表达自己对贫穷的抗议……我说不明白,反正他在以这种方式表达那种特殊的心绪,表达了他对死亡的极度藐视。

老人叹息着:“我这个老伙计还说了这样一件事:在他工作的那个部里,部长病危时曾立下一个遗嘱,其中有一条就是把自己的骨灰撒在曾经战斗过的地方……大家都很感动,有好几个人受这个启发,也这样提出来,希望骨灰能撒到他们流血流汗、印下战斗足迹的地方。可是那一天在执行部长遗嘱的时候,他亲眼看到撒骨灰要出动这么多人,先是乘火车,然后出动直升机和船……我的这位老战友惊呼起来:‘天哪,这要花多少钱哪,这要花国家多少钱哪!’他为此特意改了遗嘱,说自己死了之后一定不要开追悼会,也不要向遗体告别;至于骨灰嘛,随便埋到哪棵树下都行,埋到哪儿方便就埋到哪儿吧。前几年他卧床不起后又重新改了一下,要求把骨灰先存一个地方,等将来由他的大女儿花儿亲手埋在老伴骨灰盒旁边——最好找一棵老枣树……”

老人告诉,那个老战友一生里有一个最大的哀痛,就是得罪了村里人。那个贫穷的小山村看起来挺寒酸,沉默寡言,实际上蛮有自己的主意。“人哪,千万不要轻看了自己的故土。”老人长叹,说那个老战友的事情他从头到尾都看在眼里,那真是给人警醒的一个大故事。刚开始村里人都为自己这儿出了一个“老红军”欢欣鼓舞,走到哪里都说谁是他们村里的人;后来,自从他跟自己的结发夫妻分手后,就再也没人提到他了。他得了重病,被抬回村里,躺在原来的那个小瓦房里的大土炕上了,还是没人同情。他们都说:“活该!”他几次昏迷过去,村里人都很少来看他的,原来他们还是不能原谅他。直到前不久,都说老红军眼看不行了,这才有三三两两的人来瞅上一眼。那些和他年纪差不多的同辈人大多都去世了,比他年轻的人像来看一个稀罕似的,瞅上一眼就走。他们对这个人并没有多少感情……

老人说这一段故事时,给我留下了至深震撼。我久久咀嚼这其中包含的什么。

这个秋天好像在一夜之间加快了步伐。第二天早晨起来一看,那一丛美人蕉的叶子有几片好像被寒气冻蔫了,衰败的花朵落了一地。还有门外那大片的苔菜叶子,有的也在卷曲,路旁的毛白杨也在开始脱叶。

也就是第二天,噩耗传来。老红军的老战友,那个前几天还躺在炕上的中风者,于前一天晚上零点去世。他就死在自己家的土炕上。

老人一声不吭蹲在了院墙外边，面向着那个小村的方向……落日滑下去，最后消失在一溜山阴后边，他仍然那么蹲着。夜深了，儿媳莫芳走出来，为他披上了一件宽大的风衣，又走开。我站在他的旁边。

星星出来了，他仍然在那儿蹲着。他让我回去，我没有听。后来他只好站起，扳着我的肩膀一块儿进屋。

第二天他去跟老战友告别。我随他一同去，他摇摇头。

两天之后，村里要开一个追悼会，老人说要举行一个葬礼——小村人决心不理老人生前的遗嘱，也不管组织上准备怎么办，反正这次要自己干。老人说他要参加葬礼，还说要讲点什么。他说在这整个城里，和这个人在一块儿战斗过的只有他一个人了，“我们老哥俩谁也代替不了，我们才是真正的老哥俩，他不过先走了一步”。

我提出同他一起，他默许了。

葬礼是在那个老人死去一个星期内举行的。花儿和她母亲到处寻找一棵像样的老枣树，后来就在村子最东边、山的豁口下边、太阳一出来能够最早照亮的一个山坡那儿找到了：一棵长得歪歪扭扭、树干上满是伤疤和瘤子的异常茁壮的老枣树。据村里人讲，这棵树活得年纪最长了，而且迎着阳光望去，很像是一个挺不直腰身的老人，正不眨眼地望着这个村子。这是守护啊！这儿的人都觉得那棵老枣树和死去的老人有点相像。几乎没有什么争执，就在那片开阔地上，村里人准备埋下死者了。

晚秋时节，雨声沙沙……到后来这雨水越来越小，却仍然使人们身上湿漉漉的。这个对遗弃了结发之妻的老军人冷落了几十年的小村人，突然间都从四面八方汇来了。有的甚至是村外的人，他们得到消息也来了。人们都口口相传，说那个打过很多仗的老红军死了——这儿剩下的惟一一个老红军也要赶来参加葬礼。在这最后的时刻,小村人一手包办了所有的事项,好像故意瞒住了官方,而且也不向那个城里妻子生下的孩子通知一声。后来可能是有人觉得这未免过分,还是在最后时刻通知了他们。

于是就让我们看到了在骨灰盒旁边伫立的那两个哼哼唧唧、用力忍着眼泪的孩子。他们都白白胖胖,戴着眼镜,一眼望去,与满场的人都有极明显的差异。村里负责人是个七十多岁的老头,瘦骨伶仃,一双眼睛老盯住一个地方,不善言词,说话简短。开始时他站在老枣树下,四下里望一望,说一句:“他去了,是咱村里的,咱大伙儿来送他。嗯,都来啦,好,一个不少。”

他说这话的时候,那双沉甸甸的眼睛往四周转了半圈。我不由得随他的目光看去。我发现,小娃娃、老人,走路艰难不得不拄着拐杖一步步挪来的老头老婆……围了很多,使人很难相信在这山旮旯里竟然藏下了这么多的人。更令人惊讶的是,不光是人,所有的狗也都来了。它们大概是跟着自己的主人来的,这时候神情肃穆地站在那儿,没有一个蹦跳的,都老老实实面向这棵老枣树。负责人的话刚刚落地,人群里立刻是一片不安的议论声,有人呜呜哭泣,先是老婆婆,后来是老头子。年轻人一声不吭咬着嘴唇,又抬起眼睛寻找花儿和她母亲、那两个白白胖胖的城里孩子——他们正摘下眼镜擦拭……

二

葬礼上没有发现上级组织的派员,连老人所在单位的花圈都没有一个。我有些不安地问了问老红军,他小声说:“这是村里人的疏忽,这儿太偏僻;不过这也好,不会有人干扰这个葬礼……”是的,这已经完全是小山村自己的事情了。

村里的负责人最后说的是:“今后花儿和她娘有什么事,就是大伙的事。眼下老哥是咱的人了,老哥回了村,就躺在自家大炕上去了,咱就把他手里的事接过来办了,是吧?我敢说是哩!好啦,老少爷们说道说道,有个说道?没有……”他的眼睛四下看看,突然大声喊了一句:

“让红军老哥给咱说道呀!”

一片迎合声。流泪的眼睛都仰起,盯着我身旁的老人。他头顶的一团闪闪白发这时往下一点点滴着雨水。他擦也不擦往前走,一直走到老枣树下。我发现他一直挺着的腰板不知为什么一夜之间弓了,站在老枣树下,一双瘦瘦的大手显得那么长,差不多快碰到自己的膝盖了。他的目光落在旁边那个比他矮小得多的村里负责人的肩上。这样看了一会儿,好像在琢磨什么。后来他说话了,令我有点惊讶的是他已经不用普通话了,而改用了与这个小村人完全相同的、浓重的山地口音。我发现他说的词儿都是山里人常用的,很容易听。我明白了,他在和山里人说话。他这番话就算是葬礼上的演讲了。

一开始他简单地回顾了死去这位老战友参军的情景,经历了哪几场重要的战斗、立了哪些功,还有,战争结束之后他干了些什么、最后与其交谈了些什么、他死前最看重最挂记的是什么……这些都说得很简略。但我觉得这浓重的地方口音尽管压得低低,却像是在山间滚动的雷声。他不紧不慢,仍然那么低沉,像在跟村里人面对面交谈:

“大伙儿都跟他叫‘红军’,什么是‘红军’?就是那时候最早一拨出去打仗的人。这人长得不高也不壮,我认识他那会儿,他瘦得眼往里凹凹着,嘴唇没有血色,穿的裤子补丁摞补丁,露皮露肉的,天寒地冻还穿不上棉袄。起事头一回——砧山口起义他就挨上了,活下来,只活了三个,他是其中一个。左边肋骨那儿镶了颗子弹。接下去是找队伍、游击,就是那空当儿他在咱这周围山里打转。再后来他跟花儿妈成了亲,又随上队伍走了。花儿妈和村里人一块儿东躲西藏,东山里那些石板底下、河套子里,都躲藏过。上年纪的人都记得冬天在山里过夜的滋味,一夜一夜打抖,睡不着,挂记亲人哩,冻得慌哩。那一年上冻死了五六个老人,十几个孩儿,这是村里。他哩?他那会儿参加了三场硬碰硬的仗,左胳膊让刺刀挑了,流了一地血,拖下来的时候人事不省了。都说他得完,可他还是咬着牙挺过来,这是他第二次活过来。从三支队打出来,最后过海上东北,再后来又往南边一路打下去,身上大大小小的伤疤,花儿她妈数过没?她数不完。咱这四周,谁有他打的仗多,流的血多?没有哩,他为了什么,我不说大家心里也明白个一二。他打仗,不会是为他自己吧!人哪,多好多坏,那得从总里算。他这个人哪,也有自己的毛病。这不是说道毛病的时候,可我还得说道。他也有对不起村里人、对不起花儿和她妈的时候,他犯了个不大不小的错,不像吃苦人办的事。不过我得说,他还是个好人,替别人特别是替穷人干了不少好事。过去、如今,穷人里边也花花黧黧,穷人昧了良心的时候,下手更狠。不过呀,我要说,有哪个穷人不争气那是他自己的事儿,一个人要不帮穷人那就是他的事儿了。打仗打了那么多年,打完仗又停了这么多年,为什么穷人还是这么多?说来说去,是真心实意帮咱穷人的人不是多了,而是少了,太少哩!为什么要帮穷人?算个账就明白了。穷人没什么用处,帮不帮都一样,他们不识多少字,困在自己山里,要不就困在那么一个旮旯里,活就活,不活也不关别人的事。可是从穷人堆里挣出来的人又怎么个讲法哩?他要忘了穷人,穷人可真是没有指望了!我这个兄弟流了不少血,我敢说他的血可没有白流。村里人嫌弃过他,可这会儿还不是都为他送行来了?他最后还不是躺在自家大炕上?我说过,他归总是个好人,对村里事事上心,有公社那会儿,山上收红薯,有哪个图快,下镢头伤了瓜儿,他都一阵连一阵吆喝,有好几次要用巴掌揍人呢。几个娃娃在场院边上点火,他骂。他们的火烧着了场边的白杨树,好端端一棵树皮烧透了,就死了,他能不火?那些胡乱打牲口的人,往水潭里扔石头的人,都被他骂过。村东头那个人馋,养了三四年的狗想在过年时候磨磨刀杀了,他听说了,提个拐走过去,劈头就是一顿好揍,说:'这是条好狗,秋天里看庄稼,管比什么都经心;你走哪它跟哪,像个亲生娃儿一样,你就忍心杀它?你能对它下刀,什么坏事还做不出来?'就那样,他把那条好狗保下了。还是公社时候,饲养棚里老饲养员可以做个证,那时候那些耕了一辈子地拉了一辈子车的牲口,临到最后上级批准可以宰杀了——怎么没杀?怎么在槽边给它们粮食吃?把草节切得细又细?因为它们牙口没了,嚼不动哩,你得好生喂着。为什么?还不是因为这个老红军!他说:'这都是公社里的功臣,拉不动车和犁耙了,那就在槽边歇着,好生侍候。'他说过这话没?我说他是个好人,因为光是我说不中,你们大伙儿都一件一件看见了,村里上年纪的都知道他的小名,他干了些什么也瞒不过众人眼。他是个红军,是个革命者。什么叫'革命者'?说到底,就是他这一辈子越往上坡路走,越挂记下边的人,对人对物什么时候都有一股好心眼儿,对人什么时候也不能'用人往前,不用人往后'。尤其是对穷人,不能这样——谁要这样,就把谁看成自己的死对头,这就叫'革命者'!"

他说得很慢,我一句句听下来,琢磨他话的意思。整个人群里没有一点声音。雨点落在地上的沙沙声,是他这番演讲的惟一伴奏了。我抬头看看,发现那些默立的人,都有眼泪在眼眶里打旋;就连他们旁边站立的狗也都哭了,泪水顺着眼角渗出,又从长长的鼻子那儿流下。它们也都像主人一样,定眼望着老枣树下的人。

老红军的话最后说完了。

雨猛然增大,发出了哗哗的声音。这时候人群摇动起来。他们呜呜哭，有人双手蒙脸。很长时间里，花儿都抱住了母亲，大概是怕老人在雨水里倒下吧。

三

我在老红军身旁徘徊的时间太长了。我知道迟迟不愿离去到底是为什么。我终于明白了当时的凯平，他就是被一种说不清的东西击中了。也可能是在疲倦的奔波之后又陷入一种焦灼和激动交织的情状之中，我又开始连续失眠。令我讨厌和不解的是，隔壁的莫芳继续用她轰响的音乐叩击我的耳膜。我好几次想吐露抱怨，但最后还是忍住了。她那种挑衅的眼神越来越明显，我不知道她在悲伤的老人面前还怎么能够如此孤傲和心安理得？更可气的是，她不知什么时候从公爹的屋子里偷走了一本歌集，大概在她来说是少有地沉住心性，从头至尾研究了一遍。她拍打着上面仅有的几首“情歌”，对我说：“那是柏拉图式的。这不过显示了作者自己的无能。”

我愤愤地问：“你知道什么叫‘柏拉图’吗？”

她不屑于回答，那双描得发紫的大眼睛乜斜着，鼻子里轻轻哼一声，把它抛在我的面前就走掉了。

当那根沉沉的弦被拨动时/我仍然没有摆脱焦灼之苦/一只苍老的手继续弹拨/另一边的人却在倒计时/九、八、七、六、五……/最后的时刻就要来临/怦怦跳动的是千年心音……

莫芳抱着那只肥猫频频出入那个房间。她的脚步无论在白天还是深夜，都特别搅人。可我发现，她的公爹对这一切好像早就习惯了，丝毫也没有什么不安。老人长时间伏在自己屋里那张写字台上，我不敢去打搅他，只是注视着他的背影、他那团雪白的毛发。他在写着什么，我想他在飞快地追记一些往事。这大半与那个战友刚刚逝去有关。很显然，留给那一代人的时光已经不多了。我不想再打扰他。我想很快就要从这儿走开了……我相信此地给予的什么将长久地留在心底……我不由自主地整理起背囊，莫芳看到了，一直走进我的房间，说：

"我想来看看从野地里来的傻瓜。"

我没有理她。她坐下，抚摸洁白的大猫，笑吟吟地看着我。我没有转脸，可我完全感觉得到她那种富丽堂皇的样子。我闭上眼睛，想那一天哗哗的雨声和一阵阵的恸哭。我好几次想转过脸去，想转述那个满头白发的可爱老人讲的一番动人的话。但我忍住了。脑海里偶尔出现浓烈开放的美人蕉花，花下边傲慢抖动的一对粗长的、弹性十足的腿。我闻到了淡淡的芬芳的气息。这种气息告诉我，旁边的人正企盼和等待什么，她已经厌恶了这里的生活，她的话题一会儿就要扯到外国，她特别喜欢和我讨论移居的问题。

我记得在我们老家旁的那个小村里，有一个屠宰手，同时还捎带给人阉猪阉羊。有一次他阉死了邻居的一头羊，那家里的汉子说他是故意的，威胁要给他一个报复。他有点害怕，就逃到了在外地承包工程的建筑队去。后来这个建筑队又到国外施工，于是他就出国了，并设法在那个国家滞留下来……这时候我很想告诉莫芳，移居国外有各种各样的原因，比如说沿海那个村子阉羊的人。但我终于没有说出。我回忆着去世那个老人，他的两个白白胖胖的城里孩子……这一切似乎都在昭示某种人生的悲哀：狂妄连着狂妄，狂妄到最后，总是发现自己还是远逊于父辈。这样的比较包括哪些方面呢？一切方面——在一切方面，我们都在退化……

莫芳在旁边咕咕哝哝："你可真瘦。可惜了这么高的个子。你的腰多细，我想你大概一点劲儿也没有，除了长了一副好胡子、一对让人想多看两眼的眼睛——对了，还有一对挺好的耳朵——我总是注意人的耳朵，你的耳朵就像医院里的耳朵模型……"她还在看我,一些念头总是这么奇异和怪僻。

她继续说下去:“年轻人很少有能和我的公爹谈到一块儿去的,而你是一个例外。这就让我想起来了,任何时代里都会有些年轻的保守派,这些人一个一个都故作深奥,到头来都挺招人恨的;特别是女人,最恨他们了,因为他们往往是些不尊重妇女的大男子主义者,自以为了不起呢。当然啦,这其中也有那么几个狼心兔子胆,也就是说……”

我打断她的话:“算了,你的意思无非是我这种人很想干点什么,只是不敢,是吧?”

我鼓着勇气说出她要说的话,这一刻大概脸色煞白。我看着她的眼睛,用沉沉的目光逼视她,以压抑她的气焰。

她嘴角缩了缩,满不在乎。后来她微微一笑,让我看到了荧光闪亮、洁白漂亮的牙齿,还有那对能言善辩的翘起的嘴唇。我的目光很快滑到旁边。

“你怎么不一直看着我?我就不信你一直这么凶!你很快就要走了,难道就不怀念我们这个地方吗?”

“我会想念老人的,想念在他身边待过的这些天。”

“我呢?”

“你——我也不会忘记!”

“那就好啊。”

“我不会忘记的,是有一个高个子胖女人,她很孤单也很无聊,她正在设法找一味药医治自己的毛病。她认为出国也许是味好药;还有,她宁可一天到晚抱着一只肥猫,也不愿腾出手来给自己的公爹做一顿可口的饭菜……”

我说这些话的时候冷着脸,语气艮艮的。

她没等听我说完就哈哈笑起来。她笑得太响亮了。看来她一点也不在乎公爹会听到,笑过之后轻描淡写吐出一个很粗的字眼。

我并不介意。

她说:“你怎么说都成,反正我想告诉你:我这么多年还没见过你这么个傻家伙。艮艮的,挺可爱;不过呀,我如果生了你这么个孩子,就会不停地揍他哩。”

我的脸这会儿肯定红了。这种蓄意和恶毒的挑衅,未免有些过分了。我说:“请你回自己的屋子吧!”

她蹙蹙鼻子:“你记错了,这是我们的家,或者说就是我的家。”

“我是老红军的客人。”

“老红军的家在干休所,这个房子是我和我爱人分来的。”

我一时无语。停了会儿我说:“你没看我在收拾东西吗?我很快就要离开了。”

她得意地哼哼着,右脚不断地颤抖、拍打地板。我想出去一下,可她故意在门口那儿站着,大块头把多半个门都堵住了。我不得不侧着身子往外走。就在我从她身边挪出的那一瞬,她竟然对我做了个鬼脸……我的心怦怦跳,一口气跑到了院子里。

我大口地呼吸,转过脸,又是那一丛开得浓旺的美人蕉。它的生命力可真强,不断有花朵蔫脱在地上,又不断有崭新的花儿绽放。天渐渐冷了,可它的叶子仍然浓绿。我盘算着:从这儿走开时,满地落叶的时刻也就到来了。在这样的时候,踏着一地落叶去老家,去寻找那个毁坏了的田园,可真不是个时候啊。可是我仍然要走去,这一路无论走多么远,一回首都能望到它的满脸悲怆。我是一个离不开老家的孩子,一个贪婪而污浊、有着奇特的欲望和时不时偷袭而来的邪魔……可是啊,我因为记住了那副悲怆的面容,才把一切勇敢地跨越了。我要走去。

老人在他屋里一声声咳嗽。淡淡烟雾从窗子那里渗出。我想他正在抽那个又黑又大的烟斗……

“老伙计走了,接上该是我……”那一天我们从葬礼回来的路上,冒着雨一前一后踏着泥泞,他就对我讲过这样的一句话。路上他想抽一口烟,可是一摸火柴全湿了,只好作罢。那天走了一会儿发觉身后有声音,转过身一看,原来雨地里有几个村里人在跟着我们,已经跟了一程,旁边还有几条淋得精湿的狗。

他们见我们站住,也站住了。我们互相透过雨帘看着。

卷三

第 六 章

工蜂和王后

一

“早些回来吧，这里有人一直找你呢，他们很急……”梅子电话里这样催促，好像不愿说得更多。我没有再问，只得尽快返城。

这座城市就像一个巨型蜂巢，由机械切割出来的几何体，经历了一场急风暴雨的摧折，变得一片零乱。想象中这里有隐秘的工蜂和王后，它们在破败的巢穴里无声地忙碌……一个外来人踏入街巷，就像进入了一座迷宫——在迎面而来的人潮和车流面前，在巨大的喧嚣面前，他们欲行又止，不由得要把脚步放轻放慢，一次次眯上惊愕的眼睛。对他们来说，这等于是在一群陌生的工蜂之间穿行，是怯懦而迷茫的游荡和探寻，是叩问一扇扇陌生的门、尝试着进入一些洞穴。我每一次归来都有类似的恍惚。

儿子又长高了，可是腿和胳膊却显得比过去纤细。他无声地看着我，这么小就学会了收敛自己的热情。我抚摸着儿子的满头黑发，用力握了握他柔软的小巴掌，又在翘起的臀部那儿拍打一下。作为一个小男子汉，他已经显出漂亮动人的腰际线。

我问梅子岳父一家，还有朋友们的情形，她只淡淡一句：还那样，也就那样。

一切似乎都包含在了这几个字里。天渐渐冷了,过去的故事已经陈旧,一座城市也该平息下来。梅子这一次没有像过去那样没完没了地询问,也不再说一家人的近况。我的匆促离去和突兀归来,对这个家庭来说已成习惯。我和梅子彼此之间也没有了抱怨,我对她已经不像以前那样心怀歉疚。这似乎是不应该的。思念,艾怨,还有一点热辣辣的什么,都消融在漫漫岁月和遥遥旅途之中了。

可是她前不久还催促路上的男人快些回来,说这儿需要我。我能做些什么?我问她是岳父的意思吗?因为只有他发出了指令,她才会那样做。梅子笑吟吟的:“你还记得他们?可人家没一个提起过你!”

如果真是这样倒也不错。问题是那位令人生畏的一家之主背后从未停止对我的议论——赤裸裸的嘲讽,或诽谤贬损。在他看来,随着时间的推移,有一个问题已经得到了证明,即自己当年对女儿婚事的极力阻挠是完全正确的。

“现在的人都忙得很,一天到晚没有一点儿空闲。不像你,都没有时间出去玩了。”

“就像一群工蜂那样……就像歌里唱的:‘劳动、劳动,我们永远的歌声’。”我一副快快乐乐的样子,想让久别的妻子高兴一点。

孩子在隔壁发出了轻轻吟哦,他在温习功课。稚嫩和充满希望的声音。上一代总该为下一代留下一些什么。宝贵的遗产对于他们来说太重要了。当然我更多的不是指物质上的——很可惜,这方面我并没有什么好夸耀的;可是很久很久以后,我的儿子只会想起一个来去匆匆和慌里慌张的身影——他当然不会对这样一个父亲感到自豪,尽管他会告诉自己、努力说服自己,说那个父亲有多么了不起……

一个人出于虚荣会把平庸的父亲说成一个英雄。可是我却不想借助人性的这种弱点来满足自己的幻想。怎样才能让他明白父亲足踏大地的心情、那没有尽头的忙碌、那宿命般的东行奔走？还有，怎样才能让他耐下心来倾听并理解自己家族的故事？这一切都是个难题，对于后来者而言，它其实是最难最难的事情，要完成它几乎是无法想象地艰难。你知道吗孩子？世上有一些结局是拼力一撞的结果，故事里的人孟浪而无畏。有的人真的绝望了，于是就有了一次铤而走险。有的人已经不再像过去那样，千方百计地给自己鼓劲儿，让自己一次次忍和挨，没完没了地妥协和迁就，而直接就是走开……我的儿子，快快长大吧，到时候你就要设法挣脱那些纵横交织的网，它们是俗见之网、欺骗之网、围堵之网，它们无所不在。只要不冲破这些网，你就永远都不会理解自己家族的故事。事实上一切都靠你自己、你作为一个男人的理解力，其他人是帮不了你的……

"你走后真的有人关心你——总是说你，一次次来找父亲……"

看来梅子不想再卖关子了。我问："谁？"

"那个杂志社啊——你以前的老板！"

"老板"是这个城市里最时髦的叫法，她也不甘落伍："你过去的老板来打听你，有时候自己来，有时候让助手马光来，他们可能要让你干什么，这回知道你的价值了。"

"我对她毫无价值。"

梅子笑了。她对那个美丽的少妇从来没有好话。我想她对一个单位由这样一位女人领导，男男女女都要听其指手画脚，认为多少不可思议，而且还是一种威胁。四十多岁的女人，不老不少，大冷天还穿裙子，细细的腰身和翘起的臀部让人想到一只蜂子——当然是蜂后，是围了一群工蜂、让它们辛苦供奉的女王。

我就是不信梅子会对那个女人的话如此重视，这其中大概会有其他缘故。“我跟她没有任何联系。从辞掉公职的那一天,那儿就与我没什么关系了。我现在是独来独往一个人,谁也管不着我了。”

“以前是。”

我明白这三个字所包含的意味:如今可不是从前了,我四处游荡,正渴望找一个地方落脚;总之我是一个倒了大霉的男人,太需要娄萌拉一把了……到底是自己的老婆,她知道哪个地方是穴眼,只一下就扎中了。我一声不吭,仰靠在沙发上,紧闭双眼。

“你该到杂志社去看看了,现在他们可神气了。办了公司,娄萌还让助手马光兼了总经理……”

一提到马光这个多毛青年,我心里总是有些隐隐的不安。我不知是嫉妒他,还是担心和同情她——娄萌。我这时发现,一只工蜂即便离开了原来的那座蜂巢,仍然难以对王后的处境无动于衷。

梅子杏眼闪烁,开始说到周末回橡树路的事儿——这才是正题。她说:“你应该照一下镜子看看自己。”

我真的走到了穿衣镜前。没什么,仍然是一个有些苍老的、胡茬很重的细高个子男人。

“瞧你这身打扮,不觉得寒酸吗?就这样去见岳父岳母?还有小鹿,他常常把小阿苔领到家里,他有一大帮朋友——你让他们就这样看你吗?”

难道我这副样子已经没有资格进出那个客厅了?我身上的一股拗劲儿鼓胀起来……不久前我还是一个少年,瞧我的眼睛和头发,瞧我这颗心。是什么把我弄得如此陈旧不堪?是什么让我变得如此绝望?又是谁把我劫掠一空?我现在真的两手空空,什么都没有了,心的一角长出了一株满是尖刺的小树,给扎得日夜疼痛,说不定什么时候就会尖声大叫起来……不说了老婆,我陪你回橡树路。

二

一辆轿车费力地在楼群之间钻挤。那是一辆灰蓝色的轿车。车子停得很急,发出了“嚓”的一声叹息。车门打开了,走出的是马光。这家伙衣冠楚楚,站定,戳戳眼镜,仰头往上看了看,直接登上楼道。

他的出现多少让我出乎预料。

热烈握手,寒暄,拍打肩膀。那一丝稍稍收敛了的得意却怎么也没法掩藏。他过分亲热,推搡着我,还不停地叫梅子为“老嫂子”,惟恐冷落了她。眼前这个人比过去周到多了。

我仍像过去一样喊他“马光”。他把一个压膜名片递给了我。我粗粗看了一下,发现上面的头衔已经罗列了七八个,最显著的一个不是“社长助理”,而是“总经理”。他不知是幸灾乐祸还是为我惋惜,拍着手掌:“老宁啊,你如果不离开多好,我们在一块儿可以甩开膀子干,干更大的事业。太可惜了。这是咱们杂志社的一大损失!”

“那是你们的杂志社。”

“现在和过去不一样了,怎样说都行。也就是说一个人走开、回来,都自由得多,关键不在于编制属于哪儿——怎么样?回来一块儿干?”

这个多毛小子系着领带,穿了一套高级西服,腕上戴着最时髦的弧形表。由于他把多余的毛发很好地修理过,脸上一片铁青。手腕和胳膊上的毛发没动,就越发显得刺目。那双多毛的手臂在我面前摆动着,常常让我想到一种动物:大猩猩。

“告诉你吧,我们正在筹建一座艺术大厦!”

“杂志社自己的大厦?”

“自己来搞。我们有几个公司——合起来干。”

“自己来搞”和“合起来干”让我不甚明白，经他解释我才算清楚一点。原来杂志社牵头搞了一个大公司，主要项目就是筹建这座大厦。

“我们的杂志你还不知道吗？也就是那么回事，画画，圈圈点点也就完了。我们的人要腾出手来干大事业。我和娄萌琢磨着，你在东部那儿熟得很，一定有不少朋友——东部很肥呀，你能帮我们找个合作伙伴吗？”

“城里大企业不是更肥吗？怎么还要到东部去？”

马光带着哭腔：“你知道这座城市的企业已经像篦头发似的篦了好几遍了。”

“你们的公司只建大厦吗？”

“什么都干，还顺便经营钢材木材；还有，替人做广告，包揽生意，家用电器……我们还有一个‘点子公司’呢！”

“就是出主意的公司？”

“对，就是出主意。一个好主意如果卖掉了，那也可能是个大价钱；这也属于有偿服务吧！”

这让我稍稍惊讶：如今什么都可以卖。我不得不承认这帮人的“点子”多，多到已经不得不成立一个专门的公司向外兜售了。不过我怀疑他们会有什么高明的点子。我在杂志社工作的那一段，已深深领略了马光那一伙人的馊点子。这些点子中的很大一部分，都可以用来教唆青少年犯罪。不过眼下这个花花绿绿的社会难保就不需要他们。这个公司也算是应运而生了。

马光吹嘘起来口沫四溅。我发现眼前这个家伙，过分的营养已把他的脸庞弄得鼓胀着，红光闪闪。他尽量使自己像一个“总经理”的样子，腆肚，加上被咖啡、茶和烟熏黑了的牙齿，从不离手的便携电话，看起来就更像。他甩着大拇指：“我们只要筹集到五千万就可以开工了。我们这个艺术大厦的计划把上面的头儿震了一家伙。他们怎么也想不到娄主编指挥下的几员大将会有这样的气魄！”

“杂志社现在的办公条件已经够好了，怎么还要搞那个大厦？”

“这你就傻了。这个大厦实际上是一大宗房地产生意，是这一带的标志性建筑。将来我们可以一层一层出租和卖掉。那时候我们就阔大发了——你别再浑跑了伙计，大伙在一块儿多好。如今事业干大了。你看这里多热闹，多有意思。娄萌也挂念你，老问你的情况，我都有点儿嫉妒了……”

“嫉妒”这个词用得多妙。我的目光又一次落在他那根摇摇晃晃的领带上。马光瞥我一眼：“伙计，你的思想啊，可能还很古典。办刊物可以看成我们的主业，也可以看成一个由头——做事的由头而已。你知道现在首先是生存问题，只有把生存问题彻底解决了，才好做真正的大事业。不要说办刊物，办什么都不在话下……”

他手里的电话发出了刺耳的铃声。他马上往一个角落里走，边走边说……嘟哝了一句外语，一句外国俏皮话。我发现无论是中国还是外国的二百五，恶棍，这些轻薄的家伙总是最先学会了对方的一些俏皮话，而不是先扎扎实实把句法搞通。

他还在咕咕哝哝。我望一眼窗外，天边正卷来无际的苍云，让人感到一阵快意。我想起走进这座城市的那天：天边卷来一阵苍云，雷声隐隐响起，街上的行人都脚步急促起来——只有一些流浪汉步子照旧，他们无动于衷。

马光回头瞥一眼里屋的门，往跟前凑了凑，这样子有点鬼鬼祟祟的。其实他说出的内容并没什么了不起的：“咱老板，就是娄萌，她会亲自来跟你说的。”

“说什么？让我回杂志社吗？”

“那是小事。她现在急的是一件大事——”马光挠挠头，“为这事她找过你岳父,老同志嘛,有时候反而不能直说。是这样,老板想让你引见一下那个人,他就是……凯平……"

我心里一怔,立刻警觉起来。

"这个人如今不得了啊!可以说身处咽喉要道,他是那个大财东的贴身助手,正当红呢!他其实根本用不着跟'秃头老鹰'直接说,就是跟下边分公司的哪个小头目接上火,人家扔下几千万简直就是小菜一碟!再说这并不是白吃白拿的赞助费,而是合伙经营,是投资……"

我打断他的话:"我跟凯平没什么联系。"

马光退开一步,脸上是就要哭出来的表情:"老天,你就这么对待老伙计?你开什么玩笑?不出十天吧,你还和凯平在一起彻夜长谈呢!告诉你吧,天底下还找不出一个人比你和他的关系更铁!告诉你吧,要打仗就得有情报系统,我们的情报工作是天下第一流的,哈哈……"

他得意地瞧着我。无话可说。令我深深惊诧的是,他怎么可能知道我与凯平在帆帆农场里的相聚呢?这事不过才刚刚发生,而且他绝对没有消息来源。这事奇怪极了。

"瞧多么严肃的模样啊!其实有什么好瞒的?你就是瞒我,也不该瞒娄老板吧?她和你可不是一般的关系,你见了她也就噜噜噜全说了……"

我的脸一阵发烧。我想大声呵斥和阻止,可是难以开口。我和娄萌不过曾经是上下级的关系,我们那时清清白白,我们那会儿不过是十分投机,当时刚去杂志社——但我们实在并没有什么……我忍住心里的火气,口气和缓多了:

"别这样。你如实告诉我吧,你是听谁说的?"

马光卖起了关子:"没人瞒得住我们,就是这样。你先说是不是这么回事儿吧?"

“你不告诉我消息来源，我什么都不会说的。”

“这就等于承认了你刚刚和凯平在一起——是吧？”

我真想伸手给他一拳。我在想娄萌——我已经许久没有看到她了，在这纷繁忙碌中，她还像原来那样吗？这个超级美人儿在整座城市里都是无往而不胜的，不过我还是想不出她从哪里得知了有关凯平的消息，而且那么具体。

三

因为马光的纠缠，我们全家回橡树路的事就给耽搁了。梅子见他一时不想走开，神神秘秘的样子，就索性领上孩子先走了。马光又磨蹭了一会儿，突然想到了什么，看看手表就急急地离开了。

我可以安静一会儿了。那个家伙把我心里闹得乱糟糟的。凯平，娄萌，这两个名字一旦在脑子里重叠交错，就使我不再安宁了。我承认，当我从那个著名而严谨的地质所一下来到宽松的杂志社，在这样一位美丽动人的少妇手下工作时，真的兴奋和愉快了一阵。新的单位每个星期只需坐两天班，平时可以待在家里。可是我几乎每天都到办公室里去，因为那里真的吸引了我——它未必是光彩照人的新领导，却一定包括了她。这个女人全市有名，这不仅是指她那副出众的容貌，还有其他等等综合的因素。她已经是二婚了，新任丈夫是比她年龄大上许多的某领导。像许多资质优异的女人一样，通常一两个男人是难以奉陪到底的。也像那些女人一样，一些夸张的爱与欲的话题总是缠上她们。可是当你与之具体地、切近地接触之后，又会觉得一切都不是那么回事——她是如此地端庄，严肃而又温和，平易近人且十分关心同事——当然了，总有些超乎常人的聪慧和机敏，有别致的眼神——我在使用“别致”这个词的时候，是经过了认真推敲和选择的，因为一时再也难以找到更为贴切的了。她美丽的眼睛对异性有一种洞察力——这非常重要,因为整个杂志社还是以男人为主,如果一个单位的所有男人都让她看不透,这儿的工作必定会一塌糊涂。她的胸脯格外蓬松——我这样说尽管有些不雅,但也只好如此,因为我第一眼就无法回避这个事实,这是太触目的一个现实了。她给人这种感受绝不是因为对方轻浮好色,而是那种母爱和温柔、宽容和成熟等诸种因素加在了一起,深深地吸引着他人。于是,在长达几个星期的时间里,我无法坦然地面对面地与她交谈。我的目光总要自觉不自觉地盯向一边。我发现那些与她共事很久的人也多少如此,他们在她面前显得紧张而殷勤。同时我也发现,我的这个新单位的工作是那样井井有条,所有的人——当然主要是男同事们——个个愉快而高效地执行着她的指示。这儿的女下属只有两人,一个打字员和一个会计,她们裹挟在一个昂扬向上的男性集体之中,也就差不到哪里去了。

娄萌能够与我更快一些融洽起来,其中的一个主要原因是岳父。他们很早以前就熟悉。其实她熟悉全市所有的高级领导,有一种尊重和服从的本能。他们说到她都是这样开头:"哦,小娄!"我的岳父就是这样说的,然后再谈事情。我亲耳听到他这样评价娄萌:"能把工作做成这样的,是很不容易的。"我知道这是极高的一种赞誉。但我心里想:恰恰相反,工作对她来说是很容易的,她有多么丰富的资源哪,任何一个男子都乐于听从她的指挥和安排,就连上年纪的老资格还不是同样!所以说在任何时代,她这样的人是再适合做领导不过的了——可惜我的这种认识不久就被自己推翻了,以至于不得不在心里赞同起岳父的话了。因为我渐渐发现任何事物都有正反两个方面,这对于娄萌也是一样。她在与许多男性打交道的同时,也要及时地适度地排除一些不必要的干扰,比如有意无意流露出的爱慕之情,或进一步滋生出来的其他一些过分的要求;还有羞涩和怯懦,跃跃欲试的心情等等。克服和排除这一切是需要巨大的技巧的，也需要极大的忍耐力。就这些而言，她的工作和生活又将变得比常人更为艰难。所以我就更加理解岳父的话中所包含的另外几层意思了。可见斗争的经验、复杂的阅历，它是多么有助于对生活现象的洞彻和观察啊，仅就这一点而言，我从来不敢恭维的一位老人，也开始让我心服口服。

我注意到，娄萌的身腰——特别是她的侧影，总要让人联想到一种蜂子：那种蜂巢中迷人的王后。她丰硕，仪态万方，雍容，足以让无数的工蜂为其劳碌——直到死亡都毫无怨言。是的，我发现那么多的人要充当这工蜂的角色，他们总是想方设法为其效力。这样的观察只限于其他人，我还从未敢将岳父纳入这样的猜度和思考范围，因为这样也就显得大不敬，看在梅子的分上，我不想这样看和想。可是有时理智并不能阻止和控制自己——只要娄萌出现在橡树路的那个院落里，只要岳父与她开始谈话的时候，我就站在一边不自觉地观察起来。我从岳父少见的和蔼与夸赞中，仍能感到一只老工蜂效力的冲动……

一阵敲门声打断了我的思绪。

我好像被一阵秋天罕见的热浪袭击了一下。出乎预料，突如其来，我僵在了那儿。对方稍重地拍打了我的肩膀一下，这才让我醒过神来。我赶紧地礼让，有些慌促地退开，让客人进屋……娄萌肩上的手提包竟然像拳头那么大，这使我一下子别扭起来——以前她那个上下班用的皮包多么合乎身份啊！而眼下这样的小包怎么看怎么别扭，我甚至一瞬间想到了马光的可恶！是的，她与这样一个轻浮的家伙天天在一起，也就会在小到着装大到杂志社的方向等一系列问题上判断失误。

“啊嗬，你可回来了。我们把你好找——你岳父都猜不准你在哪里……”

那种熟悉的温婉中似乎掺上了一丝生硬，对了，那是女企业家才有的口气。商业竞争,捞钱,对一般的人也许没什么不可以,对她呢,就有点大材小用了。我反对她这样做。虽然我对她来说不算什么利害攸关方,更不算亲近的人,可我心里还是要说:我反对。我不能眼睁睁看着一位如此可爱的人被铜臭熏得不三不四。但我不能轻易将内心里的这些厌恶和反感表达出来。我想问的是:难道你也缺钱吗?比起大把挣钱来说,你有多少更重要的事情要做啊!我在这儿即便不一一列举,你稍稍想一想就能明白。对你来说,挣一笔大钱算得了什么?难道一个在月球上行走过的人,他(她)还在乎那三把韭菜两把葱?要知道在许多人眼里,你娄萌就是一位在月球上行走过的人哪!人哪,无论是谁,都不要浪费自己的青春,你身上还有多少青春哪!

我端水给她。她笑着推开了。

“瞧你小脸晒黑了。就愿意走、走,你们男人哪……”

听,这就是她的魅力:不说“脸”,而说“小脸”,凭空增加了一种亲昵。当然这种说法别人是学不来的,它需要因地制宜,学问大着呢。

“我开门见山跟你说吧,有一件事还需要你搭一手:我们要筹建艺术大厦,这在全市都是引人注目的大事——首长也知道了;合作对象太重要了,我们就想到了那个大财东……转了一圈没找到接洽的人,谁知得来全不费工夫,这个人竟然是你!马光跟你说不明白,我来跟你说……”

其实你也说不明白。你靠的是魅力攻势。你从来战无不胜——然而这一次是个例外,因为我现在不想战了。我说:“这事嘛,马光跟我说了。我觉得最好是、最方便的是,由我岳父跟岳贞黎直接说,凯平毕竟是他儿子嘛。”

娄萌直盯着我的脸,眉头皱了皱。往常她的这个动作是十二分迷人的。“你这样看?”

“因为……他们老同志解决这一类问题总有办法的。他们可不一定找凯平,他在那个公司里说起来只是一个小人物……”

“哈,这你就错了。那个叫‘秃头老鹰’的人一般人是接近不了的,而凯平恰好是最合适的人选——你岳父最知道凯平和他父亲的关系,那差不多是一对仇敌!你岳父什么都跟我说了,你要知道,他现在已经是我们公司的总顾问了……”

岳父的这个头衔,细想一下并不让我吃惊。不过我猛地一听还是觉得出乎预料。“哦,顾问,他真的及时问上了!是他告诉你我和凯平的事了?”

“就是呀。他说你和凯平前不久还在一起畅谈了一夜呢!”

我大声喊了起来:“他怎么知道的?这绝不可能!”

娄萌笑了:“这是岳贞黎说给你岳父的。他刚刚去了干女儿那儿——瞧瞧,就是这么回事……”

我心里一怔,暗自在为凯平叫苦:听听吧,帆帆至今还与岳贞黎保持着这样密切的关系!在这种状态之下,你还有多么长的路要走——说实话,这也出乎我的预料……

大 橡 树

一

冬天的脚步比预想的还要快。一场狂风,紧接着黑云就压上来了。飘零的雪花,很小很小的雪花,伴着逼人的寒气。

梅子说:“你多聪明,不失时机地回来了。你知道城里有暖气。要是这时候还在路上,非把你冻个半死不可。”

她忘了我为何匆匆归来:不是躲避严酷的季节,而是来接受一个沉重的任务。背后的策划者就是岳父,他给我临时指派了一个角色,想起了我这个百无一用的人。但我恐怕会让他失望的……我现在盼着一场大雪覆盖下来,在洁白的雪界里,我将领着小宁走上街头,到郊区或公园广场。雪花飘飘停停,用了半天的时间才降下浅浅一层。蒙了一层银色的宽阔马路格外好看,可惜只一会儿就被来往车辆和人流给蹭黑了,一团团污痕更加刺目。头顶的天空铅云积聚,可就是不能变成洁白落到人间。现在没有一个季节是完整的。

在干冷阴沉的冬日,几个朋友来这儿,谈到我往日的同事马光就说:"这家伙是一个彻头彻尾的流氓,一个恶棍,如今算是如鱼得水了。这些年他主要在忙两件事:一是蹭'企业家'的钱,再就是奸污舞文弄墨的女青年。"

单独和马光在一起的时候,耳边时不时地响起朋友的话。当马光再次催促我以实际行动加入他们雄心勃勃的项目时,我心里烦极了。他说:"现在是忙'生存'的时候,等我们的经济基础雄厚起来,那时候……"我心里问:那时候又能怎样?只会更无耻!我实在忍不住,就表达了如下的意思:像我们这些人还在忙"生存"、为"生存"而苦恼,那么大多数人,比如东部山地和平原上的人,还有城里一拨拨打工者——这么冷的天他们就睡在帆布篷子里——你不觉得太过分了吗?

马光阴着脸,揉了手里的烟:"我答不上来,因为我承认自己也不是一个好东西,这个时候还轮不到我来当裁决人,当道德警察——那么你呢?你怎么样伙计?"他显然被我激怒了,看着我,"你这些年在外边闯荡,身上干净不干净?"

"每个人身上都有污垢,我也一样。可是我想,无论是我还是你,仍然想与这个时代的下流坯们有一个界限……"

他歪着头:"'下流坯'?这也很难讲。我只想问你一句,你对梅子百分之百地忠诚吗?”

我瞪大双眼看他。这问得太突兀了。

“你回答我,就是现在!”

“我……”

他冷笑:“如果这会儿为难,以后再说也不迟。只不过你要实话实说。”

我身上一股冷冷的潜流涌过。还没等我说话,他却一闪身走掉了。很长的一段时间里我一动不动。我在心里急急追问:这小子听到了什么?这个消息灵通的包打听又搜到了什么流言飞语?凭我的感觉,在我还没离开杂志社的那段时间里,他对我打了许多歪主意——娄萌因为岳父的关系与我自然接近了一些,比如她会在下班后偶尔约我一起去一家日本料理吃点东西,借这个机会谈谈。她对别人也曾这样,我想这是她的工作方法吧。我们在一起并没有什么不正常的,更没有把柄让马光抓在手里。他会不会指我在东部的一些事情?

那更没有什么了不起的。我承认自己不是一个圣人,或许在情感的悬崖上走过——小心翼翼胆战心惊,险些失足或已经崴脚,可仍然与你马光完全不同,我们永远不会同流合污的。就此而言,我问心无愧。

那么他到底指什么呢?谣言止于智者,这些统统都不可怕。问题是不要伤害梅子,这才是重要的。想想她那对张望的杏眼,在这方面让她委屈起来,真是一个不小的罪过。她太柔弱了,这点上她既不像母亲更不像父亲——有时候我觉得十分怪异的是,一个硬邦邦的岳父怎么会生出这样娇小的女儿呢?我粗蛮倔犟,并不是最适合她的人——这辈子能不能使她幸福还是一个问号……我听不得她的哭泣,可有时候又想看看她擦眼抹泪的样子。可见男人都是残酷的。

我有许多时间可以用来回忆。我这里主要指长达几年的与梅子的分别、独自在东部奋斗的日子。苦乐交集的岁月啊,我与橡树路一家的纠结冲突一言难尽。从某种意义上说,正是她的一家收留了我这个孤单的流浪汉,他们接纳了我——那时我头发浓旺,桀骜不驯,无论高兴还是不高兴,一双眼睛都气生生的;就像命中注定了似的,柔弱的她却总能理解我宽容我。于是我就走进了这个长了大橡树的院子里——我一下就喜欢上了这棵大橡树!要知道在这座城市里要找到这样的一棵大树可真不容易,除非是在这个贵族区。这个区与我格格不入,令我望而生畏,惟有这棵大树让我喜欢。这条路上还有我后来结交的几个最好的朋友,比如凯平。他们的父辈或者有种种怪癖,晦涩难解或道貌岸然,但这并不影响后一代的可爱,更不能抵消年轻人的魅力。这有点像梅子与她一家的关系,也有点像那棵大橡树与主人的关系。

在东部大海边的午夜,在一阵阵疾风巨浪的拍击之下,那无数的失眠之夜我不得不起身煎茶,一个人品着苦杯。天亮了,用冰冷的清水洗去一脸的疲惫,欢迎阳光下走来的朋友。我需要他(她)们如同需要空气。这个世界无论怎样,仍然还有一些不同的人,他们没有像马光一伙那样——日夜忙着"生存"。

马光曾经在办公室里有过一番高论,今天看正是为自己做出的注解和辩护:"人自生下来,自那一刀割断了脐带之后,一直痛到现在。它使我们痛得日夜不安。太痛了。我们一直在寻找一帖止痛药,一剂一剂不断更换。一种药用常了就要失去药效。最烈的一味药是性——人到了万不得已都要使上这一剂药……"

多么冷酷的结论。记得他当时说完了就挑衅地看着我,仿佛在问:怎么样老兄,不想来上一剂吗?

二

显而易见,我们每个人都来到了一个坎上:在它的面前或绕过,或退缩,或栽倒。从容跨越很难。这从一些闪烁的眼神、颤抖的双手、急不可耐的呼号……种种症候上透露出来:正受阻于一个新的“坎”。膨胀的欲望让人付出前所未有的代价,对于许多人而言,挥金如土纵欲成仙的大限已经到来——或者成仙,或者因纵欲而短命。

在这个秋冬,我觉得岳父最引人注意的变化就是那双眼睛,这双眼睛让我感到陌生,有点吃惊。

马光一口气寻到岳父的小院里。老人盯视马光停在小院门口那辆豪华轿车,当得知这辆汽车属于马光个人时,眼里立刻放出了两道难以诠释的光。沉重,愤懑,忧伤和嫉恨。他对马光这一类角色从来都是义愤填膺,多半会待理不理。可是现在老人的那种矜持已经减弱了许多。他竟愿意在这个多毛小子面前做一下书法表演,用饱蘸墨汁的大笔三两下写出一个“虎”字。而在我看起来,这个草书字怎么看怎么像“屌”。马光大加赞许,拍着手掌。他又求字又求画,让岳父乐不可支。

可是马光走出这个小院之后,老人就开始破口大骂,骂某一类“寄生虫”,“贪婪东西”,多少在影射那个多毛青年,好像他亲手打下来的江山就是被这一类人给锯掉了半边。

岳母是变化最小的一个人,她始终像过去一样胖胖的,脸上也仍然挂着永不消失的微笑。她说:

“孩子,你爸的脾气越来越躁了。”

其实我早就知道他忙些什么,他现在盯得越来越紧的只有两件事:一是能经常出国,再就是出版自己的诗画集。最近一次出国的事已经办得差不多了,市里正组织一个“考察团”,他们几个老同志去转北欧,手续眼看就要批下来了。出版诗画集可以说稍有难度,因为那种豪华本必须有人出一大笔钱。有一次他说到某某老同志出了自己的书法选集——谁拿的钱呢?是他的女婿,一家房地产公司经理！言外之意当然很清楚了。现在让我为难的是，他的那些诗画怎么送去印刷呢？我除了没有钱，还要替他难为情呢。

岳母说："你爸写呀画呀都这么多了，还没有出过一本书。你看看和他一块儿离休的同志，刚刚几年就出了两本了。"

我告诉岳母，那些乱七八糟的印刷品只配扔到垃圾箱里。

岳母盯我一眼："瞧你说的，老同志忙了一辈子，就这么点爱好……"

可是我知道的另一种情况是，那些极有尊严的人——其中有的还是我的朋友——已经长时间没有出版自己的东西了。他们越来越珍惜心里的声音。不是羞于让它传播到这个世界上，而是扭结在心头的、越来越多的矛盾和怀疑阻碍了这样去做；他们担心已经没人听懂这些声音——把一腔热血泼洒到世界上最脏最冷的地方，你，还有你，有过这样的痛苦与不甘吗？留给自己，顶多是留给爱人和挚友。我的一个朋友对梅子表达过这个意思，她看了我一眼。大概这一席话使她想起了很多年前，想起了那些热烈的岁月。我的一些吟唱都用漂亮的字体抄在白纸上。那当然是我一生最好的时期。那些字和纸都由她很好地包裹起来，放在最安全的一个角落。一个人的心血得到这样的保护，那该是多么幸福。我想一个人的心音除非是得到这样的珍存，要不就别把它刻记下来。它只能装在心中。

岳父和岳母一直没怎么问我东行的情况。在他们看来我已经"只能这样"了，可以来去由之。他们早已失去了兴趣也失去了希望。至于我要做什么，他们已经不再那样关心了。倒是小鹿不停地问来问去，甚至渴望我从东部平原上带回一些新奇的玩意儿。他愿意听我从山地和平原携来的各种故事，并一直期待着再一次出发时能够领上他。他从小就听父亲讲过很多战斗故事，一直把那里看成了神奇之地。我倒怕他将来真的随我而去时，会感到极大的失望和沮丧。

正在热恋中的小阿苔与之寸步不离，他们一起跑来跑去，在房子前面的大橡树下咕咕哝哝，用一柄小铁铲挖着什么。有一次他们从冻得干硬的泥土里挖出了一些葱嫩的、不知什么植物的根芽，还要移栽到花盆里，端到屋内暖气旁。我知道他们的种植不会成功，而只是表达幸福的一种方式。

小阿苔比过去胖了一点儿，不过仍旧那么灵巧活泼。一个袖珍型小美女。有一次小鹿领我去看她在双杠上翻来翻去的样子，简直令我震惊。我这之后一看到她美丽生动的面庞，就不由得要想起那个在双杠上翩飞的身影。真是灵巧得不可思议。当她从高杠往低杠跃去的那一瞬间，我差点呼喊起来，在心里为她捏了一把汗。那时候我牢牢记得她是内弟热恋的一个小美人儿，可千万不要磕磕碰碰呀，可千万要保重……她像一只小猫一样在屋里无声地走动，走得很快，脚步细碎。她一会儿从这间屋里迈到那间屋里，一会儿又出现在我的面前。当着大家的面她也毫不掩饰对小鹿的迷恋，一会儿扳他的脖子，一会儿又搂住他一只胳膊。她只有小鹿一半高，小鹿显得太高了。他们站在那儿使人觉得很滑稽。据梅子讲，虽然离这么近，小阿苔还常给小鹿写信呢，小鹿也给小阿苔写信。他们几乎天天见面，而且就在一座城市里，怎么还要写信？可见刻画在纸上的文字是不可取代的东西，它自有独特的魅力。如果他们当中的一个到外地参加比赛，那么这对小人儿就有了大显身手的机会了。那时候他们的书简会密如雪片。梅子说她有一次不经意看到小阿苔写给小鹿的信，“天哪，那是怎样的一封信？你无论如何想不到现在的小伙子姑娘会爱成这样！他们都疯了痴了……”她说完看着我，好像当初我们把一切全误了似的。

这天下午娄萌来了。她不会开车，是马光送她来的，奇怪的是马光没有尾随进来，而是把她一送到就开车走了。令人可笑的是，她手里拿了一个便携电话,晃了晃又一股脑儿装进小包中。她多么年轻,最明显的是比过去白了,皮肤永远那么细嫩,实际上她比我还要大两岁。她微笑着,尽量装出慈母般的笑容。她笑着看我,又看梅子,握我的手,说自从我辞掉了工作之后,她天天都为我感到惋惜,说我是一个不可取代的角色——说着转向梅子:“你不知道你们家的这位素质多么好!有他在,我们的许多事情也就自然而然地上去了……”

梅子笑笑。这是应付的笑容。

娄萌只要多待一会儿,梅子就找个借口离开。娄萌却对梅子的离去很高兴。我想尽快说出她真正关心的方面,就说:“娄主编,我正在设法联系那个凯平……不过这是相当困难的事情……”

娄萌立刻严肃地皱起那对秀美的眉头:“对方说什么了?”

“对方……对方是很难找到的,这个人……”

她沉下脸来,轻轻地摇头:“原来你们连头都没接上呢。这怎么行。这得抓紧时间哪!小宁,啊,我想你赶紧找到他吧——如果见见老岳或者……我也不知道该怎么好。”

她真的人急无智,竟然给我出起了馊主意。这会儿见岳贞黎有什么益处呢?这事就连我的岳父也听出了眉目——他在我没有注意的时候走过来——大概听到娄萌的声音了,他们这一拨上年纪的男人对她的声音格外敏感——马上插话道:“不能找老岳这个人,他与自己的儿子已经不能交谈不能过话了!”

娄萌痛苦地摇头:“听听,父子关系搞得这么僵,对家庭对工作都有很大伤害……”

岳父在沙发上坐下,同时拍拍一边的另一张沙发。娄萌坐了。我站在他们旁边。

“我们需要跟合作者讲清楚,这并不是乞求对方施舍。”岳父的食指轻轻敲着茶几。

我在想,他这个老同志也参加了这场“求生存”的战斗,可见其激烈程度。不过我对他刚才的话不以为然,差一点就直通通地反驳说:既然是一种双赢的买卖,那为什么还要急着找人家大财东啊?可见熟悉情况的、就近一点的,对你们用来“求生存”的大厦项目还是心存疑虑,起码是不那么放心吧,担心它是一个无底洞。所以说,这个合作者并非那么容易找——说穿了,这不过是空手套白狼的一套。我脸上挂了微笑。

“你,在这事儿上要好好配合……小娄十分关心你嘛,她也不愿让你打溜溜儿,这之前一直找我,想请你回去工作。”岳父说。

娄萌点头,然后想起什么,又转脸向着岳父:“‘打溜溜’?您是说……”

我马上替岳父解释:“就是失业流浪汉在外边乱窜的意思……”

娄萌笑了:“就是呀,用不着,完全用不着窜嘛。”

我接上说:“就是嘛,完全用不着。我在东部需要处理一些善后事宜,并不是没事乱窜的。”

岳父没有反驳我,但那极不信任的目光还是深深地瞥了我一下,算是给我一个警告。

三

剩下的一段时间是娄萌与我交谈。她的中心思想是让我回杂志社。让我不明白的是,这个城市里的人够多了,多得吓人,这儿什么都缺,就是不缺人,她干吗非要把我扯进去?难道就为了凯平这条线?也许我身上还拥有自己都不甚明了的特殊价值——事实上时代发展到今天,事物变得极其复杂,有时候人真的缺乏自我认识的能力,所以也就不能及时地发掘自己,做到物尽其用人尽其才。

但不管怎么说,我是决意不回那儿去了,我已经抱定了失业的决心。我表示了这个意思。她立刻失望得不得了,低低地垂下了眼睑——她的眼睫毛可真长,就像假的一样。这时我不由得想,她在做姑娘的时候肯定是个千娇百媚的角色。谢天谢地,我没有更早地遇到她。

一个话题结束,又转入了另一个话题。她问起了东部平原,问起了我的旅行生涯。还好,她终于没有扯到那个失败的田园上,这使我不至于过分尴尬。这会儿娄萌关心的是我的“精神”,比如她问一个人在路上是否孤独、想家想城里朋友与否。真难为她还挂记着这些。作为回报,我则问起了她的秃顶老头。我也把她的心思转到自己家庭那儿——很长一段时间传言不少,我想观察一下她那个家庭有没有解体的可能。我知道时髦的人总是常做时髦的事,这座城市的某一个阶层里大概有三分之一的家庭正在走向解体——她会再赶这个时髦吗?如果不,那可能是怕失去奔驰车和小洋楼吧?我到过她家,那是马光怂恿我去的。记得进门后,打了蜡的木头地板光可鉴人。我还记得在门厅里见过一株足足占了十平方米的龟背竹。那个龟背竹侍弄得可真好,水灵灵肥腻腻,使你想到这个屋子里的主人全都营养过剩,雍容华贵。龟背竹正在开花时节,长出了米黄色的花苞。娄萌当时拉我去看花蕊,指点着花苞说说笑笑。

娄萌这会儿假心假意地糟蹋起马光,说这是她遇到的最坏、同时也是最有能力的一个青年了。哪方面有能力她没有解释。我想她大概是指他经商和适应环境的能力,或者多少还夹杂了一点胡来的能力吧?我对马光那一套可算太熟悉了。

“他太过分了!在外边怎么样都行,在内部可不行……”

我不明白她的意思。

“才半年,他就让打字员流了两次产。你看看,这样不影响工作吗？尽管私生活方面我不太干涉……”

我笑了。

“他说开车送她，有时就把车开到郊区去，停在树林子里。想一想吧，社会治安这么差……你不知道，就是你刚回来不久，我们那边的一个巷子里晚上八九点钟，有个人喝醉了酒，半个钟头就刺伤了七个人，刚刚破案。那小子大概活不成了。”她咕咕哝哝，“我们那口子年纪大了，消化不好，一夜一夜折腾得人睡不着……你看看当女人的就是苦，在外边这一大摊子，公司，刊物，什么时候了，还为稿件质量啊上这个不上那个啊闹别扭。有人明明是作了一首黄色的诗，还非要让我签发不可。你看看，黄色录像，黄色小说，全都泛滥成灾……现在又有人作起了黄色的诗——你见过这样的诗吗？”

“没见过。”

“简直是直言不讳呀！把那些乱七八糟的东西填上韵脚，还说是‘生命力’，这不是蛊惑人心吗？哎，你岳父的诗画集快出版了吧？”

我说不知道。

“出国手续办好了吗？”

“大概快了。”

她咕哝说以后只要有时间就要到我这儿玩，再一次劝导我到她身边工作——最后打电话唤车、去岳父那儿告别了。两个人谈的时间很长，这使人想到总顾问的责任之大。娄萌出来了，笑吟吟的。

她刚走了一会儿梅子就过来了，告诉说岳父出国手续全办完了。

“什么时候走？”

“下周。”

我心里高兴。不是为老头子高兴,而是感到一阵轻松。只要他不在这个院子里就好——这样那棵大橡树也会高兴。我总觉得那棵大树与这儿的一家之主并不和谐,这个男主人威严的神色妨碍了它的心情。大树也是有心情的,这棵大树据说在这里待了上百年,与各种非凡的主人打过交道,他们都不是省油的灯:主教、军管会主任、副总督、某会长、某书记……再就是——岳父。他们当中脾气最坏的就是最后这个老家伙,这是它在睡梦中告诉我的。

某一天,我会把大橡树的话告诉梅子。

“刚才你们俩谈得好吗?”梅子问了。

“没什么,随便扯一扯。她希望我回去工作。”

“她是真心喜欢你的,你离开了,最舍不得的还是她。”

这个半真半假的玩笑她说过多次。因为在这个城市机关上,娄萌是相当出名的一个多情女人,而且我在杂志社里工作时,她的确对我爱护有加。在梅子眼里,一个女人到了这把年纪还抹这么浓的口红,衣服还开领那么低,都是极不正常的。

“父亲马上要走了,事情多得很,要装裱画,置服装,还有其他事情……要准备一些药品。”她说这几天让我在家多劳累些,她要经常回来帮忙。

“他要出去多长时间?”

“半个月。”

我有点失望。半个月一闪就过去了。“如果半年就好了。”我说。

“半年也不好,干脆把老头子扔在海外回不来才好!你就是这门心思!”

她可真是懂得自己的丈夫啊。我没有笑,一脸严肃地告诉她:这其实不是我的意思,是大橡树的——它就对我说过类似的话……

寒 夜

一

老头子走了。他那个宽敞的庭院我光顾得多了一些。我和小宁一有工夫就回去,把冰箱里最好的东西都拿出来吃了,闲下来就在他那个大办公桌前玩,坐在那个古香古色的大摇椅上晃一会儿。我想到底是老同志了,很会安排自己的晚年,瞧这间办公室多么体面。只有他离开了,我才能这样仔仔细细端量一番:绿色地毯,白墙上镶了一截榉木护板,悬起的仿齐白石的虾图……桌上是一点宣纸,笔架上挂了粗粗细细一排毛笔。不太和谐的是裱好上墙的那些主人自己的书画作品:这是"活"的艺术,"生存"的艺术。瞧这一切安排得多么妥帖而蹩脚,尽管要费不少劲儿。岳父这之前曾与一个资历相仿的老范头争夺老年书协主席,竞选搞得轰轰烈烈,最后如愿以偿。最近听岳父司机讲,马上就要换一辆更高级的轿车了,比机关配给的标准要高出许多——岳母说那可能是一辆走私车。近来有许多走私车在这个城市跑来窜去,好像已经习以为常。说到走私,两耳不闻窗外事的岳母也变得有了兴致,说:"你在东部城市一定听说了,口岸就在那里。"

我说没有听到什么。

"没有听到走私汽车的事儿吗?车是从东边过来的。"

我想也可能因为在海边小城耽搁的时间太短了,我真的没有听到。

"你不知道马光和娄萌他们也参与了?"

我吃了一惊,问怎么回事儿。

“听人讲,马光和娄萌在这边搞的公司其实也倒卖走私车的。他们与海边那个港口的一些部门有往来……那边走私的事当地没有不知道的,你能没听说?”

我真闭塞,真的没有听说……不过这会儿我恍然大悟了,明白了为什么马光和娄萌频频光顾寒舍——除了让我接近凯平之外,还想借用我在东部城市长期活动的便当,一起参与那种勾当。而且我如果没有想得太歪的话,她一定还考虑到了岳父这个保护伞。这令人心寒,也多少有点害怕。

可是岳母说得很轻松:“现在不比过去了,对这种事儿都是睁一只眼闭一只眼。听人讲,当地有些大机关还参与走私呢。人家说一艘大船一下就能运来几百辆高级轿车……”

“那么海关呢?缉私队呢?”

“听说都有一套现成的办法。这些我不懂。反正是几百辆车往城里开,一般都是晚上,排成了长队呢。娄萌和马光他们介入较晚,慢半拍。”

这些乱七八糟的事情我一辈子也搞不明白,只是真的心寒。

岳母告诉,岳父出版诗画集的事情现在也有了眉目,都是一些公司和他们老年书协合作出版的。

我不由得佩服起岳父的眼光了:当年嘲笑他为争那个写字的头儿拼了个你死我活,现在看自己就显得浅薄多了——下一代无论如何还是算计不过上一代,讲起人的心眼来,真是一代比一代要少。

半个月的时间好像一晃就过去了,岳父胜利归来。

老人既容光焕发又唉声叹气。他叹息刚刚见过那样一个世界,接着就是大呼小叫,坐在门厅里对那些半生不熟的客人挥动着手臂宣讲,一张口就是欧洲怎么怎么,好像这个世界上除了他之外没有任何一个人到过欧洲。不过我仍然担心,对梅子说:“老同志见了花花世界千万不能动摇啊,可他动摇了,一张口就是外国,影响有多不好!”

梅子听不出这是一句玩笑,马上反驳说:“他也谈过外国的毛病,他就说过妓女问题!”

“这不算什么,我们这儿也有类似的问题。”

“可是爸爸说,那儿的妓女更多,两性关系更乱!”

“是的,那里的妓女长得更壮实……”

梅子对我这一类言论深恶痛绝。但无论如何,我在自己家里还是发现了一个基本事实,就是一个老同志一旦赞扬起资本主义来,显然要比年轻人卖力得多也真诚得多。看来他这一次从欧洲回来,非要甩开膀子大干一场不可了。

我估计得不错。不久,首先是一辆高级轿车开进了他那个小庭院前边的停车场上,接着又是加紧研究他们老年书法家协会怎样参与一些公司工作。

娄萌常常来找岳父,有时还要中断谈话,手持便携电话去大门外哇啦哇啦讲一会儿。马光总是尾随着娄萌,也变成这个庭院的常客。岳父这儿热闹多了,便携电话和桌上的座机交错响起。他再也没有多少时间写写画画了。各种各样的人在这儿来往,把个可爱的小院搅得乌烟瘴气。我决定以后每个月里来这儿不超过一两次,而且主要是去看岳母、小鹿和小阿苔。那个硬邦邦的老人非但不需要我,而且从一开始就厌恶我。他周围大概一辈子也没有过这么多靓男丽女,其中起码还夹杂了两成骚货。他现在真有点朝气蓬勃,出人意料地焕发了青春。

这期间我好好打量了一下娄萌,发现比起往日,最突出的就是那羞涩的眼神和火热的面庞了。好像她又一次陷入了某种性质的爱恋之中,有一种冒险的狂热、满足、尝试和放松的幸福,兴高采烈。她简直什么都不顾了。她那么勇敢,甚至要与我一起去找凯平，一起去东部。当然只是说说而已，一时还难以成行。她大概非常清楚我和凯平深刻复杂、源远流长的友谊。我怀疑岳父把帆帆与农场、岳家各种各样的纠葛也如数告诉了她，这才引起她的浓烈兴趣——“我听说帆帆姿色过人，你在这方面是很有品位的，你怎么看呢？”说完目不转睛地看着我。

我想了想，答：“她吗？其实和你都是一样的……”

她立刻把身子探过来一截：“怎么说呢？”

“是这样，你们都是数一数二的漂亮，聪明过人。”

娄萌的脸红了，却更加兴奋：“咱的年纪大了，现在不能那样讲了……”

“其实是各有利弊的，你的成熟和经验超过了一般人，这方面她怎么也没法和你比的。”

“这算什么……反正，有一天我要去看看她——只有看了，才能明白她一个乡下孩子是怎么迷倒了飞行员的……”

“凯平是最优秀的小伙子，那才叫英俊！”

“听说了。还有，他的家庭条件——嗯，你们是不讲这个的；那样一个小伙子，真可惜呀！我有时琢磨……时代真的变了……”

娄萌搓着手，像害冷，又像叹息焦急。我开了一个玩笑，说：“如果倒退一些年，你和他才是最合适的一对儿呢！那会是多么轰轰烈烈的一场啊，你们两个才是天造地设的一对儿，才貌双全，一个赛似一个，天底下的人都该嫉妒你们了……”

娄萌听得眼都直了，只一会儿眼圈就红了。她终于急急摆手：“停停，别说了别说了，玩笑开大了……”

二

她走了。梅子看出了什么，说：“你还恋恋不舍呢！”

“是。和她一块儿谈话倒是愉快。”

“那你回来得晚了。现在城里不是过去,让你愉快的地方还多着呢。你该到大街上的那些地方转转去——你愿意吗?”

我没有接过话头。我已经变得无心无绪了。这一段时间心里乱到了极点。

“你该想法做点什么了,你不回杂志社我也赞成,可是现在失业的人多,用人的地方也多,大家都动起来了,你东边的事儿反正已经过去了,也不能这样干等吧。”

“你的意思是我们要赶上潮流,不要被潮流抛在后边,你害怕跟我饿肚子……”

“反正总得找点事儿做,像父亲他们老同志不也动起来了吗?”

是的,他们动起来了,正像报上说的,“闻鸡起舞”。不过我觉得一个人上了年纪,经历了那么多事情,一听到鸡叫就起舞,还是有些说不出的滑稽。有一次岳父以嫉羡的口气谈到了凯平的职业,我既忍不住,又想故意逗他,就说:

“不管怎么说,革命至今,我们还是要对那些大资产阶级有足够的警惕。”

他马上提高了声音:“革命不等于贫困!”

“可是革命也不是为了自己当个老财吧。”

“致富光荣!”

他硬撅撅的目光看着我,挑衅意味十足。

“致富要讲究方法,不能像有的人那样下流……”

他马上接答:“逆历史潮流而动,就是下流!”

我噎住了!这个命题过于晦涩甚至深奥,让我一时没能反应过来……我张大了嘴巴看着他,对他的反应敏捷有着无法掩饰的惊讶。

与岳父的那场对话让我一直没能忘怀。我总是在想该怎样回应那个具有哲学意味的命题。我甚至认为,哪怕要有一个稍稍像样的论述,起码也要写成厚厚的一本书……

天仍然阴着,雪还是不能酣畅淋漓地落下。天冷得出奇,倒霉的是暖气又坏了。那个大锅炉一年中只使用一个冬季,可是差不多每个冬天都要坏上两三次。简直没有一点顺心的地方。再不就是停水停电。有水有电又有暖气,那么就是各种各样的嘈杂,是从窗缝门缝挤进的尘埃。不知为什么,楼与楼之间总要围上一帮吵架的人,再不就是一拨接一拨收破烂的人——他们的呼叫声直到午夜还在响个不停。

我一辈子也搞不明白的是:我们这座城市里到底有多少"破烂"?

打架的人明显增多,显而易见,这个时候人们的火气比过去增加了许多倍,动不动就抄刀子。有一天就在我们居住的楼下响起一阵狂呼,打开窗子一看,一个人已经躺在地上,身边是一摊血……

没有暖气的夜晚才会知道这座城市的干冷和严厉。我尽管盖了厚厚的被子,还是冻得瑟瑟发抖。这个冬天非把人冻死不可。

这对我们、对许多人都是一个残酷的冬天。这样的冬天只有某一类人才有好日子过,他们这时候只在恒温室里盖着鸭绒被子舒服。这样的天气最让人担心——这个世界上还有另一些人。

天亮了。邻居告诉,昨天晚上立交桥下又冻死了两个:一个老人,一个小孩。当发现的时候,他们已经死了不知多久。

梅子瞪着眼睛,手一松,碗掉在地上跌碎了。

到底谁来管管他们——这个世界上的另一些人?

梅子好长时间不能平静。我相信人人都应该有自己的一床被子,所有的打工者和流浪汉都能够挣到这床被子。我说:"肯定是有人把他们的被子从身上揪掉了!"

梅子大惊:"谁揪掉了他们的被子?"

“说不准。可能是马光他们那一伙吧!”

梅子唉声叹气。她当然不信。

寒冷的夜晚我睡不着。想得很多,又想到了那片被毁的东部平原,想到了那拨朋友:凯平,庆连和荷荷,还有其他一些人。一个个面庞在眼前闪动。真想他们。我羡慕帆帆那样的大玉米地,那是让人垂涎的一片啊。我知道凯平心里也有那样一片田园,他的战友已经先行一步去了高原,就因为那里地广人稀……一个人没有了土地没有了家园,只好从东方走到西方,从乡村走到城市——哪儿都不属于他,哪儿迟早都要赶开他——到了那一天再走向哪里?梅子……我无法忍受,天太冷了。我终于附在梅子耳旁小声说:

“我在这儿待不下去了,我快忍不住了……真的,这儿真太冷了……”

梅子抚摸我脸上的胡茬:“你这样的人,在哪儿都待不住……”

“不,很早以前……我那时就待得很好……”

梅子再不吭声。她大概在想“很早以前”是什么时候。黑影里,停了半晌她吐出一句:“你在做梦……”

我明白她是什么意思。我只想解释“很早以前”是什么时候。我在怀念很早以前……即便在梦境里,我也懂得恐惧和仇恨与绝望是两回事儿。梅子淡淡的一句话真是击中了什么。梦想,是的,梦寐以求。我真的不能怀念以前?没了这样的资格?那么我是谁?我是什么人?我这样的人究竟属于昨天还是今天?

这个夜晚我才发现,我哪儿也不属于。梅子仿佛在这个寒夜里提醒了我:我的赤脚奔波,我的那些煎熬,饱含血泪的挣扎——就是这样的一个人,竟然还要怀念以前怀念昨天!你怀念什么?天哪,这样一个人还在怀念,还在抱怨甚至诅咒今天……你在怀念凄风苦雨中,一家人围在一块儿,因恐惧而不停颤抖的没有尽头的长夜吗?

你敢怀念那样的夜晚——大李子树下的小茅屋在狂风怒吼中打颤……不知有多少李子树枝被折断卷走,茅顶也快掀光。如果这时候下雨,我们的茅屋一定会漏下倾盆大雨。还好,只有沙子扬进来。屋后依然有吭吭咳嗽声,这咳嗽声使我们一家人一动不动。那是一些在寒夜里站岗的人。他们在盯视这个茅屋,背着枪。这些人个个都有高超的点烟本事,竟然能在这样怒吼的狂风里划亮火柴把烟点着。他们穿了羊皮大衣,尽管冻得不停跺脚,或围着屋子走来走去,但仍要忠于职守。他们的枪上插着生了锈的刺刀。父亲刚刚放回来不久,瘦骨嶙峋,皮包骨头,脸色焦黄,眼看就活不久了。可是一到了白天他们还是把他牵出去,像牵一个动物那样牵到工地上。到了晚上父亲脚步踉跄回到茅屋,一头拱在炕上就再也爬不起来了。

就是在那样的一个日子,有一次我在林边玩——那儿有一些做活的人,他们大多不认识我。我听他们一边干活一边闲扯。有一个说:

"听说北边有一个县,人家已经开始了!"

我留心他们的话,不敢喘气听着。

另一个问:"是吗?"

"是的!开始了……"

我全都听明白了。他们说的大意是:已经开始了,那个地方正把当地的坏人一个个拖出来"干掉",有时一天晚上就要打死好几户人家,要让坏家伙们全都"绝根"。有的是刚刚三四岁的娃娃,有的是八十多岁的老人……全都拖出来打死了。从此以后那里就全是好人了……

说话的人当中有一个吓得浑身哆嗦。另一个说:"反正都是些坏东西,留着也是浪费粮食,还不如这样好些……大概咱这地方也快了!”

整整一天我都吓得一动不动。我趴在一棵灌木下边。我相信自己离死不会太远了。傍黑时我设法溜回了家,大约是借着一片灰暗。在家里我不停地抖,牙齿都碰响了。妈妈问我,外祖母也问我。她们说:“孩子,孩子你怎么了?你害病了吗?你怎么了?”

我怎么也没法把听到的告诉她们。我只把这个秘密藏着,暗暗等待。我在等待那一天的到来……就是这狂风怒吼的夜晚,外边的每一声咳嗽,每一个弄出的响动,都会让我全身发抖。

后来,大约就是在那样的恐惧中,我被送到了南山,从此也就离开了这个茅屋。我相信父母在做出这个决定的时候,一定也像我一样,听到了那样的传言,只是没有说出。我似乎这一生都能听到他们两人在暗影里的小声商量:“放孩子一条活路吧……”

我顺着那条活路往南,向着朦胧的山影逃去。从此我就成了一个孤儿,只把小茅屋和大李子树留在了心中。

三

很久之后,我在他人控诉和回忆当年的各种文字中,终于找到了佐证,证明树林边人们交谈的内容并非虚妄。有关那一类事情的报道资料,多次证明了我当年听到的议论一点不假。当时南南北北都发生过打杀“四类分子及其子弟”的事件——而我的父亲刚刚从监狱里放出,我们在当地人眼中属于十恶不赦的人,当那种打杀的狂潮卷到南部和东部平原的时候,我们就一定没有生存的希望。这蘸着鲜血和眼泪的关于当年恶性事件的报道,竟然在今天还会使我长时间地发抖。我一夜连一夜失眠。那种恐惧像在眼前,成了不能消失的噩梦。我躲闪着,回避着。我觉得这个世界总有一个角落可以远远离开这个噩梦。

我的一生都在四处奔波,都在寻找一个安全的角落。我咀嚼恐惧之后存留的一丝轻松和甘美。深夜,当我偎在梅子身边,嗅着她温暖的气息,总是一次次把热泪咽在肚里。

那时候我想:终于寻到了一个安全的住所,这是真的吗?

我一遍又一遍在心里感激她,感激她的一家。是他们给了我这种安慰和安全。可是他们并不知道我离这种恐惧多么遥远又多么切近!出于一种特殊的敏感、羞涩和自卑,我一直没有把心中装着的那些恐惧、我听到的那些议论以及后来所看到的报道,告诉我最亲近的人。它们好像是关于我一生的不祥的咒语,我只把它作为训诫,长存心中。

可是这一切又常常没法逃过她那一双眼睛。她的眼睛一度是那么纯洁无私,只要望着我,就把我心中的阴霾赶得无影无踪。有时她就这么定定地看我一会儿,问:

"你有什么事情?你怎么了?"

"哦……"我愣一下,赶紧调整思绪,说一句:"没有……"

"又在想过去的女朋友吧?"

这揶揄来得可真不是时候。

你的手指揉动我的头发,从浓黑揉到银白,从浓密揉到稀疏。世上只有一个人不讨厌我深深的皱纹和干枯的双目。我是指母亲消失之后,我的孩子的母亲。为了报答你的宽容,我将夜行千里,为你采来谷地上的马兰和最后的一束桃花。我把这轻薄而洁净的礼物插进晶莹的水瓶,放在你的床头。啊,我留意了你安睡的样子,想起了羔羊和鸽子。那个时刻,我眼前却是愈涨愈高的水浪,一层层涌起,将我和你覆盖。我感激这温柔的水,它在我胸中一直荡漾了四十年。

而此刻,我却要感激你的提醒。多么重要的提醒,只是我仍要怀念。我是怀念那一束紫色的马兰花,还有大李子树铺天盖地的药香味儿……

这寒冷的夜晚哪,我们多么孤寂。孩子睡去了,他轻轻的呼吸多少给人以安慰。梅子怕他被冻醒,又加了一床被子。记得不久以前,仿佛就在昨天,我们的屋里还有一对日夜吵闹打架的龙虾,有一个小狗丽丽。丽丽通红的鼻孔,像绒线做成的一个玩具似的跳跳跃跃。纯洁的双目,金色的眼睫毛。一个精灵,憨厚的不晓世事的娃娃。它给人无限想象。注视着它的眼睛,先要设法忍住什么。好好看一看,看看怎样才能对得住这个小小的生灵……现在它是没有了,它被这个不值得留恋的世界给绞杀了。丽丽的死,与我很早以前那个狂风怒吼的夜晚恐惧的因由竟是同一个,那就是:杀戮。

一个三岁的娃娃,一个八十岁的老人,被一帮不问青红皂白的人在寒夜里拖出,生生杀掉……

我相信那种残暴的力量像脱缰野马,一会儿窜到世界的这一端,一会儿又窜到世界的那一端,并从昨天窜到今天。不过它们有时也会改变面目。在今天,就是同一种残暴的力量在毁坏这个世界,在使这个午夜变得如此寒冷。寒冷的冬夜呀,还有很久很久以前的那个寒冷的冬夜……

我庆幸自己在这个时刻的辨析和归结。

时间一天天流逝。梅子照例忙着上班,小宁背着他的双背带大书包来往于学校和小窝之间。好像只有我一个人无所事事。这个世界把我撇开了,我也不敢走进这个世界。我好像仍旧是一个人在荒原上,无边地游荡,从肉体到灵魂。“在大浪滔滔的既往与未来合流之中/在永恒的现在之中/我总看到一个‘我’像奇迹似的/孤苦伶仃四下巡行”……

我眼见得变得越来越焦躁,双目焦干。每天一到了中午我就望着窗外,盼着响起宁子欢快的脚步声,还有梅子那熟悉的脚步声。

梅子一再说:“你总得找点事情做。人的心不能太大太远——无论怎么还是得解决眼前的事儿——先求‘生存’,再图发展。现在是好好‘生存’……”

“我们也有权谈‘生存’吗?”

梅子用怪异的眼神盯住我,好像在问:“怎么没有?谁妨碍我们了?”

“是的,”我在心里回答,“我已经失去了这种权利;不仅是我,还有你,很多很多人都失去了这个权利……”

奇怪的是,正是我们这些人生出了眼障,竟然对那一切视而不见。当你看见像河水一样涌进城里的打工者、流浪汉,看到在桥洞下生生冻死的人;还有,东部平原上、山区褶缝里那些挣扎者,你能说自己还有权利奢谈“生存”吗?没有,在他们面前我们大概失去了这种权利。我不认为我们大家投入的这场游戏是道德的,我们也没有谈论“生存”的权利。也许我的下半截命运已经不允许自己再去选择其他了,我的命运已然规定。

人天生就是不同的,人就是分成了很多类,而我自知自己属于另一些人。总之我将以个人的某种方式,加入他们的行列。没有人明确地告诉我必须这样做,但却是我四十余年的感悟。它是冥冥中的一道命令,它已不容更改,只让我忘记一切去服从吧。梅子说那件事已经过去,不,我在心里说:在这个世界上,我永远都被追逐着……“我在这里活不好,我再也不能在这座城市转来转去的了。我还是得离开……”

这句话让她害怕起来。

“这儿不属于我,这儿直到最后也不会收留我。”

“那是你自己太倔……”梅子声音低低,“你知道有人欢迎你回去工作!安下心做吧,大家都在忙……”

是的,都在忙……这其中有不少人是在忙着做一个真正的坏蛋,一个丧尽天良的“成功者”。多少人试过要做一个“诚实”和“道德”的富翁,可是几乎没有人能够如愿以偿。令人难以置信的是,也就是在同一个星球上,前不久我还参加了那样一个葬礼——一个老人的葬礼。一想到那个场景我心里就有一阵发烫……

瑟瑟发抖

一

梅子偶尔要拉我去一个画廊。它隶属于那个公司,马光和娄萌也少不了参与。因为岳父的书画也挂进去两张,所以这个画廊得到了他和他们那一帮老人的大力支持,也成为梅子喜欢的一个地方。

这个冬天最冷的时候还没有过去,接下来的日子都在盼一场雪。天阴着,但是没有情况。那种晦暗的天气让人更加难以忍受。

马光因为画廊的事似乎有了新的理由,时不时地来这儿一趟,不过他很少谈绘画,因为压根儿就不懂。他告诉,他原来估计得不足——原以为只是一件雅事,是做做样子而已,同时可以与艺术家有点来往,商场上也需要用画打通关节——谁知道这直接就是一笔大买卖!“你可能不明白,只要橡树路上的老头们把字画往这儿一摆,肯掏钱的还真不少。”

我真的不明白。

“是这样,”马光从基本原理讲起,“那些需要老头子们办事的人直接送钱是不行的,那就是行贿;再说老同志也根本不会要的。买他们的作品总可以了吧?他们的东西标价不低,再高也买——你敢卖我就敢买,就这样把价钱炒上去了,最后两边都高兴……”

我听明白了:“这不等于是一种‘洗钱’的方法吗?”

马光拍拍我的肩膀:“还行,反应不慢。这下子你知道画廊的妙处了吧? 告诉你,娄萌这娘儿们一点都不笨。刚开始我还以为她只想帮帮老头子们呢,后来才知道这里面的门道大了! 唉,不过也有一些意想不到的事情……”

他告诉我有一天画廊里去了两个年轻人,一律戴着黑眼镜和黑皮手套,所谓这个城市里新兴的“飞车族”。“这样的人我们当然惹不起!”马光说他当时赶紧把他们让到里屋,给他们端上咖啡,好好招待一番。“刚开始还以为他们要来骗几张画,以前也发生过这样的事;后来才弄明白,他们原来是冲着我们那个年轻女店员来的。那个小不点儿你见过。”马光用手比画着。

我想起其中的一个女店员很漂亮,长得过于娇小,一双眼睛奇怪地往上吊着,让人看了很难忘记。“坏就坏在她那一双眼睛上。消息传得飞快,结果就招来了这么两个恶棍……他们毫无廉耻地把我的咖啡杯子往边上推了推,说:‘有话直说,我们就是冲着她来的。’我一听恨不得给他们一拳,但还是咬咬牙忍了。他们说,‘我们的条件很优厚,怎么样伙计? 让一让吧!’我不知道他们要做到什么地步。我说这是我们的雇员,我们通过劳动介绍所,手续也是完备的……飞车族说:‘你得了吧,你那一套我们还不知道? 俗话说见了面分一半嘛! 你该懂点礼貌……’”

马光说当时他真想抓起咖啡杯砸到他们脸上。他一直忍着。“他们要把那个小姑娘劫走。就在下边,他们有个歌厅,就是西边大街上从东数第二个挂满了彩灯的地方。他们觍着脸嚷叫:‘换一换吧,她在你这儿是旧的,到了我们那儿就是新的了,买卖人鬼精明,都是在场面上混的,吃喝不分家……’说着还硬往我嘴里塞了一支香烟,用打火机给我点上。我把香烟取下扔在一旁……他们走的时候丢下一句话:‘两天以后就来领人了!’……”

马光说那天直到摩托的轰鸣声消失了,他才想起去商量一下那个小女店员。他本来有点担心,担心说出这句话之后她会“哇”一声哭出来。谁知道他刚试着说出半句,女店员就笑嘻嘻地看着他,还问:“这是真的吗?”

马光说当时他懊丧极了,同时也松了一口气,知道不必再挽留了……就这样,两天之后那些家伙来甩下一沓票子,扯着那个小姑娘的手就走了。马光说那一天他把票子远远掷过去,飞车族哈哈大笑:“一个蛮子。说不定还是一个阳痿……”那个小姑娘就在两个人中间扭扭捏捏,回头看了看,尽量装出一副恋恋不舍的样子。两个家伙扳着她的肩膀亲亲热热,像兄妹仨似的,踏踏踏走下楼梯……马光说到这儿长长叹息:

“从那时起,我们的画廊就冷清了不少。当然我们又重新雇了一个。现在雇人特别难,稍微上点样子的女孩和小伙子在这一溜大街上很快都派了用场。你要找一个像样的可真难。我们现在找到的是一个镶了金牙的老处女,是刚刚从机关上辞职的。哪儿都好,就是太懒,有时能一整天坐在那儿不动一动,顾客来了她都不站一下;而且一闲下来就缠着我们讲这讲那,都是一些天方夜谭。实际上她比所有过来人都开放得多,讲起她原来那个机关上的顶头上司就没个完,数叨那个老处长的种种毛病,‘他喘气就像牛一样,’最后还加上一句:‘他的身体可真好啊!’……一说起自己的婚姻就慷慨陈词,好像在这个世界上所有不结婚的女子当中,只有她的理由最为充分。为什么?就因为她与原来一个副部长的孩子谈过恋爱——他们谈得那个缠绵啊,简直是惊天地泣鬼神,互相之间滚烫烫的信件来往了足有两大箱子——可是这种‘光说不练’是要付出代价的。结果呢?在那个可怕的令人诅咒的春天里,有一天她到他们家去了,她热恋中的人不在,只有副部长一个人在家。在她心目中他早就是自己的公爹了。她说:‘我向他问好,手里提着好吃的东西,一下举起来——这是晚辈的一片孝心哪。哪有这样的长辈,拍拍打打,摸我的头发。我知道他把我当成了孩子。可是啊,他的手伸这儿伸那儿,就这样,有了这么一场,我还怎么有脸见我的那一位啊……我苦熬到现在,也算是问心无愧!'……"

我忍不住笑了出来。

"有了她,我们的画廊简直是一个可怕的地方了。可是我们又没有那么硬的心,不知该怎么解雇她。一看她喋喋不休的嘴和闪闪发光的几颗金牙,我就觉得那个画廊是个晦气地方!"

我几乎脱口而出:"我看也是。"

我问了岳父的作品行情,马光说"蛮好":"已经卖掉五张了,价钱都不低。本来可以卖得更好,可惜你岳父这个人太厚道……"

"什么意思?"

"是这样,他把自己那些老朋友老同事闲了没事描画的东西都搬来了,这会冲击画廊生意的……最可笑的是他把凯平他老爸也领了来,现身说法,让那个家伙也学着描上两笔……"

我的眼睛瞪大了:"他干了这行?"

"想干吧,干不成了——两只手老要哆嗦,可能害了什么大病。"

这倒是一个新情况。我想那不是美尼尔综合征,就是中风之类的毛病。这很不幸。凯平没有说过,可能也不一定知道。但我一想起这个老人哆嗦着一路去寻帆帆,心里还是有点感动。我想什么时候真的应该去看看老人。

二

我不到岳父家去,岳母就经常来了。她一来就帮助料理家务,做饭,打扫卫生。我劝她停一会儿,她好像干得更起劲儿了。她是疼惜梅子,一举一动都包含着无声的指责。她觉得女儿太亏了。

现实的情况是，梅子在外边上班养活我，而我一天天只是这么闲逛。我好像听到了她心里的长叹：怎么办呢？一个中年人天天晃来晃去，剩下的日子可怎么办啊……

这也的确是个逼到眼前的问题。

最让我高兴的时候就是小鹿领着小阿苔来了。他们热恋的状态、青春的气息，都在感染我。这不能不引起我诸多回忆。在大学里我曾像一个刚刚放飞的鸟儿，那种愉悦和亢奋心情到现在想起来还让我激动和神往……他们两个手扯手在这个不大的空间里蹦跳，让我觉得奇怪的是，他们差不多天天在一起，这会儿还一定要手扯手。小鹿毫无羞涩地亲着小阿苔，小阿苔要吻他的时候却要用力跷起双脚。一会儿小鹿就把小阿苔抱在怀里，有一次甚至还把她搁在了写字台上。这样搬上拿下像取一只小猫。我觉得这个小阿苔是一个不折不扣的艺术品，是人世间所能找到的最好的有生命的玩具。她几乎没有一点忧愁，不会生气，从来都不曾沉着脸。黝黑的面庞，紧绷的皮肤，像描出来的生气勃勃的眉梢，还有那双分得很开的大眼睛——梅子在年轻时也有这样一双眼睛，不过那双眼睛从一开始就比小阿苔成熟得多。

他们在那儿商量给我取一个外号，一口气取了十几个，仍不如意，后来就说算了算了。他们又建议我在屋里养一盆花："看，爸爸妈妈那儿有多少花，你们一盆也没有！"

我告诉他们原来有的，就因为太忙了，经常不在家，它们就死了。

小鹿提起当年我们养的小狗丽丽，眉飞色舞——悲痛业已淡化，这时剩下的只有愉快的回忆。

小阿苔说："可惜我没有看到。我如果看到，一定会抱着好好亲它。"

想象一下那个毛茸茸的小嘴巴印在她嘴巴上的样子，会是最有趣的事情。她和小狗丽丽接吻的那个镜头实际上可以囊括和折射人间所有的幸福。那样真好。

小阿苔直接称呼我为“大哥”,脆生生的“大哥大哥”的声音从这间屋里追到那间屋里,问这问那,问读过的书、走过的地方和听过的故事。好像她小小的脑瓜里有永远装不满的空间。有一次她还提到了出国的问题,说:“我如果有这个机会就不回来,”说着看一眼小鹿,“不过得我们一块儿才行。”

小鹿说:“那当然了。听说我们有好几个队友在国外定居了。”小鹿说得很随便,像谈一件很小的事情。

我告诉他:在那儿居住应该看自己合适不合适。我总觉得父亲只有你一个儿子,你还是留在他们身边现实一点儿;而且你们走了,我和梅子也会想念呢。

小鹿不以为然地撇撇嘴:“算了吧,也不能因为这点鸡毛蒜皮的事儿就失去那么好的机会呀!”

我默然了。在他们看来手足之情父母之情都是“鸡毛蒜皮”,他们可以不顾一切去追求个人幸福。这就是新的一代。他们从来不觉得自己亏欠了别人,好像他们打生下来的那一天起就等着别人偿还,而且没完没了。他们耗掉了自己的那一份,又接上耗别人的,最后拔腿一走也就算完结了。

小阿苔甚至不解地问我:你前些年到国外去过,为什么还要一次次回来?

我反问:“梅子和小宁呢?”

小鹿说:“你真笨,先在那儿待下,混个绿卡再把他们接过去就是了!”

“我太笨了……”

“你这么笨,那就得在这儿熬了。让我姐姐也跟着你一块儿熬。”小鹿说得很快,笑嘻嘻的。他一点也不明白这句话会多么深地刺伤我。

看着他徐徐扬起的两道眉毛，觉得这是多么好的一个小伙子。可惜这只是一个壳子。看他那两条结结实实的圆腿，我又想起那次开运动会，我去看他参加长跑的那一次。那时他穿了一条深蓝色小短裤，两条漂亮的腿在跑道上弹来弹去。我和梅子的目光一直追在他的身上。我们心里对他充满了疼爱。那时候我真的一再感到了所谓的“亲情暖意”，所谓的“温柔”和“爱”。我告诉小宁：你看到了吗？那个人是你舅舅，你看，他跑得多快！小宁笑出了两个酒窝，酒窝里盛满了自豪。

就是这样一双漂亮的长腿，却要一直跑出自己的土地。他的标准太生硬，太独特，也太粗陋了。他甚至正用这个标准来衡量一切。正因为我没有像他一样使用那个标准，没有逃开和躲开，他就为自己的姐姐愤愤不平了……也许将来他作为一个倔犟的东方人会踏上那片土地的，那时候他就会设法忍住什么。不仅仅是思乡，也不是寄人篱下的冷寂。反正是自己曾经厌恶和憎恨的巨型蜂巢，会一次次压上心头，压得人不得安眠。什么彬彬有礼的姑娘小伙子呀，什么洁净得像洗过一样的天空呀，一切都弥补不了另一种东西。你的自尊和敏感只会帮你的倒忙。我不知道谁才会在那儿过得愉快。我遇到不止一位朋友，他们两手空空地归来，装满了一腔愤懑。那儿是另一片荒原，那儿长出的疯狂的树林，玻璃和金属结构的摩天大楼，找不到放牧的草地和洁白的羊群。

娄萌和马光对我的打扰越来越频繁。我甚至怀疑岳父也在后面怂恿他们。他是想让这一对男女把我早些拖下水吧。当娄萌终于明明白白向我提出，让我在东部留意那些走私汽车的时候，我再也忍不住了。但我故作糊涂绕来绕去。娄萌高兴了。她说：

“现在呀不是过去，现在没人把走私什么的看得那么重了。经济要发展，有时就得这样。我们反正也不是把钱装到自己腰包——你别看我们现在干得红火,我自己还是个穷光蛋呢!”

我心里想:好一个穷光蛋,长得肥墩墩的。“而我见到的‘穷光蛋’,都很瘦。”

娄萌快活大笑。她捏了捏我的鼻子,“那些汽车进来很难,运出去也很难,中间得有个联络人;而且一路上的安全由我们这边保障。这中间只要把价钱谈妥,把当地的事情解决好,也就没有问题了。我还可以给你派个助手”。

“我不是不愿意干,而是他们的条件太苛刻了。我原来一直不好意思跟你讲,实际上我什么都清楚……”

娄萌的眼睛一亮:“是什么?你快讲讲看!”

“是这样,在东边的城市里,现在所有的走私车差不多都让一个胖家伙给控制了。他们的条件太苛刻。他们知道只要这一批车能掌握在自己手里,就不愁让它们飞走。”

“那未免太乐观了吧?”

“不,只要有一个隐蔽的藏车处,他们总有办法的。”

“那样要压一大笔资金呢!他们受得了吗?”

我佯作内行:“这你太不了解他们了。他们能做成这么一笔大生意,说明他们跟外国人有非同一般的关系。你不了解他们的进价,又不了解他们的付款方式,怎么就知道他们受不了呢?”

娄萌一下给噎住了。她扬着耳朵听下去。我接着就发挥自己的想象力:“那些家伙钱多了,条件也就越来越高,慢慢还有了一些特殊的嗜好——说出来没人信,我也不好意思给你讲,好在我们都是老熟人……”

“就是呀,我们又不是外人,有什么不可以说的?”

“是这样的……他们太喜欢女人了!”

娄萌愣怔怔地看着我。

“他们喜欢冒险,大把大把摔钱,最后还想……想打你的主意呢！多么荒谬,他知道我做过你的下级,竟然直接提出来……”

我当时肯定是一副很悲伤的样子。

娄萌不动声色听着,后来就紧紧咬着嘴角。我知道她多少有点被激怒了。她慌乱地坐在那儿,下意识地把头发抚一下。

我说:“那个家伙也太无耻了,简直是无耻透顶……”

娄萌的脸白一阵红一阵,脸都歪扭了。她砰一声砸了一下桌子。我看到她两手发抖,“必要的话,我会去告他们的……敢这样侮辱我!”

她的眼睛渗出了一汪泪水。多么艰难的、难以为继的夫人,一生要忍受多少苦难和诱惑。我这时对自己刚才的举动有些后悔了。我开始厌恶自己,对她有些同情。

三

必须去看一下岳贞黎了。这是一个让我无法放下的老人。跨进这座大院的时候,我觉得自己与这个主人好像隔开了一个世纪似的。冬天的橡树路仍然绿蓬蓬的,常绿植物使这儿并不过分冷寂。岳家大院有许多蜀桧和女贞,还有一棵大大的雪松,它们都在严寒中显出了勃勃生气。可能是过于安静了吧,在它们的反衬下,这里却让人想起一座空旷的墓园。我提前与主人联系过,与过去不同的是,接电话的是岳贞黎本人,他的声音里透着一种焦渴,说十分欢迎我过去一下。

田连连早在主楼前边等我。他还留着光头,因为身体好,大冷天里只穿了很少的衣服。他没有说话,向我点头,引我进屋。门厅里坐着岳贞黎,看来他早已经等在那里了,这会儿一见我就高兴得要站起,田连连赶紧过去扶起他。我发现他的手抖得厉害,一条腿好像也有些跛。难道是害了中风吗？看样子很像。我想问一下又怕唐突,还是忍住了。“你、宁,啊,天很冷！啊,今年冬天……”他的声音很大但不十分清晰,好像也没有表达出完整的意思。我扶住他时,他努力将我推开一下,自己往前走,走得还算可以。

我们在客厅里坐了。这里有一盆君子兰正盛开着,屋里的暖气很热,我只坐了一会儿就不得不脱下外套。可是我发现岳贞黎正在忍住寒冷的样子,瑟瑟发抖,嘴唇都变了色。我想这是他长时间待在门厅里的缘故——可那里同样也很热啊。这时田连连从一旁过来,将一个暖水袋塞进他的怀里,然后走开。

"我去了一次,知道你、你也去了!那小子还不死心,这我能、能想到的……你们谈了不少吧?你能告诉我、我,他心里想了些什么、什么?"岳贞黎抬头看看门口,像是确信田连连走开了,这才急急地说起来。他好像要抓紧时间谈些什么。

我不知该怎样回答。我怕不小心踩到他的地雷上。在与岳父长期的相处中,我总算多少明白了一个道理:他们这一代毕竟经历了战争年代,比我们更有战略战术意识,哪怕是最平常的生活中、哪怕是与亲人之间,也会自觉不自觉地应用和贯彻这些原则。这虽然从交往中看来是一个问题,但一般来说是并无大错的。我们平时常说"商场如战场",可见在商场上应用原本没什么错;那么在平时呢?在非商场更非战场的情形之下呢?二十多年前讲"说说笑笑中有阶级斗争"——那时战略和战术的法则也就无处不可以应用。但时过境迁,今天大概早已没有这样的必要了——可这在他们来说,已经成为漫长的斗争环境养成的一个习惯,不斗不行了。我现在模模糊糊觉得,在已经过去的这么多年里,父子两人有许多时间在对峙,在这场漫长的对峙中,凯平算是彻底地失败了——失败者已经从这座大院中逃走了。但他们之间的这场战争还在持续,从大院内蔓延到大院外,甚至是东部平原,它远没有结束。我现在心里自问自答:"这样干值得吗?""不知道。""什么时候才能结束呢?""可能要等到某一方从这个世界上彻底消失吧。"

多么悲观的结论啊。它来自我的预感。

“唔,你、你听到我的话、话了吗?凯平——”

我醒过神来,匆匆应了一句:“啊,是的,是的,我们见面并且好好谈了……他非常挂念您的身体!然而,他离您太远了,工作又忙,这真是……真是很不方便的。您的年纪越来越大了,如果能够和他生活在一起多好啊……”

我因为从近处清清楚楚地看到了岳贞黎的神色,所以吓得赶紧收声。他显然是给大大地激怒了,嘴角在抖动,手也抖得厉害。他的手拍一下膝盖:

“他忙?他挂念我?那他为什么不来看、看我?他一头钻到帆帆的农场、农场、农场……狗东西!”

我无言以对。是的,我的谎言被当场揭破。凯平与他之间并不存在挂念的问题——首先不是这个,而是警觉和提防,还有仇视。

“他到底想怎么办、办呢?”

他单刀直入。我想说:怎么办?当然是仍然要和帆帆生活在一起,最终生活在一起。我还想劝老人一句:行了,你的这种阻挡已经尽力了,该适可而止了;而且最后你是必然要失败的,因为时间是偏向于年轻人的,你管不了身后事。我的这些话如果说出来就显得太过冷酷,因为它们是真实的。我说:

“他最后还是要听帆帆的吧,这说到底取决于她——她的态度并没有什么转变,没有同意他……”

岳贞黎的头一直探过来,花白的眉毛抖着,这会儿身子往后一撤,随着叹了一声。他闭上眼睛:“帆帆这孩子,嗯……还算有点主意……”他咕哝着,渐渐又把眼睛睁大,转向我:“你觉得帆帆拉扯着孩子能、能过下去吗?她能、能过下去?”

“她把一个现代化的农场管理得井井有条!我真有点佩服她,

这是我想不到的……"我终于畅快地说了起来。刚才我一直像憋着一口气。

"啊啊,她啊,她没白在我身边过、过这几年啊!她会经营的……我想她和孩子——小阿贝!我想啊……"

他的声音哽咽了。

我的心沉了一下。我被一个老人的深情和慈悲深深地打动了。这时候我又想到了那个总是不动声色的田连连——作为帆帆以前的丈夫、小阿贝的父亲,他显得太无情太冷酷了——就我所知,在前不久老人踉踉跄跄奔向农场的时候,这小子甚至没有跟在身边!这更像是一个冷血动物……

岳贞黎累了。他的手抖得更厉害,身子大仰在沙发上,紧紧地闭上了眼睛。田连连蹑手蹑脚走来,从门缝里看了一眼,又抱来一床毛毯盖在他的身上。我们都不再说话,直到听到一阵鼾声,这才小心地退出来。

我和田连连坐到了门厅里。我很想和他一起到外面走走,可他不敢离开这儿时间太长。我发现这段时间里田连连变了不少,脸上的皱纹明显密了深了,眼角也耷了一点,使整个人看上去有一种死气沉沉的阴冷。这种表情多少接近于岳贞黎,也算近朱者赤吧。我小声问道:"岳伯伯什么病?中风?"

"不,不是的。是夜里受寒……"

"这么好的暖气会受寒?"

"首长老了,打仗时身上又带了伤……那天我床上的电话一响,就知道不好,赶紧披上衣服去了。首长斜倚在床上,全身打抖,脸也青了。我问他怎么回事,这才发现他话也说不清了,伸手指着屋角喊一个人的名字。我好不容易才听清……"

"他在喊谁?"

"于畔……他的老战友!"

我脱口说了一句:“这是凯平的亲生父亲!”

田连连看看客厅的门,确认里面的人还没有醒来,这才说下去:“他原来夜里做了个噩梦,梦见自己又伏在于畔背上,于畔的肠子淌了一地……他喊个不停,谁也不应,醒来后全身冷汗……”

“你进来以后他已经清醒了?”

“只醒了一半,因为他还要往角落里缩,眼看着屋角喊呢!”

“他喊什么?”

“喊‘于畔’‘老于’,喊‘你饶了我吧,你饶了我’,全身抖得不行了,我一抱他沾了一身汗……”

“这种情况你不应该和他分开睡,起码也要住在同一座楼里。”

“医生也这样说。可首长不同意。他已经习惯这样了,多少年都是自己过夜。”

“当时没有赶紧送医院吗?”

“开始没有,像过去一样,天亮了一群保健医生来到家里。看不出什么,半上午才去医院。在那里住了两天,什么都查了,不是中风,也没发现其他突发病的症状。医生估计是神经紧张或者……就这样拖到现在。吃一些药,饮食上规定了新要求。总是害冷,一天到晚冷……其实我知道病根在哪里,自从帆帆离开以后,他就一天不如一天了!没有办法,谁也没有……”

田连连的口气里有一种绝望,这会儿想起什么,猛地刹住了话头。

我紧接上问:“你上次为什么不随老人去一次农场?你真的不想帆帆,也不想孩子吗?”

他有些紧张地看看我,一双手竟然像岳贞黎那样抖瑟起来。他把手背到后面去。这样一会儿他才盯住外面,眼望着副楼的方向说:“我……有任务的;首长让我守在这儿,我就……不能离开。我听首长的,一切都由首长决定……”

我盯住他,这会儿觉得他的脸相是那么憨厚朴直。我压低声音问了句:“给我说句真话,你不准备和帆帆复婚吗? 有没有这个可能?”

想不到这一问让他立刻慌乱羞怯得不行。他简直是无地自容,抖动的双手从背后拿出,又再次藏起,小声呼喊似的说道:“我,我怎么可能啊! 她……你不知道她有多么……多么厉害……这是没有影的事儿啊! 她走了也好,她肯定不会回来也不会再和我……她就是走了啊……”

第七章

节日

一

随着天气转暖,一切都在蠢蠢欲动。眼瞅着公园里的花束像火焰一样开放,小甲虫在刚刚生了一层绿芽的土末上绕来绕去、煞有介事地拱动的时候,谁还能够在这个城市里安顿下来?

小鹿发出了热情的嚷叫,那个小阿苔也跟上他喊。春天真的来了。她的嚷叫甜美而沙哑。我发现在她的呼喊中,未来的公爹面色像石头一样清冷,而婆母却常常将两只柔软的胖手合放一起,看着这个自投罗网的小体操队员。她这时想到了什么?从她温情含蓄的目光里,我似乎又看到了当年在战地医院奔波的那个女护士:头上围着白色的布巾,急匆匆地在帐篷间走动。时光这东西可真残酷,它只一眨眼的工夫,就把鲜花般的少女变成了一个胖胖的老太太。不过老太太的慈祥从来都是最多的。人生也奇妙,一个个阶段就像一年的四季。一个城市也是一样,它时而沉默时而喧嚣,从新生走向衰老。

哪怕在午夜,处在同一片阴影下的广大地区都安息下来时,我们的城市依然口吐呓语。它百病缠身,癫狂已经深入骨髓,欲壑难填,日夜呻吟。到底是什么人才会在它的怀抱中感到心满意足呢?

我想它对于有些人是一个狂欢场,对于另一些人则像一台焚烧炉。汽车的轰鸣,人流,耸起的高楼和肮脏的马路,闪闪跳跳的霓虹灯,一股脑混在一起,分别组成了这个怪兽的嘶叫,血液,身躯和鳞片,以及复眼……切开它的截面、一个小小的剖面,即可发现痛苦的呼号,屈辱的挣扎,妻子的不贞,丈夫的不轨,荒唐青年和扒手骗子,拥在一起的俊男淑女。

小阿苔对我关怀备至,从街上回来时总是顺手携带一两本书,当我赞扬她的时候,她就马上慷慨地把这些书送我。又有一本什么书啦,哪一家书店刚刚摆上的,这本书如何如何等等。她信息灵通,半是吹嘘半是推荐,最后总是让我心存感激。因为她是我所见到的为数极少的热爱书籍、热爱纯艺术的体育工作者。最初使我刮目相看的,是有一次她在我面前把某本译作中的一段倒背如流。她或许并不怎么理解这些句子,却被一种意绪给打动了。我想她不会错,这样一个女孩是不会犯错的。而小鹿在这方面就远不如她。不知为什么,我觉得小鹿那颗心过分单纯和粗疏了一点,而他的这个小恋人又细腻柔情得过分,这恰好弥补了对方的不足。小阿苔的打算非常明确和具体,说她再在高低杠上活动几年,然后就要设法改做教练。

“我们那一伙里大部分都是这样,总不能老这样;先是教练,然后就找个机会到国外去……”

不过摆在她面前的一大难题,是她和未来的丈夫很难一块儿离开。本来嘛,或者小鹿或者她,只要他们当中的一个有了机会,那么这机会很容易就变成两个人的了;可是她又最害怕与小鹿分离,分开一个月都不行。看他们在一块儿黏黏糊糊的样子,真让人羡慕。我认为这一对年轻人卿卿我我的程度可以上吉尼斯大全,而且他们一定早就创下了一天内亲吻次数的最高纪录。那真像一位作家在一本书中写过的:“亲吻一个接一个!”小鹿曾经对我说过，如果小阿苔不在的时候，如果发生了某些意外的时候，他自己肯定也死了，“那样我干吗还要活着！”这话是他有一次听说一个体操队员摔坏颈骨死在医院里时说的。据说小阿苔在前一天打饭的时候还跟那个女孩儿握过手。“她的小手啊，又软又小，她的脖子上有一颗痣，这多少破坏了她的完美。想不到一眨眼的工夫……真是人生无常。”

他们刚刚悲哀过，不久就欢快跳跃地向我提出了到东部旅行的事情。小阿苔说：

“你不是说春天到来的时候领我们走吗？这不是春天吗？”

“是春天。”

“那我们走吧！”

我笑一笑，看着这两个孩子。他们把一切都看得那么简单。是的，这也许是对付一个日益复杂的世界惟一行之有效的方法。可是我们大人却很难像他们那样，比如说我不能凭一时冲动就背起背囊。

小鹿说他甚至准备好了一顶彩色的尼龙帐篷。他早就在窥视我那个帐篷了。他想象不出在山区野地，一条河边或水库旁把它搭起来、支起野炊的小锅会有多么惬意。他们只往好的方面想。他们大概从未想过怎样抵挡野外搅成一团的小虫，如何抵御严寒，还有更糟的其他事情。

小鹿说他准备了很多旅行用品，什么小手电，好看的图书，袖珍收录机，小型气枪，还有一把防身用的刀子。最后的东西使我有点动心。我知道一个在热恋中的男人特别勇敢。就这样，他们的热情不断地感染我，并一直在催促我快些上路。

我也真的该离开了。其实待在这座城市不是归来，而是羁旅和滞留。

在这个春天里我怎么安定得下来。娄萌和马光偶尔到我这儿——也许是时间的作用,一个多月之后娄萌终于明白了一点儿——怀疑我借东部那个走私的胖子嘲弄和辱骂她,于是开始说一些耐人寻味的话:“你跟那些流浪汉学坏了,你得小心着点了!”她不再催促与东部老财东合作的事,或许不抱那么大的奢望了,只在岳父面前做一点极其有效的挑拨。岳父对娄萌的话句句都听,大概把她看成了时代女杰。如果每个时代里都需要一个推崇的女性的话,那么眼下的时代就是这个热情含蓄、风情万种的娄萌了。她在我面前一连声赞扬岳父,而且一遍遍鼓励我尊敬和崇拜这位老人,要处处以他为楷模——他的原则与智慧,气节与经历,以及他对事业、对美、对艺术的通晓与挚爱……“难道我对他有过什么不尊重吗?”“那还不够!你知道远远不够!”

我想,在背上背囊离开之前,有些话——关于娄萌以及她的公司的话,一定要对岳父讲清楚。为了岳母和全家的幸福,还有,也为了一世清白的岳父自己。某种责任感迫使我一定要跟老人把心中的淤积一吐为快。

一想到即将来临的这场长谈,我就觉得沉重并稍稍地有趣。但我还是忍着。这毕竟是逼近身边的一种现实。我发现岳母明显的有些不快,因为她或许以女性的敏感发现了什么:娄萌和马光的频频来访已经扰乱了这个庭院的安宁——岳父比过去更多地陷入了忙乱,每当客人走开之后他就变得不再耐心,涵养也明显地差了。而且他已经没有多少时间伏在桌前了——他简直没有时间表达自己对这个时代的一腔慨叹、对过去的回忆和感怀。在这一点上岳母就比他要好得多,她一直喜欢过去的故事,喜欢忆旧。

我对梅子说:“娄萌这样的女人,对老同志的思想会产生一些腐蚀的。”

梅子内心深处也许同意这种判断,但对父亲哪怕是一丝丝的不信任和调侃,都会令她恼火。她立刻反制回来:“还是你自己小心点儿更好！”

我没有理会，又说了一句：“他们显然需要一个借口来接近老人，以便拉他入伙。他那么大年纪了，干了一辈子，为这个犯错误实在不值。”

梅子的那对杏眼一愣：“你在说什么？”

“违法生意和……”

“和什么？”

“和乱糟糟的那些男女……”

梅子一声不吭了。

二

这是一个挺好的下午，太阳透过宽大的窗户洒进来，整个屋子都暖融融的。岳母在会客室那儿坐着，手里正拿着一个花花绿绿的图片，一边看一边甜笑。我接过来看了看，发现是小宁刚刚画的一个素描。这孩子画得可真是太拙劣了：一个女人，年纪不详，看上去像一个老妖怪。可是右下角却注了两个大字：姥姥。我笑了，说：

“小宁这孩子真该好好揍一顿了。”

岳母沉沉脸：“可不能这样。他也是想把我画好一些呀。那是小手不听使唤；他可不是故意丑化我呀。”

正说着小鹿和小阿苔兴高采烈跨进来了。小阿苔一进门就扑到了岳母怀里，哼哼唧唧把手搭到她的脖子上，叫着“妈妈妈妈”，四个字分别用了不同的四声，听起来滑稽极了。她用力把脸贴在老人脸上，竟然在光天化日之下撒娇。我相信任何人对小阿苔这样的姑娘都是没有办法的，她的任何动作都没有一点矫情，那真是天然流畅，一气呵成。她怎样都得体，怎样都让人觉得好玩。她从岳母怀里翻身跳出的时候，脸上汗津津的，可一点儿难为情的样子也没有,转脸就跟我说笑起来。她说他们好不容易争取了一个假期,小鹿可以随她走,从下个周假期就算开始了。“我们还不走吗?求你了,求你了大哥。”

她的手搭在我的肩膀上,一跳一跳。小鹿也凑过来要求我们马上出发。

“这事儿还要和梅子商量呢。”

“你不是说到东边有事儿吗?正好捎上我们。你春天闷在家里有个什么好啊!”小鹿这样说。

小阿苔接上:“我什么都准备好了。哎呀,快走吧,这么好的春天,暖融融的,待在这个破城里一点儿意思都没有。这儿不自由,闷得慌,没个好好玩儿的地方。我们热爱大自然。我们都觉得你不像过去了——你不像过去那么热爱大自然了。”

我给他们弄得哭笑不得。

那个使我流汗流泪的平原啊,那个负载了我全部情感的平原啊,只要一想到你就心头灼热。可我这会儿只能遥遥地注视你……我知道每个人都可能走入与之毫无关系的某个环境中去,就像这个城市与我;就此而言,这个世界上不幸的人可太多了。要紧的是当他感到了这种阴差阳错时,还会有一副好脾气和好心情,还能够老老实实地待在那儿。可惜我却做不到,所以就一次次掮起了背囊。我觉得自己这一生之中,正有什么无比宝贵的东西从耳旁呼啸而过,它飞走了。我放开脚步狂奔尚且不能够追踪。我,还有我的朋友,所有可爱的人,都在被时光迅速遗弃。一想到这些,一种焦躁急切、还夹杂有一点怀念和感激,一齐催促起来。追逐、逃离、揪住,一种无望的激动使人热泪涟涟。让我把自己交给一片苍苍茫茫的未知吧,它会给我少许安慰!

……列车又一次把我们掷到月台上。转眼之间,我们三人就置身于一个清冷的乡间小站了。

有小鹿和小阿苔与我同行,他们吵吵闹闹指手画脚的样子很快让人兴奋起来。小阿苔为这一次了不起的旅行好好准备和打扮了一番:戴一个圆檐小红帽,浓浓的齐耳短发扎成两个毛刷,在帽檐的后边甩来甩去,像两只圆圆的弹性十足的兽角。她描了蓝色的眼影,这多少有点儿多余。她一笑那张嘴显得很圆,使你想到这是一只能说会道、吃惯了美味的小嘴儿。她很直很圆的两条腿套了厚厚的护膝,脚踏登山鞋,看去像一个女兵,一个活跃于舞台上的娇滴滴的小兵。

小鹿比起小阿苔显得深沉一点儿。他毕竟是一个男人,面对着生下来就很少看到的辽阔村野,好像有一丝费解和或多或少的恐惧。这我从他的目光、从他一动一动的鼻中沟那儿看出来了。

小阿苔为了证明在城里许下的诺言是完全靠得住的,还没有登上山坡就开始翘起了可爱的臀部,做出一副攀登的架势。她几乎一直走在前边。我觉得这真可笑。我们原来讲好下车之后一块儿穿过鼋山,到达东部城市时他们即留下,在那儿玩上几天,然后再乘火车返回城里。这大约需要十多天时间,那时正好他们的假期也就用尽了——剩下的时间我一个人往西,走回那片平原,去那个可歌可泣的东部。尽管这样我们还是做好了各种准备,我知道这一对嫩芽是随时都会发蔫的,我怕他们突然打起退堂鼓。我们本来一下火车就做好了改乘汽车的准备,可是我一提这个话头当即遭到了两个小家伙的剧烈反对:这关乎对他们的信任,对他们勇气的评价,成为一个原则问题。于是我后来就闭口不提送他们去小城的话了。尽管这样,我还是不知道他们是否考虑过饥肠辘辘的滋味,还有单调的旅途野餐,以及夜间着凉、感冒和其他可能染上的疾病。他们带了好多华而不实的药品,什么感冒通、犀羚解毒片、止咳片,以及风油精之类。“如果有虫虫咬了,就抹上它!”小阿苔指着那个宝葫芦状的小瓶对我说。

我可不想吓唬他们。以前有一次我一觉醒来,胳膊上不知被什么毒虫叮过了,留下了火辣辣的一道花纹,那模样难看极了,很像一道缝合的刀伤。到底是被什么虫子咬过怎么也搞不明白,可能是夜晚睡得太沉。后来那个地方就发痒发炎,渗出了液体,最后半条手臂都蜕了一层皮。还有一次我睡着了,一睁眼看见一条花花绿绿的大水蛇盘得圆圆的,就在我的枕头边上。它在夜间是否用叉舌舔过我的鼻子呢?如果出现了类似的情况,这对小家伙一定会吓得丧魂落魄。还有,午夜山溪里那些奇怪的号叫,那些不邀自到的流浪汉……

我开始有点后悔。不是嫌麻烦,不是怕他俩失望,而是感到了自己身上的责任。他们哪怕出了一点小毛病,岳父岳母和梅子就不会饶过我。这两个显然是他们的掌上明珠,而我只不过是一个没有希望的男人罢了。有时候我看着岳父,看着他的眼神,不由得要想:他半辈子戎马生涯,这会儿一定在为自己女儿的忠贞不渝感到费解吧?他大概正为此感到深深的惊讶和小小的恼火,吃惊自己的女儿怎么可以和这样一个家伙长相厮守?这真让他感到奇怪——在“第三者插足”频频发生的这个城市里,这两人的关系竟然坚如磐石!我不敢说老头子就一定希望自己的女儿闹出点名堂和花样,希望家庭解体,但我想他起码希望看到两人之间出现一点儿故障……

看着小鹿和小阿苔,我想:这两个小家伙很快就会明白身负背囊在山路上奔走是一种什么滋味了。

还有一个担心和烦恼,就是不知道在帐篷里宿下的时候该怎么解决一个难题:让他俩待在那个彩色尼龙小帐篷里?从目前看这好像有点不妥;奇怪的是一贯表现得很细心很谨慎的梅子和岳母她们,为什么就没有提出旅途上的这个问题,没有向我发出叮咛?比如说让小鹿和我待在一顶简易帐篷里,把他们分开等等。

后来又似乎觉得更为不妥:让柔弱娇小的小阿苔一个人待在那个帐篷里会不安全的。而小鹿在她身边正好可以壮胆,为她守卫。不过我仍然有着无法消除的一种担心,这是长辈人的那种担心——看起来的确是年纪大了,考虑问题总有一种老谋深算的意味,而且居高临下。不过这个难题还真的摆在了眼前:如果我们三个人待在一个帐篷里那倒是再好没有了,可惜我们没有那么大的帐篷。

车到山前必有路,走吧。

三

我们先要往西跋涉一段。这一段路正处于西部和冲积平原之间的浅丘坡状地,我们将在鼋山山脉东部深入二十多公里,然后再翻过鼋山向北,一直进入丘陵区。绕过那些海拔三五百米的低山后,会一直走到东北方的那个小城。

我们下午四点开始启步。本来刚下火车有点疲劳,完全可以在那个小镇上歇一歇,可是好像故意考验自己的勇气和耐力似的,小阿苔主动提出我们要马上赶路。

“夜晚怎么办?宿在山里呀?”她露着石榴籽似的白白小牙问着,眼睛瞪那么圆。

这一刻我看出她有点像兔子。小鹿默默点头。我想他这一辈子都会是小妻子的应声虫,也会是她的好帮手。

我们只有上路。

在城里,在其他地方,都难得看到这么纯洁的黄土,它黄得没有一点杂色。一开春,山上流下的雪融水在坡地上留下了清晰可辨的花纹。看来整个春天都没有多少风,因而山坡上的草和灌木显得都很规整、干净。从这儿往东北方望去,可以看到高大的鼋山主峰,那儿在暮色笼罩之前仍然布满雾障。我知道太阳落山那一刻会把一片雾霭映红。看来气压有点低,说不定会变天的;但这儿春雨总是很少,我们也许不必担心那种可怕的山间风暴。雾霭之上露出了鼋山之巅,上面几乎看不到一棵树。离得远一点的低山上,可以看到石英石在阳光下反射出亮光。

我们脚下所处的地方只是平原和低山之间的过渡带,海拔不会超过四百米,相对高程也只有一二百米。这儿正处于变质岩丘陵地带。由于植被稀薄,当年的山落水切割得厉害,岩石风化强烈,所以山水加大了冲刷的力量。下车时经过的那个大镇子就处在一片淤积小平原上,从那里的高大树木、绿蓬蓬的沟边茅草,都可以看出那儿的土层深厚肥沃。

我并不期望在天黑以前走到大山里去,虽然这是小鹿和小阿苔梦寐以求的事情。在他们眼里,那雾蒙蒙的蓝色山峦之间差不多藏有神仙。他们听过无数大山的神话,还有那些摄影师拍下来的山间风景,都对他们起了作用。他们一个劲嚷着:快走,快走!我知道他们呼喊的声音很快就会低沉下来,一会儿将是口渴难忍,疲累使双足发胀,是变得像石头一样沉重的背囊。

看来天黑前我们只能翻过那道不高的山冈。山冈后面远远看去像有一条密林丛生的峡谷。那是什么树?有点像柞树,又有点像槐树,更可能是一片钻天杨。在林子边缘宿下来总是一件好事。

小阿苔说:“看,那一片森林!”

我告诉那不是森林,只是一条林带。它沿着一条峡谷生长,那儿有厚厚的积土,所以就长得茂密。那条林带不会超过一公里宽的。

小阿苔不同意我的判断,连连摇头说:“那里面会有狼、老虎,会有狐狸吗?”

“没有,那儿顶多有一些兔子,有蛇和刺猬;狐狸说不定有个把只,大多都是一些小动物。”

“噢哟……”小鹿有点失望。

这个地方我熟得很，在这儿从来不会迷路，除非是大雪天或山雾很浓的时候。

一条早已干涸的山间溪流出现在我们身侧。沿着溪流走下去，就会走进一条大裂谷。只有登到高处望下去，才会发现山区的水网是怎样形成的：它们怎样交织，然后再汇入另一片谷地，组成了下游几条不大的河流……这儿最有名的两条河就是芦青河和界河。

快到山脊的那一片坡地陡得很。小阿苔开始气喘吁吁了。小鹿在后面不断推拥她的背囊。她很得意又很吃力。

我们终于登上旅途中的第一个小山包。风明显地增大，吹拂着我们的头发。小鹿的浓发在风中颤动。他大概就为了这一次远足才把长长的头发剪掉，留了一个小平头。风把小阿苔的刘海吹起，露出了鼓鼓的小额头。小阿苔春风满面，举目四望。东北方是高大的山脉主峰；回头望去，我们下车路过的那个镇子一带就是一马平川了。那儿面积很大的梯田简直像画出来的。梯田之间偶尔能够看到一片镜子一样的水塘，这使小阿苔激动起来。她指点着：“看哪，看哪，多么可爱的水呀，春天的水！”

我想可爱的东西多着呢。很多可爱的东西本身、它们的创造者，反而都让人不太经意……

小山脊上裸露着一些岩石，它们由石英斑状凝灰岩构成，其中还夹杂有霏石斑岩的碎块儿。灌木棵很稀，最常见的是桤柳、小叶杨和长得不成样子的槲树。有一棵分杈很多的小树就在我们前面不远，看上去很像一棵川榛。这些树木的第一批叶子已经长大，后来发出的嫩芽还毛茸茸的。再有不久洋槐棵就要开出白花了。脚边是紫羊茅和朝鲜碱茅，偶尔还能看到一两丛阴地蕨；狭叶瓶尔小草在这儿长不高，它旁边的地黄花已经开始孕育花蕾了。我告诉小阿苔,我们这时候走在路上,最好的菜肴就是嫩柳芽。我说晚餐的时候将请他们吃一顿特别好的咸饭。他们高兴极了。

翻过这个山包,远远看见林带边上有一个小村庄。房子稀稀落落,隐隐传来狗的吠叫——它们总是为即将到来的黄昏而激动。晚霞把远处的山脉沟壑、那些散落在山坡上的小屋顶都给映红了。鸡在鸣唱,各种鸟雀都在灌木棵上抖动着翅膀,长一声短一声呼叫。在众多的呼叫声中,我能清晰地分辨出野鸡、灰喜鹊和大山雀的声音。有一种细长的嗓子很像长耳鸮,但我知道只有在冬夜里才能听到它的声音。听了听,仍然觉得是鸮鸟在叫——在此地这种声音是令人恐怖的,山民们一听到这种声音就变得小心翼翼,到了晚上不敢出门……

如果到村里宿下,我想是再合适不过了。可是小鹿和小阿苔都坚持宿在野外。我们只得改道往那片林子走去。林子离村子的直线距离至少有四五公里,当然也算一个去处。现在离得近一点儿,可以看清它们的确是一片钻天杨:树肤开始泛出一点绿色,老皮正一片片脱掉,上一个冬天枯死的细小枝芽在春风里摇落,一片片小孩巴掌似的叶子嫩嫩地伸展。晚霞中,这儿洋溢着一种安谧和纯净的气息。

夜宿就要找干柴点一堆篝火,还得找水。如果没有水会是很糟的,那只得动用水囊里珍贵的贮存。小阿苔说:“不要紧,没有水我到村子里去讨。”

看来她宁可到村子里跑远路讨水,也不愿住到村子里。她对帐篷充满了新奇感。

还好,树木长在一片干干的沙滩边上。原来鼋山南坡落下的雨水在水盛季节冲成了一片水潭,它在这个季节干涸了,被水冲来的粗砂砾变得一片洁白,煞是可爱。在砂砾中间可以找到一丛丛刚刚长出的芦苇,芦苇嫩芽绿得让人喜欢,小阿苔甚至想采一点来煮饭。我告诉它的味道是不好的,只让她去采柳芽。结果她不仅采了很多柳芽,还采来了一些钻天杨叶。我只得把钻天杨叶子一片片剔除。在这儿找水并不难,芦苇旁边就有一个个小水湾。可尽管这水很清,小鹿还是有点不放心——他宁可在沙地上掏一个洞,等水慢慢渗满再用。

篝火点起来,小鹿不断往里添柴。剩下的时间我就让小阿苔注意看住那个沸腾的小锅,我来动手搭帐篷。两顶帐篷离得很近,中间再用绳索连起,这样我们夜间就能互相照应了。篝火点在下风头,火星不会落到帐篷上。它们搭在钻天杨旁边,离帐篷很近的地方甚至有一棵夜合树。它要等到夏天才开花,这时候娇嫩的叶芽已经在黄昏时分羞涩地闭合了。

离我们不远处的那个小村的狗叫声稀一阵密一阵,鹅的叫声粗糙而沉闷。这使人想到那个小村里有一份热腾腾的生活。

晚餐我们喝着咸饭,后来又煮了一点水,每人冲了一杯茶。篝火烧得多旺。天完全黑下来,天空一碧如洗。这个春天的夜晚,帐篷和篝火旁边,三个人的背囊扔在一处。尽管疲劳得很,小阿苔还是站起来踢踢踏踏跳了几下,然后又扳住了小鹿的肩膀。他们的额头顶在一块儿,后来干脆就躺在了洁白的沙子上。篝火把他们映红了。一种颤颤的感激的幸福飘过心头。我这时还想起了背囊里有一瓶白酒,它是准备在旅途上的特殊时刻享用的,比如说着凉时。这个夜晚我费了好大劲儿才压下了喝酒的念头。他们俩躺在那儿,数着星星,嘴里哼哼呀呀。村子里飘出了一阵歌声,暖风里一会儿清晰一会儿含混。小阿苔屏住呼吸听了一刻,然后突然转脸对我说:

“讲个故事吧!”

“什么故事?”

“就讲过去你来这大山里听到和遇到的。”

嗯,那样的故事可太多了,只是我一时不知从哪儿讲起。

小阿苔笑嘻嘻的:“怪不得呀,你老到这儿来,这儿多好呀,这儿可比城里有意思多了。”

小鹿不知在想些什么,这时转向我,打断小阿苔的话:

“我们这次从东边小城跟你往前走,也到你的东部去好吗?”

我像被磕碰了一下。我说:“不,你们还是从小城那儿直接回去吧,按照原来的计划;再说我跟你们讲过:那儿已经没有什么了。”

“一点也没有了?”小阿苔睁大眼睛。这眼睛像天上的星星。

“你们看了会失望的……”

我们在篝火旁一直待到很晚。该睡觉了,我商量小鹿是不是让小阿苔一个人住那个彩色帐篷?反正大家都离得很近。

小鹿看看我,笑了起来。他又撅嘴巴又做鬼脸,不知是什么意思。后来他索性直来直去说:“你算了吧,我们不会出事的。我们早有准备。我才不会让她怀孕……”

最后一句让我吃了一惊。我马上觉得自己有点愚蠢。我原来还一直觉得他们少不更事,其实人家什么都懂。他们走得比我想象的要远多了。

小鹿伸伸舌头,最后看了一眼篝火,忙不迭地钻到那个彩色小帐篷里去了。里面立刻传出欢天喜地的声音。我明白了,这次旅行对他们来说是一次盛大的节日。

流浪歌手

一

扳指一算已经是第五天了。当我们一连翻过三座山包时,我确信小鹿和小阿苔就要告饶了,尽可能把他们背负的沉重转移到我的背囊里。可即便这样,小阿苔还是唉声叹气。小鹿牵着她的手,不断安慰。小阿苔已经有点哭哭啼啼了。我故意刺激她说:"怎么样,后悔了吧?"

她撇撇嘴:"才不呢!"

可说过之后,依然是哭哭啼啼。小鹿用各种办法给她鼓劲儿,模仿在电影上学到的那些行军歌谣,巧嘴滑舌地给她说竹板:"我们都是钢铁汉,日夜行军二百三,少流血来多流汗,打个漂亮歼灭战!"话是这样讲,他自己也有气无力了。

随着山势的增高,好像季节也在深入。在大山的阳坡上,华东山柳竟然长得黑乌乌的。在这儿的灌木棵中我们甚至发现了迎红杜鹃;鹅绒藤开出白色的花朵,通体上下那淡淡的绒毛可爱极了。这儿的植被明显好起来,各种各样的野花在春风里闪烁。草也密了,颜色深浓,几乎遍地都是大小画眉草、知风草,甚至是滨麦和羊草;偶尔在它们中间还能看到一株肥肥的千金子。在一棵野核桃树下边,小阿苔发现了一株紫点杓兰。这种花在岳父家的小花园里有。她怜惜地看着它。可惜还不到开花季节。小阿苔指指点点,小鹿又从旁边发现了一株绶草:如果到了七八月份,这个山坡上会开起多少美丽的绶草花呀!我向他们指点着,小斑叶兰、铃兰、吉祥草、萱草,等等。当初夏或初秋季节走在这个山坡上,那会是什么情景!

一只兔子箭一般从远方射来,在离我们五十多米的地方折向谷地了。山坡上空无一人,除了鸟雀的吵叫再也没有别的声音。

小阿苔问:"过去你都是一个人在这里走来走去吗?"

"可不是一个人吗。"

"你不害怕吗?"

"不害怕。"

“山里面有坏人吗?”

“有;不过这儿的坏人比城里少多了。”

“为什么?”

“因为这里是大山。”

“如果再好玩一点就好了。”

“怎么才能更好玩?你总不能让这儿满山都是唱歌的小姑娘吧。”

小阿苔两手罩在嘴巴上“啊啊”喊了几声。她想听一个回响,没有。稚嫩的声音很快就消散在大野之中。

再往前走,植被变得稀薄了。中午我们为了寻一个歇息之地,直奔了半个多钟头。到处都是荆棘乱石,好不容易找到一株可爱的柳树。我们想到柳树阴凉下面,可是到了那儿才发现不知让什么动物弄得很脏——可能不久前有一只食肉动物逮到了一只大鸟,结果到处都是散乱的沾着血块的羽毛,好像是一只大山鸡。“这肯定是狐狸干的!”小鹿说。我想也可能是黄鼬,或花面狸它们干的坏事。在这一带山上我曾经看到过花面狸……各种各样的小飞虫在阳光里旋动,有一种小蚂蚱飞起来发出“咯吱咯吱”的声音,顺着光亮望去,展开的羽翼闪着可爱的粉红色。一只孤单的黑鸟,很像一只大斑鸠,在不远处的一只秃头杨树桩上蹲着,宛若一块沉甸甸的石头。它叫了一声,嗓子沙哑,头部斜向我们,很像是对这些远道而来的客人表示问候。它对我们的到来一定是困惑极了。

继续在山半腰寻找可以落脚的地方。我记得东边不远就是一个山垭口,我们可以由那儿往北穿过山脉,踏上一条平坦的河谷。说不定谷地里还会找到潺潺溪水,捉到一两条鱼美餐一顿呢。说到捉鱼的事情,终于使两个年轻人高兴起来。小鹿摩拳擦掌,好像用武之地就要来了。可惜他振作了没有多久又重新蔫下来。显然两人情绪很不稳定,而且互有影响,这对于山间旅程是再糟不过的事了。

前边出现了一个像地堡似的小石头屋子。小鹿最早发现,指了一下,小阿苔的眼睛一亮。我知道那肯定是废弃了的看山人的住处。走过去,果然见屋顶露出了天空;但仍然可以看到基本完好的小锅灶。锅已被摘除了,留下了一个黑洞洞的灶口。锅灶旁是石头砌起的火炕,在屋里占去了三分之二的空间,未免太大了一点。火炕上还有半截草苫子、一层柔软的山茅草。

我说:“如果我们不带帐篷,在这里过夜是再好不过的了。”

这些地方总是躲避山雨的最好去处。在山里可以遇到很多类似的地方,而且有时里面还住了人。总有那么一些不愿回到人群中的人——他们大约是野了一辈子的看山人、流浪汉,或者是牧羊人。记得在东边的那个大山阴坡,我曾经看到一个半塌的石洞子,走进去才知道里面被一双巧手收拾得干干净净,过日子的气氛很浓。原来一个看山的老人在此独居了半辈子,后来大约是一个女流浪人吧,半夜里摸到了这儿,两人就再也没有离开过洞子。我造访的时候他们已经六十多岁了,还雄心勃勃地想生一个孩子呢。他们对我讲:已经这样努力了好几年。老太太说:

“那娃儿就是不来哩!”

老太太摊着一双多皱的发亮的手,满脸急切。

他们谈论这个事情一点也不感到难为情。戴着四方小帽、神情有些怪异的看山老头还对我说:“瞧她那对大奶子,养十个八个娃也不在话下哩!忒怪哩!”

那一天他们做了很好的一顿饭让我吃。饭后还让我参观了他们的饲养场:在石头洞穴旁边不远,用柴火棒子架起了一个大棚子,棚子下边又是树条编起的各种笼子和草窝。我看了看,几乎山里能够逮到的所有动物都被他们饲养起来了。兔子、野猫、小狐狸、刺猬,甚至是长虫、鹌鹑、野鸽子……那个老太太对她半路上找

到的这个老头子崇拜得五体投地,总是无限深情地瞅着他,一遍遍重复着一句话:

“你说笑不笑死个人!”

那个老头终于也回头赞扬起老伴来,对我说:“你不知道俺这口子有多么好的饭食!什么都能让她做成好吃的。用榆树叶做面卷,用地瓜叶做咸饭。她烙出的地瓜饼啊,像斗笠那么大,像蒲团那么暄,咬一口就像吃大肥肉一样,呜啊呜啊满口香!”

临走的时候,老头子拉着我的手感叹:

“我们要是有你这么个大娃多好呀!”

按年龄看,他这句话颇为不妥。可当时我一点也没觉得有什么失礼的意味。他们极端的淳朴和真诚感动了我,直到很久之后回想起来还是那么亲切——记得前几年我故意绕路到那儿找过,很想在那儿再吃上一餐饭,看一看他们的生活。可奇怪的是再也没有找到那个大石洞子。在这一带大山里我不可能迷路,到底是怎么一回事,想了好久都想不明白……

眼下,看着这个废弃了的小石屋,我又对他们讲了那一次经历。我说:“别是一对落草的神仙?他们故意在半路上截住我,给我一个开导吧?”

小阿苔和小鹿觉得真有趣,咯咯笑了。

离开石屋时,小阿苔突然咕哝了一句:“真想喝一杯咖啡呢!”

小鹿也说:“哎呀真想!我们绕到村子走一走好吗?”

我明白他们有点受不了,决定尽快找到那条河谷,然后一直向北,抵达一个很大的镇子——从那个镇子到小城有交通车。我问他们是不是可以坐交通车直接到小城去?小鹿看看小阿苔,小阿苔一连声地嚷:

“你把我们看成什么了!你以为我们真的不能走了吗?你能走多远,我们就能走多远!”

瞧她那对薄薄的嘴唇多么乖巧。如今这一双嘴唇再也顾不得描口红了。不过它的本色更漂亮一点儿。

我说那好,那就让我们走着瞧吧。

二

大约用了一天多的时间,我们终于接近了镇子。显然该好好休整一下了。当小阿苔和小鹿远远看到镇子轮廓时,忍不住欢呼了一下。这是丘陵地区所能找到的最大一个村镇了。它处在一个小盆地上,四周都是梯田,那是一种比较好的棕壤。很多年前我从这儿走过时,梯田几乎有一半栽上了各种各样的果树,到了春天满树繁花,蜜蜂一球一球的,花的香味溢满了整条山谷。鸟雀也多。这个镇子可真是美极了。镇上人很富庶,他们的主要收入来源除了果品之外,就是下边一个大理石矿……而今天看起来梯田上的果树明显减少,镇里虽然兴建了几座单薄的楼房,但整个街道看上去比过去破败多了,到处都乱糟糟的,主要路面坑坑洼洼,好多地方还挖起了深沟。多起来的是新搭的商业棚子。这儿出产一种米醋,这时米醋瓶子在街道两旁垒得像小山一样。

"这么多醋呀!"小阿苔喊着,"这里的人可真能吃醋!"

我笑了。任何一个到过这个镇子的人都会说这里发生了翻天覆地的变化。不过这种变化有点令人痛心。我发现除了满街都是拥挤的人群,堆积的破烂,几乎全世界乱七八糟的低劣商品都集中到这儿来了。一卷卷的破布、破绳子,做工低劣的衣服,贴面木制家具,漆器,其他一些手工艺制品,首饰……反正各种商品中最粗糙的那一类都汇集到这儿来了,卖给山民。我还注意到大街上多了一些台球桌,那些留着两撇胡须、穿着过了时的喇叭裤、一条腿长一条腿短的牛仔裤、歪戴帽子的小伙子,都在玩这种球。他们在用一种奇怪的规则赌博。这些人都叼着一支香烟,有的还戴了一副墨镜。他们口里哼着小调,用不怀好意的眼睛看着四周的陌生人,如果见了一个女人,直勾勾的目光起码要盯上一二分钟,从上到下细细地打量。那些货摊跟前不断发生争吵,有一个地方还打起来,拧成了一团,只是没有一个人敢去拉架,因为挥舞的砖块随时都能把旁观者的头砸破:这场打斗刚刚把人吓个目瞪口呆,新的一场打斗又在不远处开始……

走到大十字路口那儿,混乱达到了极点。手推车,拖拉机,拉粪便的木车,小轿车和面包车大卡车,都在不停地按喇叭。人群好像视而不见,他们继续来往拥挤。各种车子一寸寸往前挪动,结果越塞越紧……这个镇子在这一带山区是惟一的热闹之地,也是两条乡间公路的必经要道,所以就迅速热闹起来了。

我惟恐小鹿和小阿苔走丢,就把他们扯到身旁。我建议绕过大街转到窄一点儿的巷子里,他们同意了。可是小巷里的人也不少,比起主要的街道,这里更多的是卖水果和算命的人。算命的人当中有盲人,也有完全正常的人。奇怪的是一个挨一个的算命摊子摆在那儿,主顾还是不少。有一个四十多岁的汉子正在给一个三十岁左右的少妇算命,先是看了手相,然后又抚摸她的身体,据说那是在"揣骨"。据算命专家讲,要想真正知晓人的命运,分析得鞭辟入里,到最后非得"揣骨"不可。"揣骨"就是揣摸骨骼。但眼前的这个男人显然在借"揣骨"之机猥亵妇女。我发现他黑乎乎的大手毫不犹豫地从领口那儿插进了少妇胸口。一阵不动声色的抚摸,少妇的脸赤红赤红,不安地看看我们,又看看对面这个下流汉子。汉子尽量神色肃穆,可是由于抑制不住的淫荡,鼻子两旁的肌肉不停地抽动。他嘴里咕哝着:"这地方是该有个痣的!"

小鹿惊怒,握起了拳头。我们一块儿盯视那个汉子。汉子嫌烫似的最后把手抽出,搓一搓说:

"你家大门口上该插一撮艾蒿了。还有,和男人上炕的时候,别忘了先用绳子把猫拴住……”

少妇喃喃说:“我们家有一只大黄猫,老爱往炕上跳……”

汉子拍拍腿:“这就结了不是!”

当他们研究着怎样把那只大黄猫拴住的时候,我们走开了。

前边的小十字路口好像很热闹,人群围得水泄不通。我们走过去,立刻听到了悦耳的歌声。这歌声美得让人全无预料,让人惊愣,像在干渴的夏天突然喝了一顿清泉。往里挤了一会儿,终于看清了——小鹿嚷叫着,把小阿苔索性举起。这样我们三个人都看清了:一个四十多岁的男人,一条腿瘸了,用拐杖支撑着身体,手持一个麦克风在那儿唱着。他的脸上有一道刀疤,头发又脏又乱搭到了肩膀上,看来是经常在阳光下活动的人,全身发黑。他的身旁是一个自制的音箱,一个小小的放大机。他唱的大半是一些流行歌曲,音调很熟悉;可是仔细听一会儿,又会发现那歌词大半都被他改掉了。他唱得很投入,有时眯上眼睛,有时望着天空。围在这儿的有大人、孩子,男男女女,他们都一声不吭。这儿静极了,只回荡着一个汉子的歌声。四十多岁的男人,嗓子浑然柔和,你会觉得他把一辈子的苦楚和温情都唱出来了。那调子曲折委婉,真正是如泣如诉。一支歌唱过,我看见好几个人走上去把几张纸币放在音箱上。小鹿忍不住,也送去了几张纸币。当观众做这一切的时候,歌者看也没看,只顾沉浸在自己的歌声里。后来他终于不唱那些流行歌曲了,而完全改唱自己的歌。我相信这都是从他心田里流出来的。我承认这个镇子可没有白来,这次听到的歌大概不会忘记——这是我旅途上第一次听到一个年纪和我差不多的兄弟——而且身上还有残疾——唱出了这么动听的歌!他的歌词再平易不过,可是却能把我带到一个凄然旷敞的意境。我沉浸在他诉说的那种情境中,一时忘了其他。他唱道——

…………

六月里把麦子割，
后脊梁顶着一团火，
麦芒儿扎肉，麦秸儿刺手；
干了一天，麦捆儿堆成了垛，
再去邻居家借牛，
牛老了，打也不肯走。

十月里，玉米熟，
我跪着掰下棒子把口粮往囤里收，
天凉了，烙块锅饼，
扎上棉袄，山南山北出去走走。
…………

听着听着，我觉得身边出奇地安静。转脸一看，小鹿和小阿苔垂下了眼睑。我们在这儿站立了很久很久。所有人都一声不吭。到后来他唱累了，仍然有人喊出乞求似的声音。他们都想再听下去。可是那个人实在累坏了，斜靠在墙上，拐杖松了，倒在了地上。后来他去摸拐杖，小鹿就跑上去替他扶起。

这个中年流浪歌手身上有一股魔力，他走到哪里都有一群人跟着。跟随他的大半是一些年轻人，我们也裹在了这一伙人中间。他从镇子的小十字路口一直往西，走啊走啊，后来我们看到他在一个卖汽水的小摊跟前停住了，掏出五毛钱买了一杯喝了，抹抹嘴巴又往前走。他的腿拐得并不重，他走路时就用那拐杖把那个包裹挑在肩膀上，只是唱歌的时候因为站久了不得劲儿，才要用那个拐杖把身子撑住。他的步态多少有点像我东部平原上的挚友拐子四哥——想到那个老人，我心里立刻一阵发烫。

天快黑了，小鹿到路边一个小铺里买来了一瓶速溶咖啡，然后又急匆匆走出。我们仍然在看那个一拐一拐的人，心里都沉沉的。

这时候疲累和其他烦恼一股脑儿都给抛掉了，我们视野里只有那个身影。整个乱哄哄的镇子竟然都被遗忘了。那个人走了一会儿大概累了，就在镇子西头的一棵槐树下坐了。一伙青年恋恋不舍围上去，他们看着他，很少说什么。我相信这些年轻人不仅是些歌迷，更重要的是这个流浪歌手的声音里有什么东西击中了他们。

天黑了，四周的人一个一个散去。后来，我想他大概也该回到自己的住处了。他站起，不安地四处瞥瞥，目光在我们身上停留一瞬，往前走去。

我们待在那儿。我小声问小鹿和小阿苔："我们在镇里宿下吧？"

他们没有吭声，只是看着那个一拐一拐的身影。后来小阿苔说："不，我们也到野外去。"

三

我们往前走，不知不觉地尾随着那个一拐一拐的身影。前边是一片小树林，他大约发现有人跟踪，到了小树林那儿竟然一跳一跳跑了起来。我不忍心看他这样，就对小鹿说："算了，我们等一会儿再走。"

小鹿抿着嘴角看那个隐没在树林里的身影。

天黑得越来越厉害，我们尽快寻找自己的宿营地。小阿苔仍然要到那片小树林里去。我知道她想再一次看到那个流浪歌手。我拒绝了，怕再一次惊扰那人。我们故意绕过小树林往北，发现了一条浅浅的水渠。我们走到渠畔上，沿着它折来折去。前面是一丛茂密的紫穗槐棵子，这说明快有水了。紫穗槐棵的旁边有那么多蒲苇，可见拐弯处水渠变宽了，而且蓄了很大一汪水。当然农田中的渠水是不可用作炊饮的，好在我们的水囊里还有水。我们决定就在紫穗槐棵旁边那块平地支起帐篷。

可是当我们动手点起小锅的时候,突然小阿苔喊了一声跳起来。

我和小鹿过去一看,原来她在抱柴火的时候发现了一个人——是那个歌手,他已经先一步抵达了这儿,刚才蜷着身子躺在紫穗槐棵下,尽量不发出一点声音,想不到小阿苔伸手摸索柴火时摸到了他的头发……原来他从小树林里穿出,藏到了这儿。他大概估计我们会尾随他进树林吧。他为什么这么胆怯?对我们为什么疑虑重重?

他支支吾吾,连连说:他是要在这儿困觉的,他可没有打谱吓我们。

我心里一阵难过,连忙向他解释——我们是什么人、从哪儿来;请他不要害怕,和我们一块儿吃晚饭,等等。

流浪歌手呆呆地看我们。篝火燃起来,他的脸暗一下明一下。后来他总算一声不吭地盘腿坐在了那儿,看来要这样坐等天明。小锅里米水翻腾,一阵浓烈的香味使流浪歌手的眼睛明亮起来。吃饭了,我们一再邀请他喝一碗米粥,他答应了。小阿苔殷勤地给他盛饭、拿干粮。他感动了,乱蓬蓬的胡须抖动着,接碗的手也不停地发抖。我离得近了些,闻到他头发上散发出一股邪味。我心里纳闷的是,这样的人竟然可以唱出如此甜美的歌子!我问他话,他尽量答得简单,有时干脆一声不吭。后来我们就不便过多地询问了。

睡觉的时候,我把自己的帐篷挪出一块让他睡。他怎么也不应。后来我看到他把肩上的包裹解开,展开一条口袋模样的东西,抖一抖就在帐篷旁边躺下了。篝火烤着他。看来他很愉快惬意。这一下我怎么也睡不着了。半夜爬起来,待在篝火旁边,添一点柴火,然后动手煮一杯茶。我蹑手蹑脚,没有发出一点声音,可尽管这样还是把流浪歌手给惊醒了。他坐起,立刻到怀里去掏一包烟草,礼让一下就自己吸起来。

小鹿和小阿苔也从帐篷里钻出,围到了篝火旁边,直盯盯地看着流浪歌手。

接下去的交谈,使我们得知这人也是东部平原上的。他从小喜欢歌,不仅会写,而且会唱。他十几岁的时候,甜美的歌声就由地方的一个广播站给录过音,在喇叭上播送过。后来他曾去报考过一个文艺团体,大约就因为身上的残疾,没被录取。这是他抱憾终身的事情。可怕的是后来。他们兄弟两个,父亲临死前立下了遗嘱,考虑到他的身体不好,就把一大间屋子分给了他,另一小间分给了兄长。兄长娶了媳妇,他们还是在一块儿劳动,一块儿做饭吃。有一年上他到这个镇子赶集耽搁了两天,回家时,想不到狠心的哥哥嫂子改了遗嘱,还伪造了一份契约,把那一大间房子收回了。嫂子说:整幢房子都是俺的;不过好歹也是兄弟两个,就凑合着住在一块儿吧。他当时惊得目瞪口呆。不过他还是把这些接受下来。他知道自己是一个不中用的人。他起早贪黑到地里做活,后来家里的零碎活,喂猪,剁猪菜,拔兔子菜,放羊,都由他一个人包揽下来。他一离开这间屋子,一跑到田野里就不停地唱歌,直唱得眼泪汪汪。有一次他哥哥到外边找他,因为天黑了他还没有把羊牵回;哥哥一看他在这儿唱歌,就啪啪给了他几个耳光,说他只知道在这儿痴嚷,快死在外边算了!说着牵过羊就走。他一个人给扔在黑影里。往回走的时候,路过了一眼机井。那时候的机井又细又深,他低头看了看,见里面的水亮里有几颗星星在闪,那几颗星星真美呀。他当时真想扑到那几颗星星中间。后来他闭了闭眼睛,咬了咬牙,又忍住了。就那样,他算是走了回来。

从那以后他就再也没有回到那间屋子去住,而是在村头搭了个草棚子,回去把几个破碗和一个生了锈的铁锅子搬出,一个人过了起来。一到了农闲季节,他就背上一个小布卷南南北北唱起来。

他去得最多的就是这个镇子,因为他记得就是在这个镇子的一次游荡中回晚了,才发生了那样的变故。他说他挣的钱并不少,每一次从立冬到春天这一段时光,算是他的好日子。那么多听歌的人,这个塞五毛,那个塞一块,能把他的包子装满。“不过,我可不敢在热闹地方住……”

他告诉我们,他脸上的这道伤疤就是有一次被一伙年轻人用刀子割的。他说那次唱了一天,累极了,就钻在村子东头的一个草垛子那儿睡着了,后来被人用脚踹醒。他一看,有三两个年轻人用刀子逼着他,让他把唱歌挣来的钱如数交出。他把身上的每一个兜兜和包包都翻过来了,所有的钱,连钢镚儿也没有落下,都交给了他们。可他们还是嫌少,硬说他藏了,就在他的左颊上划了一刀。血呀,哗哗流,他用手去捂,感到血水是烫人的。从那儿起一到了晚上,他唱完歌子就要东躲西藏……

小鹿一声不吭。小阿苔在抹眼。

我问了他的年纪,比我还小一岁。可是他看上去已经是五十多的人了。我告诉他,我也是小平原上的人,我以后一定要去看他。

小鹿想起了什么,指着我对流浪歌手说:

“他也会写歌子!”

流浪歌手立刻盯着我,把喇叭烟从嘴里抽出,凑近了问我一声:“真哩?”这声音小而神秘,像对一个暗号,又像怕旁边的人听见似的。

我点点头,补充一句:“不过,我的歌子远没有你写得好。”

“哪里话哩老哥,你数念数念看。”

他的“数念”就是让我哼一哼自己写的歌子。可惜我的嗓子不好,就很勉强地低声哼几句。

他听得认真,手里的烟都熄了。他感叹着,两手用力搓自己的

膝盖,后来又嫌冷似的往篝火旁挪蹭几步。他咳几声,说:

“我也为你数念几段吧!”

说着就压低了声音唱起来。尽管这样,那歌声仍然还是那么动人,也许是离得近了,我听出他的嗓子有点沙,不过却平添了另一种魅力。他一口气唱出好几首——有一首歌写午夜里他听到了一只羊在野地叫唤,那羊的声音让他难过,让他哭,就这样一夜没有睡;他出去寻这只羊,什么也没有,田野里的秋风把草扬起来,扬到了空中,天要下雨了,他重新回去睡觉……就是这么平淡的内容,可是经他唱出来,不知为什么老要让人流泪。

小阿苔一声不吭,直到有眼泪从鼻子两侧流下。篝火下,锃亮锃亮的两道线。

另一首歌是唱一个七十多岁的老人喜欢鸟,养了两只百灵;老人还生了两个儿子,两个儿子轮换着接他到家里住。后来有一天早晨两个儿子吵起来,吵得很凶,打起架,打得头破血流,他给两个儿子劝架的时候才知道两个儿子是因为他才打架:一个嫌另一个这么早就把老人送到了他的家里。老人就一声不吭,提着百灵笼子离开了。老人洗了一个澡,然后把鸟笼交给了村里另一个老人——他信得过的一个老人,然后就找了一根绳子,到经常挂鸟笼的白杨树上,了结了自己……

这一首歌他唱着唱着自己也哭了。他说:“你们大约听不明白我的歌……”

我说:“每一个字我都听得明白。”

我想他大概以为歌里用了很多当地土语。我说:“我就是小平原的人,我听得懂。”

流浪歌手闭着眼摇头,眼泪在眼睫毛上跳动,“不,不是这个。我是说我的歌子都是写了我们村里的真人真事——你不是村里人怎么会听得懂呢?”

我恍然大悟,拍着他的肩膀:“不,我听得懂。我全听得懂。”

他用另一只手盖在我的手上,握得我的手都疼了。他又拍打我的肩头,说:

“老哥,你是一个好人!”

第二天,我们得知流浪歌手要从这儿回村子去了;而我们却要到那个小城。我们恨不能伴他一直走下去。现在不得不分手了。

分手的时候真是恋恋不舍。

从告别了这个流浪歌手之后,我发现小鹿和小阿苔再也没有了欢蹦跳跃的神气,他们常常望着道路两旁大片大片的田野、田野上长的各种庄稼、杂草和野花出神……

养 蜂 人

一

我一个人在东部小城徘徊,准备徒步穿过那片平原,走进故园。小鹿和小阿苔恋恋不舍地离去了,他们假期已尽,只好按原计划返城。可这对于他们来说,一场遥远的跋涉好像才刚刚开头。他们甚至想孤注一掷,突破假期之限一直跟我向东,去找那个不复存在的故园,去寻那个流浪歌手。我劝阻了他们,让其按时回返。我说自己也许很快就会回城的,我的计划也是常常改变的。

他们离开的时候静静地看着我,再也没有了刚来时那种轻松嬉笑的神情。他们刚刚知道了一点“旅行”,知道什么才是东部平原的故事。小阿苔说她只盼另一个假期的到来——只要有机会,她就会跟上我到东部。我答应了他们。

东部城市就是“国际葡萄酒城”的所在地,这儿有我一大拨朋友,有一个叫武早的酿酒师,还有那个遗弃了他的疯浪女人……我想在离开之前看他们一眼。首先去找武早。没有踪影,那个女人也不在。告别东部小城怅怅的——剩下的事情就是一个人负着背囊向西,穿过整个平原,一直走向我的故园了。

今非昔比,时光荏苒,那儿已经没有了一棵巨大的李子树,没有了那座茅屋,也没有了大李子树下的外祖母……

当我走出小城,踏上人烟稀疏的窄窄的乡间土路时,这才发现春天已经铺天盖地而来。到处都是春天的气息。路边和渠畔偶尔能看到一株洋槐,上面缀满了白雪似的槐花。那芬芳的花朵,独特的清香,让我一次又一次扬起鼻孔。也是同一种缘故吧,数不清的蜜蜂正从遥远的天边飞来……

在这片海滩平原上,过去到处都是一片片的鲜花:洋槐花、苹果花、桃花。有一次,我记得十几岁的时候翻过一道沙冈,当登上一个冈顶的时候,突然闻到了一阵奇异的香味,一抬头立刻看到一片火红的桃花!啊,那花像云絮,像绸缎,像织锦,永远留在了我的记忆里。小时候跟着母亲到洋槐林里采回槐花,在苇席上晒干,然后就装到了囤里。从入冬到开春的这一段,外祖母把它用水浸好,撒一点盐做成槐花饼:有的做成圆的像月亮,有的做成两角翘翘像小船。我如果领来了朋友,妈妈就给我们每人一个槐花饼,说:“走吧,到园子里玩去吧!”我们欢天喜地,一边咬着饼一边跑出去。

那时的园子里苹果花刚刚凋谢,像豌豆那么大的苹果让我们看个不休。记得有一次一个打猎的老人在林子里割了一块野蜜——我们像遇到了天大的喜事,立刻跑回告诉外祖母,还把托在柞树叶上的野蜜送给她。我说:“这就是老猎人给我的,是他刚刚割到的!”

外祖母说:“林子里有好多野蜜,这都是那些跑了散了的蜜蜂在那儿留下的。”

割野蜜要有特殊的手艺,弄不好就会给发怒的蜜蜂蜇死。真的,我们发现那个割野蜜的老猎人嘴巴、鼻子都被蜇得肿起来,猛一看那样子怪吓人的。野蜜抹在槐花饼上就成了天下最了不起的美味。我永远也没法忘记那种独特的清香和沁人心脾的甘美……

天上舞动的蜜蜂引起越来越多的回忆,直过了很长时间才从沉浸中返醒。看看这片田野,咀嚼儿时故事,想刚刚离开的那座城市:都会的人流,沉沉的目光,以及马光和娄萌对我布下的陷阱。我觉得简直是从一场梦寐里走出。一个人为什么要那样活着?为什么非要在那儿安放自己的小窝?是谁做出了这样的规定?

二

走入平原腹地了。在这儿,我闭着眼睛也可以摸到它的一道道筋络:一条条土埂和沟渠。可是当我大睁眼睛四处观望的时候,又不由得倒吸一口凉气。

我发现在离开这一段不长的时间里,这块平展展的沃土竟变得一片狼藉,它看上去有点疙里疙瘩,到处都翻掘得高低不平。远远近近都有机器在轰鸣,那是挖土机和排成一串的大卡车。

我只想一直向北,想早一点见到大海。机器的轰鸣一直响在耳畔,到后来我就大步奔走起来,头也不回……直走了很远,地上仍然没有庄稼,只长满了马尾蒿、各种各样的灌木——问了问,原来这片地方已经荒了两年——两年前就被人买走了。这儿到处都生满了地肤、蒺藜、疯长的葎草和蕨类植物;有的地方汪着一湾水,里面长了一片茂密的长苞香蒲。由于这里长久没有耕种,上一个季节的雨水把土地的肥料都冲到了湾里,所以香蒲才长得出奇地旺盛,乌黝黝的。香蒲旁的水面漂着浮叶眼子菜,它们中间是一两棵慈姑……如果在过去我一定要设法把慈姑的果实挖出,可这时已经没有那样的心情了。我只想快些离开。

天上出现了蜂子,而且越来越密。我想大概离那片茂盛的槐花不远了。我估计对了,因为后来我闻到了北风里吹来的浓浓清香。我长舒一口气。

绿蓬蓬的灌木丛那儿偶尔有一株长得很壮很高的洋槐。洋槐灌木棵上开满了沉甸甸的槐花,它真的像一场瑞雪那样压下来。这一串串的槐花吸紧了我的目光。

蜜蜂在上边吮吸,它们像可爱的小精灵。就是这些小精灵连接着我的童年故事。那时候的所有的温馨都托在它们灵巧的翅膀上。我长久地看着一个个小蜜蜂在那儿弓腰用力,它们飞来又飞去。我沿着蜜蜂飞来的方向往前,一会儿就听到了咳嗽声。

这时正是下午四五点钟的时光,天不冷也不热。我又听到了狗的叫声,这声音多像我们以前的护园狗。我迎着狗吠走去。

前边是一个大大的帆布帐篷,帐篷旁边就是摆成了工字形的蜂箱。有一个人,黑红黑红的脸膛,留着短发,两眼在阳光下微眯。他�着腰,看到我,嘴角荡出了微笑。他向我举了举手。

“喂!”我赶忙向他打了声招呼。

那狗用力往前扑,一根锁链锁住了它的脖子。养蜂人拍了拍它的脑袋,它立刻扭着腰肢甩着尾巴,向我表示了很不情愿的欢迎。

“地质队吗,伙计?”他嗓门粗粗的。

我摇摇头:“不,赶路的。”

我走近了,觉得那么惬意,一下把背包从肩上摘下,然后扔在了他的帐篷跟前。

“喝水吗,伙计?”

只有在野外才能遇见这样的爽快人,我点点头。

他钻进去取来一个杯子。杯子有点脏腻。不过我饮了一口凉凉的水,发现里面搅进了甘甜的蜜。

天渐渐暗下来,我仍然不想走。实在疲累了。我像见到了一个多年不见的好友,不管他愿意与否,打心眼里想在这儿滞留一会儿。

养蜂人的名字叫“老憨”,帐篷里只有他一个人。他说他那几个同伙也都散布在离这儿不远的一片地方,因为蜂箱要撒开来,这样收获才多。他说他是这支放蜂队的头儿,喜欢清静,让小伙计们、做饭的,一股脑上西边去了,留下他一个人和一只老狗在这儿守着这片蜂箱。老憨的帐篷里有很多酒瓶,一眼就看出他是一个在野外浪荡惯了的家伙。他很好客,交朋友十分随便,这大概与他的职业有关。当他了解到我常常一个人来这片平原、在南部山区走来走去,而且还曾经在不远处筑过园子,就越发高兴起来。他的大手像蒲扇一样在我肩膀上扇来扇去。由于喝了酒,他的脸有些红。原来他喝酒不分时候,有时高兴了跑到帐篷里就咕咚咚灌上几口。喝了酒之后就变得愈加和蔼可亲,也愈加豪爽和无私。

“伙计,出了门都是一家!我看出来了,咱俩是一样的人。你走在路上有什么不方便,在我这儿看中了什么,拿走就是!”

我极少遇到这样的人,即便在那些慷慨的流浪汉中间也很少遇到。这样的人无一例外都有一种特殊的本领。他们这种极度的直爽和朴直,使其能够很容易找到真诚的朋友。他们即便在醉酒时,判断力也极强,几乎从不受骗上当;他们一眼就可以把一个生人看得明明白白。在眼前这个汉子眼里,我起码不是一个无赖,不是个劫路的坏人。

就这样,我紧挨着他的帐篷,搭起了那个小小的简易帐篷。

三

我与养蜂人老憨一见如故。我很快发现他有一个了不起的品质,那就是在陌生人面前放松得很。他很容易就把一个人当成朋友,产生心灵上的沟通;而这一切又绝对是建立在强大的判断力之上的。这该有多么了不起!在遍生狐疑的现代人之中,具有这样的特征和能力的人简直是凤毛麟角。我由此而深受感动。是的,这是一种能力,然而我们人类究竟在什么时候、又因何失去了这种能力,却是很难考察的事情了。我发现我们在一起时,他并不急着问来问去,也没有任何探听对方底细的那种好奇心,甚至没有一点这种愿望。如果我不主动讲些什么,直到分手时他也弄不明白我到底从哪里来、到哪儿去等等。他只是觉得我们可以愉快地相处,他只对这一点感兴趣。看着他料理手中的活儿,割蜜,摇分离器,摆弄蜜蜂饮水器,从一个木桶把蜜倒入另一个木桶,会产生一种从里到外的愉悦感。他身上传递出诗一般的节奏和韵律,让人着迷。他在蜜蜂搅成一团的地方摆弄这一切,让人替他捏一把汗。我以前也见过类似的镜头,但那些养蜂人头上都戴着一种很奇怪的东西,像某些原始部落老酋长的饰物;而这个人却什么也不戴。蜜蜂落在他的脸上、头发上、手上、胳膊上,他总是笑嘻嘻的。看来他与这些小东西之间已经亲密熟悉到了令人惊叹的地步。我甚至觉得他自己就是一个老蜂王。

我难以插手做什么,因为这儿的一切工作都需要很高的技术,专业性特别强。这里的活儿比起一般的农活可难多了。说实话,我还多少有些害怕,怕这一群小精灵一旦发火,给我来个猝不及防……我只好每天为他提水做饭;当我使用自己那套小炊具时,他看了就哈哈大笑,说对我的这一套“行头”可是太熟悉了。这越发使我觉得,一个常年在外边追赶花期、流动不息的养蜂人,与一般人的气质风味相差太大了。

夜里,我们待在他那个宽大的帐篷里一块儿喝茶。他从一个角落搬出一块生茶砖,用手掰下一块儿,然后就熬起来。这种茶我很少喝,很酽,劲道很足,因此好长时间都不愿去睡。他捻亮了帐篷里那个桅灯，高兴了还从瓷罐里捞出一些做得很好的酱菜，搬弄起酒瓶。

他的兴致很高，让人把什么忧虑都丢在了脑后。

刚刚升起的月亮在夜雾里照出一片橘红，那颜色让人想到童年。我小时候在河边丛林里奔跑的时候就无数次经历过这样的夜晚。夜气湿漉漉的，槐花的香味在微风里吹拂。

老憨说："如果月亮特别亮，有些蜜蜂就不安心待在蜂箱里，它们也要跑出来玩，顺便也采点蜜回来。"

他喝过酒再也不能安生了，弓着腰在帐篷里走动，两手挥动说一些笑话。他有很多故事，可惜总是讲得没头没尾，可能是太兴奋的缘故。后来他从一个木盆里翻找什么，竟然找出了一个短短的竹笛。这笛子太小了，而且和一般笛子的吹奏法大不一样：一手按在一端，另一只手在几个孔眼上移动，吹起来声音尖尖的，让人觉得吹奏者简直太吃力了；可是听下去，这才发现它的声音特别哀婉动人。

老憨吹了一会儿，放下笛子看外边的月亮，说等月亮再升高一点，这儿就该热闹了——有月亮的十五、十六、十七三天里，他的"人马"就要聚过来，那时候这里最热闹了。

原来他们养蜂人在这一片大海滩上撒得到处都是，他们很少像他这样一个人待着；到了明晃晃的月亮天，他们就迎着这笛声远远近近走来，在这儿闹、喝酒、天南地北瞎扯几个晚上。

"俺就是这么打发日子的！"

他的这一群蜂子属于一个林场里的，由他承包下来，他又找来了一些帮手；每年向林场交蜜，或者是把蜜卖了交款。与他一起的这一大群朋友，有的携带着个人的蜂群，也有的是另一些单位的，还有的是专业养蜂场的。这些人都跟上他南南北北走，像一大家子，像一路集结的散兵游勇。他说："俺没老婆，可是相好的还能没仨俩儿？男人女人哪，真正相好就行。在野地里遇上，三两句话，递个眼神，张开胳膊一搂，是好是孬，也就知道个八九不离十了……”

他的话没能让我笑出来，因为我知道这完全不是玩笑，对方的判断力是极强的，我当然相信他的话。

老憨这个夜晚很激动，说话时常常往外边探望：“……冷了热了，都得把对方揣在肚子里。哪怕是隔着千千百里，她肚子疼你这边也能知道，这才叫好！眼下我那个老伙计正在几里外的帐子里用铁勺搅锅，锅里熬了鲜鱼。她就愿吃鱼，一沾腥气就欢天喜地，也难怪她老往海边那些鱼铺子里跑。那家伙呀，大胡子老二手不老实，我点着他的脑瓜吓唬过他：你的手指头给我离老嫂子远些！”

我听到这儿笑了。

他很认真：“这是真的。有一回我去了她那儿，正赶上鱼汤还没开锅，你老嫂子躺在沙滩上，大胡子把她按在那儿，一下一下地按。我老远就喊起来，伸手比画着要揍他。可那家伙还是一下一下按。我跳过去一看这才明白：我那口子骨节疼，让胡子老二给按巴按巴，解解乏……我把胡子揪起，你老嫂子扑打扑打身上的沙土：‘嗨，老二的手真有劲，给我搓揉得不孬，赶明儿再按吧……’我说：‘你算了吧！’胡子老二喊冤说：‘光是按，一点好处也没沾……’我说：‘你还想沾什么？’胡子老二说：‘也就是亲个嘴儿吧……’你看看，就是这么个东西。他说是说，对我、对你老嫂子，都是一百成……有一年上我们带着蜂箱转到东北，他也跟了去闲遛着玩，找到了一棵人参。人参不大，也不知是不是真正的野参，他采下来用一块破布包着，满天里找我喊我。冬天来了，人和蜜蜂都得熬冬。有一天实在冷得不行，我就打了几只野鸽，把他给我的那棵参放进去，熬了一锅鸽子参汤。结果哩，不到半夜，我就被燥火烧起来了，去雪地里乱蹦，急得大呼小叫。你老嫂子用雪粉擦我的脸、后脖、腋窝，折腾了半天才能躺下喘口气……哎呀这参好大力！”

听到这儿我又笑了。我问他这些年都去过哪些地方？

“哪里？哪里都去。哪里有花咱去哪里，天南地北的花，按花期先后得在心里画个路线图，一年年咱就按这图跑啦，跑到哪儿算哪儿。帐篷一支，小锅子一熬，这日月就算开始啦。从春夏秋冬四个季节说起吧，冬天我领着蜂群在西南边角上繁殖；天暖啦，早春来啦，再往江西一带挪蹭。经过浙江再走，天也暖和啦，走到江苏，走到山东，最后才走到东北。初冬天里在东北过不错，等天快大冷了，就沿着长江中下游往前转悠啊，到江南去越冬。一年里就这么个转悠法儿。从十二月到三月，玉溪昆明大理这些地方，油菜花不孬，天气暖融融，小风不大，这时候不光能产浆出蜜，还可以分批培育蜂王啦。再不就到广州惠阳佛山韶关一带，那里紫云英和蚕豆花正开哩；不过在那儿你得小心寒流。到了四月里你得上南昌、上井冈山、萍乡这些地方，革命老根据地的油菜花开得挺旺；再不上湘潭也行，反正都是好好干革命的地方，花儿不少。四月底到汉中，五月里到昆山，六月八月到湟中，九月十月到湛江。秋天来了，你不去吐鲁番就往东北跑吧。通化、延边，朝鲜族说话叽里呱啦。牡丹江、松花江、白城子，都是好地方……”

四

我不得不正视这样一个事实：面前的这个人到处流浪，虽然他有为数不少的一帮朋友，但大部分时间还是像眼前一样，一个人度过。一个养蜂人日复一日年复一年，毫不费力地抵挡寂寞，可见不是一个庸常角色。我倒极想知道他是怎么走入这种职业和这种生活的。从交谈中我发现，他不仅有这种职业的人所常有的豪放、经多识广的特征，而且在闲暇时常常一个人陷入沉思。后来我偶然间从他的帐篷里发现了一些陈旧的书籍——扒拉起来，发现书种很杂,其中有传记、探险实录和植物学一类,甚至还有好几本诗集。我取起一本,问他喜欢读这个吗?

他点点头,没有做声。

这一天我们一直玩到很晚,两人不知不觉喝掉了一瓶白干,而且是高度烈酒。我记得很少喝过这么多的白酒,可奇怪的是这次不仅没有醉倒,而且还恰到好处地舒畅;而对方脸更红了,也更加兴奋。他开始谈论那几本诗集了,说自己多么喜欢这些诗!“我这个人哪!我原来是怎样的人哪!我就这么一个人走到了今天……哎,一切像在眼前,一闪,几十年就过去了……他妈的!”他慨叹不已,说自己一开始就是一个很能幻想的孩子,小时候把一切想得多么好啊。他想长大了要走很远很远,到外边去做一番大事情。他生在林场,可是心却在遥远的一个大世界里。后来他真的考上了省城一所大学,那一年刚刚十九岁。他是他们班里最年轻的一个大学生。他告诉我:假日里他们到处游玩,去离他们大学不远的南部一所有名的寺院。寺院里的那些僧人对他们一直构成了一个谜。他们常常伏在寺院外面看,看他们在里面诵经、敲木鱼。这些僧人奇特而朴素的服饰、倦倦的面容,那时对于一个从林子里来的少年构成了多么大的吸引。

有一次他和几个同学终于走进了寺庙。他好奇地看着僧人,问这问那。有一个五十多岁的和尚对他特别热情。这天在寺庙里转了一圈儿,不知怎么就走散了,几个同学不见了。他想他们可能已经回学校去了。天暗下来,那个热情的和尚请他在这儿过夜,还给他吃了一餐精美的斋饭。夜里他和老和尚共眠一床;他一直闻着一种奇怪的焚香,睡不着。和尚夜里还要咕咕哝哝念一遍什么,最后笑吟吟地和他拉起一些世俗事情,问学校,问他的出生地……后来他实在太困了,就睡过去了。不知睡了多久,记得天起风了,哎呀可真冷。他在睡梦中觉得自己都快冻僵了,后来又觉得自己被盖上了厚厚的被子——再到后来他又被什么给挤压醒了。他一睁眼,发现那个和尚正紧紧拥住他,肥胖的胸部像火一样灼热,让他全身都感到一种烤痛。他一下给弄蒙了,不顾一切地挣扎。可是对方的手臂他一辈子也忘不掉,那像蟒和索,又韧又黏。这个人几乎要把他挤压化了。就这样,他没有一点力气了,动也动不了。他觉得赤裸的身体被和尚给弄脏了。他哭着,可是又不敢发出声音。和尚还伸手捂他的嘴……天还不亮,和尚一松劲儿,他就跳了一下,抓起自己的衣服就跑出了寺庙。

他至今还记得看到东方露出的第一缕曙光的感激。他跑啊跑啊,不歇气地跑,也不知怎么跳过了那么多的荆棘和岩石,到后来一屁股坐在学校大门口……里面是零散的、踏踏的跑步声,他知道有的同学很早就来到操场了。他这会儿那么羡慕他们。他坐在那儿哭了很久,最后才把眼泪擦干。他在学校四周转悠着,直等到校门打开。他试着在操场上跑了一圈,然后才回到自己那个拥挤肮脏的小宿舍去。

从那以后他再也没有笑过。不久,他的头发长了,脸上有了灰尘,衣衫也不再整洁。老师找他谈话,班主任严肃批评他,因为他的学业下降了,而且常常一个人发呆。他就是没法打起精神,什么都不想学,什么都不相信。他只盼着假期到来时快些回自己的林场。

记得是一个风雨大作的夏天,离放假还有十多天的时光,他挨呀挨呀,好容易挨到了这个假日,可学校就是迟迟不放假,要统一组织去郊区支农,要求同学们再晚走十天。他再也忍不住了,一咬牙,偷偷携上一点东西就奔向了车站……

开学了。他不愿回学校来,他简直害怕那个省城了。他再也不愿离开林场一步。父亲催他骂他,后来还打了他的耳光。他是哭着登上火车的……随着车子离省城越来越近,他哭出了声音。

下了火车往前走,离学校还有十几公里的时候,他突然停了下来。他已在心里做了个决定:一辈子再也不来这儿。

他又回到了林场。他平静极了,告诉爸爸:他被开除了。这当然是撒谎。不过父亲最初的埋怨、绝望的喊叫过去之后,也就是那样了。他在林场里开始做活——一直到现在他都算是林场里的工人,与过去不同的是,他现在已经是四海为家了……

老憨的大手按着胸部:"你看,这就是我年轻时候不大不小的一个事故。现在看是一回事,那时候它可算改变了我一生的命运。现在想一想我也不太害怕了,我还能从头至尾地告诉你。你看我不幸也有幸,遇上了那么一个人,那个堕落的'玄人'!我给吓得跑回来,当时只知是祸,不知道后面的因果。我同宿舍里的同学都顺顺利利上完了大学,他们全是追求上进的人。到后来你猜怎样?"他的大手挥动一下,"他们毕了业,其中六个当中有三个还成了研究生,两个出国深造,都多多少少成了有名的人物。后来你猜又怎么着呢?两个成了右派,一个成了反革命,一家伙发进监狱里,早早死了。我们班上一个最漂亮的女同学,学习也好,会唱歌,是真正的一朵校花——后来她写了一本书,那书出了毛病,被判了刑,也进了农场。那农场可不是人待的地方,她被两个喝醉了酒的看守剥光了衣服……她想死,就是死不成,出来的时候生了个小娃儿,不久小娃儿也给折腾死了,她就服毒自杀了……还有好多残酷故事,我不愿一个一个讲给你听。我想告诉你的是,我的那些同学十个有八个还不如我哩!我现在是四海为家,想在哪儿搭起帐篷就在哪儿搭起帐篷……老伙计,你不想随我们这一帮走吧?"

他只是玩笑地随便问了一句,却让我心里强烈一动。我的眼睛突然热辣辣的……一个孤儿突然遇到了收留者。我真想双手拥抱他。

他摊开手掌又笑了:"我也是穷乐乎;我这样的人,哪知道忧愁啊……”

圆　舞

一

漫天遍野的槐花让人沉醉迷恋，让人久久不忍离去。我在这儿没法不回忆童年，连同我那一晃而过的四十多年时光。想我的出生地，那棵大李子树四周一片片的丛林、那烂漫的野花。春天里的鲜花和深秋里的浆果啊，让我一生品味不尽。芬芳的气味在我面前阵阵吹拂。童年的花和成年人的花是不一样的。童年的花有一层粉绒，它铺天盖地压下来，阵阵浓烈。花旁的小甲虫、蚂蚁，它们惆怅观望的样子如在眼前。成年人的心中要装满童年的花束才好。

我在花丛里徘徊，看不够这些飞动的小精灵。我观察了它们晶亮的小头颅、长须和双翅，还有可爱的带条纹的小肚腹。它们的忙碌有什么意义？它们又为什么如此忙碌？它们是否知晓，它们的命运一直控制在人的手中；它们知道那摆成工字形的蜂箱的主人是什么样子吗？爱他吗？与他有着怎样的关系？如果这些小精灵能够弄懂这些，它们还会这样忙碌一生吗？每逢看到那些在蜂箱前死去的蜜蜂我就想：这就是操劳的一生啊。我怜惜它们，爱着它们，追寻着它们的劳绩。

我所置身的这片槐花，大概是唯一一片未被开垦的丛林了。它与我童年记忆里的那片海滩在很大程度上是吻合的。我知道再向南向西，这种情形就难得一见了。灌木丛长在一条条沙丘链上，这些沙丘链是很早以前的风成物；植被在某个温湿的季节里发展起来,一直移动的沙丘链就悄然停止了。

树丛间最多的是大米草、虎耳草和千金子。在沙丘阴坡上我还发现了一棵宝铎花。这种好看的花在这个海滩上是极其罕见的,而在南部丘陵和海滩平原交界处,在那片黑土地带,却经常可以看到玉簪、小斑叶兰和石斛。而这样美丽的鲜花在我居住的那座城市里,只在公园温室才能看到。沙丘链一带的草地上常见的是一些小花,像紫堇、酸模、地榆、决明子、荆芥、紫苏等。在大雨季节,沙丘之间会有一些自然形成的弯弯曲曲的水沟,它们在干旱季节慢慢淤塞——尽管这样,沟底仍然比较潮湿,那儿生满了壮实的非洲纸莎草、蒲草,甚至是眼子菜。沙沟边上长得最旺的是散发着浓烈气味的苦艾和苍耳,偶尔还能看到一株开着紫红色花朵的小蓟。

老憨提着铁铲走出来,手里是一个帆布兜。他要到海滩上采一些野菜。我看着他把水沟里的香蒲挖出,把下边一截嫩茎取下。碱刺蓬、地肤,都是最好的菜肴。好多小蜜蜂在他的头侧那儿徘徊,它们像对待一株花束那样围着他旋转,久久不忍离去。我相信那些蜜蜂与他已经相熟。我问他蜜蜂是否能分辨生人和熟人?他肯定地说,他这些小宝贝什么都懂。

"那么你才是真正的'蜂王'。"

在我眼里,"蜂王"是受所有蜜蜂尊崇的至高无上的存在。我想所有的蜂群都听命于它。可是老憨立即纠正了我的说法:

"怎么说呢?该怎样说'蜂王'哩?"他挠着头发,"实际上,'蜂王'的产生取决于工蜂,工蜂也参与蜂王交尾和分封这些事。你还不如说工蜂才是蜂巢中真正的主宰!"

我笑了。他的这种说法有点像"工人阶级领导一切"。我问:"蜂王可以产卵吧?"

"你如果把蜂王仅仅看成是一架产卵器那也不对。实际上它很古怪,书上说它是整个群体机制上一种十分重要的‘枢纽’,支配群体的结合和活动,还能影响筑造、交替王台、分封王台和改造王台的事儿,这些都是最重要的活动。”

老憨俨然一位专家,事实上也是一位真正的专家。看上去,他那张阔大的紫黑色脸盘上就缺一副深度眼镜了。

“蜂王像那些不管事的国王吧?比如说欧洲的一些女王?”

老憨大笑,未置可否。老憨一说起他这些小精灵的事情就让我感到神秘,其中多半是我闻所未闻的。我甚至怀疑是他在编造,但后来看他严肃的样子,特别是他讲叙细节的认真,也就坚信不疑了。比如他告诉我:一个工蜂在外边一旦发现了蜜源,回巢后就会以不同形式的舞蹈作为信号传递给其他工蜂——它的舞蹈不仅能表达所发现的蜜粉源的量和质,而且还能表达出那儿离蜂巢的距离以及方向等等。它们发现的蜜源越好,质量越高,那么归巢后的舞蹈也就越起劲儿。更为神奇的是,如果在一百米以内的地方发现了蜜粉源,那么归巢的工蜂就会表演一种“圆舞”;而如果在百米以外的远处发现了蜜粉源,那么归巢工蜂则要表演“摆尾舞”——一面摇摆着腹部一面绕着舞圈,这种舞不但告诉群蜂远处有蜜粉源,而且还能准确地通知它离这儿的距离。这是通过一定时间内舞蹈时的转身次数来表达的,所以相当准确。比如说在一百米处归来的舞蹈蜂,它可以在十五秒钟转九到十圈;约在二百米处,它就转十圈;在一公里以外的,它就转四周半;而在六公里远的,它只舞两圈……简直不可思议!它飞快地旋转,让人眼花缭乱,只不知我们的老憨是怎么看清那半圈的——就是这半圈,却在表达极为重要的信息。更令我不解的是,老憨还告诉我:蜜蜂在表演“舞蹈”时是以太阳为基准的,也就是凭借了太阳的参照,才能够准确地指示地点和方向。

这么小的一个东西,竟然以那么大的一个永恒作为自己的参照，这太令人震惊了。

老憨说，和书上说的一点不差，他观察过，在垂直的蜂脾上，重力线就表示太阳与蜂巢间的相对方向；舞圈中轴和重力线所形成的交角，则表明以太阳为基准所发现的食物的相应方向。比如说舞圈中轴处重力线上，蜂头若向上行进，表明蜜粉源位于与太阳顺向的直线上；而如果舞圈中轴所在的重力线上，蜂头向下行进，则表明蜜粉源处于同太阳反向的直线上。舞圈中轴朝逆时针方向与重力线形成一定角度，表明蜜粉源的位置处于太阳左方的相应角度；舞圈中轴朝顺时针方向与重力线形成一定角度，那么又表明蜜粉源是在太阳右方相应的位置……

老憨越说我越糊涂，后来他不得不在沙滩上画出太阳、蜂箱以及蜜蜂舞蹈时的图形。这样我才有些明白。我原来以为工蜂在花上吸饱了蜜，回到蜂巢里吐到它们那些小储存箱中，然后由养蜂人把它们集中到一起，就成了我们平常看到的“蜜”了。实际上今天我才知道，这想法多么简单幼稚。过去如果稍微知道一点酿蜜的繁复和艰难、那种不可言说的精心与辛苦，那么在品尝每一滴蜜的时候就会倍加珍惜——

采蜜的工蜂归巢后先吐出蜜汁，将其分给一到数只内勤蜂，而内勤蜂接受蜜汁后，便找个不拥挤的地方，头部朝上保持一定位置，张开上颚，小嘴巴不停地抽缩——这样才有一小滴花蜜呈现在口前腔；又是反复抽缩，嘴巴反复开合，张开的角度逐渐增大，吐出的蜜珠也逐渐增大；蜜珠增大到一定程度后，它的下方便形成凹面，这时候嘴巴的上端继续展开，让蜜珠形状消失。这一系列动作需要五到十秒钟反复进行，同时蜜蜂就不断加强扇动翅膀，蒸发水分，以此来促进蜜质浓缩——所以说当蜜蜂外勤采集停止后，如果扇风之声大作，那就说明丰收在望……酿蜜蜂接下去要寻找巢房，储存还没有完全成熟的蜂蜜。它们爬入蜂房，腹部朝上，准备吐出还没有成熟的蜜;如果巢房是空的,它便爬进去把上颚触到房顶的上角位置,把蜜汁吐到里面,而后又转动头部,用嘴巴把蜜汁涂到整个蜂房壁上,以扩大蒸发面。内勤蜂一面不停地进行酿蜜工作,一面加速进行储存。说起来简直令人震惊:它们把蜜汁分成一小滴一小滴,然后把它们分别悬挂在好几个巢房的房顶上,以便加快蒸发水分;有时候实在挂得太满,就把它们暂时寄存在卵房或小幼虫房中,以后再收集起来,反复进行酿制。蜜汁中的蔗糖由内勤蜂加入转化酶,不断进行转化,直到蜂蜜完全成熟为止;成熟后又被逐渐转移集中到产卵圈的上部或边脾,用蜡封存起来……

我过去还以为那些工蜂伏到花上只是为了把花粉沾到脚上,然后再把花粉酿成蜜,现在看多么荒唐。小蜜蜂伏在花上实际上是在吸食花腔内的花蜜,除此而外还要采集“甘露”——老憨说“甘露”就是植物花的蜜腺分泌的甜汁液,它也可以用来酿蜜;它酿成的蜜就叫做“甘露蜜”。

“那么花粉呢?”

“花粉是蜜蜂的粮食,当然它们还要吃一点蜜。”

二

在这个亮如白昼的月亮天里,在袭人的阵阵花香中,老憨那些散在各处的朋友吱吱叫着、唱着,拍着膝盖手掌,吹着口哨,从四外八方的花树下边钻出来了。老憨全不理会,只加紧吹他的笛子。他身旁是一个很大的生铁锅,下边架了火。

所有人都是从远处那些帐篷里赶来相聚的。他们几乎没有一个把我当成生人,只沉浸在一片欢快当中。这些人有男有女,有老有少;最小的只有五六岁,奇怪的是却没有大人牵拉,全由他们自己独立行事,仿佛这儿的孩子奇怪地早熟。吃饭时,孩子像大人一样占一个位置,眼前摆着一套粗糙的餐具。一个五十多岁的女人扎着围裙,用铁勺给每个人盛上一碗饭、一碗菜。那个执勺的老太太似乎是这一伙里的特殊人物,整个开饭期间都由她准备、由她指挥。我很快看出,她与老憨的关系极不一般。

后来我才明白,她就是老憨的“那一口子”。

相聚的愉快,再加上酒,就像夜晚的篝火越蹿越高。喝了酒之后大伙就唱歌。那个五十多岁的老太太拍着手掌和大腿,咿咿呀呀地唱,那种顽皮的歌声让人无论如何不会相信是一个上年纪的女人唱出来的。她唱过之后,有人立刻欢呼叫好。接着,更年轻的一个女人,大概是三十多岁的少妇,长得胖墩墩的,屁股很大——一站起来就开始舞蹈,她跳动的时候身子奇怪地扭着,这种舞姿我从来没有见过。她跳了一会儿又坐下,接上是老憨跳。老憨做饭时围的那个油布围裙还没有解下,舞姿更是奇怪。他跳了一会儿又唱,后来让我也唱一支。我不会跳,唱得也很勉强,但毕竟唱了一曲。

看来我的歌声打动了这一伙人,他们忘情地欢呼。最后是那些七八岁甚至是四五岁的小娃娃唱歌。他们握着手唱啊唱啊,不知怎么,有一个不高兴起来,唱着唱着就哭了:泪大滴大滴往下落,歌声却没有停止……

老憨的朋友们离去时已是后半夜三四点钟了。那个五十多岁的女人没有随之离去,这时就拱在老憨的怀中睡起来,一会儿两人都发出了鼾声。那鼾声竟然比老憨的笛子还响。我在旁边的小帐篷里睡不着,把桅灯点亮,想看一会儿书。因为太兴奋,看不上几行字眼睛就要挪开。春夜的各种小虫发出了细碎诱人的声音,蜜蜂们操劳了一天也都歇息了。这个夜晚究竟是什么诱惑了我,让我如此欢欣?那种颤颤的高兴心情让我觉得既陌生又遥远……我不得不把书放下,轻轻走出帐篷。甘甜的春天,海风中掺和了无数朵槐花的气味,还有地上的灌木、野草、各种各样的野花混合一起的弥足珍贵的气息。我大口饱吸了一顿。大帐篷旁的那只狗已经对我熟悉了,它在轻摇尾巴。它的前爪提起来摆动了一下,我知道那是特别愉快的时候才有的一个动作——这个动作让我想起了一种军人的军礼。我也朝它摆了一下手。

离天亮还有几个小时,这时候大地上人的气息已经消失了。天空的星星有点稀疏,但一颗一颗都异常明亮。月儿偏向西部,它已经被西边的丛林和灌木遮去了。而这个时刻却是海滩丛林里无数小动物最幸福的一段时光。它们已经在忙着迎接黎明了,有的大概是彻夜未眠。月亮天里,对它们来说就是一个灯火通明的最好的欢聚时光。我差不多已经看到了小兔子们在蹦跳,刺猬在一挪一挪地走动;还有小草獾、蝙蝠,各种在月亮地里迷失的鸟雀。有一只生了黑色斑点的拳头大的蝴蝶正飘飘飞来,落在我前面的一棵狗尾草上,停了一瞬又飞走。它飞得那么从容,直到消失在槐花后面。

我咀嚼刚刚经历的这个夜晚,发现好久以来都没有这种无拘无束的敞怀大笑了。这才是生活啊,这才是人的聚会和夜晚啊!看着西方沉下的月亮,又想起了在城里度过的那些难眠的时光。那时候我的眼睛被灼热的空气烤得焦干,两耳充塞了各种各样的噪音。如果我真的明白并深刻领悟了一个人只有一生的话,那又怎么舍得把宝贵的生命让嘈杂肮脏、争执和拥挤劫掠一空?我为什么不更多地寻找这样的安谧和宁静、这样的丰富和自由?难道满目鲜花和阵阵清香不是更适合于一个生命吗?我身边的人,我的挚友和亲人,为什么不能伴我同行?看着那个城市的方向,我陷入了怀念。我不明白那些和我一样的生命为什么要在那里滞留、满足于一种煎熬?难道他们不是只有一个人生而是有两个或更多的人生吗?我不知道。

你看到今夜的月光、闻到了故园的气息吗?你们,半路上分手的小鹿和小阿苔，已从那个东部小城折回，于是就无缘结识老憨和他的朋友，还有这满地花丛。一个人没有走到这里，就不能领略真正的春天之美……想着那些对我失望的人，对我无能为力的人，那些在我面前有些尴尬的人……今夜，我试着在心里一一做出回应。

低头冥思吧……一个被鲜花簇拥的少年为什么要奔走？春天消失，百花却仍未凋谢。即便到了暮秋，也还有红色的果实。我迎着蓝色的山影吟唱，想倾听上一个世纪的回响。如歌的潮声，如泣的草木，它告诉我，人的一生只能被鲜花簇拥一次。别了，生命的芬芳；别了，榕花树下的白沙；别了，拉网的号子。

我默对一双眼睛，该记下一点什么了。我们这种无声的交谈已经很久了。我发现只有在这个时候，我才可以说出心底的思念、追忆、回想，以及直言不讳的谴责。在这个夜晚我清清楚楚记得你失望、冷漠和挽留的目光。我走了——仍然要走。我带上了两个孩子，后来又与之分手。我像一个赶在寒冬之前寻找居所的候鸟一样，疲惫而执着地飞翔。我的肉体，我的魂灵，全都无处可居。那个小窝一尘不染，你的巧手在窗户上换了最美的布帘。这有点像那些多情而憨直的农村姑娘，一次又一次更换美丽的窗花。小床柔软温馨，可是一切都不能使我闭上惊恐的眼睛。我东躲西藏，惊慌失措——因为我只是一棵从郊野移栽到柏油路旁的小树，此地土质和空气已让我无法存活。我在喘息、忍耐，头发脱落，如颓败的枯叶和枝条。对于一株小树，它的结局只有死亡和干枯。它死去的时候只能充做烧柴，点燃了，放在炉膛里，再给这个城市添一份焦干。这是我最终的隐忧。

这个夜晚我刚刚经历了一次欢愉的聚会，又一次听到了朗朗笑声、不含一丝邪念的、像原野一样淳朴的笑声。他们离开了，可是他们的笑声还在打动我，在心弦上激起永不消失的回声。你在我的身边多好，我们手扯手地送走客人多好。我和我路遇的朋友——这样的朋友总是多得不计其数——老憨在一起，他此刻正与老伴拱在那个又大又破的帆布帐篷里酣睡，鼾声震人。他们使我一遍又一遍想着小时候在山里奔波时看到的那些流浪人，那些没有家室、没有固定停泊地的一个个苦命人；还有，我想到了拐子四哥夫妇，他们也如眼前这一对人，也有一只狗。它就在旁边坐着，友善多情的眼睛看着我；它扬着黑乎乎的鼻孔，一会儿嗅嗅月亮，一会儿嗅嗅大海里吹来的风。在这样的生灵面前我总觉得有些羞愧。你知道我再也不能忍受，在欲望的海洋里，我们既无一叶小舟，又筑不起一道堤坝。

你是善良的，呵护我关心我，怀着期望和柔情。可是那些粗暴的压迫却通过一只纤弱的手臂传过来。我不得不一次次在心底呼唤……无望而又冲动，强装笑颜。那个美丽的空心女人正成为座上客。一个穷人，在烽火之路上爬过来的穷人，今天变得过于殷勤和慌促了。我不知到底有什么会把一个人真正地改变——丑恶的人性像顽石一样，击碎了也还是顽石。这就是人的绝望。我变不成一把锤子，也变不成一把镰刀，收割与击碎之后，它也仍然还是顽石。

这就是我在这个春天里感知的悲哀。

你明白我的意思吗？你知道我在这个夜晚的怀念吗？我又想起了那个老人的葬礼，这可能是我几年里最难忘怀的事情了……蒙蒙细雨，瘦削的老人，他所讲过的话；还有，满场里伫立的哭泣的人，一动不动沉着长脸的狗，树梢滴落的水珠……那一天除了沙沙的雨声，再就是老人的铮铮话语了。

我觉得自己同时也在接近一个幸福，这就是：我在遥远的路途上一次次寻找，而今终于摸到了它的边缘。我在想象心的着落，想象打发自己的方法。而不久前这一切还无从提起。我明白了一个人完全不必为自己的弱小而灰心丧气，因为他凭一己之力也可以打败一种“巨无霸”。人的强大首先来自他对自己的坚信不疑。他会有这样的勇气告诉自己:肮脏的东西是不堪一击的。这种肮脏也包括了自己的一部分,是的,无论它在哪里、它从哪里出现,都将是不堪一击的。我的感知不会错,在这样一个最好的夜晚,我的诉说也不会错。

你听到了吗?

有人不止一次预言,在这个把一切都搅得浑浊不堪的日子,一切都将无从分辨无从识别。这是一个混淆黑白的时刻,也是一个丧下良心的时刻,一个窃窃自喜的下流骗子满地逍遥的时刻……可是这会儿,我觉得一切还远没有那么简单和便宜——你从这满地鲜花的春夜可以找到证明,从小蜜蜂优美无比的圆舞里也能得到一个证明:有一些灵魂是不会死灭的,这些灵魂仍然要指认,要鉴别。

那团急急旋转的热流终将溶化一切。它对于我一度成为一个诱惑,一个陷阱。绕开它,远离它,拒绝它,诅咒它。我终于走开了。我如果一直在那儿犹豫,徘徊,危险也就真的不远了。这之前,我竟然那么愚蠢地将其当成了一个人生驿站……使我不能容忍也难以理解的是,有人竟然不允许我保留自己的一份藐视和愤怒。他们认为自己可以理所当然地剥夺别人的这种权利。他们是掠夺者的帮凶,他们直接就是掠夺者。对于苦难的人生而言,这种遭遇是何等残酷冰冷。在这里,“他们”和“我们”一定要作一区别——谁是“我们”?“我们”就是这片被蹂躏的泥土、河流、山脉,是这春天里的一片丛林,是劳动和沉默,是贫穷,是树上的鸟儿,天上的流云,以及每年里的四季,按时升起的日月……什么是“他们”?就是馋痨、色鬼、空心生意人、发了财的丘八、土狼和食腐兽。

快些行动吧,时间不早了,我们将没有时间等待。天亮了,东方已经显露曙光了,小鸟啾啾叫了,蜜蜂又开始在春风里舞动了。

看它们美丽的舞蹈多么欢快。这些小精灵忙个不停,日夜忙碌,它也是“我们”。当一个人找到“我们”的时候,他才会真正幸福。

三

就要离开老憨和那个妇人了。可是他们竟反复挽留。后来我简直有点不明白,他们为什么对一个半路上遇到的陌生人如此热情和关切?

“一块儿住下哩!”老憨老伴说。

她胖胖的,永远是一副笑眯眯的样子。她五十多岁了,可是下唇稍微突出一点,嘴角往里陷着,有点像小女孩的嘴巴。她脸庞四四方方,头发梳理得很整齐,衣服也很洁净。她的耳垂很大,那样子看上去很富态。她的身体极为健康。

老憨说,他的老伴除了生孩子哼呀过,一辈子都没叫苦连天,什么病也没有。

我问他们的孩子哪去了。

老伴拍拍手:“昨儿个你没见?”

原来昨天晚上那伙年轻人当中站起来唱歌的小伙子就是他们的儿子!

“俺还有个女儿哩!”

问了问才知道,晚上跳舞的时候被一个小伙子紧紧抱住热吻的那个女孩就是她的女儿!我记不起她的模样了,只记得那个唱歌的小伙子:两道眉毛那么浓,那么长,一双眼睛温和中透着锐利,神气头儿多少像凯平。

老太太说她这个儿子是这一伙当中最有力气的一个男子汉。“你不知道,转场的时候活儿累,俺孩儿能不歇气干上一天一夜——哪个能中?”

她说这话的时候老憨一声不吭,脸色沉沉的……后来我才明白，原来她这个孩子不是老憨的，而那个女儿才是和老憨一块儿生下的。老太太三十五六岁以前还是个没有结婚的闺女呢，当时她就在一个镇政府里做妇女工作。

“那时节呀，”老太太说，“我天天给妇女们上课，走家串户做动员，配合形势积肥啦，造林啦，纳鞋底拥军啦，什么都干过。全乡里数我思想进步。我是个女头儿，机关上领导夸俺，说俺眼眉长得好，肩膀那儿肥嘟嘟的也好，还说全乡里数俺头发黑头发亮，他用手当梳子给俺梳头哩……”

老憨在边上听着，笑起来。

“他问俺这么大了怎么还不找下个主儿呀？急不？躁不？俺告诉他怎么不急？怎么不躁？他趁势一把把俺抱在怀里，说自己是个最能‘解躁’的人。我说你长的模样怪叫人恶心，敢对俺撒泼，俺就去告诉更大的头儿。他吓得脸也白了，两手一扎撒把俺放开了。他是怕丢官。他不惹我，俺就不惹他。

“就是那一年春天，乡里来了一个地质队。地质队里有一个司机，高个子大眼睛，戴着蓝色长檐帽，走起路来两腿跺地啪啪响。俺从来没见过这么好的小伙子，这么俊。他看你一眼哪，你全身都要打抖。那一天乡里让俺给地质队领个路，俺就坐在年轻司机的身边。他看俺一眼，俺看他一眼。他比俺还少七八岁哩。打那一回俺就想，人家是没扎根的树，说走就走了。怎么办呢？可急死俺了。俺想托个媒人，可又没有合适的。后来俺就自己找了他们队长，说出了一门心思。队长皱皱眉头，说好是好，不过年龄不般配呀！俺说：你的脑筋多么死！队长被我逼得没法儿，就去找那个司机说了。

“第二天俺又给地质队带路，那个司机就不让俺进他的驾驶室了，让俺坐到另一个车里去。他是羞得慌。那天晚上俺睡不着，就到地质队宿营的帐篷那儿去转。俺也不知道那个小伙子宿在哪个帐篷里，后来听见有个帐篷里呼噜呼噜打鼾，就想，这么好的呼噜，肯定只有那个小伙子才打得出。俺掀开帆布角一看，一下就看到了他脑瓜上那一溜黑眉毛。俺设法把他弄醒了，他看了俺一眼，一下坐起。后来他一直那么坐着。他怕把旁边的人惊醒，就悄悄溜出帐篷，垂头丧气。俺说好小伙子哩，你厌弃俺，也不能厌弃成这样吧！小伙子咕哝一句，说'哪好这样，臊死俺了……'俺说：你们什么时候开拔？小伙子说：三两天的事儿……俺俩走呀走呀，直走到了河套子里。那里的沙可真白，晒了一天热烘烘的。俺说坐一会儿吧。扳着他就坐下了。俺一沾手，小伙子就忍不住了。他亲俺，亲得咂咂响……"

老憨听到这儿往地上吐一口："真好意思说呀！"

"怕个什么？这么大年纪了。再说这个大兄弟也不是小孩儿。他还能笑话咱？都是吃百家饭的人。"

最后一句把我说乐了。我点点头。

老太太又说："俺那时候和现在差不多。你看俺这个人，一开始就是个直性子。俺才不会转弯抹角。俺问那个小伙子：能呀不能结成夫妇？小伙子说：大概不能了。俺问他怎么？家里有小媳妇等着不成？小伙子摇头。俺问那为什么？他又摇头，说：反正不行不行就是不行吗！俺明白了，他是嫌俺大。俺说：不行，你亲了俺，俺又看上了你，你手伸这么老长，这事儿怎么个了结？小伙子急得跳起来，躲俺远远地说：俺不敢了，不敢了……俺凑上去说：不敢也不行。这样磨磨蹭蹭天快亮了，俺想这事儿总该有个交代吧，就说：俺的年纪也不小了，你也不打谱跟俺结成夫妇，又是要走的人了，那么干脆有话直说吧，你今夜给俺留个娃吧！就这么着，他给俺留下了你昨晚看见的那个好娃。"

老憨又吐了一口。

老太太说："俺怀上了娃，机关里的那个领导就给俺写了一张纸,让俺按上手印。那是处分俺的条子。他问:还敢不敢要娃了?俺说:敢。‘敢要娃,你就走吧’,俺说:走就走。就那样,俺卷了铺盖就出了乡政府大院,一直往东走。俺妈家里也不要俺,说身子坏了,名声坏了,丢人现眼。俺就一个人走啊走啊。走到了野地里,在高粱棵子里边睡,在树林子里打挺。夏天蚊子多,咬得俺全身红扑扑,俺东讨西要,到海边上捡鱼烧着吃;俺那时只想要对得起身上的娃儿,可不能饿着他。就这样一路讨要,混口吃的,头发上插满了野花,还唱起歌来。俺知道有娃的女人偏要恣哩。俺恣了一路,唱了一路。没有忧愁也是假的,俺把忧愁压在心上呀。就这样从夏天走到秋天,地里果子多了,吃红薯,吃花生,还砸野核桃吃呢。一天正好赶上老憨他们转场路过海滩,他一见了俺,两眼立刻瞪得老大——是吧老憨?”

老憨红着脸,鼻子里哼了一声。

老太太说:“那一会儿俺是个直脾气,没人的时候就问老憨一句:看样子你老哥也是光棍一条吧?那会儿老憨就点头。俺又说:你要不嫌弃俺,领上俺走怎么样?俺干活一个顶俩!”

老憨在旁边忍不住笑了,笑完了又皱眉头。

“就这么着,他把俺领上走了,坐在拉蜂箱的车子上,咕咚咕咚一夜赶了几十里。后来天亮了,宿下营来,大帆布篷一搭,咱钻进去,搂巴着,像结婚十年的老两口儿……”

她说到这儿拍着手,高兴得不知怎么才好。老憨也哈哈大笑,“你不知道,大兄弟,俺这下半辈的日子甜哩!”

“可不是,你们是养蜂人,有吃不完的蜜。”

“就是呀,走一路吃一路,闺女儿子都不缺;相抱着,冬天里不冷,夏天里不热,哪儿花多在哪儿搭帐篷。河里有水,钻进去洗澡那个凉快,那个好,顺手再摸条鱼……是吧老憨?俺俩都会摸鱼!”

老憨说:“你能摸得过我吗?我有一次一口气摸了三条大黑

鱼,那一回呀……”

老太太说:“黑鱼下奶有营养,他熬了一锅鱼汤俺就喝了,大奶子立马鼓胀起来,比葫芦还大,那奶水呀咕咚咕咚往外直冒,不喂孩子褂子也湿了。你看看大兄弟,俺这日子没得比。冬天夜长,睡不着,老憨给俺拉故事呱儿。他走南闯北,故事多得车拉船装,听也听不完。老憨,你没给这大兄弟夜间讲个?”

老憨说:“没有。”

“这就亏哩。你住下莫急着走,听听他拉的故事呱儿,河里海里,沙滩上的狐狸,鱼呀鳖呀,树丛里趴着的精灵,什么让他一讲,活灵活现哩。俺听他故事听不够。俺肚里的娃儿就是听着他的故事长大哩,后来生下来又是听他的故事长高了。俺这一大拨人里一开始只有十几个,这会儿有五十多个啦。大伙儿都听老憨的,老憨吆喝一声,没有一个敢顶撞他。他说往东就往东,他说往西就往西,‘转场啦——’他一声吆喝,大家就赶快收拾蜂箱。孩儿们也孝顺,有了好吃物,都用草绳扎上送给俺。俺这两口子啊,一路上睡的是野地,吃的是野菜,拉的是野呱儿,生的是野孩子……”

她这一串话把我给说乐了。真的,他们全是野地里活泼泼的生命。我从这两个人身上得到了一个从未有过的感动。我垂下眼睛。我在想,这真是不平凡的一生,它让我充满了羡慕,它包含着一种至理天然。

老太太以为我不高兴了,摇动我的肩膀:“想家了吗?要走了吗?”

我摇摇头。

“你家离这儿远不?”

“我家就在西边,顺这儿往西走下去,是那儿……”

“就是那坑坑洼洼的地方?”

原来老太太对那儿熟得很。

我想他们转场的时候大概路过那儿了。我的脸红了,说:“不,过去挺好的。后来开矿开工厂,它才给毁成这样。”

“那你还回去做甚?”

“我有一些朋友,他们在那儿等我,我必须去找他们。”

老太太不做声了。老憨往西边看了看,也没有吭声。

我的朋友们还在一片寒冷破败的土地上厮守——与眼前这两个人不同,他们已经在泥土上生了根……

告别老憨夫妇。我答应见过那些朋友之后,有机会再回来看他们。

我走了。启步时,我听见老太太在身后咕哝:“这娃儿!这性急的娃儿啊!”

第八章

向故园

一

林子越来越稀疏,空中再也没有飞动的蜜蜂;代替阵阵花香的,是一股时浓时淡的硫磺味儿。

这里离那个“大开发区”不远了。

它在整个东部声名显赫,区内不仅有玩具厂、电子工业,而且还有年产几万吨的氯碱厂,有中型造纸厂和两个大型水泥厂,都是严重污染型项目。但它们因此而兴旺。玩具厂和电子工业早就处于半倒闭状态;而那些污染项目的重要投资者都是海外华人和外国人。几年前人们亲眼见到当地政要接待一个投资兴建化工厂的港商:大小官员们倾巢出动,有人还以为这里正在接待一个皇帝呢。老百姓以为迎来了一个财神,不知道接来的是一个噩梦。他们想不到的是,这个像花园一样的海滨,洁净得一尘不染的沙滩,矗立起一个个喷毒泄污的怪物。以前的小造纸厂已经倒闭,新建的大造纸厂离海边还不到半公里,大量的工业废水沿着专设的地下渠道日夜不停地往大海里排放。北部的海湾一年多就染成了酱红色,当风浪涌起的时候,富含碱质和其他化学品的海水可以堆起一米多高的白色泡沫,泡沫消失后又会留下一片死去的蛤蜊和鱼虾。本来开发区要建在芦青河和界河下游一带,可是由于煤矿先行一步,那儿已成为土地不断下沉的采掘区,所以大开发区就移到了稍东一点。如果这个开发区继续往东延伸,老憨他们的蜂场也就得永久撤离,并且再也没有回返之日。这里的大开发不可阻挡,也许再有一两年就会彻底变个模样,那时候外出打工的人将找不到回家的路。迄今为止,整个的芦青河流经地区,从上游到下游,已经难找一块干净地方:上游的砧山一带,国营和民办的淘金矿和小作坊连成了一片,它们正把大量氰化物排泄到河道里,一直污染了整个芦青河并殃及界河的后半程。由于小城是水陆码头,所以那儿近年来已招引了大批投机商和走私者,伴随他们的当然是一些明娼暗妓;人贩子、盗贼、心狠手辣的包工头、造假药的,差不多是在一夜之间蜂拥而入。

眼前出现了一条南北走向的人工渠。为寻找过渠的桥梁,我一直沿着它走了很久。随着往南,渠水越来越黑,药味和臭味越来越浓;靠近水流的地方寸草不生,只有渠岸的上半部才长了一些蓼科植物。所有植物的叶子都有点发黄,矮矮的,非洲纸莎草只长了几厘米高就奄奄一息。渠水默默流动,里面好像没有任何一种活物。这儿成了一条显而易见的死渠,正日夜不停地把毒汁送进海湾。

沿着这条渠走了四五公里,找到了一座石桥。过了桥就算挨近了那片发烫的土地——这儿离我们家当年的小茅屋至多有二十多公里,一眼望去,平原上一个个村庄的影子萎在那儿,一动不动,无声无息。田野上竟然没有一点青生气,没有乌油油的麦田,土地大部分荒芜着;有的地里尽管种了麦子,可麦苗稀稀疏疏聊胜于无。

我忍不住问几个庄稼人:那是一些挺好的地块嘛,为什么一直闲置?

“那都是有钱人家的地,他们把它撂下,进城里赚大钱去了。”

另一个说:“也不全是挣大钱。你想想种一亩麦子才赚多少?一家人要混日月,就不能土里刨食。这个年头什么都贵得吓人,就是庄稼人种出来的东西不值钱。”

我指指东边长满了蒿草的更大的地块,他们立刻说:

“那些地前些年叫村头卖掉了,狗日的!村里别的东西——树呀河沙呀——卖光了,就卖地,卖一亩就好几万。村头的小汽车呀,喝酒的钱哪,都是卖地换来的!”

说话的是一个老人。他的话刚落地,旁边的一个小伙子——可能是他的孩子,用力揪了揪他的衣襟。儿子在阻止父亲说话。

“这样的事情就没人管?”

“都这样,谁管去?再说上边催他们这样干还来不及哩,上边说这叫‘开发’哩!”

年轻人终于忍不住,接上父亲的话说:“什么开发,把地买到手里的那些人,三年四年碰都不碰,就让它荒着。再待些年,高兴了就在上边盖一幢两幢房子,不高兴了连一锨土都不动,一转手再卖出去,钱就翻上好几番。离开发区近的这一围遭儿,好点的地几年前差不多都给卖光了,狗日的不吃人粮食!”

另一个人这时凑近了,笑吟吟问我:“老哥你从城里来吧?不买我们村里的东西吗?现在我们村里什么都卖呀。前两年来了一个城里人,年纪和你差不多,一口气买走了五个大闺女……”

我还以为这是一句玩笑话呢,问了问才明白,原来是城里来这儿招所谓的“服务员”,一个月的工钱只有几百元。这里离荷荷她们的村子不远了,问了问,这个人正来自那个村子。

那人抄着衣袖说:“忒便宜嘛。”

“那她们为什么还要去啊?”

“不去干什么?庄稼孩子长大了,留在屋里能做啥?眼看着她们一天一天往上蹿,愁煞人哩。再说眼下也没有多少地了,就是有地,一辈子在上边刨食,累死穷死也没什么指望。这一来孩子好歹也算进城啊,总比在家里死趴着强。”

说这话的是一个四十多岁的汉子。他说话的时候眼瞅着天空,嘴巴总是闭不上,像一个大黑洞。他这样看了一会儿把脸转过来,咬着牙,朝我用力地点一点下巴:“你们城里人心黑呀!我可去过城里,知道他们使用的暗语,下窑子不叫下窑子,说是当‘服务员’!好生生的孩儿,在村里长这么大,男孩儿的手都没碰过哩,这下可好,不出半月二十天全都给那些两脚畜生给糟蹋了。孩儿苦啊,白天端盘子侍候吃客,夜间陪那些畜生过夜。半年过去了,一个个像喂胖的金鱼一样扭吱扭吱回来了,穿了裙子擦了胭脂,戴着大耳环子,当啷当啷像个妖怪;嘴唇搽得通红,像刚刚吃了人的血狼,见了大娘大婶就会浪笑。回家里立马掏给爹妈一大把钱,说盖房子吧修屋吧,买个‘电驴子’骑骑吧!真是没脸没耻还想馋咱街坊邻居哩。其实谁不知道这钱是咋来的。这钱也能花吗?有腥气味儿哩!”

那个人说这话的时候鼻涕流下来,赶忙伸出又大又黑的手迎着鼻孔往上一抹。我没有吭声。我知道他的话并不夸张,在东部小城,还有那个海港小城,我所到过的地方,特别是通往城里的郊区马路两旁的那些大大小小的饭馆,到处充斥着一些花枝招展的女人,这些人大都是从贫困村庄招聘来的“服务员”。她们见了生人就“大哥”不离嘴,一脸媚笑……我想起了那个村里的姑娘:北北、小华、细细、代代和荷荷。

那个四十多岁的粗壮汉子在我眼前握紧拳头晃动,解恨地咬着牙齿:“你以为庄稼人光是受你们城里人欺负?不是哩,庄稼人也有庄稼人的法儿哩!”

旁边那个人催他上路,他却一动不动坚持把话说完:“俺庄里有个鸡爪老二,前些年开麻袋厂赚了大钱,如今专花高价从城里雇嫚儿,出大价钱哩,长得越俊价码越高,戴眼镜的更好!其实这些城里嫚儿能做什么?个个娇得要命,干一点活儿就喊累呀疼呀。鸡爪老二才不图她们做多少活儿呢,他要把她们一色儿全收拾——就是一个不留啊!有一回我见了鸡爪老二,说起这事儿他还不承认哩。我拍拍他的肩膀说:'老二,不用不好意思,你这个狗娘养的也算给咱庄稼人出了口恶气吧!'……"

他说完之后又朝我一咬牙关,点点头,这才开始挪动步子。

太可怕了。我盯着他的身影。他走出十几米远还回头看我,又一次握起拳头颤动着,大声咕哝一句:"一色全收拾!"

二

我尽可能离开路上的行人,绕开村庄。心里的恐惧似乎泛了起来。七零八落的原野,毫无生气的村庄,好像在默默期待一个什么。迎面过来的人越来越多,他们有的身负背囊,头扎手巾,从打扮上看是从更远处来的。后来我忍不住问了,知道他们正是从很远的地方一边打工一边走来。他们说这辈子走哪儿算哪儿了,只是走,一路都这样走走停停,很少乘火车和汽车。他们害怕失去打工的机会,路上遇到什么活儿挣钱、划得来,就拼上力气干一会儿。有一个五十多岁颧骨高高、个子足有一米八以上的男人,头上包的手巾已经完全变成了黑色,他和我分吸了一支烟,告诉我:

他这一路上当过窑工,扫过烟囱,淘过茅厕,还给一个富贵人家的老太太当过使唤人哩!最后这个职业让我有点不明白,问了问才知道,有个村子里边的大户就是村头儿,他妈六十多岁了,长得又胖又壮,可是半边身子不好使唤了,要找一个人好生侍候——一开始这家人找了个小女孩,小女孩搬弄不动他妈,累跑了,就得雇一个男孩儿;男孩天天受呵斥,要为她擦身子,扶着解手,又脏又累,几个月挨下来两条胳膊都快断了,实在受不了这苦,半夜里也跑了。“俺听说了,就去这个富贵人家说了,说俺是专干苦活儿的人,不管多脏多累,只要是人干的活儿就行,只要给钱多就行。村头儿出的价码也真高,一个月给俺七百块现大洋,俺挽挽袖子说一声中,就干上了。这可真是个富贵人家,住的大堂屋四面壁子都用木头包起来了,地上还铺着绒毡子,墙上挂着大美人画儿。俺是下人,住东南边不见日头的厢房,里面有猫窝狗窝,还有一些做了半熟的吃物。老太太住在厢房里,一个大火炕,一个大红圈椅子,一天到晚躺在炕上,铺着绣花棉垫子。村头一天到屋里请一次安,伸长鼻子‘吠吠’吸气。他是闻闻,有点臊臭气就找使唤人算账。这下可苦了俺了,俺这才知道前边的人为什么都逃了,这屋里简直不是人干的活儿,不是人遭的罪啊。前边四五个人都累跑了,不跑不中啊!俺得给老太太擦身子,喂饭,扶她大小解,还要给她按身子,揉左边的膀子;半夜里还要给她暖脚:她把脚伸到俺肚子上一动一动,像是蹬着俺玩。人老了觉少,她睡不着就说:‘没脸没皮哩,死玩意儿,不会说个热闹话儿给姑奶奶听?’俺笨嘴笨舌受了一辈子苦,哪有什么好故事讲。讲不出,她就不歇气地骂俺。有一天村头知道了这事儿,举起巴掌要拍俺的脸,说:‘狗东西,什么巧话儿不能编一个孝敬老祖宗?’

“再大的力气俺都能出,编那些没头没尾的瞎话儿俺可不是行家。不能编也得编,七百块现大洋啊。我想得脑门子疼,想起了老家里的一些家长里短,就试着拉给她听。她听了一会儿说是没意思没意思。什么才有意思哩?俺想了又想,脑壳都快想破了,这才顺口说下去,说哪儿算哪儿吧!俺说听人家讲,有一家狗和猪睡在一块儿,母猪生下了一群小狗一样的小猪……老太太一听就哈哈笑。俺越编越有门儿了,从天上的神仙,地下的妖怪,黑影里的鬼,说到做了伤天害理事儿让雷打了的寡妇……老太太恣坏了,她一高兴就让俺抱着，俺累得死不了也活不成，两个月熬下来，眼见着就给累瘫了压扁了，到后来才不得不收拾起包裹，一撒丫子半夜里跑出来。俺跑得急，把院子里的一个瓷罐子给踢碎了。我听见里边的老太太破口大骂，直着声儿喊俺的外号：“‘瘦裆骡子’你疯跑痴癫，井里不死河里死……”

说到这儿，高颧骨的男子用手指了指前边黑乎乎的一个村影：“你年轻轻的，又是一个人，可得躲着那个村头，别让他抓到你，让你去侍候老太太啊！”

我笑了。才多长时间不见，平原上的这些村落竟变得这等神秘。也许是受那个男人故事的影响吧，天黑下来我接近了荷荷的村子，竟犹豫了一下才往前走。我直接奔村子西边的那个鱼塘，急于见到庆连的朋友宾子。远远地看到几点灯火，看到天上早出的几颗大星映在一片水中。那是多么美丽的一个图画啊。我仿佛已经听到了不远处传来的鱼跳声：“扑通、扑通。”我和宾子分别时的那次畅谈、我们在水塘边的那次美餐，这会儿又回到了眼前。随着往前，水汽混合着一种草腥味儿扑面而来，狗也叫了起来。我加快了步子。

在离水边那一溜棚子还有十几米远时，一道明亮的手电光晃动起来。狗叫得更凶了。一个女声呵斥了一句，狗叫停止了。我不再往前了。有人走过来，原来是个女的——她会是谁呢？手电不再直着往我的脸上照，于是当她走近时我可以看清了。这个稍胖一点的姑娘穿了蓑衣，一蓬棕色的草叶衬着一张俊俏的面庞，给人一种新奇的印象。我马上认出她就是宾子的未婚妻小华——她好奇地看着我背上的大包，再转脸看我，一脸的迷惑。我叫了她一声，她才想起来，“噢”了一句：“是你呀，哎呀是你！”随着脆生生的嗓门一响，人马上热情起来，接着在前边引路，快步往棚子里走去。

棚子里挂着一盏桅灯，一面很大的土炕上是散乱的被子，一些网具之类的堆在旁边,与过去一样。宾子不在,问了问才知道他在塘边巡夜——抬头看去,水塘对面有一闪一闪的灯光。小华说:“他夜里睡不了多少觉,防着有人偷鱼。”“上一次好像没这样。”“上一次也一样,他陪你说话不好意思走开。有人夜里用小甩网来逮鱼。他一会儿就回来了,你快坐。”

她把一个小炉子拨旺了,煎茶的小锅又咕咕响起来。这样的夜晚让人有一种特别的愉快。我喝茶时问她鱼塘的经营情况:上一次宾子不停地抱怨,说淡水鱼的名声坏了,这个鱼塘收摊的日子不远了。小华马上叹气:“这大概是最后一塘鱼了,现在没人买这里的鱼了,除非是把价钱压得比菜价还低——鱼贩子再运到更远处去卖。没办法,这里的鱼名声坏了。其实别处的鱼就好?谁吃鱼还要化验一遍?”“可水塘污染严重也是事实,这种鱼吃了要出毛病的。”她摇头:“都那么说,没事的,俺们村里都吃的……”

我想起了与宾子的那次塘边美餐。是的,没事,但不能总这样吃下去。这是让人不安的美餐。我一见她想到的就是一个人,眼前一直闪动着这个人的面孔:荷荷。我不知她在分别的这段时间里到底怎样了?长期没有庆连的消息,这让我既怕又盼。我于是问起了荷荷,她马上答:“还能怎样?大概也就那样了吧。”

“怎样了?”

小华闪闪的大眼有些狡黠。她把身上的蓑衣脱了,露出了一件深绿色的衣服——那上面有一个大鸟的标志。我心里一动。她把蓑衣噗一声扔在炕上,“她就那样了,不可能再回公司了。她有了那种病就不能干了——再说身上还有案子没结呢……”

“案子?什么案子?上次你可没说过啊。”

“她的同伙带了一大笔钱跑了,她说不清哩……”

我明白了,不再应声。我这会儿惊讶地发现,她和荷荷虽然是同村姐妹,却对不幸的荷荷没有多少同情……我记得上次她心里最痛苦的是宾子不能履行婚约,极力表白自己的清白——宾子却要痛苦十倍,正陷入不能自拔的苦境。而这会儿我发现炕上有两只大枕头:他们显然已经同眠。我忍不住问了一句:

“结婚了——你们?”

小华嘻嘻一笑:“没请大客——在村里这得请大客才行。不过都知道俺俩是怎么回事,就这么住了。”

她有一种不在乎的、心满意足的样子。看来她原来的忧虑,还有宾子不可解脱的痛苦,都一起成为了过去。我不知这是不是一个喜讯。但我知道它总要以某种方式了结。

“宾子上回不知告诉你没有,他这人哪,心眼死犟,就愿听村里人瞎嚼舌头——差一点上了他们的当!其实我没有什么对不起他的,开鱼塘的钱还是我借给他的哩!我哪里配不上他了?我在外边干了这么久,见了再大的世面也没忘他呀……我不像荷荷,我没忘他……”

我得替荷荷辩白一句了,说:“荷荷也没忘。”

“那,那可不一样……”

“荷荷也回到了庆连身边嘛。”

小华一瘪嘴:“还不如不回呢,弄了一身病,人疯了才跑回来,他庆连捂扎得了吗……”

“捂扎”是当地方言,好像由“捂住”和“捆扎”两个词合起来,那意思也和它们相加差不多。它多么传神和恰当地描述出一个狂躁到不可收拾的局面。我为庆连心痛,也为荷荷悲哀,忍不住长叹一声。

小华看看外面的天色,远眺着对岸那闪闪的灯光说:“你见过大场面,你的话宾子会听,你替我劝劝他吧——反正鱼塘也快完了,就让他放我回公司去吧……”

我这才想起上次见她是回来休假的。我不知该怎样回答才好。

“我们其实已经算是结婚了,我脚上等于拴上了绳子,又飞不了跑不了的——可他就是不开窍……”

“是啊,我们都不开窍。”

三

这一夜宾子高兴极了。他回来喝茶,见到我就不想再去巡夜了。小华让他和我一块儿拉呱,拿上手电就要出门,宾子却阻拦了几声。但小华还是去了。自她走后他就不放心地往水塘对岸看,我就开了句玩笑说:“放心吧,一时半会儿丢不了。”谁知这一句不要紧,宾子的脸立刻沉下来了。这样一会儿他说:“难说哩,这娘儿们出去干了几年,心野了。她一离开我就不放心——有一天夜里她和来偷鱼的搭咯上了,你一言我一语地说笑呢!我发现了骂她,我说你妈的他偷咱的鱼你还不赶他走!那小子一见了我赶快溜了。你猜她怎么说?说‘好生生一个小伙子,人挺和气,再说又没得手’……我气死了。没法儿,这娘儿们被外边驯野了,腰带忒松。我现在是两难啊!就像这个鱼塘,扔了,又舍不得……”

这种苦痛会伴他一生吗?世界上正有多少人与这种痛苦为伴呢?

我们又谈了庆连和荷荷。宾子说庆连一直没来这里,因为肯定顾不得了,“想想看,他的荷荷更糟,他这会儿还不知急成了什么样子呢!我这一塘鱼收了就去看他。这都是她们出门惹的天祸啊,那个挨千刀的公司……小华还想返回去呢,她前脚迈出这个村子,我后脚就和她断了——一刀两断!”

半夜过了,我太疲倦就睡去了。醒来已是凌晨,发现身边是空空的被窝——水塘对岸有两对闪闪的灯光……

早餐后告别宾子,想尽快回到庆连那儿。宾子一直送了我很远才回头,我们约定不久以后在庆连那儿重聚。从这里往东有了一片新的塌陷区,绕过它走了一会儿,这才发现离我原来的那片田园已经并不遥远。时间还早,我的心头一热,索性一直往前走去。

这儿已找不到过去的路,看不到原来的村落,迁走的村庄旧址上留下残垣断壁,很像大地震之后的情景。通向村庄的小路都被芜草封住,到处一片死寂。在这儿走路无论如何要小心,因为那些黑乌乌的苍耳和地衣下面,或许就遮掩了深不可测的地裂,一不小心踏上去会把腿崴断。举目远望,远远近近没有一片齐整的庄稼地,也没有一个人影,这里已是一片静静的荒原。在这个地方,行人找不到固有的参照物,于是很容易就会迷路。好在天色尚早,只要径直往西就能寻到芦青河——沿着河堤往北,越过河岸那片杂树林子再向东折,就可以看到那片熟悉的泥土了。

我听到了汩汩水声。多久没有看到下游的芦青河了?一年?两年?这条和童年连接一起的河,这条流淌着无数往事的河,在心中吟唱一生的河,你饱受凌辱,负载了多少苦难,正忍受着常人无法忍受的一切,默默流淌。你是一条哭泣之河,欢笑之河,你常常是眼泪的总汇。

我尽管身负背囊,最后还是大步蹿了起来。一口气登上了高高的河堤……鼓胀胀的水流上泛着气泡,往日那些黑乌乌的芦荻蒲苇,这时候都一律焦黄矮小,有的干脆死去了。芦荻和蒲苇是最泼辣的一种植物,它们尚且抵不住今天的浊流。除了气泡偶尔发出的啵啵声,再无其他声音。我站在那儿。记忆中不久前这里还活动着一些鸥鸟——在入海口开阔的水湾那儿,一切是多么美丽,那么蓝的天,那么白的沙子,你只要在此稍稍驻足,立刻有无数的小蟹子举螯而来……我小时候跟拐子四哥高高抬腿踩鱼的情景还在眼前闪动。那时,黄昏来临之前是最好的踩鱼时刻,我们每人提一个竹篓——他让我像他一样抬高膝盖,又稳又重地把脚踏下去:

脚下如果踩住了一条鱼它就跑不脱，一弯腰就拾到篓子里。一两个时辰之后我们就能把鱼篓装满。记得有一天，一只被霞光染红了翅膀的大白鸥竟然迎着我们飞来——我正惊奇大叫，它就在离我们不到两三米远的地方一头扎下，接着叼起了一条像腰带似的长鱼——这种鱼只有海里才有，它肯定是在大海涨潮的时候被海浪推涌过来的。

类似的记忆还有许多——有一年洪水下来，从上游的水库冲下一些红色大鱼，人们呼喊着，背着一个很大的兜包往河上跑。那会儿已经有很多人在河边捉这些红鱼了。他们大多没有网具，只拿着一个木棒站在水边。鱼多极了，它们在急流里跳动，一跃，我们都能看清它晚霞一样红亮的身子。它们离近一些，人就抡上一棍……记得那是一个秋天，林场和园艺场，还有河两岸的村庄，走到哪儿都能看到红鱼拴在绳子上，正抹上盐晒着。那个秋天家家都有一串大红鱼。

那个秋天人鸟俱欢。河湾那儿总有一群群的野鸭子，有各种各样不知名的水鸟。有一些可能是鹭鸟，它们就站在浅水沿上，一腿着地，另一只腿缩在翅膀下边。在旺盛的雨水中，各种植物都苍翠欲滴，无数的水鸟藏在里边。人们捉鱼累了，就坐在河东岸那片草地上。草湿漉漉的，各种浆果都长得水旺，悬钩子甜得让人牙齿打颤，还有桑葚——一会儿手和嘴巴都染紫了。野杏、野桃、野草莓，要吃就尽吃吧。迎着下午的阳光看去，成片成片的缬草在阳光下闪烁，真是漂亮极了。我记得有一年在河湾里游泳，正好遇上了大雨，爬上河堤，在一株大槐树下躲雨，亲眼看见从天上往草地掉鱼——一条条的大鱼随着雨水扑到地上，就在那儿跳。天上雷鸣电闪，把鱼鳞照得耀眼亮……

我脚踏的这条长堤，堤岸右侧曾有一排多么旺盛的白杨，还有叶梗呈肉红色的野椿。白杨树的叶子油亮乌黑，衬着堤下浅水处一排排的长苞香蒲,像童话一般。到了夏末,那沉甸甸的蒲棒像成熟的玉米穗一样,齐刷刷排成一片。香蒲和河堤之间是一丛丛紫穗槐棵,人在堤上走,紫穗槐棵里就会有一些受惊的小动物四下蹿跳。长嘴鸟扑动着翅膀,钻着树丛空隙,大青蛙箭一般射去;还有无数举着大螯的蟹子,一边用那双凸出的眼睛盯人,一边横着往河里移动。这是一个欢腾雀跃的世界。然而今天这一切永远消失了。如果不是从那个时代走来的人,那就怎么也弄不明白往昔的芦青河是一副什么样子——那么,它的往昔,它的昨天,究竟由谁来记载、谁来复述?

是啊,记叙本身多么重要。这是人世间不可或缺的一件工作。没有记叙,没有回想,就无法重现那一段流失的时光。时光掺在堤坝下边的浊水里,正日夜不停,淘洗净尽。

事实是,有人用自己的一双脏手扯断了一段历史,剩下的只是无休止的喧闹和躁动。可怜巴巴的一点儿浮华、一点儿粗鄙的财富,买走了一个鲜艳明丽的昨天,却难以遮掩时下的极度贫穷。如果要改变这一切,将会付出上百年的劳作,这对一个疲惫不堪的现代人而言,简直是不可能的。我感到了无望和痛苦,悲凉之心无法叙说、无处叙说……

往前走时,我开始寻找两岸密匝匝的灌木林。这儿该有一片柞木林,一片柳林和无边无际的紫穗槐棵——沿着它们往东一直走下去,就会穿过一片乌黝黝的黑松。黑松之后是起伏的沙冈,沙冈上有各种各样的树木——登上沙冈即会看见我们的近邻——国营园艺场;园艺场东边不远就是黑榆和白杨掩映的一幢幢小房子——那是毗邻的小小村庄。

一切都没有了,没有记忆中的那片灌木丛林,也没有黑松。什么都没有了,只有稀稀落落的杂草,有刚刚旋成的一座座沙丘。这些沙丘由于刚刚形成不久,所以看上去很像一个个坟墓。它们也真是坟墓,埋下的是无数植物的躯体。那大片茂长的植物如今已经消失,大海滩再也没有它们的荫护,每到春天和冬天,海风就把黄沙重新搅弄起来,遮个天昏地黑。我不知为什么这儿的人竟然对这一切视而不见,听任灾殃的肆虐蔓延。我那么渴望看到一片丛林,哪怕是小一点的也好。没有。接下去仍然是一片连一片的、像墓地似的沙丘群。后来我差不多听到了大海的喧哗,知道已经快把长长的河堤踏到了尽头……

天有点燥热,这儿的春天可真是糟透了。我不记得有过这样糟糕的春天。走到了海边,去看那片浩森的大海吧——我不由自主抬起眼睛寻找一溜溜拉大网的渔人,没有一个人影;侧耳捕捉他们的号子,悄无声息——短短几年,他们就从这儿消失得无影无踪了。我只看到呼呼的海浪和白色的浪花,而记忆中停泊在岸边的湿漉漉的船、在太阳下闪着光亮的焦干的船体、落下半截的帆、一个个诱人的鱼铺子,全都没有了。偶尔能看到一堆黑黢黢的东西,那是撤离的渔民留下的弃物。

大海正在落潮的时候,以往走在这片退开潮水的光洁沙滩上,总会有喜人的收获,比如有一处像蘑菇顶开的沙土,用手轻轻一挖就会挖出一个圆圆的大玉螺:它刚挨到你的手就会迎面喷出一股清泉……

我顺着退潮沙岸往前,不断遭遇一个个惊奇:或者从海里推上来的一块木板,一条死鱼,几个空空的饮料瓶子,打开的罐头盒;甚至是枕头和破毛巾,一块面包,损坏了的电子表和只剩了单片的黑眼镜,破损的三点式泳衣和沾着血污的内裤……这一切使人不由得想到,即便在大海深处,也正有一个荒诞的世界。大海再也不是蔚蓝纯洁的象征,鱼类家族已被世纪末的疯狂吞噬。

四

迎着太阳的方向一直往南,踏上了那些大大小小的沙丘。稀疏的灌木大多被埋得只剩下一截梢头,以前那密不过人的槐树林带和黑松林,现已疏淡不显。由于缺水或别的缘故,林子正大面积死去。有的树木死去了半边,剩下的一半枝丫还在顽强地吐放绿叶,开出了几朵白花。我走到一棵槐树下看着,对它的坚韧有着说不出的钦佩和怜惜。

再往前,仍然可以看到大片槐树和黑松正在枯死。过去这里有数不清的蒲公英、碱茅和雀麦,有美丽的百合科植物,像金针菜、重瓣萱草;低湿之处无芒稗总是长得浓密一片,遮去了地表……现在的海滩像脱落的皮毛一样,正褪出一块块泛着铁锈色的洼地,远看就像一处处溃疡。

一丛很大的牛筋草旁,有什么东西在缩着,抖动着,走到跟前才知道是一只兔子。它瘦削不堪,身体球到了一块儿,微闭着眼睛,两只耳朵频频抖动,见了我本能地把屁股一缩,往前用力一蹬——可惜只挪动了一两尺,就再也跑不动了。我把它抱在怀里,它万分恐惧,用力挣脱。可它的力气太小了。它这么轻,真正是皮包骨头。它的那双眼睛闪闪烁烁看我,三瓣小嘴无力地嚅动,到后来大概是自认了任人宰割的命运吧,索性闭上了眼睛。我不知它害了什么病,只轻轻抚摸了一会儿,重新把它放到了那丛牛筋草旁。

这海滩尽管枯槁凋零,但一只兔子吃的东西总还有的,它为什么会瘦成这样?我回头望了一眼——折回去,把它抱起来往前走了。

当我远远看见一个模糊的草屋时,马上认定那是我们的小茅屋……我脚步不由得加快,一颗心怦怦跳。我差不多是扑了过去,恨不得伸出双手搂住那个可怜的茅屋。

我绕着它徘徊了一会儿,最后小心地踏着地裂边缘往前走。我发现在这乱七八糟的茅草前边,竟然有一块精心修整过的田垄和菜畦,菜畦旁边还能看到一两棵存活的葡萄!我坐在它的旁边,忍不住伸手去触动它抽出的嫩芽。这样的葡萄树有很多棵,它们在地裂没有侵袭的地方,在下沉洼地之间的凸起上,艰难喘息。它们得到了很好的护理,每一棵都围上了圆圆的树盘,显然有人按时追肥施水。有的葡萄棵长得黑乌乌的,它们茂盛得很;在这个秋天它们肯定还会结出甘甜的葡萄。整个园子已经不复存在,到处坑坑洼洼,有的地方渗出了水湾,长起了蒲苇和荒草;但是只要有一小块凸起的干土,就被一双巧手给好好地平整过,修了土埂,除掉杂草——细细翻过的地表上连杏子大的土块都看不到,全部种了菜和粮食。

我想辨认过去园子的边界,发现陈旧的木栅栏已经沉到了水湾下边,但只要是有法确立木桩的地方,栅栏全都被好好修补过。而栅栏外边则是一些同样坑坑洼洼的地块,它们早被主人丢弃了,长出了各种水草葛藤。

那个兔子在怀中不安地动了一下,我把它放在地上。它已经无力跑动了,这时挪动到一棵葡萄树下,闭上眼睛待在了那儿。

几只麻雀在栅栏上叽叽喳喳——如果是原来那几只,那么它们一定认出了归来的人。它们在议论,一会儿竟然飞来水道边,歪着小脑袋看了我一会儿。它们最后又飞到了茅屋顶上,在那儿继续叫着。

往常的春天,头顶上总有欢唱的云雀,而这时再也没有了它们的声音。一群群的灰喜鹊也不见了。我这时想起了那只兔子,就舀了一点水给它,它睁开眼睛看了一下,重新闭上。我从地上揪一点儿嫩叶放到它的嘴边,它仍旧一动不动。它在挨过最后的时光。

我发现空地上除了自己刚刚踏上的脚印,还有另一种印痕,它尤其使我激动:这是一些四蹄动物。我想到了护园狗。在那些不眠的夜晚,在这里,许多时候就是它伴在身边,与我一同寂寞一同忧伤,也一同欢愉。它长长的鼻梁和温湿的嘴巴常常触碰我的脸。我知道它对我、对我们每一个人都充满了无私之爱,那是一种春天般的心情——这心情在我们人类当中已经很难寻觅了。它的目光纯洁清澈,一眼见底。它的淳朴是真实的,它的愤怒也是真实的,它还没有学会矫饰……

事情到了今天,也许我们所有人都该从反复欺凌和盘剥的各种动物身上学习和对比——从品质,从生命的激情,从一切方面。我相信我们不仅会从它们身上获得安慰,获得快乐,还能够寻到更深刻的启示。我们人类是怎样对待一只鸽子、一条狗或一只猫的?我们到了扪心自问的时候了。我们把它们当成宠物,满足于一种轻慢的玩耍。我们高兴了甚至可以亲吻它们,恼恨了就迁怒于它们。它们柔软光滑的躯体散发出温情暖意,一切都被我们享用。可是我们有时连野兽都不如,杀戮时可以无视它们美丽纯洁的眼睛。其实更不配活下去的是人,无论是品行还是其他方面,这时的人都远比动物丑陋得多。一只猫,一只鸽子,一只英俊的狗,它们的美不容置疑。

说到杀戮,我们人类杀戮同类的劲头比杀戮动物还要大得多。就是这同一种狠毒疯狂的心情,毁掉了一切。一种刻毒凶残的心情使我们失去了最后的居所,我们必将落下一个四处流浪的命运……

重　逢

一

庆连母亲一个人留守在小院里。这儿一片沉寂。

我一直不敢问庆连和荷荷去了哪里,心中有一种不祥的预感:这个小小的院落关不住疯癫的荷荷,她最终住进了林泉……正这样想,老人说了:"两个孩子出去走走——荷荷天天求他,他就陪她出去转了。散散心也好……"

"他们去了哪里?走了多久?"

老人掐掐手指:"嗯,有十天了。他们说去海岛——荷荷老做那里的梦,说有个人等她呢。她哭啊叫啊,庆连只好依她……"

我心上一怔:"毛锛岛?粟米岛?"

"反正是海岛,听不明白——坐车坐船,两天一夜才到……我焦急。好在庆连是个牢靠孩子,有他我放心。咱再等等,说不定三天两日就回了。"

他们这一程却让我不安:那个荷荷就像个断线的风筝,到时候谁也揪不住她。庆连这十多天里不知要经历怎样的辛苦。

接下来老人给我讲了这段时间的荷荷:她时好时坏,有一些日子真的安稳了不少,还给他们母子俩做饭呢!"那孩子的手儿真巧,做的饭都是咱没见过的,都是她在外面大地方学来的,什么'莲子糯米藕''百合芹菜''糖醋鲤鱼'……俺这媳妇要没病多好啊,那时一家三口热汤热水过日子。庆连见荷荷安稳下来,什么忧愁都没了,成了天底下最大的福人儿。可怜荷荷安稳几天闹几天,有时半夜里就穿戴起来,描好眉眼儿坐着出神。我琢磨她是在外面待长了,过不惯咱庄稼日子……"

我想起了和庆连一块儿去田里的情景——开春正是最忙的时候啊。我刚说了"庄稼"两个字,老人就说:

"哪还顾得上这些。荷荷要紧啊。她娘家人不管不问,我那个亲家是个心大的人,把闺女放这儿就不管了……"

我想起了那个村子里荷荷家高大旷敞的新房,想起了村里人的议论,忍不住说:"什么心大,是心黑!"

太阳升起来,老人将荷荷堆放在厢房里的衣服一件件拿出来晾晒,搭在一根绳子上,花花绿绿特别惹眼。“你看这孩儿别的不好,就是好穿,她们这样年纪的闺女都这样啊!你看这裤子半截儿腿,这小袄穿上还露了肚子呢,唉,城里人怎么时兴这个?你看看,也不怕人家笑话——它怎么个穿法?”老人说着把一件半截裤子抖开,让我大吃一惊——裤子的下体部位恰好有一个大圆洞,圆洞四周还绣上了金色的花边……

“这式样咱老辈没见……”老人抖一抖,又叠放了,“孩儿说在外面工作‘会’多,赶什么‘会’就穿什么衣服。我琢磨那也不是什么好‘会’——年轻时候俺赶过庙会,会上有些不正经的人,拿着扇子,冒充员外公子呢……”

老人的话让我想起戏曲上常见的场景。但我没感到一丝的幽默和滑稽。我在想荷荷出入的那些场合、那个叛逃的家伙——他给荷荷带来的灾难……荷荷既是一个受害者,又是一个害人者,走入的是无底的深渊。这一切老人不知道,庆连也不会知道——他只把自己不幸的妻子紧紧地搂在怀中,惟恐她再次被那只大鸟劫持……生活啊,竟是如此地不公:一个被抛弃的疯女,连亲生父母都不再收留的人,却让这母子两人像宝贝一样搂入慈悲之怀——紧紧地,紧紧地……

一个星期过去了,仍然没有一点音讯。我一直急于找到凯平,几次拨通了电话,回应我的都是挂断的声音。于是我不再尝试——直到有一天电话响起来。

“凯平!”“对不起,你在哪里?”“我……”

我想约他一个具体的时间:这一段正好可以走开,明天就赶到离你近一点的地方,立刻见个面——“我有许多话要跟你说……”

那边停顿了一小会儿,最后说:“不,你还是去帆帆那儿吧;只有你在那里,我才有理由赶过去——她一直严厉禁止我到农场,而且——已经下了最后通牒……她拒绝见我,这是真的……”

“这,这怎么可能?她为什么要这样干?”

凯平口气里有一种绝望:“别再问了,听我的吧老宁!”

我只得答应了他。我告诉老人要出去一下,不久就会回来,那时正好庆连和荷荷也该结束了旅程。老人说:“好啊好啊,你早些回啊!”

老人倚在门框上久久地目送,那飘动的白发让我想到了自己的母亲。

匆匆赶去帆帆的农场。这片泥土在春天里显出了它的本真和辽阔:一片无边的绿芽衬托出几排灰色和棕红色的房屋,还有几棵新绿的大树。牛羊在半裸的泥土上活动,一阵“哞哞”“咩咩”给人生气勃勃的感觉。拖拉机开出来了,驾驶员的蓝色长檐帽真漂亮。天上白云游走得很慢,一只百灵直冲云霄。

帆帆头上仍然包着头巾,一束乌发从里面露出,笑微微地看着我,额头闪着光亮——那儿被太阳晒出了红晕,显得更健康更有生气,人好像也年轻了几岁。她对我的到来并不吃惊,一手牵着那个大头娃娃小阿贝:他竟然没有一点成长的迹象,仍旧是又细又长的脖颈,一双大眼紧盯着我……“叫伯伯,你见过伯伯的,小阿贝,熟悉这个伯伯吧?”她这样说着,他才停止了啃那个苹果,眼神还是怯生生的。我想去抱他一下,他却后退一步跑开了。

“多大的农场啊,忙春了……”我感叹一声,口中有无法掩饰的羡慕。

帆帆走在前边一点,像上次一样引我去那间客房。我发现她穿了一条牛仔裤,比那一次见面——比任何一次见面都显得神清气爽,显得愉快。我想这就是野外劳动的结果,是亲近阳光和土地的原因。她就该属于这片大玉米地啊。

那个炊事员大婶跑过来帮我提东西,她一眼就认出了我。

“多好啊，我在东部平原上又有了落脚的地方！不过我一遍遍来打扰，你肯定会厌烦的。可是这片现代化的大农场太吸引人了，我只在画上见过……”

她听着我的赞誉，那双比常人稍稍翻得重一些的厚唇微微张开，露出了晶莹的牙齿。她这会儿的慈祥远远超过了自己的年龄，让我想起一个可以忍受任何劳苦的村妇、一个在土地上操劳不息却又从不抱怨的女人。然而她颀长柔软的身材和轮廓分明的五官，她的像蜀葵花瓣一样的长睫、闪闪灵动的眸子，又像舞台上的丰收女神……我心中叹息：如果自己余出的下半生留在这里，就做一个打工者多好啊，我将毫无怨言且不再寻觅——这儿阳光充足，土地阔大……此刻我比任何时候都更能理解凯平的执着，理解他的倔犟和痴迷。

当我把背囊归拢在那间有洗浴间的客房里时，她突然问了一句：

“你该不会再引来一个人吧！”

我像被人叩了一记，但马上灵机一动说：“谁知道呢，不速之客总是有的，就像我……”

“你可不是。你是我们农场的客人。别人不行，他们不行……”

二

我等待那个“不速之客”，又担心出现尴尬的场面。其实我极有可能是过虑了，也许一切都与我想象的不一样。在我的内心深处，总是固执地认为凯平这样英俊的青年，还有他的心灵，没有一个姑娘可以真的拒绝。帆帆只是一个例外，一个让我无法相信的极不真实的例外，所以我无从判断也无从预料了。我在心底多么希望这是一场曲折的长恋，它最终会以喜剧的形式来做个结局——只可惜这其中的悲剧已经上演过了,它不是短促的插曲,而是真正悲惨的故事。悲剧的舞台就是橡树路上的大院,那里我前不久刚刚去过——像墓地一样沉寂。这会儿我的眼前一直闪动着一双呆滞可怕的目光,一双瑟瑟发抖的大手……不幸的老人失去了一个如此优秀的儿子、一个像阳光和泉水一样的少女,如今只和那个光头厨师在一起,那是他人生寒冬里的陪伴者……

我整整待了一天。帆帆很少来我这儿说什么,只在吃饭的时候坐在一起。从早餐到晚餐她和小阿贝都陪我,正好在这个时间说说话。她小心地回避着那个大院,那两个人。我也不会主动提到他们。可是那个冬天的大院太冷了——由此我就想到了这里的取暖问题,我问这里没有暖气设备,冬天难过吧?她摇头说还可以:这里有“土暖气”,就是那种火炕连接的火墙,即做饭和烧炕的烟道串连在房间的墙壁中,这就使每一点热量都得到了合理利用,使每个屋子都暖融融的;夏天则有太阳能。我又问冬天农闲时间这里的工人都放假回家了吧?这样会节省许多开支。她说:不,这里的工人虽然冬天相对清闲一些,但他们仍然有自己的工作要做,比如整修水利和检修农机等;再就是“做豆腐”——原来农场里有一个大豆腐房,一到了冬天里不仅出产豆腐,还出产豆浆豆皮腐竹等,这在周围是最受欢迎的。

“我们的豆腐好吃不好吃啊?”

还没等我回答,一边的小阿贝就“啊、啊”地叫起来。原来他嘴里正含着一大块豆腐,张开嘴给妈妈看。我觉得这个小家伙有点迟钝。这个孩子显然没有遗传母亲的优异,只有那双大眼睛除外。

这天半夜时分,突然护院狗大叫起来。我听到急匆匆的脚步声就披衣坐起。窗外是大声说话的工人,可能是守夜的在找什么人。我看见帆帆从一个房间里出来了,她听那个工人说了什么,然后就陷入了沉默。我借着微弱的光线端详着她,马上想到了一个人！是的，凯平到了……我麻利地穿上衣服，跑出门去。

“我听到狗咬起来了。”我站到她和那个工人跟前，眼睛望着大门口。

帆帆像是对那个工人说了一句：“还说什么……早就约好的。”然后就回自己屋子去了。

那个工人就去大门那儿了。我跟在后面。大门打开了，一步跨入的果然是凯平。他对工人说一句“对不起”，就一下握紧了我的手。

这个夜晚干脆不再睡了，凯平精神得很，可以看出长途跋涉一点都没有让其疲劳。他自己倒了一大杯水喝了，说：“老板那儿有事，我好不容易才请了一天假——我假托老头子病了……”我立刻憋不住了，捶他一拳：

“老头子真的病了！”

凯平瞪着我。我告诉了这个冬天看到的岳贞黎。

“真是一个悲剧人物。如果他脑子转转弯多么好！这样你们生活在一起，无论他来这个农场还是……那是多么好的一个大家庭啊！真可惜……”我说。

凯平“哼”一声：“你低估了他。他不会的。”

“这真有那么难吗？这到底是为什么呢？”

“你问他吧。”

一阵长长的沉默。我想凯平未必不担心岳贞黎的身体，可他没有办法。我没有把老人得病的原因告诉他，没有讲那个夜晚岳贞黎做的那个噩梦。我只小心地问他：

“你知道这期间你父亲来过这儿吗？”

“知道。那时候他已经病了，他是挣扎着来的……”

我愣了一下：“这么说你知道父亲病了？”

凯平在窗前走动：“他害怕身体不行了，要来看看她——其实是来这里下一道最后通牒的。"

"什么通牒?"

"就是让她保证不和我走到一起!"

我盯着黑影里的凯平。这么顽梗的老人,这可能吗?这到底为什么?"有没有可能是你的误解?他也可能只是想念自己的干女儿,想来看看这片大农场……"

凯平冷笑,这笑声让我心里发凉。他长时间趴在窗上,像要极力看清外面的景物似的,一边说着:"那一天他和帆帆打起来了,这是我后来才知道的——老人家拖着一副病身子赶了来,照理说帆帆该好好接待他啊,可你猜怎么着?"

他转过脸看着我:"她把老人关在了大门外,这是真的,她暗中叮嘱了工人,说主人不在,不放他进来!老人暴跳如雷,大骂,喊着帆帆……最后她害怕了,才放进来。想想吧老宁,怎么会有这样的事!她怕他是肯定的,可是从那一次我才知道,她更恨他!就是这样,一个人霸道惯了,所有人都怕都恨,可又惹不起!不过怕他的人一旦脱离了那座大院就是另一回事了,不要说我,就连帆帆都想把他关在门外!我知道了以后简直不敢相信!可这是真的!她把他关到门外了,她不认他了……"

我真的不敢相信。我脱口而出:"可不要忘了,这个大农场是岳贞黎出钱为她办起来的,没有他就没有今天……"

凯平声音放低了:"问题就在这里。这也是他对她的杀手锏——所以最后就起了作用——她放他进门是心软了,那还用不着这个杀手锏;我是指他给她下最后通牒的时候,是它起了作用!他命令她:再也不让凯平进这个门,不允许有任何来往——如果违背了这个指令,他就将收回农场的所有投资,他要说到做到……"

"是你的估计,还真是这样?"

"真是。这是帆帆哭着告诉我的——她在求我,求我再也不要来了,一次也不要——‘你如果真对我好,凯平,你就饶了我吧,我没有这个农场,就什么都没有了。’她哭着求我。我当时告诉她:你能等吗?再不要一年两年,我就会把所有的钱全都还给他!不就是几个臭钱吗?我们不要怕,帆帆,他是用这个来要挟你;再说我来这儿他也不会知道的。帆帆浑身发抖,一提到父亲的名字她就这样,她说这儿的事情什么都瞒不了他,他就像有千里眼顺风耳似的,能知道这里的一举一动……老头子在农场只住了一夜,一夜都是搂着小阿贝睡的……”

“他在这里一定安插了眼线。他(她)会是谁呢?帆帆知道吗?”

凯平摇头,“这么多人,她也说不准……”

夜真静啊。凯平停止叙说时,这里一片沉寂。

这片土地上发生了什么?一个往死里爱着,一个往死里阻挡。天快亮了,我说睡吧凯平,明天再说。凯平说不,他在这儿只有一天的时间,天一亮他想和帆帆说话——哪怕真的只是最后一次交谈,他也要全说出来。他要再次告诉她:就为了还上父亲的钱,他才在古堡里工作的!这个世界上只有一个人,她只要轻轻说一句“回来吧”,他就立马离开那儿——这个人不是别人,就是帆帆。

我的心里有些热烫。由此我又想到了庆连和荷荷。我说:“他们正在海岛上——我上次说过的那个疯了的姑娘。庆连一步都不敢离开,生怕她走丢……”

凯平一听到她的名字,神情变得沮丧万分。他说:“老板正在让人从国外弄回那个人来,引渡十分困难。现在胆大妄为的人太多了,他们不计后果,铤而走险……”

“你们的公司真是一只无恶不作的‘大鸟’!小时候听了那么多大鸟精灵的传说,想不到今天真的让我们遇上了——你们公司以‘大鸟’做标志,当地人都叫你们‘大鸟’——这该不是一种巧合吧？”

凯平摇头，他仍旧为自己的老板辩护：“也许他真是一只‘大鸟’，不过他是一只好鸟。他得知下边一些人的胡作非为之后，一口气撤掉了那么多人。有些吓人的细节，那些前去调查的小组也不敢告诉他，他身边的人更不敢吱声……”

三

我返回了小院。谢天谢地，一家三口都在。他们一家人把我当成了这里的“第四口”：一个远行的家庭成员。我最关注的还是荷荷，是她现在的状态。我发现她不像过去那样亢奋，而是有些蔫，也不再像过去那样胖。她消瘦了一点之后，身形就变得像从前那样轻盈、苗条和柔韧，只是离得近一些才会发现脸庞略显憔悴，眼睛也不再清纯明亮。她微笑着看人，嘴角翕动了一下。

“宁哥，我们想你，总说你快回了，就快了！”庆连声音里充满了欢快。他眼睛里布满了血丝，可见仍然没有消除一路的疲惫。他时不时地咳嗽，说：“吹了海风——岛上的风硬啊！岛上的湿气真大……”

老母亲疼惜地看着儿子，却要握住荷荷的手，拍打着，抚摸着。我想任何人，无论他（她）有多少忧烦和焦躁，都会在这样的慈爱之中消化和融解吧。

庆连单独和我在一起时谈到了荷荷，不住地吐着长气：“她像飞一样，谁也追不上——她真像长了翅膀一样……”

“你是说她一路飞跑？”

“我是说她一到了另一些地方，到了人多的地方，我就追不上她了！她在人空里三蹭两钻就没了影子，我想她有时是故意为了甩开我。她不愿让我跟上，像个孩子一样想躲开我，那样好干点淘气的事儿……”

“那可不是一般的‘淘气’啊,那要出大事的!”我差一点就把那个叛逃的家伙说出来。

“她在一个集市上真的把我甩了,怎么也找不到人影,急得我头上快冒烟了!我坐在地上,满头大汗,心想这一下让她走丢了可就麻烦了——天一黑她再不回来,这一夜怎么过啊?我一直等到集市散了场,还是不敢动,怕她想找也找不到我……就这么等啊等啊,一直等到半夜。我又饿又累两手抱头那么坐着,突然有人从后面勒住了我的脖子,还嘻嘻笑呢!是她,手里提着两瓶啤酒儿根红肠,说:‘喝,吃,干杯!’我哪有心思啊,我问你跑哪去了?你再不回来我就急死了!她笑眯眯的,说不过是想起了一个熟悉人——是从人群中的背影上看到了一个熟人,然后就一直追他,还是追丢了!‘你不是把我也追丢了吗?你怎么不说你自己呢?’听听,她还满嘴是理呢!我问她追那个人干什么?她说没大事,不过是个熟人——有一次在‘大鸟会’上认识的……”

“大鸟会”三个字引起了我的警觉。我打断他:“是‘大鸟会’?你听清了?”

“没错,就是这么说的——老说‘大鸟’,我都听得耳朵起老茧了,她把我当成了孩子,总想逗我。原先我以为她病得没治了,后来才明白——我和她一天到晚在一起,什么都清楚,她调皮着呢,总是和我动心眼,把我看成不懂事的小孩儿,寻开心,想糊弄我。我有时真的识不破她的诡计……”

“她觉得自己聪明?”

“嗯。她以为自己是最聪明的人,她说的话,一大半是逗我玩的,不能当真的……”

“她为什么要这样做?为什么要逗你?”

“可能就为了好玩吧!她躺在炕上,有时说‘外面下雨了’,我起身看窗子她就哈哈笑;我离开的一会儿,她会把炕上的被子塞上一些东西,看上去就像里面躺了一个人——我回来时她就装作害怕的样子,用手使劲护住了鼓鼓的被子,哀求我说:‘求求你放了他吧,他再也不来了!’我还真以为有个男人钻到被子下边哩,猛一扯开才知道是逗我。她笑出了眼泪。你看,她这样的脾性,心眼多得麻袋都装不下,怎么会害脑了病呢?”

我反问一句:“那你是说林泉诊断得不对?那她赤裸身体往外跑怎么解释?”

想不到一句话让庆连的脸色变了,他有些恼怒:“那是另一回事!那只是一会儿的事情,那会儿她急了……”

“现在呢?比如说她这会儿?”

庆连往一旁望望,低声说:“告诉你吧,她有时狂躁一点是真的;不过她平时真的没有病——她只是太聪明太调皮了,也太任性,就像个孩子一样淘气。她没事了就难受,闲得慌,就会给你编一大堆瞎话儿,说得没头没尾没边没沿,你要信了她的话麻烦大了!哪有什么‘大鸟’‘大鸟会’,都是她编了玩的……”

我可不敢苟同。因为那个公司真的就以大鸟作标志,这可不是她编的。我想多了解这一路的事情,就问起来。

庆连显然被折腾坏了,但不愿说得太多。我终于发现与过去不同的是,他正在极力维护荷荷的某种尊严、小心翼翼地遮掩她的精神缺陷。这多么不可思议,然而这是真实的感受。他已经把她当成了自己的一部分——这让人感动又让人焦急。因为这时候的任何一丝虚荣都会害人的。想到这里我不得不告诉他:

“她顽皮,这是肯定的,这是她的性格;再就是,一般越是漂亮的女孩子,越会将顽皮保留更长的时间。但她精神错乱是真的,这一点可不能存有侥幸啊,我的老弟!我们要让她按时吃药——她骗你,就会设法把药藏下来……”

庆连皱眉了:“这个,嗯,她这样做过。她像变戏法一样拍拍手就把药片滑到袖口里去了……”

“她说过‘大鸟会’是怎么一回事？就算是编故事吧，她编得有趣吗？”

庆连脸上立刻严肃起来：“怎么说呢？那真的是闹着玩儿！哪有那种事儿啊……我们就算是老赶，也不会上这个当吧。我见她夜里睡不着，就哄她，‘讲一个吧，讲一个吧’，她就胡乱编起来。她干这个是一把好手呢……”

“那两个海岛可不是她编出来的吧？它们是真实存在的。”

“我们坐船去了……粟米岛近一点，毛锛岛太远了。那天有风浪，我在甲板上差点呕吐起来，不敢站。荷荷倒不怕，她挣着到船舷那儿，被溅起的海浪打湿了衣服。最后船舷边只有她一个了，船上工作人员硬是把她拽开。海鸥追着船飞，她往天上扔东西喂它们，笑，喊，甲板上的人都看她。她一见海就来了兴头，也不再听话了……”

“你们去她原来工作的地方了吗？”

“看门人不让她进，她就闹。最后穿制服的保卫来了，她一见他们就跑——她怕他们。我们后来是作为游客才进了旅游区的，她一直走在前边，给那些男男女女讲解，惹得一帮人老是笑。这会儿我明白她是想起了过去，大概她就干过解说这一行。我没有办法。我知道她给解雇了……我替荷荷难过……”

“可能是因为精神方面的问题吧……总之该离这儿远些——我们没有必要再来这里纠缠了，那不是适合她的地方。”

“是啊，那个地方很怪——我总觉得像电影，我见过什么电影——是外国电影——演过这儿！那些房子、沙滩和人，树和草，都是电影上的……”

“就是啊！那本来就是仿照电影上弄出来的，就像舞台上的布景。只要是布景，有一天就要撤掉，所以说在那儿工作从长远来看也并不牢靠。”

庆连这一次由衷地点了点头。

大鸟会

一

这是一个隐而不宣的秘密:来这里的人都是大鸟闪化的,就是说它们是大鸟的精灵。它们来到人间就得化成人形,使用人语。这没有办法,因为这是人的世界。它们手里的钱是在人间挣来的,经商或干别的。如果不能和人们比试商场上的心眼儿赢,逼急了它们就得偷。在这方面它们的确是有一手的。最常见的是在白天看好了一个地方,入夜后就设法将窗户啄一个洞,拔了插销进去,那就想拿什么拿什么。它们的翅膀一夹可以抱走很大的东西,大老爷们儿、小孩,甚至是衣柜、电视机,只要它们看好了都能搬走。它们还会在山上或海岛一带寻找一些彩色的石头卖给人,价格高得吓人。这要看大鸟的本事和眼力,看能不能找到这些石头。它们住的地方千奇百怪,有的是水鸟,有的是沙漠鸟,有的是高山鸟。性情也不一样,有的凶狠,有的猛烈,有的笑吟吟的,有的哭丧着脸。个别大鸟在淫荡方面是出了名的,一天到晚捣鼓那事儿,睡着醒着都琢磨那事儿——虽然一般来说淫荡的鸟儿心眼并不坏,可是它们既要干那事儿,也就千方百计,生出一些极坏的点子。

大鸟们无一例外地喜欢热闹,这因为它们都住在一些偏僻地方,在那里一代一代寂寞着。想起很早以前的繁华岁月,也就心有不甘。热闹地方都被人类占据了,以海边为例吧,这里以前全是大鸟的世界,走上一天一夜也不见几个人影;现在呢?一座座高楼盖起来,人像河水一样日夜涌流,就没有给大鸟留下一寸的光阴。当年大鸟想赶个会,一扑棱翅膀就成,一群群飞了来,翅膀花的绿的,纯一色儿黑的,带红边儿的,反正什么物件都有。这一伙儿吵闹个十天半月,雌鸟儿一口气怀上身孕,雄鸟儿找遍了佳丽。那些赶会的日子数不胜数,好东西多得大子儿不花一个,差不多是白吃白喝,到时候吃饱喝足一抹嘴就走,哪里还有个付钱交款的说法?现在倒好,人类把持了一切关隘要道,进门要卡子,买东西要使钱。所谓的“钱”也是一时一变,有时是贝壳——那倒好办,那鸡巴玩意儿咱有的是;后来又使金属块儿,这就难了;再后来使花花绿绿的纸片儿——这东西咱上哪儿弄去?

大鸟设法弄钱也是被逼无奈:要赶会就需要钱,怀里没有几个子儿,到了会上就白跑一趟,没有哪个鸟儿会理你。想热闹热闹吗?对不起,拿钱来!没有钱,谁认识你是老几?现在的鸟儿跟人类相处日久,也学会了他们的不少毛病,当然还有一些礼道:见面握手、贴脸儿亲嘴儿、打敬礼、拄文明棍——那种光溜溜的木头棍子镶金缀银,上面打出一个弯儿,挂在胳膊上,人就神气了。人会打鼾、打嗝儿、打挺儿,还会放屁——这种气体在我们大鸟中毕竟罕见;这是一种能够使鸟儿一瞬间现形的、有毒的气体,更有甚者让好生生的一只鸟儿——它正像人那样抽着一根雪茄呢,突然气体袭来两腿一伸倒在地上!这时那些人就会像看一个怪物一样围上来,这儿掐掐那儿捏捏,如果它绷住了神儿还好,绷不住显出原形,就会让人把两爪一提抓了去,命运好的关进动物园,命运不好的给开水烫毛儿煮了吃——就像他们做白斩鸡一样,切了,倒上黑色的酱油……

没有赶会的地方,这就逼得它们到处找。最好是一个人迹罕至之处。在那样的地方,大鸟数量上占绝对优势,这就好办了。这就是咱鸟儿的天下了。这其中夹杂一些人儿是最好不过了,他们也就得入咱的乡随咱的俗了,咱一扑棱翅膀他们就得倒下,乖乖地就范。咱说正步走,他们就得正步走;咱说卧倒,他们立马就得趴下;咱说睡,他们就要赶紧解裤子——话说回来,有的人儿也是颇能讨好咱鸟儿的,学咱一样扑棱翅膀,咕咕叫呱呱叫,雌的还想下蛋。有时候真的见过人也下蛋,那种肉蛋一般来说并不是什么好兆头,他们探头一看就吓得脸色煞白,说一声"主凶",抬腿就跑……就为了和人混在一块儿,也为了不让这个赶会的地方太惹眼,咱们大鸟儿还是要闪化成人的模样,大模大样地去赶会。秃头的老鹰戴上一顶帽子,后脑那儿还是要露出秃斑。头上长冠子的用一束马兰草扎了,装外国朋克。长腿大鹳穿上皮裤,就像潜水的蛙人。老乌鸦索性披了长袍,人间也有这种打扮。红嘴鸟儿就是美少女,让人间的粗暴少年扛上乱跑,成就一段耸人听闻的打劫案。反正只要是赶会,热闹事儿准多了去了,横竖都是咱大鸟的理,人在这里是不占优势的。

会上也要印出一些证件,因为现在一切按人间的规矩办理。见面时一掏证件,一比画,蛮像那么回事。其实不交证件也可以,咱不过是做个样子。他们人类要不知就里来赴咱的会,那就有了热闹看了。他们男男女女一入了咱的围,咱就调理起他们来看。咱们高兴了就突然换上鸟语跟他们说话,他们一个个急得蒙头转向的时候,咱就捂着嘴笑。咱们想干什么就干什么,不是没商量,而是他们听不懂。时间不等人,听得懂的要执行,听不懂的也要执行——这是他们人间的一个规定,所以那就执行吧。咱骗他们的钱、成他们的亲、找他们的乐子,一切都随咱的便。要不说大鸟就急着赶会吗。赶会这种事儿很容易上瘾,大鸟上瘾,人也上瘾。他们上了瘾更要命,一天到晚不干别的,只想着赶会那些事儿。

"赶会了赶会了!"一些鸟在天上聒噪着,相互传递这样的好消息。他们人听不明白,那是咱的小信使在忙呢。每一个会上都有一个头儿,它是老主坐庄,或是新手出道,反正都不是善茬儿,一个必有一个的好本事好身手,那可都是打出来的。从旱地来的老鸟儿毛儿不多,那是被寒风吹的、沙子打的,这些家伙别看模样不怎么好,可是一入了海边闻到腥气就发了大力,野性呼啦一下焕发出来。岛上的大鸟是孤王一个,它们占岛为王的日子过惯了,养成了说一不二的脾气,霸道是肯定了。大山顶上来的鸟儿耐风寒,有气度,一副高瞻远瞩的模样,谁也得罪不起。还有一些纯粹的水鸟,这些鸟儿脾气怪异,喜欢一天到晚洗澡儿,身上不湿腿脚湿,腥歪歪的,长了一双尖眼,雄的是色痨,雌的是花痴。被水鸟打劫的海边人一年到头都有,所以它们的名声不好。还有一种洞穴鸟,就是一天到晚趴在石头洞里的那些家伙,它们一般来说是十分阴险的,这从眼神上一看就知道。在鸟群中,它们独来独往的时候多,狠,盘算别的鸟儿,外号阴谋家。

大鸟的劲儿越来越大了。在一年春天的赶会当中,一只比狗大不了多少的鸟儿,竟然将一个十八岁的大闺女给掳了来。大闺女哭啊哭啊,最后她妈找来了。大鸟闪化的人形儿是一个戴瓜皮帽的中年人,这让人家做母亲的一看就烦了,呵斥道:“你也不看看自己这副模样!真是癞蛤蟆想吃天鹅肉!”原来这鸟儿是从偏远地区来的,不太知道人世间的消息,它还比照着大清年间的人变化呢!这就是土老赶了!那些懂得窍门的,想骗人家闺女的,一般都是闪化成穿牛仔裤的、戴黑眼镜的、头上染一溜黄毛的。这样的男子姑娘喜欢,她会用眼角儿瞅个不停,你上前搭话她也愿接。最起码也要闪化成一个留背头的胖子,手上戴了戒指,脖子上挂一块玉。这样的男子也算走俏。

爱喝酒的,就算找着地方了。会上什么美酒都有,一瓶瓶摆了一大桌子。这是酒的河流肉的山岭,只要你肚子够大就行。不过吃的时候要小心,绝不能一口吃成个胖子——老鸟儿经验多,它们每一样都品咂一点，这样到赶会结束时，也就吃个肚儿圆。吃完了就去水池里泡一泡，不过这时你得小心着点儿，水池里最多的还是水鸟儿，这没有办法。它们专门找你下手哩，在水里乱摸乱抓，雄雌一样。

如果不在赶会期间摽上一个好姑娘，那真是亏呀！

哪只老鸟儿没有一个人间闺女和它相好？它来赶会，其实就是和心上人叙叙旧、说说心里话的。说到底，带翅膀的生灵一个个也有情有义的，它们是飞翔的爱情啊。

二

这就说到了一个老少恋的故事——当然也是人和鸟的故事，赶会的故事。人人都说大鸟坏，浑身鸡粪味儿，动辄就解裤腰带，其实哪是这么回事？它们也像人一样好坏间杂，丑俊不一，心肠不一。有的翻毛疵疵脾气怪大，一火起来不管身在何方，长喙啄人生疼，大翅膀一扇就像大巴掌，那可不是闹着玩的！要不民间有个说法，叫“翻毛疵疵是野物，翅溜羽顺为家禽”，说的就是那些鸟人脾气最大，而一般的真人就和顺多了。不过脾气大是一回事，心肠好是另一回事，它们无论雄雌，一旦和人好起来就实打实的，一丝不苟，尽管有点急三火四的。与它们打过交道的人事后回忆起来都说：它们啊，性子直通通的做事快得不行，尽管多少狠了点儿；不过他们雷厉风行的。各种说法都有，真要明白其中的滋味，恐怕还需要亲身经历一下才好。

与大鸟的过往一般都发生在赶会的时候。没有这种大场合，要遇上一只大鸟可太难了，因为它们平时就混在人群里，谁知道谁是鸟儿啊？赶会，这对于鸟和人都一样重要。主动与大鸟打交道，这在过去极少，人们都是躲着它们，觉得它们翻毛疵疵精灵古怪，想一想都害怕；随着时代的变迁，人们思想解放，敢想敢干，没试过的就要试一试。胆大的人多起来,别说是一只鸟了,就是老虎变成的闺女也敢娶,大熊扮的新郎也敢跟上进洞房。传说中的大鸟慷慨起来无人能比,有人也就跃跃欲试。可见那样的生灵个个腰缠万贯,真要跟了它们,眼里就再也看不上人间那点小钱了。至于说大鸟们,早就过惯了空里来空里去的日子,千里万里来人间寻爱求欢已成平常之事。它们之间是这样评说自己新娘的:"皮儿真滑呀,这和咱们鸟到底不一样,咱们长得再顺溜,也是一身鸡皮疙瘩。""瞧人家,一身细皮儿就像绸缎,有点毛儿也大多长在了头顶,全都是细绒绒,没有一根扁毛。""所以他们都叫咱们'扁毛',成了骂人的话。"

高山上有一个秃头老鹫带了三个保镖、一口袋银元去赶会,差点没吃了闭门羹。这家伙在当地着实是一霸,势力大得没法说,一提起"老山王",没有一个不恭恭敬敬。它听说东边有了大鸟会,又听了那里一些花花黧黧的故事,老大年纪也就动了心。到了这一天,它起早打扮一新,穿了灯芯绒长衫,人字呢马褂,脚蹬夹眉靴子,外加一副宽面缨穗腿带子。头上亮了些,就戴一顶瓜皮儿小帽。三个随员也不含糊,全都是崭新的衣裤,脚上一色的黑帮鞋白线袜。就这样去赶会了。一进了场子,所有人都侧目而视。因为名头太大,主会的不敢怠慢,低头哈腰迎接,背过身子就笑。他们给老山王备下上好的房间,侍候上等酒菜,前后招呼起来。他们问老山王这回千里赶会想个什么稀罕?是要图个热闹,开开花眼,还是打谱找下一辈子的相好?老山王说什么都要试巴一番,这些年在大山里憋闷得实在不轻,咱要从头来过,你只需一样样领我试上一遍,钱嘛,咱有的是。

老山王在会上住了三天,实在开了眼界。他发现这里酒多菜全,五洲佳肴悉数皆备;嘉宾也多,红毛绿脸杂色人种全来了;特别出眼的当然还是姑娘,瞧她们一个个嘴唇格外红润,眼波闪闪,手指像嫩葱,屁股翘得正好。老山王一时怀疑她们都是天仙下凡,不是人间产物。侍者将他领到三个姑娘围起的牌桌上,对她们说:“好生侍候老爷,要让老爷欢喜。”她们相互挤眼说:“好哎。”讲好了输牌要喝酒,结果三个姑娘只一会儿就将老山王灌个烂醉,然后叽叽喳喳把人抬到了里间歇息。她们给他换下呕吐的衣衫时,马上发现了兜里全是大个的银元,就惊得一阵议论:“如今这玩意儿不知还能使不能使?”“老天,这是什么年间的老钱了,不过听说越是老钱越是值钱,说不定咱还发了大财哩!”她们当中的两个一对眼就把这些银元揣了,然后转身想溜。另一个姑娘前去阻拦,被她们一袖子甩开。结果只剩下一个姑娘哭啼啼守着老山王,直到他醒来。

老山王看看自己光溜溜的身子,再一摸衣袋,银元全没了。他找一块布条遮住两条瘦腿,然后端量起眼前的姑娘。只见她细干干的,眉眼实在中看。当他看到那对小乳房就像秋桃那样伏在胸前,心里顿时有些爱怜生出。他故意问:“银元呢?”姑娘哭声大起来:“老爷,我管不住别人,可我没拿您老一块哩。”“你们该不是一伙的吧?”“不,俺是新来的,俺叫代代,从西边庄里来。”“嗯,这姑牛真不孬!”代代笑了,她笑这个山里老土叫她为“姑牛”。接着老山王说:“都说赶会有上好的姑牛,今儿个咱来看了,有吗也不多,你算一个哩——走吧,跟上咱回府里住些日子,到了那里,看好什么尽管拿哩!”姑娘谢过,说这要跟领班的说过才行,老山王说:“那还不是小事一桩吗?那鸟玩意儿又算老几?”

老山王领上代代回大山老巢里去了。其实老山王心眼结实,喝酒打牌那会儿是佯装醉酒,目的就是为了看看自己人事不省的时候,这几个姑娘是怎么个摆弄法儿——就这样他挑拣了一个老实的代代。他捋着胡须端量领回的代代,说:“好姑牛不光眉眼好,心眼还好,这两者合到一起才是上好的姑牛。”他嘱咐收拾出最好的房子给她住，又端来最好的山珍，还亲自领她转山看景，高兴了就把她驮在背上，说一声“闭眼”，一纵蹿上高天。代代在他后背上趴着，只觉得两耳全是呼呼的风声，睁眼就是朵朵彩云，那些平时能飞能蹿的鸟儿都在下边了。她说：“哎呀你年纪老大不小，劲头咋就这么大、本事咋就这么高呢？难道你是神人不成？俺村里的老人只你一半年纪，就抄着两手乱哼哼了……”老山王一边往前蹿一边说：“啊哼！你村里，你村里那些老头儿还抽烟呢。拿我跟他们比？我是一山之王！”代代在空中抚摸着他光秃的头顶，又厌弃又钦敬。后来她一声不吭，只紧紧抵住他的后背，搂紧他的脖颈。

这天半夜里，老山王来她屋里叙话，说到半截声音抖抖，流出了眼泪：“不瞒你说哩好姑牛，咱是相中了你，今儿个要和你成婚哩。”代代低下头：“我知道来了就要有这事儿。你心眼好，钱也富足。可说心里话，你年纪太大了，俺才十九哩，平生这是第一回。还有就是，就是……”她不好意思说出口。对方鼓励她，她就一口吐出真话：“你光亮亮的头顶、那对圆溜大眼四周一圈儿白毛，咱看了怕哩！”老山王沉吟了一会儿，发出了长长的赞叹：“实在姑牛啊！有人藏在心里不说，我也就不知道！还有的破姑牛只为了那几个钱，净夸咱这个秃瓢眉眼，都是假话哩！得，这种投怀入抱的事儿强蛮不得，不过咱结交一场，也算个缘分，你回吧，回前尽管取府上东西，愿取多少取多少。”

代代抹抹眼，不再说话。第二天她取了一些银元，一些金子，就要走了。走前她实在觉得过意不去，一直挨到了天黑，找到老山王说：“我这一走，还不知猴年马月才能再相见哩，咱这么着、这么着……”她吞吞吐吐，红着脸，最后说：“干脆就……睡上一夜吧！也算我对你的报答……”老山王急急摆手：“你太客气了！这可不成！我有我的规矩……”可代代只是哭，不走。黎明时分老人终于拗她不过，只好躺在了一起。代代很快脱得赤裸，偎在他怀里说：

"俺公司也有规矩,不能白白劫财走人的。"老山王这会儿什么都听不见了,激动得浑身哆嗦。他的嘴是鸟喙变成的,所以比一般人的嘴要硬,亲吻的时候让代代觉得结实有力。代代哭着说:"你这会儿就要了咱吧!"老人摇头,只继续仔细地抚摸,并且一直用一只羽扇盖住了她的下体。天大亮了,老人与代代道别。

代代从大山归来,把一大口袋银元和金子都如数交给了公司,只从中领取了自己那一小部分酬金。

从那以后代代一到夜里就想起老山王。这期间不止一位年轻小生来找她作陪,她只陪他们玩耍,夜里到了紧要时候则坚拒不从。公司领班要用藤条抽她,她就是不依。最后她对领班说:"我只要陪老山王一夜,回来怎样都成——我得做一回他的新娘。"那座大山相隔千里万里,公司就派出一只大铁鸟把她送了过去。

这就迎来了老山王的吉日。

新婚之夜,代代克服了一阵浓似一阵的鸡粪味儿、老人皮肤发出的草纸一样的沙沙声、莫名其妙的呻吟、呼呼的喘息,还有那个秃头在暗影里发出的微弱光亮,尽力恩爱体贴,做了他的新娘。老山王觉得自己衰老而又年轻,躺着歇息了片刻,当庭为自己的新娘表演了一段"凌云扎地功""合翅钻天功",最后呼呼大喘,泪流满面,对准她的耳廓哈着气说:"你是我最好的大、大、大姑牛!"

一连七天,代代没有离开片刻。

第八天,那只接她的大铁鸟飞来了。代代哭着吻别老山王说:"你想的时候就来找我。等到你身子不利索那一天——说不准会有那一天——发个口信儿我就来了,来山里伺候你!"

老山王在她耳边轻语一句甜话,然后悄悄掖到她腰里一颗夜明珠。

三

从西边大漠来的大鸟儿总是带了一口袋五颜六色的石头,这在沿海一带是最值钱的东西,人们见了这些石头就急得眼红,有几次为争夺它们还出了人命。这一下大漠鸟儿就神气起来了,时不时地掏出腰里的石头一晃,想干什么就干什么。有一次它用一块鸡蛋大的黄石头换来一辆轿车、两个随车美女、一个提包的男孩,外加一麻袋海参。

沙漠大鸟简称"漠鸟",是最典型的色鸟。主会的人跟在它身后夸着,说东海这边"鱼翔浅底",西边那里"鹰击长空"。漠鸟剔着牙问:"少来那些不中用的花花词儿,咱只问你,这边有什么壮阳的好吃物?"主会的拍腿说:"那多了!"然后就吩咐手下人煮了一锅海马、一锅海参、一锅奇形怪状的小虫,还煮了一根像蛇一样长的、焦干的皮鞭,专供漠鸟享用。

漠鸟带着睥睨的眼神,每样吃了一点,不到半天就躺在地上滚动起来。一行随员见老爷翻起了白眼,就知道事情紧急,赶紧唤来新领班。新领班是一个如花似玉的小姐,她虽然年轻,可是接待方面经验颇丰,只瞥了一眼就明白症结在哪里,马上像个大夫一样从旁边取来一张纸,嚓嚓写下了一串字。随员拿着纸跑了,一会儿领来几个帮忙的姑娘,她们是:北北、细细、小华和代代。随员在领班就要离开时问道:"请问大夫贵姓?"领班答:"叫我荷荷就行啦。"

四个小姐精心陪伴生病的漠鸟,按摩之后又是酒疗:将他泡在各种颜色的酒里,一个钟头之后捞出来,就像一只落汤鸡——原来漠鸟不胜酒力,在酒液的浸泡下现了原形,伸开了羽毛稀拉的两只大翅。这两只大翅垂着,低着鸟头,再也没有了往日的神气。四个姑娘索性拔了几根大翎子,因为这是前所未见的,她们觉得实在新奇好玩,准备回家插在瓶子里。

漠鸟醒酒后身上好了些,想起了领班,就让随员喊来致谢。荷荷来了,漠鸟击掌三下,立刻有人从后边帐中端出一个圆盘,里面是一块绿色的石头。荷荷慌了,语无伦次:"老爷您、您太、太大方了!”漠鸟哎一声:“小意思嘛。你等于救了我一命。看来这大鸟会真不是人待的地方!这里治人的方法真是五花八门啊!你看看我这不是捡了一条命?”荷荷夸它:“老爷早哩,老爷的身体嘛,用俺村里的老话儿说,那就是‘寿比南山’哩!”漠鸟低下头,轻轻摇动,说:“你小嘴儿倒是滑巧,可我心里有数哩。我的病不过是好了一时,真要治病还得贵小姐亲自下手哩——谁的医术有你高明?”荷荷朗声答道:“老爷过奖了!在下不过是‘一介草民’——领导这样说了——咱哪能帮上您的大忙呢!尽管老爷不嫌弃,可咱自己得知道分寸,往前往后都不好呢……”漠鸟摆动蒲扇一样的大手:“嗯,你就不用客气了,日后你就领上她们来我这里吧,就像一只大母鸡带领一群小鸡……”荷荷赶紧打断它的话:“老爷这就是您的不对了,我们这里等级分明,我和她们入筵不同席……”漠鸟哈哈大笑:“规矩真他妈的多。好,就依你吧,不同席不同席。”

漠鸟在赶会结束的日子里拉住荷荷哭了,说:“我这人来自沙漠地带,眼泪从来高贵。就是说我一般不哭。我今儿个为你哭了,你要知道这是怎么回事。”她有些好奇,问:“怎么回事?”“这么回事,我动了真心。”荷荷笑了:“你们老爷通常都是说动了真心。要是真的,那么石头呢?”漠鸟叹息:“哎,最终还是不能免俗啊!”说着又从腰里掏出了一块石头,往她手里使劲一放,发出“啪”的一声。

经过公司研究,荷荷随漠鸟西去,时间暂定为一个星期。

荷荷从西部归来时正好遇上了一件奇事,老板不得不认真对待。起因是从某海岛来了一位真正的老爷:浑身一色漆黑的香云纱,人们都叫他黑衣老爷。他有一帮随员,行头也正经不错,穿戴一流,天气不热衣领上还插了一把扇子;腰带上垂了玉坠,手上有戒指,腕上有金表,眼上架了金丝镜。这样一位人物自然马虎不得,于是接待区里上下奔忙。谁知道到了第三天上,一位小姐脸色惨白地从那个老爷屋里出来,喊着:“快看看去吧,出事了,在大澡盆里出事了!”副领班带两人赶去一看,黑衣老爷不见了,只在那只极大的冲浪浴盆里躺了一个乌龟,大如巨锅,漆黑如墨。它的后爪与前鳍正不紧不慢地划动着,试图游出这个白色的迷宫。由于划动的时间太长,它的鳍部边缘已经冒出小小的血珠。副领班出于怜惜,让人将大澡盆里放了些水。“人就这么没了……我在外面听差呢,半天没有声响,进来一看是这样……”小姐站在浴盆前从头叙说。副领班嘱人封锁了现场,又安排专人给这只大龟喂东西吃,无非是一些小鱼小虾什么的,然后就汇报给上方。

也就在领导来看过、心里正犯嘀咕的时候,荷荷来到了。领导让她也来到现场,然后问:“你这些年经多见广,依你看这是怎么一回事呢?”荷荷问:“这就要看那个入住的黑衣老爷到底离没离开屋子了。”“没有,这是绝对的,这是可以打保票的——我的小姐一直就守在外屋听差——黑衣老爷还能飞了不成!”荷荷又从头细细勘测了一遍,发现这屋子真的没有其他可以出去的地方,要到外面也只得走外间,经过守候的小姐身边。她问那个当差的小姐:“你那会儿没有打瞌睡吗?当班打瞌睡是不对的,不过这会儿你不要担心,要从头如实说来,因为这事儿关系太大了。”小姐发誓铮铮,说决没有打瞌睡这一说,当时精神头儿大着呢。荷荷扳着老板的肩头到一边去,小声说:“那就是说,这黑衣老爷不是一只鸟精,而是——一只大乌龟精!也就是说,咱们的大鸟会里闯进了异类……”

荷荷说这话时,老板吓得脸色都变了。因为谁都知道:大鸟会的保密工作是极其严格的,一只乌龟能混进来,一方面说明走漏了消息,另一方面也说明会上的安保检查程序存在可怕的空当。还有一个极大的难题就是:一旦这只大乌龟醒过来可怎么办?它现在是被酒严重地醉倒了,等它恢复过来重新变回人形,那时候一切都晚了,怎样都不好办了——它离开时就会把这里的事情传个飞

快,这才是最令人害怕的。最后老板猛地一击掌心,咬咬牙说:

“一不做二不休,荷荷就咱俩说话,没有外人,我看咱这会儿就动手,趁它还没有转醒过来,把它杀了吧——那不过是杀死一只乌龟!如果等它闪化成人形儿,那就晚了,那就等于是杀人了!”

荷荷长时间不语。她太知道这事情的严重性了。可是要说杀了这只龟,她可真的不敢。她声音发颤:“老板,我看这是动刀的事儿,你还是交给炊事员吧……”

“那不行!那要走漏了消息呢?”

“就是不走漏,它没了影儿,它带那一帮子,还有它老窝里的那些精灵,见主人没了,谁都不会饶了咱啊!到时候咱这买卖还干不干了?”

荷荷的一番话让老板如梦初醒。他叹道:“尽管你是一个女流之辈,可这会儿眼光倒挺长远。这么着吧,你替我再出个主意,这也算帮公司和我一个大忙。”

荷荷点头,一声不响地回到了那个地方。

她让人不停地往浴盆里放新水,同时又找来懂得醒酒方的人,为它耐心地醒酒。这样小心侍候,直到又过了一天一夜,那个当差的小姐终于笑吟吟地跑来报告了,说:“快去看吧,黑衣老爷又回来了,他就坐在椅子上打盹儿呢!”

荷荷急匆匆去了,进门就见一个五十多岁的男人,一身黑衣,戴了相公帽,正坐在桌前扶额沉思。她施了礼,叫一声:“老爷……”

原来这只乌龟是岛上一只大鸟的亲家。亲家为了让它来大鸟会上享受热闹一番,就把自己的行头,还有参会的腰牌一并借给了它。“我不知会上的酒这么厉害,我还以为就和岛上的露酒一样哩,一口气灌下了三大瓶。”荷荷伸伸舌头,说:“不瞒你说,你的麻烦大了,你只差一点就成了俺这里的一道名菜。”对方大眼圆睁:

“此话怎讲?”“是这样,俺这里有一道海参乌龟汤,有大滋补哩,客人都喜欢吃。你就不想想,你这么大个头的,做原料一年都用不完啊!”

黑衣老爷吓出一身冷汗,对荷荷千恩万谢,还当场认她做了干女儿。

黑衣老爷要回海岛了。临行前,老爷想了又想,最后应允她一个事情,郑重地说:“我要娶你做二房,以作报答。”

荷荷低头红脸,说:“我老家有个男人,他叫庆连,人老实死了,我不忍扔下他呢。”

“你再想想吧,人只有一辈子。”

荷荷被黑衣老爷的情意打动了。她最后答应:“再想想。”

明　眸

一

春天即将结束。丛林里的洋槐花开始消失,渐渐出现一些星星点点的野花,是在暮春和初夏开放的那种花。我已渐渐习惯了半夜厢房里发出的尖叫声,像小院的主人一样,能够在抽搐和颤抖的空气中再次入睡。

时间是这样流逝的:每天吃着庆连母亲做出的食物,偶尔与庆连到地里去修那些菜畦。残存的几棵小树在风中摇动,一两只鸟儿在上面发出啾啾声。我们每次回家都要采一点野菜,把它加到晚餐上。荷荷有时并不化妆,整个人反而显得清爽一些。她的头发染色开始褪去,一绺绺呈现出不同的颜色。那些烫过的发绺打着卷儿,垂落在雪白的脖颈上。她的身体不像过去那样虚胖,虽然比刚见的时候胖了不少,但已经显得苗条多了。她夜里常要醒来吵叫,庆连就陪她说话,她一会儿笑一会儿哭,但总的看还是比过去要好——半夜哭闹着跑出去的情况总算没有发生。

荷荷多少给人一点希望,她在好转,这是全家人最高兴的。

天气明显开始转暖。我的目光不时地望向西边,那是芦青河的方向……不论是深夜还是其他时刻,只要沉默寂静,似乎总能听到一个声音在催促。继续走下去,不再停留,不再徘徊。这里有多少紧迫的事情:四哥夫妇在期盼,还有另一些朋友……我仿佛看到他们在大地上游荡,其中的一位老人身背猎枪站在一片野地上,伸手指点,张望和等待……

有一种不能消失的渴念,它是如此顽固和执着——只要我的双脚一踏上平原,它就会在心里强烈地泛起,让人不再有一刻的安宁——我知道自己一直在寻觅一片安身立命的土地,想在那里卸下沉重的背囊,然后将其长时间地安放在一个角落,开始自己的劳作……当我站在帆帆那片开阔的农场上时,看着无边的田垄,心里立即充满了难言的嫉羡和向往——一个人在这里劳作是多么幸福!这个包着头巾、被阳光炙得脸色黝黑的女子啊,你的那双眸子是这样的熟悉——她很久以前就闪亮在田园之畔、芦青河边,让我一点陌生感都没有。这眸子是我的午夜之星,它一直辉映着心中的大地。

我曾在梦中与之对话,在这星光下寸寸移动……今夜星光璀璨逼人,它让我再次想起某一声尖利逼人的追问。在这声声质询中,我需要从头开始追索……我是什么时候第一眼看到、第一次面对她的?一颗心怦怦乱跳,难以掩饰。我有一段时间甚至无法与之正常交谈,无法正视她的双眼。在长达几年的时间里,我好像真的攀在了危崖的边缘上。我在心里乞求、默祈,却不知道真正的心愿是什么。可怕的、难以抵御的欲念,你是如此强大!在东部游走和劳作的那些日子里，在深夜，我不能不一次次回味和想象那双眸子。

于是，今天我却要面对一声尖利逼人的质询——比如马光，比如另一个刻薄阴沉的家伙，他们没有说出的一番讥讽，这会儿就留给自己领悟和回味。

你想站在一个常人难以企及的制高点上——这好极了！这太好了！越来越多的人望尘莫及，特别是你的朋友；连更近一些的人，你的妻子，都给逼到了自艾自愧的境地。多么高耸的目标啊，远行，追赶，对完美的渴念，与俗世的对决和永久的质疑……这一切都没有错。只可惜这崇高的冲动不仅是你的权利，也不仅是男人的权利。每个人都可以有这样的选择，女人也可以，梅子当然更可以——她们还可以有其他的选择呢。问题是你对别人太苛刻了，自觉不自觉地让其他人、让一切的选择都服从自己，于是，最后的反抗和尴尬也就慢慢来临了：你须承担一切后果；那个质询也自然而然地逼近了你……

他们盯住我，那两个致命的词呼之欲出：虚伪、自私。我无言以对；但我不甘沉默，仍旧想追问的是：难道我几十年来的痛与恨、连接家族血脉的思与问，更有我的目击与疾呼、喉咙嘶哑的呐喊和反抗，足踏大地三十年的苦寻和游荡，都消解在这两个冰冷无情的词里了吗？有这么简单吗？深深的夜色里，我问了再问。对方沉默下来。是的，他们如果诚实，也同样难以回答……

可是现在，我在孤身一人的东部，一次次思念和回想这对明眸，竟然不能宽宥自己。我并不是一个绝尘而去的圣杰，而是一个在俗世里苦挣的生命。平心而论，我一方面是谦谦君子，心中盛满了纯洁的渴望；一方面又有无尽的欲望，想获取，想冒险；有时还想堕落，想一劳永逸地解决性的问题……一遍遍想着凯平，想着他的道路和目前正在经历的一切，他与我的异同……今夜啊，凯平，你和我一样耿耿难眠吗?

青春的血液奔涌不停,就是它在催促人的脚步。我发现自己在这个平原上并非求告无门,孤立无援,我起码还有自己的挚友亲朋,有一处用来喘息躲藏和疗伤的小院……挺住吧。既不甘退却,那就只有挺住。

黎明时分,我常常想起你,在梦境里与你一次次相遇。

二

那是梦境吗?南风里吹过一阵风琴声——没错,这是你的琴声,一切恍若昨日……我在原地怔着,久久不能移动。

琴声丝丝缕缕飘过来。我这样站了一会儿,终于抬起头,迎着它走去。无法言喻的什么从心底涌来。我小声咕哝:你还在这儿,你还在等待……你这么年轻,却远比我更沉得住气。历经多少冷热寒暑,风雨交加,你却仍然守在原地——在这样的时刻,竟然还像过去一样,弹响了这架风琴。

我们有过多少倾心的交谈!我们在漫长的友谊中彼此相知;我们谈得太多了;有些话心照不宣,有些话欲言又止。我们谈到如何战胜那种绝望和伤感,那种在注定的失败中感受的懊丧和屈辱。我们甚至也想尝试一下时代的“止痛药”……还好,凭借一种过人的意志和克制力,我们终究还是战胜了它,挺住了。

我从这琴声里听到了当年的声音,它似乎仍在提醒:即便明天就要迎来那种不可更变的巨大危难,堆积起如山的屈辱,一个人也不能放弃。

我在那个陈旧发白的小门跟前站住了。鼓起勇气敲门。琴声停了。

啊,果真是你,你简直一点都没变,还是那双漆黑的眸子,脸庞还是那么鲜亮……穿一件海军灰制服,脚上踏着一双光可鉴人的黑色皮靴，头发像刚刚打理过。整个人都有点出人意料——也许我的心情太恶劣了，所以你的微笑和从容竟使我吃了一惊。我合不上嘴巴，后来嗫嚅一声，还是没有说出什么。奇怪的是你仍像过去一样微笑着，甚至没有问我什么时候归来、从何而来，只让我坐在旁边，倒一杯绿茶……

你把琴上那张洁白的网罩拉了一下，转过身来面对着我。

你的眼睛那么快乐，那么明亮。你的头发在这个时刻的光线下呈现出微微的紫蓝色。我们彼此端详着。

离开时你一直陪伴我。我们往前走了很远——最后是我一个人。

我仰躺在一道沙冈的阳坡上，闭着眼睛，让太阳晒着……所有的朋友啊，你们现在何方？我站起又坐下，大口喘息，努力想使自己平静下来。可是大滴的泪珠还是从眼角渗出……

……

我准备再次上路——可是新的迟疑又生出来：当见到那对黑漆漆的眸子，我将说些什么？我还敢于提起当年的承诺吗？

但无论如何，我得上路了。背起背囊，去找那双明眸。

对我来说，她就站在了大地的中央，她就是我心灵的亮泉……

你在高原 无边的游荡

卷四

第九章

锥心

一

“我一直在找你，总算找着了……”帆帆鼻尖上渗出了一层汗，大口喘息，披肩被急剧起伏的胸脯掀得一动一动。她的脸庞不像过去那么光亮，眼角稍微有点浮肿。发生了什么？我预感到一定有极重要的事情，不然她不会匆匆忙忙费尽周折地找到这个小院里来。这是半上午时分，我估计了一下时间，知道她从很早就起程了。“我一直找你，可我没有你的电话……”那你为什么不问凯平？我想这样说又忍住了。她的泪水渗出了浅浅一层，环顾了一下四周，轻声问：“我们能出去——到外面说吗？如果能去农场更好……我有一些要紧的话要告诉你，还有，得和你商量一件大事——这事太急了，我不能再等……”

事情有些突然。我琢磨着，未置可否。我在想凯平，想这一切肯定与他有关。

“车就在外边，我们走吧！”她的语气急切，隐去了一丝恳求。

我不再说什么，到厢房里告诉庆连母亲一声，就提了背囊走出来。一辆蓝色的小型农用车停在那儿。我把背囊放在后面的拖斗里，坐进驾驶室。她自己开车。

车的声音很大,有点像拖拉机。车子一直开出村子,她都没说一句话。后来车子慢慢停在了一条水渠边上。她转过脸面向着我:“他派人来了,那人刚走……我一夜都没睡,天一亮就急着来找你……”

“谁?谁刚走?”我想这人可能还是凯平。

“就是岳贞黎!他突然派田连连来了,如果不是身体坏得厉害,他肯定会自己来……”

“他?田连连?”我一愣,但马上想到了一个合乎情理的结局——这家伙到底想起自己的孩子来了!他大概终于要考虑复婚的事情了。我说:“他早该来了!他把你和孩子扔在这儿,孤儿寡母的,心也真够硬的!”

帆帆眼睛瞪得圆圆的,瞥我一下,又看着前方。她不再说话,像下了一个决心,把机器发动起来,一直往前开。车速很快,像在追赶什么。我发现她嘴角紧抿,由于恼怒或其他,眉梢那儿有了一股刚毅之气。她的这种神情我以前很少看过。

进了灰色的木制大门,护院狗欢快地叫着。厨房里走出那个胖胖的大婶,来帮我们取东西。帆帆脸色阴沉,没说一句话,砰一下关了车门,独自向另一边走去。我随大婶来到那间熟悉的客房。放下背囊,正环顾着屋内,帆帆就提来热水和茶——那个小阿贝咕咕哝哝跟在后边,刚要进门,她就喊住了离开的炊事员大婶,让她领小阿贝去厨房里玩。

只有我们两人时,门给关上了。她沏了两杯茶,推开一只杯子,然后从包里掏出面包和一包饼干吃了起来。原来她从一大早到现在没吃一点东西。她很快吃过了,盯了一会儿杯子,抬头看着我。我发现她唇上有几道小小的裂口,细小的血汁正从那儿渗出。她轻轻抿着,像在下一个决心。这样耽搁了一会儿,她说:

“我不能找凯平了……我要等他一个消息——其实是一个决

定;只要他一天不作出这个决定,我就一天不能找他了,也不能见他……这以后就是我的死期了,不是真的死,是和死一样活着、活着,就这么活着……”

帆帆一开始还努力使自己平静,可是说着说着就哭起来。

我有些吃惊,等着她的冲动过去。我暂时还听不明白。她需要从头说起。我这时明白了她为什么要把我拉到这里:看来这的确是相当严重和复杂的一些事情,三言两语说不清,它牵扯到许多,有些是刚刚发生的……

“是这样,田连连来了。他一进门吓了我一跳,他从来没有来过,也不会来,因为我这里与他无关!他来农场,事先一点兆头都没有,没来电话也没来个信儿。我当时一眼看见从车上下来的人是他,还以为看花了眼。我那会儿脑子里第一个念头就是城里那人出了事,人不行了或者……我没往好处想,慌得不知说什么才好。他进门就沉着脸,一声不吭。你知道他这个人本来话就少。我让他先住下,他没答应也没拒绝。我给他倒了茶,就坐在那边的客厅里。他连茶都不喝一口。后来他就说话了,一开口就说是代表首长来传达一个指示——‘从下个月开始,首长决定要收回农场的全部投资——如果延误了,那就以别的方式解决。’老天,是这事儿!我说为什么?为什么要这样急?他说,‘你知道为什么。为这个以前首长警告过你,首长有话在先。’我一听就明白了,岳贞黎知道了凯平又来过这里!我辩解说那是因为他来这里找你——找老宁,是他自己闯来的,与我无关,我没有和他私下里说一句话!田连连木着脸说:‘你和我说这些没用,这是首长的决定。我告诉过你了,我走了。’说完就走了,我给他倒的那杯茶一动没动……”

我听着,知道这意味着什么。我毫不怀疑岳贞黎会说到做到。我问了一句:“这,这到底是怎么回事?”

“就是因为上次,你和凯平在这里过夜的事。”

“我知道。我是说,他是怎么这么快得到消息的?”

帆帆看看外边:“不知道。我怀疑是那个厨子……”

“那个大婶?这不可能吧?”

“是啊,我以前从来没怀疑过她。平时我待她像自家人一样……可那天我想起来了,她是从小城一个老板的食堂过来的,说不定那个老板认识岳贞黎。让我疑心的是有一天她打起了便携电话——她怎么会有它?她当时见了我脸色立刻变了,赶忙说电话是儿子忘在这儿的,可谁也没见她儿子来过这里……不过到底谁告密并不重要……”

是的。令人不解的是岳贞黎为什么要对她如此严厉?这等于是往墙角里逼她!我问:“你认为他,真的会这么干?”

“他一定会。”

“如果不理睬呢?比如暂时拖下去?”

“他说了会以‘别的方式’。他是说到做到的人,我知道他的脾气。可是这一下农场就完了——我没有偿还能力……全都怨我,是啊,是我自己答应了他又没有做……当初……”

帆帆泣不成声。

“做什么?”

帆帆擦着泪水:“我在大院再也待不下去。我怎么待得下去啊……我咬住牙关说一声走,就要离开。岳贞黎像疯了一样,骂人,摔东西,我和田连连都吓坏了。他躺在自己办公室,饭都不吃。可我还是要走。我想家——你知道我家里没什么人了,奶奶没了,可我还是想家。我说要回老家种地……这样几天过去,他才放我。他为我办好了农场的事情,说有了这片地,我和孩子的下半辈子也就有了着落。我心里感激他。可这是有条件的,就是我必须痛下决心和那个‘狼心狗肺的崽子’一刀两断!我当时答应了他。他为这个农场花费太多,把老底都掏空了。我把眼泪流在心里,只想下半辈子好好种这片农场了……”

我心里重复着“狼心狗肺”几个字,不知是什么滋味。我为这对父子的交恶之深感到惧怕和费解。我问:“田连连呢?好不容易来了一趟,就没有说出他自己的想法?他不管你,也不管自己的孩子了?”

帆帆额上的汗水哗哗流下来,鼻尖上也是汗珠或泪珠。她使劲扭着手腕:“没有,他没有……”

“这太不合常理啊!世界上没有这样的父亲!”

“是啊,没有——因为,因为那压根儿就不是……”她恨不得将手腕扭断的样子,大声喊了一句:

“小阿贝,他压根儿就不是田连连的孩子!”

“你说什么?”我站起来。

帆帆埋下头,肩膀剧烈地耸动。我一下坠入了迷茫之中。我从来没见她这样哭过。我等待她平静下来。

这样好久她才抬起头,大口呼吸,像刚刚受到了窒息:“……我今天叫你来,就是、就是要从头说给你——我要从心里搬开这块大石头。它压了我这么多年,我得把它搬开了。搬开以后我就过另一种日子了。可是不说不行,一定得说出来啊,从头说出来……”

二

那一年我刚刚十六岁。我从小就没了父母,一直跟在奶奶身边长大。我的亲人只有她一个啊,我们俩谁离开谁都不行。从上学到初中毕业,都是她一手拉扯我。我这辈子最欠的一个人就是奶奶。我做梦也想不到十六岁这年会发生一件大事,会失去奶奶——不是她离开,是我。她当时七十多岁了,身体还好。我知道,只要我一天不能挣来钱养活她,她的身体就一定会这么好。因为她得挣钱供我上高中,再考大学——奶奶一心巴望我考上大学。

奶奶除了种好家门口的一块菜园，就是去河口捡鱼。因为她种不了更多的地，村里就把她和我的那份地给了别人，只留一个小菜园。奶奶会看月亮，知道潮汐，涨潮时就到河口那儿，把海浪打进河湾里的小鱼小虾捡上来，到集市上卖。最多的时候，奶奶一晚上就能捡来半篮子，卖十块钱。我一看她笑的模样，就知道她有多少收获。涨潮的时候偏偏风大，奶奶就站在一块石头上，有时大浪能扑到身上。我跟她去捡过鱼，那浪说来就来，一点招呼都不打，噗一下就扑上来——有一次她给打进了水里，衣服全湿了。奶奶说，她不会给卷进水里淹死的，因为她有个好孙女在家等着呢。

我上学的时候，时不时就会想到河口的大浪。后来一年年过去，奶奶真的没事，我才知道奶奶说得一点都没错。她肯定不会有事的。

这就到了我十六岁这年。初中毕业马上要考高中了，我一定会考上。可有一天村头儿让我去一趟，我去了，见到了一个干部模样的人。那人问了我许多话，都是家庭情况，比如父母怎么没的，有没有其他亲戚。村头在一旁代我答话，说我出身好，也没什么复杂的社会关系，就这些话。那个人对我说：成，你回家听消息吧，暂时不要对别人讲。奶奶问我什么事？我说一点都不知道，反正不是上学的事。

一个星期过去了。这次是村头领了一个人来家——不是上次那个，是说外地口音的一个。那个人对奶奶说：那个最大的城里机关要来挑选工作人员，很重要的，经过一段考察，你的孙女已经作为初步确定的人选，要进行下一步考察。奶奶听不明白，但知道是天大的好事，就揽住我的肩膀说："这是最好的孩子了，让人一百个放心。"来人又问了和上次差不多的一些话，就离开了。

奶奶天天咕哝："老天爷保佑把你挑中吧，这比上高中还好！真是有福啊我孙女。"我心里又高兴又担心。能挣钱养活奶奶，她就不用冒险去河口捡鱼了。可我扔下她一个人,会多孤单哪！她生了病怎么办？这天夜里我哭了。好像已经知道了那个结局似的,哭了半夜。

就在第二天,上级真的来人了。这次除了那个人,还有另一个胖胖的人。他们当着村头的面告诉我和奶奶:我被挑中了,马上——就是两天以后,就要起程,现在需要的是准备一下,第三天就要来人领我进城了,去那个大机关。

他们走了。奶奶高兴得流出了眼泪。我这才知道发生了大事,我们家、我,一辈子里发生的最大的事。我抱住奶奶哭啊哭啊,奶奶也哭,一边哭一边劝我说:"这是天大的好事,这是老天爷开了眼啊！我孙女该当有福啊！"我们准备东西,又高兴又难过。夜里睡不着,和奶奶说话。她叮嘱了那么多,让我好好听上级的话,给村里也给奶奶争口气。她不要我挂念家里。我怎么能撇下她！我最放心不下的就是她！我说我去了就会挣钱寄回来,奶奶再也不要去河边捡鱼了——我不在她身边,一想起她站在大风大浪的石头上就什么也干不下去了。她只说:"好孙女,听见了,听见了。"

就这样我离开了。一路上都在想新日子会是怎样。那个大城市让我害怕又好奇。做梦都想去看它的模样,以前只在书上见过。真是一个梦啊,这梦怎么就变成了真的？我感激自己的命,感激那些挑选我的人。是命挑选了我还是他们挑选了我,一辈子都弄不明白。领我走的人交给了奶奶三百块钱。奶奶再三推挡,说不能收这么大一笔钱,孩子还没干活呢！对方一定要她留下,她就只好收下了。我知道她一分都不会花的。

我变成了这座城市里的人。来到这儿才知道,要被安排进一位首长家做"文书"。我害怕了。没有文化,又是文又是书,这怎么得了啊？我对谈话的人说:"我就打零杂儿吧,擦窗扫地都行,就是不会'文书'。"那个人笑,说其实也差不多吧,首长家里的营生原是很杂的,你多少都得干一点儿。

我给领到了一个有门岗的大院里。啊,这里有这么多大树,有这么大的楼,一幢大些一幢小些。原来首长不上班了,身边也没有老伴了。这儿除了一个比我只大一点儿的小伙子为他做饭,除了偶尔来送点东西的人,再就没有什么别的人了。首长六十五六岁或更大一些,像个老大爷。他让人怕,后来熟了觉得很和蔼,告诉我怎样完成每天的工作:到三楼将文件整理一下,然后就是简单打扫一下楼上的卫生。其余由那个做饭的小伙子管,另外,有两个保洁员每星期来这里一两次。

我只怕干不好工作,闲了就难受、害怕——一个人怎么可以做这么轻松的工作啊,只把那些书报什么的整理一下、擦擦地。工资从来的前半月就开始计算了,就由那个小伙子发给我,每月三百——一年以后又多出很多。我更不安了。我做梦也想不到会挣这么多钱。我推托,小伙子说这是规定。这里的人都不愿说话,我也只好闭着嘴。首长后来跟我说话,问许多下边的事情、家里的事情。我想奶奶,只在夜里才敢掉眼泪。首长和来客谈话时,我就给他们上茶和点心、湿毛巾。客人都要多看我一眼,首长就介绍一句:“哦,小帆同志。”

我最爱听的就是这一句了。有时我一个人高兴地想:你呀,是“小帆同志”。我觉得自己一定要对得起这个称号。我实在闲得难受,就给那个小伙子帮炊,想和他一起给首长做饭,比如切菜等。谁知他根本不欢迎,推挡说:“请你做好自己的本职工作。”我只好退回那个大楼。我发现首长不叫,那个炊事员从来不到这边来,首长也不到那个楼上去——据说首长有几年没到那里去了。原来首长是与我们完全不同的一种人,他太忙了——不是干活,而是一天到晚思考。

有一件事更加证明了他的累:失眠。我常常听到他半夜起来走动的声音。他咳嗽时声音很粗,有时还要发出呕吐声。我吓得爬起来,想给他找痰盂。后来知道他只是喉咙不舒服。他让我好好休息,不要管他。可能是他的病越来越重了,穿白大褂的人来这里给他按摩。他们按他的腿、脖子、肩膀、眼睛。

有一天半夜他又咳嗽起来,睡不着,就在书房里看书、翻文件。我送水给他,待在一边。他让我休息,我没有动。后来我见他时不时地咳,就学白大褂那样,给他按起了肩膀和腿。他没有拦我。他闭着眼睛。最后他夸道:“多好,小帆同志!”

这是我最高兴的一天。

三

从来到这里一直没见那个人,也不知道他今后会成了我的命、要了我的命……我这么说你能明白,他就是凯平。听说首长有个儿子,他在外地工作,半年时间里回过一次,可当时我正好不在大院里,他停了一个钟头就走了。我没觉得怎样,反正不关我的事。我如果一辈子没见他会怎样啊……

第二年春天部队换防,离家近了,他回来就多了。我记得那天是下午三四点钟,我正给花浇水,听到脚步声,一转头就看到了一个二十多岁的军人!他也看到了我,怔着。我在这儿不止一次看到当兵的,早就习惯了,可这次不一样——他只一眼就让我慌起来!我那么慌,手里的喷壶都在抖……事后我才明白是因为那双眼睛——那双眼睛啊,好像在那儿见过!想了好久就是记不起,怎么会记起呢,这是我前世里见过的啊。他走过来,问:“你就是帆帆啊?”他想搭手帮我干活,直到楼上首长喊了一声他才离开。他回部队去了,人走了,我才知道这就是凯平。

首长说到他只叫外号:“我的‘小毛头’。”多有趣——这个叫法一直保留到几年后,就是我们的事情露馅了以后,从那会儿起老人就不这么叫了……我从来没想和他会怎样,怎么会啊!可我喜欢这个大哥哥一样的人,有一回在首长面前说“凯平哥哥”,他立刻纠正:“叫‘凯平同志’。”这里的“同志”可真多,只有田连连除外——首长喊他“连连”,我也喊他“连连”,已经习惯了。连连整天不说话,只低头做活,好像院里没有他这个人似的。

凯平在主楼也有一个房间,那儿大部分时间关着,只有一次保洁员打开它,让我有机会第一次进去。马上闻到了一种气味,这与其他地方全不一样。说不上是什么味道,只是好闻。房间里的小床真窄,上面有一床薄军被,叠得有角有棱,就像人一样帅气——他太帅气了,我从来没见过比他更帅气的男人,以后也不会见到。我估计得真对,后来再也没见过比他还帅气的人!我盼他回来,没有别的,只想他应该回家,平时这里太安静了,没有一点人气。这是一座死楼,连一只鸟的叫声都没有——那么多树当然会有鸟,可是它们一落下,田连连就出来赶它们,生怕吵了首长。小伙子忠得吓人,我也默默学他,因为他来得早。

我一个人待在三楼的房间里,这才是我的地方。隔壁大屋是一间更大的屋子,里面有长条桌、藤椅,一些文件资料。我一个人时想心事。想得最多的就是奶奶。流泪,偷偷的。她还在河口捡鱼吗?我给她寄了钱,写了信,不让她捡鱼。可我总觉得她不会听的。两年以后才知道,她从没间断去河口捡鱼,我寄去的钱她一分都没花,全藏在一个地方,说等我出嫁用。奶奶直到过世都在为我攒钱,盼我回家,盼我当个新娘……我一辈子最对不住的就是奶奶,她最需要侍候的时候,我倒来了城里,来侍候一个我不认识的人,这个人叫首长!以前他们挑来选去,说来城里做重要工作,其实不过是当保姆——有一天我听见两个保洁工议论这儿的“保姆”如何,一时没有听明白,心想这里哪有什么“保姆”啊?后来才明白过来:人家说的就是我啊!我原来就是城里人从乡下找的“保姆”——因为是首长家里用,所以下边就格外认真罢了。

那个晚上我一遍遍想奶奶,在心里说:“奶奶啊,你的孙女给城里人当保姆了,她在这里侍候一个不认识的老男人,是他把咱俩生生分开了……”我睡不着,就到隔壁大房间里——一进门我愣住了,原来首长也在这儿看报。躲闪不迭,他看到了我眼里的泪,马上“唔”了一声。他抚摸我的头发,拍打我,给我擦去眼泪,问我想家了吧?他说这几天就回家看看吧。我觉得他是个好爷爷。

走的前一天我梦见奶奶了:站在那块大石头上,一只手举着,脸上笑得那么甜。我不知奶奶为什么高兴成这样。后来才看清她手里举着一条大鱼,那鱼有一尺多长!这条鱼能卖五块多钱啊!我醒来后把没来得及寄出的两月工资全包好了,然后又收拾别的东西。首长给我准备了几盒糕点,还给了两百块钱——钱无论如何不要,糕点放在了要拿走的东西旁边。可我发现首长又把钱放这儿了。首长脸色有时吓人,可是心软。他打过仗,管这么大一座城市,没有这样一张脸可不行。只有我,只有在他身边工作过的人,才知道他多么体贴人。

我用了一天多的时间才回到村里。一进村子,见了街上的人心立刻慌了!因为他们都用一种奇怪的眼神看着我。我第一次回村子,心噗噗跳呢!我叫着奶奶,差不多是一口气跑到了那条泥巷里——第二个小门就是俺家……谁知巷口站着村头儿,他吸着烟拦住我,手里提着一把钥匙。他叫我“孩子”,把钥匙在腿上搓着,老长时间不说话。我还没明白是怎么一回事,巷子里又走出两个人,都是远房亲戚——我们家在村里没有更亲近的人了。我手里的东西提了一路,这会儿胳膊一抖散了一地。

原来奶奶在一个月前走了。她害的是急病,邻居发现时喊来医生,挨了前后不到两天。奶奶走前已经不能说话了,就一直瞄着座钟罩儿,旁边的人知道她是看我上边的照片,就取来交给她。奶奶是握着我的照片去世的……村头儿当时说:“反正她也赶不回了,我做个主,先别惊动首长吧,那可不是小事！后事咱们做了,以后找个日子再告诉她……”

我已经走不回家了。家里没有奶奶了。我哭干了眼泪。走不回家了,所有东西都扔在门口,一跤跌在门槛上……几个人陪着我去奶奶坟上,一个新坟,坟上没有一棵草。

我在炕上躺了三天。邻居老妈妈陪在炕边,告诉我奶奶这期间的事情。我最吃惊的是,奶奶有一次真的在河口那儿捡了一条一尺多长的鱼,这鱼被一个饭店的人买去了,真的卖了五块多钱——从头至尾都和梦里一模一样……

四

从此我就是一个孤儿了。离村返城的一路都在念:“奶奶啊,从现在起我在这世上就是一个人了啊!”一边念泪水一边流。人在世上再没有一个亲人的感觉,过去怎么也想不出来。以前一想她在那儿,在那个小院里,心里就热乎乎的。我半夜偎着被子就像偎在她怀里一样。

没有亲人了,有时首长问我一声冷了热了,心里都会一热。我觉得这个大院就是家,他差不多就是父亲。

有一天突然知道了凯平不是他的亲生儿子,好一阵惊讶。一点都看不出啊！“我的小毛头!”听他这样一叫,谁会以为这是别人的孩子！半夜里他看文件,不停地喝茶,有时自己揉着太阳穴,我就为他按按肩背——他摸我的头发,拍打我的后背,说如果有这么个女儿该多好啊。我说就让我伺候您、做您的干女儿吧！首长一抬头眼含泪水,吓了我一跳。他那个晚上抱了我大约有一刻钟。

也就是这些日子,我和凯平好上了。一开始是他回家时帮我干活,后来不知怎么开起了玩笑,我敢叫他“小毛头”了。他回家的次数明显增多,一回来就像过节一样。我每天都有一段时间想他,脸会发烫。我害怕首长看出来,平时一个字都不敢提……有一天凯平又回来了,我跟他一块儿搬动院里的盆景和花草,手碰到了一起,心上立刻一颤。他故意捏了捏我的食指。我不敢抬头,后来找个借口跑开,跑到楼上。我的脸烫得厉害,任何人看见都会明白的。可只有一小会儿,我听见了楼梯响,那不是首长的脚步声。我吓得一动不动……一只手扳起我的脸,我闭着眼。

我成了这个世界上最幸福的人。他回部队时,我悄悄溜到他的房间里,关上门,头拱到那床薄被子上。他的气味浓得顶鼻子。我不眨眼看墙上的照片:一个身穿飞行服的人正冲我笑。他是我长这么大看到的天下最俊最帅的男人。他比我大好多岁,可以前谁也没有爱上过,天意!我有时觉得自己是个保姆,配不上他,难过死了,只忍住不说。不过有时觉得他也是个孤儿——我们都一样!我们都是被首长收养了的人……一对孤儿偷偷好上了!

有一天,记得清楚是一个冬天的晚上,那天暖气好像有点毛病。半夜里我听见首长在咳嗽,知道他冷,就灌了个暖水袋送给他。我又给他添了杯茶。正要走开时,首长突然叫住了我。他让我坐在旁边的椅子上,他自己坐在大藤椅上。他不再看书,只捧着杯子看我。我给看得不好意思。他问:“我的‘小毛头’没有跟你不礼貌吧?”我使劲咬住牙关,不让声音发颤:“没有,凯平哥——同志——没有……”他还是看着我,喝了一口茶:“他被惯坏了,他妈妈在时还能管得住他……哎,我太忙了,他就撒开了缰绳。如果他敢跟你动手动脚的,你千万要告诉我——他老大不小了,可他的婚事,我是要亲自过问的……”

这就是那个晚上的谈话。我回到屋里用被子蒙上头待了好久。我吓坏了,心上噗噗跳。我明白他并不知道我和凯平到了什么地步,可他一定是从我们两人身上看出了什么——我认为更有可能是从凯平身上,因为这个“小毛头”大大咧咧的,一见到我就忍不住又唱又笑的。大约第三天吧,凯平回来了。楼下有人大声说话,是首长在高声喊着什么,当中夹着凯平的声音。他们在吵嘴呢,听不清。我走下楼时他们就不再说话了。我发现首长的脸是青的。他们分开后,我先到楼上看闷着的首长,给他倒茶。一刻多钟过去,凯平在下边一点声音都没有。他什么时候离开了家,我一点都不知道。

这个晚上首长一直没有睡觉。他在三楼翻书,好像很烦。我坐在一旁,是他用目光指示我坐下的。我发现他真是老了,胡茬没有一根是黑的——往常他及时刮脸,今天可能被凯平气得忘了。我为他按了按后背,他的大手很快在我的头发上一下下抚摸起来。他的脸贴在我的脸上,这使我感动得要哭。我多想喊一声“爸爸”,可是我忍住了。我内心里觉得自己对不起他——我没法不爱凯平;可是我却要惹老人生气。他太生气了——手不再像过去那么小心了,变得生硬起来,一下下在我的脖子和肩头那儿拍打按动,有一次——不,是好多次地按在我的乳房上。他紧紧搂住了我,流下了一行行的眼泪。我站起来,他没有阻拦。我叫了一声“爸爸”,声音低得像蚊子一样。我回到了自己屋里。

有一天首长出门,凯平好像知道,竟然突然就回来了!大院里除了田连连只有我们俩了。我在他的屋子里度过了多么幸福的几个小时啊!那就叫海誓山盟。我说我一定是、永远是、永永远远是他的——他也一样……我一直偎在他怀里。他身上的气味我早就熟悉了。

从这一天开始,我不再害羞了。我想自己一辈子的命就这么定了,再也不会变了。奶奶啊,你为自己的孙女高兴吧。可惜奶奶没能亲眼看看凯平,看看这个最好的小伙子,她会多么喜欢他啊。

我高兴得太早了。接下去发生了我自己都不会相信的事……

怎么说啊,可是不能不说,我要如实说出来……冬天一转眼就过去了,春天来了。这个春天我不知怎么害了一场病,最厉害的时候一连发烧十多天。首长为我担忧,陪我看病,夜里守在我的床边,亲手给我喂药。就这样我才退了烧。他喂过药后,为了让我发汗,就一连半个钟点搂住我,我迷迷糊糊睡过去。有一天夜里三两点吧,我吃过药就迷迷糊糊的,半睡不醒时,我觉得衣服给脱光了。他搂紧了我。我哭了,推他。他也哭了。他说了什么我不记得了。他的力气好大,不像这么大年纪的人。我推不动他。我只好哭。这一夜我出了无数的汗,床单都染透了。这就是那一夜,我就记得那么多。

我病好了,能从三楼下来了。我走到凯平的门口快要瘫倒了。我咬着牙才挺住。

凯平不再回来了,首长把他赶跑了。

半夜里楼梯一响我就打哆嗦。他会到我的小屋里来。他疯了。

不到半年我怀孕了。我要流产,他苦苦哀求我说:这是他的孩子——他一辈子只想有一个亲生的孩子!那个凯平不是他的孩子,他一定要有自己的孩子……“可怜可怜我这个上年纪的人吧,你老了才知道为什么要有亲生孩子,你就为我保住这个孩子吧,保住吧!”

我从那时起才知道什么叫生不如死。肚子一大就会被人看出来。可他就是沉得住气,说一切总有办法。日子一天天过去,我急疯了。我不吃不喝,他就跪下求我。有一天我实在急了,觉得自己是在等死,还有——一想起凯平心都碎了。我那天真是疯了,喊着从三楼往下跑,一直跑到院子里。这时他要拦我已经来不及了,就站在三楼晾台上大叫:“连连,你给我逮住她!”那个田连连平时没声没响,就像没这个人一样,这时候命令来了,他那么快就从小楼一下蹿出,斜着一插就拦住了我,不容分说,横着就把我抱起来……我给关在了三楼的屋子里。他一夜没睡,就在门外走动,不住声地叫我。后来他把门打开了,倚在门口,哭成了泪人。他这一夜又跪下了……

一个月以后,我和田连连结婚了。当然,不过是个名义。我从来没在那个小楼待过一夜。

讲到这里也就差不多了。现在你会知道我为什么要一直躲开凯平了。凯平还一直以为小阿贝是田连连的孩子!他知道了是岳贞黎的,就再也不会理我了,他会跑得远远的……

剩下的事情就是等,等这一天——这一天快了——农场会交到别人手上,再不就关上大门。我要领上小阿贝回海边村子里,那里离奶奶更近,我和孩子要住到我们祖传的小屋里……

追　寻

一

离开农场的一路我都在想:如果我的判断上不是出了严重的偏差,那么岳贞黎所做的一切只有一个目的:将帆帆重新逼回那个大院。他将在那里组成一个三口之家,拥有自己的娇妻和儿子,建立一种传统的理想模式。田连连是他忠实的仆人,凯平是他的养子——他爱这个孩子,但这个孩子一天天长大并开始搅乱他的生活时,他就毫不含糊地将其当成了敌人。血缘的力量又一次显现出来,这会儿他的内心开始强调:凯平不是我的儿子。眼前的一切不由得让人倒吸一口凉气:这个年事已高、浑身颤抖的家伙是从什么时候决定重新设计自己生活的?这个决定需要多么大的勇气,多么残忍的心,因为它真的太冷酷也太沉重了。

帆帆向我倾吐这些,重点当然不是为了听取我的意见,不是让我出什么主意,因为她的主意早就有了;她的真正目的还是围绕一个中心,那就是岳凯平。他是她生活的中心,她一辈子的梦想,这从来都没有改变过。她把一个严酷的事实、一个可怕的谜底交出来了,剩下的事情就是痛苦的等待——或者是凯平最后一念的断绝,或者……其他的选择实际上是不存在的,凯平不再可能回到她的身边。

我的判断是:面对小阿贝—岳贞黎—帆帆这个淋漓的事实,任何人都无法承受。

但我还是提出让凯平即刻来农场一次,我会在原地等他——帆帆立刻拒绝了,说不行不行……"为什么不行?""就是不行,你不要逼我,这也会把他气疯的——你可怜可怜我们俩,可怜可怜他吧……"最后一句她差不多是在哀求。我冷静下来才明白:是的,凯平怎么会在这个时候来农场!他需要躲在一个角落,从一场震惊中一点点恢复,然后做出一个决定……

一路上我都在琢磨:在什么时候、以什么方式,把这一切告诉那个可怜的朋友?现在就拨通他的电话?就去那座古堡?这太唐突了,可又似乎不可耽搁……

我一直犹豫着……就这样,直到最后也没有想好怎么办,一身疲惫地回到了庆连的小院。

一回来我就发现,小院的门大敞着,正屋和厢房都没有人。我放下背囊走出院子,知道屋里的人不会走远。我出来站了一会儿,看到庆连母亲从一条巷子里走过来。老人说:"孩子,荷荷出去了,庆连不放心,就跟了去……"

原来这些天荷荷的情绪非常稳定,庆连就离家去田里浇水。这天他刚走有人就来了,是荷荷的女伴小华,两个人又搂又拍的。

她们在一起说得热火,老人就回屋里准备饭了。谁知两个姑娘一会儿就手扯手从屋里出来,笑吟吟的。荷荷甜甜地叫着妈妈:"俺要和小华一起回娘家了,俺想家哩!"庆连妈觉得一点准备都没有,说:"等你哥回来一起吧。"小华就说:"大婶还不放心啊,我和她一块儿呢,赶明儿一大早就把她送回来!"说着两人搭着肩膀就走出去了。

庆连回来发现厢房里人没了,问明白了是怎么一回事,抬腿就追了出去。

我问她们已经走了多久。

老人看看日头:"也不过才一个多钟头。她俩一块儿,该不会有事吧。"

我知道庆连为什么焦急:在这么长的一段时间里,除了母亲照看荷荷之外,他几乎是寸步未离。这世上没人比他更明白疯迷的爱人,知道她的每一个眼神、每一个动作,对这其中蕴含的一切可能和隐秘都心领神会……他把心中的惧怕和不安都遮掩了,像维护一个最大的珍宝那样,维护着她的安全和尊严。我安慰老人说:"那就让我们等等吧。他会把她领回来。"

这一天真长啊。我看见老人不止一次去院子外面,直直地盯着巷口。

天快黑了,有人敲门,进来的不是庆连,却是宾子!他来不及寒暄就问:"小华来这儿了吧?她在哪?"老人拍打膝盖:"小华领走了荷荷啊,庆连不放心也赶过去了,还没回呢。"宾子咬咬嘴唇,对我压低声音说:"小华早就耐不住性子了,一天到晚抱怨。我告诉她,你只要再回那个公司,就别再回来了。她已经两天没回鱼塘了,我去她家找人,才知道她来了这里。"

天完全黑了。庆连终于回来了,身边没有任何人,一见宾子就说:"我去了你的鱼塘,扑了个空……先去了小华家,又去你那儿。

看来她们结伙儿出去玩了。”老人急急地问：“你没去荷荷家？她妈怎么说？”“哼，她家里一点都不焦急，说她是嫁出去的女泼出去的水，死活都是我的人了……”

大家沉默下来。宾子骂了一句。我不知道他在骂荷荷的父母还是骂小华。宾子问荷荷的病情，庆连说好多了，已经不碍事了。宾子看看我，对庆连说：

“我得告诉你，是那个公司的人把她害了，他们都不是好东西！村里去的闺女早晚都得毁在他们手里……”

庆连一直怔着看窗外，那是一片在黑夜里摇动的菊芋花。

宾子声音低下来：“她其实瞒不了我的眼——那个公司原来的副领班来找过她，有一次被我碰见了。我警告小华离他远些，她说他早就不是那个公司的人了，你怕什么？我说不管他是哪里的人，只要黄鼠狼给鸡拜年，就没好事！我问副领班来干什么？她说不过是老熟人了，来玩玩，人家在当地小城里工作，进了‘卡啦公司’——听听这个名字吧，就不是什么好东西……”

庆连抬头看他，一脸的迷惑。

“老兄，我是怕她们又被那个副领班领走，那样就糟了！”

庆连焦急了，又说：“不会的，荷荷病刚好一点，什么公司都不会要的。”

“老兄错了。那些公司什么歪招都有……要是小华再不回来，我就得找那个副领班了。”

我不知道副领班与“大鸟会”上传说的那个家伙是不是一个人，那可算一个狠角。我想提醒庆连一句，但碍于宾子在场，不知该说什么好。有一点宾子是对的，绝不能往好处想得太多。我问宾子：“你知道那个副领班在什么地方吗？”

“就是城里，咱们找那个‘卡啦’就行。”

“卡啦”肯定是村子里的一种叫法，可能是一家娱乐场所。我对庆连说:“这事再也不能拖了,我们应该天一亮就去找小华,她们可能在一起。”

二

夜里老人一遍遍起来张望。庆连和宾子睡在厢房里,两个走失了女人的男人一夜嘀嘀咕咕。我一个人睡在西间屋,疲倦至极却难以入眠。这个夜晚多少人无法入睡:帆帆、凯平,也许还有那个瑟瑟发抖的老人岳贞黎——他在难分难解的恩怨纠葛中挣扎,时不时被那个噩梦袭扰。不知为什么,我脑海里常常出现那个发育不全、脖子细长双目圆睁的大头娃娃!我今夜好像要从小阿贝迷茫的目光里读出什么……孩子站在面前,紫黑的嘴唇颤抖不已,发出声声哀求——他在寻求我的庇护,像一只小狗一样溜到我的身后!我四处张望,好像听到了什么,哦,那是一阵紊乱的脚步声。终于看到了,那是两个带枪的男人,他们一个把枪提在手里,一个背在肩上——渐渐近了,其中的一个有些跛,原来不是别人,正是拐子四哥!“我找得你好苦啊……”我一句还没有说完,他就神情肃穆地指着一边穿了旧军服的人说:“这是于畔同志。”我惊得只盯住他看,终于从那双眼睛上辨析出来——这双眼睛和凯平一模一样!正这时于畔开始说话了,他的声音温和、沙哑,却透出一些难言的威严:

“你看到了小阿贝吗?”

我摇头,从嗓子眼里挤出一句:“可他……还是个孩子啊!”

拐子四哥点点头:“不错。不过我们要通过他找到岳贞黎——那是一个叛徒……”

“如果你把这个消息通知我的儿子,”于畔看看远处,“他叫于凯平,那就再好不过。”

我点点头。让我震惊的是,他刚才毫不犹豫地将儿子的姓氏改了过来……他们匆匆走开。我吓了一身冷汗。这时候我才转脸寻找身后的小家伙,惊讶地发现那儿空空如也。他是什么时候溜掉的啊?

我突然记起了身上有一个重要的使命,那就是找到凯平——这是一个十分紧迫的、沉重的委托,它来自爱人和父亲两人……我好像感到了时间的紧急,我正在与时间赛跑!接下来我马上掮起背囊,不顾一切地奔跑起来。

正前方有一个熟悉的身影,他在那儿一动不动,仿佛伫立了许久。我一直凝神盯视,终于看出他不是别人,他就是凯平啊!我喊他,他却纹丝不动地将背向着我。我不得已伸手扳住了他的肩头,用力一扳——

天哪,我的背囊掉在了地上……原来凯平已经被人杀死了,脖子上有一道触目的伤痕,只是没有倒下,他死不瞑目,一直看着我……我啊啊大叫,叫着"凯平凯平",摇动他,紧紧地抱住他……"我来晚了,我有多么重要的消息要告诉你,可惜你再也听不见、听不见了……"我号啕大哭,以至于这声音引来了一个看客,他在我的身后发出"哼哼"的冷笑。我回过头去。

是马光。他戴了一顶帽檐很长的塑料凉帽,多毛的手腕露在外边,这特别激怒了我。他的右手抄在衣兜里,我怀疑那里有一把刀——是他杀死了凯平!我一股热血直冲头顶,眼睛快要瞪出了眼眶,迎着他扑了过去。谁知他在我身上轻轻一点,我就再也动不了——他得意地笑了:

"别激动。本来要和娄萌一块儿找你谈谈,她很忙。我们俩说得更透一些,不是吗?"

"是你杀了凯平?你这个卑鄙的杀手!"

"别激动,我说过了嘛。我已经追了你好久,打听你的行踪,原来你藏在这里。好啊,动手之前先让我来审问你,你必须如实回答。这其实也是你最后的机会……首先告诉我,梅子为什么不和你一起?你认识这个吗?”

他手里像出示一个证据似的,悬起一张照片。那是一张合影:我和梅子站在紫荆花下,她笑得那么美。

时光一晃即过去了这么久,差不多整整十八年!而今我们再也不会在紫荆花下照这样的照片了,大概永远都不会了。我现在面对着一个真正的恶魔,而且难以取胜。为什么?就因为我面临着一个不义的、阴险的、无测的、模糊而阔大的一片,这是混混浊浊的、望不穿的一个地方。这里有一种无所不在的力量在帮助这个恶魔。而且,再没有一个杏眼通圆的姑娘帮我了。她不再相信我——人生中途失去了一个杏眼通圆的伴侣,这才是人生的大不幸。

“她不会和我一起上路的……”

“她成了你痛苦的一部分,成了你的累赘!在你眼里,只有自己才是一个痛苦决绝的家伙,一个殉道者,而她呢,是地地道道的世俗庸人……”

我咬咬牙关忍住。

马光掏出一支烟点上,蹲下来慢悠悠地吸着,眯上一只眼:“我这会儿得让你明白,你算不上什么英雄。从过去到现在,你压根儿就别打这个谱。十几年前又怎么样?你当时不过是一个逞能冒泡的家伙,这样的人多得是——你还记得在城南的小山上,一到了晚饭后就聚起一大帮辩论的人?他们有时争得脸红脖子粗,主题词大得吓人:生活的意义、人生的道路——奉献啊索取啊之类的,一些哲学命题,大家争到半夜甚至通宵!你和我都参加了,我们最后作为辩论的胜者登上了小山顶,那些失败者被我们大喊一声‘下去’,就下山去了——他们蜷在山根反思去吧,全是一帮窝囊废……这就是前些年的情景,现在听起来很戏剧化,但都是真的,我和你都不会忘记那些日子。我为什么说起这些？我的意思是说，我们在那样的年代，有那样的追求和表现是不足为奇的，因为那是整整一个时代的风气，我们不过是跟从了一种时尚而已！我们并没有什么特立独行，也没有什么了不起的创造和发现！我们只不过是及时地跟上罢了！你平心而论，能说我们这种人是英雄吗？”

我不得不随上他扯远的话题，反驳说：“难道那有什么不对和不好吗？难道我们必须放弃当年的一切，像别人一样信奉实用主义、机会主义，干一些混世下流不择手段的勾当？”

“你知道我不是那个意思！我是说，我们无论是过去还是现在，都远没有自己想象的那么出色——我和你都不是那样的人物，因为我们在现实生活中从来没有那样杰出、那样义无反顾过，没有那样的表现；我们得承认，我们总体上还是平庸的——现在我已经承认了，但你死不承认，至死也要装样儿，这就是我们两人现在的不同、现在的区别……”

我一万个不能同意，却不愿就这个话题去反驳。这也许不是深入辩论的时候：一个人危在旦夕还要高谈阔论总是可笑的……可不管怎么说，否定当年的一腔热血，在我看来是可耻的。在一个物质主义者和财阀们洋洋得意的时候，一个当年的热血青年率先起来诅咒自己的昨天，这无论如何都是不能原谅的。我现在记起更多的不是自己的过去，而是对面这个多毛的家伙。他那时也是一个参与者，言称绝不允许自己碌碌无为地活下去，对当下充满怀疑——认为自己这一代城里青年已经不配奢谈人生之类，因为经历和资源太过单薄！“我们甚至没有见过真正的高山大河，没有见过真正的苦难人生——对山地和平原上一代代受尽辛苦、自生自灭的劳苦民众简直一无所知……”他跟上一些人喊着，决意“掮起背囊，走向大道”——他们当中的大部分都纷纷表示要放弃优越的生活,不顾家里人激烈反对集体出走——到最艰难最严酷的地方去,并发誓坚持下去……瞧吧,这就是当年的情形！那是一段不能遗忘的历史。我不得不大声提醒这个家伙:

“你虽然是一个当事人,可是你没有权利否定过去……”

他硬撅撅的目光盯住我:“我？否定？我是要分清、要理性。你只要实话实说,就会承认当年仍然是相当幼稚的理解、是概念化的冲动——出走,远方,苦难,真理,民众,是这些混合一起的模糊之物在诱惑和牵引我们,我们就是这样上路的！你和我,我们大家,谁都没有更扎实更充分的准备,没有清晰深入的理解,所以最后——真正韧性的坚持根本就谈不到,一遇到大坎儿还是得折回来……在一大部分青年当中,当年那种冲动都是相似的,那是一个时代的产物。如果要问:为什么那么多人选择了完全相同的行动？你会说,这就是美好的理想啊！是她在某个点上的交集和契合啊——是的,某些革命和运动都是这样;问题是这种交集能走多远？这里面会有多少不求甚解、多少盲从、多少裹挟,我们心里应该知道！如果沿着同一条大路往前,一直往前,选择的差异必然会越来越大,这才是正常的！‘理想’,它说到底不过是一种个人化的坚持和追求,它的两个关键词应该是‘个性’和‘探求’;如果再加上一个,就是‘怀疑’！它是我们每个人自己的、被不断求索和质疑的东西——这才是‘理想’！”

我忍着,并努力琢磨这个家伙的咬文嚼字。我在想:强调“怀疑”,这能否成为背叛的借口和遁词？我这样想着,立刻出了一身冷汗。这二者的界限将是多么难以区分啊！我不停地摇头。

“所以,”他的手指顶一下帽檐,“无论一个人拥有多么美好的愿望、制定了多么美好的生活蓝图,有着多么美好的理念,都不能强迫别人去一道实践;即便是他自己,也不能一直固守在一个点上,不能停止真正的探求——这种探求和怀疑一旦终止了,没有了生长,那就会僵死,就会变得相当粗暴和腐败——正因为你们自己陷入了一种概念化的生活,所以你们的失败是必然的。”

我呼吸急促,汗水从额上流下,一直流到了颈上。我的心被他连续锥了几下,已经完全无法忍受。好像有一个经年累月的建筑,被一个人轻轻地抽掉了基础——我正倾尽全力不让它倒塌,最后却被埋在了一堆瓦砾下边……我大口呼吸,一时无语,只恶狠狠地看着他。我在想:我遇到了一个今生最恨的人、一个让我无可奈何的恶棍……

就在这个时候,他的右手活动了一下。我看到了一把刀子。我闭上了眼睛。

三

我从那个唇枪舌剑的梦境中醒来,发现自己真的像经历了一场激辩和狂奔一样,口干舌燥。天还没亮,再睡已不可能。我咚咚饮了一大杯凉水,大睁双眼躺在那儿。梦中的对答句句清晰。

我现在需要追问自己的只有一句:你能够忍受吗?如果能,你就待下来;如果不能,那就走开。也就是说,你到底属于那座城市,还是那片野地?无论有多少责难,你都必须回答自己,因为这对于你而言是一个实指,丝毫不是什么象征。

这句回答真的不再虚幻,它非常具体。它离我很近很近,简直是触手可及;可有时又觉得它远在大山的那边,我将为此舍上一生——一想到这里反而有了一种殉道者的激动,于是一切的困苦和不幸皆不在话下了。这种瞬间感受引导了我又折磨了我。旅途上,我一遍又一遍对自己说:没有人能够阻挡衰老的脚步,没有人能够抹去痛苦的皱纹。一切都将来临,一切都将结束,我们的畅想与不安,我们的回忆与牵挂,很快都要化为天边上那缕淡淡云气——这云气在傍晚阳光的照耀下反射出异常美丽的彩色流光,一个人因此而感到欣慰。芦青河水滚滚流淌，它切割山脉滋润大地，它的汩汩之声就是永恒的歌唱。它归于大海，被大海宽阔的臂膀所拥抱，被负载到世界的另一端去诉说，去结识去向往——这之前有一种卑鄙的力量使它变得污浊沉闷，使它没完没了地哭泣和叹息。它变成了洗涤山区和平原的一股黑水，淘洗下来的都是附着在山脉和平原上的罪恶，而这罪恶又被大家搅进土末中、扬在空气里。

你沿河一路追寻下去，多少人嘲笑你背上的行囊，将其看成蜗牛之壳，看成愚蠢的驼峰；惟有你把它当成了忍耐和负重。即使是渺小的渴望，你仍然需要一种他人不需理解或难以理解的追赶。东部是你的故园，是我先人的长眠之地。你常常渴望溶解在那片苍茫之中，可是它们一次次都拒绝了你。你认为故园该有一个通往苍茫的大门，就为了寻找这门径，你徘徊不止，伤痛的一双脚踏起了黑色土末。当你坐在路边岩石上，倚着自己的背囊喘息时，常常不由自主地走进了一个个忆想。每一次都让你失望。你身上满是损伤，然后损伤他人。你身上的污浊洗也洗不清。可是这一切都不能使你悔悟，不能使你退却——此时你已经没有了退路。决定在你，不能犹豫。

我不断回忆路上遇到的那个流浪歌手，记起他美丽的、不可抵御的歌声。那是一种极致的美。他残缺的身躯用一支拐杖扶起，然后就忘情地倾吐。他那脏乱的头发披在肩上，稍稍遮掩了热情的双目。他看着所有的人。有时候他干脆望着天空，只与天籁应答。如今他就住在这千疮百孔的平原上，在某一个村庄，他原来也有一个坚固的住所，但已经被自己的兄长骗走。于是他住进了草窝，走进了自己的流浪。我想起了与他相伴的短短的一段时间，清清楚楚记起他手上的疤痕，他单薄的衣衫。他的行头可真是简单极了，比起那些浓妆艳抹的鬼魅歌手，他却拥有无穷的力量。我认定这是人世间所能保存的神圣而深奥的一类发音器官,作为一个歌手,他将歌唱的形式和内容都推到了一个极端。我相信一个人只有从容面对贫穷和死亡的勇气,才会有这样的歌唱。有人称颂决绝,却很少看到决绝的生命:没有指望,没有幻想,只有歌唱。他咀嚼着粗糙的食物,喝着生水,日复一日在饥寒中跋涉。他心中盛满了某一种感激,对温暖和生存的感激。远山流云的神秘,那种不可比拟的美,粗粝细腻柔和温情,掺和在一起让他拥有。此刻他与之融为一体,成为不可分割的一部分。他唱出的就是这样的一种情感。谁也不会认为他传达的仅仅是一种悲苦和苍凉——不,这是一个受尽折磨的心渗流满溢的感激……他感激的不是大多数人通常所能理解的那一切,而是其他……他感激什么?我久久思忖,讲不清楚。我的无边无际年复一年的奔波,或许可以感知那一切,抚摸到它的边缘。我仿佛预感到它和无望、仇恨、未知、热爱——这一切紧紧交织在一起,是这种感激。

人在旅途上很容易抓住两种极端的情绪,一是仇视,再就是爱和感激。我终于发现前者是无力的,它太粗糙;它被后者所化解包容的那一刻,才焕发出无边的力量。一个流浪者携走和消受了残忍的元素,从此拥有更多的悲悯和同情。冥冥中的一束目光啊,你看着他拖拉一只残躯,来复奔走,看着他如何费力地刨开泥土,丢下种子,浇水灌溉。流尽汗水之后玉米长起来了,麦子长起来了,又要收割它们,把沉甸甸的果实捧在手里……从播种到收获,无数次折叠伤残的躯体,这才得到一点吃食,得以果腹。当他不停忙碌的时候,歌声也不会停止。有时把它掩在心中,压在心底,只让自己倾听。有时他把它呼喊出来——这一腔歌声啊,已经不能闭锁在心界之内了,流浪者要携它走向远方。冬天冰凌遍地,大雪压顶,天冷得让穷人没个提防,几次倒下,揪裹单薄的衣衫。他大步奔跑甩掉冰凌,让身上热汗津津喷散白汽。什么也比不上心中的光更热,人的激情之流能融化整个冰天雪地。

我曾记住对那个流浪歌手的许诺,在平原上寻找那个长了几棵黑榆的小村。我费力打听那个人。所有人都知道他,而无须说出他的名字。老人,年轻人,光屁股的孩子,都伸手指着一个地方——我被他们指引到村子西边。那里堆着一些秫秸,堆着一些乱七八糟的柴火。在柴垛后面,有一个用树木枝条搭成的小小窝棚。它简陋,干净,有小窗,有开阔的门。那个窝棚隔成了两间,墙壁上抹的泥巴脱落了许多,于是可以从缝隙中清清楚楚看见里面的锅碗瓢盆、一个地铺。地铺上是蒲草编成的荐子,光洁干净,上面还规规矩矩叠了几床被子。墙上挂了一个军用水壶、一个很大的葫芦做成的水瓢。屋里空空的,窝棚锁了。伏在旁边的几个娃娃、几个年轻人说:不到大忙时候他是不会来家的,这会儿嘛,大概又背着那宝贝物件串街走巷去了……

我只好遗憾地走开了。相信自己是在踏着他的足迹往前,听着他那哩哩啦啦的歌声赶路。他的歌啊,像滚烫的热流一样回荡在原野上。我总是想,在我前面,在路上,正有一个人焕发出自己的全部热情,使用了耗不尽的源泉……这个黎明前,我还想起那些曾经上路或正在路上的朋友:默念他们的名字,悄咽下一个个隐秘的名字……他们正流落高原。是的,那里更接近一片蔚蓝明净的天空——他们在那里聚首或等待。没有悬念,没有另一种可能。他们睿智的目光望穿一切,也将一切化为淡漠。他们不再呼唤也听不见呼唤,忙着拒绝也屡遭拒绝。热情,人的热情,青春的热情,它果真是那样脆弱吗?回想梦里某个人的锥心之语,至今还让我全身战栗。是的,一种力量在逼近我,它催促我做出今生最为艰难、然而却是不可丝毫模糊的选择。

我比任何时候都更加想念与凯平在一起的情景。那是怎样的一种友谊!还有帆帆的农场,她的兴致勃勃日夜操劳,简直不曾疲倦。不论成功还是失败,我们对周围都那么较真。这就是热情,这永远没有错。热情的终点不该是冷漠,热情从来都是冷漠的敌人啊。

我不敢想象凯平还会回到帆帆身边,这将是一次可怕而动人的选择。因为我太了解凯平了,他恐惧冷漠,而帆帆就是一把火,美得惊世骇俗,是生命里一种奇怪的燃烧,长久的灼热。在凯平眼里她是惟一值得信赖、值得留恋的人,除此而外再无其他。是的,忍受冷漠的蚕食就是一种可怕的妥协。周围的世界将因此而一点点蛀空、垮掉。一些不同寻常的变故都透着一种冷漠。我不时听到一声叹息,是它让我们大家都松弛下来,松弛下来……一个手指按在心弦上,轻轻一拨,发出了沉重的回响。不,不能松弛啊。

天亮了。让我们快些行动,快些追寻吧。

生存时代

一

为了慎重起见,我们三人还是先去了她们的家——荷荷和小华家高敞的房屋和开阔的院落都同样触目,连我都能分毫不差地指认。它们为村里人所侧目。接待我们的都是她们的母亲,其他人却有意无意地回避。这让人想到天下母亲都一样疼爱自己的女儿,准备在任何时候为她们忍辱受屈。她们回答我们的话大致相似:两个姑娘结伴出去玩玩,这没什么大惊小怪的,你们大老爷们总不能一直把她们锁在家里吧!她们都是活泼的小孩性情,老关在家里可不行!宾子一背身就骂了一句,庆连则无望地看着我。

没有办法,去那个小城吧。三个人中只有我对那里最熟悉,我的外祖父在城内曾拥有一幢多么伟大的府邸啊。当然了,这是很久以前的事情了。可不管怎么说,事实上它一直连接着整个家族的荣华与屈辱、悲伤和疼痛……我们走吧。

本来要搭公交车,可宾子说往东不远的开发区就有不少"娱乐城",我们是不是一路访听?大家都同意了。又看到了高高的吊车和围起的砖墙,听到了机车的轰鸣。我以前曾鬼使神差地一次次来到新兴的"开发区",又一次次绕开。路上的人越来越多——照例是一些走出家园和回到家园的人。我一眼就能把流浪汉们辨认出来,他们有的头上捆着手巾,有的赤手,有的提一些包裹,眼里常常是一种松弛的神情。对他们而言哪里都是居所,随时都可以停下来干活。他们有的是到开发区打工的,据说那里工钱很高,只是干的活儿怪吓人的:要钻到地下管道排除污物,爬到高高的烟囱里打扫积灰;挖地沟、疏通粪池……所有别人难以下手的活儿都找到他们。流浪汉们有各种办法坚持下去,他们真是坚忍强悍的一族。

这儿的人太多了。平原和南部山区这一片广袤无边、连接着大海的土地,这些年总是涌动着人流。仅仅是几年的时间,城乡大地上一下出现了这么多的打工者。他们什么都干,像打仗一样打工。我亲眼看到他们在海边拉鱼,在又粗又咸的网绠上搭一只手,就为了上网之后能喝上一碗鱼汤。在山区,他们钻进连最基本的安全设施都没有的石洞子里,出生入死。有时候十几个打工者抛下一两具尸体,重新上路。在南部城市,他们到建筑队当帮手,到搬迁区拉地板车。我在一个大学区看到他们在挖一个深深的地沟,半截身子都浸在冰冷的水里。城市的街头小巷、立交桥下,都住满了打工的人。与此同时,平原和山区却雨后蘑菇般出现了一群小楼。这些"别墅"大部分盖得粗俗无比,不忍目睹。这儿的人只急于模仿,筑花园、垒红色的尖屋顶,以便惹人注目。拥有"别墅"的人一律雇上了丫环和保镖,养了猎犬。从铁栅栏围墙看到的黑背猎犬睁着一双凶残的、藐视一切的狗眼,也等于看到了它的主人。一个个主人与这些满地流淌的打工者势不两立。一些人的猎犬,还有违法藏匿的各种枪支,永远提防的就是墙外的人,也包括打工者和流浪汉。

穿过凋敝的村庄,马上看到零零星星的"别墅"。

有一个脸色苍黑的瘦干干的青年,张开一口结实的牙齿看着我们,发出一声极不清晰的询问——到哪里去?做什么手艺?我们说像他一样,也是"打工的"。一句话让他放心起来。他与我们挨得很近走着,说:"你们可千万别去东边那个大户打工啊!一入了他的地界,一时半会儿走不出来。那里活儿多,工厂,娱乐城,种地,反正只要有力气干什么都行……"一听"娱乐城"几个字大家就瞪大了眼,仔细问了起来。

原来大户的名字我们都听说过,叫"豪(耗)子",是个亿万富翁。"豪(耗)子"旗下拥有数家工厂、高尔夫球场、农场,小城里最大的娱乐城也属于他。他现在不仅拥有亿万家财、一片片别墅一群群女人,还建立了自己的武装。令人瞠目结舌的是,他还油嘴滑舌地编出了一首颂扬自己的歌谣,让人摇头晃脑地背诵。谁学会了这首歌谣,谁就等于领取了一份恩赐的证券。我亲耳听到那些缺牙少齿的老头老太太坐着马扎背诵那首歌谣……达官贵人走进那块领地也要逗趣地学几句歌谣,然后与之握手照相。如今那首歌谣竟然堂而皇之地登在了报纸头版。"豪(耗)子"修了路,拆掉低矮的茅屋,建起一排排整齐的房子,同时又私设公堂,吊打了无数村民。在他的花园别墅,在刚刚铺上草坪的庭院里,那些衣冠楚楚的人物经常来访。

也就在这个财富和奇迹的发生地,五六年前马光遭遇了这个家伙。他回头描述这个人:面色蜡黄,双耳高举,一对圆眼漆黑锃亮,一见面就甩着手骂城里人,说那些狗娘养的翻脸不认人——他们来拉赞助,有一次一天接待了十二帮,讲好了要把他编进歌里,照片印在书上,再不就用他的名字命名一所大学……各种许诺都有,可到后来只是骗人!“龇着一口黄牙,其中至少有两颗犬牙——好像随时都能把对面的人撕个稀烂。”马光说着,让我感到一阵快慰。马光又说:“他一直骂‘骗子’‘小要饭的’,说有一天让他遇到,非把他们的肠子踩出来不可!真可怕!凶恶啊!看他那个粗脖子,疙里疙瘩的后颈,一定会说到做到。”

其实马光何必激动。欺骗,变相欺骗并且高喉大嗓地歌颂欺骗,对他那一伙早成为家常便饭。他们不是也搞起了一个公司吗?没有本钱,只有牌子,于是只好打起东部大财东的主意,还堂而皇之地卖起了“点子”——什么“点子”都有,听口气好像还拥有一套完整的“治国方略”,政治、教育、科技、卫星上天,建立空间站……什么本事都有,就是没有廉耻。“礼义廉耻?我操死他娘了!咱中国还不就是让这些狗日的老词儿给整垮了的?”一些大小老板与马光对饮,最听不得的就是“廉耻”二字,一沾边就破口大骂。马光的“公司”有“形象设计部”,据说一个企业一个国家、一个人乃至于一个家庭,欲要兴旺发达,必须首先完成形象“设计”——“你说需要个什么形象吧!咱这里就是要给你落到实处!”有骗人者自有上钩者,那些既狡猾无比又傻得可爱的暴发户,真的将大把票子甩到了“点子公司”。马光的人有一次把一个年轻的女老板设计成了“哪吒”,还给她画出了脚踏风火轮的宣传画——这位女老板竟然兴高采烈地接受,在办公室和公司处处张贴,还小模小样地印到了自己的名片上。

马光靠“企业家”的残羹剩饭养得膀大腰圆。他的“点子”越来越多,无奇不有。暴发户们挣足了钱,该过的瘾都过了一把,剩下的事情就是到国外去赶赶洋行市。于是公司就立刻打出办理出国业务的招牌。要到欧洲美洲澳洲随便天底下的那些黑旮旯吗?那好办,只要出一笔钱,一切包办得利利索索。老板们出去转一圈,回来后满腹怨言,被洋人气得呼天抢地,但总的来说还是乐呵呵的。骗人的愉快和被骗的愉快比较起来,总是被骗的刺激性更大一些——而这个世界恰恰是寻求刺激的世界,所以说被骗也没有什么不好。人活着就是互相欺骗兜着圈儿玩,如果没有这点基本常识那简直就是傻蛋。

马光说就是这个叫“豪(耗)子”的家伙,有一天正愣神,听到刚从大学雇来的女秘书咕哝了一个书名:“被开垦的处女地”,立刻一拍大腿叫道:“好也!”现在随处都在开垦,到处都在刨啊挖啊。一万双尖利利的眼盯着同一个地方,到处都在寻找处女地、寻找处女。他们硬是在粮田和荒坡上开垦出海滨胜地、度假旅游区,让它们变得风骚迷人,变得大名鼎鼎膻气逼人。“豪(耗)子”从来都是撒钱圈地的好手,是整个平原上开窍最早的好汉,喊着:“快抢啊,别瞎鸡巴挑肥拣瘦了!”他手下的人应声而起,只两年时间就把近处的地圈完了,然后又开始打南部山区的主意。与这个富翁争抢的人也不少,从此山区常常出现一些外地人,他们打扮得奇形怪状,什么空子都钻,只要有利可图就行。有一些西装革履的家伙竟然专门在山区收购狗皮——山地吸引他们的竟是那些满街乱窜、瘦得风都能吹倒的一条条干巴狗。越是贫瘠之地这样的狗就越多,它们不用主人饲喂,每天跑到山里,用谁也不知道的方法填饱肚子,摇摇晃晃长起来。它们与山民相依为命。可是那些巧嘴滑舌的家伙一遍遍规劝山民宰狗,说狗皮钉在墙上风干了就是一笔钱。结果一条条狗都被宰了。那些收购皮货的人以极低的价钱从交通闭塞的山旮旯里把狗皮收走。在人迹罕见的荒原上,有人则收购兔子,先是取走毛皮,然后在最简陋的地方开办所谓的“罐头工厂”,制成兔肉罐头,贴上花花绿绿的商标运到城市乡村。

平原和山区交织着无所不在的陷阱和绊索,等待着自己的猎物。那些躲在后面的家伙吃饱喝足,大腹便便,剩下的事情就是排泄。时代不同了,他们的排泄渐渐讲究起来,需要找一个风景宜人的"胜地"去慢慢排空。这些人满口脏话,随时随地挖鼻孔剔牙,中式西式服装轮换穿,有时上边扎了领带,下身却要穿一套中式宽松裤,腿脚上再缠一圈黑色丝绸带子。出行要乘高级轿车或软卧包厢,尽可能地挤到海边别墅,在那儿一点点消耗鲸吞的膏脂。有人为这吞食和排泄的过程感慨不已,忍不住要欢呼雀跃一番,喊着:"最伟大的时代来到了!"他们一边阿谀,一边琢磨着怎样寻觅一些排泄物——直到有一天被这些冲决而出的粪便糊了个满身满脸……这些人无一例外地相信:金钱可以使卑贱者变得高贵,让粗俗者变得文雅,可以代替文明和教化;财富可以让暴徒变得仁慈,让丑女在一夜之间生出迷人的姿色。他们对那个亿万富翁跷着拇指说:"爷您哪,倍儿棒!"

这家伙听不懂京城土话,摸着刚刚理成的板寸头四下瞧瞧,咕哝一句:"我日……"

二

马光有机会随上财东们到欧洲和美洲转悠,可是常常要蔫蔫而返。本来是找乐子的,有时却不得不忍着,饱受歧视。去哪里寻找一片没有歧视的土地?到处都织满了歧视的目光:第一世界歧视第二世界,第二世界歧视第三世界,而第三世界又歧视实际上存在的第四或第六世界——非人的世界。文明人歧视野蛮人,而富人又无一例外地掠夺穷人害怕穷人。问题是这个星球实际上是靠穷人支撑的,穷人像茅草一样铺满大地,他们是土地的植被。每一个人来到这个世界上都是至为贫穷的,手里没有攥住一枚硬币,身上没有半丝半缕。这就是一个生命与这个世界刚刚发生联系那一刻的真实。可见歧视贫穷就是歧视生命。

同样是故事,我们上一个时代有那么多悲壮的故事,主人公仍然活着,他们大睁双眼看着今天……我难以忘却那个老红军的葬礼,至今回忆与那个老人在一起的日日夜夜,记起他院子里疯长的美人蕉、花丛下的高大美女莫芳。瘦削的老人用一只青筋凸露的手剜着苔菜,又把它洗干净,搞自己的一日三餐。高大的美女在那幢红砖小房子里浮想联翩,不仅以自己的高大美丽傲视世界,而且还因为自己是这个平原上硕果仅存的老红军的儿媳妇而更加无礼。她骄横的理由尽管奇奇怪怪充满矛盾,可仍然要不失时机地歧视穷人,歧视老人从过去到今天的所有业绩。她热衷于激光唱片、疯狂的摇滚、欧洲和北美风味,以及与这些连在一起的现代恶习。她甚至公开赞扬同性恋、鸡奸、吸毒和女子裸体游行,虽然暂时还不是一个身体力行者。我直到现在还记得,她那描得浓浓的眼影使其变得更加遥远和神秘;高大的躯体,逼人的体香,不太掩饰的放荡泼辣,这一切构成了老人身边一个极其危险的因子,就像一颗随时都会爆响的炸弹。我不知道那个瘦削的老人在这样的空间里,如何度过激越怀念的晚年岁月。

那次相聚长时间地在我心里滞留不去。多么好的老人,他不仅给我讲述亲历往事,领我参加战友的葬礼,而且还领我观看旧时战地,拿出了他珍贵保存的一张纸头——起义手令。

我极力去理解当年的暴力。从那个时代过来的人都知道贫穷是怎么一回事,知道怎样才叫民不聊生饿殍遍地。与此同时,那些豪绅富贵却把持着这片平原上的绝对财富,不知餍足,骄奢淫逸到了闻所未闻的地步,一餐饭的消耗可以让一个贫穷的六口之家维持两年生活。由此而产生的对于富人,以及他们所依赖的那个体制的道德质疑,也就自然而然地发生了。也正是在这样的前提之下,有人才确立了"无产者干净纯美"的理念。关于无产者的颂歌,以至于对暴力和反抗的颂歌,就这样找到了伦理依据。

老人向我描述了那一场起义的前后经过。我记得当自己想要抚摸那一纸手令时,被他阻止了。他大概是怕磨损和玷污了它。“起义”这两个字所给予的崇高冷峻的境界,使我无论如何没法不感到肃然。在它面前,一切浮华都化为了粪土。那一场战斗从黄昏打到黎明,战士的血染红了石英石山坡,百灵吓得缄口,漫山遍野的山鸡一连十多天收声敛喉。只有山坡上的小草在歌唱。

一个人,一个阶级,都像土地上的植物一样跟随季节变换。那时的无产者是纯美的,但他们当中的一部分后来变得污浊、褊狭而粗暴、执拗又无理。他们也像别人一样,渐渐丧失了自己的道德基础……莫芳从来不想理解这一切,她甚至不愿倾听。她站在红砖房前,背向着老人——看着她丰腴而颀长的身材,又直又圆的两条长腿,你不由得会想,与她进行的所有谈话,什么理想、战争、昨天,一切都统统徒劳;她热衷的只是人的感官快乐、妙不可言的瞬间、性的隐秘,诸如此类。

这个高大的美女,一头浓黑的头发闪着蓝光,与这个喧嚣狂乱的时代是多么合拍啊!她踏着它的节拍摇摆,为了参加人生迟来的这一场舞会,已经迫不及待地描好眼影涂了口红。她养了一只洁白的大猫,故意在生人面前不停地亲吻,以发泄和炫示那种可怕的破坏力。而我所尊敬的那位老人就在隔壁,他为上一个时代付出了一切,又为突如其来的当下忧愁不已。高大的女人做好了随时移居国外的准备,同时又盘算着怎样捞上最后的一把,正欣赏一个老人的痛心疾首。她当着我的面把那一纸起义手令叫成“屁”,甚至说:医治她公爹晚年的忧心之方只有一个,就是赶紧替他找来一个年轻的伴儿,“人老了才需要女人哪!他们在一块儿缠磨一段儿,就什么都好了……”她翻过弗洛伊德,说:“老弗虽不能说囊括了所有真理,至少也囊括了大部分真理。他儿子在这方面比他想得开。我有一个优秀的丈夫,”她说到这儿口气里不无炫耀,“他各方面机能都很发达！”然后是连连叹息，在美人蕉下撩动着两条长腿，“把我这样的一个人留在国内，他也真是放心啊！”——是的，这样的人放在如此沉闷的小院里，不仅危险而且可惜，她该有一个更好的用场和去处了。

分手的前一天她喋喋不休，手里紧紧拥着那只肥猫，吻着它，继续埋怨公爹：“老头子太刻板了，整天想的都是一些八竿子打不着的事，给自己做条好裤子，找点乐趣，这还差不多！他的儿子呢？正好相反，太自私太聪明了——你不知道他多么顽皮，他在我这儿有很多难忘的事儿……”她邪恶地笑了，最后总结般说了一句：

“反正或早或晚，咱们都要‘全球化’了！”

离开那个小院的时候，我记住的是那个女人对老人的怨恨。这种怨恨溢于言表，理由很多，其中最主要的一条，就是老人拒绝了那幢漂亮的小楼，那儿有花园，有车……

我想给她讲一下那一天的葬礼，后来作罢。另一个老红军，就是老人的战友，在感到身体日渐衰微、快到最后岁月的时候，做的第一件事就是回到自己的小村。他要满足一个夙愿，就是死在老家的土炕上，回到自己人当中，和他们待在一起。这对他而言比什么都重要。

至此，我又想起了那个梦中的质询——我问自己：你到底属于谁？

三

“我们在‘豪（耗）子’那儿干的事可花花啦！”小伙子不无得意。

“都干些什么？”

“打工呗，收庄稼，盖房子搞建筑，这些就不用说了；你猜我们还干过什么？”

他越笑越厉害,最后不得不用手捂住了嘴巴,“杀猪,扔砖头,当警察,还给人挠过痒痒哩”。

这一席话把我们说糊涂了,仔细听听才弄明白:原来他在下边一个分公司打工时,头儿与另一个人有了摩擦,就把他叫到暗影里嘱咐了一遍,还当场掏出了几张花花绿绿的票子,差不多有六百块,告诉他:夜里往那个人家里扔砖头——天亮时他要远远看一看,如果扔得好,还要给他加钱。“当时都觉得这活儿不错,挣钱真易哩。到了半夜俺就胡乱扔了几块砖头。”

小伙子笑起来,我们也忍不住笑了。

“不过咱庄稼人胆子小,不能赚大钱,有福不会享。如果胆子再大一点,说不定还做成了那事儿呢!”

“什么事儿?”

“扔了砖头没几天,也就是个把月二十天的工夫吧,东家约上我、他院里另一个大黑个子,说这回可来了好买卖。原来他的那个仇人有个闺女就在外面念高中,一到星期天就背着大花书包、蹬着一辆小红车子回来。她要路过一片高粱地,东家让我和那个大黑个子到时候伏在地里,等那个小酸丫头蹬着车子过来时,就扑上去掳了来。东家说让我们把她架到地里,然后就归我俩了,收拾得越厉害越好,事成之后一个人还发给几千块钱呢!我和大黑个子跟上回一样,一人先得了几百,捏着这钱回屋子寻思一下,怪惢哩!那天正好是星期四,再有两天就该干那事儿哩,睡不着,大黑汉子就找我拉呱儿。我俩商量着该怎么办这事儿,越商量越犯难。到后来我就缩了起来。大黑汉子骂我脓包,说自己去干。我说你去吧。第二天他垂着头告诉:他也不去了——说逮个兔子还那么费劲呢,他一个人按不住她,说不定脸上留个疤痕,一个状子告上去,不被铐走才怪呢。这一下俺俩才明白,俺不是干这事儿的好手,弄不利索。后来俺俩一块儿把那沓钱还给了东家……”

这故事让几个人沉默了许久。

接下去小伙子又讲了“当警察”的事——他被分公司的头儿雇去上夜，“他家里有狗、有丫环、有花园、有两座大楼哩。他雇来干活的人有两种：黄花大闺女，再就是我这样二十啷当岁的壮小伙儿。白天干活，夜里黄花大闺女当丫环，我们这些小伙儿就穿上发给的统一服装，当警察。我们有枪有棍，扛着提着，沿着大墙外巡逻。领头的牵了狗。清早我们还得跑操，系上腰带，‘一二一二’喊着，练擒拿格斗，记住夜里使用的口令。你知道口令是什么吗？”

还没等答腔，小伙子就附着耳朵说：

“那要一问一答，黑影里来一个人，你就得问：‘老大吗？’那边来的人就赶紧吆喝一句：‘屌！’”

“一句粗话？”

小伙子笑了，乐得拍腿：“外面人不知道这里面的道道儿。‘老大’就是豪（耗）子！不知为什么跟我们东家积上了气，东家就故意糟蹋他，把他编进了口令，天天骂。”

我不得不佩服那家伙的幽默。小伙子接上说：“我就在这家做过挠痒痒的事儿。别看东家有那么多钱，吹胡子瞪眼，不骂人不说话，可也算个孝顺人儿。他妈妈皮儿老痒，痒厉害了呼天喊地，吃什么药都不行。请了城里大医生看了，打了针还烤了电，愣是不行。抹那么多药水，把他妈的皮儿都染成了地瓜色，还是不行。后来就给他妈挠了，一挠他妈就说：‘哎呀我孩儿好舒服！’可东家忙呀，不能老这样挠，就让我们这些打工的来干。咱年纪轻不摸门道，下手不是轻了就是重了，他妈就浑骂。我慢慢挠出了窍门，他妈觉得好，把我的手使劲捏住，放在眼前看着说：‘这是谁家娃儿，长这么好的爪子！你看看这小手指甲吧，圆鼓鼓的亲死个人。’到后来东家不让我干活了，就专给他妈挠痒。一挠挠了大半年……这活儿你得不嫌脏才行，哪里都得细细挠哩。挠她下身的时候，我就使劲闭着眼,连大气也不敢喘。老太太说:‘这娃儿不孬,只干活不胡乱看,这娃儿好!’我给她挠啊挠啊……这活儿轻是轻,就是瞌睡受不了。正睡得香甜,老太太喊一声‘痒’,你就得赶紧爬起来给她挠。其实老太太年纪也不大,才五十来岁。你想想,东家更年轻,她打三十岁上守寡,吃了不少苦头。本来这活儿干下去就是,到后来老太太又偷着给我加钱……你说咱庄稼孩儿什么时候见过这么多钱?不过就是挣个金山银山咱也没法干了。为什么?就因为到后来光挠痒还不行,老太太还要跟咱好上。俺弄明白是这么回事,吓得头上的汗粒像黄豆那么大。俺想天哩,亏得东家不知道,要是他知道了,就得拿烙铁活活把俺烙死……那天俺借口上茅厕,一出门撒开丫子就跑,把小行李卷儿也撇下了,一口气跑出来,这不,就跟你们在一块了……”

小伙子说得满脸通红,到后来放肆地笑起来,手舞足蹈……

四

原来开发区里就有一座规模可观的“卡啦娱乐城”!宾子望着大白天闪烁的霓虹灯,大声喊了起来:“瞧瞧,就是这里,就是这里了!”

我们费了好大劲儿才算进了娱乐城的门房,打听小华和荷荷的名字。穿制服的中年人说:“你们这样找人法,怎么都是白搭——得说艺名儿。真名不成,如今谁会报真名?”

我们三个人一筹莫展。他们二人求助于我,我也没有更好的办法。最后他们一致让我到里边去,哪怕只是喝杯咖啡——这样就可以找人细细打听。我同意了。

服务生男女都有,他们大多来自附近的村镇。我问他们:“你们都是使用艺名吗?”他们笑了:“都是‘小王’‘小李’地叫,什么艺名。”有一个说:“不过在按摩房和美容室干的,有的就不是本名儿。”我问他们按摩一次得多少钱？他们又笑：那得看你要什么服务了。我说还不是腰腿疼嘛！有人立刻说：“俺这儿不治这病！”“那治什么？”“专治你的急性儿！”大家笑。我说：“我的性儿不急。”一个小伙子指指我：“瞧一口气问这么多，还说不急！老兄，该进去按按了……”

我付了茶钱——一百元，仅仅是普通的一杯花茶。没有再耽搁下去的理由。我徘徊了一会儿，慢慢走到了闪烁着“按摩室”几个大字的地方。我站在这儿，只有几分钟，一个描了红脸的小姐就过来相邀：“按摩？放松一下？”我没有答话。三两个小姐轮番问过，一个领班模样的姑娘走了过来——我定神一看就是小华！我喊了一声，她的脸色变了……这样镇静了片刻，她做个手势将我引开。

在一个小间里，我口气冷肃：“你把荷荷藏在了这里？”

她半张着口：“她，她一出来走不多远就说要回去——她回家了啊！”

我没吭声。我只是盯着她，想盯出她的破绽。

她说：“我说的是真的。她的病没好，我也不敢强留……”

“这么说你领她来过这里？”

“没呀！我什么时候说过？”

“你刚才说‘不敢强留’，就是说你还是挽留过她——你说走了嘴！我告诉你小华，你如果把一个病人骗到这里来，吃不了得兜着走！庆连和宾子就在大门外边，你看着办吧！”

小华看看旁边，歪着头想了一会儿，抿抿嘴：“我不怕他们。宾子养鱼我没反对，我干这个他也别反对！现在人人都忙着生存，各干各的，人各有志——我今后不想捆在他那架破车上了……”

“生存”这个词儿从她嘴里吐出来格外别扭。我想这可能是娱乐城里的一拨人常说的话。我问了一句：“那个副领班在吗？我要见见他。”

“哪个副领班？我就是这里的领班。”

“嗬，到底是高升了。我是问你在‘大鸟’那儿的副领班。”

她翻翻涂成了蓝色的眼皮：“那你得到城里去找，那里也有一座‘卡啦娱乐城’，它与这里是连锁的……”

“荷荷有没有可能被领到了那里？你跟我要说实话，这事关系重大——”

小华一连声否认：“没有没有……”

疼　痛

一

小城之行没有找到荷荷。这期间我终于不敢延宕，要马上联系凯平了。我急于听到他的声音——当我好不容易拨通了电话时，却又犹豫起来……我镇定着自己，一边想着从哪里说起——由今年农场的玉米长势谈起，然后说到了帆帆。一提到这个名字，电话那一端就有了极力掩饰的兴奋，这从变得稍稍急促的呼吸中透露出来。我说不下去了。那边马上问：“怎么了？”“哦，没怎么。我是说帆帆最近，嗯，可以说遇到了一点麻烦……”“什么麻烦？”“我看最好是见面再说——不过还是先告诉你，现在就告诉你……”“就是嘛，你什么时候也开始学得吞吞吐吐了！快讲吧！”我还是说不下去。再次停顿了一会儿，终于从头讲起来——从那一天早晨开始、一直到离开，帆帆对我讲的一切……

那一端的电话不知什么时候挂断了，接电话的人好像早就离开了，隐隐地、难以察觉地将话筒撂在桌上……而我还在讲着，讲着。

从此不再有他的声音。他不接我的电话,这样一连多少天过去,与我的一切联系通道都切断了。刚开始我极为不安,后来才算定了定神——他会因为我的耽搁而生气吗?不过我想既然事到如今,现在,再也不该急切地追他扰他了,起码要留给他一点舔伤的时间……就这样,我蜷在庆连的小院里,默默等待。这里多半时间只有我和老人,庆连一直在外面寻找荷荷。

大约过了一个星期,我惦念的那个声音重新响起来:嘶哑,陌生,而且非常遥远,就像从另一个星球上传过来的一样。这使我想到他病了——再不就因为困在一座古堡里,那种阴沉古怪的地方很容易使人改变。我们在扯一些无关紧要的事情,可惜这样只有一两分钟他就急起来:我们见面吧,越快越好!可是我无法去古堡,他又不能去那个农场……商量的结果是他到村庄与古堡之间的镇子上,在一个旅店里等我。

我匆匆赶到。原来这是一个老式马车店改成的旅馆。凯平真的病了,肯定大病了一场。我从没见他这么狼狈过:乱发,红眼,脸色发灰,嘴唇哆嗦。他见了我反而一时无语,可能觉得一时无话可说。一个彻底绝望的人可能就是眼前的样子。我怜惜地拍了拍他的后背。他坐在一把随时都能垮倒的老藤椅上,想抽烟,又揉掉。

"你这副样子,老板高兴吗?"

"老板那天盯住我看了一眼,问:'什么事?'当然瞒不住,我就说过几天再讲吧。老板不问了。了不起的老人,能闷住……"他说到这儿苦笑了一下。

"凯平,说句实话,你以前——我是说在家里住的时候,你就一点也没有察觉、没起疑心?"

"怎么会!我从来没有,直到现在都不敢相信啊,老宁!这真像编出来的坏故事——夜里想了想,这就是出坏故事的时候啊,我还有什么不相信的！妈的，我认输认倒霉——真想死，可就是不能死。想宰一个人，宰一个人……谁也宰不了。没出息啊！我得振作一下了，想和你说一说了……”

那把椅子快被他晃塌了。他握紧了拳头捶着桌子，又捶自己的腿。

“凯平，在这件事上，就任其自然吧——既然我们都无能为力……”

“什么无能为力？对自己，还是对帆帆？”

“都一样……”

凯平斜我一眼，咬着牙：“不，我不甘心就这样饶了那个人。帆帆算给他毁了，完了——他是我的养父，所以我觉得自己也有责任，我没能保卫她！我有这个能力啊，我肯定有这个能力……”

“你大多数时间不在那个大院里，怎么保卫她？”

“我能！我应该能！她住进了橡树路，我们都应该保卫她……可惜我们……都没有！老宁，我们都没有……”

我不再吱声。“我们”，这两个字难道也包括我吗？

凯平呻吟着：“那些带枪的警卫、武装人员，他们更没有……”

“他们保卫的是岳贞黎！”

凯平站起来：“所以，所以我们都是一些该死的家伙！老宁……夜里睡不着，我一直在想一件事，就是应该在帆帆奶奶去世前，去看看老人家。一个八十岁的老人天天在河口那儿捡鱼。我对帆帆反而想得少了，因为就那样了——她将来就拉扯着那个混蛋孩子去过吧……最可怜的是那个老人，我们所有人都对不起她……”

他眼里泪花闪闪。我也十分难受，无法劝慰他。这样停了一会儿，他突然抬高声音说了一句：“对了，我今天要告诉你，我从现在开始叫‘于凯平’了。我和岳贞黎没有任何关系了，除了恨他的时候，我不会再想起这个人。”

“……”

“这些天里我一遍遍看爸爸妈妈的照片，看他们那份生平材料，对着父亲的遗像大声喊着：爸爸，你大概做梦也没想到吧，你当年拼着老命驮回来的，就是这样一个混蛋啊！为了一个流氓、骗子，你搭上了一条命！爸爸啊，你听见了吧……”

凯平泪水纵横。

“我爸为了救岳贞黎，肠子都流出来了。可他就是一手捂着流出的肠子，一手揪紧了背上的岳贞黎……我一直在想，平时自己去医院打个针都痛得受不了，想想父亲那会儿吧，他该有多么痛、多么痛……”

我的眼睛湿润了。

“他有多么痛，多么痛……”

二

他的呼喊声中，让我想起了自己的父亲——很久以来我总是回避，总是忍住了不去想他。我不敢想。我曾经仇恨他，在很长的一段时间里，极力忘掉他的模样，他的历史，他晚年的呼号和呻吟。我还记得他脸上的每一道皱纹都刻着绝望，他的眼睛盯视着我，盯视着这个世界，泛起一种即将解脱的欣悦，还有幸灾乐祸的神色……是的，那会儿他的时光不多了，正躺在炕上挨着，我为此稍稍松了一口气。我像摆脱恐怖、死亡、痛苦和仇恨之根一样，摆脱自己的父亲。

作为一个儿子，没有任何人像我一样，因为恐惧和厌恶，在他去世后这么长的一段时间里，故意忽略那一段历史。那是多么复杂费解的历史啊。更为可怕和难以原谅的是，这个儿子还自称是怜悯一切的人。父亲终于死去了，但那已经是两年以后的事。然而我们家从来没有烈士,只有冤死者和苟活者。

想不到最后的日子拖得这样长。父亲的死亡是一个漫长的过程——从仇恨他再到他离去,真是一个十分难熬的时间。我等不到什么结果,只得返回南山——然而归来时看到的却是父亲的坟头:上面刚刚长了一层浅草;周围坟墓的树木那么高大茂盛,生机盎然,开了一片片野花,飞来的鸟雀都愿意落在上面。父亲的坟头这么矮小,路过的人都可以将其忽略掉。我看着它,知道里面埋进了我全部的恐惧和哀痛。

直到今天还能一丝不差地想起那一天。今天看,只有父亲才配有这样的一个坟头,它就像他一样,又黄又瘦,稍大一阵风都能吹倒。谁也想不到这个人竟然来自一个大家族,而且在人间风风火火地走过一遭,所经之处还搅起了骇人的波涛;谁也想不到他的名字会和一部传奇连在一起。古怪的人生和历史就是这样,人们尽可怀疑、谩骂,但最后要找传奇的主人公,还得把目光落到那个人身上。

在父亲去世的前两年,他的机会似乎来了。当年与他共事的那个人,就是所谓枪林弹雨并肩战斗过的那个战友,突然出现在我们的小城里。老天,这个人早已身居要位,他凭地位、声望,要抹掉父亲的冤名就像掸掉一层灰尘一样容易——他是最了解父亲的啊,这么多年他躲在了哪里?不声不响,一个人荣耀去了。母亲说:你父亲刚刚获罪时多少次提过这位证人和战友的名字啊……这一下好了,老天有眼哪,只要你父亲去找他一次、只要他愿动一下手指,一切都会了结。十几年的冤屈、羞辱和不幸,所有这些都会被一阵风吹走。母亲和外祖母坚信这一点,激动不安,望着窗外的天空咕咕哝哝。她们催促父亲快快振作一点,快些从炕上爬起来,只需坐在那个人的车子经过的路边,抬起自己骨瘦如柴的胳膊——那个人就会把手伸给他,然后一拽,就把他拉出深渊。

在母亲和外祖母的咕哝声里,父亲连一丝笑容都没有。他一直躺在炕上,一身发臭的衣服遮去了累累伤疤。这些伤疤除了战争中落下的,再就是后来折磨中留下的,它们新旧交错。可他黑着脸,躺在那儿一声不吭。

结果父亲什么都没有做,直到那个声名显赫的人走了。这个事情使我加倍地仇恨父亲。他带来的巨大恐怖让我无法忍受,怨恨冲天。

不久,我被母亲(当然还有父亲)命令快些离开小茅屋,而且要立刻就走! 离开母亲,去大山里流浪,这太突然了。可是没有办法,因为、因为……母亲最终以父亲的名义下达了一个绝不可能变更的命令。真要感谢你的冷酷。好吧,也许我偷偷潜入大山的日子,就是我重生的日子,我会忘记你——我将永远没有父亲。

在一个人的旅途上,我一路咀嚼的都是母亲身边的温暖。从那时起我就成了一个流离失所的人——一个孤儿——人世间最冰凉最悲伤的字眼。但愿这两个字一生都不要将人缠住,可是我知道,这是迟早的一天,是人人都不可能逃避的结局。这是人生最大的、也是最后的悲惨,人的所有不幸其实都与这两个字紧密相连。除了想念母亲,我只想忘掉分手时,父亲那沉凝的眼神和咬紧的牙关。你的又小又可怜的坟头啊,五分钟就可以被流沙扫得无影无踪的坟头啊,但你像它一样隐而不彰,今后再也没人提起,所有人都把你遗忘。你的敌人和战友一样,都不再想起你。一幕幕戏剧过去了,尾声戛然而止。另一幕又该上演了,再接下去还会有其他的一幕,永无尽头。你只是一幕大悲剧里的喋血人物。

我恨父亲,可是他像铁水熔化般的血脉却在后一代身上回流不息。我终于变成了一个成年人,骨头硬了,身上有了丰富的钙质,头上的白发一天多似一天。我懂得了昨日也懂得了来日,而且极善于把二者连接起来,在中间打一个沉沉的结。母亲在生前,在后来的日子里,不知怎么说了一句让我终生不忘的话:“你啊,越长越像你的父亲了……”

这句话令我身上一阵发紧。我长时间一直羞于提起父亲的名字。在那个地质学院,在热恋的人面前,在朋友中间,特别是在后来定居的那个城市,我总是用尽办法掩饰一个巨大的屈辱和同样巨大的自豪,一遍遍告诉自己:一个烈士可以有各种各样的遭遇和结局,他身上很可能糊满了肮脏和污浊;可烈士就是烈士,苟活者就是苟活者,叛徒就是叛徒。我仇恨这个人——起因竟然不是因为背叛,而是恐惧。我原来从小就是一个胆小鬼。可耻的人啊,父亲啊,我是一个可耻的人。而今我终于懂得了真正的“背叛”,知道叛徒可以把自己辩解得有声有色,好像整个世界都欠他们的;他们会随着整个世道一块儿变质,走入下流,于是自己也就获得了堂皇的隐蔽。

我亲眼看到一个男人怎样被自己所献身的事业一点点磨损,最后又给无耻的奢华和放纵埋葬掉。这个人离我不远,我不愿提他的名字。胜者一定要如此,这就叫胜者。胜者就是获得放纵和腐败权力的一部分,他们一边放纵和腐败,一边还要加快繁殖后继者,让一些更无耻更无义的家伙,一些卑鄙的嫩毛一茬茬源源不断地生出来。而父亲的不同之处在于,他很早以前就是一位富人了,他所置身的那个家族,比我身边这些变质的混蛋要显赫百倍。他鄙视这个家族镀金的徽章,用食指和拇指轻轻捏住它,就像捏住一件脏脏的布衫一样,一下就扔掉了。他于是得以回到另一些人的行列。这些人的肤色像泥土一样,也像泥土那样铺满大地。这些人衣衫褴褛,汗渍和泪水一起流动。这些人本来并非在期待你,他们甚至还仇视你呢,可你还是来了。后来人,那些平原上的得意者和失意者、所谓的普通民众,常常把你想象成一个胆小鬼、可怜虫,一个善于屈尊纡贵、默默接受、苟延残喘、活该如此的富家子弟。

是他们自己太可怜了,他们怎么可能理解你的品质。

今天,在这个物质主义时代看来,父亲的一生只能是一次不可期待任何荣誉和回报的牺牲,而且要安于无声无息地消失,如同尘埃。这是何等的勇气啊!当一个人注定了要走向这个结局,却又能义无反顾,该是怎样的人生之勇、之悲。最后被自己的事业所掩埋,带着遍体鳞伤,筋断骨折,坟上却没有一朵鲜花,旋即被流沙淹没——有谁敢这样去尝试一下呢?

你对自己这般残忍,难道是为了让后人体味更深刻的人道吗?你献身的是一场比死亡更可怕更彻底的绝望,是深渊……此刻,我仿佛听到了海潮一样宏大无边的哭泣和豪歌。就是这声音,磨损和激荡着我们得以生存的这个星球,冲撞着层层山岳,发出了若有若无的回响。人手写下的铿锵文字有许多时候是掠夺和不义的历史,是助恶行亏的历史,既言之凿凿,又荒诞可耻。

父亲,我在中年的旅途上开始懂得了什么才是勇气,尽管只懂得了一点点。还有,前不久我还见到了一纸起义手令,不得不去思考什么才是"起义"。"起义"原来不是一个季节里迎风呼叫的草木,也不是乱哄哄的集市,"起义"是起而行义,是义务献血,是替人赎罪,是从呼号奔突到最后的默默死去:一个人要表达自己的理解,只有先把自己当成牺牲。我第一次明白,一个人要在繁复的人生奥义面前却步、颤抖,都是无用的,而最终只能是迎着它大胆地走去。这样一切也就化为了简明。它朴素得连稚童都会弄懂,这就是——你准备和谁站在一起?

世界上有无数的人,各种各样,丑陋的富有的,贫穷的肮脏的,崇高的卑贱的……可是我这会儿眯着眼睛看过这苍茫一片,实际上只有两种。我开始懂得,真正的男子汉应该像不惧死亡一样,站在那一片绝望者身边。

那一年,父亲,那时你真像有些人所说的,像一条"被打断了脊梁骨的狗”一样活着。我离开你却毫无同情,一个人在大山里过着真正的流浪生活,破衣烂衫,自由流畅,也多少学会了穷人的放荡。我跟山里人一样闹着饥荒,找着吃食,在山壑里得意扬扬。我不想念你,只想念母亲。我相信母亲是世界上最不幸的女人,她一生的屈辱和悲伤还抵不上一生中的这场错误:走近了你。就因为这场错误,她把自己连同后一代一起毁掉了。许久之后,一个偶然的机会,我在一所学校的资料室里,看到了一份蒙着尘土的资料残页:那上面记载着北方或南方某地开始捕杀某一类人——我的头嗡的一响,立刻想到了你、母亲、外祖母……那时候我的嘴唇发紫,像在严寒里光着身子一样。那上面说:那个村子里一昼夜就打杀了八十多口,上到八十多岁的老人,下到三五岁的娃娃,因为他们是这个世界上的罪人,消灭了他们这个世界也就干净了……从时间上看,正好是我出逃的日子——老天,其实我在流浪之路上就明白了,当时父亲母亲一定听到了什么消息,这才让我连夜潜逃……那时我一边庆幸自己,一边挂记着母亲和外祖母,此外还发疯一样想念着你——我的父亲!只有那一刻我才知道,我还是抛不下父亲,原来我对父亲不光有恨。那时我没有眼泪,用力定了一下神,然后决定立刻赶回那儿。我只想搭救你们,只想飞蛾扑火一样飞到你们身边。

那一天,我只把破衣服用树条束了一下,就向着北方飞跑……记得那一天银霜遍地,山沟里的红叶树都脱光了叶子,松树在骤然冷肃的空气里干缩了,鸟雀不吭一声。一路上没有遇到一个生灵,它们都躲到洞里去了。跑啊跑啊,荆棘划破了衣服、手脚,只是往前。我在心里轻轻念着:开始了,一切都开始了……我仿佛看到他们正把我的亲人从茅屋里一个个拖出……跑啊跑啊,飞蛾扑火般地急切。

后来太阳猛然落山,眼前一片昏暗。当月亮升起时,银霜一片灿烂。我悄悄踏着霜地越过沙冈,在树隙里一点一点爬过去——啊!我看到了小茅屋,看到了那四四方方的小窗口里射出的灯光,心扑通扑通乱跳。

父亲,还记得我悄悄潜回的那个夜晚吗?你躺在炕上,没有呻吟,脸转向了右侧,可能折断的肋骨又在刺疼。妈妈和外祖母都在休息,没有熄灯。我看到光亮,不知是感激还是怎么,一下跪在了茅屋后面。

谢天谢地,一场瘟疫还没有蔓延过来。

接下来的日子,你们又在催促我:快逃,快逃吧。是的,你们要我躲避的就是那一场瘟疫啊……

那样的事情终于没有发生,却让我一辈子没法忘记。父亲,我同样难忘的是你看着一个跑回来的嘴唇发青、颤抖不停的流浪儿子,听他向全家人复述那即将来临的危难时,嘴角浮出的微笑。你像等待一个久久期盼的消息一样,闭上了眼睛。后来,你把我揽在了怀里。偏偏是这样的时刻,我享受了一种从未体味过的父爱。我不知怎么挨到了你长满胡茬的脸上,没有激动,只有恐怖。我觉得那一刻挨近的是一个即将死去的人。我天生要记住这一幕,一辈子再也忘不掉我的脸贴近你的那种感觉。

我再次走开了,走进了一个男人没有尽头的山路。我的脸颊还在刺疼。那是一张什么脸啊,粗糙,冰凉,瘦削,骨骼硌着我的皮肤。这张脸被人吐过,被解放之夜的焰火映过,印过最珍贵的吻。这是一张英雄的脸,叛徒的脸加魔鬼的脸、可怜虫的脸……

父亲,我至今还在这山区和平原徘徊,因为我把什么最宝贵的东西丢失了,要一直找下去。我一路上经历得太多,看到得太多;我前不久甚至参加了一个老人的葬礼:我相信他们和你不尽相同,可他们实在称得上你的战友。我不会忘记那个雨天里所感受的一切。一个瘦削的老人和我站在一起,他像你一样悲哀和自豪。我听到了并记住了他说的每一句话。那一天，大人小孩都站在雨中，连狗也流出了眼泪。男人们手里拄着拐杖、木棍，这都是他们平时忙生活的器具。他们站在那儿，让雨水淋，听老人讲话，送另一位战友去安眠。在那一天我想了很多，当然想到了你：我发现你跟他们既相同，又有这么多不同；你比他们更为不幸。

我的父亲最后死于“心口痛”：急病袭来时让他痛得不停地滚动、滚动，一直到死去……那是怎样的一种痛啊，那时他多么痛、多么痛……

三

“凯平，让帆帆的事就这么过去吧，挺住了从头开始，你还年轻——你以前说过要去西部种一片大农场，到时候一定告诉我一声啊……”

他精疲力竭的样子，长时间没有做声。他摸着胸脯，四下里看着这个乡间旅店的陈设，好像突然对它感起了兴趣似的。这儿仍像一个大马车店，还有一种并不难闻的草料味儿。说实话，我们昨夜睡得很好，也许是累了的关系，也许我们对这种环境更适应一些。我说：“这个店是过去的大马车店改成的。你没有乡下赶路的经验，不知道什么叫马车店。”凯平马上说：“不，刚入伍时拉练，我们在乡下睡过马车店。这种气味让我想起过去……”

“你还没有回答我的问题呢。”

“哦，”凯平抿抿焦干的嘴唇，“我在想啊。我还没有确定今后……我在老板身边还没有待够，这是真的……”

“一个闷在古堡里的老人，一群‘老豆蔻’率领的女人……那个地方有什么好？这个国王并没有统治好他的疆土，等着看吧，哪桩罪孽他都有份儿！”

凯平叹气：“就是啊，这也是他的话——你们说得竟然差不多！

老人那一阵难过得哭了……他说,谁想建立自己的王国吗?那就准备失控、准备作恶、准备让它把自己气死吧!他从来没发这么大的火,一口气解雇了五十多人,这对公司来说是十几年来最大的手术,伤筋动骨了。'老豆蔻'给一个人说情,老人十几天不理她……他不像过去那样自信了,不再每个月只看一次报表,改成每周都听吴灵的汇报。我看出他心里很烦,烦极了……"

"他该烦一些了。一个怀揣上千亿的人,天天读书,这太便宜了他……"

"可是他做这样的读书人已经多半辈子了;我想他以后主要还是这样的人。"

凯平口气中有一种为自己的老板辩护的意味,这让我不舒服。我不想再讨论这个话题。我想起一个更紧迫的事情,就说:"现在最难过的是帆帆,她被那个岳贞黎逼到了悬崖边上,不是掉下去,就是老老实实回城,回那个大院里去……"

凯平马上打断我的话,大叫一声:"那不可能!她不会回去!"

"你就这么肯定吗?"

凯平冷笑:"等等看吧……"

我突然记起:帆帆说到了那一天,会领上小阿贝回海边祖传的小院里度过余生。我把这个话告诉了他。

凯平不再说话。这样过了一会儿,他望望窗户,开始翻找什么。找出一沓硬纸片,推到我面前——原来是一些面额不等的存折。他这会儿开始把密码标在一张纸上,说:

"这是替帆帆还农场那笔钱的。你代我交给她吧——这笔钱我算过,已经足够了。这会让岳贞黎的算盘落空!这是我要做的最后一件事,劳你为我回农场去一趟吧……"

我心里一阵感动。可是……我望着他,差不多是用恳求的口气说:"凯平,你应该亲自去!哪怕是见最后一面,你也要去一趟……你怕什么？一个男子汉，就不想想，帆帆这会儿在苦熬……”

凯平脸上是明显的冷笑：“是吗？不过我这会儿还不是个男子汉，这成了吧？”

我无言以对。也许我说得过分了。

停了一会儿凯平又一次说：“老宁，替我做一次吧，我不会再让你劳累了。我不想迈进那片农场，起码现在不想。你留给我一段时间吧，等我能像对待一个老朋友那样面对帆帆，我们就会见面——也许那时候我们都有一把年纪了，我也成家立业了……”

他的声音越来越小，像一阵自语，渐渐听不清一个字。

我只好答应下来。我觉得自己已经没有别的选择——回忆一下，好像许久以来我就是他们之间的信使。这是一个难做的角色。

第 十 章

决 绝

一

帆帆推开来自凯平沉甸甸的馈赠。最严峻的时刻已经过去，她好像冷静下来。我发现她不再像前几天的急促和惊惧，脸上恢复了过去那种柔和的线条。她的目光稍稍垂下一点，睫毛看上去又浓又长。挺起的鼻梁留下了一侧阴影，那儿好像隐藏着不为人知的什么。我从逆光中看着她的侧面轮廓，心里赞叹这难以摧残的美。

小阿贝被关在外面。他在窗外叫了几嗓子，她出去哄劝几声。我们的谈话当然不宜让孩子在场……她从外面返回，说："你想想，我怎么会要他的钱？这是好几年的积蓄，是他全部的钱！我不能再害他了，不能了……我用不着这么多钱了……"

"可是岳贞黎一直用这个要挟你！"

"他花的心思太过了——其实一点都用不着……"

我不明白她是什么意思。因为我从她的嘴角看出了一丝微笑。

"真要挺不下去的时候，我就走开了。"

"他就是逼你走开，让你重新回城，回他身边。"

“那是他老糊涂了,以为我会那样。他除了让人可怜,还让人恨,我像凯平一样恨他,可能他想不到。那一天——就是他拖着病身子来这里那回,见我不让他进门,就疯了一样大喊,把看门的工人都吓住了。他做梦也想不到我会这样对待他!最后我让他进来了,让他住在以前的一间牲口棚里,那里刚死了一头牛——在我眼里他也是一头快死的牲口了,不,还不如那头牛!那头牛死的时候我起码还哭了,他死的时候我不会!半夜我睡不着,出来溜达,故意走到那间牲口棚跟前,披了大斗篷,黑乎乎的谁也看不出我是谁。谁知我刚走近了窗户他就认出了我!这有点怪,后来我才明白他是从我的脚步声听出来了。他的老眼早花了,平时夜里也看不清。他喊我,我没应。他哭着,哼哼唧唧:‘你想想吧,我是小阿贝的爸,我是咱孩子的爸啊,咱俩的孩子……’我还是不吭。我现在是铁石心肠了。我站在那里听他哭诉了一阵,就走开了。我在农场这么多年,什么都想明白了。他让我再想一想,我还用想吗?我回屋里也哭了,不是哭他,是哭小阿贝!这个可怜的孩子啊,这个什么都不知道的孩子,他来到人间可不是为了让人咒让人恨的啊!孩子什么都不知道,那个畜生偏要当他的爸爸,这不是孩子的错啊……我是妈妈,我只好一夜一夜把他搂在怀里……”

她发出了哭声。可是她再次忍住。

“我会回到他身边?他想让我撞死在那个大院墙上吗?”

我觉得身上一阵冷飕飕的。我问:“那么你……准备回村?”

“回海边老家去。我想好了,我会和小阿贝种好门前的菜园,然后在月亮天去河边上捡鱼……”

我仿佛看到她站在老奶奶站过的那块大石头上,手里提着一个篮子……这样沉默了一会儿,我还是不得不说——这实在是我装在心里许久的真心话:

“帆帆,我每次来到这里都羡慕你!这片一眼看不到边的大玉米地多好！我是做过园子的人，知道你为这里的一草一木花了多少心血。我还想过，如果有一天你能和凯平在一起经营这片大农场，那该是世界上最幸福的一对了！到那时候我哪里也不去了，就在你们农场里打工——只要你们两个不嫌弃……这也是我和凯平的一个梦，它让你给实现了！你就不想一想，事情不到了最后关头，你怎么舍得放弃这片农场？”

帆帆的泪水从鼻子两侧流下来。她摇头，不说话。

“你以为真的没有一点办法，就让岳贞黎把你赶走？”

“没有办法。这是一大笔钱，必须马上交还——他知道我不吃不喝十年也做不到……”

“贷款呢？这总可以了吧？”

“试过，没成。我现在什么都做不成……”

“这实在太过分了！一个混蛋，狠心的家伙……”

“没什么，在他看来，最后就等着把我们连根除了。”

“既然你明白是这样，为什么两个人的力量不能合在一处，和他斗一回？”

“因为不是他的对手。凯平的办法是远远地跑开，我也要跑，跑得远远的，跑回老家去……”

“凯平不是跑，是在跟他打游击战！那是周旋！这回他给你一笔钱，就是要跟那个人纠缠下去！相信我的话吧，眼前这一切来得多不容易，你千万别轻易撒手——只当这钱是凯平借给你的，当你有了钱的那一天，哪怕多少年以后，连本带利全还给他，这总可以了吧？”

我说得很慢、很清晰，惟恐她没有听进去。

帆帆抬起了头，泪痕未干，神情肃穆地望着我，嘴唇翕动了几下，但没有说出什么。

“跟他缠下去，不能就这样算了。”

“缠下去？我？”

“不是你，是我们，我们一块儿。凯平，我，咱们一起想想办法，想想怎么跟他缠。”

帆帆的呼吸急促起来，胸脯一起一伏。她趴到了窗上，往外望着。我顺着她的眼光看去，那是无边无际的玉米地。

秋虫一片纷乱，百灵飞上云天，蝴蝶翩翩起舞。谁舍得把这样一片土地拱手相让？

你甘心吗？

二

因为农场里的活计大部分被机械分担了，所以一开始养的牛马、驴，大部分时间闲置在棚子里。我长时间待在它们身边，抚摸像缎子一样滑润的毛皮，看着它们的眼睛。它们都有长长的睫毛，望向你的时候，那双眼睛里绝非了无内容。我好像听到了一种深情的叙说，那口吻委婉可亲。它们在讲述劳动，四季，土壤和草，还有虫子的故事。它们甚至没有忘记蹄子踏下那一刻，险些踩中的那株小草。

“小草，没有花香，没有树高，我是一棵无人知道的小草。”驴子顽皮地唱道。

我故意逗它：“可是你也吃小草啊。”

驴子答非所问地仰起长脸，那双善良的眼睛瞥瞥我：“我更年轻的时候，一匹枣红马爱上过我。”

“这么美的小驴姑娘，当然它们都会爱上你的。”

它用力看我一眼，将稍长的阳物一点点释放出来。我注意到了，立刻说：“哦，对不起。”

隔开一头牛的地方就是一匹枣红马。我发现它是一只雌马。它真的无比羞涩，女性的温柔全在脸上了。我这次可不会在性别上闹笑话。我看了看它饱满的乳房。它小声说了一句:“我们和人不一样,我们的奶儿长的位置更靠下边一点。”我说:“明白”。

它从木槽中挑拣起几个细细的草节,咀嚼着,掩饰着一丝不好意思。我问:“你叫什么名字啊?”

“王美丽。”

是的,它的确是漂亮的,这显而易见。它的身上没有一丝污痕,毛色闪闪,那么丰腴。我忍不住伸手捏了捏它温软的嘴巴。它却在我毫无预料的情状下飞快地吻了一下我的脸庞。

“你现在主要的愿望是什么?”

它低下头:“作为一个女性,除了好好爱一场,还能盼望什么呢?”

我点点头,拍拍它的肩膀,走到了棚子尽头一点:大黄牛一直在喘着粗气。我握住了它的大角。它一动不动。我又拍它的头、抓它的耳朵,它只瞪着一双大眼。

“你不高兴吗?”

它盯着一个地方,说:“这世上,还有比我更憨厚的吗?”

我想了想,说:“那倒也是。”

“可是,”它瞥来一眼,“这有什么用呢?”

“这是一种品质。品质许多时候——怎么对你说呢?并不是为了有用……”

它低头思忖片刻,抬起头:“嗯。不过,我想帆帆了。”

这句话说得太突然了。我想自己得习惯于它们这种思维——直率而诚实,并不绕弯。我说:“那你说说看。”

“我夜里想她厉害,白天稍差一些。”

“一般来说都是这样的,不过你为什么想她呢?你们不是常常见面吗?”

“那也不成。如今不是过去了。如今我们闲着没事干,要在过去,我还能在干活时贴近她……”

它说到这里抬头望望我。我叹了一声。

它嗓子突然沉下来,压得低低的:“不瞒你说,我摸了她……”

“啊! 你,你怎么能这样啊? 你的生活作风可真成问题啊……”

它看着我走开,嘴里咕哝着:“作风,作风好的一共才有几个?”

我看到帆帆头上包着那个熟悉的花布巾,正在从牲口棚旁边走过,就迎了上去。几个工人为田里的事拦住她商量,她和他们说完,就转脸往这边走来。“你喜欢它们是吧?”她的声音圆润清朗,使人听了很舒服。这声音与昨天完全不同。我说:“是啊,我会一直看着它们,待上一会儿。可惜现在农场用不着它们了。”“那我也会养着它们——它们在农场一开始出了许多力,是有功之臣。”

我不再做声。因为我想到了其他。

“你怎么了? 昨晚休息得好吗?”

“好——我在想,如果这个农场归了别人,牲口再也保不住了,一个个都得卖掉——卖到屠宰场……”

帆帆抬眼去看别处。她不想接这个话头。

“妈妈,妈妈! 你看,快看汽车——”小阿贝手里握着一个啃了一半的苹果——他好像总是在啃同一个苹果——一跳一跳跑过来。

我们都听到了刺耳的喇叭声。原来大门那儿来了一辆很旧的轿车,它正在向紧紧关闭的木门喊叫。帆帆望了几眼,脸色一下沉了。她看看向大门走去的工人,又看看我。

门打开了,汽车喘着粗气开到院子当心,稍一停,又迎着我们开过来。

车上下来的是一个光头,上午的阳光耀得他眯起眼睛,他却硬是仰脸去看空中,大概想判断一下时间吧。明亮的光线下照出一张油滋滋的黄脸、眼角几条深深的放射状皱纹。这是田连连！显然帆帆比我认出的还要早,两手已经不由自主地抓紧了衣襟。

田连连好像对我的出现特别惊讶,没有向帆帆打一声招呼,直接就走到了我跟前:“啊,是你啊,你在这儿?”

我们握手。他的手油汗很多。

“我们在小城住了一夜,然后……赶到这里。”他说完回头看车,那上面还有司机。

帆帆盯他几眼,没有说话。

“你常来这里吗?”他又问我一句。这让我感到很不友好。而且,我发现这个人一改往日的沉默寡言,话多了起来。我明白,当一个人身负重要使命,突然得到重用的时候,才会发生这样的变化。我故意回答:

“是的,我常常住在这儿。我喜欢来这里。”

“唔,嗯,”他开始转脸看帆帆,对方却往一旁走去了。他赶紧赶上一步,回头对我说:“一会儿再聊,我们有事……”

他追上帆帆,帆帆还是没有理他。他随她往院子一角走去了。

我听到说话的声音渐渐高起来。一会儿帆帆竟往我这边走来。田连连还是紧紧尾随她。当他们离我还有一段距离时,田连连突然站住了,放高了声音说:“你停下！我要把话说完……”

帆帆还是没有停步,一直走向我。

田连连竟在离我几米远的地方拦住了她。帆帆大声问:“你要干什么?”

“我要,和——你——说——话!”他有些急,脸色憋得发红。

“那你就在这里说吧!”

“我要传达——首长——指示!”

帆帆冷笑:“那是你的首长,你别在这里吵……”

“我要个别和你谈——谈谈!”

帆帆绕开他往我跟前又走了一步:“我一个女人家,要有男人帮着主事——我没有男人,有事就得找这位朋友,田连连,你有话就当着他的面说吧!”

田连连皱皱眉,有些迷茫地看看她又看看我。我点点头:

“是啊,连连,你一点都别作难,想说什么就说吧。”

“可是,这……”他挠着光头,又回头看看车子。

“你就是把车上的人叫下来一块儿说也行。”我说。

田连连低低头:“那是司机。那倒不用。嗯,我想想……”

三

帆帆又一次重复刚才的意思,要田连连将带来的“首长指示”当我的面说出来。田连连好像遇到了平生最难的事。他长时间没有答话,一会儿挠头一会儿瞥着四周。我邀请他和帆帆到那间客房里,帆帆走来,田连连也只好尾随其后。这会儿小阿贝从旁边跑过来——刚才他一直用畏惧的目光看着来人,这时摇动着啃了一半的苹果喊着:“啊——啊——”田连连弯下腰,想将他抱起来,他却一歪身子贴到了帆帆怀里。帆帆将其抱起,为他擦掉嘴边的一抹脏东西。

田连连闪闪烁烁的目光看看我,又看看帆帆,声音十分艰涩地说:“阿贝,叫、叫爸爸……”

小阿贝生生的目光盯住他,用力啃了一口苹果,将脑袋趴到帆帆脖子后边。帆帆往上耸了耸小阿贝,说:“你跟大婶玩去吧,妈妈有事要谈,啊!”她贴紧了孩子的脸,待他发出微弱的一声同意,这才将其放下。她转脸对田连连说:“那就快说吧,早说早完。”

我们三个人将门关上。帆帆再次把询问的目光转向田连连。

田连连轻咳一声,不时地瞥我一眼。帆帆说:“不用担心,我说过,他是我朋友,你什么都可以在他跟前说的。你不是也早就认识他吗?”

“我,我看,”田连连咬了咬牙,终于下了一个决心,“那我说吧。我这次是首长派来、来宣布的,他说以前讲过的全部有效——都有效,就是——”他紧盯着帆帆,“你没有按时交上那笔钱,农场收回了。它就有了新主儿,人家很快就来接手的。”

“谁来接手?他出让给了谁?”

田连连摇头:“其实也不是出让。首长说了,这片地最早是当地一个大老板的,人家要用来搞开发,首长要用,人家碍于面子也就让出来了。现在首长要还给人家……”

我忍不住问:“当地?哪个大老板?”

他声音粗粗应一句:“这我就不知道了。我只管传话,首长原话是这么说的……”

帆帆把头巾抹下来,一下下抚平了,又仔细叠好,装在了衣兜里。她点着头,站起来问道:

“我还想种这片地,你这个以前的男人也得帮我说说话吧!你看怎么办才好?”

田连连脸色紫胀,鼻子哼了两声:“我也没有办法啊!这样一大笔钱……你没立马交上……不过首长还有一个更大的事——不,是我的事,我还有一个更大的事……”

“你的?你有什么事?”帆帆惊讶了。

“我这次来要,要把我儿子领回去!”

帆帆的脸色一下变得苍白。她扶住桌子慢慢坐下。

“说什么我也得带走了——这是抚养权的大事,当初并没讲好……这回……”

帆帆打断他的话:“他是你的儿子?”

“啊?你说什么?你敢……当然是我的儿子!”

“当着好朋友的面,你再大声说一遍——说小阿贝是你的儿子!”

田连连嘴唇抖得厉害,眉头使劲皱起来。他用力抓着裤子,飞快地看我一眼。

“你的儿子?”帆帆又问了一句。

“不管怎么说,我这次得领他走。这是定了的……”

帆帆哼一声:“你定了,还是首长定了?”

“首长,他当然要批准的——他指示我……帆帆,你知道,我一定要完成这个任务啊,我必须完成啊!你知道的……”

田连连声音里有了一丝哀求的意味。我觉得他太可怜了。我手搭在他的肩膀上:“为什么必须完成呢?连连,你已经不是一个兵了,你是凭干活吃饭的人,你怕他什么?”

他嘴唇哆嗦:“不不,我必须完成的……”

帆帆站起来:“连连,你回去吧。你走以前我会把这笔款子如数交给你——你仔细清点好了,写下收据,从此我和他也就算两清了。不过你说的另一件事,你这辈子也完不成,你领不走小阿贝,他是我的孩子——他不是你的,更不是别人的,是我一口一口喂大的;我身边再没别人了,谁也别想领他走!你听清了没有?你说话……”

田连连拧着眉头,好像遇到了一个最陌生的人,满脸愁苦地歪头看她。

“你听清了吗?”

田连连口吃起来:“这个,你,你能把钱全部还清?这一次?”

“就是这一次,就是现在!”

我听着帆帆肯定的语气,心里一阵兴奋。我加上一句:“连连,她会的,她做得到……”

“可是……”田连连嚷着,“首长的另一个指示——这怎么落实呢?”

帆帆口气和缓下来:"连连,你不是说他是你的孩子吗?这事儿反正是咱两人的,那别人就管不着了——我现在就要听你一句话了。"

田连连长时间沉默,目光惊惧而呆滞。

帆帆指着我对他说:"今天我的朋友在这儿,他就是一个证人。我们今天全说好了的,我会把钱一分不少地交给你带走,从今以后我们也就两清了。你回去告诉他吧,这里的帆帆与他再没有什么关系了,他是他我是我,从这会儿起我再也不会认他了,他也别来打我的主意——你让他断了这个念吧!你可得听好,把我的话一字不差地捎给他!"

田连连站起又坐下,声音里带着哭腔:"帆帆,听我一句吧,他还是对你好,他这样干,不过是想让你回家……"

"我再说一遍,你把我今天的话一字不差地捎给他吧!钱给他,孩子留下。他再别来招惹我——他不要再逼我了——他逼得我跳崖,我临死也会拽上他!你把我这话一字不差地捎给他!全捎给他!"

"可是我……"

"你捎给他!捎给他!捎给他!"

歌哭相随

一

刮了几天的秋风突然落下来。我只得继续待在农场里。我本来要赶回那座小城,因为庆连还一直住在一个像狗窝似的破烂旅社里,正四处苦寻荷荷——可是帆帆在那辆破旧的轿车绝尘而去、一切归于平静的时刻,突然一下子病倒了。她是被那个大婶搀进屋里去的,我也赶到了床边。

“老宁哥,我……你坐在床边好吗?”她额上渗出了很多虚汗,呼吸急促,脸色蜡黄。

我看着大婶从一旁调了什么药喂她,就问:“这是怎么了?”对方一边喂一边说:“这是她吃过的药,她以前焦急了也会这样……”

帆帆吃过药闭上了眼睛。那个大婶离开了。她缓缓地说:“老宁哥你再待一会儿,只一会儿……不知为什么,我有点害怕了……”

“你怕什么?现在不是都解决了吗?”

她仍然闭着眼睛,轻轻摇头。外面小阿贝在踢门,我把他放进来。小阿贝淌着鼻涕,手里还是那只啃了一半的苹果。她一手揽住他,给他擦去鼻涕。小阿贝在床边伏了一会儿,在她耳边咕哝了几句什么,然后又到外面玩去了。

“我有点害怕……不知道会怎样。一阵阵害怕……”

“你怕谁?岳贞黎吗?”

她点头又摇头:“也不全是……反正我害怕,心里老发慌……”

我安慰她:“帆帆,那是因为你这些年一直怕着他,用书上的话说,就是一直没能走出他的阴影……好在一切都过去了,他低估了你、也低估了你旁边这些人,以为孤儿寡母的,没有别的什么路好走,一定会乖乖地回到他那里去的……”

“孤儿寡母”,帆帆重复着这几个字,流出了眼泪。

我为刚刚说出的这个该死的词儿后悔。我不知说什么好了,只默默地坐着。

“你再住几天——哪怕就三两天好吗?我知道你有许多事……凯平不会来了,他这会儿还不知多么恨我厌弃我呢!我一辈子欠了他的——不光是这一大笔钱,还有比钱贵一万倍的东西,我这辈子都还不完了！老宁，我这会儿没有一个人好商量事情，只窝在心里，这会儿就只能跟你说了……”

我无法表达心中的怜惜。多么美丽的一个女人，却为自己的美丽付出了这么大的代价。荷荷也是一样。她们多么不同，可是她们有一点相同：都是东部乡村少女，都是穷苦人家的孩子，都长得像花儿一样。我想说“凯平像你一样，仍然深深地爱着你；他不能和你在一起，也并不能说明他厌弃你”——但忍了忍，还是把这句话咽到了肚子里。

帆帆在床上躺了一天，第二天稍好了一点，就往头上包了那块花巾走出来。太阳照着一张苍白的面孔，显得虚弱却格外清丽。她微笑着对我说：“我们去田里看看吧！”我点点头。这使我放心了许多。夜里我曾与凯平通话，将田连连的到来及最后的结局说了一遍，令他高兴——他丝毫没有表露，但我完全能感觉得到。当我说到帆帆似乎仍然有些紧张，甚至已经卧床吃药时，电话里立刻没有声音了。我对他说，一切都不成问题，我会待几天再走。

田垄里有一种甜甜的气味，这是秋野里特有的。类似于西瓜那样的清甘气，在结了穗子的玉米林里弥漫。实际上玉米棵中间偶尔真的会看到一两棵西瓜，它们有的结出了大个的西瓜，没有成熟谁也不会动它们。帆帆挑摘一个，坐上路边一处供水房石阶，磕开后一股清冽的香甜立刻弥漫开来。玉米林里的西瓜有一种无法言喻的甘鲜，格外脆生。这让我想起小时候的田野。吃着瓜，帆帆像考我一样问道：“海边那儿有许多说法可有趣了，我说一个看你知道不？”我等着。她仰脸略一想，说：“‘拉睁蒙’——什么意思？”我实在想不起来。帆帆笑了：“看吧，你总是在东部转悠，还不知道这个！”

我有些不好意思。我想大概是因为我们一家生活在林子里，再加上过早地进入南部山区，后来又四处游荡的缘故吧。可见帆帆的海边生活比我更扎实,品味得更细致。我让她解释一下。

“这是海边渔民常说的话,一大早,刚一睁眼,天还蒙蒙亮呢,进海里拉的第一网就叫‘拉睁蒙’。这一网忒重要,是一天的开始。”

我似乎也有了印象。我小时候在海边游荡玩耍时,就常常遇到天不亮下网的情形。

“再问一个——‘喝墒’是什么意思?”

这词儿更为生僻,我摇摇头。

“再想想吧。这词儿离我们更近一些。”

我还是想不起来,就请她说出答案。

“就是玉米收了以后,小麦顺利播种,田里的活儿暂时清闲了,大家凑到一起喝一场欢庆酒。”

“为好的墒情喝酒——简称‘喝墒’,有意思啊!”

帆帆高兴得扭起手掌,站起来伸展一下身体,又往前走去。“如果今年一切都顺顺利利的,麦子播上以后,我一定要请你来‘喝墒’!”

“好的,我一定来。不过有个人也该来啊,你知道我说的是谁。”

帆帆沉默下来,一会儿抬起头:“你知道他不会来。我倒是欢迎。我愿和他一年里见上几回——只一回也好啊,就像一个大哥哥那样,别的意思没有,那也知足了……只可惜下辈子吧……”

我们都不再说什么。秋虫也没了声音。

第三天上我要离开了。这天一早我就准备动身,可是吃过早餐后帆帆陪我喝过了一杯红茶,耽搁了一会儿,不知不觉太阳已经升得很高了。她送我到大门那儿,一手牵着小阿贝——这时看到从门外开来的那辆农用大头车,就说要开车送我。我谢绝了。可是走开没有多远,车子就跟上来了。

车子刚开出一里多路,有一辆黑色轿车迎着我们不停地按喇叭。这显然是来农场的。帆帆下了车,对面轿车里也出来一个剃平头的中年人。他们在说什么,不停地做着手势。帆帆上了车——面色变得极为凝重,小声说了一句:“走吧,往回转吧。”

我明白发生了什么。她把我拉回农场,让人将我的背囊再次提回那间客房。我似乎感到了事情的严重性。她与那个中年人去一个地方谈话了,只过了半个多小时,吵吵嚷嚷的声音就传过来。

我迎着大声说话的房间走去,没有敲门,直接推门就进去了——这时我才看清这个剃平头的人面相很凶,一脸疙瘩,戴了大金戒指的手不停地摆动。他见我进去立刻警觉了,斜着眼问:“他是干什么的?”帆帆答:“我的男朋友。”“就是那个什么‘平’?”帆帆没有回答,只说:“你接上说吧,全说完吧!”

“我说过了,你也听明白了,就是这么回事!”疙瘩男人说。

“可是我不明白。我们把钱全还给了岳贞黎,为什么还不算完——这可是按他说的办的。再说这个农场和你们有什么关系?就是有,你们也该和岳贞黎去交涉!”帆帆一脸怒气。

疙瘩男人不屑一顾地看她一眼,转向我:“我跟娘儿们没话说,说不明白,干脆就跟你讲吧,你大概才是当家的人。”他转头看看窗外,又奇怪地往那颗大戒指上哈了口气:“是这么着,这块农场原来是我们大掌柜的,他是看在老首长的面子才转租给她的。如今上边传下话来,老首长不要了!既然这么着,我们就要收回了,大掌柜正急着用地……”

帆帆打断他的话:“那个大掌柜就是‘豪(耗)子’,田连连那天说的企业家就是他!”

我愣了:“又是那家伙?”

“让你说对了!我今天来告诉一声,是让你们有个准备,这地种不成了,寻个空当儿早早搬家——这儿攒的家当正经不少啊,够你们折腾一气的。我来告诉过了,你们得赶紧做。顶多下个月推土机就开过来了,别误了工期——要不大掌柜就会派人来帮忙。他的人干活可不那么细发了,都是些粗人……”

帆帆眼里闪动着泪花,看着我:“背后还是他,是岳贞黎……”

我压住一腔愤怒:“这里没欠他一分钱,他还要怎样?”

疙瘩男人又往大戒指上哈一口气,脸相阴鸷:“你以为钱就可以解决一切吗?”

二

“下个月,下个月他们就动手了,你听见那个人说的话吗?”帆帆陷入了焦灼。

我一点都不怀疑“豪(耗)子”会这样干。但我仍然在想岳贞黎,想这个衰老不堪的男人究竟会不会这样狠? 显然除了他,没有任何一个人可以阻止“豪(耗)子”。尽管我不敢肯定岳贞黎会直接与这个家伙打交道,但中间一定有某个官僚的环节,所谓“上边传下话来”就是这个意思。我很快明白了疙瘩男人的意思——钱在这时候的确解决不了问题。

帆帆将所有农场的经营手续、税单之类的全找出来了,刷刷翻着这一大堆文件:“老宁你看,我们手续齐备,没有任何问题;这里面压根儿就没有岳贞黎的一行字啊! 还有,这里是田连连代他签的收据……一切都没有问题! 我们要和他们打一场官司了,他们一定会失败,我是说‘豪(耗)子’,他一定失败……”

我发现文件上清清楚楚写了经营项目和租用时间,租用人是帆帆,租期不长不短,是整整五十年! 是的,从字面上看这是一份相当过硬的法律文件。可我还是对它们充满了怀疑。我没有回答帆帆。

“你说他们真的敢来毁地?”

“也许敢的。”

“为什么？就因为他有钱？”

“主要是有岳贞黎的人在后面撑着……”

帆帆的泪水又出来了：“他们，他们为什么要这样逼我啊？”

“为了让你回去，回那个大院……”

“我再也不会了！他死了这个心吧！”

我发现帆帆说出这样一句之后，眼里的泪水马上干了，尖利利的目光有些吓人。只一会儿这目光又柔和起来：“我只舍不得这片好玉米啊，它们再有一个月就能收了……”

我心上一动，建议可否与他们先周旋一段，好让我们慢慢想办法——比如我们先答应下来，说等这茬玉米收了以后……帆帆马上同意了。

当夜我把新的情况告诉了凯平。他在那一端一声不吭。我问怎么办？他说：“我不知道……”“如果推土机真的开进来，我们那笔钱就算白交了。”奇怪的是凯平并未回应我的话，而是轻轻将电话挂了。我知道他这会儿极其愤怒和难过，也许还有绝望……

只有一刻钟的时间，他又把电话打过来了，说：“对不起……我想再叮嘱你一件事，就是请在这个时候多陪她几天。”

“好的……”

“如果有什么事情，就早些告诉我。”

我明白帆帆无论怎样都是他的牵挂：这已经是一粒命运的种子，从扔进心田的那一刻，就开始生根发芽，揪得他心痛，让他不再安宁。

我按那个疙瘩男人留下的联系方式，告诉对方：我们将从头考虑一下。对方回答：时间太急，顶多给你们一个星期。我对帆帆说：这是他们吓唬人——“没那么急，岳贞黎活不多久了，可也不至于坚持不了一个星期。”

一个星期过去了,没什么动静。

尽管如此,我发现帆帆正不动声色地收拾起自己的房间,打好了一个个大包裹。我问至于吗?她用眼角示意厨房的方向。我明白了,她想让那个大婶暗中将这个信息告诉对方,以便拖延时间。

可是即便拖延到最后呢?

又一个星期过去了。这天我起了个大早,因为从半夜就被狗吵得心烦。我发现东方的云霞铺了半个天空,漂亮极了!我真想将帆帆喊起来看这云霞,担心再有一小会儿它就消失……我沿着沉寂的大院栅栏走了一趟,时不时地抬头看绚丽的东方。果然,这美好的天象只维持了不到半小时。

刚刚吃了早餐,几个工人从外面跑过来,咋呼着,手指远处对帆帆说:"看看,大巴开过来了,上面跳下一些穿制服的人,他们一下来就把住了大门……"

我第一个感觉是开始了:"豪(耗)子"——不,岳贞黎动手了!

帆帆跟着七八个工人往外走。大门那儿真的站了两个人,手里还提着胶皮棍,很有派头。另外的一些和他们打扮一样的人正往大院里边走。这些人一眼就能看出是那个公司的"保安"。我挡住一个问:"你们是哪里的?想干什么?"他拃着腰说:

"执行公务!"

"请出示证明!"

他不理我,只冲后边嚷:"别磨磨蹭蹭,快些到位!"然后对我说:"我们都是老板的人,明白了吧?懂事的就快搬,别让咱替你动手……"

帆帆喊着什么,小阿贝紧贴在她的身上。我让她先回屋里。她根本不听,跟一个人吵起来。那家伙一脸淫笑看着她。

大约一共有二三十个穿制服的人,他们分别到工人宿舍、办公室,吵着搬东西,推推搡搡。到处都是喊叫和骂声。我对帆帆说:

“这是有备而来,全是流氓那一套……”

我抓紧时间拨通了凯平的电话。他说:“好吧,我知道了。”我感到他的声音沉重而无奈。他不愿多说一句话,就挂机了。

这一天真是漫长啊。帆帆让工人们都到屋里待着,今天不上工,任那些人吵骂,只不离开屋子。她紧紧抱着小阿贝。

太阳偏西的时候,又有两辆大巴摇摇晃晃开过来。我和帆帆几个人都到屋子外边去看。“‘豪(耗)子’这一次要好好显摆一下了。”我说。帆帆手打眼罩看着。那些车子在大门口停下,一些头戴钢盔的人拥下来——我这会儿看清了,这一次是警察!他们一进门就大声吆喝,喝令那些砸东西的人马上停手。有人还想发横,立刻就被钢盔们给戴上了手铐……帆帆嘴里发出“啊”的一声……工人们欢呼起来。

我和帆帆一时看傻了眼。这是真的,那些“豪(耗)子”的人一个个全给押到一边,蹲成了一溜,狂妄神气荡然无存……我和帆帆想过去问问,可是所有的警察全都脸色肃穆,谁也不理。过了一会儿,一个身材魁梧的人摘下了钢盔,露出一头漆黑的浓发,笑吟吟地向帆帆这边走来。帆帆迟疑着,正要迎上去,突然不远处响起了巨大的轰鸣声。

所有人都转过脸去看——看天上——一架直升机就在头顶盘旋……

它越飞越低,渐渐能够清楚地看见它的“大鸟”图标!我喊了一声“凯平”,可是轰隆隆的引擎声把一切都覆盖了。它在寻找降落的地方,四周的作物全都给吹得东倒西歪。暴土被搅得扬到了半空,靠近门口的警察和工人吆吆喝喝,他们往后撤着。这只大鸟一点点降低,这时声音更大,地上乱七八糟的屑末吹起来,高秆作物全都打着旋儿。有人一直按着帽子,可是一不小心帽子还是给吹走了……它最后对准了大门左前方的停车场,总算停稳了。

螺旋桨缓缓地停止了转动。一个身穿飞行服的人走出了驾驶舱——是凯平！他的身后还跟了一个五十多岁的人，提了一个沉甸甸的皮包……

帆帆一手扯着孩子，声音压过了所有的嘈杂。她在大声喊叫："凯平……"

我发现凯平从下了飞机的那一刻谁也没看，他径直迎着帆帆走过去……帆帆的泪水哗哗流下来……她抱起了孩子往前走了几步。

所有人都在看着他们。晚霞把一切照成了橘红色。帆帆有些迟疑地站在那儿，不再往前走了。凯平大步地跨过去，一下抱住了母子俩……

三

"我简直要受不住了，真是大起大落，这段日子就像做梦……"我叫着凯平，黑影里的他一声不吭。可我知道他并没有睡。我们都睡不着。窗外多么安静，一片秋虫又吵起来——这情景多像一年前，那时也是我们俩，也是这间客房。

经过了一整天的冲撞，农场的事情告一段落。"豪(耗)子"那群人被带走，警察除了个别人留下做善后，也撤走了。另一间客房里安置了另一个客人，就是与凯平一起乘机到达的吴灵。

"……我还是鼓起勇气，向老板从头讲了岳贞黎、我这些年的折腾，特别讲了我和帆帆……老头儿听得很细，从头到尾没说一句话。我知道他同情我。这边正激烈的时候，我急得像热锅上的蚂蚁——我对老板说不行了，我待不下了，我得赶过去了……老板把'老豆蔻'叫过来，叮嘱她怎么怎么，要快……就是这样。"

"这太简略了凯平。你得说细发一些，从头说……"

凯平翻了个身，坐起来："'老豆蔻'对男女事情一码儿明！她全都明白,对我说一句:‘抓住她,就像老鹰抓小鸡儿。’她指的是抓住帆帆。我想大概当年老板就是这么干的。她说完就给上边一位大秘书打了电话,我就在旁边——她说:‘老板助手的老婆被人欺负了,一帮坏人正在拆他的家。’听听,就这么简单。复杂了人家听不懂。后来老板又与秘书主人通了话,那只是几句问候而已……老板还不放心,让吴灵跟上,立即驾机飞过来,连超越申请空域都顾不得了……”

我忍不住惊叹。我似乎体会了一点什么。“秃头老鹰”——我思考问题时还是沿用这个外号——是个别有魅力的家伙。这一切只能来自人的理解力,来自知识和人性的深度……我问了一句:

“你准备和帆帆走到一起了?”

凯平口气愤愤的:“我多大了!我白白折磨了自己这么久!我于凯平不像个男子汉——什么时候了,别虚荣也别来那些没用的一套,只问问自己的心,爱不爱这个女人、离了她行不行?如果不爱、能行,就离她远些再远些;如果爱,离了她不行,就死死地抓住她吧!这一问,问题就变得简单了!‘老豆蔻’说得一点都没错!我就一股劲地冲过来了……”

凯平说这些的时候,我的胸口一阵灼烫。老天,他问得可真痛快!人生可不就是这么回事!男人也包括女人,可不就是这么回事!妈的,这个夜晚真够清凉爽快,两个男人在一起说到了真事上了,好啊!我也坐起来,我们都不睡了。我接上问一个更现实的问题:

“你还走不走了?还回古堡不回?”

“我不回,这飞机谁来驾?”

“我不是这个意思。我是问你还给‘秃头老鹰’干吗?”

“求你了,别叫那么难听的外号好不好……这个,我白天已经跟帆帆商量好了,我先留在那儿,等老板找到了合适的,就马上离开。我们这辈子就是种一片大农场的人了……”

“如果老板一直找不到合适的呢？他用你最顺手，不会轻易放人的。”

“那你低估了老板这个人。他不会那么狭隘，他会找到合适的人。其实我心里明明白白，我迟早要离开古堡的——我最终不可能为一位大资产阶级服务。了解一种生活一种人，我愿意；服务下去，不可能。他多少也明白我这一点。”

我同意。可是我还有新的问题要问。我说：“你觉得老板是你的敌人吗？”

“他这个人不是；他的事业，肯定是我的敌人。”

“人和他的事业能分开吗？”

“能，比如说一个人有时候控制不了自己的事业，这时候他们就分开了——我发现老板也怀疑自己的事业，可是他得让它运转下去……”

“也许有点道理。不过有没有自己动手拆毁自己事业的人？有没有这样大胆的家伙？”

凯平思忖着，点头：“可能有吧，世界大了。不过那要是更有劲的超级家伙，咱这辈子大概遇不到了……”

我们谈着，离正题越来越远了。我最后把话题拐回来，说：“凯平，说真的，岳贞黎败给了你的老板——我生来还是第一次，看到资本怎样让官僚臣服……”

凯平摇头：“反过来也一样，那样的例子更多。这不妨看成一回事……”

“我猜想，帆帆今夜像咱一样，她睡不着的。”

“帆帆，但愿她能睡一个好觉。她这些年多苦啊，她从离开奶奶的那一天开始就成了孤儿，就像我。她是世上最让我疼的一个人了，我知道她多可怜，我会一辈子不会让她冻着饿着……”

他后来变成了自语。我在这自语声中一直望着窗外的星星。它们稀疏了,黎明就要来临。我甚至都能数过天空的星星。

四

凯平在黎明前睡着了。我却一直未能合眼。我在想自己亲眼目击的这一场大爱情——这是血脉和命运,是同一块土地上滋生的一种奇怪的、无法抗拒的力量。我也曾经有过同样的时刻——当我尝试着用逻辑和理性的力量抵抗下去,最后失败的还是自己。我仿佛在夜色里听到一声声问答:“当我沦落、悲伤、一无所有,当我跌进最深的渊底,你还会跟随我走下去吗?”“我会,我会跟你唱,跟你哭,一直跟下去哩。”“为什么?”“不为什么。”“没有理由的事情,我会相信吗?”“世上最值得相信的人和事,大半就没有理由哩。”

这之前我曾想过对一个农家少女的强烈责任感从何而来。这似乎不需要分析,仅是一个简单的事实。如此而已。一个弱小贫穷的代名词,一种人的象征。想想就不能平静。一个人有幸接受和遭逢了这种信赖,尽管它让人感到无法承受的沉重。而他在背叛、怀疑、敌视面前,并不畏缩惧怕;可是信赖呢?信赖像纯洁透明、时刻都要小心破碎的一块结晶,必须好好地把它捧住,惟恐跌落在地。

一种热烈情绪左右着我。一个质朴如沙粒如树叶如草原野花浆果的农家少女,无言的献身者,生命和青春的奉献者。沉重即由此而生。我们可以流浪,但不忍让一个少女在荒野上奔波。

此刻我们宁愿承担,当失去这种承担的时候,又会产生出另一种恐惧。这似乎是问题的症结。但我们如今已经不能回返。我在心中对自己说:

“瞧吧,这就是命定的一个结局。”

有一天她会为此而惊讶不已：仅仅是为我？……是的，是你。他不会告诉你的是，你曾经是一个被欺凌者，为此，他将对你倍加怜惜和护佑；失去了你，后半生即失去一切。“一切”是个什么概念，似乎现在才明白了一点点。

她是长久追赶的一个修行，是冥冥中的一次检验……眼下的她远远不是需要安顿的一个娃娃，而成为人的支撑。你倚在身边，像被寒雨淋湿了翅膀的小鸟，一对浓黑的大眼睛一眨不眨地看着……

让我们每天采集蘑菇和浆果吧，采一些好看的野花，这一切工作会使我们疲劳而满足。蘑菇和浆果都成了我们的腹中餐，惟有各种各样斑斓的野花插在屋里，带来无限的温馨。这真是太好了。在这片原野之上，我们从哪一个世纪走来？旁边，欢快的小鸟喳喳叫；这儿汇集了全世界最美丽的花：蟾蜍百合，秋水仙，莫德罗百合，还有美得令人难以置信的黑百合——它永远下垂的头颅啊，像谁？黑百合有下垂的头颅，沉沉的头颅。狗牙紫罗兰、老鸦瓣、风信子、欧洲达尔文郁金香，还有君影草……不同季节不同国度里的花全汇集一起，开放在我们身旁。这才是生活呀，这才是梦境，这才是人生长旅中的馈赠。在这片百鸟喧叫的绿地，在潺潺水流旁，在这束浓香扑鼻的美得让人颤抖的鲜花前，我们会感到从未有过的宽容，就像一个得到悉心照料的孩子，眼睛流出了泪水。

黎明时分她睡得那么熟，眼睫毛显得那么齐整。她睡着了还在微笑。你坐在她的旁边，像照料自己的孩子。

晨雾中的鸟声声叫着，它多么孤单。它在远远的雾中，我看不清它的踪影。我只知它飞在高空，迷失了方向。该起程了，我记住了你的许诺：这是歌哭相随的一生。余下的时间你们会一起往前，永不分离，你跟定了自己的宿命，她跟定了你。

小　城

一

那时候还没有我。我们一家住在小城的一座深宅大院，突出的标志是一棵棵繁茂的白玉兰。提起白玉兰，外祖母就要流泪说："你爸什么都错了，他只做对了一件事，就是让你妈赶紧收拾东西，把重要的东西捆成一个个包裹，天一黑就扔进西拐角的院里。那儿住了一个老女人，孤单了一辈子，不知为什么身上有了一点功德，上级对她客客气气。她会为我们保管好这些东西的，混乱时候过去再取回来。你爸觉得风声不对，因为大搜捕在三天前就开始了。都怨你妈和我，我们都不信那些人会到这里来。结果所有像样的东西都被他们搜走了，你爸也是这次给绑走的。后来尽管还回来一部分，可连百分之一都不到……"

外祖母说这话时望着窗外。我能感到她心中的痛苦和悔恨。

在我懂事的时候，妈妈领我偷偷进城看过那个宅院，还有白玉兰。那不是开花的季节，铁青色的院墙好像存在了一百年。让人费解的是上面拉了一些铁丝网，栽了玻璃瓷片。显然它被派了别的用场。我们从院前转到院后，看到后边的小门被打开了，有人正吆吆喝喝往外抬破碎的砖石。里面好像在改建什么。

这都是很久以前的事了。后来街道拓宽，大宅院被拆毁了一半；再不久，剩下的一半也被拆去一些。白玉兰连根刨了。可是我总觉得这座府邸连着我的魂灵，全家的魂灵。只要一走入这座小城，我就会不由自主地在旧址那儿转悠。我想嗅到空气中遗留的白玉兰的香气——什么都没有了。脚下是铺得平平的柏油路，这条路拓宽了,成了一条重要的商业街,路两旁全是小贩们挂起的各种各样的招牌。有的小贩还当街挂起了一排排衣裤,一些奇装异服:一条腿的裤子,需要穿在长裤外面的短裤,薄如蝉翼的小花衫,缀了奇怪图案的女性内衣,填了海绵的超大乳罩,拴成一串的奇怪健身设施……喧闹一阵高过一阵,卖黄色光盘的商贩沿街吆喝,再也不需要贼头贼脑游来游去了。

整个城市像中了魔怔。在稍宽一点的街口上,时不时会看到围拢的人群:他们大白天张灯结彩,伴着一阵阵音乐又跳又叫……一切是这么陌生。这还是那座小城吗?就在这儿,当年驱逐了我的父亲,我的全家,并夺走了一座开满白玉兰的府邸。可就是这样一座小城,除了放逐的羞辱,竟然还有另一种魔力,它一次又一次把我吸附过来。有时我会觉得这里到处都滚烫烫的,到处都有一只看不见的手掌在抚摸我。这是岁月之手吧?

我身负背囊走在街上,有人用生分的目光看着我——它提醒我来到了另一群人中。我为什么一次次走进这个地方,这海角一隅?每一次走到这里,我都不由得要这样询问。这儿留给我们一家的痛苦记忆太多了。我要说,我里里外外的伤疤都与这座小城有关。

可是我难以告别它。直到今天,我夜里还要梦见那一棵棵白玉兰树。

走在大街上,已经很难判定那些树的具体方位了。一个时代的痕迹很容易就会抹掉,而且当年的创造者和见证人都在死去。某一天,那个让母亲和外祖母激动不已的大人物、父亲当年的战友,以胜利者的姿态出现在这里——他从南方返回这座小城了,带着骄傲和欣慰,一种居高临下追怀一切的姿态,被一帮人簇拥在这座小城街巷上——东看西看,两手抄在军大衣里。他慈祥温厚,时而出语评点:

“那儿是什么？那儿又是什么？原来可不是这样啊！”

他似乎什么都知道，就是不知道自己是个忘恩负义的家伙。他的小城之行整整轰动了多半年，多少人在谈论他，谈论他过去的故事，他气宇轩昂的样子，他乘坐的车子，前前后后簇围的那些俊男浪女。他以小城缔造者的身份出现在这儿，构成了一股冲击波。他的脚踏在小城里，踢起了土末，踏伤了我们的皮肤。

我发现母亲、父亲、外祖母，我们家所有人，每时每刻都在牵挂小城。我们的心并没有离开它啊。而一个满口谎言的骗子穿着军大衣在这儿晃来晃去，让肮脏的车轮去碾轧小城的胸脯，之后又回到温暖的南方，去那儿尽情享受了。他是胜者，胜者可以随心所欲。

有人口口声声要维护真实，可是从来没有信守诺言。对他们来说只有假惺惺的怜悯，然后就是残忍地毁坏。从一段美好的时光到一座城市、一位少女、一片树林和一段清澈的河流，什么全都一样，都要毁坏。可怕的结局是逃不掉的，因为我们遇到了极其虚伪和粗鲁的、丧心病狂的一伙。

转了一圈还是走到了父亲的小城。老天，这里像命，像根，像一个故事的结尾，像神灵之手悄悄刻下的一道深痕……小城，我在走近你还是离开你？我是你的儿女还是你的敌人？你难道只在记忆里、在传说和梦幻中存在过？难道除此而外你真的是一片空白吗？可是你如此真实地据守在大地上，喧哗，焦愤，忧伤，破损，像一株顶破土皮的小苗，在这个角落里屈辱地长了一千年。

街道上已经挤得水泄不通，无论排成长串的汽车怎样鸣叫，人还是越聚越多。有奖销售宣传车的高音喇叭正不停地呼号，短短的百米街道竟然有四五处在搞高额有奖销售和摸彩，奖品小到一块肥皂一个彩色气球一束花，大到一套住房一辆进口轿车。先是一些体面人围上去，然后连衣衫褴褛的人也围上去……不断有爆炸似的吵叫从人群里爆出，另一些听到就旋风一样凑紧了。大街上还有更神奇的玩意儿：真人做服装广告——她们一动不动，眼睛都不眨一下，穿上各种艳丽的服装站在门口，乳房高耸，发髻奇特，上面缀满了金光闪闪的饰物……有人走近了嗅一嗅，伸手抚摸一下，换来一声凄厉长叫——可那人刚一躲开，她又像雕塑一般不动了……街上人指点着，议论起来妙语如珠。宾馆、旅店、小酒馆、小伙食铺和咖啡屋，一下子挤满了街侧；到处都是嘶叫的音乐，是倾尽最后一点力气的歌手和花枝招展的女人。这些姑娘们好像是从四面八方突然被召唤出来的，个个妖冶逼人，风骚泼辣，用睥睨的、愤愤的眼神盯着行人。有一个戴黑眼镜的家伙长得奇丑无比，却在光天化日之下挽住了一个十六七岁的姑娘，在她耳垂那儿亲得咂咂有声……像黑棺材模样的大摩托车喘息不止，越来越多，全都是走私货。这儿不愧是一个走私的良港——怪不得娄萌和马光盯紧了这个地方。

这会儿我如果在人群中突然发现娄萌等人，一点都不会吃惊。这是他们的小城，他们的节日。马光曾经吹嘘说，他玩得最自在最得意的地方之一，就是这个海港小城：“那儿的夜生活，一点都不比大都会差……”

二

街上的人群突然爆发出一阵狂喊，接着警笛响起来。这种突然涌出的巨大喧哗使好多人止步。一些警察推拥路旁的人，让他们闪开。一会儿一辆进口轿车开来——车头上绑了一朵很大的彩绸，一个蓬头垢面的家伙一手按在车上，一手握拳挥舞……那辆彩绸车就随他缓缓开动，一个人在旁边喊：“最高奖——被他得了啊……”

中奖的家伙显然是个疯子，或是中彩后变疯了。那么多人跟着这辆彩车和这个疯子,像浑浊的水流一样顺着街道往前流淌。警察在前面开路,不断把挤到车前的人拨开。有一个老人挑着一担杏子,不知怎么碰了彩车一下,那个疯子竟然像老鹰一样向老人扑去。幸亏彩车继续向前移动,人群紧接着跟上,把老人挡在了后面。

人流涌过去之后,我才发现身后是一个漂亮的酒吧,门前站了一个姑娘,浑身散发出浓烈的麝香味,正向我招手。她旁边的男子脸色发青,毛发浓烈,眼睛一翻一翻,让我觉得熟悉——我在心里叫了一声:马光!

“哎呀,老兄! 真是做梦也想不到……”他伸手拨开那个女子,大步蹿上来。我发现他已经喝醉了,摇摇晃晃,指着我对那个女人说:

“这是一个伟大的人!”

姑娘哈哈笑。

“笑什么笑? 快叫大叔吧!”

他的兴头高涨起来,直到拉拉扯扯把我拥到小酒吧里,这才冷静下来。我问他怎么变魔术一样钻了出来? 还在筹建那个大厦吗? 马光听了最后一句立刻吐了一口:

“操!”

他的目光回头寻找什么,大概在找服务员,一边问我:“回来多久了? 好好玩过吗? 你们这儿也不是过去了,可不要太保守。老伙计,我们生在了一个美女如云的时代啊!”

他说这话时,突然变得那么严肃,嘴唇上没有刮掉的几根胡子奓了起来。他告诉现在经常来这个小城了,因为这里终于有了公司的“总代理”……说到这儿他突然想起了什么,用暴烈的嗓子喊了一句,里面立刻应了一声,接着走出了一个仅有一米五左右的小姑娘:穿着超短裙,浓妆艳抹,两个眼睛大得出奇,颤颤悠悠站在那儿。

“这是我的秘书。”

我吃了一惊。女秘书坐在旁边,像马光一样,端起一杯加冰的白水……这是我碰到的世界上最难喝的一种酒和饮料。但我还是把它喝下去了。我吃了几块点心。不记得多久没吃东西、没喝一口水了。我抬起头,看着这个装饰得不伦不类、到处贴满化纤材料的“高级酒吧”。老板是一个三十多岁的女人,脸色蜡黄,搽了口红和厚粉,留了长长的小拇指甲。女老板与马光之间不断飞眼,伸手打一些奇奇怪怪的暗号。我看不明白,我现在对这个小城的一切都有点稀里糊涂。

我觉得马光脸上全是晦气,疙里疙瘩一点红润都没有,眼睛有着明显的阴影,一看就知道是这座小城新兴的夜生活把他毁了。他过去也常常通宵不睡,但还没折腾成这副样子。那时候他在娄萌面前规规矩矩,两手垂着,像打败了的公鸡耷着双翅,眼睛盯着自己的脚趾。今天他已经完全放开了,谈到娄萌主持的公司,他说:“我们前途远大,我们的顾问光正省级就有好几个呢,当然,沾你岳父的光……”他看着我,又看懒洋洋像个傻瓜似的女秘书,挤挤眼:“老兄不必为难了,我们会想别的办法找到那个老财东的,不一定非要通过凯平不可,是不是?”

我把杯里剩下的最后一点酒喝掉,提起了背囊。马光硬是拦我再坐一会儿,“时间多么快呀,一晃我们俩……我还忘了问,你急火火赶来干什么?”

“闲逛逛嘛,旧地重游。”

“好啊,”他吐着浓浓的酒气,“有工夫见见老会长就好了……”

“什么会长?”

马光看一眼女秘书,哧哧地笑:“当地人都这样叫,人家是大财主呢,上亿的身价啊,全城有点身份的人都拢在身边。我就是从他手里弄车……”

“老会长手里有车?”

“全城走私车一多半在他手里。港上有他的干儿,哪个部门都有。什么事都不用老会长出面,连个电话都懒得拨,有什么事喊一声,那些人就去了‘逍遥楼’。”

“什么楼?像‘卡啦娱乐城’那样?”

马光擦一下口水:“比那高级!谁也不知道的地方,进去要讲辈分。那都是老会长身边的老大,是朋友!他们在那里待一天,玩的花活儿不重样,吃燕窝鱼翅是小意思了,豪赌!听说一晚间输个上百万都是常有的事儿,人家也用这种方法相互送钱。一个老大喝醉了对我讲这一天的流水账:上午十点起床,泡晨汤,就是洗澡,两个小姐搓一个人;吃早点;灌肠——有的老大喜欢这事儿,让小姐往屁股里灌水;推牌,摸鱼儿——男女蒙了眼浑摸;中午大餐;午休,四点起;开大赌,动大输赢;晚宴;茶叙;转花盘——从外地挑一个最俊的丫头来,赤身搁在带转盘的大圆桌上,转到哪个跟前停住了,得一大笔赏钱;唱宵戏,专点名角儿,闹腾到夜里两三点……你瞧一天是这样下来的!”

“我明白了,那个混蛋是无耻会的老会长!”

“不要这样叫吧!该叫‘花会老会长’。你也别骂,他才不是你以为的那样下贱,长得蛮帅气蛮有派,穿长衫,银链怀表,夹眉棉鞋,一口牙洁白如雪,打你身边一过,桂花香气扑鼻……哪个小姐不想他?他只不理,只愿看别人享受……”

“这是个可恶的人渣!”

“嗯,言重了。城里头面人物哪个不想当他的干儿?这得有份才行……”

“你也想?”

马光脸红脖子粗,“我还是穷光蛋呢……”

“嗯,我明白了,那就再等等。”

“你明白什么……你不过咋咋呼呼……”

马光的牙齿露出来,看着屋角磕碰有声,像在想心事。这样一会儿他站起来:“我得走了,我跟他手下的人讲好,得去提车了……咱们先拜拜了!”

我说自己反正没事,跟他一起转转怎样?马光为难地挠头,挤眼,咳嗽,最后说:“这可是走私车啊!你得发誓不吱一声儿——你发誓才行!”

我拍了一下他的肩膀。马光对女秘书说:“咱让他见识见识吧,日他姥姥!”

“你骂谁?”

“我不是骂你,我这一段说顺了嘴……”

我们来到了市郊一片搭了半圆形深蓝屋顶的大棚子前——这一大片足有一两个足球场大,四周被红砖砌得严严实实。有两个人守在门旁,见了马光理也不理。马光说一声什么,他们还是不理。一会儿一辆小车“嚓”一声停下,下来一个抹了浓重头油的中年人,对守门人努努嘴,门就打开了。

这真的不是梦。我大概一辈子也见不到这么多锃亮的小汽车整严有序地排成这么一大片!它们无边无际,在半明半暗的光线里泛着幽光……中年人回头填一张单子时,我小声问马光:“走私车?”“那当然。”“怎么运走呢?”马光把手拢在我耳边:“每天半夜上路,这叫‘趁黑赶羊’,有武装押送——对方也有人接应。”“没人管他们?”“谁要不怕,谁就来管……”

三

庆连已经等得心急,见到第一件事就说宾子:“他和小华的事不行了,她最后还是听副领班的,不回村子了。人在这里就是放飞的鸟儿……”我一点都不为宾子难过——说实话，眼前的庆连如果离开荷荷也同样是一件幸事。可他还在穷追不舍。我问有消息没？他说已经住在这儿十天了，白天晚上到街上转、去一些茶舍酒馆客店，连个人影儿都没见。我问他去了“卡啦娱乐城”没有？“那里不让进……我守了几天门口，没见人。”

我认为荷荷在这个娱乐城的可能性最大，因为她是小华领出来的，很可能就在那个副领班手下。我说这几天进去找她吧，不要在乎花钱——我会买来各种消费卡，我们一起。

对庆连来说，这是一场过于痛苦的旅程。从进入这座娱乐城的第一步，他就开始惶惶不安，不止一次有服务生将他拦住。我们出示消费卡。手拿步话机的服务生捂着嘴笑。

无论进按摩室还是其他场所，我们都要一起。“你们愿意一块儿？”小姐瞪着大眼。我说是的。小姐笑嘻嘻的。我们不断打听一个叫“荷荷”的姑娘，她们就说：“原来你们这里有熟人啊，她以前招待过你们啊？”“老熟人了，想见见。”“那她在哪个部门？”“好像，好像是按摩屋吧。”“这样的屋多了。她什么模样？”庆连抢先接答：“最俊、最好看的闺女！没有比她再好看的了……”小姐相互看着，伸伸舌头。我加以说明：这个姑娘是二十多天以前来的。

就这样打听了十几个场所，都说没这个人。她们有的提醒我们：“说不定是有艺名的。”庆连着难了：“一提到‘艺名’咱就没辙了！好生生的闺女还要‘艺名’？”我也没法回答。

我和庆连在咖啡屋，与一个衣着触目的年轻人几次相遇：他只有二十三四岁的样子，打扮却是极老派——寿字服，宽裆裤，夹眉靴子，手里托一支咕噜噜的青铜水烟袋。庆连不转睛地盯住人家看，对方就点头打招呼了。“哈啦哨！”他竖起拇指说。庆连问我什么意思？我说可能是中式俄语“好”的意思吧。庆连眯着眼问他：“什么‘哈啦哨’？”年轻人又一次竖起拇指：

“‘睡美人’！哈啦哨！‘睡美人’！哈啦哨！”

经他解释我们才知道:这里新上了一个项目叫“睡美人”,是消费最高的！原来有个姑娘,是半睡不醒的——“只穿着红肚兜儿,雪白雪白哩,迷迷瞪瞪亲煞个人,那叫格外有滋味儿……”

庆连好像更糊涂了,看看我。

我问:“‘睡美人’多大了?”

“顶多二十啷当岁,哈啦哨!”

烧啊烧啊

一

“我们也想看‘睡美人’!”

“啊,那好啊,让咱看看门卡儿;噢,二位先生这边请……”

一位黑衣黑裤、手持步话机的男子在一个红彤彤的走廊前边游动,见了我和庆连立刻凑过来:“你们?怎么这么早?”

“已经不早了啊,说是夜里九点开始吗……”

男子马上高高地抬起拐肘,在看表。

庆连不安地挪动,一遍遍擦着额头。

男子瞥瞥庆连,不太情愿地领我们到一旁的小房间里去。这是个洒遍了红色晖光、遍插鲜花的地方。一位稍胖的女人戴了大耳环,口红抹得血淋淋的,一脸怪笑——当她转向庆连时笑容立刻没了。“多么早啊,你们还是第一拨呢!”

庆连张大嘴巴看着她,磕磕巴巴:“你就是‘睡……美人’?”

“老赶!这种人……”女人不屑于搭理,转向我:

“两个一起进去?这需要特种卡。”她竖起一根手指,又做了个捻钱的动作。

庆连马上问:“多少钱?”

“先交三千吧,进去是要另算的……”

庆连吸了一口凉气,看着我:“老天,买门卡就死贵,这儿又交三千,进去还要再花……宰人嘛! 我不进,愿进你进吧……”

他无论如何也不看“睡美人”了。我问了问,如果单人进入只需八百元。没有办法,我只好自己进去了。

从这间小屋的旁门可以直接进入另一条走廊,它的尽头就是一个大厅。柜台小姐笑靥迎人,一个个像美人鱼似的,穿了一种奇怪的连衣裙,上面缀满了鱼鳞样的镀铬金属片,在灯光下映得人眼睛发花。她们问:按摩不按? 然后不容分说就往我的手腕上套了一个彩色的环子。再往前还是类似的情形,但是除了往手上加了一个新的不同颜色的环子外,还凑过来一个中年男人,伸手指着我说:“脱!”看着他凶巴巴的模样,我有些胆怯了。我镇定了一下,问:“不脱可以吧?”他不屑于再答话,指了指前边。

那是一道水帘。彩灯把水染出了七色虹光,漂亮而奢华。显然,再往前走就必得穿过这道水帘,所以不脱衣服是不行的。可是这里有不止一位小姐,当着她们的面我怎么脱呢? 正犹豫,中年人不耐烦了,再一次催促:“脱!”

我只好脱下了外衣;耽搁一下,又脱了衬衣,最后只剩下了一条短裤。

“脱!”中年男子指着我的下身说。

“我,”我仰脸看他,“就这样吧,这样就可以了,让我……”

中年男子几乎不再听任何解释,猝不及防地伸手勾住我的短裤一拉……我已经没有别的选择,往前跳着蹿着,只想快速钻入水帘。

穿过了水帘才知道,它的另一边其实是一间敞开的大浴池,里面热气腾腾,有一溜大小三个池子,还有一长串莲蓬头。我只在莲蓬头下冲了冲,就寻个出口钻出来——那儿早有一个服务生等着了,他用长长的毛巾将人一下裹住,擦、擦,细细地擦,像擦一个刚出世的娃娃,然后交给我一件半长裤、一件没有领子的衣服,都绣了金边。我刚刚穿好,服务生又给我的手腕上套了另一个彩色环子。至此,我的腕上已经有了三个环子,它们颜色不一。

从这儿往前走,一抬眼就是一个个粉红色的小屋,里面有女人的身影闪闪烁烁,我想那大概就是此行的终点了——我抑制着怦怦心跳走去,还没有走到近前,屋里就出来一个小姐,笑吟吟地站在门口,目不斜视,手里攥了一条白色的毛巾。我想问她什么,可她好像不想搭话,只示意我进屋。

屋里原来有一个窄窄的卧榻,旁边坐了一位女王似的姑娘:发髻高绾,假睫毛高翘且染成了金色,半露胸脯,颈上挂了几串大小不一的珠子。她浅浅一笑,伸手指指卧榻。我问:“请问您就是‘睡美人’吧?”

只这一问,她的脸色立刻冷了。

再问,她摇头,抱起膀子:“你不按摩,照例也是要交钱的。”

“请问小姐,‘睡美人’在哪儿?”

“出门,右拐……”她干干脆脆,不想再啰嗦了,揪住我的手摘下了其中的一只环子。

我出了门,那个站在门口的小姐马上点点头,在前边引路,一直往右拐了一个小弯,来到一个每次只能载三两人的小电梯旁。小姐先一步上了电梯,手扶住自动门,让我上去。好像只往上移动了两层,电梯就停住了。

这里多么静啊。又有一个身穿黑衣的男子,手持步话机在较远的地方坐着,除此而外就没有任何人了。前边引路的小姐轻手轻脚,生怕惊醒了什么似的……我知道:“睡美人”就在这儿。

一阵轻音乐若有若无。长廊,暗暗的。灯影下是一个个女人的照片:打着哈欠,昏昏欲睡的模样——各种女人,东方的,西方的;她们拉出了各种睡觉的姿势,在树杈上睡,在水里睡,在动物群中睡,甚至枕着老虎脖子睡——这有点玄了。小姐在前边无声地走着,走得很慢。她不时回头看看我,仿佛怕我走丢了一样——眼睛渐渐适应了这里的光线,使我看清此地有多么华丽:地上和墙上都覆盖了厚厚的毯子或丝绒。这就加重了那个"睡美人"的神秘感和高贵感——小姐站下向我小声介绍:所有来这里的人都分为两类,一类只在她的睡榻前转几圈,不能说话;再一类可以坐在她的身旁,说上十几分钟;最后一类是在这儿逗留一个小时。自然,付费是依次递增的,特别是最后一类,价钱高到了吓人的地步。所有这些类别都由客人自己临时决定——他在现场可以改变主意选择任何一类。

"您哪?"小姐伸出手指,而不是用嘴巴,征求我的意见。

"看一看,我只看一看……"

二

我屏住了呼吸,不能说话——这样蹑手蹑脚地从"睡美人"的身边走过,慢慢地走过。如果我愿意,还可以从不同的角度,站在床边栏下观赏这惊心动魄的美。我走得最近时离她只有两米远,这就足以看清了;只可惜她躺在那儿,一只手枕在颈下,像猫一样慵懒地蜷着,根本看不清脸。整个人近乎赤裸,周身只剩下一丝布绺。洁白到没有一丝瑕疵的肌肤、极为苗条的身躯、胴体曲线,极类似于一帧人体艺术摄影——即使离得再近一些,也仍然是这样完美无瑕。也许是施用了特殊的化妆品,她的身体似乎正在微暗的光线下闪着淡淡的荧光。我试图离得更近一些,但旁边的小姐做了个手势阻止了我。

“睡美人”后来好像要坐起,她的嘴巴动了动,似乎发出了轻轻的叹息。她总算挪动了一下,姿势稍稍改变了一点:她的脸庞侧过来,这样我就可以看清她的鼻子和微翘的嘴唇。与此同时我的心上猛地一动,因为她即便是紧紧闭着眼睛,还是让我感到了极为熟悉的什么——但我还是不敢肯定她就是荷荷……我的时间花尽了,于是我不得不对一旁的小姐说:我想再逗留十几分钟,想与她说几句话。

小姐点点头,做一个“请靠近床边”的手势。

我没有坐到床边,但能够离她更近了。一股桂花那样的香气扑鼻而来。我尽可能地接近她的耳廓——这时候我听到了旁边小姐似乎在阻止,但我没有理睬,只小声呼叫一句:“荷荷……”

我发现她身上一颤,下颌抬起来——沉得像金属丝一样的眼睫毛微微张了张,再次合上。她真是一个瞌睡的美人,哈欠连连,只轻瞥一眼旁边,又闭眼酣睡起来。我只好转到她的另一侧,压低视线,以便看清她的整个脸庞——天哪,这会儿我已经可以肯定,她就是荷荷!我又一次试图唤醒她的瞌睡,在她的耳旁轻轻呼叫……她眯着眼抬起头,嘴唇翕动一下,又把头侧到了一边。

再明白不过的是,眼前的荷荷给施用了高强度和大剂量的镇静药。天哪,瞧瞧吧,这就是“卡啦娱乐城”,可见那个“豪(耗)子”的一切、他的万贯家财,都是怎样垒起来的……我转身走开时,那个一直待在旁边的小姐好像说了什么。我没有理睬。我一直往前走着。

从黑乎乎的走廊再次通过时,已经没有了进来时的感受。两只手掌胀到极点,我使劲擂了几下覆了丝绒的墙壁。引路的小姐不得不小心地提醒我什么,我就冲她吼了一嗓子。她掩住了嘴巴。

这儿从走廊到其他,到处是红色欲燃,饰物、灯光、小姐的衣着……好像这里随时都能燃烧起来……噼里啪啦,火星飞到高空,一场剧烈的燃烧。

我在走廊的尽头稍稍坐了一会儿。我想歇息一下。口渴,牙痛。我在想庆连——他还在那儿等着我呢,可我怎么将刚刚看到的如数告诉他?我需要好好想一想,想一想下一步该怎么办……

该乘电梯了。我在突然变得明亮起来的灯光下终于长嘘了一口气。一种如释重负的感觉。我发现自己真是一把忍受的好手,甚至能在这种频频而至的折磨中、在火焰般的红光下穿行。一闭眼就是逼人的血色,是疯蹿的火苗——它们好像不仅在这里,而且在整片原野上狰狞狂舞,眼看就要烧到天边去,烧过来……这会儿我的脑海中一遍遍出现一个重叠的句式,它在心中默念时,更像一个人发出的沉沉叹息:“烧啊烧啊烧啊烧啊”……

这是在哪里看到的句子?我默念着,一边想,想得头痛。跨上电梯的那一刻,我终于记起它的出处了——某次旅途上,在一间灰暗的书库里,借着微弱的灯光,我曾查找过佛陀的《火戒》全文。是的,这个句式出现在那里。

僧众啊,究竟是何物竟自在燃烧?

僧众!眼在燃烧;一切形体皆在燃烧;眼的知觉在燃烧;眼所获之印象在燃烧。所有一切官感,无论快感或并非快感或寻常,其起源皆眼所得之印象,亦皆燃烧。

究由何而燃烧?

为情欲之火,为愤恨之火,为色情之火;为投生,暮年,死亡,忧愁,哀伤,痛苦,郁闷,绝望而燃烧。

耳在燃烧;声音在燃烧……鼻在燃烧;香味在燃烧……舌在燃烧;百味在燃烧……肉体在燃烧;有触角之一切在燃烧……思想在燃烧;意见在燃烧……思想的知觉在燃烧;思想所得之印象在燃烧;所有一切官感,无论快感或并非快感或寻常,其起源皆赖思想所得之印象,亦皆燃烧。

究由何而燃烧?

为情欲之火,为愤恨之火,为色情之火;为投生,暮年,死亡,忧愁,哀伤,痛苦,郁闷,绝望而燃烧……

烧啊烧啊烧啊烧啊……

我默念一遍,倾听着这沉重的千年不变的叹息,一步步往前。如果没有引路的小姐,我肯定会在这燃烧的红色里迷路的。

……领回了衣服,然后沿着原路出去。前边就是他,那个平原兄弟在等待消息。此刻我脑海里出现的是那个开满了菊芋花的小院。这片菊芋花啊,金黄金黄,安静淳朴,总使人回想儿时……无论一个人有着怎样的童年,都会将其与幸福连接在一起。我的兄弟啊,慈祥的老妈妈正站在菊芋花旁,等我们两人从小城里领回一个人,那是她如花似玉的儿媳啊……

三

忧心如焚的兄弟还在原地等候,因为他在这种地方不敢独自活动一步。我远远地就看到了他在不安地踏着两脚,双眉紧锁。"被污辱与被损害的。"一句话从我的脑际划过——它曾被西方——一位不幸的大师用作了书名。

"怎样了? 有吗?"他往我这边走了一步。

"嗯……我看,"我的手搭在他的肩上,将他引离了一点,"我看还得再找找,也许……这座娱乐城是很大的。"我吞吞吐吐的样子让他多看了几眼。我马上掩饰说:"走吧,我们先回旅馆去,今天已经太晚了……"

在旅馆里安顿下来,看着庆连上了床,我就一个人溜出来。小城的夜空正阴着,往上看一颗星星都没有。一股冰凉的风从北边吹来,让我缩了缩脖子。很想吸一支烟,可是没带。我极少吸烟。我在一个坏掉的路灯旁蹲下,就这样待了一会儿。该怎样做才好呢？我害怕这样行事太莽撞，担心自己做错了什么。我想起了几天前刚刚经历的农场那一幕：一些戴着钢盔的人火速从车上冲下来……是的，这事还得依赖他们。

我决定试一下。

有人把一个少女骗走了，然后给她吃下大剂量的镇静麻醉药，将其囚到一个黄色场所——这是何等严重的罪行！罪不容诛！是的，我可以作证，还有更多的人可以作证——那个叫小华的人，那个被“大鸟”公司赶走的副领班，都脱不了干系……我一路想着怎么措词，一直向着大街上走去。我要找一个警察局，尽可能大一点的局子，越大越好。

一个气宇轩昂的警察接待了我，这人是我挑选的——我见他坐在那里，就主动走到了他的跟前。我尽可能简明扼要地述说一遍，他的眉头渐渐拧了起来。我强调说：“那个女的叫荷荷，是我的弟媳。”“亲弟媳？”“嗯——”“那你弟为什么不来？”“他气病了。”“唔，填个表格。”

他问的所有话我都认为都无关紧要且文不对题。最让我惊讶的是，如此重大的犯罪活动竟然没有引起他的惊愕，更没有义愤。但后来我还是有点释然：他认真地看着我填的表格，并再次询问更细的事项——如果这个电话找不到你，可有其他联系方式、最可靠的地址，等等。这让我想到这个案件对于他们而言，只是一桩公事罢了——他们置身于这样一座喧嚣的城市，整天对付的就是这样一些怪事、一些不法之徒。我要离开时还是极不放心，因为我害怕这桩案件搁到他们的流水线上，能否被忽略被耽搁。我担心这种日常的工作销蚀了他们起码的愤慨，让其变得麻木。我稍稍提高了声音说：“今晚能不能解救出受害人啊？要知道有人度日如年，老母亲在家里哭坏了眼睛……”

他手里的笔杆拍了拍那张纸：“听着电话就成。你也要随叫随到——这有个配合的问题。”

“没有比这个再明显的了,证据确凿——你们只要抓到那个副领班和小华,一切就都明白了……最急的是先把受害人救出来,你们一定要快啊!”

他扬扬手里的那张纸,不再理我,而是转脸喊起了一个人,说:“马上马上,这个这个……”

我站了一会儿,也只有走开。走出局子时,我的心里惴惴的。

就这样开始了等待。庆连看出我心里有事,问了几次,我并不回答。再一次去警察局的时候他终于发现了,问:“你找他们?那有什么用?他们不会帮我们找人的……”我说那又该找谁?再说这总是他们该管的啊。奇怪的是庆连直到最后仍旧不同意,而且非常害怕:“咱,咱可千万别招惹局子啊,那可不是闹着玩的啊!”他咝咝吸着冷气,一脸的慌张。我让他沉住气,说再等一等吧,让我来做做看。

两次去局子,那个气宇轩昂的警察都不在。我问他,另一个瘦子立刻说:“正办理,要侦查呢,副处不在。电话找过你,你不接。”这当然是假话,我一直留心电话,不可能没听到。

这一次我知道了,原来那个气宇轩昂的人是个副处长。

长长的夜啊,一溜溜车灯从窗前划过。半夜了,远处好像还在燃放爆竹。一阵阵人声直到深夜还没有消减……我和庆连都不能入睡。我们都和衣而卧,闭着眼睛。我的脑海里一幅幅画面交错闪烁——一次次赶开那个“睡美人”的场景,又一次次涌入。我现在真的庆幸没有将那天看到的一切告诉庆连,不然的话他会变疯的,会不管不顾地冲入“卡啦娱乐城”……

又一天过去了。没有一点消息。

第二天,大约是凌晨两点多钟,我和庆连好不容易睡着,突然被一阵刺耳的救火车的声音给惊醒。我们坐了一会儿,再躺下。

睡不着。眼前又是那一片火红的颜色……烧啊烧啊——耳在燃烧;声音在燃烧……鼻在燃烧;香味在燃烧……舌在燃烧;百味在燃烧……肉体在燃烧;有触角之一切在燃烧……思想在燃烧;意见在燃烧……思想的知觉在燃烧;思想所得之印象在燃烧……

究由何而燃烧?

为情欲之火,为愤恨之火,为色情之火;为投生,暮年,死亡,忧愁,哀伤,痛苦,郁闷,绝望而燃烧。

见识至此,僧众啊,有识有胆之信徒,厌恶眼,厌恶形体,厌恶眼的知觉,厌恶眼所得之印象;所有一切官感,无论快感或并非快感或寻常,其起源皆赖眼所得之印象。亦皆厌恶。厌恶耳,厌恶声音……厌恶鼻,厌恶香味……厌恶舌,厌恶百味……厌恶肉体,厌恶有触角之一切……

我无法抵御这长长的吟诵之声,捂上双耳,在夜色里深深地沉下去,沉下去。我记起小时候的一次海上历险:一个人在乌黑一片的海中差一点溺水……那是深深的沉落,没有浪,没有风,我在无声无边无光的海里沉下去,沉下去。我发出的最后一声呼号是“母亲”,最后一次远望是寻找我们小小的茅屋,那棵大李子树。妈妈,妈妈,再也看不到你花白的头发,你的眼睛,你的身影。我想最后一次伏在你的胸前泣哭。妈妈……

烧啊烧啊烧啊……

背囊里那把刀子发出了吱吱尖叫,这是在阳光下闪亮锋快的刀刃发出的声音,是干渴和绝望发出的声音——我有时真的会听到这把刀子在背囊里鸣叫。这是一把从小茅屋里带出的刀子,是我第一次远行时收拾在背囊里的,一直没有派上用场。它于是就常常在午夜,在黎明时分,发出这种吱吱的叫声。这声音催促我一刻不敢停留,只要听到它的声音就立刻爬起赶路——如果一直待在一个地方就肯定要出事。

眼下它又在吱吱叫唤。我甚至没有跟旁边的庆连道一声别，就起身冲出门去。

满天星斗剧烈摇晃，大地也在颤抖。后边的人叫着我，声音里充满了恐惧。“等等我，等等我！黑灯瞎火不能落下我一个……”那声音，那踉踉跄跄的脚步声追逐着我。我一刻不停地往前。我只听见背囊里那把刀的绝望嘶叫。我在小声呼唤，我是那么牵挂——我突然明白自己在这儿滞留有多么可笑……是的，我必须马上行动。

一想到那个红色光影下洁白的躯体，我的心就揪紧了。在这凶险四伏无遮无拦的黑夜里，什么事情都有可能发生啊。我似乎看见有一些阴冷的眼睛从四处逼近了。

你已经做好了准备，你能够一跃而起吗？

我仿佛看到那红色光影下的脸庞：它已经没有多少羞涩，它如今都是恨了。恨是一种重金属，很沉很沉的。

恨和爱都是好东西。有人把爱冶炼成金子，把恨冶炼成钻石。是的，钻石和金子是最贵重的东西，现在的人都为它们疯狂。

你领我走开吧，走得越远越好。

去哪里？

没有人的地方。

去哪儿找这样的地方呢？

我紧紧握住她的手……我看见有一种玫瑰的颜色/像血一样/玫瑰花瓣干结了/也如同干结的血/那油亮的叶片宛若青春的柔发/眼睛啊，你的眼睛/被长长睫毛覆盖的眼睛/如同那黑色苞朵/时光做成的毒针/正在秋草的覆盖下伸来/慢慢吸吮使你干涸苍白……

我们这就走吗？去哪儿？问你又像问自己。我得好好想一想。这一次我可要说准。我看着你，看着你紫黑色苞朵一样的眼睛——我要将这信赖的目光珍藏于心。

四

天亮了,我们都得到一个惊人的消息:那个全城最大的“卡啦娱乐城”昨夜给一把大火烧了大半!如今半城的人都在那里围观——听说点火的嫌犯已经找到了,是一个大姑娘……

庆连瞪大眼睛喊:“听见了吗?起火了,烧了!那里烧了……”

我怔着。庆连拉上我的手跑出去:“快,我们去那里啊,走啊,走啊……”

正这时电话响了。是那个气宇轩昂的人:“你吗?速来一下!”

我让庆连等我。我有一种不祥的预感……当我急匆匆赶到局子里时,屋里半空着。气宇轩昂的人向我做个手势,引我到一边的小屋里去了。

“你告诉我们的地址是不对的!我们去了,只有一个老人,她说你们就住在城里……”

“是啊,我们等着救人……”

他掏出一根烟,狠狠地撞着桌子,点上,“这一下出大事了!损失上亿……这个王八蛋!这次真够人喝一壶的了……”

“怎么回事?”

他咬着嘴唇,探究的目光盯住我看,许久,才慢慢说道:“你真的什么都不知道?”

“知道什么?我们只等着你们救人……”

“用不着救了,她已经完了,这会儿就在……”

我一下站起:“在哪?让我去看看!”

“这恐怕不行。告诉你吧,那把大火就是她点上的——狡猾着呢!她一连几天把药藏起来,并没有吃;就是说她假装迷糊,等待时机作案;她暗中和一位司机嫖客串通着,弄来了汽油,就搞了这么一家伙……真够歹毒!"

我一惊,不知随口喊了一声什么!我一手握拳,狠狠击了一下掌心。

"你还怪恣?告诉你吧,你的这个弟媳也没能跑出来,她随上大火一块儿焚了——不焚,也得作为重大案犯给收押了。"

"烧啊!烧啊烧啊烧啊……"

"你说什么?"

"烧啊烧啊烧啊……"

……我想起火光里,那幽幽的紫黑色苞朵。它在微笑。它笑自己的重生,浴火重生。

多少次啊,我在星光的指引下急急行路。夜色里我的嗅觉、听觉和视觉总是变得格外敏锐,差不多能够听到千里之遥的呼号,能听到潜伏遍野的嗷嗷之声,那是万物在诞生和死亡时的嘶鸣。生的痛苦比死的痛苦要大上千倍,你听过世间万物在诞生那一刻的嘶叫吗?那才是绝望的声音……那一天我正伏在一个山坳里点起篝火,耐心地烤着刚刚捕到的一条鱼,准备一个人的晚餐。可也就在篝火刚刚点起、食物移近的一瞬,我突然听到了千里之遥的那种呼号。

它使我如此惊心,手里的东西一下掉在地上。

我抬起头遥望北方,平原的方向,小茅屋的方向。我听得清清楚楚,那是妈妈在呼唤儿子,那是她临近终点时的一声声呼叫。没有错,我听得清清楚楚!

我一把抓起背囊,不歇气蹽开大步向平原跑去。北斗指引着我,月亮伴随着我,万千野物都在身侧同行。我和它们呼啦啦从山区跑到平原,再跑到海滩丛林。我一头扑到了妈妈身边。

妈妈的头发几年不见全白了,它就那么铺散在枕头上。妈妈的手伸出,我把脸贴在她的手上。她微微睁开眼睛,最后看着我。

妈妈妈妈,孩儿来迟了,我在千里之外听到了您的呼唤。妈妈,您对儿子的牵挂太沉太沉了,您终于要把它卸下,准备安息了……从此我没有了妈妈的牵挂,却要牵挂远远近近那么多的人。他们有的弯腰曲背在泥土里打滚,土里刨食,有的在天边流浪。我无边的牵挂啊,迟迟不能卸下的沉重啊,我为此而奔波而痛苦而欢乐。

妈妈,您的目光仍然在盯视我,您的牵挂无所不在。在这深夜里,我知道妈妈是永远不会安眠的,她为自己的儿女永远大睁双眼。

我终于回到了妈妈身边。

“烧啊烧啊烧啊烧啊……”

尾　声

平原上的事情终于告一段落。我重新掮起背囊,走出这片菊芋花盛开的小院。

荷荷再也没有了。老妈妈和庆连都哭干了眼泪。我一直陪着神情木木的庆连,安慰老人,不离他们左右。有了这样的历难,庆连不再说话,也长时间不再出门。我答应他们:一有时间就转回来看望。我仍然把这里当成了自己平原上的一个家……

凯平最后还是辞掉了古堡的工作,离开了老板,回到了帆帆身边。两人一起经营起那片令人羡慕的大农场。

可是这个三口之家并非从此过上了一帆风顺的日子——"豪(耗)子"的人免不了经常滋扰,给农场制造没完没了的麻烦,闹事人扬言:强龙压不过地头蛇。

城里的岳贞黎死了。他是在凯平回到农场的第二个月死去的。追悼会盛大隆重。

两年之后凯平和帆帆将农场转手他人,他们最终还是奔赴高原——在战友的协助下办起了一个新的农场。我电话询问他们的异地生活,两个人听起来高高兴兴,声音清新响亮。最令我难忘的是这样几句:

"这里高,这里清爽,这里是地广人稀的好地方!"

他们的话,他们的声音,都有一种诱惑力。我对梅子说:我真是想念他们!

然而我还是难以停止东部的游走:从山地到平原,踏遍了每一个角落。我发现自己的魂魄丢在了这里,许多事情留在了这里,朋友也失散在这里……

你千里迢迢为谁而来?

为你而来。

你历尽艰辛寻找什么?

寻找你这样的人。

你啊,不居闹市,不住华屋,身在穷乡僻壤,在山地或山脉之北的海滨平原到处游荡,就像一粒等待生根的种子;又像一粒沙子,撒在这金色的平原上。你摇动着被太阳晒得黢黑的瘦长身躯,痴痴追寻,无始无终,无边无际……你为了什么?需要什么?

不知道。我只是想念,我只是盼念。我被它们,被一只无形的手牵拉着往前……

你是谁家的汉子?又是谁家的孩子?

我的出生地离这儿不远,我就是这片平原上的孩子,我从这片平原上走出,在山里长大,在闹市中停留,然后出门,四方游荡……

你不怕危难,不怕鞭打,不怕死去活来的折磨——也不怕死亡吗?

我不能轻易说出一句不怕,我得好好琢磨。死可不是一件小事。但我知道人不能回避遭遇。遭遇就是不期而遇。苦难和欢乐,忧愁,劳动,是这些组成了人的四季。有人像阻挡冬天一样阻挡苦难,结果还是徒劳。

你真的这样认为吗?你就是这样自言自语吗?这样做又有什么好处?

这样做能够抵挡劳累,能够一直走下去……

走下去又能怎样?又会看到什么?

是啊,我听一位歌者吟道:“好一片田野,五谷为之着色!”我想看到的就是这些。夏日土垄,弯曲漫长的田间小路,金灿灿绵延几十里、一直铺展到田边的麦地,人们此起彼伏的呼喊,偶尔跑到田里的一只神气的狗,欢叫或哇哇大哭的孩子,男的,女的,蹦跳的蚂蚱,飞动的燕子……我会看到这些。

你还会看到什么?

——一片金色的菊芋花,它在风中摇动。

你还记得这片好花长在哪里吗?你快告诉我吧,告诉我它长在哪里?

它长在一个农家小院里……它长得满山遍野!咄!

1992 年 12 月—2007 年 7 月一至三稿写于龙口

2009 年 11 月 18 日,五稿于万松浦